Claudia Weiss

Das Geheimnis des Scharlatans

Roman

KNAUR

Dieser Roman erschien 2012 beim Hoffmann und Campe Verlag
unter dem Titel »Scharlatan«

Besuchen Sie uns im Internet:
www.knaur.de

FSC
www.fsc.org
MIX
Papier aus verantwortungsvollen Quellen
FSC® C083411

Aktualisierte Neuausgabe März 2015
Knaur Taschenbuch

Umschlaggestaltung: ZERO Werbeagentur, München
Umschlagabbildung: Vanitas, a young woman seated at her
dressing table, 1632 (oil on canvas), Moreelse, Paulus (1571–1638) /
Private Collection / Johnny Van Haeften Ltd., London /
The Bridgeman Art Library – View of Dresdenprint,
Germany 18th Century Print / De Agostini Picture Library /
G. Dagli Orti / The Bridgeman Art Library
Satz: Adobe InDesign im Verlag
Druck und Bindung: CPI books GmbH, Leck
ISBN 978-3-426-51484-9

2 4 5 3 1

Prolog

»Dem Teufel selbst würden sie sich wohl verschreiben, um ihr erbärmliches Schicksal zu lindern.« Angewidert wandte sich Paul Ankermann, ein wohlhabender junger Kaufmannssohn aus Hamburg, von den dicht beieinanderstehenden Bauern ab, die in staubschmutzigen Hemden und Holzpantinen den Blick nach Westen richteten, dem Meer entgegen, in der Hoffnung auf die ersehnten Regenwolken.

Seit März war in jenem Frühjahr 1697 kein Regen mehr auf die Norddeutsche Tiefebene niedergegangen. Der Wasserstand der Elbe war so tief gesunken, dass die großen Segler nicht in den Hamburger Hafen einlaufen konnten, sondern selbst mit der Hilfe des Tidenhubs nur noch bis Wedel kamen. Hier endete der aus dem dänischen Viborg kommende Ochsenweg, der dem Marktflecken einen bedeutenden Ochsenmarkt sowie einen großen Anleger für Schiffe beschert hatte, um das noch zuvor in den Elbmarschen gemästete Vieh mit gutem Gewinn zu verschiffen. Doch zurzeit legten hier nicht nur mit Ochsen befrachtete Kähne ab, sondern auch die großen Fleuten, seetüchtige Schiffe, die über mehrere Masten und meist auch über genügend Geschütze verfügten, um sich und ihre Waren, wenn nötig, verteidigen zu können.

Am Nachmittag des 26. Juni 1697 lag die Angelina, eine prächtige Fleute, am Kai und wartete auf die Flut, um in Richtung Amsterdam auszulaufen. Paul Ankermann war bereits am frühen Morgen von Hamburg aus mit der Kutsche nach Wedel gekommen, denn die Angelina sollte ihn über Amsterdam nach Salvador, der alten Hauptstadt Brasiliens, bringen, wo seine Verlobte und ein neues Leben als Besitzer einer Zuckerplantage auf ihn warteten. Eigentlich hätte die Angelina schon vor gut zwei Stunden auslaufen sollen, aber der Tidenhub war nicht stark genug gewesen für die Untiefen der Elbmündung, und der Kapitän musste auf die nächste Flut in den frühen Morgenstunden warten. Missmutig über diese Reiseverzögerung und die noch so vielen abzuwartenden Stunden stampfte Ankermann mit seinem schwarzen Schnallenschuh auf den trockenen Boden, sodass sich eine kleine Staubwolke erhob und die Schuhe mit einem braunen Schleier überzog.

»Johann! Mach sie sofort sauber!«

Ein junger Diener, der gerade dabei war, mit zwei Stauern über den Preis des Verladens der Koffer seines Herrn auf das Schiff zu verhandeln, drehte sich um, erfasste kurz die Situation und schien noch abzuwägen, ob er den Stauern den geforderten Preis zahlen und sogleich zu seinem Herrn eilen oder doch erst noch einen besseren Handel herausholen sollte.

»Sitzt du auf deinen Ohren? Komm endlich her und putz meine Schuhe!«

Der Diener überlegte nicht länger. Schnell schlug er ein, gab den Stauern die geforderten Pfennige und eilte dann zu seinem Herrn. Aus seiner Rocktasche holte er ein weiches Tuch, hockte sich vor Ankermann nieder und begann dessen Schuhe zu polieren.

»Immer muss ich dich zweimal rufen. Was bist du nur für ein nichtsnutziger Diener. Da zahl ich dir gutes Geld und nehm dich sogar auf meine Kosten mit in die Neue Welt, aber du trödelst herum und schwätzt mit dem Gesindel.«

»Ich war gerade dabei, den Preis für das Verladen Eures Gepäcks auszuhandeln, Herr, darum …«

»Mach auch den Absatz sauber!« Ankermann drückte dem Diener seinen Schuh auf das Knie und drehte ihm die Ferse entgegen. Der wich kurz mit seinem Gesicht zurück, nahm dann aber

das Tuch in beide Hände und rieb kräftig den Absatz ab, von dem sich ein Stück Kuhfladen löste und gegen seine Hand flog.
»Was hast du ihnen für das Verladen gegeben?«
»Fünf Pfennige, Herr.«
»Etwa jedem von ihnen? Lässt mich nicht nur warten, sondern schmeißt auch noch mit meinem Geld herum. Wie gut, dass mein armer Vater das nicht mehr erleben muss. Sonst hätte er sich noch gegrämt, dass er dich zu uns ins Haus genommen, dir sogar lesen, schreiben und rechnen beibringen ließ, damit du auch mal im Kontor deinen Dienst verrichten könntest. Aber das ist ja nun hinfällig. Und was ich mit dir in Brasilien anstellen werde, überlege ich mir auf der Reise.«
Der Diener senkte den Blick, sodass der Herr sein wütendes Funkeln nicht sah, und schwieg eisern.
Im Herbst 1696 war der alte Ankermann gestorben. Sein einziger Sohn Paul erbte das gut laufende Kontor in der Deichstraße und ein stattliches Vermögen. Aber Paul Ankermann hatte niemals Neigung gezeigt, das hanseatische Kaufmannsleben seines Vaters fortzusetzen. In den letzten Jahren vor dessen Tod war er zwar viel für das väterliche Kontor gereist, hatte Monate in Lissabon zugebracht und dort auch seine Verlobte kennengelernt, hatte aber nie ein Hehl daraus gemacht, dass sein Herz nicht für Hamburg schlug, sondern ihn die große weite Welt mit ihren Abenteuern und Vergnügungen lockte. Als ihm schließlich das Familienvermögen zufiel, verkaufte er kurzerhand das Kontor und erwarb stattdessen eine Plantage unweit von Salvador, wo der Vater seiner Braut eine wichtige administrative Position für die portugiesische Regierung innehatte.
Paul Ankermann war ein hitziger junger Mann. Von der Natur mit einem ansehnlichen Äußeren beschenkt, hatte er nur wenig Pflege für seine inneren Qualitäten aufgebracht. Zwar verfügte er über einen scharfen Verstand und Entscheidungsfreude, aber

beides durch präzises Kalkül zu schärfen schien ihm nie in den Sinn gekommen zu sein. Schließlich war er von jeher gewohnt, dass man sich seinem Willen beugte, und wenn nicht, forderte er den Gehorsam rücksichtslos ein.

Sein Diener Johann, kaum älter als er selbst, arbeitete schon seit frühester Jugend für ihn. Ankermann hatte sich so daran gewöhnt, ihn ständig um sich zu haben und seine Launen – die guten wie die schlechten – an ihm auszuleben, dass er schon regelrecht zum Schatten seines bisherigen Lebens geworden war. Ohne Johann wäre Paul Ankermann kaum in der Lage gewesen, seine Morgentoilette durchzuführen oder geregelte Mahlzeiten einzunehmen. Trotzdem – oder vielleicht gerade deshalb – schien es des Öfteren so, als könne der Herr seinen Diener nicht ertragen. Doch auch Johann, der selten ein Wort zu viel verlor und mit Sorgfalt und Bedacht seine Pflichten erfüllte, drohte die Last des Dienstes manchmal die Luft zum Atmen zu nehmen, wie auf diesem staubigen Platz vor dem einzigen Wirtshaus in Wedel, das noch ein angemessenes Logis für die kurze Nacht zu bieten hatte.

Als er endlich die Schuhe gereinigt hatte und Ankermann sich bequemte, seinen Fuß von Johanns Knie zu nehmen, wischte er sich wortlos die Finger am dreckigen Tuch ab und steckte es wieder in seine Rocktasche. Dann wandte er sich den Stauern zu, die ihn anglotzten und nicht mehr zu wissen schienen, ob sie dem Handel mit ihm nachgehen und das Gepäck des Herrn auf das Schiff verladen sollten.

»Reicht euch der Groschen etwa nicht? Macht euch an die Arbeit und schafft die Koffer an Bord! Aber geht sorgfältig mit ihnen um. Mein Herr schätzt keinen Dreck an seinen Sachen.«

Damit wandte er sich ab und ging zum Wirtshaus, um das angemietete Quartier zu begutachten, damit sein Herr sich für ein Nickerchen zurückziehen konnte.

Die frühsommerliche Hitze brannte auf den Marktflecken nieder, und die schwüle Luft erschwerte jeden Atemzug. Eine Herde Ochsen stand eng zusammengepfercht auf einem sandigen Platz. Die Tiere schlugen unaufhörlich mit ihren Schwanzquasten nach den Mücken und Fliegen, die die Leiber bedeckten und die Luft mit einem aufdringlichen Surren erfüllten. Einige junge Frauen in der Tracht der Elbmarschen schleppten Körbe mit armseligen Kräutern, kleingeratenem jungem Gemüse, Brot und Eiern zum Kai, um es dort den Reisenden als Proviant zu verkaufen. Ihre Schürzen und Hauben waren mit braunem Sandstaub bedeckt, und sie zwinkerten mit den Augen, als wollten sie den Staub aus den Wimpern vertreiben. Kräftige junge Burschen schleppten Säcke und Kisten auf die Angelina, die nahezu reglos im Wasser lag, die Segel gerefft und die Flagge am Hauptmast schlaff herunterhängend. Viel zu langsam verstrich die Zeit bis zum Abend, viel zu mühsam war jede Bewegung.

Endlich schlug die nahe Turmuhr die sechste Stunde des Nachmittages, und der Schankwirt stach ein frisches Fass Bier an. Es dauerte nicht lange, bis sich gut zwei Dutzend Männer mit verschwitzten Gesichtern um die Theke der Schankstube drängten und durstig nach einem Krug Bier verlangten.

Als Ankermanns Diener Johann kurze Zeit später die Stube betrat, war kaum noch ein Platz zu finden. Sämtliche Tische und Bänke waren bereits besetzt, und die Mägde trugen mit erhobenen Armen in jeder Hand vier Krüge Bier durch die laut durcheinanderredende Menschenmenge. Dem jungen Mann waren Durst und Müdigkeit anzusehen. Das Gesicht war staubbedeckt, die Haare waren verklebt und die Lippen rissig. Die letzten drei Stunden hatte er zunächst die Kleider seines Herrn ausgebürstet und gereinigt, während Ankermann in einer kühlen Kammer schlief, dann hatte er das verladene Gepäck kontrolliert und festgestellt, dass die Burschen die Koffer schlecht ge-

stapelt hatten. Danach hatte er die Kabine seines Herrn inspiziert, noch einmal durchgefegt und gelüftet. Zu guter Letzt schließlich hatte er den Frauen auf dem Kai etwas Obst abgekauft und es in der Kabine in einer Schale für die Reise drapiert. Nun schob er sich durch die überfüllte Schankstube bis an den Tresen und verlangte ein Bier. Die Männer neben ihm stanken nach Schweiß und Fisch, doch auf ihren Gesichtern zeichnete sich bereits die entspannte Fröhlichkeit ab, die sich gewöhnlich nach ein, zwei Krügen Bier einstellte.
Der Wirt schob dem Diener einen frisch gezapften Krug über den Tresen, deutete dabei aber auf die nach oben führende Treppe und sagte: »Dein Herr lässt nach dir rufen, Junge. Du sollst ihm diesen Krug Bier bringen und ihm beim Ankleiden helfen.«
»Und mein Bier?«
»Das kannst du später trinken. Dein Herr tobt da oben herum. Ich will hier keinen Tumult, verstehst du?«
Johann nahm den Krug und hob ihn an die Lippen, als der Wirt ihn am Arm packte.
»Mach keine Dummheiten, Junge, sondern bring deinem Herrn das Bier.«
Ein vor Wut und Enttäuschung blitzender Blick traf den Wirt, der unbeirrt den erhobenen Arm des jungen Mannes hielt.
»Nun geh schon.«
Nach einer kleinen Ewigkeit ließ der Diener den Arm sinken, wandte sich um und drängte sich mit dem Krug in der Hand durch die Menschenmenge zur Treppe durch. Bevor er die erste Stufe nahm, drehte er sich noch einmal zu dem Wirt um. Der hatte sich aber schon längst wieder seinen anderen Gästen zugewandt. Unvermittelt spie der junge Mann einen dünnen Faden klebrigen Speichels in den Bierkrug, der langsam in den Schaum eindrang.

In der Kammer ging Ankermann schon ungeduldig auf und ab, als der Diener klopfte.
»Wo hast du dich so lange herumgetrieben, fauler Kerl? Fürs Arbeiten bezahl ich dich, nicht für Faulenzerei. Wo ist mein Bier?« Ohne auf eine Antwort des Dieners zu warten, riss Ankermann ihm den Krug aus der Hand, führte ihn an seine Lippen und trank ihn in wenigen Zügen leer. Dann gab er ihn dem Diener zurück und deutete mit dem Kopf auf die frisch ausgebürstete Kleidung.
»Hilf mir beim Ankleiden. Zwar ist nun mein Durst gelöscht, aber der Magen knurrt bei all dem guten Bratengeruch, der aus der Küche hochsteigt.«
Kurze Zeit später war Ankermann fertig, um die Kammer zu verlassen. Sein Diener hielt ihm die Tür auf und wollte ihm die Stiege hinab folgen.
»Nein, du bleibst hier und richtest zuerst die Kammer. Ich will ein frisches Laken haben, dieses ist schon ganz verschwitzt. Sorge auch für frisches Wasser zum Waschen und leere das Nachtgeschirr.«
Mit hängenden Schultern blieb Johann in der Kammertür stehen, während unten bereits zwei Mägde an einem Tisch Platz für den gut zahlenden Gast schufen.
Die Glocken hatten schon die achte Stunde verkündet, als der Diener durch die Hintertür die Schankstube betrat. Er hatte keine Eile gehabt, seine Pflichten zu erfüllen, auch sich selbst hatte er inzwischen gesäubert. Ankermann saß mit vom Fett glänzenden Lippen am Tisch und verzehrte genüsslich die Reste eines Spanferkels mit Sauerkraut. Schweißperlen standen ihm auf der Stirn, und der Glanz seiner Augen verriet, dass er dem Bier inzwischen kräftig zugesprochen hatte.
»Ah, Johann, da bist du ja. Komm, setz dich zu mir und gönn dir auch mal einen Schluck.« Mit fröhlich-jovialem Lächeln

winkte Ankermann seinen Diener zu sich heran. Auf dessen Gesicht löste sich die Spannung, und er atmete hörbar auf.
»Wirt, bring uns zwei frische Bier!«
Ankermann klopfte Johann auf die Schulter, als der sich setzte. Nachdem eine Magd zwei Krüge auf den Tisch gestellt hatte, griff er nach einem davon und hob ihn hoch. »Prost, Junge! Auf eine herrliche Zukunft in Brasilien!« Dann trank er mit herzhaften Schlucken nahezu den halben Krug leer.
»Weißt du, ich habe mir inzwischen überlegt, was für eine Aufgabe ich dort für dich hätte.« Er grinste seinen Diener breit an, der mit scheuem Blick den Bierkrug fixierte. »Du bist doch ein schlaues Bürschlein. Als wir beide in Lissabon waren, hast du schon ganz passabel das Portugiesische erlernt. Schreiben und rechnen kannst du auch. Da wärest du doch ein guter Plantagenverwalter.«
Der Diener schaute seinen Herrn ungläubig an.
Doch dieser nickte ihm aufmunternd zu und leerte den Rest seines Biers. »Wirt, noch einen Krug!«
Auch der Diener trank einen Schluck, hatte seinen Krug aber noch nicht um die Hälfte geleert.
»Nun, was hältst du davon, Johann? Du verwaltest die Plantage und erwirtschaftest uns gutes Geld, und ich, ich kümmere mich um die Freuden des Lebens.« Ankermann lachte laut auf und schlug mit der Hand auf den Tisch. »Ich werde mich ganz meiner wunderschönen Tereza widmen und ihr einen Haufen hübscher Kinder machen. Ach, es gibt dort ja auch noch bestimmt andere hübsche Frauenzimmer, mit schwarzbraunem seidigem Haar und samtweicher Haut.« Er grinste lüstern. »Für dich werden wir da bestimmt ebenfalls eine brave kleine Braut finden. Sollst ja nicht leben wie ein Hund!« Erneut lachte er auf und griff nach dem frischen Bierkrug. »Prost, Johann, auf deine zukünftige Braut!«

Ankermann trank, wischte sich den Schaum vom Mund und stieß geräuschvoll auf. »Dieses Gebräu bläht einen auf wie ein Segel vor dem Wind. In Brasilien haben die ja etwas viel Feineres. Einen Schnaps brennen die, davon könnten sich hier die Schnapsbrenner mal eine Scheibe abschneiden. Dort wächst nämlich Zuckerrohr, aus dessen Saft sie nicht nur Zucker gewinnen. Sie haben so viel davon, dass sie es einfach zu Schnaps brennen … Wirt!«, wandte er sich unvermittelt hinüber zur Theke. »Bring uns einen Schnaps!«
Der Diener schaute zur Theke, und tatsächlich füllte der Wirt bereits eine klare Flüssigkeit aus seinem verkorkten Krug in zwei kleine Becher.
»Prost, Johann, auf die Frauen und das süße Leben!« Mit einem Zug leerte Ankermann seinen Becher, während sein Diener nur vorsichtig daran nippte.
»Ah, auch nicht schlecht. Zwar nicht so gut wie der Zuckerrohrschnaps, dafür putzt es einem aber den Rachen ordentlich sauber … Weißt du was? Ich habe eine Idee.« Ankermann beugte sich quer über den Tisch zu Johann hinüber und senkte verschwörerisch seine Stimme. »Was hältst du davon, wenn wir auf der Plantage unseren eigenen Schnaps brennen?« Wieder lachte er schallend auf und schlug mit der Hand auf den Tisch. »Darauf lass uns trinken! Wirt, noch einen Schnaps für mich und meinen Freund!«
Vom Turm schlug es bereits die zehnte Stunde, als Ankermann sich schwankend erhob. Er musste sich sogleich mit beiden Händen an der Tischkante festhalten, um nicht umzufallen.
»Los, Johann, hilf mir. Ich will raus und Wasser lassen.«
Schnell sprang der Diener seinem Herrn zur Seite und stützte ihn mit dem Arm. Dann wankten die beiden zur Tür hinaus in die mittsommerliche Abenddämmerung.
Kaum sog Ankermann die frische Luft ein, packte ihn ein gro-

ßer Schwindel, und er erbrach sich nur wenige Schritte vom Gasthaus entfernt direkt auf die Stiefel seines Dieners. Der wich im Affekt zurück, sodass sein Herr in die Knie ging und nun selbst mit einer Hand im Erbrochenen steckte.

»Was bist du doch für ein nutzloser Kerl. Noch nicht einmal halten kannst du mich!«, röchelte Ankermann. »Los, zieh mich hoch, du Nichtsnutz, ich kann nicht mehr anhalten.«

Johann packte Ankermann unter den Achseln und schob ihn auf ein Gebüsch zu.

»Na los, halte mir den Mantel.«

Mit geübtem Griff hielt der Diener den Mantel zurück und blieb an Ankermanns Seite stehen, um ihn zu stützen. Der ergriff mit beiden Händen sein Gemächt und stieß laut auf. Dann begann er zu urinieren.

Auf einmal grinste er seinen Diener an. »Komm, halt deinen Stiefel her, ich piss ihn dir sauber.«

Als Johann nicht reagierte, drehte sich Ankermann mit einer plötzlichen Bewegung um und urinierte auf dessen Hose. Dabei kicherte er wie von Sinnen.

Erschrocken wich der Diener zurück und ließ Ankermann los. Der, seiner Stütze bar, knickte mit den Beinen ein und plumpste wie ein nasser Sack in die zuvor frisch von ihm selbst geschaffene Pfütze.

»Na warte, du Strolch, wenn ich dich erwische, dann … dann …«

»Was ist denn da los?«, ertönten auf einmal Stimmen vom Wirtshaus her. »Prügelt sich da etwa jemand? Da mischen wir doch mit!«

»Nein, alles ist gut, Leute. Mein Herr ist nur gestolpert.«

»Gestolpert, du Lügner«, lallte Ankermann, während Johann ihn mit festem Griff hoch auf die Beine zog, »gestoßen nenn ich das!«

Der Diener behielt die Männer bei der Schanktür im Blick, die ebenfalls kräftig wankend auf das Gebüsch zusteuerten. »Kommt, Herr, wir müssen hier weg, sonst droht uns noch eine Prügelei.«

»Prügelei? Das geschähe dir recht, du Schelm«, grunzte Ankermann und ließ sich von seinem Diener weiter durch das Gebüsch ziehen, sodass die Männer vor dem Wirtshaus sie aus den Augen verloren.

Als im Osten das erste zarte Rot-Violett am Himmel zu sehen war, türmten sich bereits im Westen graue Wolkenberge auf. Während der Nacht war über der Nordsee kräftiger Regen niedergegangen, sodass der Tidenhub zum Auslaufen der Angelina ausreichend war. Im frühen Dämmerlicht sammelten sich die Menschen am Kai und warteten auf das Zeichen des Maats, auf das Schiff gehen zu dürfen.

Den Dreispitz über der Allongeperücke tief ins Gesicht gezogen, die rechte Hand fest am Geländer, stieg Ankermann die Treppe hinab. Der Wirt warf ihm einen flüchtigen Blick zu und widmete sich dann wieder seiner Abrechnung. Ankermann hielt auf den Tresen zu, zog ein Säckchen mit Münzen unter dem Mantel hervor und ließ es auf den Tresen fallen. »Für die Mühe, das gute Essen und das Bier. Gott zum Gruße!«

Ohne den Wirt eines weiteren Blickes zu würdigen, wandte er sich zur Tür und hatte die Schwelle schon passiert, bevor der Wirt seine Frage herausbrachte.

»Wo ist denn Euer Diener, Herr?«

»Ach, sprecht mir nicht von dem. Der treulose Kerl hat sich noch in der Nacht davongemacht. Hatte Angst vor dem Schiff und der weiten Reise. Nun, sei's drum. Ein fauler Taugenichts war er.«

»Und wer trägt Euch Euer Gepäck, Herr? Soll ich einen Knecht rufen?«

»Tut nicht not, es ist schon an Bord. Gehabt Euch wohl, Wirt.« Ohne sich noch einmal zu dem verdutzt dreinschauenden Mann umzudrehen, ging Ankermann mit festem Schritt zum Kai und bestieg nur kurze Zeit später die Angelina.

Kaum waren die Masten der Fleute am Horizont entschwunden, brach ein gewaltiger Regen los. Sieben Wochen lang hielt er das Land fest im Griff, durchtränkte die vertrockneten Marschen und Felder und verwandelte die Wege in Schlammgruben. Erneut standen die Bauern an den Wegesrändern, die durchnässten Hüte tief in die Gesichter gezogen, und starrten zum Horizont, in der Hoffnung, endlich wieder die Sonne zu sehen.

Als der Himmel schließlich aufriss und sich das Wasser langsam von den Wiesen und Wegen zurückzog, fanden Ende August 1697 drei alte Frauen beim Sammeln von Binsen einen männlichen Leichnam am Ufer eines Moortümpels unweit von Wedel. Er musste schon viele Wochen im Wasser gelegen haben, denn der Körper war aufgedunsen, wächsern und zum Teil verwest. Keiner kannte den Mann, auch vermisste man niemanden in der Gegend. Die Kleidung des Toten ließ darauf schließen, dass es sich um einen Knecht aus der weiteren Region handelte.

Der örtliche Bader begutachtete die Leiche und stellte fest, dass ihr Genick gebrochen war. So rief der Marktvorsteher von Wedel den Landdrost aus Pinneberg zur Inspektion der Leiche. Der traf am folgenden Tag ein und entschied nach einem kurzen Blick auf den Toten, dass man sicherlich nicht mehr herausfinden könne, ob er eines gewaltsamen Todes oder durch einen Unfall gestorben sei. Schließlich sei der Tümpel nicht weit entfernt vom Gasthaus, in dem öfter Reisende dem Genuss des Bieres weit über den Durst hinaus frönten. Am besten sei es, den Toten auf dem Gottesacker bei Wedel beizusetzen.

Am kleinen Finger der linken Hand des Mannes hatte man einen kleinen goldenen Ring mit einer fremdländischen Inschrift gefunden. Den erhielt der Totengräber als Lohn für seine Mühe. Der Landdrost fuhr noch am selben Tag zurück nach Pinneberg, verfasste eine kurze Notiz für die Akten und vergaß die Angelegenheit.

Dresden im Dezember 1705

»Monseigneur! Ihr seid im Namen des Königs verhaftet!« Johann Reinhold Patkul schlug entsetzt die Augen auf. Neben seinem Bett stand ein groß gewachsener, schlanker Mann in der Uniform eines Obersts der sächsischen Armee, hielt in der rechten Hand eine Kerze und hatte mit der linken Patkuls Hand gefasst.

War es ein böser Traum? Es war mitten in der Nacht, und Patkul hatte sich doch gerade erst am Tag zuvor mit der schönen und wohlhabenden Witwe Sophie von Einsiedel verlobt. Der gute Wein kreiste noch in seinem Blut und trübte seine Sinne. Mit der freien Hand rieb er sich die Stirn und sah sich in der schwach erleuchteten Schlafkammer seiner Wohnung um, die in einem eleganten Haus in der Seegasse lag. Der Oberst war nicht allein gekommen. Vor der Tür erkannte Patkul einige Soldaten der Infanterie sowie seine Magd, die vor Kälte oder auch Angst zitternd mit nackten Füßen auf den kalten Dielen hin und her tappte.

Nein, es war kein Traum. Deutlich spürte er den festen Griff des Obersts. Aber wie konnte das sein? Er, Johann Reinhold Patkul, war Sondergesandter des Zaren von Russland am Dresdener Hof. Ein Diplomat, der unter diplomatischem Schutz stand und nur seinem Herrn persönlich Rechenschaft für sein Handeln schuldig war. Wie konnte man sich erdreisten – und vor allem: *wer* konnte sich erdreisten –, ihn verhaften zu wollen, und das noch mitten in der Nacht, in seinem eigenen Bett?

»Wohin führt Ihr mich?«

»Vor den versammelten Geheimen Conseil.«

Patkul atmete tief durch. Der Rat korrupter sächsischer Höflinge, die sich Minister nannten, aber weit davon entfernt waren, diese Titel mit Ehre zu erfüllen, bestellte ihn also ein. Der Geheime Conseil vertrat den Kurfürsten in seiner immer häufigeren Abwesenheit, seit der die polnische Krone erworben und König von Polen geworden war. Seitdem nannten ihn auch hier in Dresden alle nur noch den König.

»So sei es denn. Lasst meinen Diener herein, damit er mir beim Ankleiden helfe.«

Mit ruhigen, aber kraftvollen Bewegungen setzte sich der Sondergesandte des Zaren in seinem Bett auf und schlug die weiche Daunendecke zurück. Sein herbeigeeilter Diener reichte ihm sogleich ein Paar Pantoffeln und einen gefütterten seidenen Morgenmantel.

»Das ist also die Belohnung für die guten Dienste, die ich dem König von Polen geleistet habe.« Schnaubend ließ sich Patkul in die Beinkleider helfen.

Der Oberst war einen Schritt zurückgetreten und schwieg mit gleichmütiger Contenance. Patkul streifte einen mit Pelz verbrämten Rock über und stieg in die hohen Schaftstiefel, die sein Diener ihm hielt. Dann folgte er dem Oberst die Treppe hinunter zur Haustür. Unten standen weitere Soldaten, insgesamt mochten es an die zwanzig sein. Sein Diener eilte ihm nach, einen schweren Pelzmantel sowie eine Mütze aus schwarzem Zobel in den Händen. Patkul ließ sich in den Mantel helfen und verließ dann das Haus.

Vor der Tür stand eine Sänfte, ein Soldat hielt ihm die Tür auf.

»Bitte, macht keine Umstände, Monseigneur, und steigt in diese Sänfte.«

Patkul warf dem Oberst einen verachtenden Blick zu, ließ sich dann aber auf die gepolsterten Kissen nieder. Wenige Augenblicke später hob sich die Sänfte, und Patkul hörte nur noch, wie der frische Schnee unter den Soldatenstiefeln knirschte.

Was konnte der Geheime Conseil von ihm wollen, dass man ihn auf so unerhörte Weise mitten in der Nacht einbestellte? Ob von Fürstenberg dahintersteckte? Natürlich, wer sonst! Seit Kurfürst August auch König von Polen geworden war und von Fürstenberg zum Statthalter in Dresden gemacht hatte, führte sich dieser selbstherrlicher als August persönlich auf. Womöglich wusste der König im fernen Warschau gar nicht, was hier in dieser frostigen Winternacht in Dresden geschah. Würde er sonst zulassen, dass man den Sondergesandten seines wichtigsten Verbündeten im Krieg gegen Schweden so unsäglich behandelte?
Patkul schob den Vorhang vor dem kleinen Fenster der Sänfte zurück und spähte hinaus auf die Straße. Er stutzte. Man brachte ihn gar nicht zum Geheimen Conseil, sondern die Sänfte steuerte direkt auf das Stadttor zu. Wütend klopfte er an die Scheibe. Als niemand reagierte, versuchte er die Tür der Sänfte zu öffnen, aber sie war verriegelt. Erst jenseits der Stadttore setzten die Träger ihn ab, und der Oberst öffnete die Tür.
»Das ist nicht der Weg zum Geheimen Conseil, Herr Oberst! Wollt Ihr mich gar arglistig täuschen?«, schnaubte Patkul dem Mann entgegen. »Wohin bringt Ihr mich wirklich?«
»Ich habe Order, hier auf weitere Befehle zu warten, Monseigneur«, erwiderte der Oberst in ruhigem Ton. »Bleibt einfach in der Sänfte sitzen, so frieren Euch nicht so leicht die Füße.«
»Pah«, stieß Patkul verächtlich hervor, zog sich aber, kaum hatte der eisige Wind sein Gesicht gestreift, in die Sänfte zurück.
Eine knappe Stunde später traf endlich eine Kutsche ein, und der Oberst nötigte Patkul höflich, in ihr Platz zu nehmen. Er selbst setzte sich neben ihn, zwei Soldaten nahmen auf der gegenüberliegenden Bank Platz. Vorsichtig zogen die Pferde auf dem frischen Schnee an, und die Kutsche bog auf die Poststraße in südlicher Richtung ein.

»Wohin bringt Ihr mich, Herr Oberst?«
»Ich bringe Euch auf den Sonnenstein, Monseigneur.«
Patkul starrte seinen Begleiter entsetzt an. Burg Sonnenstein war eine innerstädtische Festung in der nahen Stadt Pirna, vielleicht vier sächsische Meilen von Dresden entfernt. Sie diente seit langem schon dem Arrest höhergestellter Persönlichkeiten, denen ein gewöhnlicher Kerker ob ihres Standes und ihrer Ehre nicht zuzumuten war. »Es ist wider das Völkerrecht, den Minister und Sondergesandten eines gekrönten Hauptes so zu behandeln!«, donnerte er los. »Wer wagt so Ungeheuerliches?«
Der Oberst wartete gleichmütig, bis Patkuls erster Ärger verflog.
Der Diplomat fing sich tatsächlich schnell wieder und fragte in nun deutlich verbindlicherem Ton nach weiteren Einzelheiten. »Sagt, Herr Oberst, weiß der König von diesem Vorgang?«
»Darüber kann ich Euch leider keine Auskunft geben, Monseigneur.«
»Geschieht dies hier nämlich auf Befehl des Königs«, setzte Patkul nach, »so ist das ein Zeichen, dass der König und der Zar sich überworfen haben. Sollte der König aber nichts von diesen Vorgängen wissen, wovon ich ausgehen möchte, dann habe ich wohl auch nichts zu befürchten.« Er atmete tief aus. »Was immer den Geheimen Conseil zu diesem ungeheuerlichen Schritt bewegt haben mag, so wird es sich klären lassen.«
Mit trotzig vorgerecktem Kinn blickte er aus dem Fenster in die tief verschneite Winterlandschaft, die der volle Mond in ein weißliches, schales und bedrückendes Licht tauchte.

Hamburg im März 1706

Verehrter Prokurator Wrangel, geschätzter Kollege, lieber Freund,

nun ist schon bald ein Jahr vergangen, seit Ihr und Eure reizende Frau Gemahlin Halle und unsere Universität verlassen habt. Sehr vermissen wir die geselligen Abende mit Euch in angeregtem Gespräch wie auch die intensiven juristischen Erörterungen, die wir im kleinen Kreis unternommen haben. Habt Ihr Euch in Hamburg wieder wohl etablieren können? Ich hoffe doch, dass Euch Euer Amt am Niedergericht Gelegenheit gibt, Euer außergewöhnliches juristisches Talent unter Beweis zu stellen.

Wegen eben dieses Talentes vermisse ich Euch in diesen Tagen ganz besonders. Sicherlich habt Ihr auch in Hamburg von der unerhörten Inhaftierung des russischen Gesandten Johann Reinhold Patkul im vergangenen Dezember durch die sächsische Regierung vernommen. Schließlich spricht die ganze Welt davon, und die Empörung über diesen Bruch des Völkerrechts ebbt nicht ab. Bis heute sah man sich in Dresden nicht genötigt, einen triftigen Grund für die Verhaftung vorzuweisen. Zugleich aber ignorierte man den energischen Protest des zaristischen Kriegskommissars, ja sogar das Verlangen des Zaren selbst, seinen Gesandten freizugeben. Auch die Proteste aus London, Wien und Kopenhagen erreichten nichts.

Aus tiefster Seele bin ich davon überzeugt, lieber Freund, dass wir, die Vertreter der deutschen Jurisprudenz, endlich handeln müssen, um diese Schandscharte des völkerrechtlichen Bruchs in unserem Rechtsraum auszuwetzen. Darum habe ich einen

Geheimen Juristischen Rat zur Verteidigung Johann R. Patkuls ins Leben gerufen. Ziel des Rates soll sein, dem zwar hoch talentierten, aber auch hitzköpfigen Gesandten (ich habe ihn persönlich während seiner Studienzeit hier in Halle kennengelernt) mit einer profunden Verteidigung nicht nur selbst, sondern auch der Sache des Völkerrechts beizustehen. Als Diplomat und Ehrenmann ist Patkul in der Vergangenheit oft genug als mutiger Kämpfer für die Freiheit eingetreten, sodass es einem jeden Gelehrten zur Ehre gereicht, ihm zu helfen.
In der letzten Märzwoche werden wir uns an der Albertina, der Königsberger Universität, treffen und das Vorhaben umsetzen. Ich bin davon überzeugt, dass für ein Gelingen dieser Verteidigung Eure Kenntnisse und Fähigkeiten von entscheidender Bedeutung sind. Darum bitte ich Euch, an diesem Unterfangen mit Eurem scharfen Verstand und Eurer unbestechlichen Liebe zum Recht mitzuwirken und in der letzten Märzwoche zu uns nach Königsberg zu stoßen.
Auf Eure Hilfe vertrauend, lege ich Euch zur Vorbereitung die Kopie einer außergewöhnlichen Anklageschrift gegen die sächsische Regierung zu diesem Fall bei, die vergangene Woche in Dresden unter dem Pseudonym Sincerus Treumann auftauchte.
In der Hoffnung auf ein baldiges Wiedersehen und mit den herzlichsten Grüßen,
Euer Freund,
Christian Thomasius

Hinrich Wrangel legte den Brief zur Seite und schaute durch das Fenster seines Arbeitszimmers hinaus auf die Kleine Johannisstraße, auf der zu dieser späten Stunde am Vormittag bereits reges Treiben herrschte. Der Brief seines alten Doktorvaters Thomasius erregte ihn mehr, als er sich einzugestehen wagte.

Tatsächlich war schon nahezu ein Jahr vergangen, seit er mit Ruth zurück nach Hamburg gekommen und in das Haus eingezogen war, das sein verstorbener Schwiegervater Moses Abelson bewohnt hatte. Als Bürger der Stadt hatte Wrangel es kaufen können. Nun war der Schreibtisch des alten Bankiers sein Arbeitsplatz geworden, an dem er Berge von Akten aus dem Hamburger Niedergericht studierte und Verteidigungsschriften verfasste.

Als Prokurator am Niedergericht oblag es ihm, die dort Beklagten zu vertreten, denn vor Gericht durften diese nicht selbst das Wort erheben. Es war eine gute Arbeit, häufig jedenfalls. Schon oft hatte er im vergangenen Jahr seinen Mandanten zu ihrem Recht verhelfen können. Er verdiente gutes Geld damit und genoss hohes Ansehen bei den anderen Mitgliedern des Niedergerichts, zumal er der einzige Doktor der Jurisprudenz unter ihnen war. Aber horchte er ehrlich in sich hinein, spürte er, wie sehr er die große Herausforderung zu wahrer juristischer Meisterleistung vermisste.

An der Universität zu Halle hatte er am Lehrstuhl von Thomasius über die Beweiskraft von Indizien für die Urteilsfindung promoviert. Es war ihm eine Herzensangelegenheit gewesen, um künftig gewappnet zu sein für Fälle, die nur auf Geständnissen der Angeklagten fußten, welche noch immer allzu oft erst unter der Folter herausgepresst wurden. Seine Dissertation hatte für Furore gesorgt, und in Hamburg war man stolz, als er sich entschied, wieder sein Amt als Prokurator aufzunehmen. Doch seitdem waren die meisten seiner Fälle kaufmännische Streitigkeiten, die keineswegs eine juristische Meisterleistung, sondern einfach nur solides Handwerk verlangten.

Der Fall aber, den Thomasius ihm anbot, war eine echte, eine große Herausforderung. Natürlich hatte er von der Verhaftung Patkuls gehört. Überall sprach man davon. Patkul war ein bekannter Mann. Er galt als Schmied der russisch-polnisch-sächsischen Allianz im Krieg gegen Schweden, und ihm eilte der Ruf eines unbestechlichen, aufrichtigen und freiheitsliebenden Pietisten voraus. Thomasius hatte recht: Es war ein Bruch des Völkerrechts. Die europäischen Höfe zogen bereits ihre Gesandten aus Dresden ab, konnten sie doch nicht mehr sicher sein, dass nicht auch die einfach ohne Anklage gefangen genommen wurden. Zugleich spottete man über das sächsische Rechtsverständnis und entehrte damit sämtliche hervorragenden Juristen, die aus den Universitäten des Landes hervorgegangen waren.

Hinrich Wrangel spürte, wie eine Welle der Aufregung durch seinen Körper ging. Ja, es war eine Ehre, dass Thomasius ihn dabeihaben wollte, die deutsche Jurisprudenz gegen die Willkür absolutistischer Machtphantasien zu verteidigen. Endlich bekäme er die Gelegenheit, mit hochkarätigen Kollegen zusammenzuarbeiten, breit angelegte Verteidigungsstrategien zu entwickeln und weit mehr als nur einem Gefangenen zu helfen, nämlich dem Recht selbst. Um seine innere Erregtheit zu bändigen, stand er auf und schritt in dem kleinen Kabinett auf und ab. Schließlich versprach dieses Unternehmen auch noch eine interessante Reise nach Königsberg. Wrangel kannte die Stadt noch nicht, von deren Universität er aber viel Gutes gehört hatte. Nun würde er dort sogar vor Ort arbeiten können. Es wäre eine herrliche Abwechslung von dem täglichen Einerlei des Niedergerichts.

Es klopfte leise an der Tür, und eine junge Magd betrat das Kabinett. »Die gnädige Frau lässt Euch ausrichten, dass das Mittagessen in einer halben Stunde serviert wird.«

Das hatte Wrangel bei all der Freude ganz verdrängt: Was würde Ruth zu diesem Unternehmen sagen? Was würde sie davon halten, wenn er sie für einige Wochen allein in Hamburg ließ, um in

Königsberg dieser Aufgabe nachzugehen? Sie mitzunehmen wäre natürlich ausgeschlossen. Schließlich ging es um ein geheimes Treffen und nicht um eine Vergnügungsreise.
Der Anflug eines schlechten Gewissens legte sich auf Wrangels Gemüt. Er liebte Ruth über alles auf der Welt, und er tat, was er konnte, um ihr Leben so schön und angenehm wie möglich zu gestalten. Schließlich wohnte er auch deshalb mit ihr in ihrem alten Elternhaus. Sie hatten es kurz nach ihrer Hochzeit im Herbst 1702 erworben und seitdem kaum Veränderungen daran vorgenommen. So lebte Wrangel in den Möbeln und mit den Büchern und Erinnerungen der Familie Abelson. Grundsätzlich störte ihn das nicht, aber manchmal lastete die Allgegenwart von Ruths früherem Dasein schon auf ihm.
Tatsächlich war es ein früheres Leben, denn Ruth war seinetwegen zum Christentum konvertiert. Die Familie Abelson waren sephardische Juden, die keinerlei Rechte in Hamburg hatten. Nur das Geld nahm der Rat der Stadt immer gern von den Juden. »Schutzgeld« nannte man es. Aber es schützte wenig. Ruths Vater, ein mit allen großen europäischen Börsen vertrauter Bankier und ein Mann von untadeligem Ruf, war eines Nachts erschlagen vor den Wällen der Stadt aufgefunden worden. Er hatte Wrangel bei seinen Ermittlungen in einem verworrenen Mordfall geholfen. Der Prätor des Niedergerichts hatte sich anschließend geweigert, in dem gewaltsamen Tod Abelsons ein Verbrechen zu sehen.
Diese Vorfälle hatten dazu beigetragen, dass Hinrich Wrangel um Ruths Hand angehalten hatte und kurz nach ihrer Hochzeit mit ihr nach Halle gegangen war, zurück an die Universität. Seit jener Nacht, als ihr Vater gestorben war, hatte er Ruth nicht mehr allein gelassen. Aber jetzt war der Zeitpunkt gekommen, wo er auch einmal wieder an seine Interessen, ja, auch an seine Pflichten als Advocatus denken musste.

Ruth wartete bereits im Speisezimmer, als ihr Mann eintrat. Auf den ersten Blick bemerkte sie seine innere Erregung. So hatte sie seine Augen schon lange nicht mehr leuchten sehen. Sie funkelten tiefblau und bildeten einen harmonischen Kontrast zu seinen schön geschwungenen Lippen. Das wellige dunkle Haar reichte ihm fast bis auf die Schultern. Ruth liebte es, wenn er es offen trug.

Sie lächelte ihm zu und unterdrückte den Reflex, nach seiner Hand zu greifen, um seiner Unruhe ein Ventil zu geben. Diese Zurückhaltung hatte sie sich mit der Zeit angewöhnt, nachdem sie mehrfach von Freundinnen darauf angesprochen worden war, ihren Gefühlen Hinrich gegenüber nicht so offensichtlich freien Lauf zu lassen.

In der ersten Zeit ihrer Liebe hatte sie kaum von ihrem Mann lassen können. Immer musste sie ihn spüren, ihn zumindest in ihrer Nähe wissen. Inzwischen aber waren sie bald vier Jahre verheiratet, also kein junges Paar mehr. Trotzdem fiel es Ruth nicht leicht, sich in das Leben einer bürgerlichen, vor allem einer christlichen Ehefrau zu fügen. Der Schritt in die Ehe hatte ihr schon als junges Mädchen große Sorge bereitet, da sie um all die Freiheiten fürchtete, die ihr Vater ihr stets jenseits aller gesellschaftlichen Gepflogenheiten gewährt hatte. Aber auch Hinrich tat zum Glück, was er konnte, um ihrer Neugierde und ihrem Drang, die Welt zu erkunden, den Weg zu ebnen. Ihrem jüdischen Glauben zu entsagen war ein hoher Preis gewesen, mit dem sie nicht nur mit ihrer tiefen inneren Überzeugung, sondern auch mit der Geschichte und den Traditionen ihrer Familie gebrochen hatte. Aber Hinrich war die Liebe ihres Lebens. Daran hatte sie nicht den geringsten Zweifel. Und ein Leben ohne ihn wäre keines, egal in welchem Glauben.

»Schön, dass du kommst, Hinrich. Das Essen ist angerichtet. Hattest du einen erfolgreichen Vormittag?«

»Danke, meine Liebe. Ja, ich habe aufregende Nachrichten von unserem Freund Professor Thomasius.«
»Wie schön. Was hat er Gutes aus Halle zu berichten?«
»Aus Halle hat er kaum berichtet, dafür aber von den neuesten Entwicklungen in dem Fall um Johann Reinhold Patkul.«
»Patkul, der russische Gesandte, der in Dresden widerrechtlich gefangen genommen wurde?«
»Genau. Natürlich kann Thomasius diese Beschmutzung des Völkerrechts nicht ertragen, darum hat er beschlossen, eine profunde Verteidigung auszuarbeiten.«
»Thomasius will Patkul verteidigen? Geht das denn? Halle gehört doch nicht zu Sachsen. Außerdem ist Thomasius, so wie ich es von dir gelernt habe, doch gar nicht praktisch bei Gericht tätig, sondern widmet sich ganz der Lehre und der Wissenschaft, also vielmehr der Theorie der Jurisprudenz.«
»Ganz richtig, Ruth. Darum sucht er auch noch einen Praktiker, der sich einem von ihm gegründeten geheimen Rat anschließen soll.« Hinrich Wrangel lächelte seine Frau vielsagend an.
Sie zog eine Braue hoch und lächelte zurück. »Einem geheimen Rat?«
»Ja, Ruth. Thomasius hat einen geheimen Rat zur Verteidigung Patkuls gegründet, und er hat mich gefragt, ob ich darin mitarbeite. Ist das nicht wunderbar?«
»Ja. Es ist eine Ehre und bestimmt auch eine große juristische Herausforderung.« Ruth griff nach der Serviette und tupfte sich die Lippen ab. »Doch wie wird dieser geheime Rat arbeiten, und vor allem: wo?«
»Nun«, entgegnete Wrangel verlegen, »um genau das festzusetzen, treffen wir uns in der letzten Märzwoche in Königsberg an der Albertina.«
»In Königsberg? Aber das ist ja bereits in zwei Wochen, Hinrich!«

Ruth legte das Besteck beiseite. »Da müssen wir ja schon in wenigen Tagen abreisen, um rechtzeitig einzutreffen.«
Wrangel legte ebenfalls das Besteck zur Seite und trank betont langsam einen Schluck Wein. »Du wirst leider nicht mitkommen können, Ruth. Es handelt sich schließlich um eine geheime Zusammenkunft, und die Reise ist nicht gefahrlos. Schweden befindet sich im Krieg gegen Polen und Russland. Königsberg ist sozusagen von verfeindeten Staaten umgeben. Selbst die Reise auf See birgt Risiken. Die schwedische Flotte bewacht die Küste, und schon so manches Schiff wurde versehentlich unter Beschuss genommen. Ich kann dich einer solchen Gefahr nicht aussetzen, meine Liebe. Der Gedanke, dir könnte etwas zustoßen, ist für mich unerträglich.«
»Aber glaubst du denn, für mich ist es anders? Wie kann ich es zulassen, dass du dich so einer Gefahr aussetzt? Wie sollte ich leben ohne dich?« Ruth zupfte an ihrer Serviette herum, um ihre Erregung unter Kontrolle zu bringen. Insgeheim wusste sie seit langem, dass Hinrich nicht immer in ihrer Nähe sein konnte. Doch das änderte nichts daran, dass schon die Vorstellung einer vorübergehenden Trennung von ihm ihr wahrhaftigen körperlichen Schmerz zufügte. Ihre Brust krampfte sich zusammen, und das Atmen fiel ihr plötzlich schwer.
»Aber Ruth, ich bin ein Mann. Das ist etwas anderes. Mein ganzes Leben lang bin ich schon allein gereist, am liebsten sogar zu Fuß unterwegs gewesen, wie du nur zu gut weißt. Ich werde bestimmt auf mich aufpassen, das verspreche ich dir. Auch werde ich gar nicht lange fort sein. Spätestens nach vier Wochen bin ich wieder zurück.«
»Dann wirst du an Pessach nicht hier sein und auch nicht eine Woche später zu Ostern. Ich werde allein diese großen Feste überstehen müssen.«
»Nein, bestimmt nicht. Ich spreche mit Matthias Claussen. Du

wirst Ostern bestimmt mit der Familie Claussen feiern können. Schließlich bist du doch auch mit seiner Frau Hanne befreundet. Die Zeit wird schneller verfliegen, als du glaubst.«

Ruth senkte zunächst den Blick, doch dann lächelte sie ihrem Mann zu. »Weißt du noch, wie wir beide in Halle unsere Studien verfolgt haben? Jeden Tag sind wir gemeinsam zur Universität gegangen, haben Vorlesungen besucht und Stunden in der Bibliothek verbracht.«

»Ja, es war eine sehr schöne Zeit, Ruth. Wie stolz war ich auf dich, ja, bin es immer noch, dass du mit größter Selbstverständlichkeit sämtliche Vorlesungen an der medizinischen Fakultät besucht hast. Kein Wort hast du dir entgehen lassen, alles Wissen in dich aufgesogen. Inzwischen magst du mehr Kenntnisse von der Medizin haben als so mancher Arzt.« Er lächelte ebenfalls und ergriff Ruths Hand.

»Wir haben viele schöne Dinge zusammen erlebt, Hinrich. Wir haben gemeinsam studiert, gemeinsam mit Freunden und Kommilitonen diskutiert.«

»Und ohne deine intensive Hilfe hätte ich niemals so schnell meine Dissertation schreiben können, meine Liebe. Du warst eine wunderbare kritische und intensive Leserin. Darum weißt du auch, wie wichtig mir die Mitarbeit in diesem geheimen Rat ist.«

»Natürlich, Hinrich. Ich verstehe dich sehr gut. Aber lass mich nicht allein zurück. Nimm mich mit nach Königsberg.« Ruth drückte seine Hand mit jeder Silbe.

Wrangel aber wandte den Blick ab und schaute zum Fenster hinaus. Der Himmel war verhangen. Obwohl die Sonne im Zenit stehen musste, blieb die Straße in ein milchiges schwaches Licht getaucht. »Ruth, wir leben nicht mehr in Halle. Die Zeit des Studiums ist vorbei. Du bist die Ehefrau eines Prokurators am Hamburger Niedergericht. Dank dem Erbe deines Vaters gehören wir zu den wohlhabendsten Familien der Stadt. Du hast jetzt gesellschaftliche Verpflichtungen, denen du nachkommen musst. So wie ich auch.«

»Hinrich, wir sind jung, es geht uns gut, lass uns unser Leben so leben, wie wir es für richtig halten. Wir haben es geschafft, dass ich in Halle Vorlesungen besuchen konnte, ja, dass ich sogar an Diskussionszirkeln teilnehmen konnte, obwohl Frauen das Studium verboten ist. Warum sollten wir uns jetzt den Zwängen der Hamburger Bürger beugen, uns von ihnen gesellschaftliche Verpflichtungen als Familie auferlegen lassen?«

Hinrich Wrangel ließ ihre Hand los. »*Du* hast Verpflichtungen, Ruth. Denn tatsächlich sind wir noch gar keine Familie, da uns dafür etwas Entscheidendes fehlt …« Er hielt einen Augenblick inne, dann griff er wieder nach seinem Besteck, schnitt sich ärgerlich ein Stück des Bratens ab, der auf seinem Teller lag, und begann schweigend zu essen.

Ruth schluckte. Seit Monaten schon drängte Hinrich sie, dass sie sich endlich dem Nachwuchs widmeten. Aber Ruth wollte keine Kinder. Noch nicht. Sie fühlte sich einfach noch nicht bereit für diesen nächsten großen Schritt. Kinder würden ihr unweigerlich neue Zwänge aufbürden. Als Mutter wäre sie noch stärker an das häusliche Leben gebunden, und die christliche Erziehung der Kinder wäre zentral. Ja, mit Kindern stiegen die Wrangels endgültig auf zum Hamburger Patriziat mit all den Verpflichtungen, die dazu gehörten. Dann säße sie im vorderen Kirchengestühl von Sankt Petri und müsste den Frauen der Gemeinde ein Vorbild sein.

»Hinrich, du weißt, wie sehr ich dich liebe, und du weißt, dass ich auch Kinder mit dir haben möchte. Doch bitte: Alles braucht seine Zeit.«

»Aber Ruth, ich gebe dir doch Zeit. Vier Jahre sind wir schon verheiratet. Wie viele Jahre brauchst du denn noch? Die Leute fragen sich allmählich, woran es liegt, dass wir keine Kinder haben.«

»Was interessiert uns das Gerede der Leute, Hinrich?«

»Ich frage mich ebenfalls langsam, warum wir keine Kinder bekommen.«

Ruth legte die Serviette auf den Tisch und erhob sich. »Entschuldige mich bitte.« Dann wandte sie sich um und verließ wortlos das Speisezimmer.

Wrangel schüttelte resigniert den Kopf. Auch er mochte dieses Thema nicht, gleichzeitig wünschte er sich sehnlich Kinder von der Frau, die er so liebte. Konnte sie das nicht verstehen? Kinder zu bekommen war das Normalste von der Welt. Manchmal fragte er sich, ob die intensiven medizinischen Studien bei ihr Ängste hervorgerufen hatten. Sicherlich, eine Kindsgeburt war ein Risiko. Aber sie waren wohlhabend. Sie konnten sich die besten Ärzte und Hebammen, die beste Betreuung leisten. Und Ruth war jung, gerade einmal zweiundzwanzig Jahre alt. Je älter sie wurde, desto schwieriger würde die erste Geburt werden.

Aber er konnte mit ihr nicht vernünftig darüber reden. Sie fühlte sich gleich unverstanden und gedrängt. Zwar gestand er es sich nur ungern ein, doch Ruth war eben die verwöhnte Tochter eines reichen Bankiers, der ihr achtzehn Jahre lang jeden Wunsch von den Augen abgelesen hatte. Selbst als liebender und geliebter Ehemann war es nicht leicht, damit umzugehen, obwohl er alles für seine Frau tat. Sie lebten im Haus ihres Vaters, in seinen Möbeln, mit seinen Büchern, von seinem Geld. Sogar die Bediensteten waren seine Bediensteten gewesen. Von Wrangel selbst, von seinem Leben war kaum etwas in diesem Haus zu finden. Höchstens seine Bücher, für die er ein neues Regal im Kabinett hatte bauen lassen.

Vielleicht lag genau hierin der Grund für seinen Kinderwunsch.

Er wollte endlich etwas Eigenes. Eigene Kinder. Seine eigene Familie. Doch wenn er dies schon nicht bekam – schließlich konnte er Ruth ja nicht zwingen –, so wollte er wenigstens Erfüllung in seiner juristischen Arbeit finden. Das aber war am Niedergericht nicht leicht. Zu viel war Alltagsgeschäft, zu wenig wirklich eine juristische Herausforderung. Nun bot ihm Thomasius diese Gelegenheit. Er würde sie sich nicht entgehen lassen.
Leise öffnete sich die Tür, und Ruth trat wieder ein. Sie lächelte ihn tapfer an und setzte sich wieder an ihren Platz. »Hinrich, ich weiß nicht, wie ich es dir erklären soll. Ich spüre einfach eine unbestimmte Angst.«
»Ruth, ich verstehe dich ja.« Wrangel ergriff erneut nach ihrer Hand. Sie erschien ihm so klein und zart, zu zart für diese Welt. Er musste sie beschützen. »Eine Geburt ist ein Risiko. Aber du bist jung und gesund, und wir haben die Mittel für jegliche Hilfe, die du benötigst …«
»Das ist es nicht, Hinrich. Ich habe Angst um dich. Ich habe Angst, dich zu verlieren.«
»Du verlierst mich doch nicht, meine Liebste. Ich bin doch bei dir, ich liebe dich, ich …«
»Dann nimm mich mit!«
Wrangel ließ die Schultern hängen und seufzte.
Ruth fixierte ihn mit festem, innigem Blick. Sie schämte sich regelrecht ihrer Gefühle. Auf einmal, als sie sich ihren Mann auf Reisen vorstellte, hatte sie eben eine Angst überfallen, wie sie sie noch nie zuvor gespürt hatte. Dabei war sie wirklich kein ängstlicher Mensch. Von früher Kindheit an war sie das Reisen gewöhnt. Und nicht jede Reise verlief ohne Komplikationen. Auch war ihre Familie Abelson leidgeprüft. Alle ihre Brüder waren gestorben, bevor sie sie richtig kennenlernen konnte. Sie war das jüngste von fünf Kindern gewesen. Gerade einmal vierzehn Jahre war sie, als sie ihre Mutter durch eine schwere Krank-

heit verlor, und als sie achtzehn war, erschlug man ihren Vater wie einen Hund.

Alle diese Schicksalsschläge hatte sie ertragen, keiner hatte ihren Lebensmut, ihre Lebensfreude trüben können. Aber das Gefühl, das sie jetzt im Griff hielt, kannte sie noch nicht. War es aus der Liebe geboren, die sie für Hinrich empfand? War es eine Vorahnung?

»Hör zu, Ruth. Morgen treffe ich mich mit Matthias. Ich werde die Sache mit ihm besprechen und seinen Rat einholen.«

»Wozu brauchst du den Rat eines Pastors in dieser Frage?«

»Matthias Claussen ist zwar auch Pastor, aber vor allem mein Freund, wie du weißt. Und als Freund werde ich ihn um Rat bitten. Und nun lass uns nicht weiter davon sprechen.«

Burg Sonnenstein, Sachsen, im März 1706

Johann Reinhold Patkul durchmaß den Raum mit großen Schritten. Fünfzehn Schritte waren es in der Länge, zehn in der Breite, das Turmrund in der Ecke nicht mitgezählt. Seit bald drei Monaten war dies sein täglicher Spaziergang, wenn das Wetter es nicht zuließ, dass er im Innenhof der Burg ein paar Runden drehte. Ungeduld und Langeweile nagten an dem stattlichen Mann von fünfundvierzig Jahren, dessen Haar noch voll und dunkel und dessen Schultern stark und aufrecht waren. Obwohl er auf der Burg Sonnenstein in Arrest gehalten wurde – freilich ohne dass ihm bisher eine vernünftige und stichhaltige Anklage gemacht worden war –, hatte er doch in den letzten zehn Wochen so manchen Stein in Europa zum Rollen gebracht. Dem Dresdener Geheimen Conseil hatte das nicht gefallen. Schande senkte sich auf die Hauptstadt Sachsens, der mehr und mehr Gesandte der europäischen Höfe den Rücken kehrten.

Nicht einen Tag hatte Patkul untätig auf der Burg Sonnenstein verbracht. Gleich am Morgen nach seiner Arretierung hatte er den Kommandanten Corbey, einen gutmütigen und umgänglichen Mann, darum gebeten, ein gewisses Minimum an Komfort aus seinem Dresdener Domizil hierherzuschaffen. Am Neujahrsmorgen war dann sein Diener Heinrich mit zwei Schrankkoffern an nötigster Wäsche, Literatur und Schreibzeug eingetroffen sowie mit einem Fass kräftigen Burgunders, auf den Patkul nur ungern verzichtete. Vor allem hatte er Bargeld mitgebracht, welches das Leben auf Sonnenstein erheblich erleichterte. Zwar waren die Speisen nicht schlecht, die der Kommandant ihm servieren ließ, aber an Raffinesse fehlte es ihnen in

jeder Hinsicht. Heinrich hatte auf dem Pirnaer Markt schnell ein paar Händler ausfindig gemacht, die in der Lage waren, Patkuls verwöhnten Gaumen mit verschiedenen Köstlichkeiten zu erfreuen, wie gebratenen Rebhühnern, sauer eingelegtem Schweinefleisch, Wachteln, Taubeneiern sowie vorzüglichen Zitrusfrüchten, die aus dem Süden Italiens geliefert wurden.
Zu Epiphanias lud Patkul dann den Kommandanten Corbey zum Essen ein und ließ nur vom Feinsten auftragen. Heinrich hatte es tatsächlich geschafft, Austern und einen köstlichen Wildschweinbraten aufzutreiben, frische Datteln aus dem Morgenland, dazu Champagner und natürlich den guten Burgunder. Corbey war geschmeichelt, und schon in der darauffolgenden Woche durfte Patkul täglich seinen guten Freund Heinrich von Hoym empfangen, der ihm nicht nur frische Presseerzeugnisse mitbrachte, sondern auch persönliche Briefe für den Gefangenen besorgte.
Kaum war diese Infrastruktur geschaffen, machte sich Patkul daran, empörte Briefe an den russischen Kriegsminister Golicyn, den Grafen Menschikow, seines Zeichens russischer Staatsminister und enger Vertrauter des Zaren, sowie an Zar Peter persönlich zu schreiben. Aber die Antworten ließen auf sich warten. Und zwar ärgerlicherweise nicht nur die. Auch die versprochenen Wechsel für die Subsidien an den König von Polen, die Patkul seit Beginn des russischen Bündnisses mit Polen-Sachsen im Namen des Zaren an König August II. auszahlte, blieben aus. Inzwischen hatte sich der Betrag trotzdem auf die schwindelerregende Summe von 760 000 Reichstalern summiert. Patkul hatte sich deshalb schon öfter an Kriegsminister Golicyn gewandt, um den Geldfluss auf den Weg zu bringen, aber bisher war nichts geschehen. Zumindest hatte er noch keinerlei entsprechende Nachrichten hierher in sein Gefängnis erhalten. Aber so wie es derzeit um ihn stand, war er

auch alles andere als willens, den gierigen König August weiter mit dem Geld des Zaren zu füttern, das er dann nicht für seine braven Soldaten, sondern für Luxus und Tand seiner Mätressen ausgab.

Oder hatten inzwischen vielleicht sogar Patkuls Beschwerden über die sächsischen Zustände beim russischen Außenminister Golowin Früchte getragen, und der Zar weigerte sich nun, an seinen verschwenderischen Verbündeten zu zahlen? Moralisch wäre so ein Schachzug sicherlich verständlich, doch Patkul könnte er finanziell ruinieren. Schließlich hatte er aus seiner eigenen Privatschatulle dem König viel Geld vorgestreckt, welches er mit den ausstehenden Subsidien zu verrechnen gedachte. Außerdem steckte König August zusätzlich privat bei ihm tief in der Kreide. Jetzt aber, da Patkul sein Gefangener war, musste August seine Schulden zumindest einstweilen nicht zurückzahlen.

Er hielt inne. Das fehlende Geld könnte tatsächlich ein starkes Motiv sein, ihn hier gefangen zu halten, denn ohne Geld wäre König August nicht mehr lange in der Lage, an Russlands Seite den Krieg gegen Schweden fortzuführen. Wenn er nun keine Einkünfte mehr aus Russland bekam, blieb ihm nur noch ein Friedensschluss mit dem Schwedenkönig, wollte er sich nicht selbst zugrunde richten. Und was für ein schöneres Gefälligkeitsgeschenk könnte König August König Karl XII. wohl überreichen als den dem Schwedenkönig zutiefst verhassten Johann Reinhold Patkul? Schließlich war Patkul, der aus Livland stammte, ein schwedischer Untertan, der seinem König die Stirn geboten hatte, um sein Recht als livländischer Adliger einzufordern und seine Landgüter als Eigentum zu behalten – mitsamt den auf ihnen arbeitenden Bauern als Leibeigene.

Er schauderte. War es möglich, dass sich König August zu so einer Hinterhältigkeit herabließ und ihn hier als Pfand gefangen

hielt? Nein, so schlecht konnte es noch nicht um Polen-Sachsen stehen, durfte es einfach nicht! Auf jeden Fall musste endlich der Zar eingreifen und Patkul befreien!
Wie viele Meilen war er nun wohl schon durch dieses Zimmer gelaufen, fünfzehn Schritte in die eine, fünfzehn in die andere Richtung? Geduld gehörte nicht zu Patkuls Stärken. So hatte er sich auch, kaum waren die Briefe nach Russland heraus, an eine scharfe Anklageschrift wider die sächsische Regierung gemacht, die ihre Befugnisse in seinen Augen maßlos überdehnt hatte. Sein Freund Hoym schaffte es, das Manuskript der Anklageschrift, die Patkul mit dem Pseudonym Sincerus Treumann versehen hatte, bei einem kleinen Verleger in Hamburg zu veröffentlichen. Das Echo war enorm, und die Zeitungen quollen über von Artikeln, die die Causa Patkul aufs schärfste verurteilten. Aber leider reichte die Wirkung nicht weit genug. Auf Druck seiner Minister ließ König August die Anklageschrift in Dresden öffentlich vom Henker verbrennen, um so seinen Abscheu gegen ihren Inhalt und den Verfasser zum Ausdruck zu bringen. Patkul hatte es mit trotziger Wut zur Kenntnis genommen und mehr als reichlich von seinem geliebten Burgunder getrunken, um sein aufgewühltes Gemüt zu beruhigen.
Seit diesem Ereignis hatte leider auch die Großzügigkeit des Kommandanten Corbey abgenommen, behaupteten doch böse Zungen, der gute Mann sei zu nachsichtig mit seinem Gefangenen, wenn solche Schriften die Öffentlichkeit erreichten. Es hatte Patkul eine Stange Geld sowie zwei Kisten besten Reimser Champagners gekostet, um Corbeys Gemüt zu besänftigen und seinem Freund von Hoym wieder Zutritt zu gewähren. Allerdings hatte er nun seine Besuche kürzer zu halten und kein Zeugnis seiner Informationsdienste zurückzulassen. Eingehende Briefe verbrannte Patkul umgehend, nachdem er sie gelesen

hatte, und die Zeitung überflog er in Windeseile, derweil von Hoym bei ihm eine freundschaftliche Mahlzeit einnahm.
Aus der Stadt schlug die Glocke der Turmuhr die zwölfte Stunde. Es war Zeit, seinen unruhigen Gang zu beenden, denn für gewöhnlich teilte Hoym das Mittagessen mit ihm. Tatsächlich klopfte es bereits wenig später an der Tür, der Schlüssel drehte sich im Schloss, und die Wache ließ den groß gewachsenen, drahtigen Mann im schlichten, aber edlen dunklen Rock eintreten.
»Hoym, mein Freund, wie gut, Euch zu sehen! Seid gegrüßt!«
Patkul ging mit ausgestreckten Armen auf seinen Gast zu.
Der lächelte ihn freundlich an und erwiderte die Umarmung.
Kaum war die Tür wieder fest verschlossen und die beiden Männer unter sich, raunte Patkul ihm zu: »Was bringt Ihr für Neuigkeiten? Gibt es Hoffnung auf eine baldige Wende meines Schicksals?«
Hoym lächelte ihn tröstend an. »Leider nicht. Zwar flaut die öffentliche Empörung über Euer Schicksal nicht ab, aber Folgen zeitigt die allgemeine Entrüstung noch keine.«
Patkul ließ müde die Arme sinken und stöhnte leise. »Wie lange braucht es denn noch, dass der Zar sein Recht einfordert und sich seinen Diener überstellen lässt?«
»Er fordert schon, wie man hört.«
»Ach ja?«
»Ja, nur weicht König August immer wieder geschickt aus. Er behauptet, er käme der Bitte seines gekrönten Freundes gern nach, aber die kriegerische Situation in Polen mache eine Überstellung von Euch nach Russland praktisch unmöglich, wolle man doch auf keinen Fall riskieren, dass Ihr in die Hände Eurer größten Feinde, der Schweden, fallt.«
»Ach, alles Ausreden. Freilassen soll er mich, haben er und seine verkommenen Minister doch nichts gegen mich in der Hand!«
Hoym schwieg, und Patkul konnte sich des Eindrucks nicht er-

wehren, dass der Freund ihm nicht alles sagte. Aber er kannte ihn gut genug, um zu wissen, dass Drängen in diesem Fall nicht helfen würde.
Da zog der Besucher aus seiner Brusttasche ein kleines Kuvert und reichte es ihm. »Das traf heute früh aus Halle ein.«
Patkul nahm neugierig den Umschlag und las seinen Namen, der in ausladender Handschrift quer über die Vorderseite geschrieben war. Diese Schrift kannte er gut. Sie stammte von Christian Thomasius. Erfreut öffnete er den Brief und überflog eilig die Zeilen. Mit jedem Wort erhellten sich seine Züge.
»Das ist gut, sehr gut«, murmelte er. »Ein ganz unerwarteter Druck wird so entstehen, wunderbar.«
»Nun ist es an Euch, mir die Neuigkeiten zu berichten, lieber Freund, die Euer Gesicht so strahlen lassen.«
»Ihr habt sicherlich von Professor Thomasius, dem Rechtsgelehrten aus Halle, gehört«, antwortete Patkul sogleich. »Ich kenne ihn noch aus meiner Studienzeit, wo ich einige Vorlesungen bei ihm gehört habe. Auch später führten wir über Jahre eine rege Korrespondenz zu juristischen Themen. Thomasius hat sich seinerzeit sehr mit meinem Disput mit dem schwedischen König befasst und mir in vielerlei Hinsicht recht gegeben. Nun hat er natürlich auch die Anklageschrift des Sincerus Treumann gelesen und sogleich erkannt, dass die Causa Patkul eine Schande für das deutsche Rechtswesen zu werden droht. Darum möchte er mir helfen und mit einem erlesenen Kreis bester deutscher Juristen an einer Verteidigungsschrift arbeiten, die keine Zweifel mehr offen lassen soll. In Kürze wollen sich die Herren an einem geheimen Ort treffen und mit ihrer Arbeit beginnen. Er bittet mich, noch einmal sämtliche wichtigen Informationen zu meinem Fall nüchtern und sachlich zusammenzufassen, vor allem auch die so häufig übersehenen Kleinigkeiten, die oftmals den Kern einer Lösung in sich tragen.« Patkul ging zum Kamin,

in dem ein kräftiges Feuer die Märzkälte aus dem Raum zu treiben suchte, und hielt den Brief in die Flammen.
»Das sind wahrlich gute Neuigkeiten!«, freute sich Hoym. »Wie ich Euch kenne, werdet Ihr für heute mit nichts anderem mehr beschäftigt sein als mit einer gründlichen Antwort auf Thomasius' Bitte.«
Patkul lächelte und rieb sich die Hände. »So ist es, mein Freund. Sagt, kann ich mich auf Euch verlassen und Euch morgen einen Brief an den Professor mitgeben, den Ihr schnell besorgen möchtet, bevor er selbst an jenen geheimen Ort abreist, den er mir wohlweislich verschwieg?«
»Morgen treffe ich Euch gern wieder zur Mittagsstunde auf ein gemeinsames Mahl. Aber das für heute steht noch aus. Euer Diener lässt sich Zeit, die Speisen aufzutragen.«
»Nein, er wartet nur auf mein Zeichen, will er doch nicht unpassend stören.«
Patkul griff nach einer kleinen Glocke und läute zweimal kräftig. Kurz darauf öffnete sich die Tür, und Heinrich, sein treuer Diener, balancierte ein mit diversen Köstlichkeiten reich beladenes silbernes Tablett zum Esstisch.

Hamburg im März 1706

Gespannt beobachtete Wrangel seinen Freund Matthias Claussen, der nachdenklich mit einem kleinen Löffel seinen Kaffee umrührte. Das Kaffeehaus am Kattrepel war gut besucht. Kaum ein Tisch war noch frei, und ein angeregtes Stimmengewirr füllte den kleinen Raum. Seit Jahren schon, ja, seit Beginn ihrer Freundschaft trafen sich die beiden Männer jeden Mittwochnachmittag am Kattrepel zu einer Tasse Kaffee und einem guten Gespräch. Der Wirt reservierte ihnen immer denselben kleinen Tisch in einer Ecke unmittelbar am Fenster.

»Wenn du ihn noch lange weiter rührst, wird er ganz kalt.«

»Das mag schon sein. Aber dann weiß ich vielleicht auch, was ich dir in deiner Situation raten soll.«

Wrangel lehnte sich zurück. Er kannte seinen Freund nur zu gut. Der ließ sich nicht drängen. Schon gar nicht, wenn es um eine wichtige Angelegenheit ging. Die letzte halbe Stunde hatte Claussen ihm aufmerksam zugehört, als er von Thomasius' Brief, dem Fall um Patkul, der notwendigen Reise und Ruths Reaktion darauf berichtet hatte. Verschwiegen hatte er ihm allerdings noch die Sache mit dem Kinderwunsch. Claussen war seit vier Jahren verheiratet und hatte bereits zwei Kinder, so wie es in einer jungen und gesunden Ehe erwartet wurde. Wrangel scheute in dieser Angelegenheit die häufig bohrenden Nachfragen seines Freundes.

»Du willst Ruth also nicht mitnehmen, weil du Angst um sie hast, ja?«

»Genau.«

»Und sie hat Angst um dich, wenn du allein fährst.«

»So ungefähr.«

»Und genauer als ungefähr?«
Wrangel verzog das Gesicht und rieb sich verlegen die Hände. »Nun, sie möchte nicht allein bleiben. Sie hat Angst, mich zu verlieren.«
»Das lässt sich gut verstehen. Schließlich bist du die ganze Familie, die sie noch hat.«
»Ja«, nickte Wrangel zustimmend und blickte nachdenklich in seinen Kaffee. »Und wenn sie weiterhin immer ihren Willen durchsetzt, wird sich das wohl auch nicht ändern.« Er biss sich auf die Lippen. Nun war es also doch heraus.
Claussen zog eine Augenbraue hoch und schaute seinen Freund eindringlich an. »Darum möchtest du jetzt ein Exempel statuieren und deine Frau in ihre Schranken weisen?«
»Ja … nein … ich möchte nur …«, stammelte Wrangel.
»Du möchtest in Thomasius' geheimem Rat mitarbeiten, ohne dir täglich Sorgen um deine Frau machen zu müssen, die derweil allein in Königsberg wäre.«
»Genau. Das schickt sich einfach nicht für eine verheiratete Frau. Zudem ist es gefährlich. So viele Soldaten sollen dort überall unterwegs sein. Es könnte ihr etwas zustoßen. Hier in Hamburg wäre sie in Sicherheit, aufgehoben bei guten Freunden, in ihrer gewohnten Umgebung, in die sie ja schließlich selbst zurückwollte, nachdem ich in Halle promoviert wurde. Nun leben wir wieder hier in Hamburg. Wir haben ihr Elternhaus gekauft, ich bin wieder Prokurator am Niedergericht …«
»… und dich reizt die Herausforderung, mal wieder etwas zu bewegen, nicht wahr? Dir fehlt sonst etwas in deinem Leben. Denn die Ehe wird bereits zur Gewohnheit, ist es nicht so?«
Wrangel begegnete resigniert dem herausfordernden Blick seines Freundes. »Sie wird nicht zur Gewohnheit, Matthias, sie entwickelt sich nur nicht weiter.«
»Doch, das tut sie, Hinrich. Mit jedem Tag, den der Herr ge-

schaffen hat, entwickelt ihr beide euch weiter, so wie auch eure Ehe. Nur ist nicht mehr jeder Tag ein Fest wie am Anfang. Bei Hanne und mir ist das nicht anders. Ich verstehe dich, wenn dir die Aufregung, das Neue fehlt. Auch bei uns ist das so. Die Aufregung schaffen jetzt meist die Kinder.«

»Doch in diese Richtung entwickelt es sich bei uns eben auch nicht.«

»Verlier nicht den Mut, mein Freund. Der Segen des Herrn wird sicher bald auf euch kommen, und Ruth wird dir gesunde Kinder schenken.«

Wrangel wandte den Blick ab und griff wieder nach seiner Kaffeetasse. Nein, er würde Matthias nicht erzählen, dass er vermutete, Ruth setze ihre medizinischen Kenntnisse, die sie in Halle erworben hatte, ein, um an jenen Tagen, denen der Herr den Segen für Kinder gab, das Ehebett zu meiden. Schließlich hatte Claussen ihn immer gewarnt, Ruths Wissenshunger nicht die Zügel schießen zu lassen, da es nicht von ungefähr seit ewigen Zeiten so war, dass die Frauen sich vom Wissen fernzuhalten hatten, um es nicht gegen die göttliche Ordnung anzuwenden. Wrangel verachtete solche Überzeugungen. Waren sie doch jenen so ähnlich, die Frauen über Jahrhunderte als Hexen auf Scheiterhaufen zwangen. Natürlich war sein Freund Matthias kein Befürworter der Hexenverfolgungen. Aber er war ein Mann der Kirche und verteidigte sie in ihrem Urteil und Handeln. Und danach waren die Frauen nun einmal an der Erbsünde schuld und gaben sie weiter.

»Schau nicht so betrübt, wenn nicht gar wütend, Hinrich. Ich stimme dir zu. Du bist der Mann. Deine Meinung und dein Urteil sollten eure Ehe leiten. Doch dabei hast du deine Frau zu achten und zu ehren und auch Nachsicht für ihre Ängste aufzubringen. Ich mache dir einen Vorschlag. Wenn du dich entscheidest zu reisen, werden Hanne und ich uns um Ruth kümmern,

während du fort bist. So wird sie nicht von betrüblichen Gedanken heimgesucht, und sie verzehrt sich nicht aus Sorge um dich. Du hingegen wirst nicht länger in Königsberg weilen, als es nottut, und deine familiären Pflichten nicht verdrängen, nur weil dich die juristische Herausforderung lockt.« Claussen lächelte Wrangel aufmunternd zu. »Was hältst du davon?«
»Du bist ein wahrer Freund, Matthias. Ich danke dir. Du hältst es also auch für richtig, Ruths Ängsten nicht zu viel Bedeutung beizumessen. Das beruhigt mich sehr, denn ich liebe sie und möchte nicht schlecht an ihr handeln. Doch solche weibischen Ängste und Gefühle sind mir einfach zu fremd, um ihnen nachzugeben.«
»Frauen neigen nun einmal von Natur aus zu Ängsten und zum Aberglauben. Unsere Pflicht als Männer ist es darum, ihnen beizustehen und auf dem rechten Pfad der Vernunft zu halten. Du wirst sehen, Hinrich, alles wird sich zum Guten wenden.«
»Dann lass uns gehen, damit ich meine Reisevorbereitungen treffen kann. Wenn ich morgen zeitig mit der Kutsche aufbreche, kann ich vielleicht schon am Freitag von Lübeck aus in See stechen.«
Die beiden Männer gaben dem Wirt ein Zeichen, um ihre Zeche zu bezahlen. Dann machten sie sich auf zu Wrangels Haus.

* * *

Ruth saß im kleinen Salon am Kamin und las in einem Buch über Astronomie, um sich von dem Zerwürfnis mit ihrem Mann abzulenken. Als es an der Haustür klopfte und sie die Schritte des Dieners Jurek in der Diele hörte, packte sie wieder dieses beklemmende Gefühl wie am Tag zuvor, als Hinrich ihr gesagt hatte, er wolle allein reisen. Es war, als wenn sich eine große Wolke vor ihr Lebenslicht schob und alles, was ihr wich-

tig war, verschattete. Als sie die gut gelaunten Stimmen ihres Mannes und Pastor Claussens in der Diele hörte, wurde der Schatten noch dunkler.
Sie ahnte, dass Matthias mitgekommen war, um Hinrich in seiner Entscheidung, die sicherlich nicht in ihrem Sinne sein würde, zu unterstützen. Langsam legte sie das Buch zur Seite und starrte in die Flammen des Kaminfeuers, die sich orangeblau an vier Holzscheiten entlangfraßen.
Es war nicht nur der Schatten, der sie verunsicherte. Sie spürte auch eine Art innerer Verletzlichkeit, die ihr neu war und die sie nicht zuordnen konnte. Mit dem Verstand ließen sich diese Gefühle sowieso nicht greifen. Den ganzen Tag über hatte sie schon darüber gegrübelt. Wieso fühlte sie sich auf einmal so hilflos bei dem Gedanken, für einige Zeit allein, aber doch in ihrer gewohnten Umgebung zu sein? Früher hatte sie davon geträumt, die Welt zu bereisen, unbekannte Länder zu erkunden, vielleicht sogar deren Sprachen zu lernen. Die ersten Jahre ihrer Ehe waren Hinrich und sie auch viel unterwegs gewesen. Sie waren nach London und Amsterdam gereist und hatten einige Zeit in Halle gelebt, von wo aus sie Magdeburg, Leipzig und Dresden besucht hatten.
Und jetzt saß sie hier in ihrem Hamburger Haus und zauderte. Wenn sie ehrlich mit sich war, wollte sie gar nicht unbedingt mit nach Königsberg, aber noch weniger wollte sie Hinrich allein reisen lassen. Dabei verstand sie seinen Wunsch nur zu gut. Sie würde nachgeben müssen. Aber über Pessach durfte er sie nicht allein lassen. Mit wem sollte sie sonst dieses Fest begehen? Als Christin war es ihr offiziell versagt. Nur Hinrich verstand sie und tolerierte ihren Wunsch nach der Verbundenheit mit der Religion ihrer Vorfahren. Er könnte schließlich etwas später fahren, auf ein paar Tage käme es wohl nicht an. Vielleicht hatte sich bis dahin auch diese Wolke über ihrer Seele aufgelöst.

Die Tür zum Salon öffnete sich, und die beiden Männer traten ein. Ruth musterte sie eindringlich, als wollte sie ihre Vermutung, dass die Entscheidung bereits gefallen war, von deren Gesichtern ablesen. Dann erhob sie sich, um ihren Mann und den Gast zu begrüßen.
»Guten Tag, Matthias. Ich freue mich, dich zu sehen. Geht es Hanne und den Kindern gut?«
»Alle sind wohlauf, liebe Ruth, und freuen sich, dich hoffentlich bald einmal wieder bei uns begrüßen zu dürfen.«
»Nehmt doch Platz und lasst uns eine Weile plaudern.« Ruth deutete mit einer ungenauen Geste auf die großen Stühle, die um den Kamin standen.
Hinrich Wrangel räusperte sich. »Dazu haben wir leider keine Zeit, meine Liebe. Ich werde bereits morgen früh mit der Kutsche nach Lübeck aufbrechen. So kann ich noch die Fleute erreichen, die dort am Freitag Richtung Königsberg ausläuft.«
Ruth erbleichte. Wie eine kalte Klammer legte sich ein plötzlicher Schmerz um ihr Herz und nahm ihr den Atem.
»Ich habe schon Anweisungen zum Packen gegeben.« Wrangel zögerte, als er das Zittern seiner Frau bemerkte, und schaute hilfesuchend zu seinem Freund, dem Pastor.
»Wir hoffen, dich, liebe Ruth, während der kurzen Abwesenheit von Hinrich möglichst häufig bei uns zu haben. Magst du nicht gleich morgen zum Abendessen kommen? Du weißt doch, donnerstags treffen wir uns immer mit meinem Oheim, der lieben Tante und einigen weiteren unterhaltsamen Gästen auf ein mit gutem Gespräch angeregtes Abendessen. Hanne wird sich sicherlich sehr freuen.«
Ohne eine Miene zu verziehen, starrte Ruth vor sich hin. Nach einer langen Pause antwortete sie Claussen mit tonloser Stimme.
»Danke, Matthias. Bestelle deiner Frau meine Grüße und entschuldigt mich jetzt. Ich möchte sichergehen, dass die Magd ge-

wissenhaft Hinrichs Kleider packt.« Ohne eine Erwiderung abzuwarten oder die beiden Männer auch nur eines weiteren Blickes zu würdigen, verließ sie den kleinen Salon.

* * *

Wrangel saß im Kabinett an seinem Schreibtisch und sortierte die Papiere für seine Reise. Neben der Anklageschrift, die Thomasius ihm geschickt hatte, hatte er auch sämtliche Artikel über den Fall Patkul, die er in den Zeitungen der letzten Wochen und Monate hatte finden können, zusammengestellt. Er zögerte, ob er auch einige seiner wichtigsten juristischen Bücher mitnehmen sollte. Wrangel war sich nicht sicher, ob die Bibliothek der Albertina sie besaß; wenn nicht, würde er sie für die Arbeit eventuell vermissen. Einen kurzen Brief an Thomasius mit seinen Reiseplänen hatte er bereits geschrieben. Dem Prätor des Niedergerichts hatte er schon auf dem Rückweg vom Kattrepel mit Claussen zusammen einen kurzen Besuch abgestattet. Wie zu erwarten war, hatte der Prätor nichts gegen seine kurzfristige Abwesenheit einzuwenden, zumal für die nächsten Wochen keiner von Wrangels Fällen zur Verhandlung kommen würde.

Jetzt harrte seiner nur noch eine Aufgabe: Er musste Ruth beruhigen. Ihr Rückzug vorhin hatte natürlich wesentlich weniger mit seinem Gepäck als mit der abrupten Mitteilung seiner unverzüglichen Abreise zu tun. Zum Essen hatte sie sich entschuldigen lassen, aber versprochen, später noch auf ein Glas Portwein herunterzukommen.

Wrangel quälte insgeheim das schlechte Gewissen, sich über ihren Kopf und ihre Bedenken hinweg für die Reise nach Königsberg entschieden zu haben. Er hatte sie noch nie so übergangen. Aber er fühlte sich einfach zu fest eingebunden in Ruths Welt,

sodass es ihm schien, als stünden seine Wünsche und Interessen immer hintenan. Vielleicht hatte Claussen ja recht und er wollte sich tatsächlich für eine Weile von den Zwängen seiner Ehe erholen. Und selbst wenn. Er hatte ein Recht darauf. Schließlich ging es hier um mehr als nur sein Vergnügen. Es ging um einen überaus bedeutsamen juristischen Fall, bei dem er sein Wissen und Können einzubringen hatte. Da hatten die Wünsche der Ehefrau eben einmal zurückzustehen.
Als Wrangel von seinen Papieren aufsah, stand Ruth vor dem Schreibtisch. Er hatte sie gar nicht hereinkommen hören. Im milden Schein des Kaminfeuers leuchtete sie regelrecht in einer fast unwirklichen Schönheit. Das wellige schwarze Haar umrahmte ihr zartes Gesicht, und ihre grauen Augen funkelten wie polierter Graphit. Ihr graziler schlanker Körper war in ein hochgeschlossenes dunkelblaues Kleid aus schimmernder Seide gehüllt, die Schultern zusätzlich bedeckt von einer fein geklöppelten hellgrauen Stola aus Genter Spitze, deren filigrane Muster zu den geklöppelten Enden der Ärmel passten. Ohne eine Miene zu verziehen, sah sie ihn an, die vollen, zart geschwungenen Lippen fest geschlossen.
»Ruth, bitte habe Verständnis für meine Entscheidung. Du weißt, wie wichtig dieser Fall für mich ist. Wenn es uns gelingt, Patkul aus den Fängen der sächsischen Höflinge zu befreien und zugleich dem Völkerrecht wieder den Respekt zu verleihen, der ihm zusteht, wird weit mehr gewonnen sein als nur ein Prozess. Es wird ein Zeichen setzen für die Bedeutung des Rechts jenseits herrschaftlicher Machtphantasien.«
»Deine Koffer sind gepackt und stehen in der Diele bereit für die Abfahrt. Ich habe Jurek angewiesen, die Kutsche bei Sonnenaufgang abfahrbereit zu halten. So solltest du Lübeck bis zum Torschluss bei Sonnenuntergang erreichen.«
»Ich danke dir, meine Liebe. Das ist sehr fürsorglich von dir …«

»Es ist meine Pflicht als deine Frau.«
»Ruth, ich bitte dich …«
»Du brauchst mich nicht mehr zu bitten, Hinrich. Ich habe deine Bitte doch bereits erfüllt. Ich hingegen bitte dich, auf dich achtzugeben und bald und wohlbehalten nach Hause zurückzukehren.«
Er erhob sich, ging auf Ruth zu und ergriff ihre Hände. Sie waren eisig kalt. Unweigerlich spannte sich ihr Körper bei seiner Berührung an, und ein Zittern durchfuhr sie.
»Ruth, du weißt, wie sehr …«
»Ja, Hinrich, ich weiß, wie sehr dir dieser Fall am Herzen liegt und wie verantwortungsvoll du diese Frage entschieden hast. Aber entschuldige mich jetzt bitte. Die Vorbereitungen für deine Reise haben mich angestrengt, und ich möchte mich zur Ruhe begeben.«
Wrangel nahm sie in die Arme und gab ihr einen sanften Kuss auf die Lippen. Sie ließ es geschehen, ohne auch nur mit einem Muskel ihres Körpers nachzugeben. Noch einen Augenblick zögernd, ob er die Situation so belassen sollte, suchte Wrangel ihren Blick. Ruths Augen glänzten, doch ihr Blick wich ihm aus. Resigniert drückte er sanft ihre Schultern. »Dann wünsche ich dir eine gute Nacht, meine Liebe.«

Moskau im März 1706

Mit großen Schritten überquerte Alexander Danilowitsch Menschikow den schneebedeckten Kathedralenplatz des Kreml. Die Morgensonne glitzerte tausendfach von den goldenen Türmen der vier Kathedralen und des Iwan-Glockenturmes herab, die sich in prunkvoller Eleganz in den azurblauen Himmel streckten. Zu dieser frühen Stunde war der Hof nahezu menschenleer. Der in der Nacht frisch gefallene Schnee lag noch ganz unberührt wie ein weißer Schleier über dem sonst immer von Menschen überlaufenen Hof des Kreml. Die Zinnen der Befestigungsmauern warfen bizarre Schatten.

Menschikow blieb einen Augenblick stehen und atmete tief die kalte klare Luft ein. Er liebte diese frühe Stunde ebenso wie sein bester Freund Peter, der Zar von Russland. In wenigen Augenblicken würde er ihn treffen, wie jeden Morgen, den die beiden gemeinsam an einem Ort verbrachten, um kurz die wichtigsten Neuigkeiten zu erörtern. Jenseits der Kremlmauern floss die Moskwa tiefschwarz in einem stolzen Bogen durch das Herz von Moskau und trug die letzten Eisschollen mit sich fort.

Menschikow zog den bodenlangen Mantel aus schwarzem Zobel fester um seinen Körper. Die Temperatur war in der letzten Nacht noch einmal dramatisch gefallen und hatte gemeinsam mit dem Neuschnee die Hoffnung auf ein baldiges Ende des Winters zerschlagen. Aber Menschikow war es recht. Denn war der Schnee erst geschmolzen, begannen wieder die langen Monate der Feldzüge und Schlachten, die ihn quer durch Russland und Polen treiben würden. Der Krieg gegen Schweden ging nun schon in das sechste Jahr, und noch immer war kein Ende abzusehen. Die Schweden waren die härtesten Gegner, die er je an der Seite seines Zaren bekämpft hatte. Und sie hatten bereits viele Kämpfe Seite an Seite durchgestanden. Als Jungen schon hatten sie draußen in dem Dorf Preobraschenskoje, in dem der Zar seine Jugend verbracht hatte, mit zwei Spielbataillonen, bestellt aus bäuerlichen Spielkameraden, Stallknechten und den Söhnen der niederen Hofangestellten, regelrechte Manöver abgehalten. Manchmal kam es dabei sogar zu tödlichen Unfällen, aber Peter zuckte dann nur mit den Schultern und sagte, das sei der Preis dafür, dass er das Kriegshandwerk mit dem eigenen Leib erlerne. Und der Preis hatte sich gelohnt. Nur wenige Jahre später kämpften die beiden Freunde vor Asow, der als uneinnehmbar geltenden türkischen Festung am Schwarzen Meer. Peter bezwang sie. Und Menschikow war an seiner Seite gewesen. Aber die Schweden waren ein anderer Schlag als die Türken. Jedes Frühjahr aufs Neue ergossen sie sich über Livland, Litauen und Polen. Dabei hatte der Zar gehofft, in Allianz mit König August von Polen den jungen Schwedenkönig Karl XII. kurzerhand vom Schlachtfeld zu wischen und sich die reichen schwedischen Ostseeprovinzen einzuverleiben. Doch die Rechnung war nicht aufgegangen. Der achtzehnjährige Karl hatte die Russen gleich im ersten Kriegsjahr 1700 derart in die Schranken gewiesen, dass nur Peters verletzter Stolz ihn zum Fortführen des Krieges getrieben hatte.

Ja, und natürlich dieser Patkul.

Mit steifen Fingern griff Menschikow in seine Manteltasche und holte das Schreiben heraus, das ihm ein Kurier schon vor Sonnenaufgang zugestellt hatte. Er überflog es erneut.

Patkul war einfach ein aufdringlicher Störenfried. Daran hatte sich in den vier Jahren, die er jetzt schon dem Zaren als Berater und Sondergesandter diente, wenig geändert. Keine Frage, er war ein schlauer Kopf, geschickter Diplomat und Ränkeschmied. Dafür schätzte ihn der Zar. Auch Menschikow, mit dem es kaum jemand an geistiger Schärfe bei Hofe aufnahm, zollte ihm einen gewissen Respekt und arbeitete häufig mit ihm zusammen. Patkul hatte die Allianz gegen Schweden mit größtem Fingerspitzengefühl eingefädelt und es in den letzten Jahren immer wieder geschafft, den wankelmütigen August bei der Stange zu halten. Auch war es ihm gelungen, die übrigen Europäer davon abzuhalten, sich mit den Schweden zu verbünden, womit er der Allianz den Rücken freigehalten hatte. Dabei hatte er richtiges Genie bewiesen, wie Menschikow neidlos anerkannte.

Aber zugleich war dieser Mann ein leidenschaftlicher Hitzkopf, unversöhnlich im Streit und, was noch viel schlimmer war, absolut uneigennützig und unbestechlich. Genau diese Wesenszüge waren mit Sicherheit schuld daran, dass ihn die Sachsen vor drei Monaten unter Arrest gestellt hatten. Natürlich war das ein Unding, eine Beleidigung der Würde des Zaren von Russland, denn schließlich war Patkul Peters Sondergesandter. Aber Menschikow war dieser Umstand im Grunde nicht unrecht. Der Brief in seiner Hand bewies es ihm aufs Neue. Da saß dieser Patkul nun in irgendeiner Burg in Sachsen gefangen und hatte nichts Besseres zu tun, als Menschikow nach den Subsidien auszufragen. Hätte er stattdessen geschrieben: »Befreit mich, meine Freunde!«, hätte sich Menschikow vielleicht bemüßigt gefühlt, den Dresdener Höflingen mit dem Preobraschensker Garderegiment einen Besuch in ihrem gemütlichen Städtchen abzustatten. Aber nein, Patkul bat ihn nicht um Hilfe, sondern forderte ohne Umschweife, dass Menschikow endlich die Subsidien für August überwies.

Doch dafür war die Zeit noch nicht gekommen. Zunächst einmal hatte dieses Geld, bevor der polnische König es verhurte, ein bisschen für ihn, den russischen Staatsminister und Generalgouverneur von Ingermanland, zu arbeiten. Denn auch sein Le-

ben war kostspielig, zumal er den Luxus liebte. Nach Dresden kam das Geld noch früh genug, dafür hatte er gesorgt.
Ja, dieser Patkul wurde langsam zu einer Last für den russischen Hof.
Menschikow zerriss das Schreiben in winzige Schnipsel und warf sie über die Mauern des Kreml. Eine Windböe ergriff sie und trug sie wie Schneeflocken langsam herab in die schwarzen Fluten der Moskwa.
»Patkul ist tot. Er weiß es nur noch nicht.«
Er nahm noch einen tiefen Atemzug von der kalten Luft und ging dann mit großen Schritten auf die Palasttüren des Kreml zu, hinter denen sein Freund, der Zar, bereits auf ihn wartete.

Königsberg im März 1706

Langsam glitt die Fleute in der klaren Nachmittagssonne auf dem Pregel flussaufwärts auf Königsberg zu. Wrangel stand an Deck und betrachtete neugierig und erwartungsvoll die sich vor ihm erhebende Stadt. Wie Hamburg war Königsberg von Wällen umgeben, die aber bei weitem nicht die Ausmaße der Wallanlagen seiner Heimatstadt erreichten. Trotzdem machte die Festung Friedrichsburg, die den Durchfluss des Pregel in die Stadt bewachte, Eindruck auf ihn.

Eigentlich war Königsberg ja gar nicht eine Stadt, sondern es waren drei Städte. Als der Deutsche Ritterorden in der Mitte des 13. Jahrhunderts hier seine Ordensburg Königsberg errichtete, entstanden unter seinem Schutz drei Ansiedlungen, die alle im Laufe des 14. Jahrhunderts Stadtrechte erhielten und seitdem nebeneinander bestanden: Altstadt, Löbenicht und Kneiphof. Für den Ritterorden war diese Trennung von Vorteil gewesen, konnte er die drei Städte doch so bei Bedarf gegeneinander ausspielen. Auch der neue König in Preußen, Friedrich I., hatte bisher noch keine Anstalten gemacht, diesen Zustand zu verändern und die drei zu einer Stadt Königsberg zu verschmelzen.

Linker Hand erhob sich vor Wrangel das gewaltige Schloss mit seinen die Städte überragenden Türmen. Ihm sah man noch an, dass es eine Burg zur Verteidigung und kein in erster Linie repräsentativer Bau war, wie sie in den letzten Jahrzehnten vor allem unter dem Einfluss des französischen Königs Ludwig XIV. in Mode gekommen waren. Friedrich I. residierte dort, wenn er Königsberg besuchte. Doch seit seiner Krönung im Jahre 1701 verbrachte er weitaus mehr Zeit in Berlin als hier in Preußen. Aber das war kein Wunder. Preußen hatte im Nordischen Krieg

zwischen Russland und Polen-Sachsen auf der einen und Schweden auf der anderen Seite eine ungemütliche Randlage. Immer wieder versuchten russische und polnische Diplomaten den preußischen König auf ihre Seite zu ziehen. Auch Patkul war deswegen öfter in Berlin gewesen, wie Wrangel erfahren hatte. Doch Friedrich I. blieb standhaft in seiner Neutralität. Dies hatte auch seine Vorteile, vor allem für die Schifffahrt auf der Ostsee: Die Schweden ließen die preußischen Schiffe in Ruhe.
Wrangel hatte selbst gerade davon profitiert, als er von Lübeck zunächst nach Danzig segelte und dann auf einem preußischen Schiff weiter nach Königsberg. Nur acht Tage hatte die Reise gedauert, und sie war ohne ernsthafte Zwischenfälle verlaufen. Trotzdem hatte ihm zumindest in der ersten Zeit die Verstimmung mit Ruth zugesetzt. Sie hatten sich zwar nicht gestritten, waren auch nicht im Streit voneinander geschieden, aber als er sich in der Nacht vor seiner Abreise zu ihr legte, hatte sie auf keine seiner Zärtlichkeiten reagiert. Erst als der Morgen graute, hatten sie sich innig geliebt, und Ruth hatte die Tränen nicht zurückhalten können. Sie hatte sich minutenlang fest in seine Arme geschmiegt. Ihm schien, als wolle sie ihm noch etwas sagen, bringe es aber nicht über die Lippen. Schließlich musste er los, die Pferde warteten bereits, und Jurek hatte Mühe, sie ruhig zu halten.
So schwer ihm auch die Trennung von Ruth fiel, so war er nach diesen acht Tagen auf See doch immer mehr zu der Überzeugung gekommen, dass seine Entscheidung, sie nicht mitzunehmen, richtig war. Zwar war die Reise ruhig verlaufen, aber die schwedischen Kriegsschiffe waren allgegenwärtig. Keiner konnte mit Gewissheit sagen, ob die Stimmung nicht doch noch kippen und Karl XII. die reichen Küstenstädte ausplündern würde. Danzig war es so bereits im vergangenen Sommer 1705 ergangen. Die Schweden hatten 50 000 Gulden erpresst und die Stadt

schwer geschädigt, bis sie endlich weiterzogen. Wrangel hatte diese Vorfälle ausführlich von einem Mitreisenden geschildert bekommen. Der gute Mann hatte dabei nicht an grausigen Schilderungen gespart, wie sich die schwedischen Soldaten an den Frauen und Kindern vergangen haben sollten. Auch Königsberg konnte nicht sicher sein, dass die schwedische Flotte nicht doch den Pregel hinauffuhr und ihre Vorräte mit preußischem Geld und Gut aufstockte.

Ein leichter Wind kam auf und ließ kleine Wellen gegen die Planken des Schiffes schlagen. Unweit vor ihnen teilte sich der Fluss auf einmal in zwei Arme und schuf so eine kleine Insel, auf der die Stadt Kneiphof lag. Kneiphof war stark vom Großhandel geprägt, entsprechend stolz und mit einer gut funktionierenden Stadtverwaltung ausgestattet. Auch der Dom und die Universität, die Albertina, befanden sich auf der Insel. Über fünf Brücken war sie mit dem Festland verbunden. Wrangel wollte sich in Kneiphof eine Unterkunft suchen. So konnte er problemlos jederzeit zu Fuß zu den Sitzungen in der Albertina gelangen. Sein Reisegefährte hatte ihm auch schon ein anständiges Gasthaus empfohlen.

Als das Schiff eine knappe halbe Stunde später im Kneiphofer Hafen angelegt hatte, suchte sich Wrangel für einen halben Kreuzer einen Burschen, der ihm sein Gepäck zum Gasthaus trug. Die Straßen waren voll mit Menschen. Fischer boten direkt am Kai aus tiefen Holzbottichen frischen Seefisch an, und nicht weit entfernt, am unteren Fischmarkt, verkauften alte Frauen geräucherte Flundern und Aale aus großen Holzkisten. Die Straßenränder waren von einem bunten Gemisch aus Handels-, Kontor- und Wohnhäusern gesäumt. Dass man sich hier in einem Zentrum des Großhandels befand, war unverkennbar. Es war den Leuten auch an der Kleidung und ihrem Habitus anzusehen. Kontorjungen liefen in kleinen Jacken über die Stra-

ßen, die Kaufleute trugen gediegene dunkle Stoffe, zurückhaltend mit Zierat, aber doch sichtbar von bester Qualität.
Wrangel atmete die frische Frühlingsluft ein und freute sich. Er war wohlbehalten angekommen, die Reise war gut verlaufen, und auch das Wetter zeigte sich frühlingshaft mild. Sobald er sein Quartier erreichte, würde er Ruth einen Brief schreiben, um sie zu beruhigen und ihr von seinen Reiseeindrücken zu berichten.
Der Bursche, der sein Gepäck trug, führte Wrangel am Dom mit seinen zwei ungleichen Türmen vorbei auf einen großzügigen Platz. Sie querten ihn aber nicht, sondern bogen gleich wieder in eine kleine Seitenstraße ein, die zurück zum Fluss führte. Am Ende der Straße befand sich das Gasthaus. Wrangel stellte zu seiner Freude fest, dass es sich in unmittelbarer Nähe zum Collegium Albertinum, der Universität, befand. Der Wirt wies dem wohlhabenden Gast eine geräumige Kammer mit Tisch und Stuhl zu und ließ auch gleich ein heißes Kohlenbecken bringen, um den klammen Raum zu erwärmen.
Unverzüglich machte sich Wrangel daran, eine kleine Note an Bernhard von Wartenberg, seinen Kontaktmann hier in Königsberg, zu schreiben, und übergab sie dem Wirt, damit er einen Boten mit der Beförderung beauftragte. Dann machte er sich frisch und ging hinunter in die Wirtsstube, um Hunger und Durst zu stillen. Der Brief an Ruth musste noch ein wenig warten.

* * *

Früh am nächsten Morgen klopfte es an der Kammertür, und eine junge Magd überreichte dem noch schlaftrunkenen Wrangel ein kleines versiegeltes Kuvert. Er nahm es an sich, schloss die Tür und setzte sich an den kleinen Tisch. Mit sorgfältiger Handschrift war sein vollständiger Name samt seinen akademischen Titeln auf die Vorderseite geschrieben. Das Siegel trug ein ihm unbekanntes Wappen, aber die Buchstaben »BW« ließen auf Bernhard von Wartenberg schließen, Professor der juristischen Fakultät am Collegium Albertinum. So schnell erreichte ihn also die Antwort auf seine gestrige Note. Wartenberg teilte ihm mit, er möge sich um neun Uhr in der Fakultät einfinden, man erwarte ihn freudig.

Hinrich Wrangel legte das Kuvert zu seinen Papieren und streckte sich ausgiebig. Die Arbeit hier in Königsberg ließ sich gut an. Die Preußen kannten eben Ordnung und Disziplin. Das war ihm schon gestern Abend beim Essen aufgefallen. Die Leute warteten, bis die Reihe an ihnen war. Doch so, wie sie ihre Ungeduld zügelten, schienen sie auch ihre Lebensfreude im Zaum zu halten. Kaum einer lachte einmal laut auf, auch blieben die in anderen Gegenden sonst so üblichen Trinklieder zu späterer Stunde aus. Nun, ihm sollte es recht sein. Er war schließlich nicht zum Feiern, sondern zum Arbeiten hergekommen.

Nachdem er sich angekleidet und ein einfaches Frühstück zu sich genommen hatte, begab sich Wrangel auf den Weg zur Universität. Für das Treffen war es noch zu früh, aber er wollte die Zeit nutzen, um sich einen Eindruck von der Stadt zu machen. Die Straßen waren schon recht belebt. Mägde mit Körben voller Brot und Eiern kamen ihm entgegen, auch einige Kaufleute waren bereits unterwegs. Wrangel erkannte sie sofort an ihrem selbstgefälligen Habitus. Diese Spezies war sich wohl überall auf der Welt ähnlich. Die Häuser in Kneiphof waren überwiegend im Fachwerk gebaut. Nur die größeren Gebäude hatten rote Backsteinfassaden. Die Straßen auf der Insel waren eng, es war offensichtlich, dass der Raum hier begehrt und begrenzt war. Auf dem Platz vor dem Dom war Markt. Neben frischem und geräuchertem Fisch wurden Sauerkraut, eingelegtes Gemüse, frisches Brot, Getreide, getrocknete Kräuter und auch Pökelfleisch angeboten. Das typische Sortiment des Frühjahrs, kurz bevor die Kräuter zu sprießen begannen. Auch die Bäume, die den Platz säumten, waren noch kahl, aber ihre Knospen trieben schon langsam aus.

Wrangel umrundete den Dom, um von der anderen Seite zur dahinter gelegenen Albertina zu gelangen. Die Universität lag direkt am Wasser. Das Gebäude war erstaunlich klein für die Größe seiner Aufgabe. Unwillkürlich fühlte Wrangel sich an das Hamburger Niedergericht erinnert, das auch regelrecht unscheinbar am Hamburger Rathaus klebte wie ein bedeutungsloser Wurmfortsatz. Dabei waren es doch genau diese Orte, an denen Dinge bewegt, Entscheidungen vorangetrieben, Neuerungen durchgesetzt wurden. Aber das blieb nach außen häufig unsichtbar.

Als die Turmuhr des Doms neun Uhr schlug, schritt Wrangel die Stufen zur Eingangstür des Collegiums hinauf und öffnete die Tür. Die Halle, die sich vor ihm auftat, war dieser Bezeichnung kaum würdig. Sie glich eher der Diele eines Kaufmannshauses. Links und rechts gingen Türen ab, in der Mitte führte eine breite Holztreppe mit aufwendig geschnitztem Geländer nach oben. Zu dieser frühen Stunde waren erst wenige Menschen im Gebäude. Einige Studenten standen gleich neben der Eingangstür und tauschten mit gedämpfter Stimme Neuigkeiten aus. Die Vorlesungen begannen schließlich *cum tempore,* also ein Viertel nach der vollen Stunde. Im hinteren Teil der Halle erblickte Wrangel einige Männer in schwarzen Talaren – Mitglieder der Professorenschaft. Er ging auf sie zu.

Noch bevor er die Gruppe erreicht hatte, trat einer von ihnen, ein großer, kräftiger Mann mit schütterem grauem Haar, auf ihn zu. »Doktor Wrangel?«

»Der bin ich.«

»Seid gegrüßt, Doktor. Mein Name ist Wartenberg, Bernhard

von Wartenberg. So hat Euch meine Nachricht rechtzeitig erreicht. Ich freue mich, Euch hier zu sehen.«

»Die Freude ist ganz auf meiner Seite, Professor von Wartenberg.«

»Lasst uns alles Weitere in meiner Arbeitsstube besprechen.« Damit wies Wartenberg auf die Treppe und geleitete Wrangel die Stufen nach oben. »Ich hoffe, Ihr hattet eine gute Reise? Dieser Tage ist das ja leider nicht selbstverständlich.«

»Danke, ich bin bei ruhiger See ohne Verzögerung hier eingetroffen.«

Als sie den ersten Stock erreicht hatten, führte Wartenberg den Gast ans Ende eines langen Flures, wo eine zweite Treppe weiter nach oben führte.

»Wir Professoren haben unsere Arbeitsstuben unter dem Dach. Darum müssen wir noch zwei weitere Treppen erklimmen. Aber immerhin haben wir hier im Hause Arbeitsstuben. Die Privatgelehrten müssen sich für teuer Geld eine Stube außerhalb des Collegiums mieten oder aber ihre Studenten in einem der Wirtshäuser treffen.«

»Ah, Professor, uns Prokuratoren am Hamburger Niedergericht geht es da nicht viel besser. Auch dort ist der Platz so knapp bemessen, dass es gerade einmal eine kleine Schreibstube für die Prätoren gibt. Eine für zwei wohlgemerkt.«

Wartenberg lachte einnehmend. »Nun, ich merke schon, auch die Hamburger scheinen gut im Kalkulieren zu sein. Denn nicht nur Zeit, auch Raum ist schließlich Geld.«

Wenige Augenblicke später hatten sie die kleine Stube des Professors erreicht und ließen sich um seinen Schreibtisch nieder, der über und über mit Akten beladen war.

»Ich bin sehr froh, dass Ihr der Bitte unseres gemeinsamen Freundes Christian Thomasius gefolgt seid und Euch uns anschließen wollt«, eröffnete Wartenberg kurz darauf das Ge-

spräch. »Die Kollegen aus Leipzig und Halle trafen bereits vorgestern in Königsberg ein, und wir werden uns in einer Stunde mit ihnen treffen. Thomasius selbst konnte leider nicht mitkommen. Ein tückisches Fieber zwang ihn ins Bett. Aber sobald die Ärzte es ihm erlauben, möchte er hierher nachreisen.«
Hinrich Wrangel nickte zustimmend und schaute sich in der Stube um. Die Wände waren von Regalen verdeckt, in denen die wichtigsten Werke der Juristerei, Theologie und auch Philosophie dicht gedrängt beieinanderstanden. Wrangel konnte sich ein Schmunzeln nicht verkneifen, als er mit einem Hauch von Stolz auch eine Abschrift seiner eigenen Doktorarbeit entdeckte.
»Ja, Doktor Wrangel, Eure Dissertation über die Beweiskraft von Indizien ist eine beeindruckende Arbeit, der nur zu wünschen ist, dass sie hohen Einfluss auf die Entwicklung der Rechtsprechung nehmen wird.«
»Danke, Professor.«
»Nicht zuletzt darum sind wir auch so froh, Euch zu unserem Rat zählen zu dürfen. Sicherlich hattet Ihr schon Gelegenheit, jene anonyme Verteidigungsschrift, die vor einiger Zeit in Dresden und andernorts auftauchte, zu lesen, nicht wahr?«
»Ihr meint die Schrift von jenem mysteriösen Sincerus Treumann?«
»Genau die, wobei natürlich außer Frage steht, dass sich hinter diesem Pseudonym kein anderer als Johann Reinhold Patkul selbst verbirgt«, antwortete Wartenberg mit tiefer Überzeugung. »Diese Schrift soll uns als Ausgangsbasis dienen, um unsere Verteidigungsstrategie aufzubauen. Darum würde ich sie gern noch einmal mit Euch durchgehen, um Euch auf den neuesten Stand unserer Erkenntnisse in diesem Fall zu bringen. Unser weiteres Vorgehen erörtern wir dann später gemeinsam mit den Kollegen aus Halle und Leipzig sowie mit Doktor Hohen-

werth, einem äußerst vertrauenswürdigen Kollegen und Privatgelehrten hier an der Albertina.«
Wrangel nickte zustimmend, während Wartenberg die Verteidigungsschrift aus einem Stapel Papieren hervorkramte und anfing, geschäftig darin zu blättern.
»Ganz zweifelsfrei haben die sächsischen Beamten ihre Kompetenz überschritten, als sie einen ausländischen Diplomaten gefangen nahmen, ganz gleich, welche fadenscheinigen Gründe sie auch immer dafür anführten. Denn was Patkul auch getan haben mag, rechtlich darf ihn nur der Zar selbst als sein Dienstherr strafen. Deshalb hat der Zar ja auch schon mehrfach darum ersucht, dass man Patkul an ihn überstelle. Aber die sächsischen Höflinge finden von Mal zu Mal eine neue Entschuldigung, warum das nicht möglich sei.«
»Woher habt Ihr diese Information, Professor von Wartenberg?«
Wartenberg lächelte verschwörerisch. »Unser kleiner geheimer Rat hat seine Fühler bereits ausgefahren, Doktor Wrangel. Lizenziat Behrendt brachte sie aus Halle mit. Seine Familie stammt aus Dresden, sein Vater ist dort im Hofamt als Schreiber für den Geheimen Referendar und Sekretär des Geheimen Conseils, Georg Ernst Pfingsten, tätig.«
Wrangel nickte anerkennend. »Haben sich denn die sächsischen Minister inzwischen zur widerrechtlichen Verhaftung Patkuls geäußert? Als ich von Hamburg aufbrach, hatten sie immer noch keine Beweise für sein Fehlverhalten erbracht, zumal am sächsischen Kurfürsten.«
»Ach, Beweise, lieber Wrangel«, seufzte Wartenberg, »an denen fehlt es nach wie vor. Aber Beschwerden haben die Minister an ihren Herrn nach Polen geschickt. Noch nie seien die Räte eines Monarchen angeblich so beleidigt, bedroht und beschuldigt worden wie durch diese Schrift.« Er schlug mit der flachen

Hand auf das Schriftstück. »Und König August befahl, dieses gute Stück öffentlich in Dresden vom Henker verbrennen zu lassen. Aber was nützt das schon? Aus der Welt schafft er damit all die Kopien hiervon nicht mehr.«

»Da habt Ihr recht«, stimmte Wrangel zu. »Doch wie wollen wir weiter vorgehen? Wie wollen wir diese Schrift nutzen, um eine solide Verteidigungsschrift für den Gefangenen zu entwerfen?«

»Das ist eine gute Frage. Zunächst müssen wir uns in die Vorgeschichte Patkuls einarbeiten. Ihr wisst vielleicht, dass er, bevor er in den Dienst des russischen Zaren trat, in Dresden für König August gearbeitet hat.«

»Nein, das ist mir neu. Ich las nur, er stamme aus Livland und habe seine Heimat im Streit mit dem schwedischen König verlassen. Es heißt, er habe sein Recht als livländischer Adliger einfordern und seine Landgüter als Eigentum behalten wollen – mitsamt den auf ihnen arbeitenden Bauern als Leibeigene. Daraufhin soll der schwedische König Karl XII. einen Vorwand gefunden haben, ihn zum Tode zu verurteilen, doch Patkul konnte fliehen.«

»Ja, auch das ist so eine Geschichte. Der gute Patkul ist wahrlich kein unbeschriebenes Blatt. Vor allem in den letzten Jahren hat er sich mit seinem bestimmten, ja, vehementen Einsatz für die Idee der persönlichen Freiheit wenig Freunde unter den Herrschenden gemacht. Dass der Zar trotzdem an seinem Gesandten festhält, mag vielleicht an seiner Unkenntnis um diese Aktivitäten Patkuls liegen, schließlich ist er wohl kaum des Deutschen mächtig. Doch lasst uns mit diesen Erörterungen auf die anderen Mitglieder des geheimen Rates warten. Lizenziat Behrendt wird uns über Patkuls frühere Tätigkeiten am sächsischen Hof unterrichten. Über seinen Streit mit dem schwedischen Monarchen weiß Thomasius bestens Bescheid. Er versprach, uns eine schriftliche Abhandlung darüber zusammenzustellen. Vielleicht trifft sie schon heute hier per Kurier ein. Lasst uns einfach aufbrechen und die anderen Herren treffen. Wir haben ein kleines Hinterzimmer in einem renommierten Kaffeehaus anmieten können, das genügend Platz für uns alle bieten sollte. Ich hoffe, Ihr mögt Kaffee?«

»Neben der Jurisprudenz ist Kaffee eine meiner größten Leidenschaften, Professor von Wartenberg.«

* * *

Wenig später verließen die beiden Männer das Collegium Albertinum und machten sich auf den Weg zum Hafen von Kneiphof. Wartenberg hatte seinen langen schwarzen Talar gegen einen modischen Rock aus dunklem Tuch und einen schweren Radmantel eingetauscht, denn die Witterung war kühl. Auch Wrangel trug einen Mantel aus dicht gewebter Wolle, bestes englisches Tuch. Er war ein Geschenk von Ruth. Wrangel war froh, auch die festen Schaftstiefel angezogen zu haben, denn die Straßen in Kneiphof waren verschmutzt vom Kot der vielen Tiere, die sich die Leute trotz stetiger Ermahnungen der Stadtobrigkeit hielten.

Die beiden Männer eilten durch ein Gewirr von Gassen, in denen die Häuser so eng beieinanderstanden, dass sich ihre Dächer beinahe berührten. Doch nach kurzer Zeit erreichten sie bereits den Fischmarkt, und wenig später öffnete Wartenberg die Tür zu einem kleinen, von außen ganz unscheinbar wirkenden Kaffeehaus. Zu dieser frühen Stunde waren noch nicht viele Gäste anwesend. Nur ein paar Studenten und einige Kaufleute saßen in den Ecken und unterhielten sich leise.

Als der Wirt die beiden Männer erblickte, gab er Wartenberg ein Zeichen und deutete auf eine Tür im hinteren Bereich der Stube. Dort befand sich ein kleiner Raum mit einem runden

Tisch und sechs Stühlen. Auf ihnen hatten bereits einige Männer Platz genommen, die sich aber, als die beiden eintraten, umgehend erhoben.

»Ah, Professor von Wartenberg und Doktor Wrangel, wie ich annehmen darf. Gestattet, dass ich mich vorstelle. Michael Hohenwerth ist mein Name. Ich bin Privatgelehrter der Jurisprudenz hier in Königsberg.«

Hinrich Wrangel nickte dem groß gewachsenen, hageren Mann zu, der mit einem altmodischen schwarzen Rock bekleidet war und dem einige silbergraue Strähnen seines zu einem Zopf gebundenen Haares etwas wirr im Gesicht hingen.

»Seid gegrüßt, Doktor Hohenwerth«, übernahm Wartenberg das Wort. »Es ist gut zu sehen, dass wir die letzten noch Fehlenden unserer kleinen Runde sind. Erlaubt mir, sozusagen als Gastgeber hier in Königsberg, die Herren einander vorzustellen.«

Hohenwerth nickte leicht pikiert, hatte ihn doch der Professor unwillkürlich in seine Schranken des nichtberufenen Privatgelehrten zurückgewiesen, fügte sich dann aber schnell in die Situation und lauschte erwartungsvoll.

»Verehrte Kollegen und Mitstreiter in unserer Sache, es ist mir eine besondere Freude und Ehre, hier heute Doktor Hinrich Wrangel« – Wartenberg wandte sich direkt zu ihm und legte ihm jovial die Hand auf die Schulter –, »Prokurator am Hamburger Niedergericht und ausgewiesener Spezialist für Indizienprozessführung in der Jurisprudenz, vorstellen zu dürfen. Wie Sie sicherlich wissen, ist Doktor Wrangel ein geschätzter Freund und ehemaliger Schüler des von uns ebenso verehrten Professors Christian Thomasius, der ja leider vom Fieber ans Krankenbett gefesselt wurde und darum die Reise hierher nicht antreten konnte.«

Nachdem sich Wrangel gegenüber allen anwesenden Herren ge-

bührlich verbeugt hatte, setzten sich die sechs Männer um den Tisch und ordneten ihre Unterlagen. Da öffnete sich auch schon die Tür, und der Wirt persönlich brachte ein Tablett mit Kaffee herein. Der Duft des frisch aufgebrühten Getränks verbreitete sich im Raum und überdeckte für eine Weile den modrig staubigen Geruch, der Wrangel gleich beim Eintreten entgegengeschlagen war. Der Raum hatte nur ein kleines Fenster, das grünlich verglast war und weder viel Licht noch reichlich frische Luft hereinließ, zumal der Frühling in Königsberg noch nicht richtig Einzug gehalten hatte und der Wirt bei den hohen Preisen für Feuerholz bestimmt nicht daran dachte zu lüften.
»Meine Herren«, ergriff Wartenberg erneut das Wort, »Doktor Wrangel und ich saßen bereits heute früh beisammen, und ich hatte Gelegenheit, ihn auf unseren Kenntnisstand der gegenwärtigen Lage in der Causa Patkul zu bringen. Darum möchte ich gern unsere heutige Zusammenkunft damit beginnen, Lizenziat Behrendt das Wort zu erteilen, damit er uns über die früheren Tätigkeiten des Herrn Patkul am sächsischen Hofe unterrichte, über die er dank seines Herrn Vaters recht gut im Bilde ist.«
Der junge Behrendt erhob sich räuspernd und blickte etwas unsicher in die Runde. Wrangel fühlte sich unwillkürlich an sich selbst erinnert, als er als junger Lizenziat der Jurisprudenz in Hamburg seine erste Verteidigungsrede vor dem Hamburger Niedergericht hatte halten müssen. Alle Blicke waren damals auf ihn gerichtet, und die Aufregung hatte ihm beinahe die Kehle zugeschnürt. So warf er dem jungen blonden Mann ein freundliches Lächeln zu, damit er seine Scheu überwinde.
»Verehrte Herren, es ist mir eine besondere Ehre, hier heute vortragen zu dürfen, was ich über das Vorleben des Herrn Johann Reinhold von Patkul habe erfahren können. Dieser gelangte im Sommer 1698 an den Hof des Königs von Polen und trat noch im selben Jahr in den Dienst Seiner Majestät August II.

Patkul arbeitete intensiv an einem Bündnis zwischen Polen-Sachsen und Russland gegen das Königreich Schweden, dessen ehemaliger Untertan er war, das er aber bereits 1694 verlassen hatte.« Behrendt warf einen Blick auf die Akte vor ihm auf dem Tisch. »Zwei Jahre diente der Herr von Patkul Seiner Majestät August II.«, fuhr er in seinem Bericht fort, »dann trat er in die Dienste des russischen Zaren. Aber diese zwei Jahre hatten es in sich. Sie bescherten uns jenen Krieg, der seitdem hier tobt, den Nordischen Krieg, wie man ihn bereits nennt. Auch gab die Zeit, die Patkul in sächsischen Diensten verbrachte, vielen Höflingen Anlass, den Mann nicht gerade zu mögen, um es vorsichtig auszudrücken. Unverhohlen zeigte Patkul immer wieder seinen Zorn und seine Empörung über die vermeintliche Unzuverlässigkeit von König Augusts Getreuen. Unklugerweise nahm er so gut wie nie ein Blatt vor den Mund, wenn er bemerkte, dass der eine oder andere Höfling so manchen Taler auch in die eigene Tasche wirtschaftete. Denn vor allem eine Tugend kann man dem Herrn von Patkul nicht absprechen, was immer man ihm auch nachsagt: Er ist ein vollends unbestechlicher Mann.«

»Nun, es ist einzusehen, dass ein solcher Mann keinen leichten Stand hat an dem von Prunk und Pracht überladenen Hof in Warschau. Auch auf Dresden färbt Seiner Majestät Liebe für die Üppigkeit ja schon unverkennbar ab, wie ich letztens auf einer Reise in die sächsische Hauptstadt feststellen durfte«, warf einer der Anwesenden ein. »Doch dafür kann man ihn doch kaum aus den königlichen Diensten verjagen, oder?«

»Nein, vielmehr warb ihn der russische Gesandte am polnischen Hof Ende des Jahres 1701 aus den Diensten Augusts II. ab und gewann ihn für den Moskauer Hof. 1703 kehrte Patkul dann selbst als russischer Gesandter zurück an den Hof Augusts II. Man mag sich förmlich die langen Gesichter der Höflinge vorstellen, diesen unbestechlichen Mann erneut unter sich ertragen zu müssen, diesmal jedoch durch den unberührbaren Status des ausländischen Gesandten geschützt.«

»Unberührbar, verehrter Lizenziat Behrendt, blieb dieser Status ja leider nicht, wie wir alle wissen und weshalb wir hier zusammengekommen sind«, schob Wartenberg nach. »Und gerade darum ist die Verhaftung Johann Reinhold von Patkuls nicht anders zu nennen als ein Attentat auf die Unverletzlichkeit der Repräsentanten einer fremden Macht. An diesem Punkt sollten wir mit unserer *defensio* des Gefangenen beginnen.«

Anerkennend klopften die Herren mit den Fingerknöcheln auf den Tisch, wie es in akademischen Kreisen als Zeichen des Applauses üblich war. Anschließend griff Wrangel nach der Tasse Kaffee, die vor ihm stand. Während des Vortrags von Lizenziat Behrendt war er zu gebannt gewesen, um einen Schluck des heißen Getränks zu sich zu nehmen. Nun war es bereits merklich abgekühlt. Ein bitterer, ja beißender Geschmack machte sich in Wrangels Mund breit, als er davon trank. Unwillkürlich verzog sich sein Gesicht. Nein, dieses Gebräu verdiente nicht den Namen Kaffee.

Er warf einen Blick in die Runde. Die anderen Männer hatten ihre Tassen bereits geleert. Ob ihnen die niedere Qualität des Getränks gar nicht aufgefallen war? Vielleicht kannte man hier im fernen Königsberg keinen wahrlich guten Kaffee, so wie er in den großen Handelsstädten inzwischen eine Selbstverständlichkeit geworden war. Aber schließlich war er nicht hier, um Kaffee zu trinken, sondern um an einer Verteidigungsschrift mitzuarbeiten. Seufzend schob er die Tasse ein Stück von sich und zwang sich zurück in die für die Sache nötige Konzentration.

Dresden im März 1706

»Welche Neuigkeiten habt Ihr zu berichten, Schumann?« Unruhig klopfte der Sekretär des Geheimen Conseils, Georg Ernst Pfingsten, auf den mit filigranen Intarsienarbeiten verzierten Mahagonischreibtisch und fixierte dabei mit strengem Blick den mit katzbuckelnden Bewegungen näher kommenden kleinen Mann.

»Gute Neuigkeiten, Exzellenz, gute Neuigkeiten. Es ist uns gelungen, den Professor Thomasius davon zu überzeugen, dass er die körperlichen Anzeichen einer Erkältung ernst zu nehmen und von seiner Abreise nach Königsberg abzusehen habe, wolle er nicht plötzlich an einem Fieber erkranken, das letztlich seinen Tod bedeuten könnte.«

»Nach Königsberg, sagt Ihr?«

»Ja, Exzellenz, der Professor wollte nach Königsberg aufbrechen. Dorthin ging zumindest der Brief, den es uns gelang einzusehen.«

Pfingsten nickte anerkennend. Zwar konnte er diesen krötengleichen Schumann nicht ausstehen, aber im Geschäft der Spitzelei gab es in ganz Sachsen keinen Besseren. Auch spann er seine Netze weit über die Landesgrenzen hinaus. Ohne Hilfsdienste von Männern wie ihm wären Pfingstens Aufgaben nicht zu bewältigen.

Georg Ernst Pfingsten war nicht nur der Sekretär des Geheimen Conseils, sondern auch Geheimer Referendar Seiner Majestät König Augusts II. persönlich. Und das bedeutete, dass er regelmäßig zwischen Warschau und Dresden hin- und herreisen musste und die Wünsche seines Königs schnell, diskret und erfolgreich umzusetzen hatte. So war sein Leben ganz anders verlaufen, als er es vor nahezu zwanzig Jahren in Erfurt, gerade frisch zum Doktor der Jurisprudenz promoviert, für möglich gehalten hätte. Er war ein Dresdener Höfling geworden. Aber dem König schien gerade zu gefallen, dass Pfingsten kein Sachse war, sondern aus Westfalen stammte und seine Wurzeln nicht allzu tief in die sächsische Gesellschaft getrieben hatte. Vielleicht war es aber auch eher die Abneigung gegen diesen Patkul, die sie beide verband. Denn genau auf diesen Mann hatte der König Pfingsten immer wieder angesetzt, um dessen maßlose Übertreibungen über die Zustände am Dresdener und Warschauer Hof rechtzeitig abzufangen, bevor sie dem russischen Zaren zugespielt werden konnten.

Schumann hatte sich schon bei dieser Aufgabe als findiger Helfer erwiesen. Sein Netz an Spitzeln war beeindruckend. Mehrfach war es ihnen gelungen, Patkuls Diplomatenpost abzufangen und die Briefe neu und weitaus gefälliger zu gestalten. Damit hatten sie zumindest den gröbsten Ärger vom König fernhalten können. Doch Patkuls Verlobung mit der wohlhabenden Anna von Einsiedel war nicht nur für gewisse Kreise in Dresden ein Schritt zu weit gewesen, Pfingsten nahm dies dem russischen Sondergesandten persönlich übel, hatte er doch selbst heimlich ein Auge auf die vermögende Witwe geworfen.

Glücklicherweise hatte der Geheime Conseil schnell und entschlossen gehandelt und Patkul auf den Sonnenstein unter Arrest gestellt. Aber seitdem spie er noch mehr Gift als zuvor. Als diese widerwärtige Anklageschrift des angeblichen Sincerus Treumann vor einigen Wochen erschien, hatte es von allen Seiten Kritik gegen Pfingsten gehagelt. Die Mitglieder des Geheimen Conseils sahen sich verunglimpft und den König vor der europäischen Öffentlichkeit ins Lächerliche gezogen. Seitdem hatte Pfingsten andere Saiten in der Causa Patkul aufgezogen.

Die Überwachung des Gefangenen war enorm verstärkt worden, auch hatte man seine Diplomatenpost, die bei der Verhaftung in Gewahrsam genommen worden war, heimlich eingehend studiert, um auf weitere Attacken dieses gefährlichen Mannes vorbereitet zu sein.

Als Pfingsten unter der Korrespondenz von Patkul auch immer wieder Schreiben von Christian Thomasius, dem umtriebigen Professor der Jurisprudenz von der Universität Halle, fand, war er hellhörig geworden und hatte Schumann auf Thomasius angesetzt. Und wahrlich, es hatte sich gelohnt. Thomasius war im Begriff gewesen, ein geheimes Komplott zur Unterstützung von Patkul zu schmieden. Aber Pfingsten hatte nicht lange gezögert und Schumann freie Hand gegeben, um das Schlimmste an dieser Front zu verhindern. Wie es schien, war es keinen Moment zu früh gewesen, wenn Thomasius sich schon nahezu auf den Weg nach Preußen gemacht hatte.

»Was stand in dem Brief, Schumann, den Ihr abfangen konntet?«

»Thomasius hat seinen geheimen Rat zur Verteidigung von Johann Patkul fertig zusammengestellt, Eure Exzellenz, und informierte einen gewissen Professor Wartenberg vom Collegium Albertina in Königsberg über weitere Details aus Patkuls Leben sowie über die Mitglieder, die er für dieses Komplott hat gewinnen können. Aber lest den Brief am besten selbst. Ich habe Euch eine Abschrift mitgebracht.«

Mit einer tiefen Verbeugung reichte Schumann ein Blatt Papier über den großen Schreibtisch. Pfingsten ergriff es mit einem leisen Räuspern und ließ sofort seine kleinen grauen Augen darüberhuschen.

Die Informationen über Patkul waren ihm nicht neu. Ausführlich hatte er sich inzwischen bereits selbst über diesen Gesandten in russischen Diensten informiert. Aber umso interessanter waren die Mitstreiter an Thomasius' Seite. Der junge Behrendt, Sohn eines Schreibers in der Hofkanzlei, zählte zu ihnen, ebenso wie ein Prokurator vom Hamburger Niedergericht namens Hinrich Wrangel. Seit wann mischten sich die Hamburger, die für ihre Neutralität weithin bekannt waren, in die Angelegenheiten anderer Staaten ein?

»Wer ist dieser Prokurator Wrangel, Schumann?«

Der kleine Mann reckte sofort seinen Hals in die Höhe, als habe er nur auf diese Frage gewartet. »Es handelt sich bei dem Prokurator Wrangel um einen Doktor der Jurisprudenz von der Universität Halle, Eure Exzellenz. Er hat bei Professor Thomasius über die Indizienprozessführung promoviert und ist bereits seit 1701 Prokurator am Hamburger Niedergericht. Seine Familie stammt aus Lübeck, auch wenn der Name anderes vermuten ließe. Er ist mit einer Bankierstochter verheiratet, hat aber keine Kinder.«

»Danke«, brummte Pfingsten. Manchmal war es ihm schon unheimlich, woher dieser Mann all seine Informationen hatte. Ob er im Geheimen auch ein Dossier über ihn selbst angelegt hatte? Pfingsten war sich trotz der guten Bezahlung, die er Schumann angedeihen ließ, nicht restlos sicher, ob sein Spitzel nicht auch für andere arbeitete. »Und dieser Doktor Wrangel wird also auch nach Königsberg reisen?«

»Nach meinen Informationen ist er dort bereits eingetroffen, Eure Exzellenz.«

»Dann hat Thomasius ja eine ernstzunehmende Phalanx an Juristen aufgestellt. Wie gut also, dass Ihr wenigstens ihn ruhigstellen konntet. Für die anderen dürfte es zu spät sein. Königsberg liegt wirklich weitab.«

Schumann lächelte unterwürfig. »Zwar ist Königsberg nicht in der Nähe, Eure Exzellenz, aber als Hauptstadt von Preußen dennoch in meinem Blickfeld und Handlungsradius. Meine

Männer haben bereits den geheimen Tagungsort ausfindig gemacht und werden die Arbeit dieses geheimen Rates so eng wie möglich überwachen. Selbstverständlich halte ich Euch darüber auf dem Laufenden.«

»Das ist gut. Nein, sehr gut, Schumann.« Pfingsten öffnete eine Schublade seines Schreibtisches und zog eine lederne Geldbörse hervor. Sie war schwerer, als er beabsichtigt hatte. Aber Schumann hatte gute Arbeit geleistet und sich ein Extra verdient. Mit stummem Nicken reichte er dem kleinen Mann die Börse über den Tisch, der sie mit einer tiefen Verbeugung entgegennahm und umgehend in seiner Rocktasche verschwinden ließ.

»Kümmert Euch auch um diesen Gotthelf Behrendt. Sein Vater ist Schreiber in der Hofkanzlei. Es sollte nicht zu schwierig sein, ihn davon zu überzeugen, dass sein Sohn schleunigst wieder aus Königsberg abreisen muss. Je weniger Männer an diesem Komplott mitwirken, desto geringer dürften die Chancen sein, Patkul zu nützen. Und falls uns einer von ihnen Schwierigkeiten machen sollte, wisst Ihr, was Ihr zu tun habt.«

»Sehr wohl, Eure Exzellenz.«

Unter tiefen Verbeugungen zog sich Schumann zurück und ließ Pfingsten allein in seinem eleganten Kabinett.

Der Sekretär des Geheimen Conseils ließ seinen Blick über das feingliedrige Parkett zu den großen Fenstern gleiten, die die Aussicht in den Garten freigaben. Der Rauhreif glitzerte in der Morgensonne. Es versprach ein herrlicher Tag zu werden. In einer guten Stunde würde seine Kutsche bereitstehen, um ihn in Windeseile nach Warschau zu bringen. Seine Majestät erwartete ihn bereits. Bald würde der Hof für die Osterfeierlichkeiten nach Krakau aufbrechen. Und bis dahin gab es noch eine Menge Dinge für Pfingsten zu erledigen. Aber die guten Neuigkeiten in der Causa Patkul dürften den König freuen und hoffentlich auch gnädig stimmen in Bezug auf die immer noch unausgeglichene Bilanz des Dresdener Hofes, die Pfingsten im Auftrag des Geheimen Conseils mit im Gepäck haben würde.

Seufzend wandte sich der Sekretär wieder den Papieren auf seinem Schreibtisch zu und unterzeichnete die letzten *ordres* vor seiner Abreise.

Königsberg im April 1706

Vorsichtig drückte Hinrich Wrangel seinen Siegelring in den heißen Lack. Blutrot quoll die flüssige Masse unter den Rändern des Ringes hervor, schwoll etwas in die Höhe und erstarrte unvermittelt in ihrem Glanz. Versonnen betrachte er das Schauspiel. Dann drehte er den Brief um und schrieb Namen und Anschrift seiner Frau auf die Vorderseite.

Tag um Tag hatte Wrangel diesen Brief verschoben. Es war nicht so, dass er Ruth nicht schreiben wollte, aber die Tage verflogen wie Minuten. Stunde um Stunde hatte er mit den Männern des geheimen Rates verbracht und an der Verteidigung für Patkul gefeilt. Man hatte die Geschichte der Jurisprudenz nach Präzedenzfällen durchforstet, erwartungsgemäß ohne Erfolg. Trotzdem hatten die Männer angefangen, eine gründliche Deduktion der Unschuld des Johann Reinhold von Patkul niederzuschreiben. Zwar war ein Ende bei weitem noch nicht abzusehen, aber sie standen vor einer klaren Zäsur. Ein ehemaliger Landsmann von Patkul, ein gewisser Budberg, hatte den Kontakt zu ihnen gesucht und ihnen geheime Dokumente angeboten, die Patkuls Unschuld in seinem seit Jahrzehnten schwelenden Streit mit Schweden belegen sollten. Bisher hatten sie diesen Konflikt, den der Livländer vor seinem Exil mit dem schwedischen König ausgetragen hatte, ganz beiseitegelassen, zumal sich Thomasius daran schon früher die Zähne ausgebissen hatte. Aber allmählich sah es so aus, als ob Patkuls schwieriges Verhältnis zur schwedischen Krone auch bei dieser neuen Deduktion nicht gänzlich außen vor gelassen werden konnte.

So hatte man mit Budberg vereinbart, ihn in Tilsit, einer kleinen

Stadt nahe der kurländischen Grenze, zu treffen. Wrangel sollte gemeinsam mit Doktor Hohenwerth, der als Königsberger ortskundig war, die Tagesreise antreten, Budberg in einem Gasthof treffen und am nächsten Tag mit den Dokumenten zurück nach Königsberg fahren.

Wrangel kam dieser kleine Ausflug sehr gelegen. Er war neugierig auf das Umland, denn Königsberg selbst erschien ihm bei weitem nicht so wohlhabend, wie er es von einer königlichen Residenzstadt erwartet hätte. Aber er wollte nicht zu selbstgerecht sein. Bisher hatte er ja nur Kneiphof kennengelernt. Oder vielmehr den Weg in Kneiphof von seinem Gasthaus zur Albertina und dem Kaffeehaus, in dem sich der Rat traf. Zwar ging man abends immer noch gemeinsam in ein Gasthaus zum Abendessen, aber Wrangel bekam auch dabei kaum etwas von der Stadt zu sehen. Eine Fahrt mit Hohenwerth versprach dagegen eine interessante Abwechslung. Der Mann schien Wrangel intelligent und sprachgewandt, allerdings durch Wartenberg, der die Professur an der juristischen Fakultät innehatte, immer etwas kleingehalten, regelrecht so, als fürchte der Lehrstuhlinhaber den forschen Nachwuchs. Dabei konnte von Nachwuchs kaum die Rede sein, denn Hohenwerth stand Wartenberg im Alter kaum nach. Jedenfalls versprach es eine unterhaltsame Fahrt mit ihm zu werden.

Vom nahen Dom her schlug es die neunte Stunde. Hohenwerth würde ihn bald unten vor dem Gasthaus mit der Kutsche erwarten. Sie hatten für die Reise einen geschlossenen Zweispänner gemietet, denn das Wetter war unbeständig, und der April zeigte sich von seiner typischen Seite.

Wrangel hauchte sanft über die feuchte Tinte, damit sie schneller trocknete. Er vermisste Ruth viel mehr, als er sich einzugestehen wagte. Vielleicht hatte er auch deshalb das Schreiben hinausgezögert. Denn jetzt, nachdem er den ganzen Morgen innig in Gedanken bei ihr gewesen war, krampfte sich regelrecht sein Herz zusammen bei der Vorstellung, dass er sie erst frühestens in zwei Wochen wiedersehen würde. In fünf Tagen stach eine Kraweele nach Lübeck in See, die er nehmen wollte. Das Schiff war gut bewaffnet, sodass die Fahrt einen gewissen Grad an Sicherheit versprach. In Lübeck könnte ihn Jurek abholen, dann wäre er noch schneller zu Hause. Er würde Ruth in die Arme nehmen, sich entschuldigen, dass er sie über die Feiertage allein gelassen hatte, und ihr einen dieser wunderschönen Bernsteine schenken, die es hier zu kaufen gab. In einer kleinen Seitenstraße hatte er eine Goldschmiede gesehen. Dort könnte er bestimmt einen hübschen Ring oder einen Armreif mit den honigfarbenen Steinen anfertigen lassen. Gleich übermorgen, wenn er zurückkam, wollte er einen passenden Stein kaufen und sich bei der Goldschmiede erkundigen. Oder er könnte in Hamburg zu einer Goldschmiede gehen, wenn man hier nicht schnell genug arbeitete. Denn sein Schiff wollte er auf keinen Fall verpassen.

So spannend und anregend die Arbeit hier auch war, so hatten ihn die letzten Wochen doch mit jeder Faser spüren lassen, dass keine noch so große juristische Herausforderung seine Sehnsucht nach Ruth dauerhaft überschatten konnte. Kurz: Er hatte eine wunderbare Frau, mit der er ein glückliches Leben in einer wohlhabenden und kultivierten Stadt führte. Genau das würde er ihr sagen, wenn er sie wieder in seine Arme schloss. Entschlossen griff Wrangel nach seinem ledernen Beutel, in dem er einige Reiseutensilien mitführte, warf ihn lässig über die Schulter und verließ seine Kammer.

Der Wirt stand an der Theke, als er herunterkam. Wrangel ging auf ihn zu, legte ein paar Silbermünzen auf den Tisch und holte den versiegelten Brief hervor. »Seid so gut, Wirt, und besorgt dieses Schreiben für mich. Es muss auf dem schnellsten Weg

nach Hamburg gelangen. Ich selbst fahre für zwei Tage fort. Aber haltet mir die Kammer frei und sauber, denn ich bleibe noch für einige Zeit in der Stadt.«
Der Wirt nickte und nahm geschäftig die Münzen und den Brief an sich. Durch das geöffnete Fenster hörte Wrangel bereits die Kutsche vorfahren. Er grüßte noch einmal und verließ das Gasthaus.
Der Kutscher, ein alter knorriger Mann, brachte den Zweispänner genau vor dem Eingang zum Stehen, kletterte vom Bock und machte sich daran, die Wagentür für den Fahrgast zu öffnen. Mit einem Satz stieg Wrangel ein und setzte sich neben Hohenwerth, der ihn sogleich freudig begrüßte.
»Gott zum Gruß, Doktor Wrangel. Es ist mir wirklich eine besondere Freude, gemeinsam mit Euch diese Mission zu übernehmen. Macht es Euch bequem, wir haben eine lange Fahrt vor uns.«
Der Zweispänner zog unter den Pfiffen des Kutschers an, und Wrangel blickte aus dem Fenster auf die an ihnen vorbeiziehende Stadt. Kaum hatten sie eine der Brücken über den Pregel überquert und so die älteste der drei Städte, die Altstadt, erreicht, tauchte vor ihnen auch schon das gewaltige Schloss auf. Unverkennbar stammte der rechteckige Bau mit doppelten Wehrmauern aus dem Mittelalter. Neun Türme ragten an ihnen empor. Hier hatte sich vor fünf Jahren Friedrich III., Kurfürst von Brandenburg, zu Friedrich I., König in Preußen, krönen lassen.
Hohenwerth bemerkte Wrangels neugierigen Blicke auf die Schlossanlage. »Gefällt Euch unser Schloss, Doktor Wrangel?«
»Es ist ein beeindruckender Schutz- und Trutzbau, Doktor Hohenwerth, dazu nun auch seit einigen Jahren eine echte Königsresidenz, nicht wahr?«
Hohenwerth atmete verächtlich aus. »Eine Residenz ohne Kö-

nig, geschätzter Kollege. Seine Majestät hat sich hier im tiefsten Winter vor fünf Jahren krönen lassen. Dafür wurde ein rauschendes Fest veranstaltet. Niemals zuvor hatte man so viel Samt, Seide, Brokat und Gold in der Stadt erblickt. Selbst an Diamanten konnte man sich sattsehen, gelang es einem, einen Blick auf das frisch gekrönte Königspaar zu werfen. Der Wein floss aus Brunnen, gefüllte Ochsen drehten an Spießen zur Fütterung für das Volk. Sogar sechstausend Taler warf der Monarch unter die Menge, bevor er die Stadt wieder verließ und zurück nach Brandenburg fuhr. Seitdem hat man ihn hier nicht mehr gesehen. Dafür spüren wir jeden Tag die Last von sechs Millionen Talern, die er seinen Untertanen für die neue Krone und das Fest aufbürdete.«

»Sechs Millionen Taler? Das ist eine unerhört hohe Summe.«

»Ihr sagt es. Zumal ganz Brandenburg-Preußen pro Jahr nicht mehr als vier Millionen Taler an Staatseinnahmen zu verzeichnen hat.«

»Woher wisst Ihr das so genau?«

Hohenwerth lächelte schelmisch. »Mein Bruder arbeitet in Berlin-Cölln bei der Finanzverwaltung. So hat er Einblick in allerlei Dinge, die für die meisten Menschen ein wohlgehütetes Geheimnis bleiben.«

Wrangel wiegte anerkennend den Kopf. Zwar stammte er aus einer wohlhabenden Familie der ebenso wohlhabenden Hansestadt Lübeck und lebte jetzt noch besser situiert in der abermals reicheren Hansestadt Hamburg, aber übertriebener Prunk ging den herrschenden Patriziern dieser Städte ab, waren sie doch aus tiefstem Herzen Kaufleute, um nicht zu sagen Krämerseelen, die unnötigen Putz und Tand verachteten. Auch in Halle, wo er mehrere Jahre gelebt hatte, herrschte eher der Geist des Pietismus als der der Verschwendung. Die Summen, von denen Hohenwerth hier sprach, für reine Repräsentation auszugeben würde in Hamburg umgehend die gesamte Bürgerschaft gegen den Rat aufbringen.

»Das ist wahrlich ein Geheimnis, das man hüten sollte, will man nicht den Zorn der Bürger erregen«, sagte er nachdenklich.

»Ich höre aus Euren Worten, dass Ihr der Sohn einer stolzen und freien Stadt seid, Doktor Wrangel. Hier bei uns in Preußen gibt es nur wenige Bürger und noch weniger Adlige. Die wenigen halten dafür alle anderen Untertanen unterm Joch.«

»Wie meint Ihr das?«

»Nun, seht doch selbst. Schaut einfach aus dem Fenster.«

Inzwischen hatten sie die Stadtgrenze passiert und den Postweg nach Tilsit eingeschlagen. Links und rechts des Weges reihten sich Äcker aneinander, deren Böden karg aussahen. Männer in zerlumpten Kleidern hielten kleine Holzpflüge, während Kinder die müde vor ihnen hertrottenden Zugtiere in der Furche zu halten und gelegentlich mit einem kleinen Stock anzutreiben versuchten. Frauen sammelten Steine aus den frisch gepflügten Furchen und schleppten sie in Körben an den Rand der Felder.

»Ich sehe Bauern, die ihre Felder bestellen.«

»Nicht *ihre* Felder bestellen sie, Doktor Wrangel, denn in Preußen wird die Erbuntertänigkeit gepflegt.«

»Ihr meint, die Bauern sind Leibeigene?«

»So ist es. Die meisten Menschen hier sind so durch die Fron für ihre adligen Herren geknechtet, dass sie das bisschen Land, das ihnen für ihre eigene Familie zur Verfügung steht, sogar des Nachts bestellen müssen, da sie am Tage auf den Feldern ihrer Herren schuften, so wie jene armen Teufel da draußen.«

»Die Gesellschaft braucht eine feste Ordnung. Die Leibeigenschaft ist eine Form dieser Ordnung. Ist sie wohl geführt, so bietet sie beiden Seiten Gutes: dem Adel die Arbeitskraft der Bauern und jenen den Schutz und die Hilfe des Adels bei Not.«

»Das habt Ihr schön gesagt, Doktor Wrangel. Doch so gestaltet sich diese Beziehung wohl nur im Märchen. Im täglichen Leben hingegen bringt sie den einen Wohlstand in Hülle und Fülle, den anderen hingegen Hunger und Not – und keinen gerechten König weit und breit, der seine Untertanen schützt.«

»Harte Worte sind es, die Ihr sprecht, Doktor Hohenwerth.« Wrangel musterte seinen Reisegefährten eindringlich.

Der hielt seinem Blick stand, ohne mit der Wimper zu zucken. »Ich teile die Ideale des Humanismus und bin ein Verfechter der Freiheit, Doktor Wrangel, so wie Christian Thomasius, Gotthelf Behrendt und Ihr wohl auch, soweit ich es vernommen habe.« Hohenwerth warf ihm einen fragenden Blick zu. »Für mich bilden das Glück und das Wohlergehen des einzelnen Menschen und der Gesellschaft den höchsten Wert, an dem sich unser Handeln orientieren soll. Darum schließlich arbeite ich in dem geheimen Rat mit, denn dazu gilt es auch, die Würde, die Persönlichkeit und die Freiheit des einzelnen Menschen zu respektieren. Und genau dieser Respekt wurde hier von selbstherrlichen Bütteln einer sich immer mehr von den Untertanen entfernenden Herrschaft mit Füßen getreten. Oder wie wollt Ihr anders diese Selbstherrlichkeit nennen, die bei den gekrönten Häuptern Europas um sich greift? Mehr und mehr eifern die Monarchen dem Franzosenkönig nach, der einen Krieg nach dem anderen führt, ohne an seine Untertanen zu denken, und sich nebenbei Schlösser bauen lässt, die jeden Traum übersteigen sollen.«

»Ihr sprecht von Versailles?«

»Genau«, ereiferte sich Hohenwerth weiter. »Aber noch schlimmer als seine Prunksucht ist die Absolutheit, mit der er seine Herrschaft durchführen will. So wie die Sonne über den Tag herrscht, soll seine Macht über das Land herrschen. Und alle wollen es ihm gleichtun. Seht doch nur, was der schwedische König mit seinem Reich gemacht hat. Dem Adel hat er das Land genommen, um seine Einnahmen zu erhöhen. Und was macht der Adel? Die einen pressen ihre Bauern bis aufs Blut aus, die anderen hingegen begehren auf, wie unser Patkul, der ebenfalls ein vorbildlicher Humanist und Verfechter der Freiheit ist. Doch dafür wird ihnen der Prozess gemacht.«

Wrangel konnte den Ausführungen Hohenwerths nicht ganz folgen, war er doch der innenpolitischen Verhältnisse in Schweden unkundig und hatte sich auch nicht zu sehr mit Patkuls Vorgeschichte beschäftigt. Aber er hütete sich, den Redefluss seines Reisegefährten zu unterbrechen und nachzufragen, um ihn nicht noch tiefer in ein Thema zu verstricken, das ihm als Juristen bedenklich in Bezug auf die Untertanentreue erschien.

Hohenwerth machte allerdings keinerlei Anstalten, sich zu mäßigen. Von der Kritik an den Schweden schwenkte er ohne Umstände über zu Hohn und Spott über den König von Polen. »Auch König August ist derart in die Selbstherrschaft verliebt, dass er ganz vergisst, vor dem polnischen Adelsparlament Rechenschaft abzulegen, bevor er in den Krieg zieht, den er mit dem Geld des polnischen Volkes bezahlt. Aber gäbe er es doch nur für den Krieg aus. Wie man hört, versickert es wohl eher im Sumpf seiner königlichen Hofhaltung zu Warschau. Doch solange er weiter den Krieg gegen Schweden führt, wird ihn sein Bruder im Kampfe, der Zar von Russland, schon weiterhin mit Gold füttern.«

»Hat denn Russland überhaupt noch die Ressourcen für solcherlei Subsidien? Der Zar führt doch selbst seit vielen Jahren Krieg.«

»Lieber Doktor Wrangel, mag der Franzosenkönig sich auch für den Sonnenkönig halten und sich den Adel gefügig machen. Dem russischen Zaren hingegen wurde die Selbstherrschaft in die Wiege gelegt, und sein Volk, so sagt man, verehrt ihn wie einen Heiligen. Von ihm kann er nehmen, was er will.«

»Seid Ihr da sicher?«
Hohenwerth lachte bitter auf. »Auch in Russland gibt es die Erbuntertänigkeit, Doktor Wrangel. Doch wie ich höre, fließt das Geld aus diesem Quell direkt in die Schatulle des Herrschers, und keine lästige Kontrolle durch den Adel und die Stände setzt dessen Macht Grenzen.«
Wrangel schaute seinen Reisegefährten ungläubig an. »Ihr meint, in diesem großen Reich gibt es niemanden, der den König kontrolliert?«
»Nur Gott allein, so wurde es mir zumindest berichtet. Ihr kennt vielleicht Gottfried Wilhelm Leibniz, den berühmten Philosophen, der die Preußische Akademie der Wissenschaften in Berlin ins Leben rief?«
»Selbstverständlich kenne ich Leibniz, wenn auch leider nicht persönlich.«
»Nun, ich hatte die Ehre, ihn persönlich kennenzulernen, denn ich gehörte zum Kreis der engeren Auswahl jener Wissenschaftler, die für die Akademie in Betracht gezogen wurden.«
»Welch eine Ehre, Doktor Hohenwerth.«
»Eine Ehre, die ihren Preis hat, Doktor Wrangel. Denn Professor von Wartenberg gehörte nicht zu diesem auserwählten Zirkel und lässt mich dies seitdem an jedem Tag spüren, den der Herr geschaffen hat und der uns zusammenführt.«
Wrangel war die etwas abschätzige Art, mit der Wartenberg Hohenwerth behandelte, schon ab und zu aufgefallen, doch wäre er nicht auf die Idee gekommen, versteckten Neid dahinter zu vermuten, zumal ja Wartenberg der Professor war.
»Kurzum«, fuhr Hohenwerth fort, »Leibniz interessiert sich auch für das Zarenreich, dem er eine große Zukunft prophezeit, und er führt so manche Korrespondenz mit Untertanen des Zaren. So weiß er aus erster Quelle zu berichten, wie es um die Dinge in Moskau steht. Wie ich hörte, schrieb er sogar an

Thomasius und bot ihm seine Unterstützung im Fall Patkul an, der ihn als gelehrten Mann natürlich auch zutiefst schockiert hat.«

»Oh, davon habe ich noch nichts gewusst.«

»Der Brief von Thomasius erreichte uns erst gestern mit der Abendpost«

»Aha.« Wrangel blickte aus dem Fenster in der Hoffnung, dem Redefluss seines Reisegefährten Einhalt zu gebieten. Doch Hohenwerth beendete seine Ausführungen erst, als vor ihnen der Gasthof auftauchte, wo sie sich mit jenem Budberg treffen wollten.

* * *

Als Wrangel und Hohenwerth die geräumige Gaststube betraten, fiel ihnen sofort ein großer älterer Herr von schlankem Wuchs auf. Sein langes weißes Haar war zu einem lockeren Zopf gebunden, der mit dem eleganten dunklen Reiserock kontrastierte.

Als er die beiden Männer eintreten sah, erhob er sich sogleich und ging auf sie zu. »Darf ich von den Herren annehmen, dass man soeben aus Königsberg eingetroffen ist?«

»So ist es, die Pferde stehen noch vor der Tür«, antwortete Hohenwerth mit verschwörerischem Unterton, den der ältere Herr elegant überhörte.

»Dann wird es mir eine Freude sein, die Herren auf eine Erfrischung an meinen Tisch zu bitten.« Mit einer angedeuteten Verbeugung wies er zu seinem Platz und fügte in leisem Ton hinzu: »Budberg ist mein Name, Leonhard Baron von Budberg.«

Wrangel und Hohenwerth stellten sich ebenfalls kurz vor und nahmen an dem ihnen zugewiesenen Tisch Platz. Budberg bestellte beim Wirt drei Krüge Bier, setzte sich dann zu den beiden und begann sofort das Gespräch.

»Es ist wahrlich ein trauriger Umstand, der uns hier zusammenführt. Der Mann, für den die Herren sich einsetzen, ist ein alter Freund und Gefährte von mir. Gemeinsam stürzten wir vor nun über fünfzehn Jahren ins Unglück, als wir versuchten, dem schwedischen König im Namen der livländischen Ritterschaft die Stirn zu bieten und unser Recht einzufordern. Doch während mir das Schicksal hold war und die Gnade unseres erzürnten Königs schenkte, fiel mein Freund in so tiefe Ungnade, dass er seine Heimat verlassen und bis zum heutigen Tag nicht nach Hause zurückkehren konnte.«
Wrangel nickte verständnisvoll, während Hohenwerth seine Ungeduld kaum bremsen konnte, zum eigentlichen Kern ihres Treffens, der Übergabe des geheimnisvollen Dokuments, zu kommen.
Budberg, dem erfahrenen Diplomaten, entging das nicht, und so fuhr er ohne Umschweife mit seinen Ausführungen fort. »Wie die Herren wissen, habe ich etwas mitgebracht, das dem Mann, wegen dessen Schicksal wir uns hier treffen, von erheblichem Nutzen sein kann. Für mich hingegen könnte diese Übergabe größten Schaden bedeuten, da sie in gewissen Kreisen als Verrat verstanden werden dürfte.«
Wrangel zog konzentriert die Augenbrauen zusammen, während Budberg mit leiser Stimme hinzufügte: »Es handelt sich hierbei um eine kostbare Urkunde, um nicht zu sagen, die wohl kostbarste Urkunde der livländischen Ritterschaft: das *privilegium Sigismundis,* das belegt, dass die livländische Ritterschaft auch unter schwedischer Herrschaft ihre Güter als Eigentum und ihre Bauern in Erbuntertänigkeit behalten darf.«
Mit einem leisen Pfeifen entwich Hohenwerth vor Erstaunen der Atem. »Das ist doch jene Urkunde, die Euch damals in Stockholm fehlte, als Ihr die livländische Sache vor dem König vertratet. Ich entnehme Euren Worten, dass sich das Dokument

nunmehr wieder eingefunden hat. Es jetzt für das Wohl jenes Mannes, wegen dessen Schicksal wir hier sitzen, herauszugeben, nenne ich wahre Freundschaft, Baron.«

In dem Moment öffnete sich die Tür der Gaststube, und drei Männer in schweren Jacken und dunklen Dreispitzen betraten die Wirtschaft.

Budberg warf ihnen einen kurzen Blick zu und redete dann mit unverändertem Tonfall weiter. »Die Kohlernte im vergangenen Herbst war tatsächlich so erfreulich, dass ich denke, Eurem Begehr nachkommen und Euch eine entsprechende Ladung verkaufen zu können.«

Während Hohenwerth die Stirn fragend in Falten legte, antwortete Wrangel unbeirrt: »Das sind hervorragende Neuigkeiten, Baron. Da die Transportwege derzeit nicht einfach sind, würde ich die Ladung gern so schnell wie möglich übernehmen, um sie in spätestens zwei Wochen auf dem Seeweg nach Lübeck zu schaffen.«

»Das ließe sich einrichten, mein Herr. Dann sind wir so weit handelseinig, und ich kann mich auf den Rückweg machen.«

Ohne weitere Umstände erhob sich der Baron und verabschiedete sich von den beiden Männern. Sie hatten sich schon zum Gehen gewandt, als Budberg Hohenwerth sanft am Arm berührte und sagte: »Ich glaube, der Herr hat seine Tasche vergessen.«

Hohenwerth drehte sich um, sah eine abgenutzte Ledertasche neben dem Tischbein an seinem Platz stehen und begriff sofort. »Oh, habt Dank.« Er bückte sich und klemmte die Tasche unter den Arm.

Keine zehn Minuten später bestiegen er und Wrangel wieder die Kutsche, derweil Budberg sich vom Stallknecht einen prächtigen Rappen halten ließ und mit jugendlicher Eleganz in den Sattel schwang. Das Tier bäumte sich unter dem Gewicht leicht auf und galoppierte, sobald es die Sporen seines Reiters spürte, mit großen Sprüngen davon.

Hinrich Wrangel sah durch das Fenster der Kutsche Pferd und Reiter mit einem warmen Gefühl in der Brust hinterher. Dieser Budberg war ein mutiger Mann. Aber woher hatte er bloß diese wertvolle Urkunde? Und warum machte er sie nicht selbst öffentlich? Schließlich war er als livländischer Ritter doch selbst von den negativen Auswirkungen der Güterreduktion durch die schwedische Krone betroffen. War die Macht Karls XII. so groß, dass er um seine Sicherheit fürchtete, käme heraus, dass er die Urkunde besaß?

Hohenwerth hatte inzwischen, kaum dass die Kutsche ins Rollen gekommen war, die lederne Tasche geöffnet. Darin befand sich eine weitere Tasche aus dickem Filz. Vorsichtig zog er sie heraus und versuchte die Bänder zu lösen, die sie verschlossen hielten.

»Verehrter Kollege, ich halte es für besser, die Tasche erst zu öffnen, wenn wir wieder in Königsberg sind.«

Hohenwerth schaute Wrangel verdutzt an. »Warum das? Wollt Ihr nicht wissen, ob wir hier tatsächlich das Dokument erhalten haben, das über das Wohl und Wehe Tausender Bauern entscheidet?«

»Und auch vielleicht über das Schicksal von Johann Patkul. Und genau darum, Doktor Hohenwerth, halte ich es für ratsam, das Dokument erst in gemeinsamer Runde mit den anderen Mitgliedern unseres geheimen Rates zu inspizieren.«

Sein Reisegefährte schaute ihn missmutig an. »Ihr traut mir nicht, Doktor Wrangel? Befürchtet Ihr, dass ich dieses Dokument wegen seiner großen politischen Bedeutung vielleicht vernichten könnte? Um die Bauern vor einem Rückfall in ihr früheres erbärmliches Leben als Leibeigene zu bewahren?« Er lachte bitter auf. »Keine Sorge, verehrter Kollege, auch wenn ich die Erbuntertänigkeit verabscheue, so verabscheue ich den Allmachtsanspruch der königlichen Häupter Europas nicht weniger. Und hier steht das eine gegen das andere. Ein Freund des Schwedenkönigs bin ich wahrlich nicht.« Ohne ein weiteres Wort schob er die Filztasche zurück in die lederne Tasche und reichte diese Wrangel herüber. »Ich schlage vor, Ihr verwahrt das Dokument, dann müsst Ihr Euch keine weiteren Sorgen machen.«

Wrangel nahm die Tasche, hütete sich aber, auf Hohenwerths bissige Reaktion einzugehen. Tatsächlich kannte er den Mann zu wenig, um ihn einzuschätzen.

Die Kutsche hatte inzwischen die offenen Felder verlassen und war in einen Wald gefahren. Das erste zarte Grün zeigte sich an den Zweigen der Birken, während die Buchen und Eichen noch vollends kahl ihre knorrigen Äste in die Höhe streckten. Der Himmel hatte sich zugezogen, und leichter Regen tröpfelte auf das Dach der Kutsche. Langsam glitten die Tropfen an der Scheibe hinab und hinterließen wässrige Spuren, welche die klare Sicht nach außen brachen.

Auf einmal gab es einen lauten Knacks, als wenn Holz zerbrach, und die Kutsche knickte auf Wrangels Seite ein ordentliches Stück ein. Wrangel rutschte gegen die Scheibe und stieß sich den Kopf. Von draußen hörte er die Stimme des Kutschers, der versuchte, die Pferde zu beruhigen und zum Halten zu bringen, doch die Tiere zogen die Kutsche noch einige Schritte weiter, sodass sie kräftig über den Boden holperte, bis die Scheibe auf Wrangels Seite zersprang und die Glassplitter durch das Wageninnere flogen. Instinktiv riss er die Hände hoch und hielt sie sich vor das Gesicht.

Hohenwerth neben ihm schrie auf. »Gott sei uns gnädig, da kommen Leute aus dem Gebüsch!« Wie wild fing er an, in seinem Reisebeutel zu wühlen.

Wrangels Hand blutete. Ein Splitter steckte im Handrücken wie ein Dolch. Mit lautem Geschrei rannte eine Horde Menschen mit Knüppeln und Piken bewaffnet auf die Kutsche zu. Sie sahen fast genauso aus wie jene Lumpenmänner, die er auf der Hinfahrt auf den Feldern gesehen hatte. Aber vielleicht schien es Wrangel auch nur so. Sein Kopf dröhnte, und etwas Warmes, Feuchtes rann über seine Stirn. Als er es mit dem Finger berührte, sah er, dass es Blut war.

Der Kutscher brüllte den Fremden unverständliches Zeug entgegen. Seine Peitsche knallte wie Pistolenschüsse. Die Pferde wieherten. Vielleicht bäumten sie sich auch auf, denn die Kutsche wankte bedrohlich.

Hohenwerth zog einen kleinen Dolch aus seinem Beutel, umfasste ihn fest mit der rechten Hand und schrie aufgebracht: »Wagt es ja nicht, hier einzudringen, ihr Lumpenpack!« Dann drehte er sich zu Wrangel um. »Passt auf die Tasche auf, Doktor Wrangel! Vielleicht ist sie der Grund für diesen Überfall!«

Wrangel starrte ihn ungläubig an und versuchte zunächst nach dem Splitter in seiner Hand zu greifen, da begann die ganze Kutsche wie verrückt zu schaukeln. Der Kutscher schrie auf. Die Peitsche verstummte. Jemand ruckelte am Türgriff. Glas splitterte erneut, diesmal von der anderen Seite.

Hohenwerth stieß die Tür auf und brüllte: »Euch werd ich's zeigen …!«

Wrangel tastete nach der Ledertasche und schob sie unter seinen Beutel. Dann versuchte er ihn mit einer Hand zu öffnen. Zwar hatte er keinen Dolch wie Hohenwerth, aber zumindest sein kleines Klappmesser musste unter den Reiseutensilien sein.

Vor der offenen Wagentür erschien ein bärtiges Gesicht mit funkelnd grünen Augen. »Raus da, wenn euch euer Leben lieb ist!«

Hohenwerth erhob die Hand mit seinem Dolch und stieß sie mit voller Wucht in das Gesicht des Fremden. Ein gellender

Schrei ertönte. Wrangel konnten nichts sehen. Blut rann in seine Augen. Er ließ den Beutel fallen und wischte sich übers Gesicht. Hohenwerth stürzte aus dem Wagen, dann war er verschwunden. Wrangel wollte nach ihm rufen, da packte ihn eine Faust am Kragen und zerrte ihn nach vorn. Er blieb mit dem Stiefel an der Türschwelle hängen und stolperte. Die Hand, die seinen Kragen hielt, riss ihn hoch.

»Los, raus, du Wicht!«

Wrangel versuchte sich am Türrahmen festzuhalten, doch er rutschte ab. Ein bohrender Schmerz durchfuhr seine Hand, lähmte seinen Arm, stach im Kopf. Er verlor das Gleichgewicht, trat auf etwas Unebenes, Weiches, hörte ein Stöhnen. Hohenwerth!, durchfuhr es ihn.

Jemand packte seinen linken Arm und riss ihn nach hinten. Wrangel taumelte zurück, doch zugleich spürte er, wie sich seine ganze Wut zu einer gewaltigen Kraft sammelte, die in seine Glieder schoss und den Schmerz aus seinem Körper vertrieb. Seine Hände ballten sich zu Fäusten, und er peilte durch den blutigen Schleier vor seinen Augen ein junges Gesicht an, das zu dem Arm gehören musste, der ihn nach hinten riss. Ohne auch nur eine Sekunde zu zögern, versetzte er der Visage einen kräftigen Schlag auf die Nase.

Zwei Augen starrten ihn verständnislos an, bevor der Kerl zu Boden ging. Wie im Rausch fuhr Wrangel herum und griff nach dem anderen, der immer noch seinen Kragen hielt. Da durchzuckte ihn ein stechender Schmerz an der Schläfe, seine Beine knickten ein, und ihm wurde schwarz vor Augen.

Moskau im April 1706

Mit einem galanten Lächeln winkte Menschikow der hübschen jungen Dame hinterher, die, in einen rotbraunen, perfekt auf ihr Haar abgestimmten Nerz gewickelt, durch die kleine Geheimtür aus seinen Privatgemächern im Kreml verschwand. Der Mantel war ein Geschenk Menschikows, um ihre Gefälligkeiten zu würdigen, die sie dem Grafen regelmäßig zukommen ließ. In Moskau herrschten eben andere Preise als in der Provinz. Dort waren einem die schönsten Mädchen schon für ein gutes Essen und ein elegantes Seidentuch zugetan, dabei waren sie nicht weniger hübsch als die Moskauer Schönheiten, viele von ihnen wirkten sogar ungleich natürlicher, was einen besonderen Liebreiz entwickelte. So wie bei Marta. Aber an sie durfte er auf solch intime Art und Weise nur noch im Geheimen denken, war sie doch für jeden normal sterblichen Mann unerreichbar geworden. Und daran war er, Alexander Danilowitsch Menschikow, nicht unschuldig.

Seufzend schlug er die seidene, dick gefütterte Steppdecke zurück und schwang sich nackt aus dem breiten Bett. Die nächtliche Kühle im Raum überzog seinen athletischen, muskulösen Körper mit einer feinen Gänsehaut. Das Feuer im Kamin war erloschen. Aber ihm war nicht danach, einen Pagen zu rufen, damit er es wieder entfachte. Zu kostbar waren ihm die wenigen Stunden, die er allein für sich hatte, um seinen Gedanken nachzuhängen.

Auf nackten Füßen schritt Menschikow über das knarzende Eichenparkett hinüber zu dem Sessel vor dem großen Spiegel, über dem sein mit silberschwarzem Seeotter gefütterter Morgenmantel weit ausgebreitet lag. Der Pelz dieser Otter war der dichteste und haltbarste, den es gab. Die chinesischen Mandarine wussten darum und boten phantastische Preise für die Felle, die waghalsige russische Jäger an der fernen nördlichen Pazifikküste vor Kamtschatka erbeuteten. Und Menschikow wusste um die Leidenschaft der Chinesen, sodass er sich in diesen Handel eingebracht hatte. Die Gewinne waren atemberaubend. Fast so atemberaubend wie die nächtlichen Gefälligkeiten der kleinen Brünetten, die ihm im Sessel sitzend den Morgenmantel geöffnet und sich anschließend vor ihn hingekniet hatte, sodass er ihren nackten Körper in seinen rhythmischen Bewegungen im Spiegel betrachten konnte, während sie sich ganz ihrer Aufgabe hingab, das Zentrum seiner Manneskraft zur Explosion zu bringen. Ihre Bemühungen waren den Nerz wert gewesen.

Menschikow griff nach dem Morgenmantel und hüllte sich darin ein, während er sich mit selbstgefälligem Blick im Spiegel betrachtete. Er war noch jung, sehr gut gebaut, sah blendend aus. Und er hatte schon weitaus mehr erreicht, als er je zu träumen gewagt hätte. Aber darin lag auch sein Geheimnis: Er träumte nicht, er handelte. Denn die Tat war der Schlüssel zum Erfolg. Hätte er immer nur geträumt, würde er wohl heute noch Backwaren auf den Straßen der Moskauer Vorstadt verkaufen.

Entschlossen knöpfte er die schildpattenen Knöpfe des Mantels zu, schlüpfte in die schnabelförmig gebogenen Pantoffeln – ein russisches Relikt aus Zeiten der Tatarenherrschaft – und setzte sich an seinen kleinen Schreibtisch in der anderen Ecke des Gemachs. Mit geschickten Fingern entzündete er eine kleine Öllampe, die ihm das nötige Licht für seine nächtliche Arbeit bot. Dann öffnete er eine Schublade, griff hinein und drückte auf einen winzigen Knopf. Eine Klappe sprang auf, die mit bloßem Auge nicht als solche zu erkennen war. Er holte einen Stapel Dokumente aus dem Fach hinter der Klappe und breitete ihn vor sich aus.

Die Geschäfte mit den Seeotterpelzen liefen noch immer ausgezeichnet. Er hatte einige vertrauenswürdige *promyschlenniki*, russische Händler, vor Ort, mit der Wahrung seiner Interessen beauftragt, und die erhoben mit beachtlicher Präzision einen kleinen Extratribut auf jeden Pelz, der von russischen in chinesische Hände wechselte. Weniger erfreulich waren seine Einkünfte im Eisenhandel. Der Zar hatte die Hand auf dieses Geschäft gelegt, kontrollierte das Monopol streng und arbeitete eng mit dem Büchsenmacher Nikita Demidow zusammen, der ihm zwanzigtausend Steinschlossmusketen für das russische Heer im Kampf gegen die Schweden geliefert hatte und dafür die gewinnbringende Eisenhütte in Newjansk betrieb.
Für Menschikow war es zu gefährlich geworden, an Demidow vorbei seinen Interessen nachzugehen. Ein falsches Wort dieses Sibiriers an den Zaren, und dessen unerbittlicher Zorn konnte sich auf Menschikow senken. Der Graf schüttelte sich bei dem Gedanken, und der seidenweiche Seeotterpelz streichelte sanft seine Haut. Immerhin war er inzwischen Generalgouverneur von Ingermanland geworden. Dort ließen sich bereits einige neue Geschäfte entwickeln, die bestimmt noch zunehmen würden, wenn Peters Lieblingsprojekt, der Bau seiner neuen Stadt, weiterhin so rasant verlief wie bisher.
Mit flinken Fingern fuhr Menschikow über die Zahlenkolonnen und kontrollierte seine Einkünfte aus Ingermanland. Ja, sie könnten üppiger sein, daran bestand kein Zweifel. Zumal das Leben in Moskau ausgesprochen kostspielig war. Nicht nur die Damen hatten ihren Preis, auch die Festlichkeiten, die er regelmäßig veranstalten ließ, um seine Gefolgsleute bei Laune zu halten, gingen ins Geld. Hinzu kamen die Geschenke für all jene, die ihm Gefälligkeiten erwiesen – meistens die Weitergabe von speziellen Informationen –, sowie natürlich die luxuriöse Lebensführung, die sich für einen Mann seines Standes gebührte.

Schließlich konnte er seine kleinen Vergnügungen nicht aus den Quellen bestreiten, wie es gekrönte Häupter taten. Der Zar bediente sich ohne Zögern von den Steuern. Reichten sie ihm nicht, erhöhte er sie einfach. Und der König von Polen gab ungeniert die Subsidien, die der Zar ihm schon viel zu lange für seine Unterstützung im Kampf gegen die Schweden zukommen ließ, für seine Mätressen aus.
Ein kaltes Lächeln umspielte Menschikows Mund. Zwar hatte er selbst nicht solche Quellen zur Verfügung, aber er wäre nicht Menschikow, wüsste er sich nicht trotzdem ihrer heimlich zu bedienen.
Das erste fahle Morgenlicht brach sich seinen Weg durch die Ritzen der schweren Vorhänge. Die kostbare Zeit, die er für sich allein hatte, neigte sich dem Ende zu. Es würde nicht mehr lange dauern, bis der Zar ihn rufen ließ. Menschikow legte die Dokumente zusammen und verstaute sie wieder in dem Geheimfach. Dann löschte er die kleine Lampe, trat ans Fenster, schlug den Vorhang zurück und blickte hinaus in den jungfräulichen Morgen, voller Neugierde, was er ihm Gutes bringen würde.

Hamburg im April 1706

Meine herzliebste Frau,
geliebte Ruth,

meine Reise nach Königsberg ist mit Gottes Segen gut verlaufen, und ich bin wohlbehalten vor acht Tagen eingetroffen. Die Kollegen hier sind ehrenwerte und tüchtige Juristen, die es verstehen, unsere Arbeit mit größter Disziplin voranzubringen. Leider kann ich Dir keine Einzelheiten berichten, da wir uns strengste Geheimhaltung für unsere Arbeit auferlegt haben. Aber so viel sei Dir verraten: Wir kommen gut voran, und ich hoffe, schon in einigen Tagen die Heimreise anzutreten.

Die große Disziplin, die wir uns auferlegt haben, ist auch der Grund, warum ich erst heute an Dich schreibe. Von Sonnenaufgang bis Sonnenuntergang beraten wir nahezu ohne Pause über unseren Fall und durchdenken verschiedene Strategien. Wenn ich dann im Dunkeln zurück in meine Herberge kehre, fühle ich mich mit jedem Schritt und Tritt an zu Hause erinnert, da ich auf dem Weg immer das Wasser um mich habe, wie bei uns die Fleete. Vor allem aber denke ich mit jedem Schritt an Dich, liebste Ruth. Denn ich vermisse Dich mit jedem Atemzug. Ständig möchte ich mit Dir all die kleinen Dinge und Erlebnisse teilen, die ich hier erfahre. Ich möchte Deine Meinung zu ihnen hören und mich mit Dir gemeinsam an den Schönheiten wie auch an den Merkwürdigkeiten dieses Ortes ergötzen. Erst hier, ohne Dich an meiner Seite, begreife ich, wie verbohrt ich gehandelt habe, Dich nicht mit mir hierhergenommen zu haben. Erst hier spüre ich, dass mein Leben ohne Dich an meiner Seite arm und öde ist.

Verzeih mir meine Sturheit und wisse, dass mein Herz höherschlägt bei dem Gedanken, Dich schon bald wieder in meinen Armen zu halten, in Deine strahlenden Augen zu sehen, Deinen köstlichen Duft zu atmen und Deine schöne sanfte Stimme zu hören.

Dein Dich über alles liebender Mann,
Hinrich

Mit zitternden Händen legte Ruth den Brief auf den Tisch und starrte aus dem Fenster. Dicke Regentropfen prasselten gleichmäßig gegen die Scheiben und liefen in geschwungenen Rinnsalen dem Fenstersims entgegen. Die Wolken hingen so tief und grau vom Himmel herab, dass sie die Spitze von Sankt Petri verschlangen.
Mehr als ein Dutzend Male mochte Ruth den Brief schon gelesen haben, jedes Wort hatte sich in ihr Herz eingebrannt. Er war mit der Morgenpost gekommen, die Magd hatte ihn ihr sogleich ans Bett gebracht. Doch eine Stunde nur währte Ruths Freude und Verzückung, dann hatte es wieder geklopft, und Matthias Claussen stand vor der Tür. Noch bevor er auch nur ein Wort gesagt hatte, überfiel Ruth wieder jene Angst, die sie schon gespürt hatte, als Hinrich ihr sagte, er reise allein.
Claussen überbrachte ihr die entsetzlichen Nachrichten aus Königsberg. Ihr Mann sei auf einer Ausfahrt in die Umgebung von Königsberg in die Gewalt von Wegelagerern geraten, welche die Kutsche überfallen, ausgeplündert und die Reisenden wie auch den Kutscher totgeschlagen hätten. Wrangels Leiche habe man zwar nicht gefunden, aber nach dem zu urteilen, wie die anderen in der Kutsche zugerichtet waren, musste man einfach davon ausgehen, dass auch er getötet und seine Leiche von wilden Tieren fortgezerrt worden war.

Ruth hatte die schreckliche Nachricht wie versteinert aufgenommen. Alle ihre Befürchtungen waren zur Gewissheit geworden und ließen ihr Blut erstarren. Hilflos hatte Claussen sie in den Arm genommen und zu einem Stuhl geführt. Sie ließ es widerstandslos geschehen. Dann hatte er ihre Hand gehalten und ein langes Gebet gesprochen. Zu Ruth war kein einziges seiner Worte durchgedrungen. Ihr Blick hielt nichts, in ihren Ohren breitete sich ein Rauschen aus, das langsam und stetig zu einem fürchterlichen Tosen anschwoll. Wie eine gewaltige Brandungswelle überspülte das Tosen ihr Inneres, riss jede bisher angenommene Gewissheit von ihrem angestammten Platz und schleuderte sie so lange durcheinander, bis sie alle zu einem verlassenen Haufen Treibgut geworden waren.
»Du solltest hier nicht bleiben, liebe Ruth. Ich werde dich mit zu uns nehmen, damit Hanne sich um dich kümmern kann.« Claussen versuchte sie vom Stuhl hochzuziehen.
Aber Ruth schob seine Hand von ihrem Arm. »Ich möchte jetzt allein sein, Matthias. Du kannst später wiederkommen.«
Das waren die einzigen Worte gewesen, die seit dieser grauenvollen Nachricht über ihre Lippen gekommen waren. Stunden mochten seitdem vergangen sein. Das Prasseln der Regentropfen wurde langsamer und sanfter. Über der Alster riss bereits der Himmel auf, und helle Sonnenstrahlen brachen sich ihren Weg auf das nasse Straßenpflaster.
Ruth fühlte in sich hinein. Dies war nicht die erste Todesnachricht, die in ihr Leben gedrungen war. Ihre Brüder, ihre Mutter, ihren Vater: Alle hatte sie verloren. Nur zu gut kannte sie das Gefühl, wenn ein geliebter Mensch von ihr ging. Sie hatte dabei meist einen besonderen Moment innerer Nähe zu dem Verschiedenen verspürt, beinahe so, als ob seine scheidende Lebensenergie sich mit ihrer vermischte. Danach folgte stets ein ungewohnt entspannter Moment des Loslassens, der zwar

schmerzte, aber auch freigab. Doch fühlte sie in diesem Moment in sich der Todesnachricht Hinrichs nach, so spürte sie ihn und seine Liebe mit jeder Faser ihres Körpers, ihrer Seele. So wie er sie in der letzten Nacht, bevor er nach Königsberg aufbrach, gehalten und geliebt hatte. Sie fühlte seine Hände auf ihrer Haut, seine liebkosenden Lippen, sie hörte seine Zärtlichkeiten flüsternde Stimme, sie sah in seine klaren blauen Augen und spürte, wie sich bebend seine Lust in sie ergoss.
Hinrich konnte nicht, nein, er durfte nicht tot sein. Sie spürte ihn doch. Er lebte. In ihr.
Mit einem Mal durchfloss sie eine Hitzewelle, die ihren Körper erzittern ließ. Seit vier Wochen war Hinrich schon fort, aber bei ihr hatte sich während seiner Abwesenheit nicht der Monatsfluss eingestellt. Zwar wusste sie, dass außergewöhnliche Unruhezustände zu einer Verzögerung des Flusses führen konnten, doch wie lange die sein durfte, konnte sie nicht sagen.
Wieder sah sie Hinrich vor ihrem inneren Auge in jener letzten Nacht vor seiner Abreise. Er hatte sie mit einer solchen Hingabe geliebt wie schon lange nicht mehr. Gerade so, als wollte er ihren unschönen Zwist über die Reise vergessen machen, als wollte er mit ihr auf ewig verschmelzen, um die nahende Trennung nichtig erscheinen zu lassen. Mochte genau das geschehen sein? Mochten sie sich in ihr auf ewig verschmolzen haben?
Ein zaghaftes Klopfen riss Ruth aus ihren Gedanken. Die Magd trat ein und meldete, dass der Herr Pastor Claussen soeben eingetroffen sei.
Ruth nickte ihr müde zu, dass sie ihn hereinführen solle.
Mit leisem Schritt, sichtlich bemüht, die Trauernde nicht zu erschrecken, trat Claussen zu ihr. »Liebe Ruth, ich bitte dich, lass dir helfen, lass dich trösten. Komm mit mir in unser Haus, damit der Schmerz dich nicht erdrückt.«
»Wie spät ist es, Matthias?«

»Zwölf Uhr ist durch. Hanne hat eine kräftige Suppe bereiten lassen und erwartet uns.«
Ruths Blick wanderte unruhig durch den Raum, als suche er Halt an irgendetwas, das ihr erlauben würde, hierzubleiben. Aber Claussen hatte schon behutsam, doch bestimmt ihren Arm genommen und zog sie hoch. Die Magd brachte ihren Umhang, legte ihn ihr um die Schultern, half ihr danach in die Schnürstiefel und band sie ihr zu. Ruth ließ es geschehen.
Vor ihrem Haus in der Kleinen Johannisstraße wartete eine Sänfte. Zwar trennte nur ein kurzer Fußweg das Wrangelsche Haus vom Pastorat zu Sankt Katharinen, aber Claussen wollte Ruth in ihrem Zustand selbst diesen Weg nicht zumuten. Er half ihr in die Sänfte und machte dann den Trägern ein Zeichen loszugehen.
Nur wenige Augenblicke später waren sie vor dem Pastorat. Sofort ging die Tür auf, und Hanne Claussen, eine kleine, aber kräftige Frau mit fröhlichen Augen und aschblondem Haar, das züchtig unter einer weißen Haube aus Brügger Spitze zusammengehalten wurde, kam auf die beiden zu. »Ruth, mein armes Kind, wie gut, dass du zu uns kommst! Der Herr sei gesegnet.« Gemeinsam half das Ehepaar Claussen Ruth aus der Sänfte und geleitete sie, jeder einen Arm haltend, ins Haus.
Kaum hatten sie die geräumige Diele betreten, deren hintere Wand von einem mächtigen Eichenschrank gekrönt wurde, stürmten zwei kleine Mädchen mit blonden Locken auf sie zu und griffen nach Ruths Schürze. »Tante Ruth, Tante Ruth, endlich kommst du uns besuchen!«
Mit einer schnellen Handbewegung scheuchte Hanne Claussen ihre beiden Kleinen zurück und rief die Amme, die Kinder mitzunehmen. Dann führte sie Ruth in die Stube, wo schon eine Kanne mit dampfend heißem Tee auf den Gast wartete. »So, meine Liebe, nun setz dich erst einmal hin und trink einen schö-

nen Tee mit Kluntje.« Die besorgte Freundin goss Ruth eine schwarz-rot leuchtende Flüssigkeit in eine filigran getöpferte blau lasierte Tasse und gab zwei große Stückchen Kandis hinzu. Sogleich verbreitete sich der Duft der friesischen Teemischung im Raum.

Hannes Familie stammte aus Ostfriesland, weshalb sie für dieses Getränk eine besondere Leidenschaft hegte und es zu jeder nur möglichen Gelegenheit im Pastorat reichte. Ihr Mann bevorzugte zwar den Genuss von Kaffee, duldete die unverhohlene Leidenschaft seiner Frau aber gern, gab sie ihm doch regelmäßig eine Entschuldigung, in ein Kaffeehaus einzukehren und so auch zugleich ein wenig Zeit für sich, außerhalb der Familie, zu haben.

Ohne aufzublicken, ließ sich Ruth die Tasse reichen und nahm einen kleinen Schluck des heißen Getränks. Sie fühlte sich gefangen von einem zähen Nebel, durchdrungen von schattenhaften Bildern, die sich nicht greifen ließen.

Pastor Claussen setzte sich zu ihr und legte behutsam seine Hand auf ihre. »Diese grausame Nachricht erschüttert uns alle bis ins Mark, liebe Ruth. Sie in ihrer ganzen Tragweite zu erfassen erscheint mir noch unmöglich. Aber der Herr erlegt uns manchmal große Prüfungen auf, die wir nur im festen Glauben an ihn bestehen können.«

»Wie hast du von dem Unglück erfahren, Matthias?«

»Ein Brief von Professor von Wartenberg traf heute früh hier ein.«

»Darf ich ihn lesen?«

Claussen zögerte einen Moment. »Natürlich, aber lass uns zuerst etwas essen, damit du dich stärken kannst.«

»Ich möchte selbst lesen, was über meinen Mann berichtet wird. Jetzt, bitte.«

Claussen, der Ruths Hartnäckigkeit seit langem kannte, erhob sich und ging hinaus zu seinem Kabinett, um den Brief zu holen.

Hanne streichelte derweil der Freundin über die Schulter. »Wenn du möchtest, wohnst du in der nächsten Zeit bei uns, liebe Ruth. Dann bist du nicht so allein. Auch helfe ich dir natürlich mit all den Dingen, die auf dich zukommen werden.«
Ruth schaute sie verständnislos an. Doch Hanne redete unbeirrt fort.
»Wir sollten später deine Garderobe durchsehen, ob du passende Kleider hast, ansonsten kenne ich ...«
Der strenge Blick ihres zurückkehrenden Mannes ließ sie verstummen. Claussen ging zu Ruth und reichte ihr den Brief. Sie nickte schweigend, faltete ihn auseinander und begann mit versteinertem Gesichtsausdruck zu lesen. Nach einer Weile legte sie das Schreiben nieder und starrte aus dem Fenster. Der Regen hatte aufgehört, und die Sonnenstrahlen ließen die letzten Tropfen an den Fensterscheiben wie kleine Kristalle funkeln. Gegenüber dem Pastorat stand die Kirche. Ihr kupfernes Dach hatte sich über die Jahre durch die Witterung verfärbt und leuchtete türkisgrün im blauen Frühlingshimmel, der inzwischen das Firmament bestimmte.
»Hinrich war nicht allein unterwegs. Wer war der Mitreisende, den man tot auffand, dieser Doktor Hohenwerth?«
»Ich weiß es nicht, Ruth. Aber ich vermute, dass er wie Hinrich für den geheimen Rat arbeitete.«
Ruth zeigte keine Regung, starrte nur weiter in Gedanken aus dem Fenster.
»Es ist eine große Prüfung, Ruth. Aber vertraue in Gott, denn Seine Wege sind unergründlich und führen uns zu neuen Ufern.«
Ruth drehte sich um und blickte unvermittelt in Claussens graublaue Augen. Sie wollte etwas entgegnen, wurde aber durch ihre Freundin Hanne unterbrochen.
»Das Essen ist aufgetan, meine Lieben. Lasst uns eine Stärkung zu uns nehmen und später in aller Ruhe weitersehen.« Damit

ergriff sie Ruths Arm und führte sie in das Esszimmer, das auf der anderen Seite der Diele lag.
Die Magd hatte eine große Suppenterrine aufgetragen, und nachdem sich die drei gesetzt hatten, faltete Pastor Claussen die Hände und sprach das Tischgebet. Nahezu schweigsam nahmen sie das Mahl ein. Ruth bekam kaum einen Bissen herunter und rührte gedankenverloren mit dem silbernen Löffel in ihrem Teller herum. Schließlich rief Hanne die Magd herbei, damit sie die Teller abräumte.
»Ich werde einen Gottesdienst ganz für Hinrich ausrichten. Zwar gehört ihr dem Kirchspiel von Sankt Petri an, aber ich gehe davon aus, dass Pastor Gerhard Verständnis dafür haben wird. Schließlich war Hinrich mein bester Freund.«
Ruth zuckte bei diesen Worten bloß leise zusammen.
»Und du, liebe Hanne«, fuhr Claussen fort, »wirst auf dem Markt die schönsten Blumen kaufen, die du finden kannst. Ich möchte, dass die Kirche in herrlichster Pracht für Hinrich geschmückt wird.«
»Ja, Matthias. Die Frauen aus den Vierlanden bringen schon die ersten kleinen Frühlingsblumen und vor allem herrliche frische grüne Zweige. Ich werde bestimmt etwas Gutes finden. Schließlich steht schon fast das Osterfest vor der Tür.« Dann ergriff Hanne wieder Ruths Hand. »Und für dich, liebe Freundin, lasse ich gleich eine Kammer richten, damit du die nächsten Tage bei uns bleiben kannst und wir dich in deiner Trauer stützen können. Auch habe ich noch einen Ballen sanft schimmernder schwarzer Seide, sodass wir fürs Erste keine unnötigen Umstände machen müssen, sondern dir daraus etwas Passendes schneidern lassen können.«
Langsam, aber sehr bestimmt richtete Ruth sich auf, legte ihre Hände, die zuvor in ihrem Schoß geruht hatten, auf den Tisch, hob den Kopf und blickte dem Ehepaar Claussen abwechselnd

in die Augen. »Ihr redet von meinem Mann, als sei er tot, und von mir, als sei ich bereits eine Witwe. Dabei gibt es keinen Beweis für Hinrichs Tod, lediglich Mutmaßungen. Aber Hinrich ist nicht tot!«

Verlegen starrte Hanne Claussen auf den abgeräumten Tisch, während der Pastor sich räusperte. »Manchmal ist das Erkennen des Offensichtlichen am schwierigsten, Ruth. Natürlich bist du zutiefst aufgewühlt und von Verzweiflung gepackt. Darum sind wir, deine Freunde, bei dir. Wir wollen dir mit Gottes Hilfe beistehen, die Einsicht in das Unvermeidliche zu ertragen. Der Herr verlangt viel von dir. Aber er wird dich auch durch dieses dunkle Tal führen. Und wir möchten dich auf diesem Weg begleiten, dich stützen, dir helfen.«

»Dann helft mir, auf ein besseres Zeichen zu hoffen als jenes, das uns heute erreichte. Helft mir, stark und unerschütterlich zu sein im Glauben daran, dass Hinrich lebt!«

»Aber Ruth, sei doch vernünftig …«

»Ich bin vernünftig, Matthias. Denn solange es keinen Beweis für seinen Tod gibt, vertraue ich auf Gott, dass Hinrich lebt. Und genau das solltest du als sein Freund auch tun, anstatt schon über seinem Nachruf zu sinnen. Halte gern einen Gottesdienst für ihn, aber nicht, um ihn zu betrauern, sondern um Gott um Hilfe zu bitten, dass Hinrich bald wohlbehalten zurückkehrt.«

Resigniert schüttelte Claussen den Kopf. Er wollte erneut zu einer Erwiderung ansetzen, als Hanne ihm mit einem kleinen Wink gebot, zu schweigen.

»Du hast ja recht, meine liebe Freundin«, wandte sie sich mit sanfter Stimme an Ruth. »Es gibt keinen Grund, etwas zu übereilen. Schließlich lehrt uns die Bibel auch, die Hoffnung nicht aufzugeben und auf den Herrn und seine große Güte zu vertrauen.«

Unwirsch hörte der Pastor die Worte seiner Frau, die doch eher ihm als ihr zugestanden hätten. Dann aber sah er, wie die Spannung von Ruth abfiel und ihr Tränen über die Wangen rannen. Manchmal lag die wahre Stärke im Nachgeben. Das hatte ihn seine Frau schon so manches Mal gelehrt.

»Ich schlage vor, du ruhst dich jetzt erst einmal ein wenig aus und versuchst zu schlafen«, fuhr Hanne unbeirrt fort. »Denn in der Ruhe liegt die Kraft. Und Matthias könnte derweil zum Rathaus gehen und versuchen herauszufinden, ob noch weitere Nachrichten aus Königsberg eingegangen sind.«

»Danke, Hanne, für deine großzügige Gastfreundschaft. Aber ich möchte zurück nach Hause, in meine gewohnte Umgebung.«

»Aber wer wird sich dann um dich sorgen, dir etwas zu essen bereiten?«

»Ich habe vier Mägde und einen treuen Diener zu Hause, liebe Hanne, die schon für mich sorgen, seit ich denken kann. Sie werden mir auch jetzt sicherlich nicht den Dienst verweigern.«

Es war den Claussens anzusehen, dass sie von Ruths Antwort nicht viel hielten, aber sie wagten es nicht, ihrem deutlichen Wunsch zu widersprechen.

»So werde ich dich zunächst nach Hause begleiten und dann zum Rathaus gehen. Sollte ich Neuigkeiten erfahren, teile ich sie dir umgehend mit«, gab Matthias Claussen schließlich nach.

Burg Sonnenstein
im April 1706

»Pah!«, schnaubte Patkul wütend in die frische Frühlingsluft, während er seine Runden durch den sonnenbeschienenen Innenhof der Burg Sonnenstein drehte. Von Hoym hielt zwei Schritte Abstand, als ob er so auch die üble Laune seines Freundes von sich abhalten könne.

»Sehr alertiert war der Zar also. Sollte das alles sein, was der russische Außenminister zu berichten hat, dann muss ich mich nicht wundern, wenn ich hier bis zum Sankt-Nimmerleins-Tag festsitze!« Wütend stapfte Patkul über den knirschenden Kies. »Kräftig unterstützen will mich der Zar. Ja, warum tut er es dann nicht endlich? Vier Monate halten mich Augusts Hofschranzen nun schon gefangen, und nichts, aber auch gar nichts hat der Zar oder sein ehrenwerter Außenminister Golowin für mich erreicht. Ob sie überhaupt die Briefe gelesen haben, die ich ihnen schrieb? Und wie steht es um die Subsidien? Hat sich Golowin dazu geäußert, Hoym?«

Der schlanke Mann schüttelte ruhig den Kopf. »Nein, kein Wort ließ der Außenminister über die Gelder verlauten. Aber habt Ihr Euch in dieser Angelegenheit nicht an den Grafen Menschikow gewandt? Sicherlich wird er sich bald melden.«

»Menschikow ist ein elendiger Spieler, Hoym. Wenn der keinen Druck vom Zaren persönlich bekommt, wird er sich hüten, in meine Bresche zu springen. Denn Freundschaft verbindet uns nicht gerade, nur die Pflicht vor dem Zaren.«

Hoym nickte verständnisvoll, als habe er nach all den Schilderungen, die er schon von Patkul über den Grafen gehört hatte, auch nichts anderes erwartet.

»Habt Ihr denn nicht auch noch ein paar erbaulichere Nachrichten mitgebracht als die von Golowin, Hoym?«
»Warme Herzensgrüße von Eurer Verlobten, der Frau von Einsiedel, darf ich noch ausrichten. Wie Ihr wisst, trifft sie sich regelmäßig mit der Kurfürstin-Witwe, also der Mutter von König August. Die Dame ist eine wahre Bewunderin von Euch, Patkul. Sie schätzt Eure Geradlinigkeit und Aufrichtigkeit, die ganz ihrer pietistischen Auffassung vom Glauben entsprechen, wie sie mir erst gestern beim Tee im Hause Einsiedel erläuterte. Nur leider hat sie, seitdem ihr Sohn zum Katholizismus konvertiert ist, um die polnische Krone zu erlangen, kaum noch Kontakt, geschweige denn Einfluss auf ihn. Trotzdem versucht sie, was sie kann, um Euch aus dieser misslichen Lage zu befreien.«
Patkul nickte versöhnlich, wohl wissend, dass sich in diesem Zusammenhang Wutausbrüche nicht zu seinem Vorteil auswirken würden. »Nun, hoffen wir, dass die Kurfürstin-Witwe auch in der neuen Konstellation am Dresdener Hof noch genügend Einfluss behalten hat. Auch wenn ich es nach all meinen Erfahrungen mit den derzeitigen Hofschranzen zu bezweifeln wage. Aber es ist beruhigend zu hören, dass sich die Damen so um mich sorgen. Meine Verlobte ist eine herzensgute Frau. Es tut mir in der Seele weh, dass unser gemeinsamer Schritt auf eine Ehe hin ihr bisher mehr Leid als Freude gebracht hat.«
»Eure Verlobte ist wahrlich um Eurer Wohl besorgt. Zwei Dutzend bunter Eier will sie zu Ostern an die Küche von Burg Sonnenstein schicken lassen sowie bestimmt zehn Pfund Osterbrot und zwei Lämmer.«
»Dann wird uns der gute Heinrich bestimmt gleich ein ordentliches Mittagessen zubereitet haben«, antwortete Patkul deutlich besser gelaunt.
»Auf den Festschmaus werdet Ihr noch warten müssen, lieber Freund. Heute ist Karfreitag.«

»Ihr habt recht. Wie konnte ich es nur vergessen? Nun, so passen die betrüblichen Nachrichten wenigstens zum Tag. Aber sagt, Hoym, gibt es zumindest Gutes zu berichten über die Bemühungen, die Thomasius in Halle unternimmt?«
»Neues habe ich hierüber nicht gehört. Professor Thomasius ist wohl erkrankt und konnte in den letzten Wochen das Haus kaum verlassen.«
»Hoffen wir also auf seine baldige Genesung und möge er dann mit voller Kraft zu Werke gehen. Ich werde ihm heute Nachmittag ein paar Zeilen schreiben, die Ihr bitte so gut seid und für mich besorgt.«
Hoym nickte.
»Und was gibt es Neues vom Krieg? Erringt die Allianz ein paar Erfolge gegen die Schweden, oder hocken sie vereint vor dem schwedischen Heer wie das Kaninchen vor der Schlange?«
»Nun, die Schweden sind den Russen nach Grodno entgegengezogen. Doch die Russen wichen sogleich vor ihnen zurück, als scheuten sie eine Schlacht. König August verbringt das Osterfest in Krakau, weit entfernt von jedem schwedischen Soldaten.«
Patkul schüttelte missmutig den Kopf. »Zumindest sind die Schweden somit weit entfernt von Sachsen. Dann ruht vorerst meine einzige Hoffnung auf den Bemühungen von Thomasius. Er ist ein schlauer Fuchs und scharfer Denker. Vielleicht hat er schon mehr erreicht, als er verlauten lassen mag.«

Hamburg im April 1706

Der Himmel verfärbte sich am Horizont in ein betörendes Orangerot, und die untergehende Sonne überzog die Dächer Hamburgs mit einem unwirklich schönen Glanz. Gebannt betrachtete Ruth das Farbenspiel am abendlichen Himmel, das ihr in ihrer verzweifelten Lage einen Augenblick innerer Ruhe schenkte. Fünf Tage waren seit dem Eintreffen der erschütternden Nachricht vergangen. Doch keine weiteren Neuigkeiten über das Schicksal ihres Mannes waren seitdem zu ihr gedrungen. Auch hatte sich ihr Monatsfluss immer noch nicht eingestellt.

Ruth hatte viel Zeit damit verbracht, sich alles, was Hinrich ihr über den Fall Patkul erzählt hatte, noch einmal genau ins Gedächtnis zu rufen. Dieser Patkul war ein mächtiger Mann und hatte ebenso mächtige Feinde, die ihn vernichten wollten. Ihn zu inhaftieren war zwar ein gewaltiger Skandal, aber der Nutzen der Inhaftierung musste für gewisse Kreise eindeutig größer sein, sonst hätten sie es nicht gewagt. Wer steckte dahinter? Konnten solche Leute auch Mittel und Wege finden, eine Verteidigung Patkuls um jeden Preis zu verhindern? Könnte der Preis so hoch sein, dass sie ein weiteres Verbrechen wie den Überfall auf Hinrichs Kutsche irgendwo im Osten Preußens in die Wege leiten würden? Wessen Arme reichten so weit? Außerdem wusste doch kaum jemand etwas von diesem geheimen Rat. Thomasius hatte alles unter dem Siegel der größten Verschwiegenheit organisiert. Doch dann war er selbst nicht nach Königsberg gefahren. Warum nicht? War er wirklich krank geworden, wie dieser Wartenberg geschrieben hatte?

Ruth seufzte schwer. Wie viele Fragen sie sich auch stellte, sie gelangte zu keiner befriedigenden Antwort. Vor ihren Augen verschwamm der abendliche Himmel zu einem orangeroten Schleier. Schließlich rollten ihre Tränen langsam die Wangen hinab und verfingen sich in dem hohen Spitzenkragen ihres silbergrauen Kleides. Hinrich liebte dieses Kleid besonders. Es spiegele die Farbe ihrer Augen wider, meinte er immer. Sie konnte sich einfach nicht vorstellen, dass er nicht mehr lebte. Es *durfte* nicht sein.

Ein Zwicken im Unterleib ließ sie zusammenzucken. Wenn sie wirklich schwanger war, wie sollte dann ihr Leben weitergehen als zum Christentum konvertierte Witwe mit einem Säugling, aber ohne jegliche weitere Familie? Ihr Kind käme als Halbwaise zur Welt, von vornherein ohne den Schutz und die Hilfe eines Vaters, der ihm den Weg in ein sicheres Leben weisen würde. Natürlich verfügte sie über genug Geld, um ihrem Kind jegliche Ausbildung zu finanzieren. Aber als Witwe würde sie gezwungen sein, sich gesellschaftlich zurückzunehmen. Auch würden ihre Freunde wie die Claussens sicher versuchen, sie beizeiten erneut zu verheiraten, allein um ein mögliches Gerede um ihre jüdische Herkunft zum Schweigen zu bringen.

Doch auch wenn sie solche Dinge vielleicht noch würde parieren können, so hätte sie ohne Hinrich niemanden mehr, mit dem sie wirklich offen würde reden können, der ihre Bildung, ihren Wissensdurst zu schätzen wüsste. Niemanden mehr, der ihre Geschichte und ihre Geheimnisse kannte und dem sie vertraute. Niemanden, den sie liebte. So ein Leben konnte sie sich nicht vorstellen. So ein Opfer konnte Gott nicht von ihr fordern. Auch wenn Matthias dauernd davon sprach, dass sie Gottes Willen annehmen müsse. Jeden Tag kam er vorbei und sah nach ihr. Auch Hanne war schon viermal während der letzten Tage bei ihr gewesen. Im Gegensatz zu ihrem Mann war sie still und begnügte sich damit, Ruths Hand zu streicheln. Vielleicht ver-

stand sie als Frau und nach Hamburg Zugereiste Ruth einfach besser in ihrer Angst vor einem Dasein als Witwe.
Als wollte sie ein lästiges Insekt verscheuchen, schüttelte sich Ruth plötzlich. Nein! Sie würde kein Leben als Witwe führen, bis man ihr einen eindeutigen Beweis für den Tod ihres Mannes vorlegte. Sie würde sich nicht in ein Schicksal fügen, von dem sie mit jeder Faser ihres Körpers spürte, dass es nicht das ihrige war.
Es klopfte leise an der Tür. Ihr Diener Jurek kündigte die Ankunft des Herrn Pastor Claussen an.
»Führe ihn in den kleinen Salon, Jurek. Ich komme gleich nach.«
Ruths Blick wanderte erneut zum Fenster, hinter dem sich der Hamburger Abendhimmel inzwischen in ein feuerrotes Flammenmeer verwandelt hatte. Langsam ließ sie den Atem durch ihren Körper fließen, bis sie ausreichend Ruhe fand, sich erneut Claussens Drängen zu stellen.
»Lieber Matthias, gibt es Neuigkeiten zu berichten?«, begrüßte Ruth ihren Gast kurze Zeit später im kleinen Salon, dem Lieblingszimmer ihres Vaters.
Claussen stand mit dem Rücken zu dem großen Kamin, in dem bereits ein kleines Feuer brannte, um die abendliche Kälte fernzuhalten, und kam, als sie den Raum betrat, sofort mit offenen Armen auf sie zu. »Leider nicht, liebe Ruth.«
»Manchmal sind keine Neuigkeiten auch gute Neuigkeiten, nicht wahr? Darf ich dir ein Glas Portwein anbieten?« Ohne seine Antwort abzuwarten, ging Ruth zu dem kleinen Tischchen in der Nähe des Kamins und griff nach der Kristallkaraffe, die bis zur Hälfte mit einer dunkelroten Flüssigkeit gefüllt war.
»Danke, einen Schluck nehme ich gern«, ließ sich Claussen hinter ihr vernehmen.
Sie schenkte ihm ein Glas ein und bedeutete ihm, auf einem der großen Stühle, die neben dem Tischchen standen, Platz zu nehmen.

Kaum hatte Claussen sich gesetzt und von dem Portwein genippt, als er die Hände in seinem Schoß faltete und sie mit ernstem Blick fixierte. »Das Osterfest steht vor der Tür, liebe Ruth. Wir würden uns sehr freuen, wenn du es bei uns verbringst. Hanne würde dich gern morgen, am Ostersonnabend, abholen, dann könntest du gemeinsam mit uns die Feierlichkeiten der Osternacht begehen. Was hältst du davon?«

Ruth spürte einen kleinen Stich im Magen. Heute war Karfreitag, und sie war nicht in der Kirche gewesen. Für eine Konvertierte war das nicht gut. Was würde Pastor Gerhard sagen? Müde schlug sie die Augen nieder. Wie sollte sie nur ein Leben als gute Christin führen, wenn Hinrich nicht an ihrer Seite war und ihr dabei half? Schließlich hatte sie nur seinetwegen den Glauben gewechselt. Wie einsam, wie fremd war sie doch ohne ihn in dieser christlichen Gemeinde.

»Ruth?«

»Entschuldige, Matthias, aber es fällt mir schwer, meine Gedanken zusammenzuhalten.«

»Ruth, du solltest wirklich nicht länger allein in diesem Haus bleiben. Du verlierst dich sonst. Wir möchten dir doch helfen.«

»Ich lebe in diesem Haus bereits seit meiner Kindheit, Matthias. Ich bin hier zu Hause, und darum möchte ich hier auch bleiben.«

»Aber in deiner jetzigen Situation brauchst du jemanden an deiner Seite. Versteh doch, ich möchte nicht, dass du in Verruf gerätst. Die Leute fangen schnell an zu reden. Du warst heute nicht beim Gottesdienst.«

»Es ging mir nicht gut. Ich fühlte mich zu schwach.«

»Das weiß ich doch, Ruth. Aber die Leute wissen es nicht. Hinrichs Schicksal ist noch nicht verlautet worden. Für die Gemeinde bist du eine Proselytin, die am Tage der Kreuzigung des

Herrn durch die Juden nicht in die Kirche kommt. Das ist für manche schon genug, sich das Maul zu zerreißen.«

»Dann sollen sie sich doch …«

»Schsch, Ruth. Sprich nichts aus, was du später bereuen könntest. Versteh doch. Ich möchte dir helfen. Ich habe bereits mit Pastor Gerhard gesprochen und ihm deine schwierige Lage erläutert. Er zeigte großes Verständnis und schließt Hinrich und dich in seine Gebete mit ein.«

Ruth nickte erschöpft. »Danke, Matthias. Das war sehr freundlich von dir.«

»Ich habe ihm auch gesagt, dass du die Osterfeierlichkeiten in unserem Hause begehen wirst. So wird niemand einen Grund haben, böse Nachrede zu üben. Aber du siehst hieran, dass wir uns ernsthaft Gedanken über dein künftiges Leben machen müssen. Du kannst nicht einfach als die Frau eines Verschollenen so weitermachen wie bisher. Die Ordnung muss gewahrt bleiben und jeder seinen Platz einnehmen. Auch du, liebe Ruth, wirst über kurz oder lang deinen neuen Platz einnehmen müssen.«

Ruth hatte ihren Blick abgewandt und starrte in das Feuer. Sie fühlte sich um Jahre zurückgeworfen. Als junges Mädchen hatte sie darum kämpfen müssen, sich nicht einfach in eine komfortable Ehe zu fügen, nur weil es den Vorstellungen und der bestehenden Ordnung diente. Sie hatte mit sich und mit ihrem Vater um ein größtmögliches Maß an Selbstbestimmung gerungen. Er hatte ihr geholfen, wo er nur konnte. Er hatte ihr eine exzellente Ausbildung angedeihen lassen, die besten Hauslehrer für sie engagiert, hatte sie auf Reisen mitgenommen und ihr die Welt gezeigt, hatte sich ihren Fragen gestellt und ihr zu guter Letzt sogar das größte nur denkbare Zugeständnis gemacht, ihr für eine Liebesheirat mit Hinrich Wrangel den Segen gegeben und sie damit zugleich von der Fortführung ihrer Religion entbunden, für die so viele aus ihrer Familie bereits gestorben waren. Sollte das alles geschehen sein, damit eine engstirnige christliche Gemeinde, zu der sie kaum eine innere Verbindung spürte, ihr jetzt strenge Fesseln für ein christliches Witwenleben auferlegen durfte? Und was würde erst geschehen, wenn sie unübersehbar schwanger war? Würde man ihr, der konvertierten Witwe, erlauben, ihr Kind zu erziehen? Oder würde es den Paten überantwortet werden?

Ein kalter Schauer lief Ruth über den Rücken und ließ sie erzittern. Sie saß in der Falle und musste handeln, bevor es zu spät war.

Plötzlich spürte sie Claussens Hand auf ihrer Schulter.

»Du zitterst ja, Ruth. Frierst du? Kann ich etwas für dich tun?«

»Ja, Matthias, du kannst etwas für mich tun. Ich brauche Ruhe, ich möchte mich zurückziehen. Entschuldige mich bitte für heute. Du wirst morgen von mir hören.«

»Gut«, stimmte Claussen nach einem langen Augenblick zu. »Dann wird dich Hanne morgen nach dem Mittagessen abholen, damit du die Feiertage bei uns verbringst. Schick doch einfach eine deiner Mägde mit deinen persönlichen Dingen bei uns vorbei, so können wir schon eine Kammer für dich richten lassen.«

»Gute Nacht, Matthias, grüße Hanne herzlich von mir … und vielen Dank für alles.«

Als Claussen gegangen war, goss sich Ruth selber ein Glas Portwein ein. Es erinnerte sie an ihren Vater. Er hatte vor einer wichtigen Entscheidung immer innegehalten und einen Schluck Portwein getrunken. Das samtweiche süßliche Getränk füllte angenehm ihren Mund aus und schmeichelte ihrer Zunge. Der Alkohol entspannte sie.

Sie starrte in das Feuer und folgte mit ihrem Blick den die Kaminmauern hochzüngelnden Flammen. Sie musste eine Entscheidung fällen. Für die Königsberger wie auch für seinen besten Freund in Hamburg, Matthias, war Hinrich verloren. Tot. Nur sie, Ruth Wrangel, gab ihn nicht auf, glaubte fest daran, dass er noch lebte. Sie musste sich auf den Weg machen und ihn suchen. Nicht nur für Hinrich, auch für ihr eigenes Leben und für das Leben, das vielleicht bereits unter ihrem Herzen wuchs. Doch wo sollte sie mit ihrer Suche beginnen?

Sie musste zunächst mehr über diesen geheimnisvollen Fall herausfinden, an dem er gearbeitet hatte. Wenn der Überfall auf Hinrichs Kutsche damit im Zusammenhang stand, hatte man ihn vielleicht entführt, um eine Fortführung der Arbeit des geheimen Rates zu verhindern. Und wer könnte sie wohl besser über diesen geheimen Rat informieren als sein Urheber selbst?

Zielsicher griff Ruth nach dem silbernen Glöckchen, das neben der Karaffe auf dem Tisch stand, und läutete es.

Wenig später öffnete sich die Tür, und Jurek trat ein. »Ihr habt geläutet, Fräulein Ruth.« Jurek, der treue Diener ihres Vaters, war der Einzige im Haus, der sie Fräulein Ruth nennen durfte. Denn er diente ihrer Familie schon länger, als sie auf der Erde war. Er stand in der Tür und wartete ruhig auf ihre Anweisung.

»Jurek, schicke eine Magd nach oben, damit sie mir helfe, meine Kleider zu packen. Packe auch für dich einige Sachen zusammen und sorge dafür, dass die Kutsche morgen früh bei Sonnenaufgang abfahrbereit ist. Wir fahren nach Halle.«

Jurek musterte seine Herrin mit durchdringendem Blick, bevor er endlich die erwartete Antwort gab. »Sehr wohl, Fräulein Ruth.«

Moskau im April 1706

»Graf Menschikow, Seine Majestät der Zar wünscht Euch unverzüglich zu sprechen.«
Alexander Menschikow rieb sich verschlafen die Augen. Vor ihm stand ein Offizier der Leibwache des Zaren. Was weckte er ihn jetzt? Er hatte sich doch höchstens vor einer Stunde von Peter entfernt. Sie hatten bis tief in die Nacht stark gewürzten Wein getrunken und dem Zwerg des Zaren dabei zugesehen, wie er versuchte, Flugrollen über ein leeres Weinfass zu machen. Immer wenn er es berührte, musste er einen Becher Wein in einem Zug leeren. Am Ende konnte der arme Kerl nicht einmal mehr auf allen vieren über die Tonne kriechen.
Aber auch Menschikow fühlte sich nicht viel besser. Der Wein hatte es in sich gehabt. Wie der Zar es nur schaffte, nach einer Stunde Schlaf schon wieder auf den Beinen zu sein. Aber es half nichts – wenn der Zar ihn rief, hatte er zu folgen, ganz gleich, wie sich sein Kopf anfühlte.
Wenige Minuten später stand Menschikow in seinem mit Seeotterpelz gefütterten seidenen Morgenmantel vor den Privatgemächern des Zaren, deren schwere Flügeltüren sich augenblicklich öffneten, als die Leibwachen den erwarteten Besuch erblickten.
Zar Peter stand über einen großen Schreibtisch gebeugt und studierte eine Karte, die darauf ausgebreitet war. Als er Menschikow eintreten sah, richtete er sich auf und rief ihm mit munterer Stimme zu: »Sascha, mein Herzenskind, wie schön, dass du auch schon wach bist! Ich habe ein paar Dinge mit dir zu besprechen.«
»Sehr gern, Majestät.«
»Ach, lass die Förmlichkeiten, wir sind hier unter uns. Nur

Marta schläft nebenan, darum sollten wir nicht zu laut sein. Schau her, ich habe hier eine Karte von Sankt Petersburg, auf der mein neuer Baumeister Trezzini ein paar interessante Vorschläge eingezeichnet hat. Sieh, was für einen beeindruckenden Entwurf er für die Admiralität entwickelt hat!« Der Zar deutete mit dem Finger auf ein Gebäude, das am südlichen Newa-Ufer eingezeichnet war. »Und dort, auf der Wassili-Insel, hat er bereits eine Skizze für den künftigen Menschikow-Palast angelegt.«
»Den Menschikow-Palast, Peter?«
Der Zar grinste seinen Freund an. »Du hast ganz richtig gehört. Den Menschikow-Palast. Ich habe mich entschlossen, dir dort auf der großzügigen Insel einen angemessenen Palast errichten zu lassen. Schließlich bist du der Generalgouverneur von Ingermanland, dessen Hauptstadt Sankt Petersburg ist. Und ohne dich, mein Lieber, vielmehr ohne deine heldenhafte Einnahme der Festung Schlüsselburg, hätte ich diese Stadt niemals gründen können.«
Menschikow lächelte den Zaren mit strahlenden Augen an. Ja, er liebte diesen Mann. Von dem Moment an, als er ihn zum ersten Mal sah und noch nicht einmal ahnte, wen er da vor sich hatte, hatte er ihn schon geliebt und alles dafür getan, seine Freundschaft zu gewinnen. Und noch nie war diese Freundschaft verraten worden. Sie konnten aufeinander zählen wie zwei Brüder. Nein, mehr noch: wie auf sich selbst. Dass Peter ihm nun in der besten Lage seiner neu gegründeten Stadt an der Ostsee einen prachtvollen Palast bauen wollte, würde der Welt einmal mehr die Tiefe und Unverbrüchlichkeit ihrer Freundschaft vor Augen führen.
»Ihr wisst, mein Zar, für Euch würde ich die ganze Welt erobern, wenn Ihr es von mir verlangt.«
»Vorerst reicht es mir, wenn du den Schweden Beine machst. Dass sie uns aus Grodno vertrieben haben, hat mir gar nicht

gefallen. Sobald die Osterfeierlichkeiten vorbei sind, wirst du dich an die Spitze meiner Armee in der Ukraine begeben und dafür sorgen, dass die Schweden keinen Fuß auf russische Erde setzen. Bring mir den Kopf von diesem Karl auf einem Spieß!«

»Ich werde mein Bestes geben, mein Zar.«

Der Zar schlug Menschikow kräftig auf die Schulter. »Ich weiß, auf dich ist Verlass, mein Sascha. Aber über all dem Säbelrasseln dürfen wir nicht den Aufbau von Sankt Petersburg vernachlässigen. Mir geht es dort einfach nicht schnell genug voran.«

»Wir tun, was wir können. Aber Ihr wisst selbst, dass das Klima dort den Menschen nicht wohlgesinnt ist. Die Winter sind lang und feuchtkalt, die Sommer kurz und ebenfalls feucht. Die Arbeiter werden schnell krank und sterben zuhauf. Auch ist der Boden morastig, das Baumaterial knapp, und die …«

»Ach, komm mir nicht mit diesem Weibergejammer. Ich will dort meine Stadt, und du bist der Gouverneur und damit auch der Bauherr. Sorge einfach dafür, dass die Unwirtlichkeiten überwunden werden. Du brauchst mehr Baumaterial? Ab heute hat jedes Schiff und jedes Fuhrwerk, das nach Sankt Petersburg kommt, ein Sonderkontingent an Steinen für den Bau der Stadt mitzubringen. Du brauchst mehr Arbeiter? Jeder Kriegsgefangene, den ihr ab jetzt macht, soll nach Petersburg zur Zwangsarbeit geschickt werden, sofern ihn seine eigenen Füße so weit tragen können. Und wenn die Gefangenen nicht reichen, dann ziehe mehr Bauern heran. Jeder Adlige, der über Leibeigene verfügt, hat welche für den Bau von Sankt Petersburg abzutreten.«

»Aber wer wird dann die Felder bestellen, mein Zar? Wir sind im Krieg, schon jetzt werden die Bauern in großer Zahl für die Armee als Soldaten rekrutiert.«

Der Zar sah Menschikow unwirsch an. »Muss ich denn für alles allein eine Lösung finden? Kann ich noch nicht einmal meinem besten Freund eine Aufgabe in dem guten Gefühl überlassen, dass er sie lösen wird?«

»Doch, mein Freund, das könnt Ihr. Seid gewiss, ich werde eine Lösung für den Mangel an Arbeitern in Sankt Petersburg finden, die weder Eure Felder noch Eure Armee belastet.«

»So ist es mir recht, mein Sascha. Und nun komm, lass uns etwas frühstücken, bevor die Sonne aufgeht. Nach den Späßen vorhin mit meinem Zwerg knurrt mir der Magen.«

Halle im April 1706

Die Sonne stand schon tief im Westen, als der Wrangelsche Vierspänner auf die Stadttore von Halle zufuhr. Ruth blickte aus dem Wagenfenster auf die vorbeiziehende Landschaft. Die Bäume hatten sich bereits in ein zartes Grün gekleidet, die Luft war leicht und frisch, und die Vögel schienen gar nicht mehr verstummen zu wollen. Keine Frage, der April neigte sich dem Ende zu, der Frühling war da.

Die Fahrt von Hamburg hierher war zügig verlaufen. Jurek kannte die Strecke noch von den früheren Reisen und wusste, wo sie eine gute Unterkunft und die Pferde die nötige Pflege und Ruhe finden konnten. Nur fünf Tage hatten sie für die über siebenundvierzig preußische Meilen lange Strecke gebraucht. Dank des Osterfestes waren die Straßen frei und die Gasthöfe ruhig gewesen. Auch als einer ihrer kräftigen Friesen ein Eisen verloren hatte, fanden sie schnell einen Hufschmied, der sein Handwerk verstand und das Pferd im Handumdrehen frisch beschlug.

Die Kutsche wurde langsamer, als sie in Glaucha, einer kleinen Stadt direkt vor den Toren von Halle, einfuhren. Als Ruth vor sich das Gebäude der Armenschule und kurz darauf das des Waisenhauses auftauchen sah, wurde ihr warm ums Herz. Wie viele Stunden hatte sie hier verbracht und Pfarrer Francke geholfen, kranke Kinder zu versorgen. Nie zuvor in ihrem Leben hatte sie so viel Leid gesehen wie bei den Kindern, die der Pfarrer in sein Waisenhaus aufnahm. Aber Francke war nicht nur Pfarrer. Zugleich hatte er eine Professur für griechische und orientalische Sprachen an der Universität zu Halle inne. Dadurch hatte ihn Ruth auch kennengelernt und von seinen Glauchischen Anstalten erfahren. Bei einem Abendessen im Hause von Thomasius kamen sie miteinander ins Gespräch, und Ruth erzählte Francke begeistert von ihren medizinischen Studien und ihrer Hoffnung, eines Tages auch einmal Menschen helfen oder sogar heilen zu können.

»Dieser Tag kann schon morgen sein«, hatte er ihr geantwortet. Sie solle ihn einfach im Waisenhaus in Glaucha besuchen kommen. Dort gebe es genügend kleine Menschen, die Hilfe bräuchten.

So hatte Ruth angefangen, auf der Krankenstation des Waisenhauses zu helfen. Francke war ein bemerkenswerter Mann, der zutiefst vom Pietismus durchdrungen war. In der Vermittlung des Katechismus sah er eine der wirksamsten Waffen gegen die krasse Unwissenheit in Glaubensfragen und die sittliche Verwahrlosung seiner Gemeinde. Darum hielt er sonntags nach dem Gottesdienst Katechismusunterricht ab. Ruth hatte daran ebenfalls öfter teilgenommen, hatte sie doch als Konvertierte einige Wissenslücken zu schließen. Bei der Erinnerung an Franckes strengen Unterricht musste sie lächeln. Am Sonntag würde sie seinen Gottesdienst besuchen, sollte sie dann noch in der Stadt sein.

Nur wenig später hielt die Kutsche vor einem freundlichen Wohnhaus im Zentrum von Halle. Jurek öffnete die Wagentür und half seiner Herrin auszusteigen. Ruth betrachtete die weiß getünchte Fachwerkfassade des Hauses. Hier hatte sie die zwei schönsten Jahre ihres Lebens verbracht. Gemeinsam mit Hinrich hatte sie als frisch vermähltes Ehepaar eine kleine Wohnung im oberen Stockwerk bewohnt. Ihre Wirtin, Frau Erler, hatte sich regelrecht mütterlich um die beiden gekümmert und ihnen auch den kleinen Haushalt besorgt, während sie die meisten Stunden des Tages in den Hörsälen und Bibliotheken der Universität verbracht hatten.

Ruth schritt auf die Tür zu und klopfte. Wenig später hörte sie bereits das vertraute Schlurfen der alten Witwe im Hausflur.

»Der Herrgott steh mir bei, Frau Wrangel! Welch eine Freude, Euch zu sehen. Tretet doch ein!«

»Gott zum Gruße, Frau Erler. Wie schön, Euch wohlauf anzutreffen!«

Bevor Ruth noch ein weiteres Wort sagen konnte, hatte die rüstige Alte sie schon herzhaft beim Arm genommen und durch den Hausflur in die gute Stube geführt.

Nachdem Ruth ihr in knappen Worten geschildert hatte, dass sie allein nach Halle gekommen sei, um einen Kollegen ihres Mannes in einer wichtigen Angelegenheit aufzusuchen, bot Frau Erler ihr für die Zeit des Aufenthaltes sofort ihre frühere Wohnung an, da sie zufällig gerade leer stehe und für eine allein reisende Dame mit Sicherheit eine geeignetere Unterkunft darstelle als eines dieser unsittlichen Gasthäuser. Auch Jurek konnte seine alte Kammer beziehen, und die Pferde fanden wieder Unterkunft in dem nahe gelegenen Mietstall, in dem sie auch schon damals gestanden hatten. Die brave Frau ließ es sich nicht nehmen, ihre Gäste persönlich zu bewirten und sie dabei über das Leben der Wrangels in Hamburg auszufragen. Es kostete Ruth große Beherrschung, nicht in Tränen auszubrechen, als Frau Erler sich schließlich nach dem Befinden des Herrn Doktor erkundigte.

»Er ist auf Reisen, liebe Frau Erler. Aber leider habe ich schon länger nichts mehr von ihm gehört, sodass meine Sorge täglich wächst.«

»Ach, liebe Frau Wrangel, nehmt Euch das bloß nicht zu sehr zu Herzen. In der heutigen Zeit ist bei den Kriegen, die allerorts toben, einfach kein Verlass mehr auf die Post. Da kann ein Brief schon gern einmal einige Wochen unterwegs sein. Glaubt das ruhig der Witwe eines erfahrenen Postmeisters. Ihr habt doch

gewusst, dass mein lieber Mann in Diensten der Preußischen Post war, oder?«
»Jetzt, da Ihr es sagt, fällt es mir wieder ein«, nahm Ruth den Schwenk der Unterhaltung gern auf.
Bereitwillig breitete Frau Erler ihr Repertoire an Abenteuergeschichten ihres verstorbenen Mannes aus und unterhielt ihre Gäste so noch eine gute Stunde lang, bis Ruth sich wegen großer Müdigkeit entschuldigte und zurückzog. Jureks Lachen aber hörte sie noch eine Weile. Sie ließ sich davon in einen unruhigen Schlaf wiegen.

* * *

Kaum hatte sich die Sonne am morgendlichen Himmel gezeigt, erwachte Ruth. Eilig stieg sie aus dem Bett, doch ein plötzlicher Schwindel ergriff sie, und ihr Magen zog sich krampfartig zusammen. Mit Mühe erreichte sie die Waschschüssel, in die sie sich sogleich übergab. Am ganzen Leib zitternd, kroch sie zurück ins Bett und schloss die Augen, um den Schwindel zu vertreiben.
Erst als die Wirtin eine knappe Stunde später an ihre Tür klopfte und ihr mitteilte, dass unten ein Frühstück auf sie warte, versuchte sie erneut aufzustehen, diesmal aber ganz behutsam. Sorgfältig spülte sie die Waschschüssel aus und entleerte sie ins Nachtgeschirr. Wenig später nahm sie am dunkel geschrubbten Esstisch in der Stube Platz und trank einige Schluck Wasser. Von der warmen Grütze zu kosten wagte sie nicht, da sie fürchtete, dass die Übelkeit sich ihrer wieder bemächtigen könnte. Die Wirtin schaute sie besorgt an, sagte aber nichts.
Kurze Zeit später machte sich Ruth auf den Weg zur Universität.
Auf den Straßen der Stadt war schon ein reges Treiben im Gange. Handwerker aller möglichen Gewerke mischten sich

unter die Mägde, die ihre Einkäufe von den Märkten brachten, und überall sah man in studentischer Manier gekleidete junge Männer, die mit Ledermappen ausgerüstet zur *alma mater hallensis* eilten. Ruth lief an der Marienkirche mit ihren vier imposanten Türmen vorbei und fand sich wenig später mitten auf dem Marktplatz wieder. Verschiedenste Gerüche und Geräusche strömten auf sie ein. Marktschreier priesen ihre Waren an, zwischen den Ständen waren kleine Käfige mit Kaninchen, Hühnern und Enten aufgebaut. Irgendwo meckerte eine Ziege. Wie lange war sie schon nicht mehr über einen Markt gegangen und hatte eingekauft? In Hamburg besorgten ihre Mägde die Einkäufe. So war es wohl tatsächlich über ein Jahr her, dass sie genau hier in Halle auf dem großen Markt mit Hinrich ein paar Kleinigkeiten besorgt hatte. Ihr Mann ging gern über Märkte und kaufte hier und dort ein paar Dinge ein. Ruth spürte, wie ihr ein Kloß im Hals die Luft abschnürte bei dem Gedanken an Hinrich und wie zugleich all ihre Ängste um ihn hervorbrachen.

Sie hatte nun die Ratswaage am Ende des Marktplatzes erreicht, die seit 1694 das Hauptgebäude der Universität Halle war und vier Fakultäten, darunter die juristische, beherbergte. Kaum war Ruth durch die großen Flügeltüren getreten, als ihr Blick auch schon auf eine Tafel an der gegenüberliegenden Wand fiel, die die Öffnungszeiten des Sekretariats des Prorektors anzeigte. Professor Thomasius war nämlich nicht nur der bedeutendste Rechtsgelehrte und Philosoph der Universität Halle, sondern zugleich ihr erster Prorektor. Eilig schritt Ruth durch die Gänge der Universität auf das Sekretariat zu, während die jungen Männer ihr verwunderte Blicke zuwarfen. Frauen war man in diesen Hallen nicht gewohnt, daran hatte sich auch im vergangenen Jahr nichts geändert.

Im Sekretariat herrschte geschäftiges Treiben, sodass einige Augenblicke vergingen, bis einer der Schreiber an den Pulten sie bemerkte.

»Welcher Belang führt Euch hierher?«, wandte sich schließlich ein jüngerer Mann mit strengem Blick an sie.

»Guten Tag, mein Name ist Ruth Wrangel, und ich möchte bitte mit Professor Thomasius sprechen.«

»Der Professor hat eine Vorlesung. Deshalb empfängt er heute nur Studenten.«

Ruth spürte, wie die Wut über den überheblichen Ton dieses Grünschnabels in ihr hochkochte. Sie musste all ihre Beherrschung aufbieten, um ihn nicht mit scharfen Worten anzufahren. »So seid so freundlich, junger Mann, und meldet dem Professor, dass die Frau seines geschätzten Kollegen Doktor Hinrich Wrangel aus Hamburg ihn zu sprechen wünscht.«

Ohne seinen Federkiel aus der Hand zu legen, musterte der Schreiber Ruth über den Rand des Stehpultes hinweg, als plötzlich die Tür am hinteren Ende der Schreibstube aufflog und ein groß gewachsener, kräftiger Mann fortgeschrittenen Alters in einem schwarzen Talar eintrat, dessen gewaltige Allongeperücke seine dunklen Brauen und den kleinen Oberlippenbart besonders betonten.

»Ist die Abschrift meiner Notizen für die heutige Vorlesung fertig? Die Zeit drängt.«

»Sehr wohl, Herr Professor«, beeilte sich ein älterer Mann in schlichtem schwarzem Rock an einem der hinteren Schreibpulte sogleich zu antworten. »Erlaubt mir, sie Euch zu reichen.«

Im Vorbeigehen griff der Professor nach der Abschrift und überflog sogleich die ersten Zeilen. Als er nur noch wenige Schritte von Ruth entfernt war, glitt sein Blick von unten an ihr herauf und verharrte erschrocken auf ihrem ernsten Gesicht. »Verehrte Frau Wrangel, seid von Herzen gegrüßt!« Ohne den jungen Mann, der zuvor mit Ruth gesprochen hatte, eines Blickes zu würdigen, reichte er ihm die Abschrift zum Halten, ergriff mit beiden Händen die von Ruth und drückte sie sichtlich bewegt. »Euch zu erblicken erfüllt mich mit großer Freude, nachdem mich die furchtbaren Nachrichten der letzten Wochen in tiefe Trauer gestürzt haben.«

»Danke, Professor Thomasius. Auch ich freue mich sehr, Euch hier wohlauf anzutreffen, erreichte mich doch die Nachricht, dass Ihr krank daniedergelegen habt.«

»Ach, sprecht nicht davon. Das Fieber hielt mich über Wochen fest im Griff. Aber jetzt, da die Tage wieder wärmer werden, sind auch meine Lebensgeister zurückgekehrt.« Thomasius hielt inne und musterte Ruth. »Doch sind es bestimmt nicht meine Leiden, die Euch nach Halle geführt haben, nicht wahr?«

»So ist es, Professor. Ich bin gekommen, weil ich Euch in einer dringenden Angelegenheit sprechen möchte.«

Thomasius nickte verständig und drückte noch einmal Ruths Hände. »Leider beginnt in wenigen Minuten meine Vorlesung, sodass ich im Augenblick keine Zeit für Euch erübrigen kann. Aber mögt Ihr Euch nachher mit mir zum Mittagessen im Gasthof ›Zum Goldenen Handschuh‹ treffen? Ihr kennt ihn sicherlich noch von unseren früheren gemeinsamen Abenden. Der Wirt wird uns einen ruhigen Tisch reservieren, sodass wir ungestört reden können.«

»Gern, Professor Thomasius.«

»Gut.« Er löste seine Hände und nahm von dem jungen Mann hinter ihm wieder die Abschrift in Empfang. »Kirschner«, wies er ihn an, »lauft ›Zum Goldenen Handschuh‹ und sagt dem Wirt, dass ich für heute Mittag einen schönen ruhigen Tisch und ein gutes Essen für zwei wünsche.«

»Sehr wohl, Herr Professor«, ließ sich der junge Mann devot vernehmen und verschwand sogleich aus dem Sekretariat, um dem Wunsch des Professors nachzukommen.

»Bis heute Mittag, verehrte Frau Wrangel.«
Bevor Ruth noch etwas sagen konnte, war Thomasius schon aus der Tür und auf dem Weg zum Hörsaal. Sie spürte die neugierigen Blicke der Schreiber auf sich ruhen. Doch keiner wagte es, das Wort an sie zu richten. So straffte sie den Rücken, wünschte allseits einen guten Tag und verließ erhobenen Hauptes die Universität.
Bis zur Mittagsstunde blieb Ruth noch reichlich Zeit. Sie ging zurück zum Markt. Es dauerte nicht lange, bis sie eine Kräuterhökerin fand, die eine gute Auswahl an getrockneten Kräutern und auch bereits einiges Frisches zu bieten hatte. Ruth kaufte der Frau jeweils ein Bund Melisse, Kamille, Pfefferminze, Himbeerblätter und Hopfen ab. Daraus würde sie sich einen Tee kochen können, der gegen die morgendliche Übelkeit half.
Auf einmal fing ihr Magen so heftig zu knurren an, dass die Hökerin sie mit hochgezogenen Brauen musterte. »Vielleicht wollt Ihr auch ein paar getrocknete Pflaumen, gute Frau? Wenn ich mir so Eure Kräuterauswahl anschaue, könnten sie Euch morgens, vor dem Aufstehen verzehrt, ebenfalls gute Dienste leisten.« Ein wissendes Lächeln huschte über ihr Gesicht.
Beschämt senkte Ruth den Blick. Es war das erste Mal, dass ihr ungewisser Zustand jemand anderem auffiel. Doch dann besann sie sich, probierte eine der Pflaumen, die die Frau ihr hinhielt, und kaufte auch von ihnen zwei Hände voll.
Als sie ihre Einkäufe in einem kleinen Beutel verstaut hatte, sah sich Ruth nach einem Zeitungsverkäufer um. In den letzten fünf Tagen hatte sie keine Nachrichten mehr gelesen. Schließlich fand sie einen Jungen, der den *Relations Courier* anbot, kaufte ihm ein Exemplar ab und machte sich dann auf den Weg zum Gasthaus, wo sie sich später mit Thomasius treffen sollte. Dort würde sie sicherlich bei einem Tee auf ihn warten und so lange die Zeitung studieren können.

Pünktlich zur Mittagsstunde traf Thomasius im »Goldenen Handschuh« ein. Der Wirt begrüßte ihn ehrfurchtsvoll und führte ihn zu einem etwas abseits gelegenen Tisch. Ruth erhob sich von ihrem Platz und ging auf Thomasius zu, der sichtlich erfreut war, sie wiederzusehen, und ihr sogleich half, Platz zu nehmen. Dann rief er den Wirt, damit er das Essen bringe.

»Verehrte Frau Wrangel, seid meiner tiefsten Anteilnahme an dem, was passiert ist, gewiss. Ich selbst bin schwer erschüttert über das Unglück, das ich noch gar nicht in seiner ganzen Tragweite zu ermessen vermag. Was kann ich für Euch tun, um Euch bei diesem Schicksalsschlag beizustehen? Der Tod Eures Gatten reißt doch ein ...«

»Ich glaube nicht, dass mein Mann tot ist, Professor Thomasius«, unterbrach Ruth seine Mitleidsbekundung.

Thomasius schaute sie verwundert an, wartete aber ab, was sie zu sagen hatte.

»Ihr wisst vielleicht, dass man seine Leiche nicht fand. Man entdeckte überhaupt keine Spur von Hinrich, er war einfach verschwunden. Das passt meines Erachtens nicht ins Bild. Alle anderen Insassen der Kutsche lagen erschlagen vor Ort. Wäre Hinrichs Körper von wilden Tieren fortgezerrt worden – warum nur seiner?«

»Und was vermutet Ihr, Frau Wrangel, was mit Eurem Mann geschehen ist?«

»Könnte Hinrich entführt worden sein, Professor Thomasius? War seine Arbeit dort in Königsberg für andere so bedrohlich, dass man ihn vielleicht aus dem Weg schaffen wollte?«

»Aber wenn man ihn aus dem Weg hätte schaffen wollen, so hätte man ihn auch töten können, wie den armen Hohenwerth, den man mit eingeschlagenem Schädel neben der Kutsche fand.«

Ruth zuckte bei dieser Bemerkung zusammen, und alles Blut wich aus ihrem Gesicht.

»Verzeiht meine direkten Worte, Frau Wrangel. Mir fehlt einfach die Übung, so ernsthafte Dinge in einem für Damen erträglichen Ton zu schildern.«

»Ihr habt ja recht, Professor Thomasius. Es ist schon seltsam, dass nur Hinrich verschwand. Aber vielleicht wusste er etwas, was andere – seine und Eure Gegner – auch wissen wollten.«

Thomasius nickte nachdenklich. »Ihr meint, man könnte ihn entführt haben, um Geheimnisse aus ihm herauszupressen? Was für ein furchtbarer Gedanke.« Er trank einen Schluck von dem Wein, den der Wirt ihnen inzwischen serviert hatte. »Doch so furchtbar er ist, so könnte doch etwas für ihn sprechen.«

Ruth schaute ihn gebannt an. »Und was, meint Ihr, wäre das?«

»Euer Gemahl, verehrte Frau Wrangel, steht an der Schwelle, einer der berühmtesten Juristen unserer Zeit zu werden. Wenn es ihm zusammen mit dem geheimen Rat gelingt, Johann Patkul würdig zu verteidigen und aus den Fängen der Dresdener Höflinge zu entreißen, die gerade im Begriff sind, ihrem Kurfürsten und König mit Patkuls ungerechtfertigter Inhaftierung einen Bärendienst zu erweisen, wird ganz Europa von Doktor Hinrich Wrangel sprechen.« Thomasius schnitt sich ein Stück von dem Braten ab, den eine Magd ihnen gebracht hatte.

Ruth schluckte. »Im Augenblick, Professor Thomasius, erscheint es mir eher so, als ob alle Welt meinen Mann als tot betrachtet. Und diese Art der Berühmtheit kann er sich ebenso wenig wünschen wie ich.« Sie sah ihren Teller nur noch verschwommen vor sich und wühlte aufgebracht in ihrer Tasche nach einem Tuch, um sich die Augen zu trocknen.

Thomasius ergriff ihre Hand und drückte sie innig. »Verzeiht, Gnädigste. Ihr habt ja vollkommen recht. Im Moment kann es nur darum gehen, alles bloß Erdenkliche zu unternehmen, um Gewissheit über das Schicksal Eures Gatten zu erlangen. Darum erlaubt mir, noch einmal weiter auszuholen, um Euch die

Situation zu verdeutlichen. Patkul wurde festgenommen, nachdem er gerade von seiner Verlobten – ja, seiner eigenen Verlobungsfeier – heimkehrte. Diese Verlobung hat in den hohen Kreisen Dresdens großen Verdruss ausgelöst, wie ich vernommen habe. Denn durch eine Ehe mit Anna von Einsiedel, einer überaus wohlhabenden sächsischen Witwe, wäre Patkul zu einem sächsischen Staatsbürger geworden, und die Dresdener Höflinge wären diesen unbestechlichen und willensstarken Mann nie wieder losgeworden. Ein Mann von Patkuls Format, der ohne Angst und Scheu für humanistische Werte, allen voran dem der persönlichen Freiheit, eintritt, würde dem zügellosen Leben am Dresdener Hof so manchen bitteren Beigeschmack verpassen. Patkul hat sich in den letzten Jahren durch sein vehementes Eintreten für die Belange des Humanismus und der Freiheit zahlreiche Feinde unter den Anhängern der absolutistischen Herrschaftsform gemacht. Gepaart mit seiner Unnachgiebigkeit und Unbestechlichkeit ist das ein gefährliches Gemisch, das seine Gegenspieler auf den Plan rufen musste. Allerdings konnte man den russischen Gesandten nicht einfach spurlos verschwinden lassen, oder sagen wir eher: Man war dafür nicht skrupellos genug. Deshalb setzte man ihn lediglich gefangen. Doch Patkul fand sich damit nicht ab. Sicherlich habt Ihr von der Anklageschrift zu diesem Fall gehört, die ein Herr unter dem Pseudonym Sincerus Treumann verfasst hat, ohne Zweifel niemand anders als Patkul selbst. Für einen versierten Juristen wie Euren verehrten Gatten Hinrich Wrangel dürfte diese Schrift eine ausreichende Grundlage sein, um eine Verteidigungsschrift auszuarbeiten, die die juristische Welt aufhorchen lassen wird.« Thomasius ließ Ruths Hand endlich wieder los und trank noch einen kräftigen Schluck Wein. »Und genau davon könnten die Gegner Patkuls erfahren haben. Feindliche Ohren gibt es selbst im entfernten preußischen Königsberg, und so mag der Plan geschmiedet worden sein, Euren Mann zu entführen, um Patkul zum Aufgeben zu zwingen. Glaubt mir, ich weiß, wovon ich rede. Auch mich haben hier wegen der Causa Patkul schon Drohungen erreicht. Aber Ihr kennt mich. Keine Drohung würde mich davon abhalten, gegen das Unrecht zu Felde zu ziehen.«

»Man hat Euch ebenfalls bedroht, Professor?« Erschrocken hielt sich Ruth ihre Hand vor den Mund.

»Es war nicht der Rede wert, Gnädigste.«

Ruth nahm nun ebenfalls einen Schluck Wein und dachte fieberhaft nach. »Ihr vermutet also, dass Dresdener Kreise die Entführung eines Hamburger Juristen auf ostpreußischem Boden initiiert haben könnten, um ihren Gefangenen hier in Sachsen unter Druck zu setzen?«

»Ich vermute zunächst gar nichts, Frau Wrangel, sondern überlege nur, was an Eurer Vermutung einer Entführung Sinn ergeben könnte. Und wenn ich nicht von einem banalen Verbrechen, einem einfachen Straßenraub, ausgehen möchte, so sehe ich hier einen eventuellen Anknüpfungspunkt zwischen Tat und Motiv.« Thomasius lehnte sich zurück und musterte sie eingehend. Er war es offensichtlich nicht gewohnt, dass seine Ausführungen hinterfragt wurden, schon gar nicht von einer Frau.

Ruth riss sich zusammen. Er war derzeit ihre einzige Hoffnung. »Natürlich seid Ihr, verehrter Professor Thomasius, weitaus erfahrener und kundiger in dieser Angelegenheit als irgendjemand sonst. Und ich, eine verzweifelte Ehefrau, maße mir nicht im Geringsten an, Eure Überlegungen in Zweifel zu ziehen. Nur sind dies für mich gänzlich neue Dimensionen, die mir zuvor noch nicht in den Sinn gekommen sind.« Sie bedachte den älteren Herrn mit einem besonders sanften Blick, bevor sie fortfuhr. »Wenn also gewisse Kreise den Herrn Patkul auf eine so perfide Weise unter Druck setzen wollten, müsste er doch von der Entführung meines Mannes in Kenntnis gesetzt worden sein, nicht wahr?«

»Selbstverständlich, verehrte Frau Wrangel. Dafür gibt es ja auch Mittel und Wege. Die Burg Sonnenstein, in der Patkul festgehalten wird, ist schließlich kein dunkles Loch, sondern ein recht behagliches Gemäuer, in dem ich selbst schon einmal als Gast weilte, um eine juristische Abhandlung über die Möglichkeit der staatlichen Steuerprüfung in Kursachsen zu verfassen. So wie es Patkul in seiner sicherlich nicht ganz unbequemen Haft gelingt, Nachrichten in die Welt zu streuen, dürften auf der anderen Seite auch Neuigkeiten zu ihm gelangen.«

»So müsste man mit dem Herrn Patkul persönlich in Kontakt treten, um mehr zu erfahren, nicht wahr?« Ruth spürte, wie neue Kraft durch ihre Adern schoss.

»Hm ...«, raunte Thomasius nachdenklich. »Das dürfte allerdings nicht so leicht sein.«

»Aber ein Mann mit Euren Beziehungen, verehrter Professor, müsste doch in der Lage sein, einen geeigneten Weg zu finden, oder nicht?«

»Ich kann Halle unmöglich verlassen, verehrte Frau Wrangel, um auf dem Sonnenstein mit Patkul zu sprechen. Außerdem würde man in Dresden sofort vermuten, dass ich mich in diesen Fall einmischte, was dazu führen würde, dass wir unsere Ermittlungen nicht mehr ungestört vorantreiben können.«

»Ihr sollt auch gar nicht selbst hinfahren«, entgegnete Ruth lebhaft. »Aber vielleicht könnt Ihr mir dazu verhelfen, mit dem Herrn Patkul Kontakt aufzunehmen. Schon morgen früh könnte ich nach Dresden reisen.«

Thomasius sah ihr tief in die Augen. »Das ist eine gefährliche Angelegenheit, Frau Wrangel. Ihr wisst, dass sich Sachsen im Krieg mit Schweden befindet.«

»Aber die Schweden sind weit von den Grenzen Sachsens entfernt, Professor Thomasius, wie ich vorhin im *Relations Courier* las. Die Schlachtfelder des Krieges liegen in Polen, wenn ich mich recht entsinne. Und schließlich bin ich kein Offizier, sondern eine einfache Frau.«

Thomasius schmunzelte. »Ihr seid eine mutige und kluge Frau, Gnädigste. Eurer Gemahl hat wirklich Glück mit Euch.«

»Ihr werdet mir also helfen?«

»Kommt morgen früh vor der ersten Vorlesung zu mir an die Universität. Ich werde Euch einige Empfehlungsschreiben mitgeben. Kennt Ihr in Dresden jemanden, bei dem Ihr sicher und bequem logieren könnt?«

»Ja, ein Geschäftsfreund meines verstorbenen Vaters ist in Dresden als Bankier tätig. Ich bin mir sicher, dass ich dort unterkommen kann.«

»Dann sehen wir uns morgen früh, Gnädigste. Jetzt ruft mich leider wieder die Arbeit. Meine Studenten warten bereits.«

In den litauischen Wäldern im April 1706

Kühles Nass benetzt seine Lippen, fließt langsam durch die Mundhöhle die Kehle hinab. Er schluckt, verschluckt sich und hustet. Es tut weh. Im Kopf, in der Brust. Wasser. Es tut gut. Er will mehr. Gierig öffnet er den Mund. Auch das tut weh. Seine Zunge ist pelzig und dick geschwollen. Etwas stützt seinen Kopf. Das tut auch weh, aber so kann er besser trinken. Langsam lässt das trockene Gefühl im Mund nach. Erschöpft sinkt sein Kopf zurück. Er spürt etwas Wasser über sein Gesicht laufen und versucht die Augen zu öffnen. Die Helligkeit tut weh. Er kann nichts erkennen, aber etwas Dunkles befindet sich vor ihm. Ein Gesicht. Grau und schmutzig. Haare hängen strähnig daran herunter. Die Augen sehen an ihm vorbei. Der Mund bewegt sich, aber er kann nichts hören. Nur ein Rauschen, das gleichmäßig durch seinen Kopf schallt.

Dann ist das Gesicht weg, und es wird wieder heller. Verschwommene Umrisse, helle und dunkle Flecken, braun, blau, grau, weiß. Er schließt die Augen. In seine Nase dringt der Geruch von Stroh und Fäulnis. Ihm wird übel. Er versucht mit der Hand um sich zu tasten. Harte Halme. Stroh. Dann berühren seine Hände die Hüfte, den Bauch. Rauhes Gewebe befindet sich darauf. Er öffnet erneut die Augen, kann aber immer noch keine klaren Umrisse erkennen. Das Rauschen in seinen Ohren, in seinem Kopf wird lauter, schmerzt. Er schließt die Augen, alles wird schwarz.

Das Nächste, was er spürt, ist ein Ruckeln, es ist gleichmäßig und beständig. Das Rauschen in seinem Kopf ist etwas leiser geworden, eher ein Summen. Vorsichtig öffnet er wieder die

Augen. Das helle Licht tut weh. Er blinzelt, bis er sich daran gewöhnt hat. Über ihm Blau und weiße Fetzen. Wolken?
Wo ist er?
Es riecht noch immer nach Stroh. Das Ruckeln wiegt ihn in den Schlaf.
Alles ist nass. Er reißt Mund und Augen auf. Wasser läuft über seine verklebten Lippen in den Mund. Über seinem Kopf kann er einen unscharfen Schatten ausmachen. Langsam nehmen die Formen Konturen an. Dunkle lockige Haare rahmen ein pockennarbiges Gesicht. Grüne Augen starren ihn an. Ein von einem wilden Bart umwucherter Mund öffnet sich. Er starrt auf faulige Zähne. Ein widerlicher Geruch strömt ihm entgegen. Die Lippen bewegen sich. Aber er hört nichts, nur ein tiefes, ungleichmäßiges Rauschen. Eine Hand packt seine Schulter, und sogleich durchzuckt ihn ein gewaltiger Schmerz. Er schreit auf. Aber er hört kein Schreien, nur das Rauschen wird lauter. Das Gesicht über ihm bewegt sich hin und her, dann verschwindet es.
Licht dringt in seine Augen. Er schließt sie. Jemand macht sich an seinem Kopf und seiner Schulter zu schaffen. Es schmerzt, aber er schreit nicht. Dann dringt ein süßlicher Geruch in seine Nase. Jemand hebt seinen Kopf an. An seinen Lippen spürt er etwas Stumpfes, Warmes. Er öffnet sie. Ein Löffel mit weichem warmem Brei fährt ihm in den Mund. Gierig streift er den Brei mit Lippen und Zunge ab und schluckt ihn herunter. Erst mit dem Brei spürt er den Hunger, der in seinen Eingeweiden zwickt. Noch mehrfach schiebt sich der Löffel in seinen Mund, bis er nicht mehr schlucken kann. Er öffnet die Augen. Das verschwommene Gesicht einer Frau ist über ihm. Sie sieht ihn ausdruckslos an und schiebt weiter den Löffel in seinen Mund. Er versucht den Kopf zu schütteln, um ihr zu bedeuten, dass er nicht mehr essen kann. Er hat Durst. Als ob sie verstünde, hält

sie ihm eine Kelle mit Wasser an die Lippen. Vorsichtig schlürft er das Nass in den Mund.
Langsam weichen Hunger und Durst, und eine Schwere befällt seine Glieder. Er gibt ihr nach, sinkt zurück und schließt die Augen. Durch die geschlossenen Lider nimmt er Lichtflecken wahr, die ihm wie Blitze und Sterne erscheinen. Langsam spürt er, wie etwas Kraft in seinen Körper zurückkehrt. Oder vielmehr spürt er, dass er einen Körper hat und nicht nur schmerzende Glieder. Er spürt den Atem durch seine Lungen fließen, spürt das Schlagen seines Herzens.
Wo ist er? Wer sind die Gesichter? Und vor allem: Wer ist er?

Als das gleichmäßige Ruckeln aufhörte, wachte er auf. Er öffnete die Augen. Die Konturen wurden schneller scharf, und er erkannte Äste, Zweige und grünes Laub über sich, durch das helles Sonnenlicht fiel. Er versuchte den Kopf zu drehen, um mehr von seiner Umgebung wahrzunehmen. Aber sofort fuhr ein stechender Schmerz durch seine Schläfen, sodass er die Augen schloss.
Jemand schob etwas unter seine Schulter und hob seinen Kopf an. Er blinzelte, sah eine Holzkelle und spürte schon das Wasser an seinen Lippen. Gierig trank er. Diesmal ging es schon besser als das letzte Mal, zumindest verschluckte er sich nicht gleich wieder. Er öffnete erneut die Augen und sah in das Gesicht einer älteren Frau. Ihre braunen Augen blickten ihn unverbindlich an. Dann öffnete sie den Mund und sagte etwas. Aber er hörte nur ein Rauschen, verzerrt durch einige andere, nicht näher zu bestimmende Geräusche.
Sie machte sich an seinem Kopf zu schaffen. Kurz darauf sah er schmutzige, mit Blut verschmierte Lappen neben sich liegen. Dann hatte die Frau einen Lappen in der Hand, und er spürte etwas Warmes, Nasses an seinem Kopf. Wieder und wieder

tupfte sie über seinen Kopf. Er schloss die Augen und ließ es geschehen. Was konnte er auch sonst tun? Sie kümmerte sich um ihn, half ihm. Warum tat sie das? Wer war sie? Warum war er hier? Und wo war *hier?* Er wusste nur, dass er nichts wusste. Noch nicht einmal, wer er war. Von einer Woge der Hilflosigkeit erfasst, ließ er sich in den Schlaf sinken.

Als er aufwachte, schien ihm die Morgensonne direkt ins Gesicht. Sein Kopf schmerzte, und er wollte dem Licht ausweichen. Dazu musste er sich allerdings umdrehen. Mühsam stützte er den rechten Arm auf und drückte sich hoch. Es ging besser, als er erwartet hatte. Also zog er das Bein an, um in eine stabilere Position zu gelangen. Der Schmerz in seinem Kopf wurde zwar stärker, aber zugleich packte ihn der Ehrgeiz, wenigstens ein Minimum an Beherrschung über seinen Körper zurückzugewinnen.

Auf einmal packte jemand seine Schulter und zog ihn weiter hoch. Er vernahm Geräusche, wusste sie aber nicht zu deuten. Dann sah er das Gesicht der Frau neben sich. Sie redete auf ihn ein, er hörte Geräusche, aber keine Worte. Sie half ihm, sich aufzusetzen.

Als er endlich aufrecht saß, überfiel ihn ein Schwindel, sodass er die Augen schließen musste. Das Rauschen in seinen Ohren hielt an. Die Frau reichte ihm eine Kelle mit Wasser und hielt ihm dann einen Löffel hin, damit er ihn allein zum Mund führte. Es klappte, und er lächelte sie an. Sie nickte ihm zu und schob ihm den Napf hin, damit er selbst versuchte, den Brei zu löffeln. Als er fertig war, machte sie sich an seinem Kopf zu schaffen. Sie wickelte die Lappen ab und verband ihn neu. Dann setzte sie ihm einen Schlapphut auf, der ihm bis auf die Stirn rutschte und den Verband vollends überdeckte. Sie nickte ihm wieder aufmunternd zu und versuchte, ihn an Arm und Schulter hochzuziehen. Es gelang ihr nicht.

Auf einmal stand der bärtige Mann mit den Pockennarben neben ihm, packte ihn mit festem Griff unter den Armen und zog ihn auf die Füße. Er schwankte, konnte sich aber an dem Wagenrad hinter sich abstützen.
»*Kak tebja zawut?*«
Er verstand nichts, hörte nur ein Gurgeln. Neben dem Bärtigen stand auf einmal ein anderer Mann, mit hohen Stulpenstiefeln und einem schweren dunklen Mantel bekleidet. Das bartlose Gesicht verschwand zur Hälfte unter einer schwarzen Pelzkappe.
Er wollte etwas sagen, stieß aber nur ein unverständliches »Wwwawawo« hervor.
Der Bärtige war zugleich zur Stelle und rief: »Wanja, *jewo zawut* Wanja.«
Der Mann mit der Pelzkappe nickte kurz.
Die beiden Männer ließen ihn, den man von nun an Wanja rief, an dem Wagenrad hocken und gingen fort.

Krakau im April 1706

Wie langsam doch die Zeit verging, wenn man wartete. Pfingsten wartete nun schon seit Tagen. Er wartete darauf, von Seiner Majestät König August II. empfangen zu werden. Aber der König war beschäftigt. Die Gräfin von Cosel weilte bei ihm. Und sie verstand es nur zu gut, als Mätresse *en titre* den heißblütigen König mit allen Sinnen einzunehmen. Noch nie zuvor hatte Pfingsten von einer Frau gehört, die ihre Mätressenschaft so teuer verkauft hatte wie Anna Constantia von Cosel. Monatelang hatte der König schmachten müssen, sie derweil mit Geschenken überhäuft und ihr das Blaue vom Himmel versprochen, ließe sie ihn nur endlich in ihr Bett. Und nun hielt sie August immer häufiger in diesem Bett gefangen.

Dadurch war auch Pfingsten in Krakau gefangen, obwohl sich die Alarmzeichen häuften, dass er schleunigst zurück nach Dresden musste. Die geheimen Botschaften Schumanns erreichten ihn auch am polnischen Hof, dafür hatte er gesorgt. Und Schumanns Nachrichten waren alles andere als erfreulich. Aus Königsberg wusste er zwar zu berichten, dass der geheime Rat seine Arbeit überstürzt eingestellt habe, nachdem zwei der Ratsmitglieder bei einem Überfall auf ihre Kutsche zu Tode gekommen waren. Schumann behauptete zwar, seine Männer hätten mit diesem grausamen Umstand nichts zu tun, aber konnte Pfingsten ihm glauben? Arbeitete Schumann wirklich nur für ihn, oder wäre er auch bereit, der Diener zweier Herren zu sein, stimmte nur der Lohn?

Einer der Toten war dieser Hamburger Prokurator Wrangel. Schumann wusste zu berichten, dass dessen Frau sich weigerte, seinen Tod zu akzeptieren, und bereits Kontakt mit Tho-

masius aufgenommen hatte, um Näheres über die Umstände des Unfalls, vor allem aber über die Arbeit ihres Mannes, herauszufinden.
Warum mussten manche Frauen nur so lästig sein? Warum konnte diese Hanseatin nicht einfach demütig das Schicksal akzeptieren, das Gott ihr zugedacht hatte, und ihre Nase aus solchen Angelegenheiten heraushalten, die sie ganz und gar nichts angingen? Aber nach Schumanns Bericht zu urteilen, war genau das von dieser Frau Wrangel nicht zu erwarten. Sie war anscheinend nicht nur ungewöhnlich reich und gebildet, sondern wohl auch schlau. Und die Schlauen waren am schlimmsten.
Solche wie die Cosel. Seit drei Tagen hatte der König sich nur aus seinen Gemächern fortbewegt, wenn es unbedingt sein musste. Eine Audienz für Pfingsten musste nach Meinung Seiner Majestät nicht sein. Dabei wusste der Monarch gar nicht, wie gefährlich sich inzwischen die Lage in Dresden zuspitzte. Die Staatskasse war leer, und seit der schmachvollen sächsischen Niederlage bei Fraustadt fühlte sich das gesamte Offizierskorps der sächsischen Armee zutiefst gedemütigt. Kaum eine große Familie hatte keinen Sohn in der Armee. Entsprechend schwoll die Wut auf den König an, der mit seiner Mätresse in Polen weilte, anstatt die Ehre des sächsischen Adels wiederherzustellen. Wann würde er sich nur endlich dazu entschließen und die feige sächsische Kavallerie gebührend bestrafen lassen?
Kam in dieser schmachvollen Situation nun auch noch eine Frau aus dem pietistischen Hamburg und stellte Nachforschungen über ihren verschwundenen Mann an, der Johann Patkul verteidigen wollte, so sollte ihn Gott vor der religiösen Nonchalance des Königs bewahren. Denn wer mochte dann noch seine Hand dafür ins Feuer legen, dass keine dieser gekränkten Adelsseelen, die in des Königs Wechsel zum Katholizismus den wahren Grund für die entsetzliche Lage Sachsens sahen, der jungen Wit-

we gegenüber höfische Angelegenheiten ausplauderte, die das ganze Kartenhaus der Causa Patkul zum Einstürzen bringen könnten? Bei diesem Gedanken brach Pfingsten der Schweiß aus.

Das Warten machte ihn mürbe. Um sich abzulenken, ging er einige Schritte in dem prunkvollen Vorzimmer auf und ab, in dem er sich nun schon seit Tagen immer wieder für Stunden die Zeit vertrieb. Durch die hohen Fenster blickte er in einen herrlich aufblühenden Frühlingsgarten hinaus. Wie lange hatte er schon keine Gelegenheit mehr gehabt, entspannte Stunden in gepflegter Natur zu verbringen? Sobald er wieder in Dresden wäre, würde er sich ein paar Tage auf seinem Landsitz im Elbsandsteingebirge gönnen. Aber zunächst musste er dafür sorgen, dass diese Hamburger Anwaltsfrau in Dresden keine schlafenden Hunde weckte und so schnell wie möglich in ihr Patrizierheim nach Hamburg zurückkehrte. Anstatt hier seine Zeit zu vertun, sollte er lieber ein Billett an Schumann schreiben, damit der die Frau observierte und die nötigen Schritte unternahm. Wenn er hier schon nicht weiterkam, so durfte in Dresden nicht noch mehr Unruhe aufkommen.

Ohne länger zu überlegen, nahm Pfingsten seinen Hut und verließ das Antichambre. Auf den König könnte er auch noch am Nachmittag warten.

Dresden im April 1706

Ruths Fahrt von Halle nach Dresden zog sich länger hin als erwartet. Die Straßen waren voll, und sie hatten Schwierigkeiten, für die vier Pferde geeignete Unterkünfte zu finden. Aber Jurek gelang es mit seiner ruhigen, doch zugleich unnachgiebigen Art, sie zu versorgen. Sie hatten die Elbe in Meißen überquert und dort auch die Nacht verbracht. Ruth hatte kaum ein Auge zugetan. Die Sorgen um Hinrich quälten sie, die Frage, ob ihr ganzes Unterfangen nicht sinnlos und eine kopflose Flucht vor ihrem Schicksal war, ganz so, wie Matthias Claussen es ihr in den Gesprächen in Hamburg dargelegt hatte. Stundenlang hatte sie in die Kissen geweint und ihrer Verzweiflung freien Lauf gelassen. Die Anzeichen einer Schwangerschaft wurden immer deutlicher. Alles kam ihr vor wie ein einziger Alptraum. Natürlich wünschte sie sich ein Kind von Hinrich. Aber selbstverständlich *mit* ihm und nicht so, allein, verzweifelt, vielleicht tatsächlich verwitwet. Was sollte aus ihr werden? Wie sollte sie, die Konvertitin, künftig ein würdiges Leben in Hamburg führen, wie sollte sie in dieser stolzen Stadt, die beherrscht wurde von der Macht der Kirchspiele, ihr Kind allein aufziehen?

Kaum war sie endlich in einen unruhigen Schlaf gefallen, da klopfte es auch schon an ihre Kammertür, damit sie mit dem ersten Hahnenschrei aufstand. Kurz nach Sonnenaufgang brachen sie auf, um den Rest der Strecke schnell hinter sich zu bringen, bevor sich die Straßen wieder mit Bauern, Reisenden und Soldaten füllten, die ein zügiges Vorankommen verhinderten. Trotzdem war der Postweg, je näher sie den Stadtmauern kamen, bereits gut befahren. Endlich tauchten in der Ferne die Bastionen der Neustadt von Dresden auf. Wie Pfeilspitzen rag-

ten sie ins Land und erinnerten Ruth unwillkürlich an Hamburgs Wallanlagen. Doch die hier waren im Vergleich zu Hamburg deutlich kleiner.
Je weiter sich der Vierspänner dem Schwarzen Tor näherte, desto voller wurde die Straße. Ruth schaute aus dem Fenster und verfolgte das Treiben. Aber was sie dort sah, nahm ihr den Atem.
Auf einem freien Feld unweit des Tores hatten zwei Reihen sächsischer Dragoner – in ihrer roten Uniform mit dunkelgrünen Aufschlägen nicht zu verkennen – Aufstellung bezogen, sodass sich zwischen ihnen eine schmale Gasse bildete. In ihren Händen hielten sie Stöcke, die in einem Takt wippten, der von Trommlern an den Enden der Reihen vorgegeben wurde. Hinter den Soldaten drängten sich Schaulustige, nur mühsam von einer weiteren Reihe berittener Dragoner zurückgehalten. Plötzlich durchzog ein gewaltiger Trommelwirbel die Luft, und ein am Oberkörper entblößter Mann in roten Offiziershosen wurde in die Gasse zwischen den Dragonern geschoben. Augenblicklich wippten deren Stöcke nicht mehr in der Luft, sondern fuhren mit aller Kraft und unter dem anfeuernden Gebrüll der umstehenden Leute auf den Mann nieder, der schützend seine Arme vor das Gesicht hielt und so schnell er konnte durch die Gasse lief. Doch mit jedem Schritt, den er machte, prasselten die Stockhiebe auf ihn ein, rissen seine Haut in Fetzen, sodass sein Rücken und seine Arme bald mit dunkelroten Striemen übersät waren.
Entsetzt verfolgte Ruth das grausige Spektakel, das sich vor ihren Augen abspielte. Endlich hatte der Mann kriechend das Ende der Reihe erreicht und brach dahinter im Sand zusammen. Aber da wurde bereits der Nächste vorn in das Spalier geschoben, und wieder gingen die Stöcke unbarmherzig auf ihn nieder. Er stolperte so schnell er konnte vorwärts, brach aber nach zwei

Dritteln der Strecke zusammen und blieb reglos liegen. Doch die Hiebe hörten nicht auf. Und schon war die Reihe an einem Dritten. Kurz bevor der den am Boden Liegenden erreichte, wurde dieser von zwei Soldaten aus dem Weg gezogen und jenseits des Spaliers auf den Boden geworfen.
Immer noch beobachtete Ruth verstört die grausame Tortur. Dann verschwammen vor ihren Augen die Gesichter der gequälten Männer, und sie blickte nicht mehr in jene unbekannten Züge, sondern in Hinrichs blutendes Gesicht, sah, wie er zusammengeschlagen wurde. Eine wilde Übelkeit stieg in ihr auf. Noch nie hatte sie derart rohe Gewalt mit eigenen Augen gesehen. Doch auch Hinrichs Antlitz hatte sie seit seinem Verschwinden nicht mehr so deutlich wahrgenommen. Nur mit Mühe konnte sie den Brechreiz unterdrücken.
Mit einem kräftigen Ruck riss sie schließlich den Vorhang vor das Wagenfenster, um sich den weiteren Anblick des grausigen Spießrutenlaufes zu ersparen, und klopfte mit den Fäusten an das kleine Fenster nach vorn zum Kutschbock. Jurek wandte sich um und sah in das entsetzte Gesicht seiner Herrin. Gleich darauf ertönte ein Peitschenknall. Die Pferde wieherten, die Kutsche brach aus der Reihe der Schaulustigen aus und bahnte sich entschlossen ihren Weg weiter zum Schwarzen Tor hin.
Eine gute halbe Stunde später trafen sie in der Altstadt vor dem eher unscheinbaren Haus des Hoffaktors Seiner Majestät König Augusts II. von Polen, des Juden Issachar Berend Lehmann, ein. Jurek sprang vom Bock und half seiner Herrin aus der Kutsche. Kurz nachdem er für sie geklopft hatte, öffnete ein livrierter Hausdiener die Tür und erkundigte sich nach ihrem Begehr.
»Meldet Herrn Lehmann, dass Ruth Wrangel eingetroffen ist, die Tochter seines Freundes Moses Abelson aus Hamburg.«
Der Mann nickte ehrerbietig und ließ sie im Eingang warten.

Ruth sah sich um. Das Haus war erstaunlich schlicht im Vergleich zu den hochmodernen Stadtpalais im barocken Stil mit gelb verputzten und üppig verzierten Fassaden, die ihr bei der Fahrt durch das Zentrum ins Auge gesprungen waren. Herr Lehmann mochte zwar eine wichtige Rolle für die Finanzen des Kurfürsten spielen, aber nach außen zeigte er davon wenig. Sie musste schmunzeln. Ganz nach den Lehren und Ratschlägen ihres Vaters, als Jude niemals Neider auf sich aufmerksam zu machen. Dabei war Issachar Lehmann der heimliche Königsmacher von August: Er hatte 1697 im Auftrag des Kurfürsten das Geld besorgt, das August brauchte, um der Mehrheit des polnischen Adels seine Wahl zum neuen König von Polen schmackhaft zu machen. Ihr Vater hatte Lehmann damals bei dem einen oder anderen Geschäft unterstützt. Als Anerkennung hatte der frisch gewählte König Lehmann zum »königlich polnischen Residenten« gemacht, ein nur vage definiertes Privileg, von einem tatsächlichen Bürgerrecht weit entfernt. Als Jude konnte er jedoch nicht viel mehr erwarten.

»Ruth, liebes Kind, welch eine Überraschung! Tretet doch ein.« Eine zierliche Frau in strenger Kleidung und einer Haube auf dem Kopf war neben dem Diener an der Tür erschienen und streckte Ruth ihre Hand entgegen.

»Miriam, wie freue ich mich, Euch wohlbehalten zu sehen!« Ruth ergriff die Hand und ließ sich in die geräumige Diele des Hauses führen.

»Mein Kind, was führt Euch den weiten Weg aus Hamburg hierher, und dazu noch ganz allein? Wo ist Euer Mann, der charmante, gutaussehende Prokurator?«

»Ach, liebe Miriam, mein Mann ist der Grund, der mich hierherführt. Aber sagt, ist auch Euer Gatte zu Hause?«

»Nein, Berend wird erst heute Nachmittag von Halberstadt zurückkehren. Die Geschäfte zwingen ihn, viel zu reisen. Aber kommt herein in den Salon! Ich werde uns einen Tee machen lassen, und Ihr erzählt mir alles in Ruhe.«

Berend? Ruth stutzte einen Moment, aber dann fiel ihr ein, dass Lehmann dazu übergegangen war, sich bei seinem zweiten Vornamen rufen zu lassen, da dieser zum einen für die Leute leichter auszusprechen war, zum anderen auch weniger deutlich seine jüdische Herkunft verriet.

Der Vormittag ging dahin, während die beiden Frauen auf einem kleinen, mit feinster Seide gepolsterten Sofa im Salon saßen, redeten und Tee tranken. Miriam Lehmann hörte voller Anteilnahme Ruths Geschichte, schüttelte hin und wieder traurig den Kopf oder ergriff mitfühlend die Hand der jungen Freundin.

»Das sind erschütternde Neuigkeiten, die Ihr berichtet, liebe Ruth. Je mehr Ihr erzählt, desto mehr verstehe ich Eure Unruhe und den Wunsch, Euren Hinrich auf eigene Faust zu suchen, wenn sich denn niemand finden will, der Euch dabei hilft. Aber das ändert nichts an der Tatsache, dass so etwas keine angemessene Unternehmung für eine junge Frau ist.«

»Ich weiß, Miriam, aber was bleibt mir anderes übrig? Ich bin nicht Hinrichs Frau geworden und habe dafür mein altes Leben zurückgelassen, um nun allein als christliche Witwe zu leben.«

Miriam schüttelte den Kopf. »Niemand heiratet, um als Witwe zu leben, Ruth.«

»Auch sagt mir mein Herz, dass Hinrich lebt. Und Professor Thomasius, den ich vor einigen Tagen in Halle traf, gab mir recht in meinen Vermutungen, dass Hinrich entführt worden sein könnte, um eine Verteidigung des russischen Gesandten Patkul, der hier auf Burg Sonnenstein gefangen gehalten wird, zu verhindern.«

»In solchen Dingen kenne ich mich nicht aus, Ruth. Die Politik ist ein zu schwieriges Geschäft, als dass ich mich darauf einlassen wollte. Schon mein lieber Berend kämpft zur Genüge mit ihr, um unser Leben angenehm und sicher zu gestalten. Ständig reist er zwischen Halberstadt, Dresden und verschiedenen Orten in Polen hin und her, um den Wünschen Seiner Majestät König Augusts gerecht zu werden. Aber ich bin dieser Fahrerei müde, und auch meine Gesundheit erlaubt mir den stetigen Ortswechsel nicht. Hier in Dresden gibt es hervorragende Ärzte, die ich konsultieren kann. Auch ist die Stadt mit ihren neuen Befestigungsanlagen sicherer als Halberstadt, zumal in dieser unruhigen Zeit, in der Soldaten aller Herren Länder durch unsere Lande ziehen und sich nehmen, was sie brauchen.« Die zierliche Frau schüttelte erneut den Kopf und tupfte sich mit einem kleinen Tuch die Lippen. »Und ausgerechnet in einer so rauhen Zeit reist Ihr allein über Land. Wie gut, dass Ihr nun hier bei uns in Sicherheit seid. Und möget Ihr bleiben, so lange Ihr wollt. Das Haus ist groß genug für uns alle.«

»Danke, liebe Miriam. Ich weiß Eure Gastfreundschaft zu schätzen und nehme sie von Herzen gern an. Zumal ich hier in Dresden einiges zu erledigen habe. Denn Professor Thomasius gab mir Empfehlungsschreiben an gewisse Persönlichkeiten mit, die mir helfen könnten, Näheres über Hinrichs Schicksal zu erfahren.«

»Gut, mein Kind. Besprecht das am besten mit meinem Mann, der hoffentlich bald hier eintreffen wird. Jetzt aber werde ich Euch erst einmal ein Zimmer richten lassen, damit Ihr Euch von der Fahrt ausruhen könnt.«

* * *

Es dämmerte bereits, als endlich die Lehmannsche Kutsche vor dem Haus hielt. Der Hoffaktor Seiner Majestät war im Gegensatz zu seiner Frau ganz nach der bei Hofe üblichen kostbaren Weise gekleidet. Unter dem eleganten Dreispitz quoll eine mächtige Allongeperücke hervor, deren weiße Locken elegant an den Schultern hinabflossen, welche wiederum in einem mit Goldbrokat verzierten smaragdgrünen Samtrock steckten. Seine dazu passenden blank polierten Schnallenschuhe erhöhten dank ihrer Absätze seine Körpergroße deutlich, sodass er trotz der ihm von Natur gegebenen eher gedrungenen Gestalt einen stattlichen Eindruck machte. Kaum hatte Lehmann sein Haus betreten, da rief er auch schon nach seinem Sekretär, um ihm umgehend einige wichtige Schreiben zu diktieren.

Erst als die Sonne vollends gesunken war und sich die Straßen der Stadt leerten, verließ der Hoffaktor sein Kabinett und leistete den Damen im Salon Gesellschaft. Miriam hatte ihrem Gatten bereits durch den Hausdiener mitteilen lassen, dass sie einen Gast im Hause hatten, doch um wen es sich handelte, hatte sie ihm wohlweislich verschwiegen. Umso erstaunter betrachtete Issachar Berend Lehmann nun die junge und auffallend schöne Frau, die er nicht sogleich als die Tochter seines Freundes und Lehrmeisters Moses Abelson erkannte.

Miriam lächelte verschmitzt und steigerte seine Unsicherheit noch dadurch, dass sie ihren Gast als Frau Wrangel aus Hamburg vorstellte.

»Guten Abend, verehrter Issachar. Ich freue mich sehr, Euch bei guter Gesundheit wiederzusehen.«

Erst als Lehmann Ruths Stimme vernahm und ihre vertraute Art des Grußes, fiel es ihm wie Schuppen von den Augen, wer vor ihm stand. »Ruth, mein liebes Kind! Es könnt nur Ihr sein, die Tochter meines so verehrten Freundes Moses Abelson! Niemand sonst nennt mich heute noch bei meinem wahren ersten Namen. Welch eine Freude, Euch wiederzusehen! Ein Kind wart Ihr das letzte Mal, als wir uns sahen.«

»Ein Kind wohl nicht, mein lieber Gatte, eher ein junges Mädchen«, fügte Miriam lächelnd ein.

»Ja, aber nun steht eine schöne junge Frau vor mir, glücklich verheiratet, wie ich Euren Briefen entnehmen konnte, die mich von Zeit zu Zeit aus Halle und Hamburg erreichten.«
Ein Schatten huschte über Ruths Gesicht. Aber sie nickte zustimmend, denn sie wollte den guten Mann nicht sogleich mit ihrem persönlichen Schmerz überfallen.
Miriam bemerkte ihr Unbehagen und wechselte mit der Leichtigkeit einer geübten Gastgeberin das Thema. »Lieber Berend, da wir dich nicht bei deiner Arbeit unterbrechen, aber auch auf keinen Fall auf deine Gesellschaft beim Abendessen verzichten wollten, haben wir bis jetzt auf dich gewartet. Nun aber lasst uns essen, bevor unsere liebe Ruth noch glaubt, wir wollten sie verhungern lassen. Dabei wartet ein köstlicher Kapaun auf uns im Speisezimmer.«
Die Kerzen des mächtigen Kronleuchters waren bereits zur Hälfte heruntergebrannt, bis Ruth ein zweites Mal ihre Geschichte von Wrangels Mitarbeit an der Verteidigung für Johann Reinhold Patkul und des Überfalls auf seine Kutsche in der Nähe von Königsberg zu Ende gebracht hatte. Lehmann hatte ihr äußerst aufmerksam zugehört, ihren Redefluss aber nicht unterbrochen. Nun nahm er einen kräftigen Schluck Rotwein, tupfte sich die Lippen mit einer linnenen Serviette ab und lehnte sich gegen die hohe Lehne seines schweren Stuhls.
»Diese Geschichte, liebe Ruth, ist wahrlich so abenteuerlich und zugleich erschütternd, dass wir mit größter Sorgfalt über ihren möglichen weiteren Verlauf nachdenken sollten. Wenn ich Euch recht verstanden habe, so seid Ihr fest entschlossen, die Suche nach Eurem Gatten fortzusetzen, und glaubt, dass Ihr hier in Dresden neue Anhaltspunkte für sein mysteriöses Verschwinden finden könnt.«
»Genauso ist es, Issachar. Professor Thomasius aus Halle gab mir einige Empfehlungsschreiben an einflussreiche Freunde mit,

die vielleicht in der Lage sind, mich zu unterstützen. Ich wäre Euch so dankbar, wenn Ihr mir helfen könntet, die Empfehlungsschreiben zu diesen Männern zu bringen. Sicherlich sind sie nicht einfach zu erreichen.«

»Hier in Dresden ist niemand einfach zu erreichen. Das hängt schon mit der besonderen Situation bei Hofe zusammen. Ihr wisst ja, dass August auch König von Polen ist. Darum weilt er häufig dort. Doch jetzt, während dieses verheerenden Krieges, weiß man nie so genau, wo der König sich gerade aufhält. Trotzdem hat sich, wer bei Hofe auf sich zählt, regelmäßig auch am polnischen Hofe einzufinden, um seinen Souverän zu sehen. Ich selbst war erst vor zehn Tagen in Krakau. Der König hatte mich wegen einiger finanzieller Angelegenheiten einbestellt.«

Lehmann räusperte sich, und Ruth kam nicht umhin, eine gewisse Eitelkeit zu bemerken, die bei dieser Äußerung von ihm ausging. Aber sie ließ sich nichts anmerken, sondern führte das Gespräch zielstrebig zu ihrem persönlichen Anliegen zurück.

»Genau auf Eure guten Kontakte bei Hofe vertraue ich ja, verehrter Issachar. Denn nur so können die Schreiben möglichst schnell und sicher an ihre Ziele kommen.«

»Nun gut, Ruth. So gebt mir später die Briefe, und ich werde sehen, was ich für Euch tun kann. Doch bedenkt auch eine weitere Möglichkeit.« Lehmann hielt inne, als suche er nach den passenden Worten. »Sosehr ich Euch wünsche, dass Eure Suche von Erfolg gekrönt sein möge und Euch ein glücklicher Ausgang beschert werde, so gut weiß ich auch um die Tücken und Abgründe des Lebens. Darum lasst mich Euch als guten Freund Eures Vaters einen Rat geben.« Er schaute Ruth einen langen Augenblick unverwandt an. »Hier in Sachsen lebt es sich gut. Das Land ist wohlhabend, der Kurfürst ein kluger Kopf, und auch das Klima ist angenehm, wie Euch Miriam bestätigen kann.

Ihr seid jetzt eine Christin und könnt Euch frei bewegen, wie es Euch gefällt. Sollte es Euch hier gefallen, wäre es für mich ein Leichtes, zu einem erschwinglichen Preis ein schönes Stück Land samt treuen Pächtern und einem angenehmen Haus in komfortabler Größe und Lage für Euch zu finden. Meine Beziehungen zu Seiner Majestät dürften es auch ermöglichen, dass man einen entsprechenden Adelstitel für Euch findet, sodass Euch die Gesellschaft offensteht und mit ihr die Möglichkeit, eine gute Partie zu machen, um Euer Leben angemessen fortzusetzen.«

Ruth stockte der Atem. Also glaubte auch Issachar nicht an die Möglichkeit, dass Hinrich noch lebte, ganz gleich, was er vorhin gesagt hatte. Vielmehr dachte er nur daran, wie man aus ihr, der jüdischen Bankierstochter und christlichen Prokuratorenwitwe, eine angemessene und lohnende Adelspartie machen könnte, mit der sich noch der eine oder andere Gulden verdienen ließ.

Mit aller Kraft drängte sie eine aufsteigende Übelkeit zurück. Nicht nur für sich, auch für das Leben, das womöglich in ihr wuchs, musste sie all ihre Beherrschung zusammennehmen und einen Weg finden, wie sie ihre Suche nach Hinrich fortsetzen konnte, ohne die Brücken hinter sich einzureißen. Beherzt griff sie nach dem Pokal mit Rotwein und nahm einen kleinen Schluck, bevor sie Lehmann antwortete. »Ich weiß Euren Rat zu schätzen, Issachar. Aber gebt mir bitte etwas Zeit, erst einmal diese Stadt besser kennenzulernen, als es mir bisher möglich war. Nur dann werde ich Eure Vorschläge entsprechend zu würdigen wissen. Denn heute bei meiner Ankunft bot sich mir ein Schauspiel des Grauens, das mich sofort hätte die Flucht ergreifen lassen, wäre mir nicht Eure Freundschaft im Herzen gewiss gewesen.«

»Aber mein Kind, was ist Euch Schreckliches widerfahren, von

dem Ihr mir noch nichts berichtet habt?«, mischte sich Miriam besorgt in das Gespräch ein.
Ruth schloss für einen Moment die Augen und holte, immer noch mit der Übelkeit kämpfend, tief Luft. »Als meine Kutsche vor den Toren der Stadt ankam, musste ich mit eigenen Augen sehen, wie Soldaten – nach meinem mangelnden Kenntnisstand über diese Dinge degradierte sächsische Dragoner – auf grausamste Weise von Männern ihres eigenen Regiments bis aufs Blut geprügelt wurden. Einige brachen sogar leblos zusammen, aber die Männer hieben gnadenlos weiter auf sie ein. Es war ein furchtbarer, ein entsetzlicher Anblick, der mir das Blut in den Adern gefrieren ließ und mich nicht gerade von der Lieblichkeit dieses Landes überzeugte, verehrter Issachar.«
»O nein, ich ahne, welcher grausamen Züchtigungen Ihr Zeugin geworden seid. Heute früh fand die Bestrafung der sächsischen Kavallerie statt, der Feiglinge von Fraustadt. Dreißig Dragoner, vom Los bestimmt, wurden durch das Kriegsgericht Seiner Majestät König Augusts zum Spießrutenlaufen verurteilt. Diese saht Ihr heute früh. Neun weitere, ebenfalls durchs Los bestimmt, wurden an Pfählen aufgehängt, drei kamen an den Galgen, zweien schlug der Henker den Kopf ab und flocht ihre Körper aufs Rad. Mit diesem Urteil sollten die Schande und das Leid, welche die sächsische Kavallerie bei Fraustadt über das ganze Land gebracht hat, gesühnt werden.«
»Was ist denn dort geschehen?«, fragte Ruth erregt.
»Im Februar dieses Jahres war es. Ein besonders grausames Kapitel dieses unheilvollen Krieges.« Lehmann trank noch einen Schluck Wein und betrachtete die Flammen der brennenden Kerzen auf dem Tisch. »Am Schabbat, dem 13. Februar dieses Jahres 1706, geschah das Unglück. An diesem Tag wurde die Armee Seiner Majestät bei Fraustadt ausgelöscht. Mit ihr fanden auch fast alle sächsischen Offiziere den Tod. Eine große Schuld

daran trug die sächsische Kavallerie, die – Schande über sie! – vor den Schweden floh, ohne auch nur einen einzigen Schuss abzugeben.«

»Was für ein Grauen! Wie viele mussten denn ihr Leben lassen in dieser entsetzlichen Schlacht?«

»Der Verlust an Toten, Verwundeten und Gefangenen belief sich insgesamt auf gut und gern fünftausendachthundert Mann.«

»So viele! Und alle in nur einer Schlacht?«

»Wenn sie nur alle in dem Kampf gefallen wären. Aber die Schweden kannten kein Erbarmen. Unter den Gefangenen suchten sie die Russen heraus und durchbohrten sie augenblicklich mit ihren Bajonetten, als Rache für Gewalttätigkeiten, die Russen an Schweden in Livland und Ingermanland begangen hatten.«

»Was sind das für Länder? Ich habe noch nie von ihnen gehört.«

»Es sind schwedische Provinzen an der Ostseeküste. Die Russen versuchen dort den Schweden die Vorherrschaft streitig zu machen, um selbst den Zugang zur Ostsee zu erlangen.«

»Wo liegen diese Länder?«

»Im Nordosten. Es mögen an die zweihundert sächsische Meilen von hier aus sein.«

»Solche Ausmaße hat dieser Krieg, dass Ereignisse, so weit entfernt, die Menschen hier das Leben kosten?«

»Ja, mein Kind. Und noch viel weiter mag er reichen, wenn sich die Majestäten nicht beizeiten einig werden und zum Frieden zurückfinden. Aber lasst mich meine Ausführungen zu Ende bringen, damit Ihr versteht, was Ihr heute früh hier Grausames saht.«

»Ja, sprecht bitte weiter, Issachar.«

»Nicht nur die Russen fielen der Rache der Schweden zum Opfer. Auch französische und sächsische Soldaten ließen noch nach der Schlacht für den Rachedurst der Schweden ihr Leben.

Viele von ihnen flüchteten sich in das Rathaus von Fraustadt. Die Schweden verschlossen von außen die Türen und brannten dann das Gebäude nieder. Die gefangenen sächsischen Infanteristen wurden wie Vieh auf Koppeln gefangen gehalten. Unter freiem Winterhimmel. Die sächsische Kavallerie aber, diese Feiglinge, hatte sich schon vorher über die Bagage der Infanterie hergemacht, sie vollends ausgeplündert und deren Frauen vergewaltigt.«

»Wie entsetzlich! Über die Frauen der eigenen Kameraden sind sie hergefallen ...« Miriam Lehmann stöhnte bei dieser Schilderung laut auf.

»Nach diesen Vorfällen haben die Adligen und die Bürger Sachsens genug vom Krieg. Man ist erbittert über das Heer, vor allem über die Feigheit der sächsischen Kavallerie. So kam es zu den harten Urteilen des Kriegsgerichts, die Ihr heute früh vollstreckt saht.«

»In was für unsicheren Zeiten wir doch leben«, fügte Miriam nachdenklich an und leitete so ein langes Schweigen der drei ein, in dem ein jeder seinen eigenen Gedanken nachhing.

Ruth begriff, dass all die Besorgnis, die sie bei ihren Freunden in Bezug auf ihre Suche spürte, nicht nur einfach dahergesagt war, weil es sich für eine junge Frau nicht schickte, allein durch die Welt zu reisen und den verschollenen Mann zu suchen. Tatsächlich stand hinter all der Zurückhaltung begründete Angst um ihre Sicherheit. Kriegszeiten waren nun einmal keine Reisezeiten. Bisher hatte sie sich noch kaum Gedanken darum gemacht, wie es gerade in der Welt aussah. Natürlich wusste sie von den beiden Kriegen, die in Europa brannten, dem Spanischen Erbfolgekrieg zwischen den Bourbonen und den Habsburgern und dem Nordischen Krieg, der tatsächlich viel näher wütete, als sie vermutet hätte. Hinrich war ausgerechnet in einer Gegend verschwunden, die noch viel dichter an diesem Kriegsgebiet lag.

Wie sollte sie ihn dort jemals finden, selbst wenn sie hier in Dresden seine Spur würde aufnehmen können? Ein Schatten der Verzweiflung legte sich auf ihr Gemüt und trieb ihr die Tränen in die Augen.

Miriam, die stets umsichtige und liebevolle Frau, bemerkte es und ergriff mitfühlend ihre Hand. »Es ist schon spät geworden, ihr Lieben, lasst uns zu Bett gehen und unsere Freundin Ruth zur Ruhe kommen«, beendete sie mit sanfter Stimme die gemeinsame Runde. »Morgen ist auch noch ein Tag, der uns allen hoffentlich Gutes bringen wird.«

An der litauischen Ostseeküste im April 1706

Mildes Licht umhüllt ihn, vermischt mit einem Duft von Honig und Vanille. Eine schöne Frau taucht über ihm auf. Schwarze Locken umrahmen ihr zartes Gesicht. Sie lächelt. Ihre graphitgrauen Augen strahlen ihn an. Ihre Hand greift nach ihm, als ob sie ihn streicheln wollte. Aber sie erreicht ihn nicht. Er spürt ihre Berührung nicht. Auf einmal ist das Gesicht nicht mehr schön, sondern wird zur pockennarbigen Fratze. Die Hand hält einen blutverschmierten Knüppel, mit dem sie ausholt und zuschlägt. Er schreit und schreit, aber der Schlag trifft ihn nicht, sondern geht woanders nieder. Eine Fontäne spritzt auf. Auf einmal fällt er tiefer und tiefer, dreht sich dabei wie ein Kinderkreisel immer schneller und schneller. Er stürzt ins Bodenlose und schreit, doch kein Laut kommt aus seiner Kehle, nur wildes Rauschen umgibt ihn. Er fällt nicht nur, sondern wird von einem gewaltigen Wasserstrudel fortgerissen, dreht sich im Kreis, immer schneller auf die Mitte zu, die in den Abgrund führt.

Ein schrilles Quietschen weckte ihn. Er riss die Augen auf und sah sich um. Alles um ihn herum war dunkel. In seinem Rücken spürte er das Wagenrad. Er musste hier eingeschlafen sein. Seine Kehle war trocken, die Zunge pelzig. Er hatte Durst. Ob wohl gleich die Frau käme und ihm etwas zu trinken brachte?

Doch niemand kam, er hörte nur erneut das Quietschen. Es klang, als ob ein verrostetes Tor geöffnet wurde. Er hörte … er hörte! Tatsächlich, es war nicht nur ein Rauschen in seinen Ohren, sondern er nahm deutlich verschiedene Geräusche wahr. Er klatschte in die Hände. Auch das hörte er. Sofort galt seine ganze Aufmerksamkeit der Umgebung. Was konnte er noch alles hören? Was würden ihm die Geräusche Neues verraten über seine Situation? Vielleicht konnte ihm auch die Frau etwas dazu sagen, wenn sie gleich käme.

Das schrille Quietschen war verstummt, aber nun hörte er Stimmen. Sie waren tief, zweifelsohne von Männern. Doch er konnte nicht verstehen, was sie sagten. Sie gaben nur unvertraute, gurgelnde Laute von sich. Weiter entfernt hörte er Tiere schnauben, vielleicht Pferde? Zumindest roch es nach Pferdeschweiß. Allerdings nicht nur danach. Auch von ihm selbst ging ein widerlicher Geruch aus. Aber es lag auch noch etwas anderes in der Luft. Es roch nach Salzwasser, nach Meer.

Sein Durst wurde schlimmer. Vielleicht sollte er aufstehen und schauen, wo die Frau war? Zumindest konnte er es versuchen. Vorsichtig stützte er sich auf seine Arme und versuchte sich hochzudrücken. Es war mühsam und schmerzte in der Schulter. Er drehte sich auf die Seite, um seine Knie zu Hilfe zu nehmen. Da packte ihn ein heftiger Schwindel, und er musste sich zurücklehnen, um nicht umzufallen.

Er schloss die Augen und ergab sich ganz den vielen Geräuschen, die nun auf ihn einströmten. Die Stimmen wurden lauter, ein Hund bellte, schlurfende Schritte über Sand und Steine waren zu vernehmen. Langsam ließ der Schwindel nach, dafür schmerzte aber erneut sein Kopf. Und der Durst wurde immer unerträglicher.

Er hörte Schritte auf sich zukommen. Bestimmt war es die Frau. Vorsichtig öffnete er die Augen. Zwei Männer standen unmittelbar vor ihm. Er hatte sie noch nie gesehen. Sie trugen schmutzige Hosen aus Flachs und lange, weite Hemden. Ihre Gesichter waren von Bärten verdeckt, nur die Augen stachen scharf hervor. Sie sagten etwas, was er nicht verstand. Ob er wirklich wieder hören konnte? Aus ihren Kehlen drang nur ein Gurgeln in seine Ohren. Schon beugten sie sich über ihn und zogen ihn hoch auf die Füße. Es fiel ihm schwer, das Gleichgewicht zu halten. Aber die beiden hatten ihn so fest im Griff, dass er nicht stürzen konnte. Der eine Kerl, links von ihm, raunte ihm etwas zu und hielt ihm einen Wasserschlauch an den Mund. Nachdem er gierig ein paar Schluck getrunken hatte, schoben die beiden Männer ihn vorwärts.

Das Gehen machte ihm große Mühe, und er strauchelte mehrmals. Wütend zischten seine Begleiter unverständliches Zeug und zerrten ihn weiter. Es war dunkel. Kein Mondlicht drang durch die schwarzen Wolken, nur ein schwacher Lichtschimmer erhellte den Eingang vor einem Haus nicht weit von ihnen. Aber sie gingen nicht darauf zu, sondern einen steinigen Pfad hinab, der auf einen kleinen Wald zuführte. Sein Kopf fing wieder an zu schmerzen. Aber zum Glück war das pelzige Gefühl von der Zunge gewichen und die Kehle nicht mehr so trocken. Allerdings fing nun sein Magen an zu knurren.

Die beiden Kerle zogen und schoben ihn den schmalen Pfad entlang, bis auf einmal eine kleine Bucht vor ihnen auftauchte. Ein hölzerner Steg führte auf das Wasser hinaus. An seinem Ende hatte ein Ruderboot festgemacht. Die Umrisse von Menschen zeichneten sich von den Planken ab.

Vor dem Steg standen zwei Männer. Der größere von beiden sah fast genauso aus wie die beiden Kerle, die ihn mit sich schleiften. Den zweiten, einen mittelgroß gewachsenen Mann, hatte er schon einmal mit dem Bärtigen gesehen. Hier hielt er sich im Hintergrund. Seine Pelzkappe bedeckte die obere Hälfte seines rasierten Gesichts, in dem die schmalen Lippen wie ein scharfer Strich wirkten und die Augen sich hell von dem dunklen Pelz abzeichneten. Er wippte unruhig auf und ab, als habe er es eilig. Die Männer, die ihn mit sich führten, riefen etwas und deuteten dabei auf ihn. Aber er konnte nichts verstehen. Als sie den Steg erreicht hatten, kam der größere auf ihn zu und musterte ihn mit einem abfälligen Blick. Dann nahm er ihm den großen Hut vom Kopf, brummte unwirsch und rief dem Mann mit der Pelzmütze etwas zu. Der nickte, antwortete etwas Unverständliches und deutete mit einer knappen Handbewegung auf das Ruderboot. Schon schoben die beiden Kerle ihn über den Steg auf das Boot zu.

»Nun ist die Ladung vollständig, Pawel Iwanowitsch, und wir können ablegen.«

»Gut, Kostja. Du hast einen guten Preis für die Seelen ausgehandelt. Ich werde es dir doppelt lohnen, wenn du sie lebend nach Ingermanland schaffst.«

Er zuckte jäh zusammen, als er an ihnen vorüberging. Die beiden Männer hatten seine Sprache gesprochen, sie verständigten sich auf Deutsch! Er musste mit ihnen reden! Mit aller Kraft drehte er sich um und starrte zurück zu den beiden Männern am Steg.

Er versuchte ihnen etwas zuzurufen. »Wwooaawwaawowa …« Mehr kam nicht über seine Lippen. Es wollte ihm einfach nicht gelingen, eine einfache Frage wie *Wer seid Ihr?* oder *Wo bin ich?* herauszubringen.

Mit verzweifelter Kraft riss er sich von seinen Begleitern los und stolperte zurück zu dem Mann mit der Pelzmütze. Er sprach seine Sprache! Er musste ihm helfen! »Wweewowowawao …« Seine Zunge gehorchte ihm nicht. Hilfesuchend griff er nach dem Mantel des Mannes. Der aber machte nur einen Schritt zurück und versetzte ihm einen kräftigen Fußtritt in den Unterleib. Sein Atem stockte, sein Magen krampfte sich zusammen. Etwas stieg in einem gewaltigen Schwall seine Kehle hinauf und ergoss sich auf die Stiefelspitzen des Mannes mit der Pelzmütze.

»Kostja, schaff mir diesen widerlichen Wurm fort! Er besudelt meine Stiefel!«

»Aber natürlich, Pawel Iwanowitsch!«

Der Größere der beiden bellte seinen Begleitern einen unverständlichen Befehl zu. Sie packten ihn von hinten an der Schulter, rissen ihn mit einem kräftigen Ruck herum und schleiften ihn über den Steg zum Boot. Seine Knie schlugen auf das Holz. Ein stechender Schmerz durchfuhr seine Beine, als ob ein Splitter tief in die Haut drang. Wie einen Sack Mehl warfen sie ihn über die kleine Reling. Dann packte ihn jemand bei den Füßen und zerrte ihn zum Heck des Bootes hinüber. Sein Kopf schlug hart auf die Planken.

Als sie ihn losließen, zwang er sich, die Augen zu öffnen. Neben ihm hockten zwei andere Gestalten, ein älterer Mann, der nach Schnaps stank, und eine Frau, die so in sich zusammengesunken war, dass man ihr Gesicht nicht erkennen konnte. Er wollte sich aufrichten und noch einmal versuchen, den beiden Männern am Steg etwas zuzurufen. Sie *mussten* ihn einfach verstehen und ihm helfen! Aber kaum hatte er seinen Oberkörper aufgerichtet, traf ihn erneut ein Stiefeltritt in die Seite, sodass er stöhnend zusammenbrach und bewusstlos liegen blieb.

Dresden im Mai 1706

Von Unruhe getrieben lief Ruth durch die Hauptstraßen der sächsischen Residenzstadt, um einige Einkäufe zu erledigen. Miriam Lehmann hatte ihr eine Magd mitgegeben, die ihr die Körbe trug. Es war ein herrlicher Frühlingstag, und die Straßen waren voller Menschen, auf deren Gesichtern sich die Freude über das schöne Wetter und die milden Temperaturen spiegelte. Auf den Märkten herrschte reges Treiben, aber auch die Flaniermeilen waren schon gut besucht.

Ruth fiel auf, dass sich die Dresdener weitaus modischer kleideten, als es in Hamburg üblich war. Überall stachen ihr bunte Röcke und Kleider mit hübschen Bändern ins Auge. Modische Dreispitze thronten auf frisch gepuderten Perücken, und selbst die Hauben der Frauen wirkten apart. Vielleicht lag der Eindruck aber auch daran, dass sich hier so viele adlige Herrschaften in der Öffentlichkeit zeigten. In Hamburg war der Adel mit all seinem zur Schau gestellten Putz und Prunk verpönt. Aber hier in Dresden hatte man eine andere Einstellung, die sich auch im prächtigen Stadtbild zeigte. Der Kurfürst scheute offenbar keine Kosten, sein Fürstentum in Pomp und Gloria zu präsentieren. Allerdings sah Ruth an mehreren Stellen noch Spuren von dem furchtbaren Brand, der Altendresden im Jahr 1685 heimgesucht hatte. Zwar entstanden überall neue Bauwerke im modernsten Stil, doch dazwischen lugten immer noch Ruinen der Katastrophe hervor.

Ruth ging die elegant gestaltete neue Hauptstraße entlang, die vom Neustädter Markt zum Schwarzen Tor führte. Miriam hatte ihr hier einen Schneider empfohlen, denn sie wollte sich ein leichteres und vor allem weiter geschnittenes Kleid anfertigen lassen. Die Magd führte sie zu der Schneiderei, die in einer kleinen Seitenstraße lag. Der Schneider, ein dicklicher kleiner Mann mit kahlem Kopf, zeigte ihr verschiedene Stoffe, und sie entschied sich für eine Mischung aus Kattun und Seide, die ihr schmeichelhaft zu fallen schien. Schnell wurde sie sich mit dem Schneider einig, der nicht nur das neue Kleid schneidern, sondern auch ein älteres von ihr umändern sollte. Sie gab ihm eine Anzahlung und vereinbarte, in drei Tagen zur Anprobe wiederzukommen.

Als Ruth die Schneiderstube verlassen hatte, packte sie plötzlich ein heftiger Schwindel, sodass die Magd sie stützen musste.

»Ist Euch nicht gut, gnädige Frau? Soll ich eine Sänfte rufen?«

»Nein, nein, es geht schon. Lass mich nur kurz ausruhen.«

Sie holte tief Luft und richtete sich langsam auf. Der Schwindel wich aus ihrem Kopf, doch in ihrem Magen breitete sich ein dumpfes Gefühl aus. Die Kräuter, die sie in Halle gekauft hatte, waren ihr ausgegangen, darum hatte sie in der Frühe auf die Grütze verzichtet aus Angst, sie würde ihr Übelkeit bereiten.

»Lass uns zum Markt gehen. Ich will noch ein paar Kräuter einholen.«

Die Magd folgte Ruth achtsam, jederzeit darauf bedacht, der Dame gegebenenfalls zu Hilfe zu eilen.

Der Neustädter Markt war bestens besucht. Menschen drängten aneinander vorbei, Tiere blökten und scharrten in ihren engen Gehegen. Die Markttische waren prall gefüllt mit Waren.

»Was für ein reges Treiben hier herrscht.«

»Ja, gnädige Frau, heute ist Walpurgisnacht, da kaufen die Leute ordentlich ein, um fröhlich zu feiern. Die ganze Nacht hindurch bis in die Morgenstunden werden viele tanzen, um den Mai gebührend zu begrüßen.«

Ruth schaute sich erstaunt um. Tatsächlich waren die Menschen in heiterer Stimmung und kauften so manche Leckerei. Auf den

Markttischen sah sie gefüllte und bereits verschnürte Leipziger Lerchen, mit Schnepfendreck gefüllte Pasteten, Taubeneier und sogar Zitrusfrüchte, deren gelbe und orangefarbene Schalen in der Sonne leuchteten. Ruths Blick blieb an zwei Männern in schwarzen Röcken und schlichten Hüten hängen, die gelangweilt ein paar Früchte betasteten. Hatte sie die beiden nicht auch schon vorhin in der Hauptstraße gesehen, als sie gleichgültig die Schaufensterauslage eines Damenhutmachers gemustert hatten? Schließlich entdeckte Ruth einen Kräuterhöker und begutachtete sein Angebot. Als sie alle Kräuter, die sie brauchte, gefunden hatte, verstaute sie sie in dem Korb der Magd und gab dem Höker ein paar Münzen. Das dumpfe Gefühl in ihrem Magen hatte sich in veritablen Hunger verwandelt. Von überall strömten appetitliche Düfte in ihre Nase, und sie sah sich nach einem Stand um, der ihr einen geeigneten Imbiss anzubieten hatte. Schließlich kaufte sie einen kleinen Hefezopf. Zum großen Erstaunen der Magd riss sie sofort ein Stück davon ab und schob es sich in den Mund. Kaum hatte sie ein paar Bissen heruntergeschluckt, fühlte sie sich deutlich besser. Sie warf der Magd einen erleichterten Blick zu und forderte sie auf, sie zum Haus der Lehmanns zurückzubringen.

Ruth war nun schon den vierten Tag in Dresden. Issachar Berend Lehmann hatte die Empfehlungsschreiben für sie bereits am zweiten Tag auf den Weg gebracht, aber bisher hatte sie noch keine Antwort erhalten. Natürlich war das auch nicht unbedingt zu erwarten gewesen, aber die Ungeduld nagte an ihr. Wie lange musste sie hier noch untätig ausharren? Die Lehmanns bemühten sich zwar redlich, sie gut zu unterhalten und von ihren Sorgen abzulenken, aber die Angst um Hinrich schlich sich immer wieder in ihre Gedanken, ganz gleich, worauf sich ihre Aufmerksamkeit richtete. Dabei waren es nicht so sehr die Sorgen um ihr künftiges Leben, die ihr zusetzten. Vielmehr ergriff ein unbestimmtes Gefühl von ihr Besitz, dass Hinrich ihr entglitt. Sie konnte sich zwar in allen Farben an ihn und ihre gemeinsamen Erlebnisse erinnern, aber die Züge seines Gesichtes verschwammen in ihrer Erinnerung. Nur einmal hatte sie ihn seit der schrecklichen Nachricht seines Verschwindens richtig deutlich vor ihrem inneren Auge gesehen: als sie die Soldaten beim Spießrutenlaufen beobachtete. Sollten diese Bilder die einzigen sein, die ihr von ihm blieben?

Ein Zwicken im Unterleib ließ sie aufschrecken. Ja, es gab wohl keinen Zweifel mehr daran, dass sie schwanger war. Aber wie lange würde sie es noch vor der Welt verbergen können? Die Magd hatte schon beim Schneider große Ohren bekommen, als sie Ruths Anweisungen vernahm. Dabei hatte sie lediglich um einen weit fallenden Schnitt gebeten, der sich mit Bändern beliebig anpassen lassen sollte. Auch auf dem Markt hatte die Magd aufmerksam Ruths Kräuterauswahl registriert. Ob sie wusste, wozu sie dienten? Nun, Hauptsache, sie plapperte nicht gleich vor Miriam davon los, denn die ältere Freundin beobachtete Ruths spatzenhaftes Essverhalten schon argwöhnisch genug. Ach, sollten sie doch alle munkeln. Ihr würden die Ausreden so schnell noch nicht ausgehen. Viel wichtiger war, dass sie mit ihrer Suche nach einem Hinweis zu Hinrichs Verbleib weiterkam.

Derart in Gedanken versunken, hatte Ruth gar nicht bemerkt, dass die Magd sie bereits zurück in die Straße geführt hatte, in der die Lehmanns wohnten. Das Tor zum Hof stand offen. Ruth hörte das ungeduldige Wiehern ihrer Pferde, die im Lehmannschen Stall untergebracht waren. Jurek sprach beruhigend auf die Friesen ein, während er ihr schwarzes Fell kräftig striegelte, sodass es in der Sonne glänzte.

»Gott zum Gruße, Jurek. Wie geht es den Tieren?«

»Gott zum Gruße, Fräu… äh, gnädige Frau. Es geht ihnen gut. Doch ein bisschen Bewegung würde nicht schaden.«

Ruth lächelte ihrem treuen Diener zu und ging weiter zur Haustür. Jurek konnte sich einfach nicht daran gewöhnen, sie bei ihrem neuen Namen zu nennen, den sie ja nun schon einige Zeit trug. Bald vier Jahre hieß sie bereits Wrangel, aber für ihn blieb sie immer Fräulein Ruth. Sie nahm es ihm nicht übel, war sie doch schon als kleines Kind auf seinen Rücken geklettert, als sie unbedingt das Reiten lernen wollte, obwohl die Mutter es verboten hatte. Soweit sie zurückdenken konnte, gehörte Jurek zur Familie. Ihr Vater hatte ihn als jungen Mann von einer seiner vielen Reisen mitgebracht und zunächst als Kutscher in seine Dienste genommen. Schweigsam und zuverlässig hatte Jurek seitdem den Abelsons gedient und tat nun das Gleiche für die Wrangels. Obwohl er schon so lange bei ihnen war, wusste Ruth nur wenig über ihn. Er war ein Jude, hatte den weichen Zungenschlag des Jiddischen, beherrschte inzwischen aber auch das Hamburger Platt so gut, dass man ihn von den Hamburger Kutschern höchstens durch sein Äußeres unterscheiden konnte. Er hatte wilde rote Haare, die er zwar stets kurz geschoren und von einer Kappe bedeckt trug, aber die Bartstoppeln, derer er nicht immer so recht Herr wurde, brachten die außergewöhnliche Farbe doch stets wieder an den Tag. Dabei war er ein auffallend großer und kräftiger Mann, mit dem man nicht freiwillig einen Streit anfing. Von sich aus suchte Jurek keine Auseinandersetzungen. Gut gelitten war er bei den Nachbarn, denn er verstand sich auf Tiere, besonders auf Pferde, und hatte schon so manchem armen Gaul ein wundes Gelenk verarztet oder einen hartnäckigen Husten beseitigt. Auch aufs Beschlagen verstand er sich, wenn es sein musste und kein Schmied in der Nähe war. Ruth wusste, dass ihre Friesen bei ihm in den besten Händen waren.

Als sie sich umwandte, um zur Haustür zu gehen, sah sie wieder die beiden schwarz gekleideten Männer. Sie gingen auf dem ge-

genüberliegenden Bürgersteig die Straße entlang und unterhielten sich angeregt. Ruth zog die Stirn kraus. Dreimal hatte sie die beiden nun an so verschiedenen Orten innerhalb von nur einer Stunde gesehen. War das nicht des Zufalls zu viel? Was hatte Thomasius noch gesagt? Man hatte versucht, ihn einzuschüchtern. Mit einem unbestimmten Kopfschütteln versuchte Ruth den unangenehmen Gedanken zu verdrängen und schritt durch die Haustür, die die Magd ihr offen hielt.
»Liebe Ruth, wie gut, dass Ihr zurück seid«, kam ihr die Dame des Hauses entgegen. »Endlich ist eine Nachricht auf die von Euch versandten Schreiben eingetroffen. Berend erwartet Euch schon in seinem Kabinett. Geht nur gleich zu ihm. Ich werde mit dem Mittagessen auf Euch warten.«
Mit klopfendem Herzen lief Ruth zu Lehmanns Kabinett, das vom Ende der Diele abzweigte, und klopfte an die Tür.
Im Gegensatz zu Hinrichs Arbeitszimmer, das in vielem die Züge des alten Kabinetts ihres Vaters behalten hatte und mit einer exklusiven Auswahl an juristischen, philosophischen und theologischen Büchern sowie einer Reihe klassischer literarischer Werke, einigen Karten und auch Atlanten gefüllt war, wies sich das Kabinett des sächsischen Hoffaktors durch eine geradezu spartanische Nüchternheit aus. Ein schlichter schwerer Schreibtisch aus dunklem Eichenholz dominierte den kleinen Raum, dessen Wände neben einem schmalen Bücherbord zwei grazile Kupferstiche mit Stadtansichten schmückten, wobei Ruth die abgebildeten Orte nicht kannte.
»Guten Tag, Ruth, wie schön, dass Ihr zu mir kommt«, begrüßte der am Schreibtisch arbeitende Lehmann die ihn erwartungsvoll anblickende junge Frau. »Vor kurzem kam ein Bote und brachte ein Schreiben für Euch. Tretet doch ein und nehmt Platz.« Mit einer knappen Handbewegung wies er auf einen kleinen Stuhl, der in einer Ecke vor dem hohen Fenster stand.

Ruth rückte den Stuhl an die Rückseite des Schreibtisches, setzte sich und nahm den Brief, den Lehmann ihr reichte. Nachdem sie das Siegel gebrochen und den Inhalt überflogen hatte, richtete sich ihr Blick hilfesuchend auf den älteren Mann in Perücke und elegantem Brokatrock ihr gegenüber.

»Der Informant wünscht mich persönlich zu treffen, Issachar. Er möchte dabei aber unerkannt bleiben, um mögliche Intrigen gegen ihn zu vermeiden. Hier, lest selbst, was dieser Monsieur X. schreibt.« Sie reichte ihm den Brief.

»Hm, damit verhält er sich ganz *comme il faut* in Dresden. Niemand offenbart sich hier gern in seinen Ansichten und Parteinahmen. Zu gefährlich ist das, denn was heute als gut gilt, kann schon morgen verpönt sein. Aber das soll Euch nicht schrecken. Sein Vorschlag, Euch auf dem Larvenball heute Abend im Hause des Fürsten Fürstenberg zu treffen, ist tatsächlich eine gute Möglichkeit, sich unerkannt auszutauschen. Ich selbst habe eine Einladung zu diesem Fest, das der Fürst wohl hauptsächlich veranstaltet, um die gedrückte Stimmung in der Stadt ein wenig aufzuheitern. Als Statthalter von Kursachsen ist es schließlich seine Pflicht, den abwesenden Kurfürsten würdig zu vertreten und den heimischen Adel in dieser schwierigen Zeit bei Laune zu halten. Ein Larvenball bietet dafür die rechten Voraussetzungen. Im Schutz der Masken lassen sich so manche Vergnügungen genießen, ohne den eigenen Namen in Verruf zu bringen. Außerdem wird heute vom einfachen Volk die Walpurgisnacht mit ausgelassenen Gelagen gefeiert. Warum sollten sich die Damen und Herren bei Hofe dann nicht auch ein wenig verlustieren?« Lehmann grinste verschmitzt. »Lasst mich nur machen, Ruth. Miriam wird ein geeignetes Kostüm für Euch finden, da bin ich mir sicher, und die Kamelien, die Ihr als Erkennungszeichen im Haar tragen sollt, finden wir sogar in unserem Garten. Ich werde Euch kurzerhand als die Gattin eines niederländischen Reeders aus Amsterdam einführen. Ihr kennt die Stadt schließlich gut genug, um mögliche Fragen geschickt beantworten zu können. Auch wird dann niemand an Eurer doch eher nordischen Aussprache Anstoß nehmen oder gar Eure tatsächliche Herkunft erraten. Denn auch wir wollen schließlich niemandem unüberlegt Eure wahre Identität preisgeben. Zu gefährlich könnte das in diesem Spiel um Macht und Einfluss werden. Der Hof ist eine Mischung aus Tollhaus und Schlangengrube.«

Ruth staunte. So viel Chuzpe hatte sie von diesem sonst so nüchtern wirkenden Mann nicht erwartet. Nun verstand sie aber besser, warum nicht nur ihr Vater Lehmann schon geschätzt hatte, sondern auch der sächsische Kurfürst alias polnische König wusste, was er an ihm hatte.

Schon wenig später betrachtete Ruth einige festliche Roben, die Miriam ihr voller Eifer zeigte.

»Für einen Larvenball im Hause Fürstenberg empfehle ich Euch dieses Kleid.« Miriam hielt ihr ein verspieltes Kleid aus roséfarbenem Seidentaft an, das über und über von kleinen seidenen Rosenblüten in allen erdenklichen Farben bedeckt war. »Damit werdet Ihr ein wunderhübsches Blumenmädchen abgeben. Ich habe dazu auch eine passende Larve aus Seidentaft, die wunderbar Euren zarten Teint unterstreichen wird. Und in Euer Haar flechten wir wunschgemäß Kamelien aus unserem Garten ein. Sie stehen zurzeit in schönster Blüte.« Geschäftig hielt sie Ruth das Kleid an und rief dann sogleich eine Magd, damit diese es auf das Zimmer des Gastes bringe und Ruth auch bei der Anprobe helfe.

Ruth folgte der Magd und ließ sich in das festliche Kleid helfen. Kurz darauf klopfte Miriam an die Tür und besah sich, die Hände vor Entzücken zusammenschlagend, das angehende Blumenmädchen.

»Wunderschön, liebe Ruth! Ich ahne schon, dass alle Blicke auf Euch fliegen werden und Ihr Eure liebe Not damit haben werdet, die Galanterien der Herren im Zaum zu halten. Schließlich ist ein Larvenball eine Festivität, die galante Avancen nur so befördert.«

»Nicht für Avancen gehe ich dorthin, Miriam, sondern um endlich Neuigkeiten über Hinrichs Schicksal zu erfahren.«

»Ich weiß doch, mein Kind. Aber umso besser ist es, wenn Eure Tarnung als niederländische Reedersfrau rundum stimmig ist.«

Kaum hatte Miriam das Zimmer wieder verlassen, um noch weitere Vorbereitungen für das abendliche Ereignis zu treffen, half die Magd Ruth aus dem Kleid heraus. Dabei fiel ihr Blick auf Ruths Bauch, der bereits eine schwache, aber unverkennbare Wölbung im unteren Drittel zeigte.

Ruth sah sofort, dass sie die Wölbung richtig zu deuten wusste. Sie griff sie fest am Arm. »Kein Wort darüber, hast du mich verstanden?«

»Ich weiß gar nicht, was die gnädige Frau meinen«, stammelte die Magd erschrocken.

»Verkauf mich nicht für dumm. Du bist eine gute Magd. Deine Verschwiegenheit in dieser Sache will ich dir lohnen.«

Die Magd musterte sie argwöhnisch. Dann fasste sie augenscheinlich Mut. »Gnädige Frau können sich auf mich verlassen. Natürlich habe ich auch niemandem von den morgendlichen Kräutertees berichtet, die gnädige Frau sich täglich zubereiten lassen.«

Ruth schluckte. Daran hatte sie gar nicht gedacht. Natürlich hatte das Hauspersonal den Sud ihres Tees abgeräumt. Sein Geruch war sicherlich für jene unter ihnen, die bereits Mütter waren, nicht zu verkennen.

»Danke.« Ruth griff nach ihrer Börse und suchte ein paar Silberlinge heraus. »Sag, verstehst du dich aufs Nähen?«

Die Magd nahm schnell die ihr dargebotenen Geldstücke und nickte eifrig. »Sehr wohl, gnädige Frau. Sogar ganze Kleider vermag ich zu schneidern, wenn es vonnöten ist. So manchen Groschen habe ich mir damit schon hinzuverdient.«

»So magst du dir noch mehr hinzuverdienen, wenn du mir zwei von meinen Kleidern so abändern könntest, dass ich sie noch länger werde tragen können.«

»Sehr gern, gnädige Frau. Gebt sie mir nur unbesorgt mit. Ich werde mich des Nachts ungesehen in meiner Kammer daranmachen, sie Euch umzuändern.«

Ruth suchte aus ihrer Garderobe zwei Kleider aus und reichte sie ihr. Dann gab sie ihr noch ein paar Groschen. »Davon kaufe dir Kerzen, damit du bei der Arbeit genügend sehen kannst.«

Verschwörerisch lächelnd nahm die Magd die Kleider und das Geld und huschte dann aus dem Zimmer, um beides unbemerkt in ihre Kammer zu schaffen.

Sankt Petersburg im April 1706

In gestrecktem Galopp jagte das Dutzend Pferde mit den Offizieren in verdreckten Uniformen die Poststraße von Nowgorod nach Sankt Petersburg entlang. Die Straße war schlammig und hatte viele Schlaglöcher, aber die Pferde wichen ihnen geschickt aus. Es war eine weise Entscheidung gewesen, den Weg von Moskau nach Sankt Petersburg auf dem Pferderücken zurückzulegen, selbst wenn es ein anstrengender Ritt war. Aber Menschikow hatte nur wenig Zeit für die Stippvisite in der Hauptstadt seines Gouvernements abzweigen können. Der Zar wollte ihn schließlich so schnell wie möglich bei den Truppen sehen. Doch bevor er wieder auf unbestimmte Zeit im Felde war, musste er unbedingt Peters Anweisungen für den weiteren Aufbau der Stadt in die Wege leiten. Solche wichtigen Dinge, und es gab kaum wichtigere als einen solchen Ukas, durfte man auf keinen Fall an Untergebene weiterreichen. Menschikow kannte den Zaren. Würden seine Wünsche für den weiteren Ausbau der Stadt nicht eins zu eins umgesetzt, wäre der zu erwartende Tobsuchtsanfall kaum abzuwenden. Dann verbrachte er schon lieber einige Tage in Begleitung von ein paar treuen Offizieren im Sattel.

Der Weg wurde breiter und von immer mehr Karren befahren. Die Arbeiter kehrten auf die Baustelle zurück und mit ihnen der endlose Zug an Nahrungsmitteln, die allesamt von weit her herangeschafft werden mussten, denn die karge Region hatte nur wenig zur Versorgung der Männer beizutragen. Es war ein leidiges Problem, mit dem Menschikow als Generalgouverneur regelmäßig belästigt wurde.

Die Reiter dirigierten ihre Pferde vorsichtig an den Karren vorbei, um keinen unnötigen Unfall zu provozieren. Ohnehin waren es nur noch zwei Werst bis zum Ufer der Newa. Ihr Mittagessen würden sie schon in der Austerei auf der Peterinsel einnehmen können, und anschließend würde sich Menschikow mit Baumeister Trezzini besprechen. Der Mann wusste schließlich am besten, woran es auf der Baustelle fehlte und was er brauchte, um den Wünschen des Zaren nachzukommen. Um diese Wünsche anschließend erfüllbar zu machen, blieben Menschikow dann noch drei Tage, bevor er mit dem Schiff nach Narva und von dort aus über Land weiter in die Ukraine reisen würde. Was für eine Plackerei doch sein Leben manchmal war. Aber zum Glück war er jung, gesund und kräftig, und solange die Gnade des Zaren auf ihm ruhte, konnte ihm keine Unbill etwas anhaben.

Drei Stunden später betrat Menschikow satt und vom Wein wohlig entspannt die großzügige Banja, die in einem kleinen Gebäude hinter der Austerei für die Gäste eingerichtet war. Feuchtheiße Luft, durchmischt mit dem Duft frischer Birkenruten, schlug ihm entgegen. Zwei Knechte eilten herbei und halfen ihm beim Entkleiden, bevor er in einen warmen Badekübel stieg, um sich zunächst den gröbsten Schmutz der Reise abzuwaschen. Zwei weitere junge Burschen griffen sogleich nach weichen Heubüscheln, um ihm damit den Rücken abzuseifen.

Menschikow spürte die Anstrengungen der letzten Tage von sich abfallen. Sechshundertfünfzig Werst hatte er in der letzten Woche im Sattel zurückgelegt. Und in der nächsten Woche würde er an die tausend Werst in nur zehn Tagen bewältigen müssen. Aber bereits die Mongolen und später die Tataren hatten es den Russen vorgemacht, wie man über große Entfernungen schnell vorankam: mit zähen Pferden, genügend Poststationen und ohne Rücksicht auf wundgerittenes Fleisch. Obwohl Menschikow einerseits den Luxus liebte, genoss er körperliche Herausforderungen wie diese von Zeit zu Zeit sehr. Sie ließen ihn immer wieder in aller Deutlichkeit spüren, dass das Leben in ihm pulsierte. Nachdem die Burschen auch sein Haar gewaschen und gebürstet hatten, halfen sie dem Generalgouverneur aus der Wanne, trockneten ihn mit warmen Leinentüchern ab und reichten ihm dann ein weiteres frisches weißes Leinentuch, dass er sich lässig um die Hüfte band, um in den Schwitzraum zu gehen.

Auf einer der Bänke saß bereits ein schlanker Mann seines Alters, dem das blonde Haar mit langen Strähnen ins Gesicht fiel, das er vornübergebeugt mit den Händen abstützte.

»*Ztrawstwujte*«, donnerte Menschikow dem Mann gut gelaunt entgegen.

Der erhob sein Gesicht, sah den hohen Gast, mit dem er die Banja teilte, und beeilte sich, ihn mit Höflichkeiten zu bedenken.

Menschikow erkannte sofort den leichten Akzent in der Stimme und rief ohne Umschweife erfreut aus: »Ankermann, Ihr seid es! Was für eine Überraschung! Jemand wie Ihr hat mir heute gerade noch gefehlt.«

»Oh, dass Ihr mich selbst in dieser Blöße erkennt, ist beeindruckend, Herr Generalgouverneur.«

»Eure Stimme ist ja nicht entkleidet, und einen so findigen Kaufmann wie Euch vergesse ich bestimmt nicht. Ihr kommt mir gerade recht. Ich habe einen Berg von Aufgaben zu erledigen und einige davon dürften auch ein gutes Geschäft für Euch sein.«

Ankermann setzte sich aufrecht hin, strich das nasse Haar aus seinem Gesicht und schaute Menschikow erwartungsvoll an. »Mit Euch Geschäfte zu machen ist mir stets ein Vergnügen. Womit kann ich Euch dienen?«

»Ah, das ist eine Antwort, die mir gefällt. Die Liste meiner Wünsche ist lang. Seiner Majestät dem Zaren beliebt es, einen Palast für mich drüben auf der Wassili-Insel bauen zu lassen. Somit brauche ich alles, was für einen Palast nötig ist: Arbeiter, die ihn bauen, Holz für das Gerüst, Steine für die Mauern, Glas für die Fenster, Möbel und edle Stoffe für das Interieur und all die Dinge, die das Leben versüßen, bis der Palast dann eines Tages fertig ist.«

»Das lässt sich alles arrangieren, Herr Generalgouverneur.«

»Ihr seid ein Mann nach meinem Herzen, Ankermann. Lasst uns nach dem Schwitzbad gemeinsam zu Abend essen und die Einzelheiten besprechen. Schließlich gibt es nicht nur meinen künftigen Palast zu bauen. Zunächst einmal muss die Festung auf der Haseninsel mit Steinen befestigt werden. Der Zar hat einige neue Verordnungen erlassen, die für so ein großes Unterfangen hilfreich sind. So muss jetzt jedes Schiff und jedes Fuhrwerk, das die Stadt anläuft, Steine für die Stadtbauten liefern.«

»Als eine Art Sondersteuer?«

»Ganz genau. Darüber hinaus hat Zar Peter in seiner Weisheit auch die Salzsteuer weiter angehoben, damit die Staatskasse in Zeiten des Krieges nicht leerläuft.«

Ankermanns helle Augen blitzten auf. »Was für eine glückliche Verbindung.«

»Wie meint Ihr das?« Menschikow musterte den Kaufmann, dessen Spitzfindigkeit er bereits aus früheren Geschäften kannte und durchaus sehr schätzte.

Schließlich kümmerte Ankermann sich auch bereits seit Monaten um eine gewinnträchtige Anlage der zurückgehaltenen Subsidien für August II. und hatte damit schon so manchen Goldrubel in Menschikows Privatschatulle rollen lassen.

»Zusammengenommen dürften diese Maßnahmen viel Geld in die Kasse spülen.«

»Wollen wir es hoffen, Ankermann. Geld kann ich immer gebrauchen.«
»Wie erfreulich zu hören, Herr Generalgouverneur. Dann lasst uns heute Abend eingehender darüber reden.«

Dresden im Mai 1706

Durch die hohen Fenster des Fürstenbergschen Hauses am Schlossplatz schimmerte das warme Licht Hunderter Kerzen, die den Ballsaal erleuchteten. Ruth betrat das Palais am Arm des Hoffaktors Lehmann. Er hatte sich in das verwegene Kostüm des Malefizbarons gehüllt, das aus einem grünen Samtrock, hohen Stulpenstiefeln und einem mit Federn geschmückten Hut bestand, wie ihn die Hauptmänner der Dragoner trugen. Anstatt einer Larve bedeckte eine große Augenklappe einen Teil seines Gesichts und verlieh ihm einen abenteuerlichen Ausdruck. Ruth hingegen strahlte als Blumenmädchen betörende Frische aus. Der roséfarbene Seidentaft schimmerte sanft und umspielte die auf ihm drapierten Seidenrosen. Ihr schwarzes Haar war kunstvoll aufgesteckt und durchwirkt von blutroten Kamelien, die wie ein Kranz hineingeflochten waren. Ihre Augenpartie wurde von einer roten Seidenlarve verdeckt, deren Ränder an Blütenblätter erinnerten. Ein zarter Korb aus weiß gekalktem Weidengeflecht, gefüllt mit roten Kamelien, der über ihrem Arm hing, rundete ihre Erscheinung ab.

Livrierte Diener in weiß gepuderten Perücken geleiteten das Paar in den Ballsaal, wo der Hausherr, der Statthalter Anton Egon Fürst von Fürstenberg, soeben seine Gäste begrüßte. Er hatte sich als Räuberhauptmann kostümiert und dabei ungeniert dem Prunk des Überladenen gefrönt. Ruth konnte kaum ein Schmunzeln unterdrücken, hatte Lehmann ihr zuvor doch erzählt, dass Fürstenberg von so manchem adligen Herrn tatsächlich als Räuber beschimpft wurde, da er mit der kursächsischen Staatskasse während der Abwesenheit Seiner Majestät so lässig umging, dass man meinte, sie sei ein Sack voller Löcher. Schon kam der Räuberhauptmann auf die beiden zu und bat darum, dem entzückenden Blumenmädchen vorgestellt zu werden. Lehmann verstand es geschickt, in die Vorstellung die vermeintliche niederländische Herkunft seiner Begleiterin einfließen zu lassen. Schon kurz darauf entführte der Räuberhauptmann sie auf die Tanzfläche.

Wie im Rausch drehte sich das hübsche Blumenmädchen zwischen Hexen, Feen, Nymphen, Satyrn, Räubern, Harlekinen, Sultanen, ja sogar Mohren durch den erleuchteten Saal, an dessen Rändern weitere Damen und Herren in den ausgefallensten Kostümen und mit geheimnisvollen Larven standen und angeregt miteinander plauderten. Zwar war dies keineswegs der erste Ball, den Ruth Wrangel besuchte, wohl aber ihr erster Larvenball. Der Schutz der Masken sorgte tatsächlich unwillkürlich für eine Lockerung der Etikette und erlaubte Galanterien jeglicher Art. Auch der Räuberhauptmann, der sie elegant durch den Saal gleiten ließ, machte ihr ungeniert charmante Komplimente. Aber schon nach dem zweiten Mal bat ein venezianischer Gondoliere um einen Tanz mit ihr, und der Hausherr, der sich auch um andere Gäste zu kümmern hatte, gab sie mit einem wehmütigen Lächeln frei.

»Ihr seid ein bezauberndes Blumenmädchen, Mademoiselle. Der Liebreiz Eurer Erscheinung harmoniert aufs trefflichste mit dem blühenden Schmuck in Eurem Haar.«

Ruth horchte auf. Mochte der Gondoliere jener sein, der eine Botschaft für sie hatte?

»Ihr müsst neu hier in Dresden sein, denn eine Schönheit wie Ihr wäre mir, gleich hinter welcher Maske sie ihr Antlitz auch verbirgt, immer aufgefallen.«

»Ja, wirklich, ich bin erst seit wenigen Tagen in der Stadt. Ich stamme aus …«

»Nein, verratet es mir nicht, holde Schönheit.«

Ruth spürte, wie seine Hand an ihrer Schulter sanft hin und her strich.

»Lasst es mich raten. Dem bezaubernden Klang Eurer Stimme nach zu urteilen, stammt Ihr aus dem Norden. Womöglich aus dem Dänischen?«

Ruth lächelte ein wenig beklommen. »Nein, aus Amsterdam.« Sie spürte, dass die kleine Lüge ihr die Röte in die Wangen trieb. Aber ihr Gondoliere schien dies eher als Zeichen von Schüchternheit zu interpretieren.

»Mein Gemahl«, fuhr sie etwas mutiger fort, »ist Reeder und geschäftlich mit Dresden verbunden. Er wird mir hoffentlich in wenigen Tagen nachreisen.« War das geschickt? Wenn er derjenige wäre, der eine Nachricht für sie hatte, würde er jetzt glauben, sich in ihr und den Kamelien im Haar getäuscht zu haben?

»Möge er sich nicht zu sehr beeilen, denn sonst raubt er den Herren Dresdens eine wahre Freude.« Wieder glitt seine Hand ein wenig zu zärtlich an ihrer Schulter entlang. »Allein dass er Euch schon ganz ohne Begleitung an den Dresdener Hof ließ, zeugt von einer gewissen Ignoranz der hiesigen Verhältnisse.« Der Gondoliere lächelte verschmitzt.

»Was meint Ihr damit?«

»Nun, Seine Majestät, der König von Polen, hat hier einige neue Manieren eingeführt. So ist die Mätresse hoffähig geworden. Ihr habt doch sicherlich von Anna Constantia von Cosel gehört, der Mätresse *en titre* Seiner Majestät?«

Ruth schüttelte den Kopf.

»Gräfin Cosel ist eine wirklich bezaubernd hübsche Frau, auch wenn Ihr, Madame, es an Grazie mit ihr aufnehmen können dürftet. In ihren neuen Stand als Mätresse *en titre* geriet sie mehr oder minder durch die Prahlerei ihres vormaligen Gatten. Eines Tages geschah es, dass ihr Mann gemeinsam mit dem König und einigen anderen edlen Herren beisammen war und man sich genüsslich über die Vorzüge von Mätressen austauschte. Alle Herren waren sich einig, nur jener eine meinte, er habe eine so wunderbare Frau, die bei einem Mann keine Wünsche offenlasse, sodass er keiner Mätresse bedürfe. Als der König dies vernahm, wollte er jene wundersame Dame kennenlernen. Kaum war dies geschehen, könnt Ihr Euch wohl denken, wie die Geschichte weiterging.«

»Die Dame wurde die Geliebte des Königs?«

»Nein, nicht einfach die Geliebte. Im vergangenen Jahr holte Seine Majestät sie hierher an den Hof und machte sie zur Mätresse *en titre.* Vor kurzem erst wurde ihre Scheidung vollzogen, und schon ist die Geschiedene selbst in den Reichsgrafenstand erhoben und nennt sich jetzt Gräfin Cosel. Dabei stammt sie ursprünglich aus einer nicht standesgemäßen Ehe. Ihr seht also, Madame, hier in Dresden haben schöne Frauen wie Ihr wunderbare Möglichkeiten, eine galante Karriere zu machen.«

Ruth lächelte beklommen, wusste sie doch nicht, was sie darauf antworten sollte. War dies der Mann, der ihr helfen wollte, Neuigkeiten über Hinrich herauszufinden? Warum kam er dann nicht zur Sache, sondern parlierte über schöne Frauen und ihre Liebschaften und tanzte derweil unermüdlich mit ihr durch den Saal? Während sich der Gondoliere bereits weiter über die Vorzüge des höfischen Lebens in Dresden ausließ und von den vielen amüsanten Vergnügungen schwärmte, spürte Ruth, wie ein leichter Schwindel von ihr Besitz ergriff. Die Lichter der vielen Kerzen verschwammen vor ihren Augen zu kleinen funkelnden Sternen, die Musik vermischte sich mit den Stimmen zu einem gleichmäßigen Rauschen, und ihr schien, dass sie schon beinahe über das glänzende Parkett schwebte. Der Ballsaal, das ganze Fest wurde immer unwirklicher.

Überall sah sie die Vertreter der Dresdener Elite in närrischen Kostümen mit bunten Larven vor den Gesichtern sitzen, stehen oder tanzen. Sie plauderten so gelassen, als könnte nichts und niemand ihre Welt erschüttern. Dabei führte dieses Land doch Krieg, und man hatte vor wenigen Tagen noch die eigenen Offiziere strengstens mit Ruten gezüchtigt. Aber vielleicht war das eine andere Welt.

Ruth verspürte auf einmal den Drang, sich fallen zu lassen in die Geborgenheit dieser adligen Gesellschaft, in den Schutz, den all der Wohlstand hier bot. Dresden verströmte in diesem Moment eine betörende Annehmlichkeit, wie sie es in Hamburg noch nie verspürt hatte. Hier als Dame von Stand zu leben musste angenehm sein. Was hatte Lehmann noch gesagt? Er könne ihr helfen, wenn sie hierher wollte?

Ein heftiges Zwicken im Unterleib riss Ruth aus ihrer Träumerei. Sie zuckte zusammen.

Ihr Gondoliere hielt inne und geleitete sie an den Rand der Tanzfläche. »Ist Euch nicht wohl, Madame?«

»Nur ein leichter Schwindel. Das vergeht schon wieder.«

»Ihr solltet Euch setzen und ein wenig ausruhen. Ich werde Euch zu einem Stuhl bringen.«

Während er sie behutsam auf eine Sitzgruppe zuführte, kam der Malefizbaron alias Lehmann auf sie zu und übernahm die Sorge um Ruth.

Kaum hatte sich der Gondoliere entfernt, raunte ihr Lehmann ins Ohr: »Geht es Euch gut, Ruth? Ihr seid ganz blass. Habt Ihr schlechte Neuigkeiten von dem Mann erhalten?«

Ruth schüttelte den Kopf und winkte sachte ab. »Kein Wort hat er zu der Sache verlauten lassen, doch umso mehr Galanterien in mein Ohr geflüstert.«

Auf einmal ertönte eine Fanfare. Der Räuberhauptmann, gestützt von zwei Lakaien, rief der bunten Schar seiner Gäste mit vom Wein befeuerter Stimme zu: »Lasst uns ein paar Füchse prellen!«

»Füchse prellen? Was ist das?«, wandte sich Ruth an Lehmann.
Er verzog das Gesicht zu einer Grimasse. »Eine bevorzugte Vergnügung hier am kursächsischen Hof. Lasst Euch überraschen.«
Schon drängten sich Harlekine, Räuber, römische Feldherren, Satyrn, Feen, Nymphen, Bauernmädchen und griechische Göttinnen sowie Kalifen, Ritter und morgenländische Mohren durch die inzwischen geöffneten Terrassentüren nach draußen auf den Hof.
Ruth und Lehmann folgten ihnen.
Der Hof war von brennenden Fackeln hell erleuchtet. Quer über den Boden waren dicht hintereinander über zwanzig Fuß lange Netze ausgelegt. Wie von einer unsichtbaren Choreographie geleitet, stellten sich die Gäste an den jeweiligen Enden der Netze auf, an denen Greifschlingen angebracht waren. So ergab sich an jedem Netz ein Paar. Ruths Partner am anderen Ende des Netzes war ein junger, gut gebauter römischer Legionär, dessen lederner Brustpanzer seine Figur vorteilhaft betonte.
Er lächelte sie freundlich an und verbeugte sich leicht. »Welch eine Freude, einem so entzückenden Blumenmädchen beim Fuchsprellen behilflich zu sein. Die Kraft meiner Legionen möge in meine Arme schießen, um gemeinsam mit Euch die anderen Paare zu übertreffen.«
Ruth blickte den jungen Mann, dem dunkelbraune Locken unter dem Helm heraus auf die Schultern fielen, nur fragend an. »Was gilt es denn zu tun?«
»Seht Ihr die Käfige dort hinten? In ihnen warten schon mehrere Dutzend Füchse. Gleich werden sie freigelassen und durch die Gasse gejagt, die wir hier gerade bilden. Dann heißt es aufpassen und im rechten Moment an der Schlinge ziehen, um das Tier im Netz zu fangen und möglichst hoch hinauszuschleudern.«
Ruth betrachtete ihr Gegenüber ungläubig. Aber ein Herr ne-

ben ihr im Gewand eines Kalifen bestätigte die Ausführungen des jungen Legionärs. »Das ist ein großer Spaß, Mademoiselle. Ihr glaubt gar nicht, welch ein Vergnügen es bereitet, den Tieren bei ihrem Flug zuzuschauen.«
Ruth schüttelte entgeistert den Kopf. Aber da ertönte schon das Trompetensignal zur Öffnung der Käfige.
»Schnell, Mademoiselle, ergreift die Schlinge!«, forderte der Kalif sie auf. »Wenn ein Fuchs ins Netz läuft, dann müsst Ihr tüchtig ziehen!«
Die ersten Füchse rannten schnurstracks unter Jubel und anfeuerndem Geschrei aus den Käfigen heraus über den Platz. Plötzlich spannten sich die Netze, noch einige Sprünge vor Ruths Position, und ein Fuchs flog aufjaulend in die Höhe.
Ruth traute ihren Augen nicht. Doch bevor sie begreifen konnte, was sie da sah, stürzte das Tier aus wohl dreißig Fuß Höhe auf den gepflasterten Hof.
»So könnte es Euch auch ergehen, falls Ihr weiter in Angelegenheiten herumstöbert, die Euch nichts angehen. Wenn noch ein Funke Vernunft in Euch ist, Frau Wrangel, dann fahrt nach Hause und fügt Euch in Euer Schicksal, bevor jenes sich erneut wendet und Euch mit noch mehr Leid bedenkt.«
Ruth gefror das Blut in den Adern. Eine eiskalte Hand hatte ihren Arm umfasst, während eine unscheinbare Männerstimme ihr die Drohung ins Ohr geflüstert hatte. Sollte das die Botschaft sein, die ihr angekündigt worden war? Bevor sie einen klaren Gedanken fassen konnte, schlug der nächste Fuchs vor ihren Füßen auf. Blut spritzte aus seinem zerschmetterten Schädel. Das erhitzte Gekreische der Damen um sie herum wurde noch greller. Schon flog ein weiteres Tier in die Höhe, dann noch eins.
»Los, Mademoiselle, zieht!« Der junge Legionär riss kräftig am Netz, sodass es sich straff spannte und den Fuchs, der gerade hinüberhuschte, in die Höhe warf.

Ruth wäre, von dem plötzlichen Ruck überrascht, beinahe gestolpert, hätte sie nicht ein helfender Arm festgehalten. Entsetzt sah sie dem Tier hinterher, das plötzlich seinen Kopf wandte, sodass sich ihre Blicke trafen. Angst, Panik und Entsetzen schrien ihr aus den braunen Mandelaugen entgegen und nahmen ihr den Atem. Doch schon stürzte der kleine Körper auf die Pflastersteine. Der Fuchs drehte sich und versuchte wieder auf die Beine zu kommen. Aber sein Hinterlauf gehorchte ihm nicht. Mit angelegten Ohren und gesträubtem Fell, die verletzte Pfote nachschleifend, humpelte er so schnell er konnte fort. Aber schon spannte sich das nächste Netz unter ihm und schleuderte ihn erneut in die Höhe.
Ruth schloss entsetzt die Augen und versuchte einen klaren Gedanken zu fassen. Wer hatte sie soeben bedroht und warum? Wem konnte sie, die Frau eines Hamburger Prokurators, so gefährlich werden, dass man einen derartigen Druck ausübte? Und was waren das für Menschen um sie herum? Amüsierte man sich so bei Hofe? Ruth hatte zwar schon viel gesehen von der Welt, aber ein solches Treiben hatte sie weder bei den reichen Bankiers in Amsterdam oder London noch in den Häusern der hanseatischen Patrizierfamilien erlebt. Selbst die derbsten Jahrmarktsvergnügungen, denen sie als Kind heimlich mit ihrer Amme zugesehen hatte, reichten an dieses grausame Spektakel nicht heran.
Erneut stürzte ein Tier vor ihr auf den Boden. Der Kopf war unnatürlich verdreht, die Augen waren halb geschlossen, die Zunge hing aus dem noch bebenden Fang.
»Das ist wahrlich kein Vergnügen für jedermann, Kameliendame.«
Diesmal wollte sich Ruth umdrehen, um nicht noch einmal einem Fremden die Gelegenheit zu bieten, ihr Drohungen ins Ohr zu flüstern. Aber eine Hand drückte sanft ihren Arm.

»Habt keine Angst, aber wendet Euch bitte nicht um. Je weniger ein jeder von uns vom anderen weiß, desto besser ist es. Verliert Euer hübsches Weidenkörbchen nicht und bringt es wohlbehalten und gefüllt zurück in Euer Quartier. Viel Glück, Madame. Möge der Herr Euch beschützen.«
Ein erregtes Zittern erfasste Ruth. Dies musste der richtige Mann sein, der den Kontakt zu ihr gesucht hatte.
»Was habe ich nun zu tun?«, fragte sie in flüsterndem Ton. Aber sie bekam keine Antwort. Auch die Hand war von ihrem Arm verschwunden. Sie drehte sich um. Durch die Reihen der am Rande stehenden Lakaien schritt ein groß gewachsener Mann in einem schwarzen Umhang. Eine weite Kapuze bedeckte sein Haupt.
»Mademoiselle, was ist mit Euch? Ihr müsst doch tüchtig ziehen, sonst fliegen die Füchse nicht!« Der junge Legionär schaute sie aufmunternd an.
»Verzeiht, aber mir ist nicht recht wohl. Ich bitte Euch höflich, die Partie mit einer anderen Alliance zu beenden.«
Ohne eine Antwort abzuwarten, ließ Ruth die Schlinge fallen und zog sich aus der Reihe zurück. Sie drückte das Weidenkörbchen an sich. Hatte sie die Worte des Mannes recht gedeutet, so hatte er eine Nachricht für sie hineingelegt. Mit einem Schlag waren die finsteren Drohungen, die sie nur wenige Minuten zuvor gehört hatte, vergessen.
Keine Stunde später hielt die Lehmannsche Kutsche vor seinem Haus, und die Diener halfen Ruth und dem Hausherrn hinaus. Noch in voller Kostümierung eilten die beiden in Lehmanns Kabinett, wo Ruth ihr Körbchen auf den Schreibtisch stellte und seinen Inhalt prüfte. Unter den roten Kamelien lag ein versiegelter Brief.

* * *

*Verehrte
Frau Wrangel,
mit Entsetzen und tiefem Kummer vernahm ich den furchtbaren Schicksalsschlag, der Euch und Eurem hoch geschätzten Gatten widerfahren ist. Mir blutet das Herz, und ich raufe mir die Haare bei dem Gedanken, dass ein so hervorragender Doktor der Jurisprudenz wie Hinrich Wrangel im Kampf um meine Verteidigung in ein solches Verderben gestürzt wurde. Einem Schreiben von Professor Thomasius, das mich glücklicherweise hier in meinem elenden Kerker erreichte, konnte ich entnehmen, dass Ihr, gnädige Frau, die Hoffnung auf ein Überleben Eures Mannes nicht aufgegeben habt, sondern tatsächlich eine verschwörerische Entführung vermutet.*

Ja, seid gewiss, ich kann Eure Hoffnung verstehen und sogar zu einem gewissen Grade teilen. Denn meine Feinde sind überall und zögern nicht vor der hinterhältigsten List zurück, um mir zu schaden. Aus diesem Grunde bin ich ja ein so elender Gefangener auf dieser Burg. Doch mein größter Feind sitzt nicht in Dresden, sondern auf dem schwedischen Thron. So scheint es mir keineswegs ausgeschlossen, dass der lange Arm Seiner Majestät Karls XII. auch nach einem freien, unbescholtenen und ehrenwerten Hamburger Bürger langt, wenn er dadurch seine Rache an mir laben kann. Da Euer Gatte in der Nähe von Königsberg überfallen wurde, ist dies umso wahrscheinlicher, denn die schwedischen Truppen durchqueren jene Regionen zuhauf, um ihren finsteren Krieg gegen meinen hochverehrten Dienstherrn, Seine Majestät Zar Peter von Russland, zu führen.

Doch kann ich Euch beim besten Willen nicht raten, Euch ehrerbietig an den Schwedenkönig zu wenden, denn Seine Majestät ist bekannt dafür, dass sich sein Herz für Damen nicht

erweicht und er von einem einmal gefassten Entschluss niemals abweicht.
Verzeiht mir, Euch keine günstigere Antwort auf Euer Bittgesuch an mich geben zu können. Doch wünsche ich Euch von ganzem Herzen Gottes Segen und Hilfe bei Eurer mutigen Suche nach Eurem Gemahl. Möge der allmächtige Vater Euch behüten und beschützen und ein gnädiges Schicksal gönnen.

Mit meinem tiefsten Mitgefühl
und höchster Hochachtung,
Euer Johann Reinhold von Patkul

PS: Habt die Güte und verbrennt dieses Schreiben, nachdem Ihr es gelesen habt, um sowohl den Boten als auch Euch selbst vor den gefährlichen Folgen des verbotenen Kontaktes mit mir zu schützen.

Niedergeschlagen ließ Ruth den Brief in ihren Schoß sinken.
»Ist die Nachricht schlecht, liebe Ruth?« Lehmann betrachtete sie mitfühlend.
»Lest selbst, bevor ich das Schreiben den Flammen übergebe.«
Lehmann nahm den Brief, musterte prüfend das Siegel und überflog die Zeilen. »Weder schlecht noch gut, jedoch keine rechte Hilfe, wie mir scheint«, fasste er seinen Eindruck anschließend zusammen.
Ruth nickte, während Lehmann den Brief zusammenfaltete.
»Aber das Siegel ist echt«, fügte er tröstend hinzu. »Schon damit habt Ihr viel erreicht. Es ist Euch gelungen, mit Patkul Kontakt aufzunehmen.«
»Aber außer pathetischen Worten habe ich keine Hilfe erhalten.«

»Die Hilfe, liebe Ruth, wird nur Gott Euch geben können.«
Sie schaute ihn verdutzt an. Issachar, der Jude, empfahl ihr den Christengott?
Als ob er ihre Gedanken erriete, fuhr er fort: »Der eine Gott, liebes Kind. Der, der Euch liebt, ganz gleich, in welches Gotteshaus Ihr auch geht, um zu ihm zu beten. Habt Vertrauen in seine Stärke. Er wird Euch führen, so wie er das Volk Israel durch die Wüste Sinai führte. Er wird Euch beschützen, so wie er Moses im Weidenkörbchen beschützte. Und er wird Euch nicht verlassen, so wie er Jesus nicht verließ nach seinem Tod, sondern ihn zu sich an seine Seite holte, wie das Christentum es lehrt. Habt Vertrauen in diesen großen Gott, denn er wird Euch auch durch dieses finstere Tal führen, durch das Ihr jetzt wandern müsst.«
Ruth konnte nur mit Mühe die Tränen zurückhalten. Wie gern hätte sie sich einfach fallen lassen und ihrem Kummer und Schmerz ganz hingegeben. Wie gern hätte sie von ihrer Sorge um das ungeborene Leben in ihr gesprochen, von ihrer Angst vor der Zukunft. Aber noch größer als dieser Wunsch war ihre Furcht, damit den letzten Rest ihrer Hoffnung auf Hinrichs Überleben aufzugeben. So nahm sie den Brief aus Lehmanns Händen und hielt ihn in die Flammen des Kaminfeuers. Als der letzte Rest des Papiers sich in schwarzgraue Ascheflocken verwandelt hatte, schluckte sie noch einmal und straffte dann ihren Rücken.
»Habt Dank, Issachar, für Eure Worte und Eure Freundschaft. Ich weiß beides aus tiefstem Herzen zu schätzen. Doch jetzt bin ich erschöpft und müde. Morgen werde ich entscheiden, wie es weitergehen soll.«
»Ist gut, Ruth. Und bedenkt dabei auch meinen Vorschlag, den ich Euch bei Eurer Ankunft machte: Euch womöglich im Kursächsischen heimisch niederzulassen. Die Lebensqualität

hier ist einfach vorzüglich. Ich stünde Euch mit Rat und Tat zur Seite.«

Ruth sah vor ihrem inneren Auge wieder die Füchse auf die Pflastersteine prallen. Aber sie nickte tapfer und zog sich auf ihr Zimmer zurück.

Ingermanland im Mai 1706

Die Wellen schlugen im gleichförmigen Rhythmus an die Bordwand des schäbigen Seelenverkäufers, der in einer geschützten Bucht vor Anker lag. Er konnte nicht sagen, wie viele Tage und Nächte er angekettet und zusammengepfercht mit anderen trostlosen Gestalten unter Deck verbracht hatte. Hin und wieder wurde eine Luke geöffnet, und ein kräftig gebauter Kerl brachte einen Eimer mit Trinkwasser oder einen Kessel mit fadem Brei. Die meiste Zeit hatte er in einem elenden Dämmerzustand verbracht oder gnädig geschlafen. Jetzt aber hörte er deutlich das Geschrei von Möwen. Sie mussten in der Nähe der Küste sein. Auf Deck nahm die Geschäftigkeit zu. Er hörte Schritte und schleifende Geräusche, als ob etwas über die Planken gezogen wurde. Kurz darauf öffnete sich die Luke, und zwei Männer kletterten herab, lösten die Ketten und zogen ihn und die anderen Jammergestalten mit groben Gesten und Worten, die er nicht verstand, von ihren Plätzen. Er taumelte die steile Stiege hinauf. Als ihm plötzlich die Sonne grell ins Gesicht schien, wäre er beinahe vor Schreck abgerutscht, aber sein Hintermann verhinderte es und maulte ihm etwas Unverständliches entgegen.

Eine halbe Stunde später hatte er festen Boden unter seinen nackten Füßen. Die Landschaft um ihn herum wirkte öde. Sumpfiges Marschland mit viel Schilf und gedrungenen Büschen. Ein gutes Stück entfernt konnte er einige Birken ausmachen. Doch zur weiteren Erkundung blieb ihm keine Zeit. Die Kerle, die sie aus dem Unterdeck des Schiffes geholt hatten, trieben sie zusammen und fuchtelten dabei drohend mit Lederknuten.

Ihm war schwindelig. Seine Glieder schmerzten. Den Kopf und die Schultern konnte er kaum bewegen. Immerhin ging es seiner Hand, die mit einigen Schnittwunden versehen war, schon besser, sodass er einigermaßen greifen konnte. Im Gänsemarsch setzte sich der Jammerzug in Bewegung. Der Weg war ein ungleichmäßig ausgetretener und matschiger Trampelpfad. Er fand mit seinen Füßen nur mühsam Halt. Immer wieder stach ihm ein Stock oder Stein in die Fußsohlen, und ein bohrender Schmerz durchfuhr ihn. Den anderen schien es nicht viel besser zu ergehen. Einige hatten sich Lappen um die Füße gebunden, mit denen sie etwas leichter vorankamen. Nach einer schier endlosen Weile trafen sie in einem Lager ein, dessen Anblick ihm den Atem benahm.

So weit das Auge reichte, sah er aus Erdsoden aufgeschüttete Hütten, denen zusammengebundener Schilf als Dach diente. Zwischen den Hütten waren kleine Feuerstellen. Einige von ihnen qualmten und wärmten kleine Tontöpfe, in denen eine breiartige Plörre blubberte. Zwischen den Erdhütten und den Feuerstellen hockten Menschen, in Lumpen gehüllt, die Gesichter grau, Bart und Haare wild zerzaust, mit finsterem, teils trostlosem Blick, Lappen um die Füße gebunden, in den Händen hölzerne Löffel oder einfach nur Stöckchen, mit denen sie in den Töpfen rührten. Obwohl eine leichte Brise ging, roch man den fürchterlichen Gestank, der von diesen Gestalten ausging.

Soweit er es auf die Entfernung beurteilen konnte, waren die meisten von ihnen Männer. Er vernahm auch Stimmen, hörte die Leute reden, sogar streiten, verstand aber nicht, was sie sagten. Sie sprachen eine ihm unbekannte Sprache, ebenso wie die Männer, die ihn mit den anderen zusammen hierhergetrieben hatten. Schon hörte er wieder einen der Antreiber schimpfen und die Lederknute schwingen. So setzte er sich mühsam in

Bewegung. Sein Magen knurrte, und sein Mund war ausgedörrt. Seit Stunden hatte er weder zu essen noch zu trinken bekommen.

Ihr Trupp durchquerte das Lager, an dessen Ende eine etwas größere Hütte stand. Hier kamen sie zum Halten. Ein bärtiger Mann in Offiziershosen und hohen Stiefeln trat im Unterhemd aus der Hütte und musterte die vor ihm aufgereihten Gestalten abschätzig. Dann wandte er sich in einem bellenden Tonfall an die Männer mit den Knuten. Schließlich ging er die Elendsreihe ab und begutachtete die Leute eingehend. Ihm riss er das Kinn hoch und drehte den Kopf in beide Richtungen. Er stöhnte. Der Bärtige spuckte vor ihm aus, griff dann nach seiner verletzten Hand und drehte die Wunde dem Licht zu. Kopfschüttelnd ließ er die Hand fallen und wandte sich dem Nächsten in der Reihe zu.

Nachdem er alle abgetastet hatte, löste er einen ledernen Beutel von seinem Gürtel und warf ihn einem der Männer mit den Knuten hin. Dann brüllte er den Aufgereihten etwas Unverständliches zu und deutete auf einen Verschlag neben seiner Hütte.

Er verstand nichts, trottete den anderen aber hinterher, die sich jeder aus dem Verschlag eine Schaufel, eine tönerne Schüssel und einen Jutesack nahmen. Direkt neben dem Verschlag stand eine Tonne, die bis zur Hälfte mit Getreidekörnern gefüllt war. Nacheinander füllten sie damit ihre Schüsseln und humpelten weiter zum Rand des Lagers, um sich einen Platz zum Ausruhen zu suchen.

Er wusste nicht, was er mit den Körnern anstellen sollte. Er nahm ein paar in den Mund und kaute auf ihnen herum. Wenigstens lösten sie einen verhaltenen Speichelfluss aus, der die Trockenheit aus der Mundhöhle vertrieb. Ein alter Mann neben ihm, dem das linke Auge fehlte, hatte einen kleinen Eimer mit Wasser herbeigeschleppt. Woher bloß? Er schaute durstig auf die Flüssigkeit. Der Mann grunzte böse und hielt schützend seine Hand darüber. Dann führte er den Eimer zum Mund und trank in großen Schlucken. Anschließend füllte er das Wasser zum Getreide in der Schüssel und klaubte Blattwerk und Stöcke vom Boden zusammen. Nicht weit von ihnen brannte ein kleines Feuer. Der Alte erhob sich stöhnend und humpelte hinüber.

Er nutzte die Gelegenheit, griff nach dem Wassereimer und hielt ihn sich gierig an die Lippen. Das Wasser schmeckte erdig und salzig, aber nicht so faulig wie auf dem Schiff. Plötzlich spürte er ein gewaltiges Stechen in der Seite. Der Alte hatte ihm seine Schaufel in die Lende geschlagen und brüllte auf ihn ein. Er ließ den Eimer los und krümmte sich vor Schmerzen auf dem Boden.

Der Alte hockte sich gleichmütig wieder an seinen Platz und hielt ein brennendes Stöckchen in den kleinen Haufen Zweige, den er zuvor aufgeschichtet hatte. Als das Feuer brannte, stellte er seine Schüssel darauf und rührte den Körnerbrei mit einem Stöckchen um.

Er schaute ihm mit schmerzverzerrtem Gesicht zu. Weil er es nach einer Weile vor Hunger nicht mehr aushielt, stopfte er sich ein paar trockene Körner in den Mund und versuchte sie zu kauen.

Der Alte warf ihm einen argwöhnischen Blick zu und schüttelte den Kopf.

Er griff nach seiner Schlüssel und wollte etwas sagen, brachte aber kein vernünftiges Wort hervor, nur ein unverständliches Geröchel, wie ihm schien.

Der Alte nickte plötzlich, murmelte etwas Unverständliches und füllte auch seine Schüssel mit Wasser aus dem Eimer. Dann stellte er sie ebenfalls in die Flammen, reichte ihm ein Stöckchen und nickte ihm zu.

Eine Weile rührten sie gemeinsam in ihren Schüsseln, bis die Körner zu einem dicken grauen Brei aufgequollen waren. Der Alte nahm seine Schüssel geschickt von der Flamme und schob sie zwischen seine Knie. Er wollte es ihm gleichtun. Aber als er die Schüssel berührte, schrie er vor Schmerz auf: Er hatte sich die Finger an dem heißen Steinzeug verbrannt.

Der Alte schüttelte fluchend den Kopf.

Er hüllte seine Hand in den Lumpenfetzen, der ihm als Hemd diente, und konnte so die Schüssel aus dem Feuer ziehen. Nachdem er den faden, klebrigen Brei mit Hilfe seiner Finger aufgegessen hatte, sank er erschöpft auf die Seite und schlief auf der Stelle ein.

Er steht in einem Saal, der von unendlich vielen Kerzen erleuchtet wird. An den hohen Wänden hängen Spiegel, die das warme Licht noch vervielfachen. Um ihn herum stehen viele Menschen. Wohlgekleidete Herren, einige von ihnen in Offiziersuniform, und Damen in schönen Roben und kunstvoll verzierten Perücken. Sie tanzen um ihn herum und bewegen sich dabei so anmutig, dass er den Blick nicht von ihnen lassen kann. Auf einmal entsteht eine Gasse zwischen den Tanzenden, und eine schöne junge Frau mit schwarzem Haar und milchweißem Gesicht tanzt allein auf ihn zu. Sie dreht sich dabei um sich selbst, und jedes Mal, wenn ihr Gesicht in seine Richtung zeigt, hält sie ihm einladend ihre zarte kleine Hand hin. Dabei lächelt sie ihn an und nickt ihm auffordernd zu. Er macht einen Schritt auf sie zu, verliert den Boden unter den Füßen, schwebt. Er streckt ihr ebenfalls seine Hand entgegen. Doch bevor sich ihre Finger berühren, reißt ihn eine gewaltige Kraft in die Tiefe, zieht ihn durch den Boden hindurch, wirft ihn durch eine Wagentür hinaus auf einen schmutzigen Weg. Er fällt auf einen Körper, der mit dem Gesicht nach unten dort liegt. Auf einmal dreht der Körper seinen Kopf, und ein mit Blut verschmiertes Gesicht stöhnt: »Hunger und Not – und kein gerechter König weit und breit, der seine Untertanen schützt.«

Dresden im Mai 1706

Schweißnass schreckte Ruth aus dem Schlaf. Sie zitterte. Es war Hinrich gewesen. Er hatte sie gerufen. Er hatte geweint. Es war seine Stimme.

Sie rieb sich die Augen, zog die Bettdecke höher. Es war nur ein Traum gewesen. Aber sie hatte ihn doch so deutlich gehört! Er hatte ihren Namen gerufen, immer wieder. Aber ihn selbst hatte sie nicht gesehen. Sie hatte nur Sumpf und Wasser wahrgenommen, Schilf und Gras, den Himmel und einen Vogel, der im Gras saß und sie anstarrte. Und seine Stimme, Hinrichs Stimme. »Wo bist du?«, hatte er gerufen. Ein Schauer lief ihr über den Rücken. Konnte ein Traum so klar, so deutlich sein? Sie hatte Hinrich mit ihren eigenen Ohren gehört. Das Zittern in seiner Stimme vernommen. Sie hatte die salzige Luft geschmeckt.

Erschöpft ließ sie sich zurück in ihr Kissen sinken. Es war nur ein Traum. Hinrich war fort. Vielleicht für immer.

Ein zartes Klopfen an der Tür ließ sie hochfahren. »Wer ist da?« Vorsichtig öffnete sich die Tür, und die Magd huschte ins Zimmer. Unter dem Arm trug sie Ruths Kleider. »Verzeiht, gnädige Frau. Aber ich hörte Euch sprechen, so dachte ich, Ihr wärt schon aufgestanden und der Augenblick sei günstig, Euch die Kleider zu bringen, die Ihr mir vor ein paar Tagen gabt. Aber Ihr liegt noch nieder. Hattet Ihr einen bösen Traum? Ich hörte Euch deutlich sprechen, auch wenn ich nichts verstand.«

Ruth schüttelte den Kopf. »Ja, es war wohl ein Traum. Danke für die Kleider. Ich probiere sie später an. Begleite mich doch nach dem Frühstück zum Schneider, um meine anderen Kleider abzuholen. Bei der Gelegenheit werde ich dich auch entlohnen.«

Die Magd machte einen Knicks und zog sich leise zurück.
Einige Stunden später lief Ruth in ihrer Begleitung durch Dresden, um ihre Besorgungen zu erledigen. Es war ein herrlicher Frühlingstag. Die Knospen der Bäume waren ganz aufgebrochen, und das Licht fiel durch das frische, zartgrüne Blattwerk. Ruth war es schwer ums Herz. Argwöhnisch hielt sie nach allen Seiten Ausschau, ob ihr wieder die beiden Männer in schwarzen Röcken folgten. Aber sie konnte sie nirgendwo entdecken. Die Drohung des Unbekannten auf dem Larvenball hatte sie immer noch im Ohr, sosehr sie sich auch zwang, sie zu vergessen.
Der Schneider hatte gute Arbeit geleistet. Das neue Kleid war luftig und leicht, dabei so raffiniert geschnitten, dass man seine Weite nach Belieben variieren konnte. Ruth atmete erleichtert auf. Alles würde gut werden. Das musste es einfach. Jeden anderen Gedanken verbot sie sich an diesem herrlichen Frühlingstag. Nach dem verwirrenden Traum genoss sie den Spaziergang an der frischen Luft. Auch die Menschen auf den Straßen wirkten beschwingt und guter Dinge.
Auf einmal tauchte neben ihr das Schaufenster einer kleinen Buchhandlung auf. Ruth liebte Bücher und genoss es, in den Buchhandlungen und Verlagshäusern die wertvollen Exemplare zu betrachten und, wenn sie ihr besonders gefielen, auch zu erwerben. So blickte sie neugierig in die Auslage. Neben der Lutherbibel wurden Büchlein über Neuigkeiten von den europäischen Höfen angeboten sowie Reiseberichte aus unbekannten Ländern. Sogar einen Druck der bereits 1557 erschienenen *Moscovia der Hauptstadt in Reissen,* den berühmten Reisebericht des Freiherrn Sigismund von Herberstein, boten sie an. Ruths Vater hatte dieses Buch einst auf einer Reise nach Wien erstanden, und sie hatte als Kind zu gern die spannenden Geschichten über Russland gehört, die Herberstein zu berichten

wusste. Dass man es nun hier in Dresden in einer Buchhandlung fand, war bestimmt dem Umstand geschuldet, dass der sächsische Kurfürst gemeinsam mit dem russischen Zaren in den Krieg gezogen war und seine Untertanen gern mehr über das ferne Reich erfahren wollten. Im hinteren Teil der Auslage stand ein Buch aufgeschlagen und präsentierte Stiche von Tieren. Ruth hielt den Atem an. Das Tier auf dem Bild war der Vogel aus ihrem Traum!

Ohne zu zögern, betrat sie den Laden.

»Gott zum Gruße, der Herr.«

»Gott zum Gruße, die Dame! Womit kann ich Euch dienen?«

»Mich interessiert das Buch mit den Tierbildern, das Ihr in der Auslage ausgestellt habt. Darf ich es mir anschauen?«

»Aber gern doch. Nur muss ich Euch die Hoffnung nehmen, es auch erwerben zu können, denn es ist bereits für einen Kunden reserviert.«

Ruth nahm das Buch und betrachtete den dort abgebildeten Vogel. Es musste eine Gans oder Ente sein. Er wies ein schwarz-weißes Gefieder auf. Hals, Augen und Schnabel waren schwarz, der Rest des Kopfes weiß.

»Sagt, der Herr, wo kann ich ein Exemplar dieses Werkes erstehen?«

»Hier in Dresden nur bei mir, die Dame. Aber wie ich schon sagte, ist dies das einzige Exemplar und bereits so gut wie verkauft. Aber ich könnte versuchen, Euch über die Verlagsbuchhandlung in Berlin ein weiteres Buch zu bestellen. Allerdings dürfte das bei den heutigen Straßenverhältnissen einige Wochen dauern.«

»Aus welchem Verlag stammt das Buch?«

»Es ist in der Verlagsbuchhandlung von Johann Christoph Papen in Berlin erschienen. Möchtet Ihr, dass ich Euch ein Exemplar besorge?«

Ruth schaute immer noch gebannt auf den Vogel. Dann klappte sie das Buch vorsichtig zu und reichte es dem Buchhändler. »Nein, habt Dank.«

Kaum hatte sie die Buchhandlung verlassen, beschlich Ruth das Gefühl, dass ihr doch jemand folgte. Aber so häufig sie sich auch umsah, sie konnte niemanden ausmachen. Die Magd führte sie durch die belebten Hauptstraßen Dresdens. Als sie über die Brücke ging, die die Altstadt quer über die Elbe mit der Neustadt verband, wurde das Gedränge besonders groß, da sich Kutschen, Sänften und einfaches Fußvolk die schmale Schneise teilen mussten.

Plötzlich spürte Ruth einen Widerstand vor ihrem Fuß, gerade so als ob ihr jemand ein Bein stellte. Sie stolperte, kam direkt neben dem niedrigen Brückengeländer ins Straucheln. Ein leiser Schrei entfuhr ihr, doch bevor sie fiel, griff eine fremde Hand ihren Oberarm und hielt sie fest.

»Ihr seid ja immer noch in Dresden, Frau Wrangel. Hat Euch die Botschaft auf dem Fest im Hause Fürstenberg noch nicht überzeugt? Verlasst die Stadt und kehrt nach Hause zurück, bevor Ihr noch ernstlich zu Schaden kommt. Das wäre doch bedauerlich um ein so hübsches Geschöpf wie Euch.«

»Gnädige Frau, seid Ihr verletzt?« Mit aufgerissenen Augen war die Magd herbeigeeilt.

Ruth stand wie gelähmt und starrte in die grauen Fluten der Elbe, die gut zwanzig Klafter unter ihr gemächlich gen Hamburg flossen. Der Griff um ihren Arm lockerte sich, und Ruth drehte sich, aus dem Schreck erwacht, in die Richtung um, wo sie ihren Retter und zugleich Bedroher vermutete. Ein kleiner, krötengleicher Mann verbeugte sich kurz vor ihr und wandte sich dann der aufgeregten Magd zu.

»Deiner Herrin ist nichts passiert. Aber sorge dafür, dass sie auf dem schnellsten Weg nach Hause kommt.«

Der Unbekannte drehte sich ohne ein weiteres Wort um und war augenblicklich in der Menschenmenge verschwunden.
»Geht es Euch gut, gnädige Frau?« Die Magd ergriff besorgt Ruths zitternden Arm und führte sie vom Geländer fort.
»Es geht schon wieder. Hab Dank. Aber lass uns schnell zurückgehen.«
Es half nichts. Ruth musste eine Entscheidung fällen. Sie konnte nicht einfach in Dresden bleiben und die Dinge laufen lassen. Der Mann auf der Brücke hatte sie bedroht. Die zweite Drohung innerhalb weniger Tage. War sie vielleicht, ohne es zu wissen, auf die richtige Spur gekommen? Aufgeben durfte sie jetzt auf keinen Fall. Aber sie musste fort. Die Traumbilder der letzten Nacht standen ihr wieder vor Augen. Sie musste Hinrich suchen. Er lebte. Aber in den Dresdener Salons würde sie ihn kaum finden. Der Ort, den sie im Traum gesehen hatte, hatte nichts mit dem hiesigen höfischen Prunk zu tun. Nur wo sollte sie ihn suchen? Ihr fiel der Vogel aus dem Buch wieder ein.
Beim Mittagessen eröffnete Ruth Miriam ihre Absicht abzureisen. Issachar war bereits in der Frühe nach Halberstadt aufgebrochen, wo ihn Geschäfte erwarteten.
»Ihr fahrt zurück nach Hamburg, liebe Ruth. Das ist ein guter Entschluss. Die Straßen sind trocken, das Wetter ist gut. Mit etwas Glück schafft Ihr die Strecke in zehn Tagen.«
Ruth schlug die Augen nieder.
»Wenn Ihr erst einmal wieder in Hamburg seid, werden sich die Dinge schon finden. Es erleichtert mich sehr, dass Ihr den Mut zu diesem Schritt gefunden habt. Nur so werdet Ihr die Ruhe und die Stärke finden, die Ihr für die Zukunft braucht. Doch wisst, dass Ihr bei uns jederzeit aufs herzlichste willkommen seid, solltet Ihr Euch doch gegen Hamburg als künftige Heimstadt entscheiden. Berend wird Euch helfen, wo er nur kann.«
»Ich weiß, liebe Miriam, er hat es mir selbst bereits zweimal ge-

sagt. Und ich danke Euch von Herzen für Eure Gastfreundschaft und die Hilfe, die Ihr mir entgegenbringt. Mögen wir uns in besseren Tagen wiedersehen.«

Am folgenden Vormittag rollte der Wrangelsche Vierspänner durch das Schwarze Tor aus Dresden hinaus. Kaum hatten sie die Brücke über den Befestigungsgraben passiert, klopfte Ruth an das kleine Fenster zum Kutschbock. Jurek öffnete die Klappe und sah seine Herrin fragend an.

»Nimm die Straße nach Berlin, Jurek.«

Der große Mann mit den roten Bartstoppeln musterte Ruth eindringlich, bevor er antwortete: »So sei es denn, Fräulein Ruth.«

Ingermanland im Mai 1706

Ein Fußtritt weckte ihn. Nebel hatte das schmutzige Lager eingehüllt und dämpfte die Geräusche. Er hörte das Klappern der Holzschüsseln und schlurfende Schritte.

»Dawaj kuschat!«

Er rieb sich die Augen. Der Alte neben ihm riss an seinem Ärmel und bedeutete ihm aufzustehen.

»Dawaj!«

Einige Schritte entfernt sah er Menschen in einer Schlange stehen. Sie hielten ihre Schüsseln in den Händen und warteten, bis die Reihe an ihnen war, diese mit Körnern aus einer Tonne zu füllen.

Er tat es ihnen gleich. Dann stolperte er zu seinem Platz zurück.

Der Alte hatte schon ein paar Äste zusammengeklaubt und hielt gerade ein brennendes Stöckchen hinein. Dann deutete er auf den kleinen Eimer und murmelte etwas.

Er schaute ihn dumpf an. Da wurde der Alte wütend, entriss ihm die Schüssel mit den Körnern, drückte ihm stattdessen den Eimer in die Hand und deutete hinter sich. Er sollte Wasser holen. So humpelte er los und fand nur wenige Schritte entfernt ein Fass, um das sich schon andere Männer drängten. Er wartete, bis er an der Reihe war, und schleppte dann den Eimer zurück. Der Henkel schnitt in seine Handfläche, und jeder Schritt auf dem kalten Boden fiel ihm schwer. Er stellte das Wasser vor dem Alten ab, der es sogleich in seine Schüssel mit den Körnern goss.

Er griff nach seiner Schüssel. Bis auf ein paar Körner war sie leer! Wütend und entsetzt schaute er sich um. Niemand beach-

tete ihn. Der Alte stellte seine Schüssel seelenruhig auf das kleine Feuer und fing an zu rühren.
Nicht wissend, was er tun sollte, hilflos, ohne Sprache, ohne Kraft sank er nieder und stützte seinen Kopf auf seine Arme. Was sollte er nun essen? Warum war er hier? Wo gehörte er hin? Seine Fußsohlen brannten. Die Haut war wund gelaufen und an mehreren Stellen eingerissen. Er hatte keine Hornhaut an den Füßen wie der Alte ihm gegenüber. Er gehörte nicht hierher. Das spürte er mit jeder Faser. Aber wohin er gehörte, konnte er nicht sagen. Er konnte gar nichts sagen, noch nicht einmal seinen Namen. Wie hieß er überhaupt? Wanja? Wie die Männer mit den Knuten ihn gerufen hatten? Das klang fremd für ihn. Aber Wanja war besser als gar kein Name.
Er musste etwas essen, musste zu Kräften kommen, damit ihm endlich wieder einfiel, wer er war und wo er hingehörte. Er starrte in seinen Napf. Die Körner bedeckten kaum den Boden. Verdrossen ließ er sie in seine Hand rieseln und stopfte sie sich in den Mund. Dann schöpfte er etwas Wasser aus dem Eimer und trank.
Kaum hatte er die Schüssel abgesetzt, ertönte ein Signal, und die Männer um ihn herum setzten sich in Bewegung. Sie hängten sich ihre Schüsseln an die Gürtel, schulterten ihre Spaten und Hacken und griffen ihre Säcke. Dann gingen sie langsam zum Rand des Lagers, wo Männer in grünen Uniformen auf sie warteten. Er stolperte ihnen hinterher.
Nach einem Marsch von einer knappen halben Stunde, die ihm wie eine Ewigkeit erschien, kamen sie an eine Sandgrube. In ihr schaufelten magere schmutzige Gestalten Sand in Säcke. Andere schleppten die prall gefüllten Säcke zu einem Karren, griffen sich, kaum dass sie den vollen Sack auf der Ladefläche abgelegt hatten, einen leeren und kehrten zur Grube zurück. Er konnte sich keinen Reim darauf machen, was er sah. Ein großer, kräfti-

ger Mann, dessen Gesicht vollständig von einem wilden schwarzen Bart bedeckt war, brüllte ihn an und stieß ihn zugleich vorwärts in die Grube. Er stolperte und stürzte nieder. Der Mann, offenbar ein Aufseher, sprang hinterher und zerrte ihn gewaltsam hoch, drückte ihm dann die Schaufel in die Hand und schrie ihn noch einmal an.

Er verstand kein Wort, nahm aber die Schaufel und versuchte, den schweren feuchten Sand mit ihr aufzunehmen und in einen Sack zu füllen. Kaum hob er die Schaufel jedoch an, fuhr ein stechender Schmerz in seine Schulter und ließ ihn zusammenfahren. Im nächsten Moment spürte er den Schlag einer ledernen Knute auf seinem Rücken und brach bewusstlos zusammen.

Wieder brüllte der Aufseher, und zwei kräftige Kerle in langen Hemden und weiten Hosen, die Beine in Filzstiefel gehüllt, packten den Bewusstlosen an Armen und Beinen und schleppten ihn aus der Grube hin zu einer Lichtung, auf der ein kleines Lagerfeuer brannte und einige Männer in Schafspelzen sich die klamme Kälte aus den Beinen stampften. Dort legten sie ihn ins feuchte Gras und vergaßen ihn.

Als das Signal zur Mittagspause ertönte, lag er noch immer reglos da. Der Aufseher trat erneut an ihn heran und betrachtete ihn kurz. Dann ging er zum Hauptmann, der es sich im Schatten einer größeren Birke gemütlich gemacht hatte und einen kräftigen Schluck Kwas aus einem Becher trank.

»Hauptmann, um den *mushik,* der heute früh zusammenbrach, scheint es nicht gut bestellt zu sein«, sagte er auf Russisch. »Was soll mit ihm geschehen?«

»Der ist doch gerade erst hier angekommen! Wir haben ihn für teures Geld von Pawel Iwanowitsch gekauft.« Unwillig spuckte er aus. »Nein, Oleg, wir können es uns nicht leisten, schon wieder einen Mann zu verlieren. Das Fieber greift erneut um sich

und entreißt uns die Leute. Der Kerl da ist noch jung und gut gebaut. Lass ihn ins Dorf schaffen und richte den Bauern aus, sie sollen ihn gesund pflegen. Sonst nehmen wir einen aus dem Dorf, um ihn zu ersetzen.«
»Zu Befehl, Hauptmann.«

Sachsen im Mai 1706

Die Wrangelsche Kutsche hatte gerade die Dresdener Stadtbefestigung hinter sich gelassen, als ein junger berittener sächsischer Offizier in Begleitung von zwei Soldaten Jurek zum Anhalten zwang. Als die Pferde standen, schwang er sich elegant aus dem Sattel, ging auf die Wagentür zu und öffnete sie mit einer formvollendeten Verbeugung.

»Verzeiht die Unterbrechung Eurer Reise, gnädige Frau. Aber die dringende Bitte eines gemeinsamen Freundes von uns zwang mich dazu.« Er musterte die allein reisende Dame und das Wageninnere kurz, bevor er fortfuhr: »Ihr seid auf dem Weg nach Hause, Frau Wrangel?«

»Und wer seid Ihr, junger Mann, dass Ihr Eure Nase in meine Kutsche steckt, ohne Euch vorzustellen?«

»Mein Name tut nichts zur Sache, Gnädigste. Aber Ihr solltet nicht auf direktem Wege nach Hamburg zurückkehren, sondern heute Abend unbedingt in der schönen Stadt Pirna verweilen. Dort gibt es den Gasthof ›Zum weißen Bock‹. Er liegt am Fuße der Burg Sonnenstein. Mietet Euch dort ein. Sobald die Sonne untergegangen ist, wird man Kontakt zu Euch aufnehmen. Eine gute Reise wünsche ich Euch. Lebt wohl!«

Bevor Ruth noch irgendetwas erwidern konnte, hatte der junge Offizier die Wagentür wieder geschlossen, war auf sein Pferd gesprungen und galoppierte davon.

Auf der Burg Sonnenstein hielt man Patkul gefangen. Ob die Nachricht von ihm kam? Hatte er ihr doch mehr mitzuteilen als diesen nichtssagenden Brief?

»Jurek!«

»Ja, Fräulein Ruth?«

»Wir fahren nach Pirna.«
»Aber Pirna liegt südlich von hier, Berlin jedoch im Norden.«
»Wir fahren nach Pirna!«
»Wie Ihr wünscht, Fräulein Ruth.«

Ingermanland im Mai 1706

Sie schaute aus dem Fenster des kleinen Holzhauses am Ende der Straße und beobachtete die kleine Prozession, die die zerfurchte, matschige Dorfstraße herunter auf ihre Gartenpforte zukam. Die Männer wirkten bedrückt und niedergeschlagen. Die Frauen hatten Körbe mit Eiern, Brot und geräuchertem Fisch bei sich. Sie umringten die Trage, die vier junge Kerle trugen. Gleich würden sie bei ihr anklopfen und sie um Hilfe bitten. So ging es seit Jahren, als sie über den Ladogasee hierher in das kleine Dorf im Sumpfland der Newamündung gekommen und in das halbverfallene Haus am Ende der Straße gezogen war. Es war lange bevor die Russen hier erschienen waren, lange bevor der Zar auf die wahnsinnige Idee verfallen war, den Sümpfen der Newa seine Stadt abzutrotzen, für die jetzt Jahr um Jahr Tausende Menschen von überall hergeschleppt wurden, damit seine Phantasien Wirklichkeit wurden. Je mehr arme Menschen man in die Sümpfe schickte, desto mehr starben am Fieber. Sie kamen und gingen und füllten die Sphären zwischen den Welten mit ihren unglücklichen Seelen.

Es hatte einige Zeit gedauert, bis die Leute im Dorf Vertrauen zu ihr gefasst hatten. Obwohl sie nun schon seit vielen Jahren ihre Hilfe suchten, wich doch nicht die Scheu vor ihr, der alten Frau, die nur wenig sprach, aber mit einem Blick mehr bewirken konnte als andere mit tausend Worten.

Endlich hatte der kleine Zug ihre Gartenpforte erreicht. Der *Starosta*, der Dorfvorsteher, öffnete sie umständlich, schlurfte dann zur Haustür und klopfte an.

Gelassen öffnete sie die Tür und sah dem großen Mann im

Schafspelz, der verlegen seine speckige Mütze in den Händen drehte, in die Augen.
»Sei gegrüßt, *Baba* Marusja. Ich hoffe, du bist wohlauf an diesem kalten Tag.«
Sie sah den *Starosta* schweigend an.
»Es ist so, dass wir gekommen sind, dich um deine Hilfe zu bitten.« Der Dorfvorsteher hüstelte verlegen und trat von einem Bein auf das andere, wobei die Kiesel unter seinen Filzstiefeln knirschten. »Heute Nachmittag erschienen zwei Soldaten vom Lager und brachten einen kranken Mann. Sie sagten, wir hätten ihn zu pflegen und gesund zu machen. Wenn er uns aber stirbt, kommen sie wieder und nehmen statt seiner einen unserer Burschen aus dem Dorf mit.« Er schaute ratlos auf seine Mütze. »Nun ist es so, dass wir nicht wissen, was wir tun sollen, *Baba.* Der Mann liegt nur still auf der Trage, kein Wort will aus seinem Mund heraus. Dabei glüht sein Gesicht vor Fieber wie ein Kachelofen. Wenn er uns nun stirbt, verlieren wir noch einen jungen Mann. Und schon jetzt reichen die Hände kaum, die Felder zu bestellen, die Tiere zu hüten und die Reusen zu leeren. Darum bitten wir um deine Hilfe, *Baba* Marusja. Deine Heilkunst hat schon so manchem von uns aus großer Not geholfen. Sei so gut und hilf uns auch mit diesem Kranken, an dessen Leben unser aller Wohl hängt. Wir wollen es dir vergelten mit Speis und Trank, mit allem, was unsere Vorratskammern hergeben.«
Ohne eine Miene zu verziehen, warf sie einen Blick hinüber zu den anderen, die inzwischen alle ihre Köpfe gesenkt und ebenfalls die Mützen abgenommen hatten und ehrfürchtig auf ihre Antwort warteten.
Der Mann auf der Trage stöhnte leise. Er sah noch jung aus, zählte wohl keine dreißig Winter. Ein Schatten lastete auf ihm, der nichts Gutes verhieß.

Sie war hierhergekommen, um den Menschen zu helfen. Das war Teil ihrer Bestimmung. Und noch war die Zeit nicht gekommen, weiterzuziehen. Wortlos nickte sie dem *Starosta* zu und winkte die jungen Kerle mit der Trage heran, damit sie den Kranken ins Haus trugen.

Pirna im Mai 1706

Die Gaststube »Zum Weißen Bock« war gut gefüllt. Vor der Tür zeigte ein hoch aufgehängter, gut sichtbarer sächsischer Uniformrock die Anwesenheit von Soldatenwerbern an. Wegen der Katastrophe von Fraustadt war der Tisch der Werber, obwohl sie dort Freibier anboten, nahezu verwaist. Die jungen Männer machten einen großen Bogen um sie und drängten sich am anderen Ende der Gaststube.

Ruth saß an einem etwas abgelegenen Tisch nahe der Hintertür und wartete darauf, dass die Magd ihre Bestellung aufnahm. Jurek hatte zunächst noch nach den Pferden sehen wollen. Doch schon kurze Zeit später trat er an Ruths Tisch und zog seine Mütze.

»Komm, setz dich, Jurek, und leiste mir Gesellschaft.«

Der große Mann ließ sich ihr gegenüber nieder. Bald hatten sie ein ordentliches Stück Braten und einen Krug Wein vor sich stehen. Schweigsam, jeder in seine Gedanken vertieft, aßen sie. Ruth versuchte ihre Unruhe hinunterzuschlucken. Was konnte Patkul von ihr wollen? Und: War es tatsächlich Johann Reinhold Patkul, oder hatte jemand anders sie hierhergelockt? Vielleicht hätte sie diesem namenlosen Offizier nicht einfach so Folge leisten sollen? Aber nun saß sie hier und würde abwarten, was passierte.

Eine groß gewachsene, schlanke Frau in einem schlichten dunklen Umhang trat an ihren Tisch. »Verzeiht die Störung, gnädige Frau, aber seid Ihr Frau Wrangel?«

»Die bin ich.«

»Darf ich mich einen Augenblick zu Euch setzen?«

»Bitte, nehmt Platz.«

Die Frau setzte sich neben Ruth und raunte ihr sogleich ihre

Nachricht ins Ohr. »Ein hoher Herr, dessen Name streng geheim ist, wünscht Euch zu sprechen. Und er vermeint zu wissen, dass auch Ihr ihn zu sprechen wünscht. Allerdings ist der Zugang zu ihm nicht einfach.«

»Aha. Und was bedeutet das?«

»Wenn Ihr erlaubt, werde ich Euch heute am späten Abend, wenn die Kirchenuhr die zehnte Stunde schlägt, am Hinterausgang des Hauses treffen und zu dem besagten Herrn führen. Um Euch zu beruhigen, gab man mir die Nachricht mit auf den Weg, Ihr würdet zwar nicht sein Gesicht, wohl aber seine Handschrift kennen.«

Also war es tatsächlich Patkul, der sie sprechen wollte! Ein Schauer lief Ruth über den Rücken. »Gut, wir treffen uns später!«

Die Frau neben ihr nickte, erhob sich und verschwand genauso schnell und unauffällig, wie sie gekommen war.

»Was hat das zu bedeuten, Fräulein Ruth?«, wandte sich Jurek, der genau zugehört hatte, mit einem Stirnrunzeln an seine Herrin.

»Ich glaube, dass ich heute Nacht endlich die Gelegenheit haben werde, mit jenem zu sprechen, für den ich nach Dresden fuhr. Und hoffentlich wird er mir weiterhelfen können bei der Suche nach meinem Mann.«

Jurek musterte sie eindringlich, blieb aber eine Entgegnung schuldig. Seinem Gesicht war indessen abzulesen, dass ihm die nächtliche Verabredung seiner Herrin nicht gefiel.

Pünktlich mit dem zehnten Glockenschlag trat die groß gewachsene Frau aus dem Schatten des Stalls hervor und winkte Ruth und ihren Diener zu sich hinüber. Jurek hatte beim Angedenken an ihren Vater darauf bestanden, mitzukommen. Und Ruth war es nur lieb gewesen. Denn dieser unbekannten Frau

allein in die Dunkelheit zu folgen gefiel ihr trotz aller Zuversicht nicht.
»Wer ist der Mann?«, fragte ihre Führerin, als sie bei ihr standen.
»Das ist mein Diener, der mich begleiten wird.«
»Nun gut, aber nur bis zum Tor. Den letzten Weg müsst Ihr allein gehen, sonst ist alles umsonst.«
Sie huschten durch mehrere dunkle Gassen und standen dann unversehens vor einem Gebüsch, das sich die Anhöhe zur Burg hinauf erstreckte. Die Frau nahm Ruth bei der Hand und führte sie einen Pfad hinauf. Dann zog sie sie auf einmal ins Gebüsch. Vor ihnen zeigte sich eine kleine, mit Eisen beschlagene Holztür, die im Sockel der Burgmauer eingelassen war.
»Wir müssen hier hineingehen. Es ist die geheime Ausfallpforte der Burg. Am anderen Ende erwartet Euch einer der Wachmänner der Festung. Er wird Euch für ein Freudenmädchen halten, denn die sind die Einzigen, welchen hin und wieder der Zutritt zu dem prominentesten Gefangenen der Burg erlaubt ist. Verzeiht, dass ich Euch dies erst jetzt sage. Aber ich wollte im Gasthaus keine heftige Reaktion von Euch hervorrufen. Lauschende Ohren gibt es überall.« Sie griff in einen Sack und holte einen rötlich schimmernden Umhang hervor. »Hier, legt den um. Damit seht Ihr eher nach derjenigen aus, als die Ihr Euch ausgeben sollt, als in Eurer edlen Pelerine.«
Ohne lange nachzudenken, streifte Ruth ihre Pelerine ab, gab sie Jurek und legte sich den flirrenden Stoff um die Schultern. Dann ging sie durch die Tür. Als Jurek ihr folgen wollte, hielt die Frau ihn zurück.
»Er muss hier auf Euch warten.«
»So sei es, Jurek. Warte hier auf mich. Ich bin bald zurück.«
Noch bevor ihr treuer Diener antworten konnte, waren die beiden Frauen in der Dunkelheit verschwunden.
Der Gang war eng und feucht, der Boden rutschig, aber Ruths

Begleiterin kannte den Weg und zog sie eilig vorwärts. Am Ende des Gangs stießen sie wieder auf eine kleine Tür. Die Frau klopfte in einem bestimmten Rhythmus an das Holz. Kurz darauf knarrte die Tür, ein flackernder Lichtstrahl fiel in den Gang, und Ruth sah eine Männerhand, die die Tür gerade weit genug aufdrückte, dass eine Person hindurchschlüpfen konnte. Ruth trat einen Schritt auf die Öffnung zu, und schon griff die Hand ihren Arm und zog sie in den Schein einer Fackel.

»Ah, der Herr hat einen guten Geschmack. Für unsereins würde sich so ein hübsches Ding wie du wohl kaum hierher verirren.«

»Sei ruhig, Günther, und führe das Mädchen über die Hintertreppe nach oben. Nun mach schon!«

Bevor Ruth Näheres wahrnehmen konnte, hatte der kräftige Mann, der den Armeerock eines sächsischen Soldaten trug, sie über einen erleuchteten Gang und durch eine kleine dunkle Tür geschoben, hinter der eine enge und steile Wendeltreppe lag.

»Hier geht es hoch, mein Kätzchen. Der edle Herr wohnt ganz oben im Turm.«

Eilig erklomm sie die Stufen, immer dem Soldaten einen Schritt voraus, um sich seine aufdringlichen Hände vom Leib zu halten. Die Fackel in seiner Hand warf unwirklich zitternde Schatten an die gekalkten Wände, und die Holzstufen knarrten unter ihren Schritten. Die Treppe drehte sich gleich einer endlosen Spirale in die Höhe, sodass Ruth schon einen leichten Schwindel fühlte und nach Atem rang. Plötzlich aber stand sie wieder vor einer Tür. Der Soldat hinter ihr drängte sich unanständig dicht an sie heran und ließ seine Hand über ihr Gesäß gleiten. Sie zuckte zusammen.

»Nun hab dich mal nicht so. Ich werd ja wohl kaum der Erste sein, der das gute Stück abtastet.«

Ruth biss sich auf die Zunge, um ihre Replik für sich zu behalten.

Der Soldat klopfte in einem gewissen Rhythmus an die Tür, und sogleich wurde ein Riegel zurückgeschoben. Sie traten auf einen kleinen, schummrig erleuchteten Flur hinaus, auf dem ein weiterer Soldat Wache hielt.

»Hier ist das Fräulein für unseren ritterlichen Gefangenen.«

»Na, dann mal los. Aber quiek nicht so laut wie das Weibsbild, das letzte Woche hier war. Schließlich muss nicht die ganze Burg hören, was sich hier oben abspielt.« Damit klopfte er an eine verriegelte Tür hinter sich und schloss auf, ohne eine Antwort abzuwarten. »Hier ist Eure Bestellung, Herr Patkul. Zum Wohlsein!« Mit diesen Worten schob er Ruth in ein geräumiges Turmzimmer, in dessen Kamin ein kräftiges Feuer brannte.

»Ah, welch eine Freude, dass wenigstens dieser Dienst reibungslos funktioniert, wo ich ansonsten doch immer zweimal zur Kasse gebeten werde, bevor Ihr mir meine Bestellungen bringt.« Aus der Tiefe des Zimmers kam ein groß gewachsener, stattlicher Mann mittleren Alters auf sie zu. Er trug seidene Kniebundhosen und dazu passende seidene Strümpfe, schwarze Schnallenschuhe sowie einen tiefgrünen Samtrock mit Applikationen aus Goldbrokat. Lediglich die Allongeperücke fehlte, um ihm das perfekte Aussehen eines Mannes von gehobenem Stand zu verleihen. Doch die Farbe seines Gesichtes wirkte fahl, die Wangen waren eingefallen, silbergraue Fäden durchzogen das lange dunkle Haar. Dafür blitzten seine Augen im Schein des Kaminfeuers lebhaft auf.

»Kommt herein, hübsches Kind. Und du, verschließ die Tür von außen für die nächste Stunde, wenn's recht ist.«

Kaum war die schwere Tür ins Schloss gefallen und der Schlüssel quietschend herumgedreht, als sich der Mann formvollendet vor Ruth verbeugte und ihre Hand behutsam vor seine Lippen führte. »Verzeiht dieses jämmerliche Schauspiel, Gnädigste, aber es war die einzige Möglichkeit, Euch für ein *tête à tête* hierherzubringen. Erlaubt, dass ich mich vorstelle. Johann Reinhold von Patkul, Sprössling des alten livländischen Rittergeschlechts derer von Patkul, wirklicher Geheimer Rat und außerordentlicher Gesandter Seiner Majestät des Zaren Peter I. von Russland am polnisch-sächsischen und am kaiserlichen Hofe, derzeit jedoch schändlich und rechtswidrig festgesetzter Gefangener des sächsischen Kurfürsten und seiner korrupten Höflinge.«

Ruth schluckte. Sie stand tatsächlich vor Patkul, jenem Mann, für dessen Verteidigung Hinrich Wrangel sein Leben riskiert, vielleicht sogar geopfert hatte. Bevor sie ein Wort herausbringen konnte, hatte Patkul sie schon zu einem hohen Lehnstuhl in der Nähe des Kamins geführt, neben dem ein reich gedeckter Tisch mit Austern, gebratenen Lerchen, frischen Erdbeeren sowie eisgekühltem Champagner stand.

»Mögt Ihr eine kleine Erfrischung zu Euch nehmen, Frau Wrangel? Euer Weg hierher war sicherlich beschwerlich.«

»Nein, habt Dank, Herr Patkul. Zu kostbar ist die kurze Zeit, die ich hier mit Euch verbringen kann. Lasst uns lieber *in medias res* gehen.«

»Selbstverständlich. Doch erlaubt mir zunächst noch einmal, Euch mein tiefes Mitgefühl für das Schicksal Eures Gatten auszusprechen, der sich so selbstlos darangemacht hat, sein Können für mein Schicksal einzusetzen. Mit Begeisterung las ich erst im vergangenen Jahr seine vorzügliche Dissertation.«

»Danke, Herr Patkul.« Sie räusperte sich. »Ihr schriebt mir vor einigen Tagen, Ihr hieltet eine Verwicklung des schwedischen Königs in den Überfall auf meinen Mann für möglich?«

»Ach, Gnädigste … König Karl XII. ist ein Herrscher, dem Gnade fremd ist. Am eigenen Leib habe ich es seit vielen Jahren erfahren.«

»Mein Mann wollte einen Freund von Euch treffen, einen Liv-

länder namens Budberg, soviel ich weiß. Was meint Ihr, könnte dieser Budberg etwas mit Hinrichs Verschwinden zu tun haben?«
»Nein, das kann ich mir nicht vorstellen. Baron Leonhard von Budberg war mir stets wie ein väterlicher Freund.« Patkul holte tief Luft und setzte zu einer längeren Ausführung an, hielt dann aber plötzlich inne und ließ die Arme sinken. »Ach, die Geschichte ist zu lang und unerfreulich, als dass ich sie Euch in Gänze erzählen möchte. Nur so viel: Vor einigen Jahren kämpften Budberg und ich Hand in Hand gegen den schwedischen König um die Rechte der livländischen Ritterschaft. Denn Karl XII. wollte uns knechten und uns unser Land entreißen. Aber nicht königliche Einsicht war das Resultat unserer Bemühungen, sondern königliche Rache. Ein Stockholmer Sondergericht verurteilte mich zum Tod. Doch ich konnte rechtzeitig fliehen. In Schweden wartet nur noch der Henker auf mich.«
Ruth wurde unruhig bei Patkuls Aufwallung von Selbstmitleid. Sie war nicht hier, um sein trauriges Schicksal zu beweinen, sondern um von ihm Hilfe für die Suche nach ihrem Mann zu finden. »Der Baron von Budberg wollte dem geheimen Rat, der an Eurer Verteidigung arbeitete, angeblich gewisse Papiere aushändigen. Was könnte das gewesen sein?«
Patkul schaute Ruth eindringlich an. »Ich hatte gehofft, dass Ihr mir dazu nähere Auskünfte geben könntet, verehrte Frau Wrangel. Darum habe ich ja dieses waghalsige Treffen heute Nacht mit Euch in die Wege geleitet. Ihr habt Euch doch ausführlich mit Professor Thomasius besprochen, der wohl am besten über die Vorgänge in Königsberg informiert sein dürfte. Was hatte er denn zu berichten?«
»Kaum etwas, Herr Patkul. Professor Thomasius ist gar nicht nach Königsberg gereist, da er krank wurde. Er wurde lediglich

in einem Brief von Professor von Wartenberg darüber informiert, dass mein Mann sich auf dem Weg zu jenem Baron von Budberg befand, als die Kutsche überfallen wurde.«

»Hat Budberg Euren verehrten Gatten denn getroffen?«

»Ich weiß es nicht, genauso wenig, wie ich weiß, was aus den Papieren wurde, die er Hinrich übergeben wollte.« Ruth fühlte Tränen aufsteigen und griff schnell zu einem Champagnerkelch, den Patkul ihr inzwischen gefüllt hatte.

»Wer könnte Eurer Meinung nach ein Interesse daran gehabt haben, meinen Mann zu entführen?«

»Gnädige Frau, das weiß ich nicht. Vielleicht die Schergen des Schwedenkönigs, um mir jede Hilfe abspenstig zu machen. Vielleicht die korrupten Beamten am sächsischen Hof, die vollends von den Subsidien meines Dienstherrn, des russischen Zaren, leben und Angst haben, dass eine großangelegte juristische Verteidigung meiner Unschuld ihre Finanzquellen versiegen lässt. Vielleicht der polnische König persönlich. Denn August II. ist mindestens so gerissen, wie er verschwenderisch und eitel ist. Auch ihm liegt an den russischen Subsidien, wie soll er sonst seine Hofhaltung und die Gelüste seiner Mätressen bezahlen?« Patkul nahm ebenfalls einen Schluck Champagner, ehe er fortfuhr. »Motive für eine Entführung gibt es viele. Schließlich gehört Euer Mann zu dem vertrauten Kreis um Christian Thomasius, der sich weit über die Welt der Gelehrten hinaus einen Ruf als streitbarer Verfechter humanistischer Ideen gemacht hat. Auch ich gelte vielen als ein Mann, der unermüdlich für die Freiheit eintritt. Und Hinrich Wrangel steht Thomasius und mir in diesem Punkt sicherlich nahe, sodass er die Missgunst der Schergen absolutistischer Herrscher auf sich gezogen haben dürfte, wie es König August einer ist und der Schwedenkönig Karl nicht weniger, auch wenn er sich persönlich so bescheiden gibt. Laut für die Freiheit einzutreten birgt immer eine Gefahr. Ihr seht, wohin es mich gebracht hat.« Mit einer theatralischen Geste wies Patkul in sein Verlies.

Ruth mochte nicht länger zuhören. Für Patkul drehte sich die Welt nur um ihn selbst. Aber natürlich konnte sie nicht einfach aufstehen und gehen. Sie war in das – wenn auch fürstliche – Verlies eines Gefangenen eingeschmuggelt worden und brauchte die Hilfe seiner Helfershelfer, um hier wieder herauszukommen.

»Was gedenkt Ihr nun zu unternehmen, verehrte Frau Wrangel?«, riss Patkul sie aus ihren Gedanken.

»Ich werde meinen Mann suchen, Herr Patkul, und zwar dort, wo er verschwunden ist. Ohne einen Beweis für seinen Tod werde ich mich nicht in das Schicksal fügen.«

»Ihr seid nicht nur eine ausgesprochen schöne, sondern auch eine ebenso mutige Frau, wenn Ihr mir diese Direktheit erlaubt. Ihr wollt also nach Königsberg?«

»Ja, und wenn es sein muss, auch weiter.«

»Ich bewundere Euren Tatendrang. Euer Gatte hat wirklich ausgesprochenes Glück, eine Frau wie Euch an seiner Seite zu haben.«

»Ich möchte eher sagen, er hat im Augenblick das ausgesprochene Pech, mich nicht an seiner Seite zu haben, Herr Patkul.«

Er schmunzelte und nickte verständnisvoll. »Es tut mir wirklich leid, dass ich nicht mehr für Euch tun kann. Aber wenn Ihr Euch wirklich aufmacht in den Norden, so seid vorsichtig. Dort tobt ein verheerender Krieg. Zwar achte und ehre ich den russischen Zaren, aber genauso verachte ich sein Kriegsvolk. Inzwischen halten die Russen Livland besetzt, wie Ihr vielleicht wisst. Und dabei wüten sie, als sei der Geist Iwans des Schrecklichen in sie gefahren. Ohne viel Federlesens schlagen sie die Bauern nieder oder martern sie gar zu Tode. Sie schänden die Frauen und Mädchen und verschleppen die

Menschen in die Tiefen Russlands, wo die armen Seelen für die russischen Herren niederste Arbeiten verrichten müssen. Für vier oder fünf Rubel verkaufen sie sogar adlige Frauen als Dienstmägde nach Moskau. Ich selbst habe es am eigenen Leib erfahren. Eine entfernte Verwandte von mir wurde von Russen verschleppt und in die Ukraine verkauft. Nur mit Hilfe Seiner Majestät des Zaren persönlich gelang es mir schließlich nach Monaten, das Mädchen ausfindig zu machen und frei zu bekommen. Ich will auch nicht verhehlen, dass mir ein jüdischer Übersetzer am Zarenhof gute und freundschaftliche Dienste bei meiner Suche geleistet hat. Zwar sind wir Christenmenschen den Juden gegenüber aus gutem Grund skeptisch, aber manchmal überraschen sie uns doch mit unerwarteter Güte.«
Ruth starrte ihn ungläubig an, schluckte und nickte schließlich.
Patkul seufzte und trank einen Schluck Champagner, als auf einmal laute Stimmen und Gepolter vor der Tür zu hören waren.
»Oh, mein Gott, es scheint Probleme zu geben«, flüsterte Patkul. »Wenn nun jemand hereinkommt? Schließlich seid Ihr als Freudenmädchen hierhergebracht worden …«
Schon hörte man den Schlüssel in das Türschloss fahren.
Ohne zu zögern, griff Ruth seinen Arm, warf sich auf das nahe Bett und zog den schweren Mann zu sich hinunter. Dann fing sie an, lustvoll zu stöhnen.
Patkul starrte sie entsetzt an.
»Nun gafft nicht, sondern spielt mit!«, zischte sie ihm unvermittelt zwischen zwei Lustgeräuschen zu.
Schon flog die Tür zum Turmzimmer auf, und die beiden Wächter bemühten sich, einen Mann davon abzuhalten, in den Raum zu stürzen.
»Was treibt Ihr da?«, rief Patkul entrüstet und stützte sich auf dem Bett auf. »Hab ich Euch etwa nicht genug dafür gezahlt,

dass ich wenigstens ein Weilchen ungestört meinem leiblichen Vergnügen nachgehen kann?«
»Verzeiht, der Herr, es ist nur so, dass ein Gerücht aufkam, Ihr hättet hier einen …«
»Ein Mädchen hab ich hier, du Tölpel! Und wenn ich nicht befriedigend zur Sache mit der Kleinen komme, wirst du als Erster von der Liste meines Zahlmeisters gestrichen. Und nun lasst mich hier mein Geschäft zu Ende bringen!«
Der Eindringling, gekleidet in höfischer Manier, soweit Ruth es unter Patkuls Arm hindurch erspähen konnte, blickte neugierig zum Bett herüber und gab sich erst zufrieden, als Ruth noch einmal lüstern auflachte und mit ihrer Hand über Patkuls Rücken fuhr. Nur wenige Augenblicke später war der Spuk vorbei, die Soldaten und der Höfling aus dem Raum und die Tür wieder ins Schloss gefallen und verriegelt.
Patkul kletterte augenblicklich vom Bett herunter und half Ruth, sich ebenfalls aufzurichten. »Ihr seid eine bemerkenswerte Dame, Frau Wrangel. Habt Dank für Eure Geistesgegenwart. Wie kann ich Euch das nur vergelten?«
»Betet für das Leben meines Mannes, Herr Patkul. Und nun muss ich fort, bevor bei diesem Herrn noch Zweifel an meinen Schauspielkünsten aufkommen.« Damit griff sie nach dem rot schillernden Umhang und warf ihn sich über die Schultern.
»Das werde ich tun. Und auch Euch rate ich, nach Hamburg zurückzukehren und für die glückliche Heimkehr Eures Gatten zu beten. Denn Kriegszeiten sind selbst für eine mutige Frau wie Euch keine Reisezeiten.«
»Sagt, Herr Patkul: Livland liegt doch an der Ostseeküste, nicht wahr?«
»Ja.«
»Ist die Küste sumpfig und mit Schilf bewachsen?«
»Zum Teil ist sie das. Warum fragt Ihr?«

»Und leben dort Wildgänse?«
»Nun, mit Naturforschungen kenne ich mich nicht aus, aber sicherlich leben dort auch irgendwelche Gänse. Doch warum fragt Ihr?«
»Ich versuche mir nur ein Bild von Eurer Heimat zu machen, für die Ihr so viel geopfert habt.«
»Es ist ein herrliches Land, Frau Wrangel. Möge Gott uns und ihm bessere Zeiten bescheren, sodass ich Euch eines friedlichen Tages dorthin einladen und seine Schönheit zeigen kann. Schließlich führt Ihr den Namen eines bekannten baltischen Adelsgeschlechts.«

Ingermanland im Mai 1706

Der würzige Geruch frischer Kräuter drang ihm in die Nase. Dann spürte er, wie sich eine feuchtkalte Masse auf seiner Schulter ausbreitete. Langsam öffnete er die Augen und blinzelte wegen des flirrenden Lichtes, das ihn traf. Er wandte den Kopf etwas zur Seite und wich dem Lichtstrahl aus.
Die Konturen schärften sich. Er lag in einem Raum, dessen Wände aus von Rauch geschwärztem Holz waren. Das Licht drang durch ein Fenster herein. An der Wand vor ihm hingen merkwürdige Gerätschaften, die er nicht kannte. Geflochtene Platten und Reifen, zum Teil mit Federn besetzt.
Der Geruch der Kräuter nahm wieder zu. Er hörte ein Schaben und kurz darauf fühlte er wieder die feuchtkalte Masse, doch jetzt auf einem Arm. Er drehte den Kopf. Eine grauhaarige Frau hockte neben ihm und strich eine grünbraune Masse mit einem Holzspachtel bedächtig auf seinen Unterarm und sein Handgelenk. Ihr Haar war zu Zöpfen gebunden wie bei einem jungen Mädchen, aber ihr Gesicht war sonnengegerbt, die Haut ledern. Trotz der Falten sah sie erstaunlich alterslos aus. Ihre grünen Augen wirkten klar und frisch. Sie warf ihm einen kurzen Blick zu und nickte. Dann widmete sie sich wieder dem Verteilen des Breis auf seiner Haut. Er schloss die Augen. Sie summte eine weiche, eintönige Melodie. Wohlige Wärme und Müdigkeit breiteten sich in ihm aus. Er spürte, wie seine Muskeln erschlafften und er langsam in einen tiefen, traumlosen Schlaf glitt.

Als er erneut die Augen öffnete, war um ihn herum alles dunkel. Der frische Kräutergeruch war verschwunden, dafür hing nun ein süßlich würziger Duft in der Luft. Auf einmal glühte ein rötlicher Punkt auf, und hinter ihm wurde das Gesicht der Frau sichtbar. Sie blickte an ihm vorbei in die Dunkelheit. Der rötliche Punkt erlosch, der würzige Duft nahm zu.

Wo mochte er sein?

Das Letzte, woran er sich erinnern konnte, war eine Sandgrube mit zahlreichen in Lumpen gehüllten Männern, die Säcke mit Sand befüllten. Ob dies ihr Krankenlager war? Vorsichtig tastete er in der Dunkelheit nach der Unterlage, auf der er lag. Sie war glatt und weich, doch strich man in die andere Richtung, fühlte sie sich struppig an. Ein Fell, kurz und glatt. Auch über seinen Körper war ein Fell ausgebreitet. Er konzentrierte seinen Geruchssinn darauf, aber der würzige Duft im Raum ließ keine anderen Gerüche zu ihm durchdringen. Wo auch immer er war, er fühlte sich geborgen, wie er sich, soweit er zurückdenken konnte, noch nicht gefühlt hatte.

Burg Sonnenstein im Mai 1706

Kaum war die Tür hinter den Soldaten, die die Frau im roten Umhang hinausgeleiteten, zugefallen, als Patkul mit schweren Schritten zu dem reich gedeckten Tisch ging und sich ein weiteres Glas Champagner einschenkte.

Das nächtliche Treffen war keineswegs so verlaufen, wie er erwartet hatte. Keinerlei neue Informationen über sein Schicksal hatte er erhalten, keinerlei Hoffnung auf dessen baldige Wende zum Besseren. Trotzdem wühlte ihn die Zusammenkunft mit der Anwaltsfrau zutiefst auf.

Was für eine Frau! Sie hatte ihn sprachlos gemacht. Obwohl er die ganze Zeit irgendetwas geredet hatte, war es ihm doch nicht gelungen, das auszusprechen, was er bei ihrem Anblick fühlte. Sie gehörte zu jenen Frauen, für deren Liebe ein Mann bereit war, das Schicksal herauszufordern. Es waren nicht nur ihre unverkennbare Schönheit und Grazie. Die hatten viele Frauen. Es war vielmehr das Feuer, das in ihr brannte, das sie jedoch zu beherrschen wusste. Er hatte solche Frauen kennengelernt und am eigenen Leib erlebt, wohin einen die Liebe zu ihnen treiben konnte. Denn die Kraft und Stärke, die ein Mann aus dem Liebesfeuer einer solchen Frau gewann, war eine unvergleichliche Weihe.

Der Schwedenkönig, dieser Jüngling auf dem Kriegspfad, würde diese Weihe nie erfahren, wich er doch den Frauen aus wie der Teufel dem Weihwasser. Vielleicht war Patkul auch deshalb nie mit ihm zurechtgekommen. Ganz anders der polnische König: August II. wusste nur zu gut um die Kraft des Liebesfeuers solcher Frauen. Aber er war süchtig danach geworden, wollte immer mehr davon und wechselte seine

Mätressen in immer kleineren Zeitabständen. War es gestern noch die herrliche Fatima, eine in den Türkenkriegen befreite Sklavin, die sein Blut in Wallung brachte, so war es heute bereits die schöne Cosel, und morgen mochte eine Nächste kommen, deren Liebe noch jungfräulich war. Und so unstetig er in seiner Liebe war, so unzuverlässig war er auf dem politischen Parkett. Das hatte Patkul zur Genüge erfahren und immer wieder versucht, seinem Dienstherrn, dem russischen Zaren, zu vermitteln.

Aber auch Peter I. war so ein Mann, der die Liebe einer ganz besonderen Frau gewonnen hatte. Vielleicht verband ihn das so unglückselig mit dem polnischen König? Patkul hatte die kleine Marta Skafronska selbst kennengelernt, als sie noch als Magd im Hause eines lutherischen Pastors in Marienburg lebte. Sie war ein dralles, hübsches Mädchen gewesen, und Patkul war schon damals dieses Feuer aufgefallen, das sie jedoch bestens zu beherrschen wusste, auch um den strengen Hausregeln des Pastors zu genügen. Jahre später – 1703 musste es gewesen sein – hatte er sie in Sankt Petersburg wieder getroffen. Alexander Menschikow, dieser kleine Gauner und große Lebemann, hatte sie dem Zaren zugeführt, wie es hieß. Er war der engste Freund Peters, und es war ein offenes Geheimnis, dass sie nicht nur den Wodka brüderlich teilten, sondern auch die Frauen. Aber Marta hatte es geschafft, den Zaren so für sich einzunehmen, dass weder Menschikow noch sonst ein Mann ihr zu nahe kommen durfte, ohne den Zorn Peters zu riskieren. Und zugleich verfügte diese wunderbare Frau über die Gabe, den Zaren, der in allem maßlos sein konnte, mit sanfter Liebe zu beruhigen, wenn böse Geister ihn in den Irrsinn zu treiben drohten. Patkul selbst hatte solche Ausbrüche ein paar Mal miterlebt. Sie konnten einen zufällig Anwesenden das Leben kosten. Aber seit Martas Liebe für ihn brannte, gab es endlich ein Mittel, ihn zu besänftigen. Kündigte sich ein Ausbruch des Zaren an, so eilten die Diener zu Marta, damit sie ihn beruhigte. Keine Reise, keinen Feldzug unternahm Peter mehr ohne sie. Vergangenes Jahr war Marta ihm zuliebe sogar zum orthodoxen Glauben übergetreten und hieß nun Jekaterina Alexejewna. Patkul hatte keinen Zweifel daran, dass dieses livländische Bauernmädchen, das weder lesen noch schreiben konnte, eines Tages auch noch die letzte Hürde nehmen und mit ihrem Zaren vor den Traualtar treten würde, so wie es sonst nur den armen Mädchen in den russischen Märchen passierte.

Obwohl die Frau dieses Hamburger Anwalts Wrangel sicherlich um einiges gebildeter war als die kleine Marta – das war schon unverkennbar an der Art, wie sie sprach –, würden sich die beiden Frauen bestimmt verstehen. Denn für die Liebe zu einem Mann waren beide bereit, bis zum Äußersten zu gehen.

Wäre er das auch?

Patkul spürte eine unangenehme Spannung im Zwerchfell, die ihm unmissverständlich sagte, dass er es wohl nicht wäre. Sicherlich, er war ein aufrechter Mann, stets engagiert für das Wohl anderer. Aber in seinem Innersten wusste er, dass er sich selbst am nächsten war. Er hatte Gertrud zurückgelassen, um seinen Belangen nachzugehen und vor allem Rache am Schwedenkönig zu nehmen. Jetzt gerade ließ er Anna von Einsiedel um sein Schicksal bangen, anstatt dem Drängen von Hoyms nachzugeben, vom Sonnenstein zu fliehen und mit ihr ein ruhiges Leben in der Schweiz zu führen. Zwar beflügelte ihn die Liebe der Frauen, aber trotzdem war sie nicht so stark wie seine Liebe zu sich selbst.

Und die forderte die Rehabilitation seiner Ehre.

Für viele war er wegen seiner aufrechten Haltung ein Held im Kampf um die Rechte der Freiheit. Doch sein Zwerchfell sagte

ihm, dass es ihm nur um seine eigene Freiheit ging, die Wurzel seines Handelns purer Egoismus war.
Ein leises Stöhnen entwich Patkuls trockenem Mund, und er schenkte sich den letzten Schluck Champagner ein, um mit ihm die Gedanken seiner tieferen Wahrheit hinunterzuspülen. Selbstzweifel waren in seiner derzeitigen Lage nicht hilfreich.

Ingermanland im Mai 1706

Das erste Grau des nahenden Morgens drang durch die Fenster in das kleine Holzhaus. Je näher die Sommersonnenwende kam, desto kürzer wurden die Nächte. Bald würde die Sonne kaum noch hinter dem Horizont verschwinden und so die Nacht zum Tag machen. Langsam erhob sie sich von dem Schemel, auf dem sie die letzten Stunden geruht hatte, schürte die Glut im Ofen und setzte einen kleinen Kessel mit Wasser auf. Dann ging sie zum Lager des jungen Mannes, nahm sein Handgelenk und fühlte den Puls. Der war immer noch zu hoch, und die Stirn war noch zu heiß, auch wenn sich sein Befinden schon deutlich verbessert hatte.

Sie stellte eine kleine Teekanne auf den Küchentisch aus grobem Holz und holte aus verschiedenen Dosen, die aus Birkenrinde gefertigt waren, Holunderblüten, Lindenblüten, ein bisschen Taigawurzel und Sanikel hervor, streute sie in die Teekanne und goss das inzwischen kochende Wasser darüber. Die Mischung sollte helfen, das Fieber zu senken und die Wundheilung zu beschleunigen.

Sein Körper sah übel zugerichtet aus. Am Kopf hatte er eine große verschorfte Wunde, auch die rechte Hand zeigte verschorfte Schnittwunden, Arme und Schultern wiesen schwere Prellungen auf. Seine Füße waren aufgerissen, da er keine ausreichende Hornhaut auf den Sohlen hatte. Ihr fiel auf, dass seine Hände frei von Schwielen und Blasen waren, als ob sie keine harte Arbeit kannten. Seine Haut war hell und schien nur selten mit der Sonne in Berührung gekommen zu sein. Selbst die Teile seines Gesichts, die nicht von dem kurzen struppigen Bart bedeckt waren, zeigten kaum Spuren von Wind und Wetter. Mit

Sicherheit kam er nicht aus dieser Gegend und wusste wohl auch kaum, was harte körperliche Arbeit bedeutete.
Wo mochte seine Heimat sein? Und welcher Seelenverkäufer hatte ihn wohl hierher verschleppt?
Bald würde sein Körper das Fieber besiegt haben. Aber der Schatten, den sie beim ersten Blick auf ihn gespürt hatte, würde weiter seine Seele verschleiern. Es gelang ihr nicht, durch seine Augen hindurch zu ihm zu dringen. Anscheinend konnte er auch nicht sprechen. In ein paar Tagen dürften seine Wunden so weit verheilt sein, dass die Bauern ihn abholen und zurück ins Lager bringen konnten. Sein Körper würde dann in der Lage sein, die Arbeit dort zu bewältigen.
Lange betrachtete sie sein Gesicht im Schlaf. Es verriet nichts von seinem Inneren, so als ob er auch nichts von seinem Inneren wusste. Sollte sie ihn so ziehen lassen, damit er in den Sümpfen schuftete?
Schon viele Male war sie zwischen den Welten gereist und in die Untere Welt hinabgestiegen, zur Kraft, die Heilung und Stärkung schenkt. Auch in die Obere Welt war sie gereist, in die Sphäre der Ahnen, der Seelen, der verstorbenen Vorfahren. Nur jenseits der hiesigen Sphäre konnte sie Hilfe für ihn finden, vielleicht auch den Ort, an dem ein Teil seiner Seele verfangen war, vielleicht sein Krafttier, das ihn begleiten und ihm immer wieder Zugang zur Kraft geben würde. Sie war schon für viele Menschen gereist. Sie würde auch für ihn reisen, selbst wenn er ihr nichts mitzugeben hatte, das ihr den Weg weisen könnte.
Der Kräuteraufguss war fertig. Behutsam flößte sie dem Fiebernden einige Schlucke ein. Er trank gierig, ohne zu sich zu kommen. Gut so, der Schlaf war einstweilen sein bester Heiler.
Von den Marschwiesen wehten die Rufe der Gänse herüber. Sie sammelten sich, um ihre Reise in den hohen Norden fortzusetzen. Wann würde der Ruf für sie ertönen? Bedächtig legte sie

noch zwei Holzscheite in den Ofen, hüllte sich dann in einen kurzen Schafspelz, griff nach dem Weidenkorb, der neben der Tür stand, und verließ das Haus und den Schlafenden, um ihren Belangen nachzugehen.

* * *

Ein unbestimmtes, aber vertrautes Geräusch weckte ihn. Er fühlte sich erstaunlich frisch und ausgeruht. Sein Blick wanderte von seinem Lager zum Fenster und der Wand.

Wo war er?

Hinter ihm hörte er wieder das gleichmäßig schabende Geräusch. Er versuchte sich umzudrehen. Zwar schmerzte seine Schulter, aber es gelang ihm schließlich. Vor dem großen verrußten Ofen stand die kleine Frau mit den grauen Zöpfen in einem dunkelroten Kleid, das ihr beinahe bis zu den Knöcheln reichte. An ihren Füßen trug sie Pantoffeln aus Filz. Sie hatte ihm den Rücken zugewandt und rührte etwas in einem Kessel um, der auf dem Ofen stand.

Er drehte sich zurück in eine bequemere Lage und betrachtete den Raum, in dem er lag und dessen Mittelpunkt der große Ofen bildete. An seiner Seite hingen einige Töpfe, Pfannen und Kessel, über ihnen mehrere Reihen zum Trocknen aufgehängter Kräuterbüschel. Oben auf dem Ofen, schon knapp unter dem Dach der Hütte, lagen Felle, so, als ob dort eine Schlafstatt war. An der Wand neben dem Ofen waren rustikale Borde angebracht, mit vielen Dosen und Schachteln aus hellem Holz. Davor standen ein grob gezimmerter Tisch und zwei ebensolche Stühle. Über einem lag ein kurzer Mantel aus Schafspelz. An der Wand neben der Tür hingen ovale Platten, die aus einem Weidengeflecht hergestellt waren. Auf ihrer Mitte hatten sie Schlaufen. Daneben hing eine flache runde Trommel, wie er aus dem nahezu weißen Leder schloss, das sich um den Rahmen spannte, an dem wiederum einige schwarz-weiße Federn herabhingen. Neben der Trommel stand ein kleiner Schemel aus Holz, über den ein hellbraunes kurzhaariges Fell gebreitet war. Er spürte das Fell, auf dem er lag. Es konnte vom gleichen Tier stammen. Aber er wusste nicht von welchem.

Die Frau drehte sich um und kam auf ihn zu. Sie hatte eine Schale und einen hölzernen Löffel in den Händen und hockte sich neben ihn auf das Fell. Von so nahem sah er, dass ihr Gesicht von vielen Falten durchzogen war und ihre Hände knorrig wie ein alter Baum wirkten. Mit einer Bewegung ihres Kopfes bedeutete sie ihm, sich aufzurichten. Er bemühte sich, und es gelang ihm wider Erwarten. Sie nickte aufmunternd und reichte ihm die Schüssel. Darin befand sich ein würzig riechender Brei. Vorsichtig führte er den Löffel zum Mund. Auch das gelang ihm. Der Brei schmeckte bittersüß, dabei aber sehr frisch. Gierig schlang er ihn hinunter. Mit jedem Bissen spürte er seinen Hunger deutlicher. Erst als die Schale leer war, überkam ihn ein wohliges Sättigungsgefühl. Er lächelte die Frau dankbar an.

Sie nickte nur, ohne eine weitere Regung zu zeigen, erhob sich, ging zum Ofen zurück und legte noch ein Holzscheit hinein. Dann verriegelte sie die Haustür mit einem kräftigen Querbalken. Sie setzte sich geräuschlos auf den kleinen Holzschemel, holte die Trommel von der Wand und begann sie in einem gleichförmigen Takt zu schlagen, der die Federn an ihren Rändern tanzen ließ. Er schaute ihnen einen Weile zu, aber der Trommelrhythmus benebelte ihn so, dass er die Augen schloss und in einen leichten Schlaf fiel.

Er spürt seinen Atem fließen wie einen Strom, der immer gewaltiger wird und sich von innen gegen seinen Körper presst. Mit dem Atem beginnt er Kreise zu ziehen, gleichmäßig wie ein

Strudel. Ein tiefes rhythmisches Rauschen umgibt ihn. Immer schneller dreht er sich, wird von einem Sog hinuntergezogen. Er fällt tiefer und tiefer. Die Augen eines Vogels sehen ihn an. Schwarze Augen, schwarzer Schnabel, schwarz-weißer Kopf, einer Maske gleich. Ein edler schwarzer Hals. Eine Gans. Er hört eine Stimme, die zu ihm spricht. Er kennt die Sprache nicht, aber er versteht, was sie meint. Hab keine Angst, folge mir dicht und schweige. *Er fällt weiter, alles ist weich und warm. Er dreht sich um den Vogelkopf, immer schneller und schneller. Das Bild verschwimmt. Der schwarz-weiße Kopf verformt sich, verfärbt sich. Die Augen sind nun braun, der Schnabel eine spitze Schnauze, das Federkleid ein rötliches Fell. Ein Fuchs sieht ihn an. Sein Kopf kommt immer näher an seinen. Die Schnauze mit der kleinen Nase berührt seine Stirn. Er fühlt einen heißen Luftzug, der seine Stirn durchdringt und sich in seinem Kopf ausbreitet. Er spürt die Pfoten des Fuchses auf seiner Brust. Sie sinken in ihn ein, direkt in sein Herz. Tiefe Wärme durchflutet ihn in sanften Wellen. Mit jeder Welle dreht er sich langsamer, bis er sich nur noch wiegt, sanft wie ein Blatt im Wind. Sein Atem fließt warm und gleichmäßig durch seinen Körper. Alles ist ruhig.*

Er öffnete vorsichtig die Augen. Das fahle Morgenlicht erhellte den Raum nur schwach. Die Frau hockte neben ihm. Ihr Kopf schwebte nahezu über seiner Brust, ihre Hände bewegten sich kreisend über seinem Körper. Ihre Augen waren geschlossen, aber er spürte ihre intensive Anwesenheit. Ein flaues Gefühl wollte sich Bahn brechen, aber da hörte er auf einmal die Stimme der Gans aus dem Traum, deren Sprache er nicht kannte, die er aber gleichwohl verstand. *Hab keine Angst.*

Er nahm ein paar tiefe Atemzüge und spürte eine Ruhe und

Wärme, die ihm einerseits ganz neu, andererseits zutiefst vertraut waren. Dann trafen sich ihre Blicke. Auch ihre hellgrünen Augen kamen ihm seltsam vertraut vor. Sie nickte ihm zu und bedeutete ihm, sich auszuruhen. Schon mit dem nächsten tiefen Atemzug sank er in einen traumlosen, heilenden Schlaf.

Berlin im Mai 1706

Historia naturalis de avibus libri von Jan Jonston, Merian Verlag, Frankfurt am Main 1650. Ruth streichelte andächtig über den weichen, hellbraunen Ledereinband des Buches in ihrer Hand. Endlich hatte sie das Werk gefunden, das die meisten Informationen über die Gans bot, die sie suchte: die Weißwangengans, *branta leucopsis* oder auch Nonnengans genannt, wegen des Kontrastes von ihrem weißen Gesicht zum schwarzen Schnabel, Scheitel, Nacken und Hals, der an die Tracht katholischer Nonnen erinnerte.

Einen ganzen Tag lang war sie durch Berlin gelaufen und hatte dieses Buch gesucht. Die Verlagsbuchhandlung von Johann Christoph Papen, die ihr der Buchhändler in Dresden genannt hatte, war geschlossen. Aber zum Glück hatten sich seit der Gründung der Königlichen Preußischen Sozietät der Wissenschaften noch weitere Verlagsbuchhandlungen in dieser aufstrebenden Stadt niedergelassen, sodass es ihr schließlich gelang, zwar nicht das Buch aus Dresden, dafür aber ein Exemplar der *Historia naturalis* zu erstehen.

Doch schon nach einer schnellen Lektüre sah Ruth ein, dass die naturkundlichen Angaben zur Weißwangengans allein ihr nicht weiterhalfen. Sie musste mit jemandem reden, der mehr über diese Gänse wusste. Der freundliche Verleger, der ihr das Buch verkauft hatte, wusste auch hierfür Rat. Ein gewisser Jakob Sternberg, ein junger Naturforscher mit besonderem Interesse an Wildvögeln, war erst kürzlich in die Königliche Preußische Sozietät der Wissenschaften aufgenommen worden. Ihn galt es zu finden.

Aber das war leichter gesagt als getan. Zwar gab es die Sozietät, doch es gab keinen bestimmten Ort, an dem sie sich befand. Über das Sekretariat gelang es ihr jedoch schließlich, den jungen Sternberg ausfindig zu machen, und so sandte sie ihm ein Billett, um sich mit ihm zu treffen. Und nun, drei Tage später, war es endlich so weit. Sternberg wollte sie zum Mittagessen in ihrem Gasthaus beim Gendarmenmarkt treffen.

Von ihrem Platz am Fenster aus sah Ruth direkt auf den neu erbauten Französischen Dom. Seine Glocken schlugen die zwölfte Stunde. Das Treiben auf dem Markt war von den vielen Hugenotten geprägt, die in den vergangenen zwanzig Jahren nach Brandenburg eingewandert waren, nachdem der französische König das Edikt von Nantes widerrufen hatte und somit jedem Protestanten in Frankreich entweder Haft- oder Galeerenstrafe drohte, wenn er sich öffentlich zu seinem Glauben bekannte. Inzwischen kam fast jeder fünfte der nahezu dreißigtausend Einwohner Berlins aus Frankreich. Aber die Stadt profitierte unverkennbar davon. Die Zugereisten brachten viele begehrte Fertigkeiten und Kenntnisse in das Kurfürstentum und auch so manchen Taler, wie der prachtvolle Dom bestätigte.

Ruth hatte auf früheren Reisen mit ihrem Vater einige Hugenottenfamilien in London kennengelernt. Zuweilen hatte sie Mitleid mit dem Schicksal der Vertriebenen verspürt, gehörte doch auch ihre Familie zu einer Glaubensgemeinschaft, die kaum irgendwo in Europa geduldet, geschweige denn geschätzt wurde. Aber die Hugenotten waren Christen, und überall in Europa hatten sich die protestantischen Kirchen Enklaven, ja schon ganze Königreiche schaffen können, in denen die Flüchtlinge unterkamen, ohne große wirtschaftliche Abstriche machen zu müssen. Für die Juden blieb das ein Traum.

»Verzeiht die Störung, gnädige Frau, aber seid Ihr Frau Wrangel?«

Vor ihrem Tisch stand ein athletisch gebauter junger Mann in einem schlichten schwarzen Rock, der sein blondes Haar zu einem lockeren Zopf zusammengebunden hatte und sie aus dunkelblauen Augen freundlich anblickte.
Lächelnd nickte sie ihm zu.
»Erlaubt, dass ich mich vorstelle. Mein Name ist Jakob Sternberg. Ich erhielt ein Billett mit Eurer freundlichen Einladung, Euch hier zu treffen.«
»Es freut mich, dass Ihr meiner Einladung gefolgt seid, verehrter Herr Sternberg. Nehmt doch bitte Platz, damit wir in Ruhe miteinander sprechen können.«
Während der junge Mann, der kaum älter als sie selbst sein mochte, sich setzte, rief Ruth den Wirt heran. Der Gasthof wurde von einem Hugenotten betrieben, der sich ausgezeichnet auf das Kochen verstand. Seit Wochen hatte sie nicht mehr so gut gegessen wie in den letzten Tagen in Berlin. Sie bestellte zwei Portionen des Burgunderbratens und eine Flasche Wein, wandte sich dann sogleich wieder Sternberg zu.
»Ich hoffe, Ihr erlaubt mir, Euch zum Mittagessen einzuladen, wo Ihr die Mühsal, mich hier aufzusuchen, auf Euch genommen habt. Der Koch ist ein wahrer Meister.«
Sternberg nickte verlegen. Ihm war anzusehen, dass er für gewöhnlich nicht in Gasthäusern der gehobenen Art speiste.
»Ich habe mich an Euch gewandt, Herr Sternberg, weil Ihr mir als ausgewiesener Experte für Wildvögel empfohlen wurdet.«
Augenblicklich hellte sich die Miene des jungen Mannes auf, und seine Augen leuchteten.
»Ich möchte von Euch gern so viel wie möglich über eine bestimmte Gans, die Weißwangengans, erfahren.«
»Ah, die *branta leucopsis,* eine wunderschöne Spezies! Ihr interessiert Euch für sie?«

»Ja. Ich möchte alles über sie lernen, vor allem aber wissen, wo sie lebt.«
»Die Weißwangengans ist ein Zugvogel, Frau Wrangel. Im Sommer lebt sie an der Küste des Eismeeres und brütet dort. Im Winter findet man sie an den südöstlichen Gefilden der Ostsee, bevorzugt an großen Mündungsdeltas. Sie ist eine typische Meergans, müsst Ihr wissen. Die Zeichnung ihres Kopfes ist besonders auffallend.«
Ruth hatte inzwischen das große lederne Buch aufgeschlagen und deutete mit dem Finger fragend auf einen kolorierten Kupferstich.
»Genau, das ist die *branta leucopsis.* Ihr besitzt ein Exemplar der *Historia naturalis?* Ich schätze dieses Werk sehr. Bevor ich vor drei Jahren nach Russland reiste, um dort meinen Forschungen nachzugehen, habe ich es über Wochen studieren dürfen. Herr von Leibniz – Ihr habt vielleicht schon einmal seinen Namen gehört – hat es mir zur Verfügung gestellt. Es war mir sehr von Nutzen.«
Augenblicklich schämte sich Ruth, dass sie sich für eine so unerhörte Summe Geldes ein Werk kaufte, das sich andere, wissenschaftlich wirklich interessierte und forschende Menschen, vielleicht in ihrem ganzen Leben niemals würden leisten können.
»Ja, Herr von Leibniz ist mir geläufig, Herr Sternberg. Ich habe zwei Jahre mit meinem Mann zusammen in Halle verbracht und dort viele Vorlesungen gehört.«
»Ihr wart an der Universität von Halle? Frauen ist der Zutritt doch verwehrt.«
Ruth schmunzelte. »Aber nicht das Hören und Lesen. Einige Professoren haben sogar meine Anwesenheit in ihren Vorlesungen erlaubt, vorausgesetzt, ich saß ganz hinten und schwieg.«
Jetzt schmunzelte auch Sternberg. »*Chapeau,* Madame, wie man hier in Berlin zunehmend zu sagen pflegt.«

Inzwischen hatte der Wirt den Braten und den Wein aufgetragen. Ruth legte das schwere Buch zur Seite, damit sie essen konnten.

»Was interessiert Euch am meisten an der *branta leucopsis,* Frau Wrangel?«

»Ich möchte wissen, wo ich sie finde.«

»Warum? Plant Ihr etwa, an die russische Eismeerküste zu reisen? Das ist ein sehr strapaziöses Unterfangen, wie ich Euch aus meinen eigenen Erfahrungen sagen kann. Die Wege, wenn sie überhaupt diesen Namen verdienen, sind schlecht und einsam. Dort oben leben nur uns nahezu unbekannte wilde Stämme, die in Erdlöchern oder Lehmhütten hausen, Schamanen verehren und rohen Fisch verzehren. Alles in allem kein Ort für eine Dame wie Euch. Ich selbst musste das Reiten auf einem Rentier erlernen, eine wirklich ungemütliche Angelegenheit.«

»Was ist ein Rentier?«, fragte Ruth, sofort von Neugier und Abenteuerlust gepackt.

»Es ist eine in den Tundren des Nordens lebende Hirschart. Sein Rücken ist gerade, und die Wirbelsäule sticht heraus, sodass das Sitzen sehr unbequem ist.«

Ruth lächelte, kehrte dann aber zum Thema zurück. »Ich besitze ein Bild von einer Weißwangengans und möchte an den Ort reisen, der darauf zu sehen ist.«

»Zeigt es mir, vielleicht kann ich Euch helfen.«

Ruth zögerte. Sie wollte dem enthusiastischen jungen Mann nicht ihre ganze Geschichte erzählen. Zum einen war sie es nach Halle, Dresden und Pirna leid geworden, zum anderen war der Pfad, den sie nun betreten hatte, wohl kaum mehr einem vernünftig denkenden Menschen vermittelbar. Sie suchte schließlich den Ort eines Traumbildes.

»Leider habe ich es nicht bei mir, aber ich beschreibe es Euch gern.«

Während Sternberg ihr konzentriert zuhörte, beschrieb Ruth jedes Detail, das sie in ihrem Traum gesehen hatte. Tatsächlich war es mehr als ein Traum. Seit sie Dresden verlassen hatte, hatte sie bestimmt noch dreimal von demselben Ort geträumt und Hinrichs Stimme gehört. Daraus zog sie auch die Hoffnung, dass der Traum mehr als eine nächtliche Phantasterei war. Hatten die Menschen nicht auch in der Bibel immer wieder Traumbilder gesehen? Hatte Gott nicht im Traum zu ihnen gesprochen? Warum also sollte ihr Traum nicht ebenfalls mehr sein als ein Wahngebilde?

»So wie Ihr die Landschaft und die Pflanzen beschreibt, kann der Ort nicht am Eismeer liegen. Dort ist die Landschaft weitaus karger. Was auf Eurem Bild zu sehen ist, scheint mir eher ein ausgedehntes Sumpfgebiet zu sein, wie es an vielen Stellen der Ostseeküste vorkommt. Je weiter östlich sie liegen, desto mehr kommen sie als Winterquartier der Gans in Frage. Sie zieht nur so weit, wie sie unbedingt muss. Überlegt, ob Euch noch weitere Details einfallen, Blumen vielleicht oder andere Tiere.«

»Nein, es ist Nacht, deshalb sind kaum weitere Einzelheiten zu erkennen. Man sieht vor allem den Vollmond und den Großen Bären.«

»Den Großen Bären! Das ist hervorragend. Habt Ihr schon vernommen, dass die Sterne uns Auskunft über unseren Standort auf der Erde geben können?«

»Ja, Astronomie hat mich schon immer fasziniert.«

»Habt Ihr vielleicht auch gehört, dass der Astronom Gottfried Kirch, welcher viele Sterne am Firmament entdeckte, ebenfalls Mitglied der Königlichen Preußischen Sozietät der Wissenschaften ist?«

»Nein, Herr Sternberg, ich muss gestehen, der Name Kirch ist mir nicht geläufig. Ich habe mich auch eher mit den astronomischen Betrachtungen der Antike beschäftigt. Mein Vater besaß viele Bücher darüber.«

»Ein sehr interessantes Thema. Aber für Eure Frage solltet Ihr Herrn Kirch, nein, besser noch seine Frau Maria konsultieren.«

»Seine Frau?«

»Ja, Maria Kirch ist ebenfalls eine hervorragende Astronomin, die sich ihr Wissen im Selbststudium erarbeitet hat.« Sternberg warf Ruth ein verschwörerisches Lächeln zu, das sie erröten ließ. Natürlich musste es noch viele andere Frauen geben, die sich nicht dem Verbot des wissenschaftlichen Lernens für Frauen unterwarfen, sondern eigene Wege fanden, ihren Wissensdurst zu stillen.

»Sehr gern würde ich Frau Kirch kennenlernen, Herr Sternberg. Meint Ihr, dass das möglich wäre?«

»Das ist möglich, Frau Wrangel. Die Kirchs leben und arbeiten in Neu-Cölln. Ich kenne die Familie gut und mache Euch gern mit ihr bekannt. Maria Kirch unterstützt ihren Mann bei seinen Observationen und der Herausgabe von Kalendern, womit sie ihren Lebensunterhalt verdienen. Sie hat aber auch schon selbst ganz hervorragende Entdeckungen gemacht, wie den Kometen, der im Jahre 1702 unseren Himmel erleuchtete. Zurzeit arbeiten die Kirchs im Hause, oder treffender *auf* dem Hause des Geheimrats von Krosigk in der Wallstraße in Neu-Cölln am Wasser. Wenn Ihr mögt, können wir sogleich dorthin gehen. Von hier aus ist es ein schöner Spaziergang, zumal bei diesem herrlichen Wetter.«

Krakau im Mai 1706

Pfingsten kochte förmlich vor Wut. Bezahlte er Schumann und seinen Schergen nicht genug, um eine so einfache Observation wie die von jener Frau Wrangel zu bewerkstelligen? Ja, sie hatten sie observiert, sie hatten ihr sogar mehrfach gedroht, wie Schumann ihm beteuerte. Aber erreicht hatten sie nichts. Die Frau hatte es geschafft, in Patkuls Gefängnis vorzudringen! Als Freudenmädchen getarnt, war ihr der Zutritt gelungen!

Es war unglaublich. Was für Zustände herrschten auf Burg Sonnenstein? Der Kommandant Corbey schien seiner Aufgabe nicht gewachsen zu sein. Durch reinen Zufall hatten Spitzel das Gespräch einer Hurenmutter belauscht, die sich vor einigen Kerlen damit brüstete, eine vornehme Dame als Dirne verkleidet zu Patkul geschmuggelt zu haben. Schnell konnte man verifizieren, dass es sich bei der Dame nicht, wie zunächst vermutet, um seine Verlobte Anna von Einsiedel gehandelt hatte. Pfingsten hatte sofort geahnt, wer diese mysteriöse Dame war. Der Geheime Conseil würde Kommandant Corbey dafür zur Rechenschaft ziehen müssen. Als sein Sekretär würde er es den Mitgliedern des Conseils gleich nach seiner Rückkehr von Krakau nach Dresden nahelegen.

Leise öffnete sich die Tür zu Pfingstens Kabinett, und ein livrierter Diener trat ein. »Eure Exzellenz, Seine Majestät der König ist jetzt bereit, Euch zu empfangen. Wenn Ihr mir bitte folgen mögt.«

Pfingsten strich mit einer flüchtigen Bewegung seinen blauen Samtrock glatt und folgte dem Diener. Endlich fand der König Zeit für ihn. Hoffentlich würde er auch ein Ohr für seine Angelegenheiten haben und ihn nicht nur mit neuen *ordres* überhäufen.

Das königliche Kabinett auf dem Wawel, dem Krakauer Schloss, war ein sonnendurchfluteter Raum, der einen herrlichen Blick auf die ruhig dahinfließende Weichsel preisgab. Aber viel mehr als seine schöne Lage war dem Schloss auch nicht geblieben, seit die schwedische Armee es vor vier Jahren gründlich geplündert hatte. So hatte sich König August II. mit einem kargen Interieur zufriedenzugeben, zumal die Staatskasse derzeit keine kostspieligen Ausgaben für prunkvolle Dekorationen erübrigen konnte. Entsprechend karg schien auch die Laune Seiner Majestät zu sein, als er sich mürrisch durch die Papiere las, die Pfingsten ihm vorgelegt hatte. Seine riesige Allongeperücke über dem weinroten, aufwendig mit Goldbrokat bestickten Samtrock wippte ungehalten. Mochte das Interieur auch leiden, auf eine würdige Garderobe legte der König unbedingten Wert.

»Es erfüllt mich nicht mit Freude, was ich da über den Geheimen Conseil lese, Pfingsten. Fürstenberg soll Sachsen in meiner Abwesenheit würdig führen und sich nicht wie ein kopfloser Gockel aufführen. Aber die Stunden dieses Geheimen Conseils sind sowieso gezählt.«

Pfingsten schaute seinen Souverän fragend an. »Eure Majestät planen eine Umstrukturierung?«

»Umstrukturierung, ja, das ist ein schönes Wort, Pfingsten. Auf Eure Feinsinnigkeit ist doch immer wieder Verlass. Ich habe einen Erlass vorbereitet, den Ihr für mich mit nach Dresden nehmen werdet. Ich wünsche die Einsetzung eines Geheimen Kabinetts, das sämtliche Aufgaben von zentraler Bedeutung übernimmt, vor allem die Belange der Exekutive.«

Pfingsten nickte schweigend. Er ahnte, dass der König derzeit nicht in der Laune war, ihm seine Vorstellungen zu diesem neuen Geheimen Kabinett näher zu erläutern. Aber eines war klar:

Seine Einführung würde zu gewaltigen Umwälzungen in Dresden führen.
August musterte seinen geheimen Referenten mit einem schiefen Lächeln in seinem Entenschnabelgesicht. »Keine Sorge, Pfingsten, für jemanden wie Euch werde ich auch unter neuen Strukturen Verwendung haben. Und nun berichtet mir, wie es um die Causa Patkul steht. Der russische Druck wird schließlich nicht geringer. Hat der Geheime Conseil endlich eine hieb- und stichfeste Anklageschrift hervorgebracht?«
»Ich fürchte nicht, Eure Majestät.«
»Der Zar reißt mir den Kopf ab, wenn ich ihm nicht bald einen wirklich guten Grund für Patkuls Verhaftung nenne!«, brach es ungehalten aus dem König hervor. »Und das wird schon in kurzer Zeit der Fall sein, wenn ich Peter an der Front treffe.«
Pfingsten schwieg verlegen.
»Wie steht es denn um die juristische Verschwörung, die Ihr um jenen Professor Thomasius vermutet habt? Habt Ihr wenigstens diese Chimäre endgültig zerschlagen können?«
»Die Juristen um Thomasius, die er für seine Sache hat gewinnen können, verhalten sich ruhig, Eure Majestät. Alle sind unter strenger Beobachtung, und bisher hat keiner von ihnen versucht, irgendeine Schrift zu veröffentlichen. Allerdings …«
Pfingsten verstummte und betrachtete konzentriert seine Fußspitzen. Warum hatte er bloß nicht rechtzeitig den Mund gehalten?
»Allerdings? Ich höre, Pfingsten!« Der König sah ihn auffordernd an. Es half alles nichts.
»Allerdings verbreitet die Witwe eines jener Juristen, der während einer geheimen Zusammenkunft wohl durch einen Überfall zu Tode kam, Unruhe.«
»Womit?«
»Sie will nicht glauben, dass ihr Mann Opfer eines Zufalls wur-

de, sondern vermutet hinter seinem Verschwinden eine Entführung der Gegner Patkuls. Und tatsächlich wurde nie die Leiche von jenem Juristen gefunden.«

»Soso, eine Frau will nicht an den Tod ihres Mannes glauben. Und was unternimmt sie, dass sie Euch Sorgen bereitet und Ihr es für nötig haltet, mich darüber zu unterrichten?«

»Sie stellt Nachforschungen an, ist sogar nach Dresden gereist, um mehr über die Causa Patkul zu erfahren.«

»Und?«

»Meine Männer haben sie davon überzeugen können, Dresden zu verlassen, Eure Majestät, aber ...«

»Aber?«

Pfingsten biss sich auf die Lippen. Nein, er würde dem König nicht von der geheimen Zusammenkunft mit Patkul berichten. Den daraufhin zu erwartenden Wutanfall wollte er heute nicht mehr auf sich ziehen. »Aber sie ist nicht wie erhofft nach Hamburg zurückgereist, sondern weiter nach Berlin gefahren.«

»Steht Berlin in irgendeinem Zusammenhang mit der Causa Patkul?«

»Nein, Eure Majestät, bisher nicht.«

»Dann wollen wir hoffen, dass dies auch so bleibt. Kümmert Euch darum, dass aus der Frau kein ähnliches Problem erwächst wie aus dem zweifelhaften Gesandten. Und vergesst nicht: Ich will etwas gegen Patkul in der Hand haben, wenn ich nächste Woche mit dem Zaren zusammentreffe.«

»Sehr wohl, Eure Majestät.«

Kaum hatte sich die Tür hinter ihm geschlossen, als Pfingstens Schultern mutlos herabsanken. Die Anwaltsfrau war noch das geringere Problem. Er würde einfach sogleich eine geheime *ordre* an Schumann schicken, dass er die Observation auch in Berlin fortzusetzen, ja sogar zu verstärken habe. Man musste schließlich damit rechnen, dass sie geheime Informationen von

Patkul erhalten hatte, die sie an dessen Freunde am brandenburgisch-preußischen Hof weitergeben konnte. Und Sachsen durfte es sich nicht mit dem Nachbarn verderben.
Als Pfingsten den Schlossplatz überquerte, gesellte sich Oberst Orlow zu ihm, der wegen seiner guten Deutschkenntnisse im Auftrag der russischen Heeresführung König August als Ansprechpartner für kurzfristige Belange diente.
»Guten Tag, Herr Pfingsten, hättet Ihr wohl einen Moment Zeit, mir in der Causa Patkul Eure Aufmerksamkeit zu schenken?«
Auch das noch! Pfingsten kniff die Lippen zusammen und schüttelte unwirsch den Kopf. Ihm war nicht nach einer Erörterung des russischen Standpunktes zu Patkul zumute. Die ganze Causa raubte ihm noch den Verstand.
Aber Orlow ließ nicht locker. »Ich könnte mir vorstellen, dass das, was ich Euch streng vertraulich von höchster Stelle mitzuteilen habe, Euer Interesse wecken dürfte.«
Pfingsten neigte den Kopf neugierig in Richtung seines Begleiters. »Von allerhöchster Stelle?«
Über Orlows Mundwinkel huschte eine Lächeln. »Von General Menschikow persönlich, wenn Euch das genügt.«
Menschikow war die rechte Hand des Zaren! Höheres konnte Pfingsten kaum erwarten. »Und womit gedenkt Ihr mein Interesse zu wecken, Oberst Orlow?«
»Der General wäre zwar betrübt, würde es aber verwinden, wenn der Gesandte Patkul unerwartet das Zeitliche segnete. Insbesondere, wenn es sich um die Folge einer Krankheit und nicht um einen offensichtlich gewaltsamen Tod handelte.«
Pfingstens Schultern rollten wieder in die Höhe, und seine Brust spannte sich. Er selbst hatte schon mit diesem Gedanken gespielt, denn eine bessere Lösung als den Tod Patkuls konnte es für die verfahrene Situation kaum geben. »Und so ein Schick-

salsschlag würde keine diplomatischen Konsequenzen nach sich ziehen?«
»General Menschikow hält das für nahezu ausgeschlossen.«
Pfingsten sog die frische Mailuft durch seine Nasenflügel und ließ sie geräuschvoll, einem Seufzer gleich, wieder entweichen. »Ich danke Euch für diese aufschlussreiche Unterhaltung, Oberst Orlow.«

Ingermanland im Mai 1706

Die Sonne hatte den Zenit bereits überschritten, als es an der Tür des kleinen Holzhauses am Ende der Straße klopfte. Sie hatte die beiden Männer schon von weitem kommen sehen. In ihren Gesichtern las sie die Ungeduld und den Unwillen, für den Kranken weiter Lebensmittel bringen zu müssen.

»Sei gegrüßt, *Baba* Marusja. Wir hoffen, dir geht es gut und dem Mann auch, den die Soldaten brachten.«

Schweigend schaute sie den *Starosta* und seinen Begleiter, den Schmied, an. Selten trauten sich die Leute zu ihrer Tür. Zu groß war ihre Furcht. Der Pope hatte ihnen wieder und wieder gesagt, es sei nicht gut, mit ihr zu verkehren. Sie sollten ihre Sorgen lieber Gott anvertrauen und der Kirche spenden, als ihr Schicksal in die Hände einer alten Schamanin zu legen.

Die Zeiten hatten sich eben geändert. Der Zar der Russen herrschte nun hier, und mit ihm kamen die Popen mit ihren Kirchen, Kerzen und Litaneien. Sie sagten, sie predigten das Wort Gottes, und die Menschen sollten in die Kirchen kommen, um dort Gottes Wort zu hören. Als ob Gott in einem steinernen Haus mit goldenen Türmen wohnte. Sie begriffen einfach nicht, dass das, was sie Gott nannten, überall gegenwärtig war, auch in ihnen selbst. Die Kraft brauchte weder goldene Türme noch Kerzen oder Popen, um die Menschen zu durchströmen. Sie war schon immer da und würde immer bleiben. Für die Kraft gab es keine Zeit. Die Menschen ahnten das. Aber sie trauten sich nicht, den Mächtigen zu widersprechen, die ihnen nun vorschrieben, was sie zu glauben hatten. Darum kamen sie heimlich zu ihr, wenn der Pope es nicht bemerkte. Denn sonst schalt er sie des Aberglaubens

und drohte ihnen mit Gottes Strafe. Und ihr mit den Schergen des Zaren.
So war ihr Verweilen hier mühselig geworden. Sie hielt sich bedeckt und lebte zurückgezogen am Ende des Dorfes wie eine einfache alte Frau. Trotzdem kamen die Leute weiterhin und erbaten ihre Hilfe, so wie sie es seit Jahrhunderten getan hatten. So weit ihre Erinnerung zurückreichte und die Erinnerung an die großen Schamanen vor ihr, die schon diese Sphäre verlassen hatten, waren die Menschen zu ihnen gekommen, zu den Reisenden zwischen den Welten, um Hilfe von den Geistern und Ahnen zu erbitten, um sich an der Kraft zu laben und ihren Körper und ihre Seele zu heilen. Wenn sie spürte, dass ihre Bitten ernst waren, verweigerte sie ihre Hilfe nicht. So wie bei dem namenlosen Kranken in ihrem Haus. Solange die Menschen sie brauchten und sie achteten, würde sie bleiben. Noch war der Moment nicht gekommen, weiterzuziehen und diese Sphäre zu verlassen.
Die beiden Männer scharrten unruhig mit ihren Stiefeln im Kies.
»Wann wird der Mann so weit sein, dass wir ihn den Soldaten zurückgeben können, *Baba* Marusja? Sie fragen fast jeden Tag nach ihm.«
»Kommt in fünf Tagen wieder. Doch bis dahin haltet euch fern.«
Die beiden Männer nickten ehrerbietig, reichten ihr einen kleinen Korb mit Eiern, Brot und Kwas, verabschiedeten sich dann wortreich und schlurften zurück zur Pforte. Sie sah ihnen nach, bis sie hinter der Biegung der Dorfstraße verschwunden waren. Das Joch der Obrigkeit lastete auf ihren Schultern. Sie hatten Angst um ihre eigenen Söhne, die sonst anstelle des Namenlosen in die Gruben des Zaren mussten. Sie konnte sie verstehen. Es war nicht an ihnen, das Schicksal dieses Mannes zu tragen. Doch auch er würde sein Schicksal nicht würdig tragen können, wenn er seine Seele nicht wiederfand. Als sie in der letzten Nacht für

ihn in die Untere Welt gereist war und nach seinem Krafttier Ausschau gehalten hatte, hatte sie gespürt, wie stark trotz seines labilen Zustands seine Verbindung mit der Lebenskraft war. Ein einfacher Hinweis hatte gereicht, und schon hatte sie sein Krafttier, den Fuchs, aufgespürt. Oder hatte es vielmehr sie aufgespürt? Doch um nach seiner Seele zu suchen, musste sie in die Obere Welt reisen und sich auf den gefährlichen Pfad zu den Geistern und Ahnen begeben. Das konnte sie nicht während der kurzen Nächte hier in ihrem Haus wagen. Eine solche Reise brauchte einen besonderen Ort für den Aufbruch.
Ihr blieben fünf Tage.

Berlin im Mai 1706

Berlin glich einer einzigen großen Baustelle. Überall, wohin man sah, entstanden prächtige neue Bauwerke. Die Straßen waren voll von Handwerkern aller Gewerke, die geschäftig ihrer Arbeit nachgingen. König Friedrich I. schien es wirklich darauf angelegt zu haben, seiner Residenz majestätischen Glanz zu verleihen. Unweit des Französischen Doms wurde eine weitere Kirche, der Deutsche Dom, gebaut. Die Arbeiten waren schon recht weit fortgeschritten. Die Zimmerleute kletterten im Holzgerüst herum, um das wohl eine Kuppel entstehen sollte.

Während Ruth in Begleitung Sternbergs durch die sonnenbeschienenen Straßen ging, die dank der trockenen Witterung frei von Matsch waren, erzählte der junge Naturforscher ihr begeistert von Maria Kirch. Maria war die Tochter eines lutherischen Pastors und schon mit dreizehn Jahren zur Waise geworden. Als sie alt genug war, wurde sie Dienstbotin bei einem Astronomen, bei dem sie ihre Selbststudien vorantrieb. Den Keim dafür hatte schon ihr Vater gelegt. In jenem Haushalt lernte sie Gottfried Kirch kennen und heiratete ihn. Es war unverkennbar, dass Sternberg Maria Kirch verehrte, ja, vielleicht sogar noch tiefere Gefühle für sie empfand. Je mehr er von ihr schwärmte, desto neugieriger wurde Ruth auf ihre Bekanntschaft.

Endlich hatten sie die Wallstraße erreicht und klopften an die Tür des Hauses des Geheimrats von Krosigk. Der war ein begeisterter Freund der Astronomie und stellte sein Vermögen immer wieder in den Dienst dieser Wissenschaft. Auf seinem Dach hatte er eine private Sternwarte eingerichtet, die die Kirchs für ihre Forschungen nutzen durften. Auch verfügte Krosigk über

eine hervorragende astronomische Bibliothek, die dem Astronomenehepaar offen stand und die sie regelmäßig nutzten.
Da der Geheimrat nicht zu Hause war, sondern bei Hofe weilte, führte der Hausdiener die Gäste direkt in die Bibliothek. Sternberg übernahm es, seine Begleiterin den beiden Astronomen vorzustellen und auch gleich ihr Anliegen ausführlich darzulegen.
Das Ehepaar Kirch erinnerte Ruth unwillkürlich an ihre Eltern. Maria Kirch war eine hübsche, aber züchtig gekleidete Frau von vielleicht Mitte dreißig, während ihr Mann wohl nahezu das Doppelte an Jahren zählte und einen sehr strengen Gesichtsausdruck hatte, der Ruth sofort an ältere pietistische Gelehrte erinnerte, denen sie seinerzeit in Halle bei Professor Francke begegnet war. Tatsächlich waren die beiden strenge Anhänger des Pietismus, wie Sternberg ihr später erzählte. Auch Ruths Eltern hatte ein sehr großer Altersunterschied getrennt. Lange hatte sie geglaubt, dass ihre Ehe schon deshalb nicht auf gegenseitiger Liebe beruhen konnte. Erst als junge Frau, kurz vor dem Tod ihres Vaters, hatte Ruth von einer Freundin ihrer damals bereits verstorbenen Mutter erfahren, dass ihr Vater die große Liebe ihrer Mutter gewesen war und dass die beiden ein tiefer innerer Gleichklang verbunden hatte. Einen solchen Gleichklang meinte sie auch bei dem Ehepaar Kirch zu spüren, schon in der Art, wie sie miteinander redeten und umgingen.
Als Sternberg seine Ausführungen beendet hatte, ergriff Gottfried Kirch das Wort. »Verehrte Frau Wrangel, obwohl es mir nicht immer leichtfällt, es laut zuzugeben, will ich doch kein Hehl daraus machen, dass meine Frau mir in der astronomischen Bestimmung geographischer Orte deutlich überlegen ist. Um ehrlich zu sein, wäre mir ohne ihre Hilfe schon so mancher Fehler unterlaufen. Darum möchte ich Euer Anliegen lieber gleich in ihre Obhut geben.«

»Du übertreibst ein wenig, mein lieber Gottfried. Ohne deine unablässigen Unterweisungen in höherer Mathematik wäre ich doch bis heute nicht in der Lage, komplexere Berechnungen anzustellen.« Mit einem freundlichen Lächeln wandte sie sich an Ruth: »Aber ich will nicht leugnen, Frau Wrangel, dass mich Euer Anliegen sehr reizt und ich Euch gern bei der Lösung des Rätsels behilflich bin. Außerdem muss mein Mann jetzt ohnehin seine jüngsten Kalenderberechnungen überprüfen, da schon bald eine neue Ausgabe seines Kalenders gedruckt werden soll, und zwar möglichst ohne Rechenfehler. Lasst uns hinüber an den Tisch gehen, damit Ihr mir eine genaue Zeichnung der Sternenkonstellation Eures Gemäldes machen könnt.«
Ruth beschwor erneut das Traumbild vor ihr inneres Auge und zeichnete dann alle Himmelskörper auf, an die sie sich erinnerte. Im Wesentlichen waren dies die Sterne, die den Großen Bären markierten, der Nordstern, den sie seit ihrer Kindheit gern beobachtete und immer auf Anhieb am Firmament entdeckte, der Vollmond und in seiner Nähe der Abendstern, wie man die Venus auch nannte.
Maria Kirch schaute ihr beim Zeichnen konzentriert über die Schulter und ermahnte sie, den Abstand zur Horizontlinie möglichst genau wiederzugeben. Dann musterte sie die Zeichnung eingehend. »Es wird leider nicht einfach, hieraus etwas zu errechnen. Zu viele Fehlerquellen können sich im Bild verbergen. Woher wissen wir zum Exempel, dass der Maler eine reale Sternenkonstellation korrekt wiedergegeben hat? Vielleicht hat er die Sterne aus ästhetischen Beweggründen nach Lust und Laune verteilt.«
Ruth zuckte hilflos mit den Schultern. Natürlich hatte die Astronomin recht mit ihren Zweifeln. Hinzu kam, dass es nicht einmal ein Gemälde gab, wie sie vermutete, sondern nur Ruths Traumbild. Aber sollte sie ihr das gestehen? Würde sie Ruth

nicht für eine Verrückte halten? Dabei war sich Ruth ganz sicher, dass die Sterne in ihrem Traum genau wie auf der Zeichnung am Himmel gestanden hatten.

»Seid so gut, verehrte Frau Kirch, und versucht es trotzdem. Ihr seid meine letzte Hoffnung für eine wichtige Suche.« Ruth schluckte und wandte ihren Blick ab, da sie ihre Tränen aufsteigen spürte.

»Ich werde sehen, was ich tun kann. Ruht Euch so lange etwas aus. Ihr seht müde aus. Sicherlich habt Ihr einen anstrengenden Tag hinter Euch.«

Dankbar setzte sich Ruth in einen Lesesessel und ließ ihren Blick über die Bücherrgale und die Stiche an der Wand gleiten. Der prächtig gerahmte Stich eines modernen Observatoriums fiel ihr ins Auge. Es stand an einer schroffen, nur mit kleinen Bäumchen und Büschen bewachsenen Küste.

»Ein beeindruckender Bau, nicht wahr?«, sagte Sternberg, der sich zu ihr gesellte. »Dieses wunderbare Observatorium verdankt die Welt dem Geheimrat von Krosigk. Er ließ es vor einigen Jahren in der russischen Stadt Archangelsk an der Küste des Weißen Meeres bauen. Ich habe es mit eigenen Augen gesehen, als ich dort an Land ging, um in die arktischen Gefilde Russlands weiterzureisen. Der russische Zar Peter I. hat die Stadt zu einer gewaltigen Festung ausbauen lassen, mit der er schon den Schweden getrotzt hat. Ihr wisst vermutlich, dass die beiden Reiche sich im Krieg miteinander befinden?«

Ruth nickte.

»Damals lernte ich auch den Geheimrat Krosigk persönlich kennen. Er kümmerte sich um die fachgerechte Nutzung des Observatoriums, das dem Zaren wohl große Freude bereitete und Krosigk seine hoheitliche Freundschaft einbrachte, wie man sich erzählt.«

»Wie seid Ihr damals in den Norden gereist, Herr Sternberg?«

»Ich hatte das Glück, in Riga einen Kaufmann aus Hamburg kennenzulernen. Er heißt Paul Ankermann und kennt sich hervorragend in der nordischen Region aus. Man sagt, er unterhalte auch sehr gute Kontakte zum russischen Hof und versorge den Zaren mit vielerlei nützlichen Dingen. Mir jedenfalls verhalf er zu einer Schiffspassage auf einem britischen Handelsschiff. Ich konnte mich als Schreiber nützlich machen, da der Aktuar der Handelsgesellschaft, die das Schiff geschickt hatte, erkrankt war.«

»Frau Wrangel, Herr Sternberg, kommt doch bitte herüber und schaut Euch das Ergebnis meiner Berechnungen an.«

Schnell sprang Ruth auf und eilte zu Maria Kirch. Ein leichter Schwindel ergriff sie, aber er war bei weitem nicht mehr so schlimm wie noch in den letzten Wochen.

Die Astronomin ging zu einem enormen Globus, der in einer Ecke der Bibliothek stand, und suchte darauf die Punkte ihrer Berechnungen. »Seht her, Frau Wrangel. Es ist unglaublich, zu welch exaktem Ergebnis mich Eure Zeichnung geführt hat. Ich hätte das nie für möglich gehalten. Doch eines ist merkwürdig: Diese Sternenkonstellation tritt nur am Tage auf, ist also gar nicht zu beobachten. Ihr beschreibt mir den Ort aber bei Nacht.« Behende drehte sie den Globus entsprechend ihrer errechneten Koordinaten und fuhr mit den Fingern eine imaginäre Linie entlang. »Meine Berechnungen haben exakt den neunundfünfzigsten Breitengrad ergeben. Er verläuft durch Stockholm, Christiania, Narva, Helsingfors und durch jene Neugründung des russischen Zaren, die man Sankt Petersburg nennt.«

»Die Orte liegen alle im Königreich Schweden!«, rief Ruth entsetzt aus, als ob sich eine böse Vorahnung bestätigte. Hatte der schwedische König Karl XII. also tatsächlich etwas mit Hinrichs Verschwinden zu tun?

»Nicht alle, Frau Wrangel«, mischte sich Sternberg ein. »Der Nordische Krieg verschiebt die Grenzen andauernd. Narva ist inzwischen von den Russen besetzt, und Sankt Petersburg, die Neugründung des russischen Zaren, liegt in Ingermanland, das die Schweden zwar einst dem Moskauer Reich abgenommen hatten, der Zar sich aber zurückgeholt hat.« Er blickte verstohlen zu Maria Kirch hinüber, um zu sehen, ob seine Ausführungen sie beeindruckten.

»Ingermanland?« Ruths Schwindel verstärkte sich nun doch. Diesen Namen hatte sie schon einmal gehört. Wo war es noch gewesen? Wer hatte von dieser Region gesprochen?

»Ja, Ingermanland«, bestätigte Maria Kirch und lächelte dem blonden jungen Mann zu. »Es ist eine Region am östlichsten Rand der Ostsee und erstreckt sich bis an das westliche Ufer des Ladogasees. Vor gut einhundert Jahren fiel das Gebiet als Kriegsbeute an Schweden. In welchem Reich jedoch seine Zukunft liegt, ist ungewiss.«

»Ihr seid sehr bewandert in der Geschichte der Nordländer, Frau Kirch«, lobte Sternberg.

»Ja, Herr Sternberg. Wer um die Vergangenheit nichts weiß, kann die Gegenwart nicht verstehen. Warum sonst sollten sich zwei große Reiche so erbittert um ein Stück Sumpfland streiten, wenn es nicht für beide eine große symbolische Bedeutung hätte?«

Ruth schmunzelte. Maria Kirch war ganz nach ihrem Geschmack. Eine Frau, die wusste, was sie wollte, und es zugleich verstand, die Männer auf gebührenden Abstand zu halten. »Wo habt Ihr die Geschichte Schwedens und Russlands studiert, Frau Kirch?«

»Ich habe sie nicht studiert, aber mein Großvater war Buch- und Tuchhändler. Wenn im Winter die Handelsgeschäfte ruhten, las er uns Kindern gern aus den wunderbaren Büchern vor, mit

denen er handelte. So habe ich in langen Winternächten viele Geschichten gehört.«
Ruth nickte anerkennend und wandte sich dann wieder an Sternberg. »Wo wären Eurer Meinung nach auf dieser Linie des neunundfünfzigsten Breitengrades typische Brut- oder Rastplätze der Weißwangengans, Herr Sternberg?«
»Überall dort, wo die Meeresküste nah und das Ufer sumpfig oder typisches Marschland ist. Ihr ahnt schon – das können viele Orte sein.«
Ruth seufzte.
»Aber wartet«, mischte sich nun Gottfried Kirch ein. »Vor einigen Tagen ging eine große Eklipse, eine Sonnenfinsternis, über Europa. Sicher habt Ihr davon gehört. Es war ein ganz außerordentliches astronomisches Ereignis, das mich tagelang beschäftigt hielt, weshalb ich auch mit meinen Kalenderdaten in Verzug geraten bin.«
Ruth schüttelte verlegen den Kopf. Nachrichten dieser Art hatte sie seit Wochen nicht wahrgenommen.
Der Astronom ließ sich jedoch nicht beirren. »Die Sonnenfinsternis könnte erklären, warum Ihr ein Sternenbild gesehen habt, das bei Tage nicht zu beobachten ist. Dieser Ort, den Ihr sucht, muss sich im Kernschatten befunden haben, der den neunundfünfzigsten Breitengrad nur ein einziges Mal kreuzte.« Er trat zu seiner Frau an den Globus und pochte mit ausgestrecktem Zeigefinger auf einen Punkt. »Nämlich genau hier, an der Mündung der Newa in Ingermanland.«
Ruth starrte fasziniert auf den kleinen Punkt auf dem Globus, doch Sternberg schüttelte den Kopf. »Aber wie kann das sein, verehrter Herr Kirch? Frau Wrangel sprach doch von einem Bild. Und das wurde sicherlich nicht erst vor wenigen Tagen gemalt, oder?«
Die Röte schoss Ruth in die Wangen, weil sie sich bei ihrer Not-

lüge ertappt fühlte. »Doch, Herr Sternberg, es wurde erst vor wenigen Tagen erstellt. Ich sah es in Dresden, wo ich bei Freunden weilte.« Beschämt tupfte sie sich mit einem Tüchlein über die Lippen und hoffte, dass die drei keine weiteren Fragen stellten, die ihre vage Geschichte noch unglaubwürdiger erscheinen lassen würde. Dann wandte sie sich wieder dem Ehepaar zu. »Habt vielen Dank, Herr Kirch, für diese hilfreiche Präzisierung. Auch Euch, Frau Kirch, mein herzlichster Dank. Ich bewundere Eure Kenntnisse um die Astronomie und die unglaublichen Fertigkeiten, die Ihr daraus abzuleiten vermögt. Mir erscheint dies, trotz meines großen Interesses an der Wissenschaft, doch nahezu wie Zauberei.«

Irritiert über die Wortwahl ihres Gastes, schüttelte Maria Kirch den Kopf. »Nicht Zauberei, sondern einzig und allein das Wissen um die Zusammenhänge hat mir zu diesem Ergebnis verholfen. Und vergesst nicht, was ich Euch vorhin sagte: Zwar habe ich dank Eurer Zeichnung ein im Gesamtzusammenhang glaubwürdiges Ergebnis herausgefunden, dennoch kann es falsch sein, da wir viele Fehlerquellen nicht ausschließen konnten. Auch vermochte ich nur den Breitengrad zu ermitteln und keinen exakten Ort zu erschließen. Es sei denn, Gottfrieds Hypothese mit der Sonnenfinsternis trifft tatsächlich zu.« Sie musterte Ruth freundlich. »Aber vielleicht könnt Ihr, die Ihr am besten um die Herkunft des Bildes wisst, dies besser beurteilen.«

Ruth nickte verlegen und spürte zugleich eine große Erleichterung, dass Maria Kirch sich so einfühlsam zeigte und nicht weiter nach den wahren Umständen des Bildes fragte. Nachdem sie noch eine Weile Freundlichkeiten ausgetauscht hatten, trafen die beiden Kinder der Kirchs ein, ein Mädchen und ein Junge von zehn und zwölf Jahren, um ihren Eltern einen kleinen Imbiss zu bringen und ihnen bei ihren astronomischen Berechnungen für die Kalendererstellung mit Hilfsdiensten zur Hand zu gehen.

Der Anblick dieser ganz den astronomischen Forschungen verschriebenen Familie berührte Ruth. Die Kirchs strahlten als Familie eine solche Harmonie aus, wie Ruth sie noch nie zuvor bewusst wahrgenommen hatte. Man redete respektvoll, aber freundlich, ja, herzlich miteinander, die Kinder wurden in ihrer Neugier und Wissbegierde ernst genommen, und so führten die Eltern sie fast nebenbei in die Zusammenhänge ihrer Wissenschaft ein. Wie schön wäre es, würden die Wrangels eines Tages auch eine solche Familie sein.

Sternberg hüstelte und läutete damit ihren Aufbruch ein.

Auf dem Rückweg fiel es Ruth schwer, ihre Gedanken im Griff zu halten. Zu überwältigend waren die Entdeckungen, die sie heute gemacht hatte. Sie brauchte dringend Ruhe und musste über alles nachdenken. Sternberg hingegen redete in einem fort vor sich hin. Stück für Stück ging er sämtliche ihm bekannte Küstenabschnitte der Ostsee durch und verglich sie mit den Gewohnheiten der Weißwangengänse. Ruth konnte ihm nur mit halbem Ohr folgen. Als sie schließlich ihr Gasthaus erreicht hatten, zog Sternberg das Fazit aus seinen zuvor angestellten Vergleichen: Jede ruhige Bucht zwischen Narva und Helsingfors komme in Frage, je menschenleerer, desto wahrscheinlicher.

»Ich hoffe, ich konnte Euch weiterhelfen mit Eurer Suche, verehrte Frau Wrangel.«

»Ihr habt mir mehr geholfen, als ich zurzeit in Worte fassen kann, Herr Sternberg.«

»Wisst Ihr schon, wie Ihr weiter vorgehen wollt?«

»Nein, das weiß ich noch nicht. Aber ich möchte Euch etwas geben als Zeichen meiner tiefen Dankbarkeit, Herr Sternberg.« Ruth holte die *Historia naturalis* hervor und reichte sie ihm.

»Aber das kann ich nicht … nein, Frau Wrangel, das, das geht doch nicht, ein so kostbares Buch.«

»Nehmt es bitte, Herr Sternberg. Bei Euch ist es in den richtigen Händen, denn Ihr wisst seinen Inhalt in ganzer Breite und Tiefe zu würdigen. Dieses Buch hat es verdient, einen Besitzer zu haben, der es ebenfalls verdient.«

»Aber Ihr werdet es noch brauchen.«

»Wenn ich in den Nordosten zu den Gänsen reise, werde ich das Buch kaum mitnehmen können. Es ist viel zu schwer. Darum nehmt es bitte an, auch als Erinnerung.«

»Ich danke Euch sehr, Frau Wrangel. Erlaubt mir, Euch noch einige Hinweise für Eure Reise zu geben. Reist am besten mit dem Schiff von Danzig nach Riga, das ist die schnellste und sicherste Passage. Außerdem lebt in Riga jener besagte Paul Ankermann. Sucht den Mann auf, richtet ihm meine besten Grüße aus und bittet ihn um Rat und Hilfe für eine Reise in den Norden. An Eurer Stelle würde ich an der Küste vor Narva mit der Suche beginnen, sofern das derzeitige Kriegsgeschehen es erlaubt. Ankermann kann Euch sicherlich einen geeigneten Führer und eine entsprechende Ausrüstung besorgen. Mir zumindest hat er damals hervorragend geholfen. Auch sind seine Kenntnisse der Region vorzüglich.«

»Ihr sagtet, Ankermann stamme aus Hamburg?«

»Ja, aber er hat die Stadt schon vor langer Zeit verlassen und sich in Riga als Kaufmann niedergelassen.«

Ingermanland im Mai 1706

Ein süßlich frischer Geruch weckte ihn. Kaum hatte er die Augen geöffnet und die Schale mit dampfendem Brei neben sich entdeckt, als sich auch schon sein Hunger meldete. Er fühlte sich erfrischt und ausgeruht. Es war das erste Mal seit langem, dass sein Kopf nicht schmerzte. Auch der Schulter und dem Arm ging es viel besser, was er beim Löffeln des Breis bemerkte.

Die alte Frau hockte am Ende seines Lagers und beobachtete jede seiner Bewegungen, jeden Bissen, den er zu sich nahm, mit ruhiger Aufmerksamkeit. Hin und wieder reichte sie ihm einen Becher mit heißem Kräuteraufguss, der bitter schmeckte, den er aber gehorsam trank. Als er die Schale mit dem Brei geleert hatte, ermutigte sie ihn mit einer Geste, sich zu erheben und ein paar Schritte zu gehen.

Es fiel ihm erstaunlich leicht. Ihm war, als ob frische Energie durch seinen Körper floss und sich sogar ein wenig die Nebel in seinem Kopf lichteten.

»W-wo bi-bin ich?«

Die Frau schaute ihn fragend an, aber ein kleines Lächeln huschte über ihr ansonsten ernstes Gesicht.

Ja, er hatte endlich etwas sagen können!

Sofort wollte er nachlegen. »W-wer bi-bist d-du?«

Sie antwortete nicht, aber ihr Lächeln wurde deutlicher.

»Und wer bi-bin ich?«

Er schaute an sich hinab. Sein Körper war von einem groben Flachshemd bedeckt, das ihm beinahe bis zu den Knien reichte. Seine Beine und Füße waren nackt und voller verschorfter Schnitte. Er betrachtete seine Hände. Auch an ihnen hing Schorf.

Die Fingernägel waren lang und hatten schwarze Ränder, die Haut war grau vor Schmutz. Ja, wer war er? Die Leute, deren Sprache er nicht verstand, hatten ihn Wanja gerufen. Hieß er so? Er fühlte keine Vertrautheit mit diesem Namen. Fragend blickte er zu der Frau, die sich inzwischen erhoben hatte. Sie sah ihm in die Augen. Ihr Blick drang regelrecht in ihn ein, immer tiefer, hielt ihn fest. Das Grün ihrer Augen verdunkelte sich. Ein Schwindel überkam ihn. Er musste sich am nahen Tisch abstützen, um nicht zu fallen.
Mit einer Geste bedeutete ihm die Frau, sich auf den Stuhl zu setzen.
»W-wer b-bist du?«
»Marusja.«
»Du verstehst mich?« Erregt sprang er wieder auf. »Du verstehst mich!«
Sie schaute ihn ruhig an, antwortete aber nicht.
»Mamarrussja?«
»Marusja.«
»Verstehst du, was ich sage, Marusja? Ich b-bin Wanja.«
Anstatt zu antworten, verzog sich ihr Mund wieder zu einem Lächeln, und ihre Augen blitzten munter. Sie machte eine Kopfbewegung, die alles und nichts bedeuten konnte, griff dann nach einem kleinen Beutel, der auf dem Tisch lag, und befestigte ihn an ihrem Gürtel. Erst jetzt fiel ihm auf, dass sie nicht mehr das dunkelrote Kleid trug, sondern eine lange Tunika aus hellem, weichem Leder, mit filigranen Ornamenten bestickt. Ihre Beine steckten in Hosen aus dem gleichen Leder. Um die Hüfte hatte sie einen geflochtenen Gürtel gebunden, an dem neben dem Beutel ein Messer in einer ledernen Scheide hing. Sie ging hinüber zu der Wand, an der die flache Trommel mit den Federn hing, nahm sie ab und streifte sie über die Schulter. Dann hob sie einen kleinen Sack auf, der auf dem Boden stand, drehte sich zu

ihm um, sah ihm erneut in die Augen und sagte dabei etwas in einer rauchig weichen Sprache, deren Worte er nicht kannte. Aber er verstand, was sie wollte. Er sollte ihr folgen.
Der Himmel war unwirklich lila-blau verfärbt, nur einige dünne Schleierwolken zogen gemächlich dahin. Nirgendwo war die Sonne zu sehen. Er hörte keine Vögel, nur der Wind streifte leise durch die zarten grünen Blätter des Birkenhains, durch den sie gingen. Der Boden war feucht und kalt. Ihn fröstelte, obwohl Marusja ihm, bevor sie aufgebrochen waren, noch eine weite Hose aus grobem Flachs, Stofflappen zum Umwickeln der Füße sowie einen Gürtel und einen kurzen Schafspelz gegeben hatte, den er jetzt enger um seine Schultern zog. Sie hingegen schritt sicher, schnell und nahezu lautlos durch die halbhohen Gräser, ohne auch nur ein einziges Mal innezuhalten. Er hatte Mühe, ihr zu folgen. Doch je weiter sie liefen, desto mehr spürte er, wie das Laufen ihn entspannte und ihm eine angenehme Leichtigkeit schenkte. Ganz so, als ob er schon viel in seinem Leben gelaufen war.
Er atmete die kühle Luft ein. Langsam verfärbte sich der violette Himmel in ein tiefes Schwarz, das durchwoben war von Myriaden von Sternen. Nachdem sie wohl schon einige Stunden unterwegs waren, schmeckte er auf einmal das Salz in der Luft. Am Horizont zeigte sich ein erster violett-orangefarbener Streifen. Dann vernahm er ein vielstimmiges Geschrei, das anschwoll und abebbte wie die Wogen des Meeres. Auf einmal sah er sie. Im ersten Dämmerlicht flogen Hunderte von Vögeln über sie hinweg. Es mussten Gänse sein. Er wusste nicht, warum er es wusste, aber er wusste, es waren Gänse. In strenger Formation bildeten sie lange Pfeilspitzen am Himmel, deren seitliche Ausläufer kein Ende zu nehmen schienen. Jetzt blieb auch Marusja stehen, richtete ihren Blick auf die Vögel, folgte ihrer Flugbahn mit den Augen und lauschte ihrem Gesang. Erst als der letzte

Vogel am Horizont verschwunden und wieder Stille eingekehrt war, setzten sie ihren Marsch fort.
Vor ihnen breitete sich eine endlose Sumpflandschaft aus. Schilf und Moosflächen wechselten sich mit kniehohen Gräsern ab, dazwischen lagen schwarz glitzernde Tümpel. Ohne ihren Schritt zu verlangsamen, lief Marusja in Schlangenlinien zwischen den Tümpeln und Wassergräben entlang. Nur manchmal blieb sie stehen und lauschte. Er hörte das Quaken der Frösche, das Gluckern des Wassers. Schließlich drang das erste Morgenlicht durch die Frühnebel, die aufgezogen waren, und beschien weit voraus eine graublaue Fläche, auf der die Sonnenstrahlen reflektierten. Das Meer.
Scheinbar unvermittelt erhob sich vor ihnen ein kleiner, nahezu unscheinbarer Hügel. Er war von hohem Schilf umsäumt, sodass man ihn von weitem gar nicht erkennen konnte. Als sie das Schilf durchdrungen hatten, spürte er zum ersten Mal seit Stunden festen, harten Boden unter seinen Füßen. Der mit kurzem Gras und Klee bewachsene Platz, der sich nun vor ihnen ausbreitete, maß in jede Richtung vielleicht fünfzehn oder zwanzig Schritte. Es war, als stünden sie auf einer Insel. Einige große Feldsteine lagen herum. Beim genaueren Hinsehen bildeten sie ein Oval.
Marusja blieb stehen und sah sich um. Nachdem sie ausgiebig in alle Himmelsrichtungen gespäht hatte, gab sie ihm das Zeichen, ihr zu folgen. Sie betrat das Oval aus Steinen und ließ sich auf dem Boden nieder. Mit einer Geste bedeutete sie ihm, es ihr gleichzutun.
Er setzte sich ihr gegenüber und betrachtete sie. Ihre wettergegerbte Haut leuchtete in der Morgensonne in warmem Ocker. Ihre hellen Augen funkelten daraus hervor. Die Kleidung schmiegte sich weich um ihren Körper und ließ muskulöse Arme und Beine erahnen. Dabei war sie insgesamt eine zierliche

Erscheinung. Ihre Kleidung erschien ihm fremdartig. Obwohl er kaum über Erinnerungen verfügte, ahnte er, dass er noch nie einem Menschen wie ihr begegnet war. Trotz ihrer Jahre wirkte sie alterslos, trotz ihrer faltigen, gegerbten Haut voller Leben. Jede ihrer Bewegungen schien das Leben zu bejahen, ja, das Leben in reiner Form zu sein. Sie war unnahbar und schien ihm doch vertraut. Er fühlte sich in ihrer Nähe geborgen, zugleich aber hilflos wie ein Kind, das jeden Schritt auf dieser Erde noch lernen musste. Je länger er sie ansah, desto stärker spürte er die kraftvolle Aura, die von ihr ausging. Zwar war sie ihm auch schon vorher in der Hütte aufgefallen, aber hier draußen, an diesem Ort, fühlte er sich noch stärker davon umhüllt. Dieser Ort selbst versprühte eine bestimmte Aura, eine besondere Ruhe und Kraft.

Unwillkürlich berührte er mit seinen Händen den Boden. Marusja lächelte ihn an, nickte und reichte ihm ein Stückchen von einer Wurzel, die sie in dem kleinen Beutel an ihrem Gürtel aufbewahrt hatte. Sie selbst nahm auch ein Stückchen, schob es sich in den Mund und kaute darauf herum. Er tat es ihr gleich. Dann nahm sie die Trommel von ihrem Rücken und legte sie zwischen ihre Knie, sodass sie über dem Boden schwebte.

* * *

Gleichförmige Rhythmen erfüllten die Luft, umhüllten seine Sinne. Die Wurzel verbreitete einen bittersüßen Geschmack in seinem Mund. Er sah in Marusjas Augen, die immer heller leuchteten und dabei tiefer und tiefer in seinen Blick eintauchten. Die Trommel wurde lauter und schneller. Er spürte, wie seine Muskeln neue Kraft schöpften und sich bald nicht mehr nach einer durchwanderten Nacht anfühlten, sondern nach Stunden erholsamer Ruhe. Er hätte aufspringen und sich in dem fordernden Rhythmus der Trommel bewegen wollen, aber ihr Blick hielt ihn fest. So konzentrierte sich all seine Energie auf den Blick, und er versank in ihren Augen, während die Züge ihres Gesichts allmählich verschwammen.

Ein Schwindel packt ihn und dreht ihn wie einen Kreisel auf den hellgrünen Punkt zu, der immer heller, immer größer wird. Alles ist Licht. Die Trommel verwandelt sich in eine weiche, rauchige Stimme.
Hab keine Angst. Ich bin bei dir.
Wer bist du?
Ich bin eine durch die Welten Reisende.
Durch welche Welten?
Es gibt weit mehr zwischen Himmel und Erde, als deine ungeübten menschlichen Sinne wahrzunehmen vermögen. Ich wandere durch die Sphären der Welten. Zur Unteren Welt der Kraft ebenso wie in die Obere Welt der Kraftwesen und Ahnen, der Seelen der in deiner Welt verstorbenen Vorfahren.
Warum tust du das?
Ich überbringe Botschaften der Ahnen und suche nach Heilung.
Nach Heilung für wen?
Jetzt gerade für dich. Ich habe dir bereits dein Krafttier überbracht.
Mein Krafttier? Mir? Warum?
Wer bist du?
Wer ich bin? Ich bin … ich bin …
Ja, du bist. Doch du bist nicht ganz. Ich werde noch einmal für dich reisen und es für dich suchen.
Was?
Wenn ich es dir bringe, wirst du es wissen.
Aus dem Licht tritt ein Schatten hervor. Er fließt zusammen zu einem Vogel, einer Gans. Ihre schwarzen Augen sehen ihn an.

Sie breitet die Flügel aus und erhebt sich in die Lüfte. In seinen Ohren hallt ihr Ruf wider. Dann ist es still. Er hört nur das Fließen seines Atems. Spürt die Kraft durch seine Glieder fließen. Alles ist warm und weich, wiegt sich im Rhythmus.
Plötzlich trifft ihn ein heißer Strahl auf den Scheitel, dringt in seinen Schädel, durchflutet seinen Kopf, zieht hinab in seine Brust, lässt sie vor Hitze nahezu glühen. Er reißt die Augen auf, sieht die Augen des Fuchses. Sie kreisen umeinander, verschmelzen miteinander. Er ist der Fuchs. Der Fuchs ist er. Ein Blitz durchzuckt ihn, Bilder, Gerüche, Geräusche, Gefühle stürmen auf ihn ein. Er droht in all den Eindrücken zu ertrinken. Er schreit, er weint. Er spürt den Blick des Fuchses, der ihn hält. Doch seine mandelförmigen braunen Augen verformen sich, werden größer, runder, es entsteht eine graphitgraue Iris hinter schwarzen Wimpern.
Ruth … Ruth … wo bist du?
Vor ihm im Gras steht die Gans und stößt ihren Ruf aus. Alles um ihn wird schwarz und still.

Berlin im Mai 1706

Erfrischt und voller Tatendrang erwachte Ruth am frühen Morgen. Bereits vor dem Einschlafen hatte sie eine Entscheidung gefällt. Sie würde nach Riga fahren, diesen Ankermann aufsuchen und mit seiner Hilfe in die Sumpfgebiete bei der Newamündung reisen. Auf dem Weg nach Riga könnte sie in Königsberg Station machen und noch einmal mit Professor Wartenberg sprechen. Vielleicht wusste er Einzelheiten, die er nicht der Post anvertrauen mochte. In spätestens zwei Tagen wollte sie Berlin verlassen. Bis dahin musste Jurek die Pferde frisch beschlagen und sie die beste Reiseroute ermittelt haben. Es gab keine Zeit zu verlieren.

Jureks für gewöhnlich gelassenes »Wie Ihr wünscht, Fräulein Ruth« kam ihm bei der Ankündigung der neuen Reisepläne zögerlicher über die Lippen. Aber als er ihren strengen und entschlossenen Blick sah, hob er nur kurz die Augenbrauen und machte sich auf den Weg zum Pferdestall, um sich um die neuen Eisen zu kümmern.

Ruth ging derweil in Begleitung eines jungen Burschen aus dem Gasthaus zur Berliner Niederlassung eines Königsberger Handelshauses, um sich nach Reisemöglichkeiten zu erkundigen. Von ihrem Vater hatte sie gelernt, dass es sich kaum sicherer und bequemer als mit einem gut situierten Kaufmann reisen ließe. Bereits nach wenigen Gesprächen mit diversen Kontoristen war allerdings klar, dass die sicherste Route nach Ostpreußen und weiter nach Riga zurzeit über Danzig führte, wie der junge Sternberg schon angedeutet hatte. Bis dorthin würde sie mit der Kutsche über den großen Postweg fahren müssen, der zwar stark frequentiert war, dafür aber die verlässlichsten Poststationen mit Futter für die Pferde und Verpflegung für die Reisenden bot. Eine Passage nach Riga mochte ihr keine der Königsberger Handelsvertretungen zusichern, die würde sie erst vor Ort in Danzig kaufen können.

Ruth holte tief Luft und rief den Burschen aus dem Gasthaus zu sich heran. »Kennst du einen Schuhmacher, der feste Damenstiefel fertigt?«

»Jawohl, gnädige Frau. Mein Oheim ist Schuhmacher und mein älterer Bruder bei ihm in der Lehre. Wenn Ihr mir folgen mögt, führe ich Euch hin.«

Eine halbe Stunde später stand Ruth in einer kleinen, aber gut sortieren Schuhmacherwerkstatt, in der es nach frischem Leder, Gerbsäure und Fett roch. Der Meister, ein kleiner rundlicher Mann mit wirrem Haar, kam sogleich geschäftig auf sie zu und lauschte ihren Wünschen.

»Gott zum Gruße, guter Mann. Ich brauche ein paar feste, aber nicht zu schwere Schnürstiefel, mit denen ich auch jenseits fester Wege gut vorankomme und die meine Füße auf sumpfigem Boden trocken halten.«

»Das lässt sich machen, gnädige Frau. Wir fertigen einen Leisten von Euren Füßen an und können dann sicher bald mit der Arbeit beginnen.«

»Ich vergaß das Wichtigste«, lächelte Ruth entschuldigend. »Ich brauche die Stiefel schon bis morgen.«

»Zaubern kann ich aber nicht, gute Frau. Gut Ding will Weile haben, und gutes Leder braucht Ruhe, um in Form zu kommen.«

Ruth nickte. Natürlich wusste sie, dass gutes Schuhwerk seine Zeit brauchte. Aber dann fiel ihr Blick auf ein Paar Stiefel, die in der Auslage im Fenster standen. »Was ist mit diesen Stiefeln dort, Meister? Von der Größe her scheinen sie mir recht zu sein. Und zum Schnüren sind sie auch.«

»Ja, aber das sind Herrenstiefel, gnädige Frau. Ich habe sie für einen jungen Herrn gefertigt. Doch kaum war die Arbeit fertig, passte er nicht mehr hinein, denn er war binnen kurzem sehr gewachsen. Sein Vater, der ein wohlhabender Kaufmann ist, wollte sie mir nicht mehr abnehmen. Wenigstens ließ er mich ein Paar neue Stiefel anfertigen.«

»Herrenstiefel hin oder her. Wenn sie passen, soll es mir recht sein.«

Der Schuhmacher schüttelte verwundert den Kopf, ging aber zum Fenster, um die Stiefel herauszuholen. Nachdem er sie rasch an seiner Schürze abgewischt hatte, reichte er sie Ruth.

Sie musterte wohlwollend das feine hellbraune Leder. Der Schnitt war schmal, die Kappe verstärkt, die Absätze waren gerade einmal zwei Finger hoch, und der geschnürte Schaft endete eine knappe Handbreit über dem Fußknöchel. Alles in allem gute Voraussetzungen für einen Fußmarsch. Ohne lange zu zögern, setzte sie sich auf einen Schemel. »Darf ich sie anprobieren?«

»Sehr gern, gnädige Frau.« Der Schuhmacher eilte herbei, um Ruth behilflich zu sein. Schließlich ließ sie keinen Zweifel daran, dass sie ernste Kaufabsichten hatte, und ein so leichtes Geschäft ergab sich nicht alle Tage.

»Hm, sie sind ein bisschen zu groß, fürchte ich.«

»Ach, dem kann man mit einer kleinen Ledersohle beikommen. Darf ich?« Geschickt zog der kleine Mann den Stiefel vom Fuß und eilte damit zu seiner Arbeitsbank. Mit ein paar Handgriffen hatte er gefunden, was er suchte, und legte geschickt eine zweite dünne Ledersohle in den Stiefel. »Versucht es nun noch einmal, gnädige Frau.«

»Ja, das ist schon viel besser.« Ruth stand auf und ging ein paar Schritte, während der Schuhmacher schnell den zweiten Stiefel mit einer dünnen Ledersohle ausstattete.

Bald war sie wieder auf der Straße, die Stiefel in einem Leinenbeutel verpackt, den der Bursche für sie trug.
Als sie eine halbe Stunde später müde, aber zufrieden die Gaststube betrat, eilten sogleich der Wirt und Jurek auf sie zu.
»Madame, ich habe keine guten Neuigkeiten für Euch.« Der französische Wirt schaute sie mit besorgter Miene an.
»Was ist passiert?« Ruths Blick ging vom Wirt zu Jurek, der ebenfalls ein finsteres Gesicht machte.
»Vorhin kamen hier zwei Männer an und haben sich nach Euch erkundigt. Sie machten aber nicht den Eindruck, als ob sie dies im Guten taten.« Der Wirt räusperte sich. »Wenn man wie ich, Madame, als Kamisard vor den Dragonaden aus Frankreich geflohen ist, erkennt man Spitzel drei Meilen gegen den Wind. Diese Männer waren welche, ihre ganze Haltung verriet es mir ... Wenn ich Euch einen Rat geben darf, Madame, dann weicht diesen Männern aus. Sie sahen gefährlich aus.«
Ruth fröstelte. Die Männer, die sie in Dresden verfolgt hatten, waren auch nicht unauffälliger gewesen, gerade so, als wollten sie sie spüren lassen, dass sie ein Auge auf sie hatten. Aber Berlin gehörte nicht zu Sachsen. Welcher Arm sollte so lang sein, ihr bis hierher nachzustellen? Einer, der auch lang genug war, um bis nach Königsberg zu reichen?
»Gut, aber erst muss ich etwas essen, sonst kann ich keinen Schritt weitergehen.«
»Die Pferde sind beschlagen, Fräulein Ruth«, ließ sich Jurek vernehmen. »Wenn es Euch recht ist, packe ich Eure Sachen, während Ihr Euch stärkt. Dann können wir gleich danach aufbrechen. Denn auch ich bin der Meinung, dass Ihr Euch vor diesen Männern in Acht nehmen solltet.«
Ruth nickte ergeben, nahm an einem freien Tisch am Fenster Platz, und der Wirt eilte sogleich in die Küche, um ihr noch rasch eine stärkende Mahlzeit zu bereiten.

Ingermanland im Mai 1706

Der Geruch von gebratenem Fleisch weckte ihn. Marusja hockte vor einem kleinen Feuer, über dem sie an einem Spieß ein gehäutetes Tier drehte, sodass es von allen Seiten gleichmäßig bräunte. Sein Kopf schmerzte. Er fühlte sich, als hätte er am Abend zuvor mindestens drei große Krüge Ratsherrnbier geleert.

Als Marusja sah, dass er wach war, lehnte sie den Spieß an eine kleine Astgabel, die sie in der Nähe der Flammen in den Boden getrieben hatte, und reichte ihm schmunzelnd einen ledernen Wasserschlauch. Gierig trank er einige Schlucke.

Ratsherrnbier? Wie kam er darauf? Er war doch nicht in Hamburg. Ja, aber wo war er? In seinem Kopf begann sich alles zu drehen. Bilder über Bilder zogen vor seinem inneren Auge vorbei. Ruth, die Reise, der Überfall. Dann dieser Leiterwagen und die Frau, die ihn gefüttert hatte. Was war bloß geschehen? Wieso war er, Hinrich Wrangel, Doktor der Jurisprudenz und Prokurator am Hamburger Niedergericht, hier am Lagerfeuer von Marusja? Und: Wo war *hier*?

»Marusja, wo bin ich?«

Die alte Frau schaute ihn eine Weile nur an. Dann lächelte sie, und aus dem Lächeln wurde ein Lachen, das immer lauter anschwoll und ihren ganzen Körper erfasste, sodass sie sich regelrecht schüttelte.

Auch Wrangel konnte nicht anders. Er musste ebenfalls lachen, bis auch er sich schüttelte.

Ja, er war hier irgendwo, aber das war nicht so wichtig wie die Tatsache, dass er wieder wusste, wer er war. Zwar schwirrten immer noch wirre Bilder durch seinen Kopf, aber tief in sich

spürte er eine Kraft und Zuversicht, wie er sie schon lange nicht mehr, vielleicht sogar noch nie verspürt hatte.
Hinrich Wrangel atmete tief ein und schmeckte die salzige Luft. Das Meer war ganz in der Nähe. Er stand auf und sah sich um. Weit und breit nichts als Schilf, Sumpf und Salzwiesen. Doch weiter hinten schimmerte es graublau. Da musste das Meer sein.
»Wanja.«
Wrangel drehte sich um. Ja, die Menschen hier riefen ihn Wanja, warum auch immer. Marusja reichte ihm ein Stück Fleisch, das sie vom Spieß abgeschnitten hatte. Hungrig biss er hinein. Es schmeckte köstlich.
»Ich heiße eigentlich gar nicht Wanja, ich heiße Hinrich. Hinrich Wrangel.«
Marusja nickte nur und nagte vergnügt einen Knochen ab.
»Du verstehst mich doch, oder?« Er schaute fragend zu ihr hinüber.
Doch sie aß einfach nur gleichmütig weiter. So setzte auch er sich wieder hin und aß.
Unbestimmt fühlte er, dass Marusja ihn verstand, obwohl sie seine Sprache nicht sprach. Aber er hatte doch mit ihr gesprochen. Gestern. Oder war es heute gewesen? Sie hatte von einer Reise gesprochen, die sie für ihn machen wollte. Aber sie war ja noch hier. Wrangel schloss die Augen und versuchte sich an ihre genauen Worte zu erinnern. Sie wollte ihm etwas bringen, das ihm fehlte. Sie hatte von Welten und Sphären gesprochen. Auf einmal sah er wieder das Tier, das ihn angeblickt hatte. Hatte sie ihm seine Erinnerung zurückgebracht? War sie eine Heilerin? Sie musste eine sein, denn seitdem er bei ihr war, ging es ihm täglich besser.
Aber nun musste er herausfinden, wo er war. Er wollte nach Hause, er wollte zu Ruth. »Marusja, wo bin ich? Ich will nach

Hause, zu meiner Frau. Ich will nach Hamburg zurück. Wie komme ich dorthin?«

»Schschsch, Wanja, schsch, *spokojna.*« Mit ihren Händen bedeutete sie ihm, sich zu beruhigen. Mit einem Stöckchen malte sie ein Bild in die Asche. Ein Boot, einen Menschen auf einer Trage, eine Hütte, eine Frau.

Er verstand sofort. Das war er, wie er zu ihr gebracht wurde. Aber wo war er hier? In welches Land war er verschlagen worden? Und was war ihm in Königsberg widerfahren? Die Bilder in seinem Kopf wirbelten immer noch alle durcheinander. Er erinnerte sich an eine Kutsche, an einen Mann, dessen Namen ihm nicht mehr einfiel, mit dem er in dieser Kutsche saß. Dann verschwammen seine Erinnerungen und setzten erst wieder ein, als er verletzt und hilflos von der Frau auf dem Leiterwagen versorgt wurde. Aber wo waren seine Sachen? Die Kleider, die er trug, waren nicht seine. Noch nie hatte er so einfachen, groben Stoff getragen. Irgendwo musste es doch jemanden geben, mit dem er reden konnte, der ihm helfen würde, der ihm sagte, wo er sich hier befand und wie er zurück nach Hause reisen konnte.

Auf einmal spürte er Marusjas Blick auf sich. Er konnte nicht anders, als ihr in die Augen zu sehen. Immer tiefer versank er in ihrem Blick, bis er nichts mehr sah als hellgrünes Licht.

Beruhige dich. Du hast viel ertragen. Du brauchst Kraft und Ruhe, um jenen Teil von dir, der fort war, wieder in dir zu festigen.

Wo bin ich?

Du bist in den Sümpfen von Ingermanland.

Wo liegt Ingermanland?

Es liegt zwischen dem Meer und dem Ladogasee, im Süden Kareliens und nordöstlich der Narva.

Wer herrscht über Ingermanland?

Der russische Zar. Er ist es auch, dem du dienst.
Nein, ich diene nicht dem russischen Zaren! Ich bin Hinrich Wrangel, Doktor der Jurisprudenz und freier Bürger Hamburgs! Ich diene niemandem, nur dem Recht!
Die Menschen, die dich zu mir brachten, verpfändeten ihr Wohl auf dein Leben. Du musst dem Zaren dienen, wie er es wünscht, damit sie von ihrem Pfand befreit werden. Dafür habe ich dein Leben erhalten und dich geheilt.
Aber ich muss nach Hause zu Ruth.
Du kannst nach Hause, aber zuerst gehst du zurück zum Zaren, damit das Pfand der Menschen, die dir halfen, aufgehoben wird. Doch bevor du gehst, ruhst du dich bei mir aus. Dein Weg ist weit und beschwerlich.

Sie brachten wohl Tage auf dieser kleinen inselartigen Erhebung in der Sumpflandschaft zu, Wrangel konnte es nicht mit Gewissheit sagen. Die Tage erschienen ihm sehr lang, die Nächte wurden immer heller. Der Himmel wurde kaum noch schwarz, sondern schimmerte auch in der tiefsten Nacht dunkelviolett.
Er schlief und träumte viel. Seine Erinnerungen wurden immer genauer. Hin und wieder trat Marusja in seine Gedanken und sprach zu ihm. Doch wenn er wach war, redete sie nicht mit ihm. Sie lächelte ihn nur manchmal an oder blickte einfach vor sich hin und schwieg. Das konnte sie für Stunden tun.
Die Sümpfe wurden immer wieder von Zugvögeln aufgesucht, die hier auf ihrem Weg in den Norden rasteten. Er sah Gänse und Enten, Kraniche und Reiher. Die meisten Arten hatte er noch nie zuvor erblickt. Aber er hatte sich auch nie zuvor für Vögel interessiert. Manchmal waren unter den rastenden Tieren auch Gänse, die genauso aussahen wie jene, die er schon mehrfach in seinen Träumen gesehen hatte.
Wie ein feuerroter Ball hing die Sonne über dem Meer. Ihre

Strahlen glitzerten sanft auf dem Wasser. Marusja kam auf ihn zu und berührte leicht seine Schulter. Sie schmerzte nicht mehr, ebenso wenig wie sein Arm oder sein Kopf. Die alte Frau hatte ihre Trommel über die Schulter gehängt und trug den Sack in der Hand.

Es war also Zeit aufzubrechen. Morgen würde er zu dem Zaren zurückkehren müssen. Er konnte sich darunter zwar nichts Genaues vorstellen, aber er hatte begriffen, dass sein Weg nach Hause nur so verlaufen konnte.

Kiew im Mai 1706

Mit ruhigem Blick verfolgte Menschikow das nun schon seit Stunden währende Trinkgelage der beiden alliierten Majestäten. Peter und August verstanden sich wirklich blendend. Vor allem hatte August die Statur und Trinkfestigkeit, mit Peter mitzuhalten, denn dieser Riese von einem Mann konnte ein ganzes Bierfass leeren, ohne auch nur einen Deut zu wanken. Aber heute vergnügten sie sich mit Wein. Menschikow hatte sich bewusst zurückgehalten, um Peter zur Seite stehen zu können, sollte er wider Erwarten die Kontrolle verlieren. Aber bisher verlief alles entspannt. Die Monarchen schüttelten sich vor Lachen, als sie dem Zwerg Peters abwechselnd Eier auf dem Kopf zerschlugen und die glibberige Masse in dicken Rinnsalen über dessen knollnasiges Gesicht rann.

Die wichtigsten Fragen hatten sie bereits im Vorfeld geklärt. Nach der Niederlage von Fraustadt und dem russischen Rückzug aus Grodno waren sich die beiden einig geworden, dass sie sich Karl in diesem Sommer gemeinsam entgegenstellen wollten. Und Menschikow hatte den Oberbefehl über die russischen Truppen erhalten.

»Sascha, mein Täubchen, trink einen Schluck mit uns! Sonst glaubt der König von Polen noch, du seist kein Mann.«

»Ach, ich bitte Euch, Peter. Graf Menschikow und ich haben doch schon so manches Glas zusammen geleert, und nie sah ich ihn unter dem Tisch liegen. Vielleicht ist er heute einfach nicht in Stimmung.«

»Das sollte mein Gräflein aber sein, denn schon bald darf er sich einen Fürsten des Deutschen Reiches nennen.«

Der König von Polen gab einen schmatzenden Laut von sich.

»Das ist aber eine gute Nachricht, ist doch der Kaiser eher zurückhaltend mit der Vergabe von Fürstentiteln.«
»Alles hat seinen Preis, lieber August, das wisst Ihr doch selbst.«
Menschikow wurde hellhörig. Jetzt nur keine Diskussion über Subsidien oder gar Zweifel an der Allianz gegen Schweden! Der König von Polen war schon wankelmütig genug. Seine Allüren hatten Peter bereits öfter in Rage gebracht. Auf keinen Fall durfte hier zwischen den gekrönten Häuptern ein Streit vom Zaun brechen. Darum ließ Menschikow schlagartig seine innere Distanz zu den beiden fallen.
»Selbstverständlich bin ich bester Stimmung, Eure Majestäten. Darum erhebe ich gern meinen Becher mit Euch. Lasst uns darauf trinken, wie der schwedische König mit seiner Kutsche in den Pripjetsümpfen versank, als er versuchte, unserer Armee nach Kiew zu folgen.«
»Das ist wahrlich ein Anlass!«, stimmte der Zar sofort ein.
»Auf Karls versunkene Kutsche!«, rief Menschikow. »Möge sein ganzes Heer in den Sümpfen unseres wunderbaren Reiches absaufen! *Za zdarowje!*«
»Prost!«
Die drei erhoben die randvoll mit Rotwein gefüllten silbernen Becher und leerten sie in einem Zug. Der Zwerg nutzte die Gelegenheit und zog sich in die hintere Ecke des Zeltes zurück, um sein Gesicht von den Eiern zu reinigen.
»Und wie unsere Späher berichten, hält sich die schwedische Armee immer noch in Pinsk auf, ganz so, als wüsste sie nicht, wie sie durch die Sümpfe zurückkehren soll. Dabei hätten die Befehlshaber nur die Augen aufmachen müssen und schauen, wo wir Russen langgezogen sind.« Menschikow schenkte sich und den beiden Majestäten neuen Wein in die Becher.
»Du weißt aber, mein Sascha, dass du auf dem Rückzug über die

Stränge geschlagen hast. Du warst damals nur General der Kavallerie und hattest noch nicht den Oberbefehl.«
»Ich weiß, mein Zar. Aber Euer Oberbefehlshaber Ogilvie kannte sich nicht genügend in der Gegend aus. Darum habe ich kurzerhand die nötigen Befehle erteilt.«
»Allerdings ohne Ogilvie davon zu verständigen ... Er war gekränkt, hat sich vom Oberkommando entbinden lassen und Russland verlassen.«
Menschikow spürte einen Stich im Magen. Wenn er jetzt nicht aufpasste, konnte Peter doch noch wütend über sein damaliges Verhalten werden. Dabei hatte er gehofft, dass die Sache schon lange ausgestanden wäre. Aber bei dem Zaren wusste man nie. Manchmal kam ganz unverhofft eine alte Geschichte wieder hoch.
Doch da sprang ihm König August zur Seite. »Aber er kämpft immer noch mit Euch, Peter, wenn auch nur an der anderen Flanke. Ogilvie ist jetzt nämlich mein Feldmarschall. So profitieren wir beide weiter von diesem tüchtigen Schotten, der das Kriegshandwerk hervorragend versteht.«
Peter grunzte etwas, aber August setzte sofort nach. »Und Euer neuer Oberbefehlshaber ist ein wahrer Prachtkerl, der es nicht nur versteht, geniale Schlachtpläne zu entwickeln, sondern seinen Männern auch mutig im Kampf vorausreitet. Um einen solchen Mann seid Ihr zu beneiden, Peter.«
Der Zar musterte seinen sächsischen Gast mit einem schiefen Blick, dann erhob er grinsend seinen Becher und rief: »Auf Menschikow, den zukünftigen Reichsfürsten, besten Feldherrn und treuesten Freund, den man sich an seiner Seite wünschen kann!«
Menschikow atmete erleichtert auf, als er seinen Becher zum Mund führte. Dafür hatte der König von Polen etwas gut bei ihm. Zum Beispiel diesen Patkul. Denn insgeheim war er sich

sicher mit August einig, dass dieser livländische Rechthaber kein Thema mehr für den Zaren sein sollte. So würde er ihn für die Verhandlungen morgen einfach von der Tagesordnung streichen. Schließlich gab es so viel Wichtigeres zu besprechen. Und wer weiß, vielleicht hatte Orlow bereits Erfolg und demnächst träfe aus Dresden eine Nachricht über den plötzlichen Tod Patkuls ein. Dann wäre dieses leidige Thema endlich ganz vom Tisch.

Danzig im Mai 1706

»Ich habe eine gute Nachricht, Fräulein Ruth: Die Pferde sind versorgt.«

Erleichtert lächelte Ruth ihrem Diener entgegen. Auf Jurek war eben Verlass. Am Tag zuvor waren sie in Danzig angekommen, und Jurek war sofort klargeworden, dass sie die Pferde und den Wagen in der Stadt nicht sicher würden unterstellen können. Bereits die Reise von Berlin nach Danzig in der Kutsche war kein Vergnügen gewesen. Gute Pferde und bequeme Kutschen waren in Zeiten des Krieges begehrte Objekte und ständig der Gefahr von Übergriffen ausgesetzt. Zum Glück hatte Jurek es verstanden, sie schnell und geschickt von Poststation zu Poststation zu bringen. Einmal aber hatte er ihre Pferde handgreiflich verteidigen müssen, als ein polnischer Adliger meinte, ihre kräftigen Friesen seien selbst nach sechsstündiger Fahrt noch genau die richtigen für seine Kutsche. Jurek handelte sich ein blaues Auge ein, aber die Pferde blieben bei ihnen.

Und jetzt waren sie in Danzig, einer großen Hafenstadt mit vielen Menschen aus aller Herren Länder. Sie hatten sich in einem Gasthaus direkt am Hafen einquartiert, in dessen Gaststube Ruth gerade bei einem Tee saß.

Sie bot Jurek einen Platz an ihrem Tisch an. »Hat der Kutscher von Kaufmann Kölping also zugestimmt?«

»Ja, das hat er. Zuerst machten ihm die Friesen etwas Angst, da sie sich ja nicht von jedem führen lassen. Aber ich habe ihm gezeigt, wie er sie sicher hält. Und Euer großzügiges Angebot, dem Kaufmann Kutsche und Pferde umsonst für eine Fahrt nach Lübeck zu überlassen, gab dann den Ausschlag. In vier Tagen will Kölping aufbrechen. In Lübeck wird er die Tiere in dem uns gut vertrauten Mietstall unterbringen. So werden wir sie hoffentlich bald wohlbehalten wiedersehen.«

»Das war sehr gute Arbeit, Jurek. Vielen Dank.« Ruth nickte ihrem Diener anerkennend zu. Sie wusste, wie sehr ihm die Tiere am Herzen lagen. Seit drei Jahren hatten sie jetzt das Gespann, und Jurek kümmerte sich mit viel Hingabe darum. Sie hier in Danzig zurückzulassen oder gar zu verkaufen wäre ihm schwergefallen. »Auch ich war inzwischen erfolgreich. Heute Abend sticht die schwedische Karavelle Kristina in See. Ich habe noch Passagen nach Riga für uns beide kaufen können.«

»Wir fahren auf einem schwedischen Schiff? Ich dachte, Ihr wolltet nach Königsberg, Fräulein Ruth.« Jurek schaute seine Herrin verwundert an.

»Ich habe es mir anders überlegt, Jurek. Die Männer, die mich in Dresden und Berlin verfolgt haben, können mich genauso gut in Königsberg finden. Schließlich habe ich mich in Berlin nach Reisemöglichkeiten nach Königsberg erkundigt. Aber Riga habe ich nicht erwähnt. Auf schwedischem Gebiet werden sie mich hoffentlich in Ruhe lassen.«

»Ihr wollt also wirklich ins Baltikum reisen, Fräulein Ruth?«

Sie schaute ihrem Diener fest in die Augen. »Ja. Wirst du mit mir kommen, Jurek?«

»Ja, Fräulein Ruth.«

»Dann lass uns keine Zeit verlieren. Meine Koffer stehen gepackt auf dem Zimmer. Frage den Wirt, ob er zwei Burschen hat, die dir beim Transport helfen. Ich werde noch auf dem Markt beim Hafen ein paar Einkäufe erledigen und dann hier im Gasthaus etwas essen. Um acht Uhr abends legt das Schiff ab.«

»Wie Ihr es wünscht, Fräulein Ruth.«

Als Ruth die stolze Karavelle bestieg, hing die Abendsonne noch in voller Pracht am westlichen Horizont und warf ihre warmen Strahlen auf die weißen Segel. Ein sachter Wind spielte in der Takelage, und Möwen zogen schreiend ihre Kreise. Müde, aber erleichtert sog Ruth die frische Seeluft in die Lungen. Endlich war sie den Unbequemlichkeiten des Landweges entkommen. Sie freute sich auf eine ruhige und bequeme Schiffsreise. Bei den weichen Schaukelbewegungen auf dem Meer würde sie gut schlafen und in einer Woche frisch und erholt in Riga ankommen.

Ein junger Kadett in schwedischer Uniform nahm sie an der Reling in Empfang und führte sie direkt zu der großzügigen Außenkabine, die der Kapitän ihr hatte zuweisen lassen. Jurek stellte ihre Reisetasche auf eine kleine Bank. Das große Gepäck war schon zuvor von Lastenträgern an Bord gebracht worden. Schnell warf ihr Diener noch einen Blick durch die Kabine, bevor er um Erlaubnis bat, sich zurückziehen zu dürfen, um das Auslaufen des Schiffes von Deck aus miterleben zu können.

Ruth nickte freundlich. »Geh nur, Jurek. Ich bin müde und werde mich unterdessen zur Ruhe begeben.«

Der große rothaarige Mann verbeugte sich dankbar und schloss die Kabinentür hinter sich.

Kaum war sie allein, stellte Ruth ihre kleine Handtasche ab und sah sich zufrieden in der elegant eingerichteten Kabine um. Die im maritimen Stil gehaltenen Möbel waren aus dunklem Holz, die Schlafkoje mit Vorhängen aus schwerem weißem Leinen verdeckt. Auf der anderen Seite der Kabine stand ein mit dunkelgrünem Samt gepolstertes Kanapee, das einladend mit Kissen dekoriert war. Ihre beiden großen Reisekoffer lagen übereinander in einer hinteren Ecke vor einem schweren dunkelgrünen Samtvorhang. Jurek musste es wirklich eilig gehabt haben, denn normalerweise stellte er sie stets so hin, dass Ruth sie leicht öffnen konnte, also niemals übereinander und so, dass die Schlösser in den Raum zeigten. Aber heute würde sie ohnehin nichts

mehr aus den schweren ledernen Truhen brauchen. Ihre Bürste und ihre Nachtwäsche waren in der kleinen Reisetasche.
Ruth ging hinüber zur Bank, stellte die Tasche auf den Boden und setzte sich, um ihre Schnürstiefel zu öffnen, als sie ein raschelndes Geräusch hörte. Sie hielt inne und lauschte. Gab es in ihrer Kabine etwa Mäuse? Kleine Nagetiere waren auf Schiffen zwar keine Seltenheit, kamen in den luxuriöseren Kabinen aber eigentlich kaum vor.
Das Geräusch war wieder verstummt.
Sie band ihre Stiefel wieder zu. Wenn es hier doch Mäuse oder gar Ratten gab, musste sie es umgehend melden. Mit einem leisen Seufzer öffnete sie den Messingverschluss ihrer Reisetasche und suchte nach ihrer Haarbürste.
Da war wieder ein Geräusch, aber diesmal kein Rascheln, sondern eher ein Schleifen.
Kopfschüttelnd griff Ruth nach der Bürste aus Elfenbein. Sie war einfach zu nervös. Schließlich gab es auf einem großen Schiff immer Geräusche, die für einen Reisenden zunächst ungewohnt waren. Sie stand auf und ging zu dem kleinen runden Spiegel, der neben dem Kanapee an der holzgetäfelten Wand hing. Da bemerkte sie aus dem Augenwinkel, dass sich der dunkelgrüne Samtvorhang vor dem Fenster bewegte. Sie hielt im Gehen inne und wandte sich zum Vorhang. Aber bevor sie sich noch entscheiden konnte, was sie tun sollte, trat ein kleiner, krötengleicher Mann dahinter hervor.
»Ihr hättet meinen Rat befolgen sollen, auf dem schnellsten Weg nach Hamburg zurückzukehren, Frau Wrangel. Aber Ihr wolltet wohl nicht hören. Inzwischen bereitet Ihr uns ernsthaften Ärger, sodass es mit einer einfachen Änderung der Reiseroute nicht mehr getan ist.«
Ruth starrte dem Eindringling in seine stechenden gelbbraunen Augen. Es war der Mann von der Brücke in Dresden. Ihre Keh-

le schnürte sich zu, und Angst stieg in ihr auf. Ihre Hand krampfte sich um den Elfenbeingriff der Bürste. »Wer seid Ihr und was wollt Ihr hier?«

»Mein Name tut nichts zur Sache. Was ich suche, sind gewisse Informationen. Ich dachte, ich fände sie vielleicht in Eurem Gepäck. Aber da Ihr nun schon hier seid, könnt Ihr sie mir auch gleich geben.«

Ruth schluckte und versuchte, die aufsteigende Panik zu unterdrücken. Sie musste einen klaren Kopf behalten und überlegen, wie sie diesem Mann möglichst schnell entkommen konnte. Doch als hätte er ihre Gedanken geahnt, stellte er sich zwischen sie und die Tür.

»Warum verfolgt und bedroht Ihr mich? Was für Informationen wollt Ihr von mir?«

»Das sind zwei Fragen auf einmal. Wir verfolgen Euch, um sicherzugehen, dass Ihr keine Dummheiten macht. Aber Ihr wollt nicht hören, sondern neigt sogar dazu, noch größere Dummheiten zu begehen.«

»Wovon redet Ihr?« Ruth sah sich in der Kabine nach irgendeinem als Waffe geeigneten Gegenstand um. Aber bis auf ein paar Bücher, die in einem kleinen Regal neben dem Kanapee standen, war kaum etwas Unbefestigtes im Raum zu finden. Mehr als die Bürste in ihrer Hand stand ihr nicht zu Verfügung. Und Jurek war fort, würde vor dem nächsten Morgen wohl auch nicht wiederkommen. Sie spürte kalten Schweiß in ihrem Nacken.

»Ihr habt Euch heimlich mit dem gefangenen Verräter Patkul getroffen und vertrauliche Informationen von ihm erhalten.«

Ruth riss erstaunt die Augen auf. »Keineswegs! Der Mann konnte mir in keiner Weise weiterhelfen. Ich suche meinen Ehemann, wie Ihr sicherlich wisst, wenn Ihr mich so genau beobachten lasst. Patkul war mir keine Hilfe.«

»Euer Mann ist tot, gnädige Frau. Und Ihr werdet es ebenfalls gleich sein, wenn Ihr mir nicht verratet, welche geheimen Informationen Patkul Euch für die schwedischen Feinde übermittelt hat.«

»Wovon redet Ihr? Seid Ihr verrückt? Ich habe keine Informationen von diesem Mann erhalten. Und den Schweden würde er wohl zuallerletzt ein Geheimnis verraten.«

»Na, seht Ihr? Ihr verratet Euch schon selbst, ohne dass ich nachhelfen muss.« Der Fremde machte zwei Schritte auf Ruth zu und kam ihr damit bedrohlich nahe. Sie wich zurück zum Kanapee. Auf einmal zog er einen dünnen weißen Seidenschal aus seiner Rocktasche und spannte ihn zwischen seinen knochigen Händen. »Wir haben einen Brief von Patkul an Euch abgefangen. Darin deutet er ein Geheimnis an, das er Euch auf Sonnenstein anvertraut hat und das Ihr bei Eurem weiteren Vorgehen zu Eurem Vorteil einsetzen sollt. Was hat er damit gemeint?« Er spielte mit dem Seidentuch in seinen Händen.

»Ich habe nichts von Herrn Patkul erfahren, was ich nicht schon lange gewusst hätte. Verlasst jetzt augenblicklich meine Kabine, oder ich schreie laut um Hilfe!«

Doch bevor Ruth auch nur Luft holen konnte, stand der Mann neben ihr und schnürte ihr den Seidenschal um den Hals. Der Druck auf ihrem Kehlkopf ließ die mühsam unterdrückte Panik wieder aufflammen.

»Ihr scheint mich nicht verstanden zu haben, Frau Wrangel. Wenn Ihr Euch nicht kooperativ zeigt, muss ich zu anderen Mitteln greifen … Was hat Patkul Euch verraten? Hat er Details aus den Privatangelegenheiten des Königs ausgeplaudert, um ihn vor seinen Verbündeten zu diffamieren? Oder hat er Euch verraten, wo er die von ihm unterschlagenen russischen Subsidien für den König versteckt hält? Und sollt Ihr davon die Juristenschergen bezahlen, die sich um seine Befreiung bemühen, wie Euer verstorbener Gatte?«

Ruth roch seinen säuerlichen Atem und spürte heftige Übelkeit aufsteigen. Sie ließ die Bürste fallen und griff mit beiden Händen das Tuch um ihren Hals, um sich Luft zu verschaffen.
»Das ist völlig sinnlos, gnädige Frau. Eine Drehung meiner Hände genügt, und Euer Kehlkopf drückt Euch die Luftröhre zu. Was hat Patkul Euch anvertraut?«
Voller Verzweiflung versuchte Ruth mit ihrem kleinen spitzen Stiefelabsatz auf den Fuß des Mannes zu treten. Doch er reagierte nicht, sie schien ihn nicht getroffen zu haben. Stattdessen nahm der Druck auf ihren Hals zu. Das Blut rauschte in ihren Ohren, und die Panik gewann vollends die Oberhand. Gleich würde sie zusammensacken. Die Bilder vor ihren Augen verschwammen langsam.
Aber plötzlich ertönte ein erstickter Schrei. Das Tuch um ihren Hals lockerte sich. Sie schöpfte röchelnd Luft und stolperte auf das Kanapee zu. Dort fing sie sich mit den Händen ab und ging in die Knie.
»Seid Ihr wohlauf, Fräulein Ruth?«
Sie drehte den Kopf und sah Jurek mit einem bluttriefenden Feuerhaken in der Hand in der Kabine stehen. Der krötengleiche Mann lag auf dem Boden. Aus einer klaffenden Wunde in seinem Kopf quoll hellrotes Blut hervor.
Ruth wandte sich entsetzt ab. »Danke, Jurek. Das war keinen Moment zu früh.«
Ihr Diener riss sich sein Hemd vom Oberkörper und wickelte es um den Kopf des Eindringlings. Es dauerte nicht lange, da hatte sich der weiße Stoff rot verfärbt. Jurek drehte den Mann auf den Rücken. Die gelbbraunen Augen blickten ihm starr entgegen. Aus dem Mundwinkel troff eine dünne Blutspur.
»Ist er tot?«
»Ich fürchte ja, Fräulein Ruth.«
»Er wollte mich töten, Jurek. Er sagte, Hinrich sei tot und ich

gleich ebenso ...« Sie schluchzte auf, und die lange zurückgehaltenen Tränen brachen sich Bahn.

»Es ist vorbei, Fräulein Ruth. Er kann Euch nichts mehr anhaben.«

»Aber was sollen wir jetzt tun, Jurek? Wo sollen wir mit ihm hin? Und was ist mit all dem Blut?«

»Überlasst das mir, Fräulein Ruth. Legt Euch hin und kommt erst wieder zu Atem. Ich kümmere mich um den Mann und die Spuren.«

Ruth nickte erschöpft, legte die Hände vor das Gesicht und ließ ihren Tränen freien Lauf. Als sie nach einer kleinen Ewigkeit die Augen wieder öffnete, war das Blut auf dem Boden verschwunden, und vor dem Fenster sah sie ein sorgfältig in ein weißes Laken gewickeltes längliches Paket liegen.

»Was machen wir mit ihm, Jurek? Wir müssen doch dem Kapitän Bescheid geben.«

»Damit die Schergen von diesem Kerl uns auf die Spur kommen? Nein, Fräulein Ruth. Von dem hier erfahren nur noch die Fische im Meer.«

Am Newa-Delta in Ingermanland im Juni 1706

Bis zu den Knien standen die Männer im morastigen Wasser und hieben im monotonen Rhythmus mit Äxten auf Baumstämme ein. Es hatte in der Nacht geregnet, und der zerfurchte Boden war durchweicht. Eigentlich gab es gar keine Nacht mehr, wie Hinrich Wrangel sie kannte. Die Sonne verschwand nur für kurze Zeit hinter dem Horizont, hinterließ einen violett leuchtenden Himmel, um bald darauf in dramatischen, orange flammenden Streifen erneut über dem Wasser aufzugehen. Ein großartiges Schauspiel, das Wrangel bewundert hätte, wäre er nicht so elendig müde und hungrig gewesen, dass er es meist nur noch mit stumpfem Gleichmut wahrnahm. Wie in Trance schwang er die Axt und schlug auf den Stamm vor sich ein. Der Duft von frischem Harz stieg ihm in die Nase, das Holz ächzte unter den Schlägen. Endlich gab der Baum nach und fiel krachend zur Seite.

»*Beregis* – Achtung!« Das war einer der vielen russischen Ausdrücke, die er in der letzten Zeit gelernt hatte. Seit Wochen schon schuftete er mit Tausenden anderen Männern im Mündungsdelta der Newa, wie die Menschen den Fluss nannten, der sich in unzähligen Armen und Verästelungen ins Meer ergoss. Sie schlugen Bäume, rodeten das Land längs der Wasserwege, rammten Pfähle in das sumpfige Ufer, um es zu befestigen.

Auf Wrangels Ausruf folgte unmittelbar der Donner einer Kanone, das Zeichen, dass es Zeit war für die Mittagspause.

Dreimal am Tag erschallte ein Kanonenschuss von der einige Werst entfernten Festung Sankt Petersburg jenseits der Newa und regelte den Arbeitstag der Männer. Morgens, sobald die

Sonne vollends über dem Horizont stand, ertönte der erste. Dann krochen sie aus ihren erbärmlichen Hütten, die sie sich notdürftig aus Schilf und den Zweigen der gefällten Bäume gebaut hatten, entfachten ein Feuer und bereiteten sich mit dem streng rationierten Getreide einen klebrigen faden Brei zu, den die Russen *kascha* nannten. Kaum hatten sie den hinuntergeschlungen, trieben die Wachleute sie mit ihren Knuten zur Arbeit.

Nun stand die Sonne schon fast im Zenit. Erschöpft ließ Wrangel die Axt sinken und wischte sich mit seiner schmutzigen Hand den Schweiß und die Mücken vom Gesicht. Die Blutsauger waren eine wahre Qual. Groß und gierig waren sie, fielen in Scharen über die Männer her und stürzten sich auf jeden freien Flecken Haut. Sie klebten in den Augenlidern, krochen in die Nasenlöcher und die Ohren und hinterließen überall geschwollene Rötungen, die die erschöpften Männer wie Aussätzige aussehen ließen.

Obwohl sie auch an Wrangel klebten, erging es ihm noch besser als den anderen, denn Marusja hatte ihm eine übel riechende Paste mitgegeben und ihn ermahnt, sich damit täglich einzureiben. So flogen ihn die Blutsauger zwar an, stachen aber kaum zu. Auch hatte sie ihm aus Birkenrinde geflochtene Stiefel geschenkt mit einer Sohle aus festem Leder, die seine Füße vor dem morastigen Grund schützten, sowie eine *rubacha,* ein langes russisches Bauernhemd, eine weite Hose und einen alten Schafspelz. Innerlich dankte er ihr jeden Abend, wenn er sich müde darin einwickelte, und jeden Morgen, wenn er mit klammen Fingern die stinkende Paste gegen die Mücken auf seiner Haut verrieb.

Die meisten Männer um ihn herum hatten sich schon ein schattiges Plätzchen für die Mittagspause gesucht, und die ersten kleinen Feuer flammten auf. Wrangel hingegen kletterte über

die von ihm eben gefällte Birke, pflückte sich mehrere Hände voll frisches und zartes Blattwerk ab, setzte sich dann an einen schattigen Platz und verzehrte das Grünzeug.
Die Männer in seiner Nähe verzogen hämisch die Gesichter, als sie Wrangel die Blätter kauen sahen. Einer meckerte wie eine Ziege, ein Zweiter muhte, und die anderen klopften sich lachend auf die Schenkel.
Wrangel kümmerte sich nicht um sie. Grundsätzlich hielt er Abstand zu den anderen. Marusja hatte ihm geraten, so wenig wie möglich von sich preiszugeben. Darum beließ er es dabei, dass man ihn Wanja rief und für dumm befand, weil er vieles, was gesagt wurde, nicht verstand. Ihm war es recht, denn so hatte er mehr Ruhe, sich das Leben unter den Arbeitern im Lager genau anzuschauen und die Regeln zu lernen, die für sein Überleben notwendig waren.
Eines war ihm gleich aufgefallen: Freundschaften wurden hier kaum gepflegt. Jeder kämpfte für sich allein, achtete eifersüchtig auf seine kargen Essensrationen, damit sie ihm niemand stahl, und behielt ständig sein Arbeitswerkzeug im Auge. Denn es gab bei weitem nicht genügend Äxte, Sägen, Spaten und Schaufeln für die Leute, von Schubkarren ganz zu schweigen. Und wer kein Werkzeug hatte, musste mit den bloßen Händen schuften. Er hatte schon viele Männer gesehen, die die feuchte Erde in den Schößen ihrer Hemden trugen, da sie keine Säcke hatten. Wrangel hatte sich eine recht gute Axt besorgen können und behielt sie immer bei sich, selbst in der Nacht. Wenn er von hier fortkäme, wäre sie das einzige unter den Werkzeugen, das ihm auch als solide Waffe dienen könnte. Beobachtete er nicht gerade die Männer um sich herum oder schlief für ein paar kurze Stunden, dann kreisten alle seine Gedanken ausschließlich darum, wie er aus dieser Hölle entkommen konnte.
Ausdauernd kaute er die zarten Birkenblätter. Je jünger sie wa-

ren, desto saftiger und weniger bitter schmeckten sie. Auch zum Verzehr des Blattwerks hatte Marusja ihm geraten, um sich vor Scharbock zu schützen, einer heimtückischen Krankheit, an der hier viele erkrankten.

Der Himmel über ihm war inzwischen tiefblau, von den nächtlichen Regenwolken keine Spur mehr zu erahnen. Wrangel holte eine Handvoll Buchweizen aus seinem kleinen Vorratssack und weichte ihn in Wasser ein. Die Mittagspause dauerte für gewöhnlich länger, da sich der Arbeitstag bis zur Dämmerung am späten Abend hinzog. So konnte er sich mit dem Essen Zeit lassen. Es würde ein heißer Nachmittag werden. Die Temperaturschwankungen in dieser Gegend waren enorm. Während tagsüber die Sonne für Stunden glühend vom Himmel brannte, konnte es nachts noch frieren, und bis in den späten Vormittag war alles von Tau bedeckt. Wrangel streckte die Beine aus, sodass die Sonne seine durchnässten Stiefel trocknen konnte.

Die letzten Wochen hatten ihn tiefe Demut gelehrt. Seit Marusja ihm geholfen hatte, seine Erinnerung wiederzufinden, war ihm seine entsetzliche Lage erst vollends bewusst geworden. Er war überfallen und nach Russland verschleppt worden, ein Land mit ihm unbekannter Sprache, fremder Kultur und unterschiedlicher Konfession. Und er war nicht als freier Mann hierhergebracht, sondern verkauft worden, wenn er Marusja recht verstanden hatte. Er hatte alles verloren. Sein Hab und Gut, das er bei sich gehabt hatte, seine Freiheit, seinen gesellschaftlichen Stand. Er war hier ein Niemand. Doch was das Schlimmste war: Er konnte nicht zurück in seine Welt, zu seiner geliebten Ruth, nach Hamburg.

Als ihm dies zum ersten Mal klarwurde, hätte er vor Wut und Verzweiflung weinen, toben und schreien mögen. Es kam ihm fast so vor, als hätte Marusja ihm seine Erinnerung wiedergegeben, um ihn in der Hölle abzuliefern. Sein Schmerz, seine Sehnsucht nach Ruth zerrissen ihn förmlich. Wie ein eingesperrtes Tier war er wohl stundenlang auf der kleinen Insel im Sumpf im Kreis herumgelaufen. Marusja ließ ihn gewähren, ja, sie schien gar nicht recht anwesend zu sein. Als er endlich vor Erschöpfung zusammenbrach und so gezwungenermaßen zur Ruhe kam, schaute sie ihn nur ernst an und sagte: »Du hast dein Leben wieder. Mehr brauchst du nicht.«

Die tiefe Wahrheit ihrer Worte ging ihm erst nach und nach auf. Jeden Tag sah er hier unter den Arbeitern Krankheit und Tod. Viele litten an Fieber, ständig mussten sie Tote in flachen Löchern verscharren, weil man in geringer Tiefe schon auf Grundwasser stieß. Auch Unfälle waren keine Seltenheit. Erst am Vortag hatte ein umgestürzter Baum einen älteren Mann erschlagen, der auf den Warnruf nicht schnell genug reagiert hatte. Ein anderer Kerl hatte sich vor ein paar Tagen den Fuß eingeklemmt, sodass der ganz grün und blau wurde und auf das Doppelte anschwoll. Doch Bader oder Feldscher gab es hier keine, von Ärzten ganz zu schweigen. Entweder halfen sich die Arbeiter gegenseitig, oder die wachhabenden Soldaten erbarmten sich ihrer, wobei selten etwas Gutes herauskam.

Auch ihre Versorgung war erbärmlich. Hätte Marusja ihn nicht auf verschiedene Wurzeln und Kräuter aufmerksam gemacht, die essbar waren, so hätte er wohl bisher noch keinen Tag ohne Hunger überstanden. Die vergangenen Wochen hatten seinen Körper ausgezehrt. Sein Haar war verfilzt, sein Gesicht mit einem wilden Bart zugewachsen. Als er zum ersten Mal sein Spiegelbild in einem Tümpel erspähte, erkannte er sich nicht wieder. Dabei ließ ihn der Blick in die anderen Gesichter schon ahnen, wie er selbst aussah.

Ein hagerer blonder Mann kam nun auf Wrangel zu, deutete auf den Baumstamm, an dem er lehnte, und murmelte: *»Moshno?«*

Wrangel nickte. Der Mann ließ sich ein paar Schritte weiter neben ihm am Stamm nieder und streckte die langen Beine aus.
Auf einmal brach ein lauter Tumult los, vielleicht zwanzig Schritte von ihnen entfernt. Ein junger Kerl, dessen verschlissene schwedische Uniform um seinen hageren Körper schlotterte, stampfte wie ein gereizter Bulle mit seinen Stiefeln auf den matschigen Boden, sodass brackiges Wasser aufspritzte, und ballte seine Fäuste, während er wütend mit zwei Wachsoldaten schimpfte. »Ich habe ein Recht darauf, dass man mich respektvoll behandelt, schließlich bin ich von Adel und schwedischer Offizier! Nicht so ein Lumpenpack wie die anderen hier! In jeder Armee gibt es einen Ehrenkodex, der besagt, dass gefangene Offiziere als Standespersonen zu behandeln sind. Nennt ihr das hier Würde?« Mit einer ausladenden Geste zeigte er auf die am Boden hockenden Männer, die ihn entgeistert anstarrten.
Wrangel stutzte. Der Mann sprach deutsch! Neugierig musterte er den schimpfenden Offizier genauer. Seine blonden Haare hingen in schmutzigen Strähnen herab, sein Gesicht war mit Staub bedeckt, aber die Züge ließen erahnen, dass es fein und ebenmäßig gezeichnet war. Es hatte sich erst ein kleiner Bartflaum um das Kinn und an den Wangen gebildet, woraus Wrangel schloss, dass der Mann noch nicht allzu lange von seinem Rasiermesser getrennt war.
»Ich erwarte, dass man mir ein angemessenes Quartier jenseits dieses Bauernpacks zuweist und mich ausreichend bewirtet. Und ich will euren Vorgesetzten sprechen. Wo ist der Hauptmann?«
Die beiden Soldaten blickten den immer noch wild gestikulierenden Mann kopfschüttelnd an. *»Nu schto? Postawi sebja na mesto!«*
»Was redet ihr da? Sprecht gefälligst so, dass ich Euch verstehe!

Wozu hat euer Zar denn all die deutschen Offiziere angeworben, wenn ihr noch nicht mal ihre Sprache ...«
Bevor er den Satz vollenden konnte, hatte ihn die lederne Knute von einem der Wächter an der Wange getroffen. Mit einem Aufschrei des Entsetzens stürmte der Mann, nun vollends außer sich, auf die beiden Soldaten zu und versuchte jenem, der ihn geschlagen hatte, die Knute zu entreißen. Der aber packte ihn mit seiner freien Hand bei den Haaren und riss seinen Kopf nach hinten. Ein Tritt des anderen in die Kniekehlen tat ein Übriges, und der Angreifer ging zu Boden. Noch bevor sein ausgezehrter Körper im Matsch lag, schlugen die Knuten der beiden Soldaten unbarmherzig auf ihn ein. Die eine Hand schützend vor sein Gesicht haltend, versuchte der Mann davonzukriechen. Aber kaum hatte sein Fuß Halt gefunden, trat einer seiner Peiniger gegen sein Schienbein, sodass er erneut zusammenbrach.
Die Arbeiter, die im Schatten der Bäume saßen, schauten dem brutalen Schauspiel stillschweigend zu. Auch Wrangel starrte entsetzt auf den am Boden Liegenden. Ein Impuls regte sich in ihm, aufzustehen und gegen diese überzogene Maßregelung einzuschreiten, doch zugleich wusste er, dass er nichts weiter bewirken würde, als ebenso in den Dreck geprügelt zu werden. So faltete er stattdessen seine schwieligen Hände und betete leise murmelnd ein Vaterunser. Als er die Zeile »Und vergib uns unsere Schuld, wie auch wir vergeben unseren Schuldigern« erreichte, ließen die Soldaten endlich von ihrem Opfer ab. Einer von ihnen schüttelte den Kopf und rief: *»Wot, schwedskij ofizer!«* Dann klopfte er seinem Kameraden auf die Schulter, und die beiden trollten sich lachend.
Keiner der erschöpft herumsitzenden Männer erhob sich, um dem Verletzten zu helfen. Auch Wrangel nicht. In seinem früheren Leben, in Hamburg, wäre er aufgesprungen und hätte ver-

sucht, dem Mann beizustehen. Aber hier, in den Sümpfen Ingermanlands, galten andere Regeln. Ein Menschenleben zählte hier nicht viel. Wollte man überleben, so hatte man sich anzupassen. Einen Weg hinaus konnte es nur im Verborgenen geben. Zwar entrüstete Wrangel die hemmungslose Brutalität der wachhabenden Soldaten, aber all sein Sinnen und Streben galt der Suche nach einem Fluchtweg zurück zu Ruth. Kaum etwas konnte diesem Vorhaben abträglicher sein, als die Aufmerksamkeit der Wächter auf sich zu ziehen.

Schließlich aber packte ihn doch sein Gewissen, und er wollte aufstehen, um dem Mann wenigstens in den Schatten zu helfen. Da spürte er den sanften Druck einer fremden Hand auf seiner Schulter. »Nein, tu's nicht.«

Als er sich umdrehte, sah er den blonden Mann neben sich, den Blick gleichmütig in die Ferne gerichtet.

Dresden im Juni 1706

Pfingsten schüttelte unwirsch den Kopf, während er Schumanns Brief zusammenfaltete. Zwar hatte es dieser König der Spitzel nicht ausdrücklich geschrieben, aber offenbar war ihm jene Frau Wrangel auch in Berlin durchs Netz gegangen. Ließ der Mann nach? Es konnte doch nicht so schwer sein, eine allein reisende Frau in die Enge zu treiben. Aber immerhin hatten Schumanns Männer wohl wieder ihre Spur aufgenommen. Sie wollte also nach Königsberg. Ob der geheime Rat dort immer noch aktiv war? Hatte Thomasius sich vielleicht nicht stark genug einschüchtern lassen?

Pfingsten kannte Thomasius noch aus seiner Studienzeit. Er war wahrlich kein Mann, der schnell klein beigab. Schon gar nicht, wenn ihm eine Sache am Herzen lag. Und die Causa Patkul schien ihm sehr am Herzen zu liegen, da er dafür einen solchen Aufwand betrieb. Es erinnerte Pfingsten unwillkürlich daran, wie sich Thomasius jahrelang für die Abschaffung des Strafbestandes der Hexerei eingesetzt hatte. Mit Erfolg, das musste man ihm zugestehen. Allerdings kam man dadurch nun aufmüpfigen Frauen wie dieser Anwaltsgattin noch schwerer bei. Zu früheren Zeiten hätte man einer Frau, die den Worten eines Mannes ohne handfeste Beweise widersprach und sich dabei ausschließlich auf ihr Gefühl berief, allein mit dem Wort Hexerei so viel Angst einjagen können, dass sie aufgegeben hätte.

So halfen wohl nur härtere Bandagen, um Frau Wrangels Reise endgültig zu beenden, bevor sie Patkuls Geheimnisse an die Falschen verriet. Bis Königsberg stand ihr ja noch ein weiter Weg bevor, sodass Schumann und seine Männer ihre bisherigen Fehler wiedergutmachen könnten.

Ein kalter Schauer lief Pfingsten den Rücken hinunter. Wenn Schumann von »endgültig« sprach, kannte er im Allgemeinen nur eine Form der Lösung, eine tödliche. Aber die war wohl besser als weitere Komplikationen in dieser Angelegenheit. Am schönsten wäre es jedoch, es gäbe gar keine Causa Patkul mehr, wie Oberst Orlow es hatte anklingen lassen. Das war ein Gedanke, der sich weiterzudenken lohnte. Um dieses Anwaltsweib würden sich schon Schumann und seine Leute kümmern.

Auf Pfingsten warteten zunächst jedoch die Dresdener Höflinge, damit er ihnen König Augusts Pläne für die Neuordnung, um nicht zu sagen, Absetzung des Geheimen Conseils erläuterte. Ein unumgänglicher Termin, den ihm leider kein Schumann dieser Welt abnehmen konnte.

Burg Sonnenstein im Juni 1706

»Guten Morgen, lieber Patkul! Heute ist ein wunderbarer Tag.«

Erstaunt blickte Johann Reinhold Patkul seinem Freund von Hoym entgegen, der mit einem aufgeräumten Lächeln in Begleitung von Patkuls Diener Heinrich das Turmgemach betrat. Heinrich trug einen ovalen Weidenkorb im Arm, über den eine gesteppte kleine rote Seidendecke gebreitet war.

»Wenn Ihr mich so begrüßt, mein guter Hoym, kann das nur heißen, dass Ihr gute Nachrichten für mich habt.« Mühsam erhob sich Patkul aus dem schweren Sessel und ging auf den Freund zu.

»Neuigkeiten habe ich keine, dafür aber eine entzückende Überraschung. Gestern besuchte mich Eure liebenswerte Verlobte und brachte mir dieses Körbchen mit der Bitte vorbei, es Euch so schnell wie möglich zukommen zu lassen.«

»Was ist denn darin?«

Hoym gab Heinrich ein Zeichen, der den Korb behutsam auf den Tisch stellte. »Seht selbst nach«, entgegnete er dann seinem Freund.

Der trat neugierig heran und hob die rote Steppdecke hoch. Zwei freundliche mandelförmige Augen schauten ihn aus einem weißbraun gefleckten Köpfchen an, große, seidig behaarte Ohren in Form von Schmetterlingsflügeln stellten sich neugierig auf. Ein winziges schwarzes Näschen krönte die zierliche Schnauze, die nun einen sanften Pieplaut ausstieß, bevor das kleine Hündchen den Hals streckte und mit seiner rosa Zunge zart Patkuls Hand ableckte.

Der wollte sie erschrocken zurückziehen, doch das kleine Tier

streckte sich in die Länge und mühte sich, die freundschaftliche Geste fortzuführen.
»Was ist denn das? Wer bist denn du?«, lächelte Patkul leicht verwirrt, aber auch ob der beharrlichen Zärtlichkeit geschmeichelt.
»Das ist ein Schmetterlingshündchen. Es hört auf den Namen Coco und wird Euch von jetzt an hier oben Gesellschaft leisten und Euch die Zeit vertreiben.«
»Aber Hoym, was soll ich mit einem Hund? Dazu noch mit einem so winzigen? Das Tier ist doch kaum größer als meine Hand!«
»Umso anschmiegsamer ist es. Sein Fell ist weich und lässt sich angenehm streicheln, außerdem ist Coco ein wunderbarer Zuhörer. Das Tier schätzt es sehr, wenn man ihm Geschichten erzählt. Aber auch Vorträgen lauscht es gern und geduldig. Außerdem ist es gehorsam und gelehrig. Ihr werdet sehen, welch eine wunderbar aufhellende Wirkung das Hündchen auf Euer Gemüt haben wird.«
»Aber ein Hund braucht Auslauf und …«
»Darum, mit Verlaub, werde ich mich kümmern, gnädiger Herr«, mischte sich nun Heinrich lächelnd ein. »Was für ein entzückendes Geschenk von der hochverehrten Frau von Einsiedel! Seid versichert, dass ich mich auch um eine angemessene Kost für das Hündchen kümmern werde.«
Inzwischen hatte das Tier aufgehört, Patkuls Hand zu lecken, und bemühte sich durch einen entzückenden Stand auf den Hinterbeinen den Mann zu erweichen, es auf den Arm zu nehmen. Es musste nicht lange darum betteln. Vorsichtig griff Patkul nach dem kleinen Hund und legte ihn sanft auf einen Unterarm. Coco reichte ihm gerade einmal bis zum Ellbogen. Das Fell auf dem Rücken war seidig weiß, erst die langbehaarte Rute nahm wieder den hellbraunen Farbton des Köpfchens auf und

wedelte nun wie ein weiches Seidentuch über Patkuls Handrücken.
»Nun, wir können es ja einmal miteinander versuchen, Coco.«
Hoym warf Heinrich einen zufriedenen Blick zu, und der machte sich sogleich daran, einen guten Platz für das Weidenkörbchen zu suchen.
»Aber natürlich habe ich Euch nicht nur das Hündchen mitgebracht, lieber Freund, sondern auch den neuesten *Relations Courier.* Vielleicht trinken wir noch einen Tee zusammen, damit Ihr ihn in Ruhe studieren könnt.«
»Das ist eine sehr gute Idee, Hoym. Aber wie wäre es mit einer heißen Schokolade? Die bevorzuge ich inzwischen am Morgen, da sie das Gemüt so wunderbar aufhellt.«
»Sehr gern.«
Als Heinrich wenig später mit der heißen Schokolade für die beiden Herren zurückkehrte, hatte sich das kleine Hündchen schon so bequem auf Patkuls Schoß eingerollt, als habe es nie woanders hingehört.

Riga im Juni 1706

In majestätischer Ruhe glitt die stattliche schwedische Karavelle aus der Rigaer Bucht in die Dünamündung. Die Sonne stand schon hoch am Himmel, und ihre warmen Strahlen blendeten Ruth, die von der Reling der Kristina aus die Einfahrt in Riga erleben wollte. Sie war froh, bald wieder festen Boden unter ihren Füßen zu spüren. Eine gute Woche hatte sie seit der Abreise in Danzig auf dem Schiff verbracht, was weniger der Strecke als den kriegerischen Verhältnissen entlang der Küste geschuldet war. Der Kapitän, ein erfahrener älterer Mann von der schwedischen Westküste, traute der Ruhe entlang der polnisch-litauischen Küste nicht und bevorzugte es, die Route so weit vom Land entfernt zu wählen, dass man das Schiff nicht in nächtlichen Manövern überraschend angreifen konnte.

Ruth war es recht gewesen. Eigentlich war ihr alles recht gewesen, was sie nur fortbrachte aus dem Danziger Hafen und der schrecklichen Erinnerung an die Begegnung mit dem Eindringling in ihrer Kabine. Sie hatte Jurek nicht gefragt, was er mit der Leiche gemacht hatte, und er hatte es ihr auch nicht erzählt. Obwohl keine Spuren in ihrer Kabine zurückgeblieben waren, hielt sie sich dort nicht mehr gern auf. Zum Glück war das Wetter gut gewesen, sodass sie viel Zeit auf Deck verbringen konnte. Nur in der Nacht kamen die Bilder zurück und raubten ihr den Schlaf. Doch in wenigen Stunden schon würde sie das Schiff und ihre Kabine hinter sich gelassen haben. Und mit ihnen hoffentlich auch die grausigen Erinnerungen.

Das Ufer der Düna ging direkt in sumpfige Marschlande über. Vor dem Schiff kreisten Möwen, und in den Salzwiesen nahe dem Ufer konnte Ruth unzählige Gänse ausmachen. Ihr Geschrei vermischte sich mit dem der Möwen. Aber im Gegenlicht war nicht zu erkennen, ob einige von ihnen den typischen schwarz-weißen Kopf der Weißwangengänse hatten. Es war auch verfrüht, schon hier nach ihnen Ausschau zu halten. Riga lag nahe dem siebenundfünfzigsten Breitengrad, ihr stand also noch ein gutes Stück Reise gen Norden bevor. In der Ferne sah sie bereits die Zinnen der Befestigungswälle der Stadt, dahinter ragten die drei Kirchtürme auf, die das Bild von Riga prägten.

Ruth lief ein Schauer über den Rücken. Sie kannte Riga nicht, war noch nie so weit in den Nordosten gereist. London und Amsterdam waren ihr vertraut, ja, selbst nach Florenz und Venedig hatte sie ihren Vater als junges Mädchen begleitet. Aber das östliche Europa war ihr unbekannt. Dabei war Moses Abelson hier öfter unterwegs gewesen, hatte so manches Geschäft in Warschau und im Baltikum gemacht, und auch Riga lag öfter auf seiner Reiseroute. So hatte sie schon einiges von der Stadt gehört, nicht zuletzt durch den Kapitän der Kristina während der gemeinsamen Mahlzeiten in der Offiziersmesse. Es war nicht leicht gewesen, all seinen neugierigen Fragen in Bezug auf ihre Reise zu begegnen. Aber bald hatte Ruth herausgefunden, dass der Kapitän am liebsten aus seinem reichen Erinnerungsfundus schöpfte, und so entlockte sie ihm mit einigen geschickten Fragen abendfüllende Berichte von seinen Abenteuern auf See und seinem Dienst bei der schwedischen Marine.

Auf einmal stand Jurek neben ihr. Seine Hände umklammerten die Reling, als suche der große Mann Halt, während sein Blick unruhig über die Marschlande der Stadt entgegenstreifte. Ob er sich fürchtete, das erste Mal in seinem Leben so weit von zu Hause fort zu sein? Ruth fühlte sich unbehaglich, dass sie dem treuen Mann so viel zumutete. Seit sie die erschütternde Nachricht von Hinrichs Überfall erreicht hatte, war Jurek nicht von ihrer Seite gewichen. Er hatte vor ihrer Kammer Wache gehalten, als sie die ersten Nächte durchgeweint hatte. Er hatte sie in den Arm genommen, wie damals, als sie noch ein kleines Mädchen war und er sie tröstete, wenn sie sich beim Herumtollen weh getan hatte und die Mutter es nicht erfahren durfte, da sie das wilde Spiel verboten hatte. Bald drei Monate reiste sie nun schon durch die Lande, suchte nach ihrem Mann, ohne greifbaren Hinweis außer Träumen, die ihr nordische Landschaften mit ihr unbekannten Vögeln zeigten. Dabei waren die Bedrohungen immer beängstigender geworden. Doch trieben sie sie keineswegs zurück nach Hamburg, sondern stur weiter, einer diffusen inneren Stimme folgend. War sie schon irre geworden und Jurek der letzte treue Freund, der zu ihr hielt? Und verlangte sie jetzt zu viel von ihm, wenn er mit ihr in ein fremdes Land reisen sollte, dessen Sprache sie beide nicht mächtig waren, um Brutplätze von Gänsen zu suchen?

»Ist dir nicht gut, Jurek?«

»Doch, doch, Fräulein Ruth. Es ist nur der Wind, der so kräftig weht und alte Erinnerungen mit sich bringt.«

Sie verstand nicht, was er meinte, wollte ihn aber nicht weiter bedrängen und nickte nur.

»Seht Ihr die Häuser dort drüben?«, wandte er sich auf einmal an sie. »Kaum eines ist noch unversehrt. Den einen fehlt das Reet auf den Dächern, andere sind nur noch verkohlte Gerüste.«

Ruth folgte seinem ausgestreckten Arm, um zu sehen, wovon er sprach. Tatsächlich, jetzt fiel auch ihr die kleine Siedlung auf, die gut geschützt hinter einer Schilfwand hervorragte. Jurek hatte recht. Die Häuser sahen arg mitgenommen aus. Aber sie waren bewohnt. Sie konnte einige Menschen erkennen sowie einen gut ausgetretenen Pfad, der zum Ufer führte, an dem zwei kleine Fischerboote lagen.

»Was mag ihnen widerfahren sein?«
»Der Krieg, Fräulein Ruth.«
»Aber der Kapitän berichtete doch, dass Riga fest in schwedischer Hand sei und hier Ruhe herrsche.«
»In Riga vielleicht schon. Die Stadt ist ja auch durch dicke Mauern geschützt.«
Ruth schaute ihn verwundert an. Jurek aber schwieg und kaute nur nachdenklich auf seiner Unterlippe.
Wenig später zogen die Stadtmauern an ihnen vorbei, und kurz darauf lief die Kristina in den Hafen von Riga ein. Die Düna war hier noch immer so breit, dass man kaum etwas am gegenüberliegenden Ufer erkennen konnte. Auf Empfehlung des Kapitäns mietete Ruth sich in einem ordentlich geführten Gasthaus in der Nähe der Jakobus-Kirche ein. Kaum hatte sie sich das helle Zimmer angesehen und ein paar Schritte durch die belebten Straßen gemacht, fiel der Schatten des Überfalls von ihr ab, und sie spürte neue Energie und Tatkraft durch ihren Körper strömen.
Riga war eine große und lebendige Stadt, der die hanseatische Vergangenheit noch anzusehen war. Viele schwedische Soldaten, vor allem Matrosen, waren auf den Straßen unterwegs, denn im Hafen lagen zwei Kriegsschiffe, die sich mit frischem Proviant eindeckten. Entsprechend viel war auf den Märkten los. Die Bauern der Umgebung hatten alles herangeschafft, was sich zu Geld machen ließ. Lauthals priesen sie ihre Waren an. Aber Ruth, die mit staunenden Blicken durch die Stadt lief, konnte kaum etwas von dem verstehen, was die Leute sagten. Die nordischen Sprachen waren ihr fremd.
Jurek begleitete sie, sorgte dafür, dass sie unbehelligt durch das Gedränge kam, und hielt ihr aufdringliche Leute vom Leib. Sie musste sich an Bord geirrt haben. Ihr Diener wirkte keineswegs überfordert oder gar hilflos in dieser fremden Stadt. Vielmehr

strahlte er die gleiche besonnene Ruhe aus, die sie seit je von ihm kannte.
Endlich erreichten sie das Haus des Generalgouverneurs von Livland, bei dem Ruth sich nach jenem Hamburger Kaufmann Ankermann erkundigen wollte. Doch sosehr sie sich auch bemühte, keiner dort konnte oder wollte ihr eine befriedigende Auskunft erteilen. Die Stadt war im Krieg, und niemand wagte es, einer Fremden weiterzuhelfen. Der Generalgouverneur selbst, General Adam Ludwig Lewenhaupt, war in dringenden Angelegenheiten nach Stockholm gereist und wurde nicht so bald zurückerwartet. Schließlich aber gelang es Ruth, den wachhabenden Offizier zu erweichen, sich ihrer Anfrage anzunehmen.
Als sie ihren Namen nannte, horchte der Mann auf und musterte sie von Kopf bis Fuß. Dann verbeugte er sich mit zuvor ungeahnter Höflichkeit. »Seid versichert, meine Dame, dass wir uns Eures Wunsches umgehend annehmen werden. Einer von Wrangel sind wir stets zu Diensten.«
Ein erstauntes Schmunzeln huschte über Ruths Gesicht. Aber dann fielen ihr die Worte Patkuls wieder ein: Sie führte den Namen eines bedeutenden baltischen Adelsgeschlechts. Und sie befand sich in Riga, der größten Stadt des Baltikums und der zweitgrößten des schwedischen Königreiches. Da konnte ein bisschen Unterstützung dank unbekannter Namensvettern nicht schaden.
Tatsächlich brauchte Ruth nicht lange auf die erstaunliche Wirkung des Namens Wrangel in Riga zu warten. Schon am nächsten Morgen überreichte ihr der Wirt des Gasthauses ein sorgsam versiegeltes Kuvert des Obersts Karl Gustav Düker, der sie zum Essen in sein Haus einlud.
Sorgfältig traf Ruth ihre Vorbereitungen auf diese Einladung. Vor allem wollte sie vermeiden, die anderen Umstände, in de-

nen sie sich befand, für andere sichtbar zu machen. Zum Glück hatte der Schneider in Dresden hervorragende Arbeit geleistet. Ihre beiden neuen Kleider ließen sich leicht so arrangieren, dass der Stoff gefällig ihre Körperformen umspielte, ohne dass sich Genaueres abzeichnete. Da sich der Himmel über Riga zuzog und eine frische Brise aufkam, wählte sie das dunklere Kleid und ließ es von Jurek gründlich ausbürsten. Damit war für ihr ordentliches Äußeres gesorgt. Noch wichtiger aber war, dass sie sich auf das abendliche Gespräch vorbereitete. Riga war die Hauptstadt von Patkuls alter Heimat. Wie standen die Leute zu ihrem ehemaligen Landsmann und seinem jetzigen Schicksal? Wie sollte sie ihren Aufenthalt hier begründen? Sollte sie einfach die Wahrheit sagen, dass sie ihren verschollenen Ehemann suchte? Und wie sollte sie sich zu dem Namen Wrangel stellen? Ruth ahnte, auf welch dünnem Eis sie hier würde tanzen müssen. Ganz allein.

Auf der Poststraße von Krakau nach Dresden im Juni 1706

Pfingsten war müde. Seit Stunden schon rollte der elegante Vierspänner unermüdlich über den holprigen Postweg, der die Hauptstadt Sachsens mit der derzeitigen Residenz des Königs verband. Zwar war die Straße trocken, sodass sie zügig vorankamen. Zugleich aber musste die Federung der Kutsche ihr Äußerstes leisten, um all die Schlaglöcher auf dem Weg auszugleichen, über die die Pferde hinwegtrabten. Und für Pfingsten bedeutete dies trotz der weichen Samtpolster Ungemach.

Als ob er davon nicht schon im Überfluss hätte. Der König war gereizt, der Geheime Conseil über seine Auflösung entsetzt. Und beide ließen ihre schlechte Stimmung an Pfingsten aus, als sei er persönlich schuld an diesen Umständen. Dabei war er nur der Überbringer der Nachrichten. Aber das war in der Geschichte ja schon immer so: Überbringer guter Nachrichten wurden behandelt wie Ehrengäste, Überbringer schlechter Nachrichten hingegen hatten das Schlimmste zu fürchten, nicht selten sogar den Tod. So weit sollte es mit ihm, Pfingsten, aber nicht kommen, dafür würde er schon sorgen. Der Tod war erst einmal anderen vorbehalten. Allen voran diesem eingebildeten, selbstgerechten Patkul. Dank der Andeutungen Orlows würden die Russen Patkuls plötzliches Dahinscheiden ohne großes Aufheben akzeptieren. So ging es letztlich nur noch darum, eine überzeugende Lösung zu finden.

Pfingsten hatte einige Erkundigungen über verschiedene Gifte eingeholt. Schließlich durfte sich der Tod nicht sofort einstellen.

Ein kurzes, aber deutliches Siechtum würde die Akzeptanz von Patkuls Tod in der Öffentlichkeit erleichtern. Nach eingehenden Überlegungen hatte sich Pfingsten für eine schleichende Vergiftung mit Digitalis entschieden. Zwei bis drei Wochen davon etwas dem morgendlichen Getränk beigemischt dürften reichen, um genügend diffuse Krankheitssymptome wie Kopfschmerzen, Übelkeit, allgemeines Unwohlsein und Herzrasen hervorzurufen, sodass schließlich ein plötzlicher Herzstillstand glaubhaft war. Für einen gut gefüllten Beutel Silberlinge hatte Pfingsten auch jemanden gefunden, der die Tropfen unauffällig beimischen wollte. Wenn alles gut lief, hatte Pfingsten in wenigen Wochen zumindest ein Problem weniger.
Natürlich wäre Anna von Einsiedel, die unglückliche Verlobte Patkuls, zutiefst von diesem Schicksalsschlag getroffen. Aber Pfingsten würde sich alle Mühe geben, ihr schnell darüber hinwegzuhelfen. Ein dünnes Lächeln huschte über sein müdes Gesicht. Vielleicht bekäme er dann endlich seine Chance bei ihr.
Durch die geöffneten Fenster der Kutsche ließ der Geheime Referendar seinen Blick über die sommerlichen Felder gleiten. Die Weizenähren wiegten sich in hellem Grün im warmen Wind. Sie versprachen eine reiche Ernte. Die sächsische Staatskasse konnte die davon abfallenden Steuern nur zu gut brauchen. So konnte man nur beten und hoffen, dass kein Unwetter oder anderes Unheil, gar der Krieg, über diese vielversprechenden Felder hereinbrach, ebenso wenig wie über Pfingstens persönliche Pläne. Und wer weiß, vielleicht würde sich Frau von Einsiedel schon im Herbst von seinen galanten Bemühungen überzeugen lassen. Dann könnte auch er bald seine persönliche Ernte einfahren und sie vor den Traualtar führen.

Riga im Juni 1706

Es war noch taghell, als sich Ruth schließlich zum Haus von Oberst Düker aufmachte. Die Tage der nordischen Sommer waren lang. Umso finsterer mussten die Wintermonate sein. Eine Magd des Gasthofes führte sie und Jurek, der darauf bestanden hatte, sie auf dem Weg zu begleiten, durch enge Gassen, bis sie schließlich zu einer prächtigen Hauptstraße gelangten, die von stattlichen Häusern gesäumt war. Ihre Fassaden erinnerten Ruth wehmütig an Hamburg, waren sie doch von ähnlicher hanseatischer Bauart. Die Magd führte sie zum Portal eines roten Backsteinhauses, knickste höflich und kehrte um.

Ruth schaute Jurek fragend an.

Der erriet bereits ihr Anliegen und nahm die Antwort vorweg. »Ich werde hier in der Nähe bleiben, Fräulein Ruth, und die Tür im Auge haben. Sobald Ihr zurück zum Gasthof wollt, bin ich zur Stelle.«

Ruth nickte ihrem treuen Diener zu. Sie wusste, dass es sinnlos gewesen wäre, ihm zu widersprechen. Für ihr Wohl würde er bis zum Morgen vor der Tür warten, wie in jener Nacht in Pirna vor der Ausfalltür der Burg Sonnenstein. Und seit dem tödlichen Zwischenfall auf dem Schiff ließ er sie noch weniger aus den Augen als zuvor.

Kaum hatte Ruth den schweren Türknauf betätigt, als sich auch schon die Tür öffnete und ein livrierter Diener sie ins Haus führte. Sie drehte sich noch einmal nach ihrem Diener um, konnte Jurek aber unter den Menschen auf der Straße nicht mehr ausmachen. Verwundert betrat sie das Haus.

Karl Gustav Düker war ein mittelgroßer Mann, der die vierzig wohl schon überschritten, sich aber dank militärischer Disziplin eine straffe Haltung bewahrt hatte. Sein blondes Haupthaar war kurz geschnitten und bar jeder Perücke, wohl dem Vorbild seines Königs nacheifernd, der Perücken verabscheute. Mit ausgesuchter Freundlichkeit begrüßte er Ruth. Sein Deutsch hatte die typische baltische Färbung, die ihr schon bei den Offizieren an Bord der Kristina aufgefallen war. Er geleitete sie in einen elegant eingerichteten Salon, in dem noch drei weitere Herren, ihrer Uniform nach schwedische Offiziere, sowie zwei Damen jenseits der dreißig in eleganten, aber hochgeschlossenen Kleidern ihre Bekanntschaft machten. Alle führten deutsche Namen und sprachen ebenfalls ein ausgesuchtes Deutsch.

Während Düker sie einander vorstellte, wurde Ruth schlagartig bewusst, dass sie das erste Mal in ihrem Leben allein in unbekannter, ja fremder Gesellschaft war. Bei all den Gedanken, die sie sich am Nachmittag gemacht hatte, hatte sie diesen einen verdrängt. Doch bevor sie ihm jetzt zu viel Raum geben konnte, nahm die kleine Gesellschaft bereits im Speisezimmer an einer prunkvoll gedeckten Tafel Platz, ganz so, wie Ruth es schon unzählige Male in den reichen Häusern der Hamburger Patrizier, der Amsterdamer Bankiers oder der Londoner Herren erlebt hatte. Auch hier würde der Abend in den üblichen Formen verlaufen, die sich die gesellschaftlichen Eliten gegeben hatten und deren Spielregeln sie im Schlaf beherrschte.

»Stellt Euch vor, liebe Freunde, Frau Wrangel ist mit der Kristina aus Danzig zu uns gereist. Ihr Kapitän, den ich gestern Nachmittag traf, erzählte mir von seiner angenehmen Reisebegleitung.«

Daran, dass der Kapitän natürlich einige der Offiziere in Riga kennen und von ihr und ihrer Geschichte berichten würde, hatte Ruth natürlich nicht gedacht. Zum Glück hatte Düker diese Verbindung erwähnt, bevor Ruth ihre neu erdachte Geschichte ausgebreitet hatte. Nun half nur eines: So dicht wie möglich an der Wahrheit zu bleiben, ohne eine Information zu viel preiszugeben.

»Wie ich hörte, sucht Ihr einen Landsmann von Euch, Paul Ankermann?«

»So ist es, Oberst Düker, darum bin ich nach Riga gereist. Man sagte mir, er lebe hier.«

»Damit hat man Euch aber schlecht beraten, gnädige Frau«, mischte sich ein älterer Offizier namens Straten ein. Ruth ärgerte sich insgeheim, sich stets so wenig für Militärränge interessiert zu haben, dass sie Stratens Uniform nicht entsprechend entschlüsseln konnte. »Ankermann hat Riga schon vor geraumer Zeit verlassen. Die Kriegsgeschäfte haben ihn wohl zu den Russen getrieben.«

»Zu den Russen? Was sagt Ihr da, Hauptmann Straten?«, rief die blonde Dame links von ihm erstaunt aus. »Ankermann war doch stets mit schwedischen Belangen beschäftigt.«

»Nein, Henrike«, erwiderte der junge Offizier ihr gegenüber, »Ankermann war stets mit *einträglichen* Belangen beschäftigt.« Das Gelächter der Anwesenden löste die Spannung am Tisch. »Und derzeit ist wohl niemand bekannter dafür, viel Geld für deutsches Wissen und Können auszugeben als der russische Zar.«

»Wo geht Herr Ankermann denn jetzt seinen Geschäften nach?«, fragte Ruth.

»In Narva, gnädige Frau, jener schönen Stadt, die wir trotz erbittertem Widerstand den Russen ausliefern mussten. Zwei Jahre ist es nun schon her, dass wir die Festung übergeben mussten. Wäre der König bei uns gewesen, anstatt nach Lemberg zu ziehen, hätten wir uns dem Zaren nie ergeben.«

»Ihr, verehrter Oberst Düker, kennt vor den Russen nachweislich keine Furcht. Ihr müsst wissen, Frau Wrangel«, wandte sich nun Straten an Ruth, »Ihr seid zu Gast bei einem Helden der schwedischen Armee.«

»Nun übertreibt Ihr aber, lieber Straten«, wiegelte Düker ab.

»Nein, keineswegs. Im Februar dieses Jahres erst zog unser verehrter Oberst Düker auf Befehl Seiner Majestät Karls XII. mit einem Trupp von tausend Dragonern auf Streifzug gegen die Russen. Und tatsächlich stießen sie auf den Feind, aber nicht, wie gehofft, auf ein paar hundert Kosaken, nein: Viertausend Russen, verstärkt um weitere dreitausend Litauer, standen ihnen auf einmal auf den gefrorenen Feldern gegenüber. Ohne auch nur zweimal Luft zu holen, griffen diese Barbaren unseren Gastgeber an. Aber um einen Düker anzugreifen, gnädige Frau, sollte man lieber dreimal tief Luft holen. Unser Freund schlug sich so tapfer und geschickt mit seinen tausend Dragonern, dass er am Ende die siebenfache Übermacht auseinandersprengte.«

Ruth musterte den Oberst bewundernd.

»Aber nicht nur das, Gnädigste. Auch nahm er in der Folge siegreich Wilna ein. Dass wir hier heute so gut speisen, verdanken wir nicht zuletzt den prall gefüllten Vorräten Wilnas.«

»Aber diese Stadt habt Ihr doch wohl nicht allein mit Euren Dragonern eingenommen?«

»Nein, Frau Wrangel, das wäre zu viel der Heldentaten«, lächelte Düker. »Unsere polnischen Verbündeten halfen mir.«

»Ich dachte, die Polen kämpften mit den Russen, Oberst Düker.«

»Ein Großteil der Polen schon, gnädige Frau. Aber unser König, Seine Majestät Karl XII., hat sich einen sehr geschickten Schachzug einfallen lassen und einen polnischen Gegenkönig zu diesem sächsischen Emporkömmling aufgestellt. Die Truppen, die mit mir zogen, waren auf diesen vereidigt.«

»Also könnte man sagen, die ›guten‹ Polen zogen mit Euch?«, fragte Ruth mit einem kleinen Zwinkern.

»Schön wäre es, Frau Wrangel. Aber tatsächlich erwiesen sich diese polnischen Truppen als so undiszipliniert und stets bereit zu brutaler Plünderung, dass mir nichts anderes übrigblieb, als meinen König zu bitten, mich von diesem Kommando zu entbinden.«
»Zum Glück tat er es«, brachte sich Straten erneut ein, »denn darum profitieren wir nun wieder von Oberst Dükers Qualitäten hier in Riga. Wir brauchen ihn hier dringend, wollen wir uns Narva zurückholen und dieses Sankt Petersburg dem Erdboden gleichmachen, aus dem der russische Zar es hervorzwingt.«
Ruth schaute neugierig von einem Offizier zum anderen. »Ist ein schwedischer Angriff in der Region geplant?«, fragte sie schließlich in die Runde.
»In der Tat«, ließ sich nun wieder Düker vernehmen. »Die Schiffe sind schon versammelt, einige sogar bereits auf dem Weg, insgesamt eine stattliche Flotte von vierzehn wohlbewaffneten Linienschiffen und Fregatten. Die letzten Linienschiffe, die noch hier im Hafen liegen, werden in zwei Tagen auslaufen und die Nachhut bilden. Dann können die Russen was erleben. Zum Wohl, Freunde! Auf Seine Majestät Karl XII.! Möge Gott mit uns sein!«
Alle Gäste erhoben stolz ihre mit Rotwein gefüllten Gläser. Ruth tat es ihnen gleich. Insgeheim ging ihr aber nur ein Gedanke durch den Kopf: Wie sollte sie jetzt nach Narva kommen, wenn die schwedische Flotte sich zu einem Angriff in den Finnischen Meerbusen aufmachte? Sie konnte ja wohl nicht auf einem Kriegsschiff mitreisen.
»Werden denn auch Truppen hier aus Riga für dieses Unternehmen abgezogen, meine Herren?«, wollte sie schließlich wissen.
»Nein, gnädige Frau. Riga kann zurzeit keinen Mann entbehren. Zu sehr setzen uns noch immer die Attacken der russischen Kosaken zu. Nicht noch einmal wollen wir den Feind im Haus

haben, so wie damals, vor sechs Jahren, als der elende Verräter Patkul die Kosaken in die Stadt holte.«

»Seid nicht zu hart, Düker«, mischte sich Straten ein. »Schließlich glaubte Patkul, er täte das Richtige. Und es ist ihm zugutezuhalten, dass er die Kosaken in ihre Schranken wies.«

»Ich wusste gar nicht, Hauptmann Straten, dass Ihr zu Patkuls Anhängern gehört«, ließ sich Düker mit spürbar kühlem Ton vernehmen.

Ruth schärfte all ihre Sinne. Wenn schon die Neuigkeiten über Ankermann so trostlos waren, konnte sie vielleicht wenigstens etwas über Patkul in Erfahrung bringen, das ihr weiterhalf.

»Ich bin wahrlich kein Anhänger von Patkul und seinen kruden Ideen, verehrter Oberst Düker«, bemühte sich Straten die Atmosphäre zu entspannen. »Ich sehe ihm lediglich sein jugendliches Ungestüm von damals nach. Ihr wisst so gut wie ich, dass die Güter-Reduktion von 1689 uns allen weh getan hat. Doch inzwischen ist dies wohl überwunden, und dank der Standhaftigkeit und des großen Kriegsgeschicks unseres Königs stehen wir auch gegen mehrere Feinde zugleich gut da. Patkul hingegen bezahlt seine Untreue dem Vaterland gegenüber mit Haft auf der Burg Sonnenstein in Sachsen, wie ich hörte.«

Dükers Züge entspannten sich bei diesen Worten wieder, und er wandte sich erneut Ruth zu. »Verehrte Frau Wrangel, darf ich fragen, welches konkrete Anliegen Euch den weiten Weg von Hamburg bis hierher führte, um Paul Ankermann zu treffen?«

Ruth überlegte schnell. »Es sind geschäftliche Angelegenheiten, die mich hierherführen, Oberst Düker.«

»Ah. Dabei dachte ich, Ankermann hätte Hamburg geschäftlich schon lange hinter sich gelassen. Aber es sollte mich nicht wundern, wenn das nur die halbe Wahrheit ist. Ein so verschwiegener und zurückgezogen agierender Mann wie er ist mir bisher nur selten begegnet. Selbst zu Geselligkeiten ließ er sich kaum überreden.«

»Kein Wunder, dass es kaum jemandem auffiel, als er Riga verließ«, mischte sich nun die brünette Dame am anderen Ende des Tisches ein. »Lediglich der Mangel an hervorragenden Kürschnerwaren im letzten Winter machte seine Abwesenheit offensichtlich.«

»Ach, ich wusste gar nicht, dass Ankermann auch im Pelzhandel tätig war.«

»Doch, doch, mein Lieber. Ihm habe ich den herrlichen Nerz zu verdanken, auf den ich keinen Wintertag mehr verzichten möchte.«

»Ankermann ist wirklich ein findiger Mann. In jedem Geschäft ist er schnell zu Hause. Mal sehen, wie lange er es mit den Russen aushält und wann er wieder zu uns zurückkommt.«

»Wenn unsere Flotte dieses elende Sankt Petersburg erst einmal ausgelöscht hat, wird Ankermann schon der Spaß am Handel mit den Russen vergehen, meint ihr nicht, liebe Freunde?« Düker erhob sein Glas. »Und vielleicht findet Ihr, verehrte Frau Wrangel, ja schon in Kürze unter den Rigaer Kaufleuten einen würdigen Ersatz für Ankermann. Wir helfen Euch gern, wenn Ihr uns denn sagt, um welche Art Geschäft es sich handelt.«

Ruth dachte nach. Sie hatte nicht viel zu verlieren. Dieser Ankermann war fort, und sie saß hier fest. »Nun, ich brauche Rat und Unterstützung für die Ausrüstung einer Reise in die Brutgebiete der Weißwangengans.«

Es wurde still am Tisch. Alle Blicke wandten sich ihr mit Erstaunen zu.

Oberst Düker war der Erste, der die Sprache wiederfand. »So ist es nicht das Geschäft, sondern die Wissenschaft, die Euch hierherführt. Das ist allerdings sehr ungewöhnlich für eine Frau Eures Standes. Was sagen denn Eure geschätzte Familie und Euer Gatte dazu?«

»Man heißt es gut.« Ruth straffte ihren Rücken und hielt Dükers durchdringendem Blick stand.

»Dabei dachte ich immer, in Hamburg würden die Traditionen hochgehalten. Dass sich auch dort schon junge, zumal verheiratete Frauen diesen modernen Leidenschaften hingeben, ist mir neu.«

»Seid beruhigt, Oberst Düker, mein Vorhaben liegt ganz im wirtschaftlichen Interesse der Familie.«

Düker schmunzelte und trank noch einen Schluck Wein. »Ihr habt Euch aber einen denkbar ungünstigen Zeitpunkt für Euer Vorhaben ausgesucht, gnädige Frau. Der Seeweg ist blockiert, und auf dem Land jenseits der Düna treiben russische Kosaken ihr Unwesen. Aus dem Nichts kommen sie mit ihren schnellen Pferden angaloppiert, überfallen die Dörfer, plündern die Speicher, vergewaltigen die Frauen, ja, entführen sie sogar wie Vieh, wie man immer wieder hört. Unsere Soldaten sind regelrecht machtlos gegen diese wilden Horden, die direkt der russischen Steppe entsprungen sind. Wie soll man da einer Dame wie Euch eine Reiseempfehlung aussprechen?«

»Doch wenn Ihr Euch noch einige Wochen gedulden möchtet«, wandte Hauptmann Straten ein, »dann wird die baltische Küste wieder fest und sicher in schwedischer Hand sein und sich sicherlich eine Schiffspassage in den Finnischen Meerbusen finden. Denn soweit ich von diesen Gänsen gehört habe, leben sie recht weit im Norden.«

»Und so lange seid uns als Gast in Riga herzlich willkommen, Frau Wrangel. Nicht oft verschlägt es schließlich ein so entfernt lebendes Familienmitglied der Wrangels zurück in die baltische Heimat.«

Ruth schluckte und lächelte tapfer. »Vielen Dank, Oberst Düker.«

* * *

Voller Verzweiflung presste Ruth ihr Gesicht in das dicke Daunenkissen, damit es ihre Tränen und das Schluchzen auffing. Jureks besorgtes Klopfen an der Kammertür hörte sie deshalb nicht. Nach einer Weile kam er einfach herein, kniete sich neben ihr nieder und legte seinen schweren Arm um ihre zitternden Schultern. Sie ließ es geschehen, denn es tat wohl, endlich eine warme Hand, die Nähe eines vertrauten Menschen zu spüren, selbst wenn es nur der alte Diener war.

»Es ist schon gut, Fräulein Ruth, es ist schon gut.«

»Ach, nichts ist gut, Jurek, gar nichts!« Erneut schluchzte sie in das schon ganz durchnässte Kissen und unterdrückte mühsam ein verzweifeltes Wimmern.

Jurek tätschelte sanft ihre Schulter und flüsterte beruhigende Worte. »Alles fällt an seinen Platz, alles kommt in Ordnung, Fräulein Ruth. Schsch …«

»Nichts kommt in Ordnung, Jurek! Ich bin so verloren. Wo habe ich uns hingeführt? In eine fremde Stadt, in ein Land im Krieg. Und das alles nur, weil ich der Wahrheit nicht ins Auge sehen will. Ach, Jurek …«

»Ihr seid jung, Ihr seid gesund. Alles wird gut, Fräulein Ruth, beruhigt Euch doch bitte.«

»Was soll gut werden, Jurek? Ich bin schwanger, ich erwarte ein Kind, und mein Mann ist verschollen, vielleicht schon lange tot.«

Jurek schwieg, hörte aber nicht auf, ihre Schulter zu tätscheln.

»Wir sitzen hier in Riga fest, in der Fremde, können weder vor noch zurück.«

»Kommt Zeit, kommt Rat, Fräulein Ruth.«

»Aber ich habe keine Zeit, Jurek! Ich bekomme ein Kind! Bald wird es jeder sehen, und noch bevor der Winter beginnt, kommt es auf die Welt. Was soll ich tun? Wo soll ich hin?« Ohne auf eine Antwort ihres Dieners zu warten – was hätte er auch sagen sollen? –, drückte Ruth ihr Gesicht erneut weinend ins Kissen. Dann brach es auf einmal aus ihr heraus, und sie schüttete Jurek ihr Herz aus, erzählte ihm alles, was er noch nicht wusste: von dem entmutigenden Essen bei Oberst Düker, von ihrem sinnlosen Gespräch mit Patkul und sogar von ihren Träumen, die ihre letzte Hoffnung gewesen waren, endlich eine Spur zu Hinrich zu finden.

Ohne ein Wort zu sagen oder eine Miene zu verziehen, hörte Jurek ihr zu und ließ dabei seine Hand auf ihrer Schulter. Je mehr sie sprach, umso leichter wurde ihr ums Herz. Wie viele Wochen hatte sie schon all ihre Sorgen und Ängste in sich verschlossen! Wie lange hatte sie verzweifelt nach jedem dünnen Halm gegriffen, der ihr ein Fünkchen Hoffnung versprach! Endlich konnte sie jemandem von ihrem ganzen Kummer erzählen, auch wenn es nur ihr alter Diener war, der ihr durch halb Europa bis in diesen Gasthof in Riga gefolgt war, ohne Fragen zu stellen.

»Und nun, Jurek, weiß ich einfach nicht weiter. Was soll ich tun? Wo soll ich ihn? Wo sollen wir hin?«

»Wo *wollt* Ihr denn hin, Fräulein Ruth?«

»Ich will zu meinem Mann, zu Hinrich. Mein Leben ist so sinnlos ohne ihn.«

»Kein Leben ist sinnlos, Fräulein Ruth. Der Herr hat es Euch geschenkt, damit Ihr daraus das Beste macht, was Euch möglich ist.«

»Aber was kann ich schon machen, Jurek? Seit jenem schrecklichen Morgen in Hamburg, als mich die Nachricht von Hinrichs Unglück erreichte, reise ich suchend durch die Welt und weiß

nicht, wohin mich das alles führt, ja, manchmal noch nicht einmal, was ich suche.«
»Zuweilen ist der Weg das Ziel. Und solange Ihr sucht, besteht die Hoffnung, dass Ihr finden werdet.«
»Ja«, schluchzte Ruth, »ich muss ihn weiter suchen, denn sonst ist alles verloren. Aber wie nur, Jurek, wie?«
Bevor die Tränen wieder aus Ruths Augen hervorbrechen konnten, hatte Jurek die Hand von ihrer Schulter genommen und richtete sich auf. »Gebt mir zwei Tage, Fräulein Ruth. Bleibt hier im Gasthof, passt gut auf Euch auf und haltet Euch in allem zurück, damit ich mir keine Sorgen um Euch machen muss. In zwei Tagen bin ich zurück. Dann sehen wir weiter.«
Verwundert hob Ruth ihr verweintes Gischt. »Was hast du vor, Jurek? Was willst du in diesem fremden Land in meiner Sache ausrichten?«
»Dieses Land ist mir nicht fremd, Fräulein Ruth. Ich bin hier geboren und aufgewachsen.«
»Aber ... aber ich dachte immer, mein Vater hätte ...«
»Euer Vater hat mir damals das Leben gerettet, Fräulein Ruth. Es war Krieg, so wie heute auch. Ich war ein Junge, sie brannten unser Haus ab. Alle starben. Vater, Mutter, die kleinen Schwestern. Euer Vater fand mich und nahm mich mit. Seitdem sind die Abelsons meine Familie, seid Ihr mein Zuhause.«
Sie starrte ihren Diener ungläubig an. Wieso wusste sie davon nichts? Warum hatte ihr Vater nie davon erzählt? Wer war dieser Mann, der wie ein guter Geist über sie wachte, solange sie denken konnte?
»Zwei Tage, Fräulein Ruth, dann sehen wir weiter.«
»Aber was hast du vor, Jurek?«
»Zwei Tage.«

Burg Sonnenstein in Sachsen im Juni 1706

Das kleine Hündchen im Arm, blickte Patkul mit unverwandtem Blick aus dem geöffneten Fenster seines Zimmers in das satte Grün der sommerlichen Wälder der Sächsischen Schweiz. Er hatte schon aus diesem Fenster gestarrt, als die Bäume noch Gerippen glichen und ihre Äste und Zweige mit Schnee bedeckt waren. Er hatte dabei zugesehen, wie ihre Knospen langsam prall wurden, aufbrachen und ein erstes zartes Grün die Wälder kleidete. Wie lange würde er noch aus diesem Fenster schauen, bis endlich etwas in seiner Angelegenheit geschah? Wie lange würde er noch seiner Freiheit beraubt sein? Von Tag zu Tag begriff Patkul hier auf dieser Burg mehr, was Freiheit tatsächlich bedeutete. Man konnte gehen, wenn man es für richtig hielt. Patkul hingegen war ein zu Unrecht Gefangener, eine regelrechte Geisel. Aber zum Glück hatte er Freunde, die ihm beistanden und halfen, so gut es ging. So etwa von Hoym, den wackeren Mann. Bestimmt zweimal in der Woche schaffte der heimlich seine Korrespondenz hier heraus und verschickte sie durch ganz Europa. Wann endlich würden befriedigende Reaktionen von den europäischen Höfen eintreffen? Immer wieder hörte Patkul zwar, dass alle Welt sich über sein Schicksal empörte. In Wien, London und Kopenhagen hatte man die sächsischen Gesandten einbestellt und Aufklärung verlangt. Sogar die sächsische Kurfürstin-Witwe hatte sich zu seinen Gunsten geäußert. Aber er saß immer noch auf der Burg Sonnenstein fest und hatte nichts anderes zu tun, als die Turmfalken zu beobachten, die in der Sommerhitze ihre Kreise über den Dächern der Stadt zogen, stets auf der Suche nach Beute.

Ein plötzliches Stechen in der Herzgegend riss Patkul aus seinen trüben Gedanken, doch nur, um noch düsterere Ängste aufsteigen zu lassen. Seit Tagen quälte ihn nun schon dieses Stechen, häufig gefolgt von Atemnot. Er fasste sich mit der linken Hand ans Herz und versuchte tief und ruhig zu atmen. Coco, sein Hündchen, das eingerollt auf dem rechten Arm lag, streckte sein kleines Köpfchen vor und leckte Patkuls Hand. Dabei blickten seine Mandelaugen hinauf zu dem finsteren Gesicht seines Herrchens. Die warme, weiche Hundezunge und der treue Blick des Tieres entspannten Patkul wieder. Er nahm die Hand vom Herzen und streichelte liebevoll das seidenweiche Fell des Hündchens.

Sicherlich, der Zar hatte Druck gemacht. So berichtete es zumindest Außenminister Golowin. Wohl an die sechs Mal schon habe Peter von König August II. seine sofortige Freilassung und Satisfaktion verlangt. Aber so leicht ließ sich August nicht in die Enge treiben, das wusste Patkul. Da musste schon mehr kommen als eine bloße Drohung des mächtigen Zaren. Er brauchte seinem Waffenbruder einfach nur den Geldhahn zuzudrehen. Aber das war ihm mitten im Krieg natürlich zu riskant. Er war auf den starken Sachsen angewiesen. Laut von Hoym hatte sich August immer wieder mit dem Argument aus der Affäre gezogen, man könne Patkul nicht ausliefern, weil der Weg von Sachsen nach Russland nicht sicher sei, immerhin hielten die Schweden große Teile von Polen besetzt. Doch das war Unfug.

Ein paar Mal schon hatte Hoym ihm nahegelegt, einfach eine günstige Gelegenheit zu nutzen und von hier zu entfliehen. Aber Patkul war keiner, der sich davonmachte, wenn er im Recht war! Nur ein einziges Mal in seinem Leben hatte er das getan, damals als junger Mann in Schweden, als der schwedische König ihn zum Tode verurteilt und alle seine Besitztümer kon-

fisziert hatte. Seitdem war Patkul vor den Schweden auf der Flucht. Er wollte es nicht auch noch vor den Sachsen und den Polen sein. Er, Johann Reinhold Patkul, war unschuldig. Und die Welt wusste es! Irgendwann würde König August II. nachgeben müssen und ihn rehabilitieren.
Patkul setzte das kleine Hündchen auf dem Boden ab, faltete die Hände und kniete vor dem geöffneten Fenster nieder. »Herr, ich bitte dich, sei gnädig und führe mich aus dieser Burg, bevor das Laub sich golden färbt!«
Ein Rasseln im schweren Türschloss riss den kräftigen Mann aus seinem inbrünstigen Gebet.
»Seid gegrüßt, Patkul! Ich hoffe, Ihr seid wohlauf.«
»Ah, Ihr seid es, Hoym. Gott zum Gruße. Wohlauf will ich sein, wenn Ihr mir endlich gute Neuigkeiten bringt.«
Hoym schloss sorgfältig die Tür hinter sich und durchquerte den Raum hin zum geöffneten Fenster. »Neuigkeiten bringe ich schon. Aber ich wage nicht, sie für Euch zu bewerten.«
Vorsichtig zog er einige Zeitungen sowie zwei versiegelte Briefe aus seinem Rock und reichte sie Patkul. Der warf einen raschen Blick auf die Schreiben. Eines war von seiner Verlobten, Anna von Einsiedel. Er wollte es lieber später lesen, wenn er wieder allein war. Der zweite Brief war vom russischen Außenminister Golowin. Schnell überflog er die gestelzten, in holprigem Französisch verfassten Zeilen. Warum beherrschten diese Russen einfach kein ordentliches Französisch? Aber ach, wenn es nur die Russen wären! Auch König August II. sprach und schrieb diese elegante Sprache ja so, wie ihm sein sächsischer Schnabel gewachsen war. Um seine in Französisch verfassten Briefe zu verstehen, musste man sie laut lesen, denn seine Orthographie war reine sächsische Lautmalerei. Doch die Mühe, Golowins Schreiben zu entziffern, lohnte sich auch dieses Mal kaum. Er schrieb viel, hatte aber im Grunde nur zu sagen, dass der Zar den

nötigen Druck auf seinen Verbündeten in Patkuls Angelegenheit immer noch vermissen ließ.
Verärgert legte er den Brief zur Seite und wandte sich den Zeitungen zu, doch ein plötzlicher Schwindel erfasste ihn. Unsicher griff er um sich und suchte nach Halt.
Hoym sprang ihm sogleich zur Seite und führte den stattlichen Mann an den Tisch. »Ist Euch nicht gut, Patkul? Soll ich nach einem Arzt schicken?«
»Nur ein leichter Schwindel. Habt Dank, aber der geht sicher gleich vorbei. Lenkt mich lieber ab und erzählt mir, was es Neues aus Polen zu berichten gibt.«
»Dort herrscht erstaunliche Ruhe, wenn man das von einem Land im Krieg behaupten kann. Karls Armee hat Pinsk verlassen und sich in Wolhynien festgesetzt. Die Leute dort leisten keinen nennenswerten Widerstand. Und wer es doch tut oder gar Seiner Majestät König August II. als rechtmäßigem polnischem König treu bleibt, dem fackelt man kurzerhand das Dach über dem Kopf ab.«
»Seine Majestät Karl XII. zeigte noch nie Verständnis für andere Standpunkte als den seinigen«, entgegnete Patkul abfällig.
Als es seine Stimme hörte, sprang Coco von seinem Platz unter dem Fenster auf, lief zum Tisch und sprang mit einem possierlichen Satz auf Patkuls Schoß. Der begann sogleich, es innig hinter den Ohren zu kraulen.
»Das wisst Ihr wohl besser als ich, Patkul. Sein neues Hauptquartier befindet sich nun in Jereslawice, was für den Zaren aber auch sein Gutes hat.«
»Und zwar?«
»Karl ist zu weit weg von der Ostseeküste, um seine Flotte, die wohl in wenigen Tagen gen Sankt Petersburg auslaufen wird, dort persönlich zu befehligen. Und am siegreichsten sind die Schweden bekanntlich, wenn ihr König selbst sie anführt.«

Patkul kaute nachdenklich auf seiner Unterlippe. »Bleibt zu hoffen, dass der Zar dem schwedischen Angriff etwas entgegenzusetzen hat. Dieses Sankt Petersburg ist ja noch keine Festung, bloß weil der Zar dort ein paar Palisaden in den Sumpf treiben ließ. Ich war im Sommer 1703 selbst dort. Ein dreckiges Loch, voller Mücken und schlammigem Brackwasser. Vor lauter Bäumefällen und Sandaufschütten vergessen die Soldaten regelrecht ihre Kampfmoral.«
Hoym schwieg nachdenklich und reichte ihm schließlich noch eine Liste.
»Was ist das?«
»Das sind Eure Bestellungen, Patkul.«
»Was? Im letzten Monat soll ich hundert Flaschen Champagner und einhundertfünfzig Flaschen Bordeaux getrunken haben? Dazu zwei Rinder, vierzig Rebhühner und zwanzig Dutzend Austern verspeist haben? Das wird mir langsam zu bunt, Hoym. Wen füttert der Kommandant denn noch alles auf meinen Namen mit durch? Halb Pirna scheint an seiner Tafel zu speisen!«
»Solange sie reichlich essen und trinken, verschließen sie vor unseren kleinen Zusammenkünften die Augen – und niemand wagt es, in meinen Rock zu greifen. Außerdem wird es sich eine so gut genährte Dienerschaft zweimal überlegen, ob sie Euer Leben in Gefahr bringt und damit ihr kleines Schlaraffenland beendet.«
Patkul grunzte. »Alles hat eben seinen Preis. Ihr habt ja recht, verehrter Hoym. Was würde ich ohne Euch nur tun?«
»Ach, würdet Ihr doch vielmehr tun, was ich Euch immer wieder rate, mein Freund! Ihr wisst, wie viel Ihr mir bedeutet und wie wichtig Eure Freiheit für den Kampf um ein befreites Livland ist. Nutzt die Gunst der Stunde und flieht aus dieser Festung! Es wird ein Leichtes für mich sein, Euch hier unbemerkt hinauszuschaffen. Dann auf ein schnelles Pferd, und ehe Ihr

Euch's verseht, seid Ihr schon in der Schweiz. Dort gefiel es Euch doch immer so gut. Am Lac Leman hättet Ihr mit Eurer Verlobten ein sorgenfreies Leben. Nur ein Wort von Euch, und die Vorbereitungen beginnen!«

»Ach, Hoym, mein Freund, versteht mich doch. Ich kann nicht fortlaufen wie ein Dieb in der Nacht. Zu Unrecht sitze ich hier ein. Und nur ein Nachgeben König Augusts kann mich mit allen Würden rehabilitieren. Was wäre ich denn, als Flüchtling in einem Genfer Häuschen? Unfrei wie heute, nur dass mein Gefängnis größer wäre. Aber die Hände, mein Lieber, wären mir nach wie vor gebunden.«

Hoym sammelte mit gesenktem Kopf die Zeitungen wieder ein und warf sie in den Kamin. »Ein Wort von Euch genügt, Patkul.«

»Habt Dank, mein Freund, auch für Eure Treue. Aber Ihr kennt mein Wort.«

Damit wandte er sich wieder dem Fenster zu, während Hoym an die Tür klopfte, um den Raum zu verlassen.

Riga im Juni 1706

In den nächsten zwei Tagen bemühte sich Ruth, Jureks Bitte nachzukommen und sich hauptsächlich im Gasthof aufzuhalten. Das fiel ihr auch nicht schwer, denn eine Regenfront war aufgezogen, sodass sich Spaziergänge durch die Straßen von Riga nicht empfahlen.

Trotzdem machte sie sich einmal auf den Weg zum Hafen, um den Kapitän der Kristina nach einer Passage zu fragen. Inzwischen waren auch die letzten schwedischen Kriegsschiffe gen Sankt Petersburg ausgelaufen, und mit ihnen hatten die Matrosen die Stadt verlassen. Nur die Kristina lag noch fest vertäut am Kai. Einige Matrosen hielten Wache, aber niemand konnte ihr Auskunft geben, wo sich der Kapitän befand. Schließlich traf sie auf den Ersten Offizier, einen jungen blonden Mann mit einem stets wehmütigen Ausdruck im Gesicht. Von ihm erfuhr Ruth, dass die Kristina für ihre weitere Route auf Order aus Stockholm wartete. Derzeit habe sich zunächst alles dem geplanten Angriff auf Sankt Petersburg unterzuordnen.

Damit sah es für eine Passage düster aus. Enttäuscht kehrte sie in den Gasthof zurück und starrte in den Regen hinaus. Wo war Jurek bloß hingegangen? Was wollte, ja, was konnte er hier herausfinden?

Je mehr sie über ihren Diener nachdachte, desto weniger glaubte sie ihn wirklich zu kennen. Ihr ganzes Leben schon war er ruhig und unauffällig an ihrer Seite gewesen, hatte sich stets rasch, zuverlässig und mit Bedacht um alles gekümmert. Nie hatte sie ihn schimpfend oder gar betrunken erlebt. Auf der bisherigen Reise hatte sie beobachtet, dass er sich nicht scheute, Gewalt anzu-

wenden, wenn es sein musste. Aber was wusste sie sonst über ihn, über sein Leben?
Am Abend des zweiten Tages kam Jurek bis auf die Knochen durchnässt, aber besonnen und souverän wie immer in den Gasthof zurück. Ruth gab dem Wirt etwas Geld, damit er ein wärmendes Feuer machte, an dem Jureks Kleider trocknen konnten, und ihnen eine ordentliche Mahlzeit zubereitete.
Während der Diener zunächst einen großen Krug Bier leerte, konnte Ruth ihre Neugierde kaum zügeln.
»Nun, Jurek, was hast du herausgefunden?«
Der große Mann wischte sich den Schaum aus seinem rotblonden Bart und blickte sich um, als wollte er sichergehen, dass keine fremden Ohren das Gespräch zufällig mithörten. »Das Land ist vom Krieg gezeichnet, Fräulein Ruth. Viel ist zerstört, überall trifft man das Elend. Es ist keine gute Zeit, um zu reisen.«
»Das wusste ich bereits«, entgegnete Ruth schärfer, als ihr lieb war. Dann fuhr sie in versöhnlichem Ton fort: »Während du fort warst, habe ich mich nach einer weiteren Passage auf der Kristina erkundigt. Aber das Schiff liegt hier fest vor Anker und wartet auf neue Order aus Stockholm. Niemand kann mit Genauigkeit sagen, wann es auslaufen wird und wohin.«
Jurek nickte, als sei dies keine Neuigkeit für ihn. »Dieser Ankermann ist tatsächlich in Narva. Zumindest unterhält er dort ein kleines Kontor. Aber der Landweg dorthin ist weit, Fräulein Ruth. Mit einer guten Kutsche braucht man eine Woche, und gute Kutschen sind beliebte Ziele von Straßenräubern. Man sagt, sie nehmen den Leuten nicht nur ihr Hab und Gut, sondern verschleppen und verkaufen sie auch selbst.«
»Sie verkaufen andere Christen als Sklaven?«
»So sagt man.«
Ruth hatte solche Geschichten schon einmal gehört. Patkul hatte davon gesprochen. Aber damals hielt sie es für die Übertrei-

bung eines eitlen Diplomaten. Bisher kannte sie solche Praktiken nur von den Muselmanen im Mittelmeerraum. In den Hamburger Kirchen gab es Sklavenkassen, in die man für die Lösegelder verschleppter und versklavter Seeleute spenden konnte. Dass auch Christenmenschen die Sklaverei betrieben, war ihr bis zu Patkuls Ausführungen unbekannt gewesen.

»Was schlägst du jetzt vor, Jurek? Was sollen wir tun?«

»Könnt Ihr reiten, Fräulein Ruth?«

Sie schluckte. Nein, sie konnte nicht reiten. »Ja.«

Jurek sah sie lange an. »Wir können kaum Gepäck mitnehmen. Nur das, was Ihr auf dem Leib tragt, und einen Mantel für die Nächte.«

Ruth nickte.

»In den Saum Eures Kleides und unter die Knöpfe solltet Ihr ein paar Goldmünzen einnähen. Eine Geldbörse ist schnell gestohlen.«

Ruths Mund wurde trocken, aber sie nickte erneut.

»Es wird nicht leicht sein, Pferde zu bekommen. Die Armee konfisziert alle Gäule, die noch geradeaus laufen können. Mit fünfzig Talern müsst Ihr rechnen.«

Fünfzig Taler! So viel verdiente ein ordentlicher Handwerker nicht in zwei Jahren. »Gut, Jurek.«

»Ich kann Euch nicht versprechen, dass wir immer ein Gasthaus finden werden, darum müssen wir Proviant mitnehmen. Wie schon gesagt, das Land ist verwüstet.«

»Wann können wir aufbrechen?«

»Ihr habt keine Papiere, Fräulein Ruth. Das macht es etwas mühsamer. Aber in zwei, spätestens drei Tagen sollte alles so weit sein.«

Newa-Delta in Ingermanland im Juni 1706

In den folgenden Tagen hielt Wrangel gezielt Ausschau nach dem blonden Mann, der neben ihm auf dem Birkenstamm gesessen hatte. Mal sah er ihn beim Einschlagen von Pfählen am Uferhang, mal beim Zersägen von Ästen. Ihm fiel auf, dass der Blonde stets unauffällig agierte, geradezu so, als wolle er übersehen werden. Zufällig hörte Wrangel, wie andere Männer ihn Petja riefen. Ein typischer russischer Name. Aber dieser Petja hatte ihm doch etwas auf Deutsch zugeraunt. Nun, Wanja war auch ein typischer russischer Name. Es mochte viele Gründe geben, einen russischen Namen zu führen. Er nahm sich vor, jenen Petja bei einer geeigneten Gelegenheit anzusprechen.

Diese kam schon wenige Tage später. Ein gefällter Baum war ungünstig umgestürzt und musste von mehreren Männern mit Seilen aus dem Geäst anderer Bäume gezogen werden.

Wrangel ging zu dem Seil, an dem schon Petja zog, und packte mit an. »Du sprichst deutsch?«, raunte er ihm über die Schulter zu.

»Nicht hier!«

Als sie den Baum befreit hatten und die Seile wieder aufrollten, drehte sich Petja unvermittelt zu ihm um und sagte: »In der Mittagspause.«

Kaum war der Kanonenschuss von der Festung herübergedonnert, sah sich Wrangel nach Petja um. Schließlich entdeckte er ihn etwas abseits an einen Stapel Holz gelehnt. Er füllte sich gerade Wasser in einen Becher.

Wrangel schlenderte gleichmütig zu ihm hinüber. *»Moshno?«* Er deutete auf den Platz neben Petja.

»Moshno.«
»Wie kommt es, dass du deutsch sprichst?«
»Und wie kommt es, dass du deutsch sprichst?«
Wrangel grinste. »Man nennt dich Petja?«
»Und dich Wanja.« Der Blonde grinste auch.
»Woher kommst du, Petja, dass du deutsch sprichst?«
Petja sah sich um, als wolle er sichergehen, dass niemand sie beobachtete. »Ich bin Schwede.«
Wrangel stutzte. Ihm fiel wieder die Szene mit dem schwedischen Offizier ein, der von den russischen Soldaten zusammengeschlagen wurde. Petja hatte nichts unternommen, um seinem Landsmann zu helfen. Vielmehr hatte er Wrangel sogar davon abgehalten, etwas Vergleichbares zu tun.
»Bist du Soldat? Ein Kriegsgefangener?«
Petja nickte. »Und du, Wanja, hast du auch für König Karl gekämpft?«
»Nein. Ich komme aus …« Er zögerte einen Moment, an Marusjas Worte denkend, »… aus Lübeck.«
»Dann hast du mit dem Krieg wohl nicht viel zu schaffen, oder?«
Wrangel schüttelte den Kopf.
»Und was hat dich in diese elenden Sümpfe verschlagen?«
»Man überfiel meine Kutsche und hat mich hierher verschleppt.«
»Aus Lübeck?« Petja schaute ihn ungläubig an.
»Nein, aus Preußen. Ich war in geschäftlichen Angelegenheiten in Königsberg. Ich komme aus einer Kaufmannsfamilie.«
»Aha.« Petja nickte zustimmend. »Zwar habe ich bisher noch nicht gehört, dass sie jetzt schon Menschen aus Preußen verschleppen, aber in Litauen, vor allem an der Küste, kommt so etwas öfter vor. In Livland wüten die Russen schon seit Jahren, vergewaltigen die Frauen und verschleppen die Männer. Der Zar braucht mehr und mehr Arbeiter für seine Festung hier. Leibeigene aus dem ganzen Reich werden hierhergeschafft und wir

Kriegsgefangenen sowieso. Es heißt, er macht selbst vor seinen eigenen Soldaten nicht halt.«

»Wie lange bist du schon hier?«

»Vor nun bald zwei Jahren geriet ich in Narva in russische Gefangenschaft. Nach dem Sturm auf die Festung am 9. August 1704 nahmen die russischen Teufel weit über tausend der Unsrigen gefangen und verschleppten uns zunächst in ein Winterlager. Viele starben dort vor Hunger und Kälte. Aber ich habe es gemeinsam mit ein paar treuen Kameraden irgendwie durchgehalten. Im Frühjahr 1705 kamen wir dann hierher.«

»Ihr seid also zu mehreren hier?«

»Ja, insgesamt einige hundert Soldaten.«

»Und alle sprechen deutsch wie du?«

Petja lachte auf. »Nein, natürlich nicht. Von den anderen Offizieren außer mir nur wenige.«

»Du bist also ein schwedischer Offizier.« Wrangel musste wieder an den von den russischen Soldaten Geprügelten denken. »Warum hast du deinem Kameraden vor einigen Tagen nicht geholfen?«

Petja spuckte aus. »Weil er ein dünkelhafter Schnösel ist, der mit seinem Gerede unsere Sache in Gefahr bringt.«

»Welche Sache?«

»Diese Hölle zu überleben, Wanja. Ihr irgendwie zu entkommen. Und das kann nur gelingen, wenn die russischen Wächter nicht wissen, wer wir sind. Du hast selbst gesehen, was sie mit einem *schwedskij ofizer* machen.«

Wrangel nickte ernst.

»Sie hassen die schwedischen Soldaten und quälen uns, wo sie nur können. Sobald die Wächter erfahren, dass einer Schwede ist, bekommt er nur noch die halbe Ration zu essen und muss als Werkzeug seine bloßen Hände benutzen. Und wenn es außerdem noch die *mushiki*, die russischen Bauern, spitzkriegen,

dann kann er froh sein, wenn sie ihm nicht noch den letzten Rest seiner Ration wegnehmen.«
»Der Krieg hat die Menschen verroht.«
»Ach, die Menschen waren schon immer grausam. Ich könnte dir da Geschichten erzählen …«
Wrangel schnaubte verächtlich. »Ich brauche keine Geschichten darüber. Ich erlebe es in diesem Lager selbst.«
Petja nickte zustimmend. »Und du bist also Wanja, der Deutsche.«
»So wie du Petja, der Schwede, bist.«
Erneut lachte Petja auf. »Gut, belassen wir es dabei.«

Burg Sonnenstein in Sachsen im Juni 1706

Stechender Kopfschmerz benebelte Patkuls Sinne. Seit einigen Tagen nun schon zwang ihn der Schmerz immer wieder zu Bett. Sein Diener Heinrich dunkelte den Raum ab und reichte seinem Herrn frisches Zitronenwasser, denn essen mochte Patkul kaum. Lediglich die morgendliche heiße Schokolade nahm er unter Heinrichs strengen Blicken zu sich, der sich redlich bemühte, ihm weiterhin Köstlichkeiten zu servieren, doch ohne großen Erfolg. Wenn der Kopf nicht schmerzte, zwickte es im Magen, oder das Herz raste.

Patkul fühlte sich verloren in einem einzigen Jammertal. Seine einzige Freude war das kleine Hündchen. Coco legte sich stets zu ihm aufs Bett, leckte sanft seine Hand und schaute ihn aus seinen treuen Mandelaugen hingebungsvoll an. Heinrich konnte das Tier kaum dazu bewegen, mit ihm in den Hof zu gehen. Er musste es förmlich aus dem Bett tragen. Wenn dann das Laken neben Patkul erkaltete, spürte er seine Einsamkeit und Verzweiflung noch deutlicher.

Aber es half alles nichts. Er durfte nicht aufgeben und sich gehenlassen! Nur darauf warteten seine Feinde. Sie wollten seinen Willen gebrochen sehen.

Als der Diener an diesem Morgen mit dem Hündchen zurückkam, zwang sich Patkul aufzustehen. Heinrich half ihm in seinen mit Brokat bestickten Morgenmantel und rückte ihm einen gepolsterten Sessel an das offene Fenster. Kaum hatte er sich gesetzt, sprang Coco auch schon auf seinen Schoß und rollte sich zu einem weichen, warmen Knäuel zusammen. Patkul ließ seine beringten Finger sanft durch das seidige Fell gleiten. Nie

hätte er gedacht, dass ihm ein kleines Tier so viel Freude und Herzenswärme würde schenken können.
»Ach, Heinrich, ich will es noch einmal versuchen, etwas zu mir zu nehmen.«
»Das höre ich gern, Herr. Ich habe in der Küche eine wunderbare Hühnerbrühe mit köstlichem Gemüse zubereiten sehen. Davon werde ich Euch eine Terrine bringen.«
»Und Coco?«
»Für das Hündchen hole ich zusätzlich ein Stückchen Hühnerbrust, wenn es Euch recht ist.«
»Gut. Und bringe mir außerdem bitte eine heiße Schokolade, damit mein Gemüt an diesem Sommertag nicht nur von außen, sondern auch von innen erhellt wird.«
Nachdem sein Diener den Raum verlassen hatte, blickte Patkul wieder wehmütig in den warmen Sommerhimmel. Unter den kleinen Schäfchenwolken zog ein Raubvogel seine geduldigen Kreise. Ein leichter Wind ließ die frisch begrünten Baumkronen erzittern, in denen die Vögel ein lautes Konzert veranstalteten.
Als Heinrich kurze Zeit später wiederkam, brachte er nicht nur eine Terrine Hühnersuppe, sondern auch einen Gast mit.
»Hoym, mein Freund!«, begrüßte Patkul den groß gewachsenen, schlanken Mann. »Wie schön, dass Ihr wieder Zeit gefunden habt, mich kranken Mann zu besuchen.«
»Lieber Patkul, ich hörte schon von Heinrich, dass Ihr seit Tagen an elendigem Kopfschmerz leidet.«
»Ja, ganz recht. Aber setzt Euch und esst einen Teller Suppe mit mir. Die wird mir hoffentlich helfen.«
Der Diener hatte inzwischen den Tisch eingedeckt und half Patkul aus dem Sessel. Coco sprang von seinem Schoß und lief zu dem Teller mit der klein geschnittenen Hühnerbrust, den Heinrich in eine Ecke des Zimmers gestellt hatte.

»Habt Ihr schon mit dem Festungsarzt über Euer Leiden gesprochen?«, wollte Hoym wissen.
»Ach, der ist ein Quacksalber. Ich wollte lieber auf Euren Besuch warten, damit Ihr mit dem Physikus Denzlinger, der mich schon seit Jahren betreut, sprechen könnt. Vielleicht hat er ein passendes Pülverchen für mich.«
Das Hündchen, das inzwischen das Fleisch aufgefressen hatte, sprang ohne Scheu zurück auf Patkuls Schoß. Der begann während des Essens sogleich wieder lächelnd dessen große behaarte Schmetterlingsohren zu kraulen.
»Wie ich sehe, habt Ihr in Coco einen treuen Freund gefunden. So hat sich Frau von Einsiedel nicht getäuscht, als sie meinte, das Hündchen würde Euch guttun.«
»Ja, es tut mir gut, Hoym. Aber der Kopfschmerz nicht. Und auch der Magen spielt mir so manchen Streich. Ich mag kaum noch etwas essen, da ich die Folgen fürchte.«
»Das hört sich wirklich nicht gut an.«
»Nicht wahr? Hinzu kommt, dass mich nachts des Öfteren ein Stechen in der Brust und wildes Herzklopfen aufschrecken lassen und ich dann schweißgebadet wach liege.«
»Ihr solltet Euren Geist beruhigen, lieber Patkul. Mir scheint, Ihr arbeitet zu viel, macht Euch zu viele Sorgen, die Euren Kopf und Euer Herz quälen.«
»Das ist leichter gesagt als getan, mein Freund. Im sechsten Monat sitze ich nun schon hier fest und bin trotz all meiner und Eurer Bemühungen der Freiheit noch kein Stück näher gekommen.«
Leise trat der Diener an den Tisch, räumte die leer gegessenen Suppenteller ab und schenkte den beiden Männern heiße Schokolade in zierliche chinesische Porzellantassen ein. Dann brachte er das schmutzige Geschirr in die Küche.
»Kommt, ich möchte Euch etwas zeigen, Hoym.« Patkul erhob

sich, setzte das Hündchen zurück auf den Stuhl und ging mit seinem Gast hinüber zu einem kleinen Sekretär, an dem er zu arbeiten pflegte. Er öffnete eine Schublade, griff hinein und fingerte darin herum. Man hörte ein Klicken, und ein kleines Geheimfach öffnete sich oberhalb der Schreibfläche. Patkul zog eine kleine Schriftrolle heraus. »Hier habe ich sämtliche Korrespondenz, die ich in den vergangenen Monaten geführt habe, akribisch aufgelistet, um den Erfolg meiner Bemühungen messen zu können. Die Namen, hinter denen kein Häkchen steht, haben auf meine Schreiben nicht reagiert.«
Hoym überflog die Liste rasch. »Weder aus Moskau noch aus Berlin habt Ihr Antworten erhalten, wie ich sehe.«
»So ist es. Berlins Schweigen mag ja aufgrund der Neutralität, um die sich König Friedrich bemüht, verständlich sein. Aber warum schweigt der Zar? Warum schweigen Menschikow und die anderen hohen Staatsdiener? Selbst der Außenminister Golowin speist mich nur mit leeren Worthülsen ab. Und seht Ihr«, Patkul pochte erregt auf einen weiteren Namen, »auch Thomasius hält sich zurück. Dabei wollte er sich doch für eine ausgefeilte juristische Verteidigungsschrift stark machen. Aber seit Wochen höre ich nichts mehr auf meine Nachfragen.«
»Vielleicht erreichen ihn Eure Briefe gar nicht. Ihr wisst doch selbst, wie sehr der Geheime Conseil die Post bespitzeln lässt.«
Patkul wandte sich wütend ab.
»Da fällt mir ein, dass ich noch eine bedeutende Neuigkeit für Euch habe. Ich erfuhr sie gestern auf einer Abendgesellschaft in Dresden. Es heißt, dass König August den Geheimen Conseil auflösen lässt.«
Patkul antwortete nicht, sondern starrte entsetzt auf den Tisch. Dort lag das kleine Hündchen reglos neben der Tasse mit heißer Schokolade. Mit wenigen Schritten war er bei ihm und nahm es vorsichtig auf den Arm. Coco hatte die Augen verdreht, die

Zunge hing aus dem mit Kakao getränkten geöffneten Maul. Das Tier atmete nicht mehr.

»Hoym!«

Patkuls Freund eilte herbei und starrte ebenso entsetzt auf das tote Hündchen.

»Nun weiß ich endlich, warum es mir in den vergangenen Tagen so schlechtging. Man will mich vergiften!« Kraftlos ließ sich der große Mann auf seinen Stuhl sinken.

»Ich rufe Heinrich«, flüsterte Hoym und wandte sich zur Tür.

»Nein! Lasst uns erst nachdenken. Schließlich ist er es, der mich bedient. Woher soll ich wissen, dass er mit diesem hinterhältigen Anschlag nichts zu tun hat?«

»Warum sollte er, Patkul? Heinrich ist seit vielen Jahren Euer Diener. Er begleitete Euch nach Russland und sogar hierher auf die Burg. Nie hat er sich etwas zuschulden kommen lassen.«

Patkul streichelte über das seidige Fell des toten Hündchens. Tränen liefen ihm die Wangen hinab. »Wie soll ich nur weiterkämpfen, wenn meine Feinde selbst aus dem Schatten heraus versuchen, mich hinterhältig zu töten?«

Mühsam stand er auf und legte das Hündchen in den kleinen Korb, in dem es erst vor wenigen Wochen zu ihm gebracht worden war. »Aber Ihr habt recht, Hoym. Wem soll ich vertrauen, wenn nicht Heinrich und Euch? Lasst ihn uns rufen und die Lage besprechen.«

Newa-Delta in Ingermanland im Juni 1706

Die langen Tage verstrichen zäh. Nachts wurde es noch immer nicht richtig dunkel. *Belye notschi,* weiße Nächte, nannten die Russen diese Nächte, die keine waren. Für die Männer im Sumpf bedeuteten sie vor allem nicht enden wollende Arbeitstage.

Wrangel verbrachte die langen Mittagspausen und die kurzen Nachtruhen öfter mit Petja, der ihn in seinen Arbeitstrupp gelotst hatte. Langsam fassten sie Vertrauen zueinander. Der schwedische Offizier wusste viel über die Gegebenheiten im Lager und sprach so gut russisch, dass man ihn ohne weiteres für einen Leibeigenen aus einer abgelegenen Gegend des Russischen Reiches halten konnte. Ebenso wie Wrangel dachte auch er immerzu daran, wie man der sumpfigen Hölle entfliehen könnte. Aber anders als Wrangel wusste er um die eisigen und dunklen Winter, in denen man kaum mehrere Tage ohne warme Kleidung und genügend Nahrung überlebte. »Der einzige Weg, von hier fortzukommen«, sagte er immer wieder, »führt über Sankt Petersburg.«

Wrangel kamen diese Worte bekannt vor. Auch Marusja hatte das zu ihm gesagt. Während Petja ihn tiefer in die vielen wichtigen Details des Zusammenlebens im Lager einführte und ihm beim Erlernen der russischen Sprache half, revanchierte sich Wrangel, indem er dem Schweden essbare Wurzeln und Kräuter zeigte und ihn mit der täglichen Birkenblätter-Mahlzeit vertraut machte. Petja war erstaunt über Wrangels Wissen um diese Dinge, fragte aber nicht weiter nach. Nur einmal, als er ihn dabei beobachtete, wie er mit einem kleinen ledernen Säckchen spiel-

te, das er stets um den Hals trug, konnte er seine Neugier nicht beherrschen.
»Was hast du da, Wanja?«
Wrangel zuckte zusammen. Marusja hatte ihm das Säckchen um den Hals gehängt und ihn ermahnt, es nicht zu verlieren. Es hatte Tage gedauert, bis er sich getraut hatte, hineinzuschauen. Als er es schließlich tat, entdeckte er eine kleine mumifizierte Fuchspfote. Im ersten Moment hatte er sich furchtbar geekelt. Aber dann nahm ein anderes Gefühl in ihm überhand. Wann immer er das Säckchen jetzt bewusst wahrnahm oder es gar berührte, spürte er, wie eine tiefe innere Kraft in ihm aufstieg und ihn beruhigte.
»Es ist ein Erinnerungsstück.«
»Woran erinnert es dich?«
»Daran, nicht aufzugeben.«
Petja schmunzelte. »Ein Talisman also.«
»Ja, so etwas in der Art.«
»Dann wollen wir hoffen, dass er dir und am besten uns beiden morgen früh hilft.«
»Warum, was ist morgen los?« Wrangel ließ das Säckchen wieder unter seinem Hemd verschwinden.
»Als ich vorhin an der Hütte des wachhabenden Offiziers vorbeiging, hörte ich, wie er seine Soldaten anwies, für morgen mehrere neue Trupps zusammenzustellen. Darunter einen, der zur Festung verlegt wird.«
»Ja, und?«
»Das ist unsere Chance, Wanja! Wir müssen in diesen Trupp!«
»Und warum?«
»Weil wir nur über die Petersburger Festung von hier fliehen können.«
Wrangel wurde hellwach. »Wie stellst du dir das vor?«
»Die großen Schiffe gehen dort vor Anker, Wanja. Und wenn es

uns gelingt, uns auf eines der Schiffe zu schmuggeln, bevor es ausläuft, dann *proschaj Rossija!*«

Wrangel überdachte den Plan. Natürlich, das war die Lösung! Warum war er nur noch nicht selbst darauf gekommen? Nicht durch die Sümpfe führte der Weg nach Hause, sondern durch Sankt Petersburg mit seinen dort vor Anker liegenden Schiffen! Marusja hatte es ihm gesagt. Aber er hatte den Wald vor lauter Bäumen nicht gesehen. Dabei war er seit Wochen damit beschäftigt, Bäume für den Schiffsbau auf der neuen Werft zu fällen, die der Zar vor einem Jahr gegenüber der Festung hatte errichten lassen.

»Wie sollen wir es anstellen, dass wir in diesen Trupp kommen?«

»Ich weiß es nicht, aber wir müssen genau aufpassen, wenn die Soldaten kommen, damit wir die Gelegenheit nicht versäumen.«

Vor Aufregung konnte Wrangel in der Nacht kaum schlafen. Ständig spielte er alle Möglichkeiten durch, wie die Trupps zusammengestellt werden könnten, und überlegte dabei, worauf er zu achten hätte. Als die Sonne wieder über den Horizont kroch, war es wohl das erste Mal, dass er keinen Hunger spürte.

Kaum war die Frühstückszeit um, riefen die Soldaten die Arbeiter zusammen, um sie für die tägliche Arbeit einzuteilen. Wrangel suchte Petja und versuchte, in seiner Nähe zu bleiben.

Wie jeden Morgen wurden die Männer zu je einem Dutzend eingeteilt, um entweder Bäume zu fällen, Stämme zurechtzusägen, Pfähle in die Uferböschung zu rammen oder Sand aus dem seichten Flusswasser zu schaufeln. Nichts unterschied sich in der Abfolge von den anderen Morgen. Wrangel fragte sich bereits, ob Petja sich vielleicht verhört hatte. Die besten Arbeiten waren bereits verteilt, da hörte er einen Soldaten etwas fragen, was er nicht verstand. Aber mit einem Mal brannte das Säckchen auf seiner Haut, das er unter dem Hemd trug. Ohne nachzudenken, hob er die Hand und trat einen Schritt vor. Der Soldat mus-

terte ihn, nickte und schickte ihn zu einem schweren Fuhrwerk, das mit Proviant für die Männer beladen war.
Wrangel stolperte auf den Wagen zu, vor dem schon drei andere Männer, alle von gestandener Statur mit kräftigen Armen und breitem Kreuz, standen. Ein Soldat kam auf sie zu, deutete auf das Fuhrwerk und rief auf Russisch: »Ladet den Proviant ab und schafft ihn zu den anderen Vorräten! Dann holt eure Sachen und packt sie auf den Wagen! Vor Mittag müssen wir bei der Festung sein.«
Die Festung! Wrangel hatte es geschafft. Er war im richtigen Trupp. Aber wo war Petja? Er wollte ihn nicht zurücklassen.
»Braucht ihr noch einen?«, rief er dem Soldaten zu, der ihnen die Anweisungen gegeben hatte.
»Kennst du denn noch einen *kamenschik?*«
»Ja«, antwortete Wrangel, ohne zu wissen, was der Soldat meinte, und zeigte auf seinen Freund.
Der Russe nickte und rief Petja zu ihnen.
»Kamenschik?« Petja schaute den Soldaten irritiert an, sah dann aber Wrangel beim Fuhrwerk stehen, der ihm unauffällig zunickte.
Als die Männer mit dem Abladen des Proviants fertig waren und zu den Hütten gingen, um ihre wenigen persönlichen Sachen zu holen, raunte Wrangel Petja zu: »Sie bringen uns zur Festung!«
»Gut gemacht, Wanja. Dein Russisch wird immer besser. Aber ich wusste noch gar nicht, dass du im Handwerk bewandert bist.«
»Warum?«
»Nun, ab jetzt sind wir Maurer«, grinste Petja.

Dresden im Juni 1706

Pfingstens Finger klopften nervös auf die Arbeitsfläche seines Schreibtisches. Die jüngsten Nachrichten waren beunruhigend. Patkul war ihnen auf die Schliche gekommen, der Plan, ihn langsam zu vergiften, gescheitert. Und das Missgeschick war nur geschehen, weil der Festungskommandant Corbey dem Gefangenen tatsächlich gestattet hatte, sich einen kleinen Schoßhund zu halten, der nun statt Patkul an dem Digitalis gestorben war. Seitdem weigerte sich der Gefangene, etwas aus der Festungsküche anzurühren. Und Corbey, besorgt wegen des Anschlags, hatte dem Gefangenen nachgegeben.

Nach diesem Vorfall war kein Herankommen an Patkul mehr möglich. Zumal damit zu rechnen war, dass er aller Welt von dem Anschlag berichten würde und sein plötzlicher Tod damit nicht mehr als Unglücksfall abzuhandeln wäre, wie es der Plan des Grafen Menschikow gewesen war, um die Sache ohne viel Aufhebens abzuhandeln. Nun würde es also einer weitaus besseren List bedürfen, um den Mann unschädlich zu machen.

Doch für eine solche List brauchte Pfingsten Schumann. Und der war seit Wochen verschwunden. Selbst seine eigenen Männer hatten nichts von ihm gehört, seit er sich nach Danzig aufgemacht hatte. Aber dass jemand wie Schumann auf der Reise unter die Räder kam, war kaum vorstellbar. Ob ihn die Preußen abgeworben hatten? Angesichts der stets klammen Kasse des Preußenkönigs war davon kaum auszugehen. Auf der anderen Seite gab es für gute Polizisten immer Verwendung. Und Schumann war einer der besten, denen Pfingsten jemals begegnet war, ganz gleich, wie abstoßend seine Erscheinung und wie befremdend sein Gebaren auch waren. Niemand spürte Verborgenes so zielsicher auf wie dieser kleine, unscheinbare Mann. Und niemanden brauchte Pfingsten jetzt dringender hier in Dresden, um Patkul geschickt das Handwerk zu legen.

Von Unruhe getrieben, stand Pfingsten auf und verließ sein Kabinett. Ein Spaziergang würde ihn sicherlich auf andere Gedanken bringen.

Die erst kürzlich angelegten Barockgärten unweit seines Kabinetts standen in voller Blüte. Die Luft war geschwängert von ihren vielfältigen Düften, und in Pfingstens Ohren hallte das unermüdliche Summen der Bienen und Hummeln wider, die eifrig von Blüte zu Blüte flogen. Er hielt inne und atmete den Duft des frühen Sommers ein. Wie gern hätte er seine Arbeit für den König einfach niedergelegt und sich auf einen Landsitz zurückgezogen, befreit von den Sorgen um die Geschäfte des Dresdener Hofes und erlöst von den Eskapaden des Königs, dessen Verstand in die Hose rutschte, sobald ihm ein hübsches Frauenzimmer angeboten wurde. Seit neuestem gab es Gerüchte, dass er mit der Cosel im Streit lag, da diese sich zu unverhohlen in die Politik einmischte. Sollte sich das bewahrheiten und König August seiner Mätresse *en titre* überdrüssig werden, würde die Abwicklung auch dieser Angelegenheit sicherlich wieder auf Pfingstens Schreibtisch landen.

Der Geheime Referendar nahm noch einen tiefen Atemzug von der sommerlichen Luft. Nein, die Cosel war zu hübsch und zu gerissen, als dass der König sie so schnell davonjagte. Über sie brauchte er sich noch keine Gedanken zu machen. Zunächst galt es, eine Lösung für das Problem Patkul zu finden. In zwei Tagen würde er wieder nach Polen reisen. Dort könnte er sich mit Oberst Orlow besprechen. Vielleicht war es eine Option, Patkul mit russischem Einverständnis die Flucht zu ermöglichen, die in einem tödlichen Unfall enden würde. Aber auch für diesen Plan brauchte Pfingsten Schumann. Missmutig schlug der Geheime Referendar den Weg zur Amtsstube Schumanns ein, um sich nach Neuigkeiten über den Verschwundenen zu erkundigen.

Livland im Juli 1706

Ruth tat alles weh. Vier Stunden saßen sie nun schon im Sattel, und Jurek machte keinerlei Anstalten, nach einem Rastplatz Ausschau zu halten. Dabei stand die Sonne bestimmt schon im Zenit. Zumindest brannte sie Ruth schon seit geraumer Zeit auf das Gesicht. Die dünne Leinenhaube, die sie trug, bot keinen hinreichenden Schutz.

Seit vier Tagen waren sie bereits unterwegs. Zunächst hatte Ruth gehofft, sie würde sich an das Reiten gewöhnen, doch das war nicht der Fall. Sobald das Pferd anhielt – es war glücklicherweise ein ruhiger kleiner Brauner mit sicherem Tritt und ohne große Scheu –, waren ihr Rücken so krumm und ihre Beine so steif, dass sie sich nur mit Mühe aus dem Sattel heben konnte und es einige Minuten dauerte, bis sie wieder Herrin ihres Körpers war. Aber sie biss die Zähne zusammen.

Jurek hatte sein Bestes getan, um die Reise quer durch Livland zu organisieren. Er hatte zwei Pferde gefunden: neben dem kleinen Braunen einen schweren Kaltblüter, der nicht nur den kräftigen Mann, sondern auch zwei prallvolle Satteltaschen trug. Die Pferde waren in keinem guten Zustand gewesen, sodass sie noch zwei zusätzliche Tage hatten drangeben müssen, um sie erst einmal ausruhen zu lassen, ordentlich zu füttern und frisch zu beschlagen.

Ruth hatte die Zeit genutzt, um weitere Vorbereitungen zu treffen. Oberst Düker war entsetzt, als sie ihm von ihren Plänen berichtete, hatte sich aber schließlich bereit erklärt, ihr zu helfen, und ihr mehrere Empfehlungsschreiben mitgegeben, die den beiden Reisenden unter anderem so manches Tor zu einem Rittergut als Unterkunft öffnen sollten. Zudem wollte er sich um Ruths zurückbleibendes Gepäck kümmern und bei sich im Haus verwahren.

Es hatte lange gedauert, bis sie die zwei kleinen Satteltaschen, die Jurek ihr besorgt hatte, so weit gepackt hatte, dass sie sich noch gerade eben verschließen ließen. Immer wieder war sie ihre Habseligkeiten durchgegangen und hatte genauestens erwogen, was von Nutzen und was der reinen Sentimentalität geschuldet wäre. Schließlich hatte sie sich für ein zweites leichtes Kleid, etwas Wäsche, eine Auswahl an Heilkräutern, eine kleine Flasche Aquavit, einen Kompass, einen orientalischen Dolch und ein Fläschchen mit *lapis solaris* entschieden.

Das Fläschchen mit den wundersamen Steinen, die, ließ man sie zuvor im Licht stehen, im Dunkeln rötlich leuchteten, hatte ihr Vater einst von einer Reise aus Italien mitgebracht. Sie hatte es in Hamburg in ihren Koffer gepackt, weil sie bei seinem Anblick immer an die tröstenden Worte Moses Abelsons denken musste, dass ihr auch in tiefster Dunkelheit nie die Hoffnung auf ein rettendes Licht vergehen sollte. Nützlicher waren ihr jedoch der Dolch und der Kompass erschienen. Der Kompass war ein filigranes Modell, das sich gut in der Hand halten und ausrichten ließ. Sollte Jurek einmal den Weg nicht mehr wissen, würde er ihnen bestimmt gute Dienste leisten.

Bisher war ihr Diener aber noch nicht ein einziges Mal ins Stocken geraten. An jeder Wegkreuzung schien er genau zu wissen, in welche Richtung sie reiten mussten. Dabei hätte Ruth so manches Mal nichts dagegen gehabt, eine Weile innezuhalten, die Pferde grasen zu lassen und sich selbst im warmen Gras auszustrecken.

»Jurek, ist es nicht langsam Zeit für eine Pause?«, rief sie ihrem vorausreitenden Diener zu und trieb ihr Pferd an, damit es den zunehmenden Abstand aufholte.

Jurek drehte sich nach ihr um, ohne das Tempo zu verringern.

»Nicht, wenn Ihr heute Nacht nicht wieder in so einer Spelunke wie letzte Nacht verbringen wollt, Fräulein Ruth. Das nächste Rittergut, das Euch als Unterkunft empfohlen wurde, ist noch mindestens einen halben Tagesritt von hier entfernt.«

Ruth wollte auf keinen Fall noch einmal in so einer verlausten und verkommenen Herberge wie in der letzten Nacht unterkommen. Die Kammer, die ihr für einen fürstlichen Preis als bestes Quartier des Hauses angeboten worden war, hatte nach Schimmel und Fäulnis gerochen und war trotz der warmen Jahreszeit klamm gewesen. Zum Glück hatte sie dank Jureks Vorsorge ihren Mantel dabei und konnte sich in ihn einhüllen, denn die Bettwäsche hätte sie noch nicht einmal mit spitzen Fingern anfassen mögen. Im Vergleich zu den Rittergütern, in denen sie dank Oberst Dükers Empfehlungsschreiben in den Nächten zuvor untergekommen waren, war das ein Alptraum gewesen.

Ruth seufzte und rutschte in der Hoffnung, eine Sitzposition zu finden, die nicht allzu schmerzhaft war, im Sattel herum.

Nach einer Weile ließen sie die Wiesen und Felder hinter sich und kamen in einen lichten Buchenwald, dessen gewaltiges Blätterwerk angenehmen Schatten spendete. Ein breiter und ebener Fahrweg führte hindurch, sodass sie die Pferde sogar eine Weile traben lassen konnten. Eine gute Stunde später erreichten sie eine Lichtung mit einer saftigen Wiese, durch die ein kleiner Bach floss. Hier hielt Jurek endlich für eine Rast.

Ruths Beine waren bereits so steif geworden, dass sie kaum noch aus dem Sattel kam und dankbar war, als Jurek herbeieilte und ihr half. Sie tränkten die Pferde am Bach, ließen sie anschließend auf der Wiese grasen und machten es sich selbst im warmen Gras bequem.

Ruth schaute in den Himmel und folgte mit den Augen den Schwalben auf ihrer Jagd nach Insekten. Bisher war ihre Reise zu Pferd gut verlaufen, wenn man einmal von der letzen Herberge absah. Sie waren nur wenigen Menschen begegnet, hatten um die Dörfer große Bogen gemacht. Dass in diesem Land der Krieg gewütet hatte und immer noch versprengte Truppeneinheiten auf ihrem Weg zum Hauptheer waren, war für Ruth nicht leicht ersichtlich. Nur der Zustand der Felder und das nicht gemähte Gras der Wiesen deuteten darauf hin, dass es nicht gut um die Landwirtschaft stand.

Sie schnitt sich ein Stück von dem letzten Zipfel der Dauerwurst ab und sah zu ihrem Diener hinüber, der mit wachsamen Augen den nahen Waldrand beobachtete. »Sag, Jurek, stammst du aus dieser Gegend hier?«

»Nein, Fräulein Ruth. Meine Familie lebte damals weiter nordöstlich von hier.«

»Wie heißt das Dorf? Vielleicht liegt es auf dem Weg, und wir können dort vorbeireiten?«

»Lieber nicht, Fräulein Ruth. Manchmal ist es besser, die Vergangenheit ruhen zu lassen.« Er schnitt sich ebenfalls ein Stück Wurst ab und schob es sich sogleich in den Mund, als wolle er damit das Gespräch beenden.

»Aber wie kommt es, dass du dich hier so gut auskennst? Nie zögerst du, an keiner Kreuzung, an keinem Abzweig.«

»Ich habe meinen Vater als Kind oft über Land begleitet.«

»Und was führte deinen Vater über Land?«

»Er war Kesselflicker.« Jurek stand auf, ging zu den Pferden, prüfte ein weiteres Mal ihre Gurte und kontrollierte die Hufe.

Ruth hatte verstanden. Ihm war nicht danach, von seiner Vergangenheit zu erzählen. Seufzend legte sie sich wieder ins Gras und schloss die Augen.

Die Sonne war ein gutes Stück weitergezogen, als Jurek sie weckte. Die Pferde standen bereits fertig bepackt bereit und schnaubten sanft. Ruth zog sich mühsam in den Sattel und rutschte so lange hin und her, bis sie glaubte, eine erträgliche Sitzposition für die nächsten Stunden gefunden zu haben.

Geraume Zeit ritten sie durch den Buchenwald, konnten längere Abschnitte im Trab zurücklegen und kamen so gut voran. Als die Sonne schon langsam hinter den Wipfeln der Bäume versank, erreichten sie endlich das Ende des Waldes. Vor ihnen breiteten sich ausgedehnte Ländereien aus, und Ruth traute ihren Augen nicht. Die Felder waren bis auf schwarze Stoppeln niedergebrannt, die Wiesen zerpflügt. Die herausgerissenen Grassoden lagen verkehrt herum, mit trockener Erde und ausgedörrten Wurzeln in alle Richtungen verstreut. Selbst die Hecken und Knicks zwischen den Feldern waren niedergetreten und sämtliche Obstbäume am Weg und auf den Wiesen gefällt, sodass ihre unreifen Früchte in der Sonne faulten. Noch nie hatte Ruth ein solches Ausmaß an Zerstörung gesehen.

»Was ist hier geschehen, Jurek?«

»Hier ist eine russische Armee durchgezogen, Fräulein Ruth.«

»Aber warum ist alles verbrannt und zerstört? Wurde hier gekämpft?«

»Ich glaube nicht, sonst sähen wir Leichen oder Gräber.«

»Ja, aber …« Ruth fand keine Worte für die Gedanken und Empfindungen, die durch ihren Kopf wirbelten.

»Das gehört zu ihrer Taktik, Fräulein Ruth. Sie hinterlassen verbrannte Erde, damit der nachfolgende Feind keinen Vorteil aus dem gewonnenen Land ziehen kann.«

»Und die Menschen? Wo sind die Menschen, die hier leben?«

»Hinter der Hügelkette dort liegt ein Dorf, soweit ich mich erinnere.«

»Dann lass uns hinreiten und nach den Leuten sehen.«

Ohne Jureks Antwort abzuwarten, trieb Ruth ihrem Braunen die Hacken in die Flanken und trabte zügig voran. Ihr Diener folgte ihr wortlos. Als sie die Kuppe des Hügels erreichten, erblickten sie das Dorf. Bis auf die Grundfesten waren die Häuser niedergebrannt. Verkohlte Balken lagen verstreut herum. Der Dorfteich war mit einer dicken Schicht Asche bedeckt. An seinem Ufer lag ein erschlagener Hund. Langsam lenkte Ruth ihr Pferd in das Dorf. Jurek blieb hinter ihr. Schweigend ritten sie zwischen den Ruinen hindurch und hielten Ausschau nach irgendeinem Anzeichen menschlichen Lebens. Nichts. Noch nicht einmal ein Tier huschte an ihnen vorbei. Selbst die Vögel schienen verstummt zu sein. Am Ende des Dorfes entdeckten sie mehrere frisch aufgeschüttete Gräber ohne Namen, ohne Schmuck, ohne Kreuz.

Tränen stiegen Ruth in die Augen. Sie drehte sich zu Jurek um. Sein Gesicht war versteinert, sein Blick weit fort. So mochte es ausgesehen haben, damals, in seinem Dorf.

Schweigend ließen sie den trostlosen Ort hinter sich.

Die Sonne berührte schon fast den Horizont, als sie endlich die verbrannten Felder durchquert und die gefällten Obstbäume hinter sich gelassen hatten und eine unversehrte Lindenallee erreichten, die zu jenem Rittergut führen sollte, das ihnen empfohlen worden war. Sie ritten den gut ausgebauten Weg auf das Gutshaus zu und sahen sich um. Auch hier war nirgendwo ein Mensch oder Tier zu sehen. Ruth wurde es unheimlich. Sie fröstelte und rieb sich die Arme, obwohl die Luft noch aufgeheizt war von dem warmen Sommertag. Die Bilder von jenem Abend im Danziger Hafen, als plötzlich der fremde Mann vor ihr stand und das Tuch um ihren Hals zuzog, kamen ihr wieder vor Augen.

Endlich erreichten sie das Haupthaus, sahen aber auf Anhieb, dass ihr Weg hierher umsonst gewesen war. Alle Fensterläden waren geschlossen, das Gras um das Haus stand kniehoch, und auch das Gesindehaus lag wie ausgestorben da.

Jurek hielt in der Mitte des Hofes und schwang sich aus dem

Sattel. »Ich werde mich ein wenig umschauen, Fräulein Ruth. Wollt Ihr absteigen und Euch so lange ausruhen?«
Obwohl sie die Anstrengung des Ritts in jedem Muskel spürte, wollte Ruth an diesem Ort nicht länger als nötig verweilen. Ihr war, als könnte hinter jeder Tür erneut jemand hervorkommen und ihr Leben bedrohen, so wie das der Leute hier, die wohl geflohen waren. »Nein danke, Jurek. Ich warte.«
Der große Mann nickte und ging dann mit langen Schritten über den Hof auf das Gesindehaus zu. Er klopfte an eine Tür. Niemand öffnete. Die Türen waren verschlossen, einige Fenster sogar hinter Brettern versteckt. Jurek ging weiter zu den Ställen. Eine Tür ließ sich öffnen, und er trat ein. Ruth schaute ihm angespannt nach. Auf einmal schepperte es furchtbar, ein wildes Gegacker setzte ein, und sie hörte Jurek laut aufschreien. Ihr Pferd setzte nervös ein paar Schritte zurück, fand dann aber wieder zu seiner gewohnten Gelassenheit. Ruth zitterte am ganzen Leib und war im Begriff, ihr Pferd zur Flucht zu wenden, als die Stalltür mit Schwung aufging und ihr Diener heraustrat, die Faust um den Hals eines Huhns geschlossen.
»Was ist passiert, Jurek?«
»Mir ist gerade unser Abendessen in die Arme geflattert, Fräulein Ruth. Der Stall sieht noch recht gut aus. Wir können hier übernachten und das Huhn über einem offenen Feuer zubereiten.«
»Ich will hier nicht übernachten. Ich will weg von diesem verwüsteten, elenden Ort.«
»Aber hier ist es einigermaßen sicher, Fräulein Ruth. Auch das Stroh …«
»Das Stroh interessiert mich nicht.« Ihr standen Tränen in den Augen, und sie ballte die Fäuste. »Ich will fort von hier und eine anständige Unterkunft bei ehrlichen Leuten.«
Ohne auf die Antwort ihres Dieners zu warten, wendete sie

ihr Pferd und ritt vom Hof. Jurek schüttelte resigniert den Kopf und brummte etwas Unverständliches. Dann griff er den Zügel seines Pferdes, band das tote Huhn an seine Satteltasche, schwang sich in den Sattel und trabte seiner Herrin hinterher.

Burg Sonnenstein in Sachsen im Juli 1706

Mit gleichmäßig langen Schritten ging Patkul in seinem Turmzimmer auf und ab. Seinem Kopf ging es deutlich besser, die Schmerzen waren verschwunden, und auch sein Magen hatte sich beruhigt. Nur seine Stimmung war nach wie vor am Boden. Man hatte ihn umbringen, niederträchtig und feige vergiften wollen. Von Hoym hatte eine Probe der heißen Schokolade mitgenommen und sie seinem Physikus zur näheren Bestimmung gebracht. Der war damit überfordert gewesen, aber ein Dresdener Apotheker hatte ihnen weitergeholfen und eine gefährlich hohe Dosis Digitalis in dem Getränk nachgewiesen. Für einen Menschen wäre sie zwar nicht tödlich, aber gesundheitlich sehr belastend gewesen. Sofort hatte Patkul daraus geschlossen, dass man ihn höchst unauffällig hatte sterben lassen wollen, indem der Tod einfach als Folge eines Leidens eintrat. Coco, sein kleines treues Hündchen, hatte ihn gerettet. Für das Tier war die Dosis in der heißen Schokolade tödlich gewesen, sie hatte zu akutem Herzstillstand geführt.

Patkul vermisste das Hündchen, seine Freundlichkeit und Zutraulichkeit. Es hatte Wärme in sein tägliches Einerlei der Gefangenschaft gebracht. Cocos Tod ließ ihn seine Einsamkeit noch stärker spüren. Aber nicht nur die Einsamkeit, auch die Unsicherheit quälte den einst so selbstsicheren Mann. Wem konnte er noch trauen? Zwar hatte sein Diener Heinrich noch nie den Anschein erweckt, mit seiner Stellung unzufrieden zu sein. Aber konnte sich Patkul wirklich sicher sein? Konnte er bei diesem Mann wirklich auf eine ähnliche Zuneigung und Treue setzen, wie sie ihm der kleine Hund entgegengebracht

hatte? Konnten Menschen so selbstlos sein? Oder handelten sie alle stets nur zu ihrem eigenen Vorteil?
Patkul spürte ein tiefes Unbehagen, als er sich seine Abhängigkeit von seinem Diener bewusst machte. Dabei blieb ihm kaum eine Wahl. Er musste Heinrich vertrauen, ob es ihm nun gefiel oder nicht. Ein anderer, ihm gänzlich unbekannter Mensch würde als Diener kaum vertrauenswürdiger sein.
Warum diente jemand selbstlos einem anderen? Bisher hatte Patkul die Stellung eines Menschen in der Gesellschaft als gottgegeben verstanden. Man wurde in seinen Stand hineingeboren und stellte ihn nicht in Frage, so wie man auch einen König nicht in Frage stellte. Aber sahen das alle Menschen so? Akzeptierten ein Diener, ein Knecht, ein leibeigener Bauer oder gar ein Sklave ihren niederen Stand ohne ein Verlangen nach mehr, nach Höherem? Fügten sie sich freiwillig in ihr Los, oder glaubten das nur die Herren, weil ihnen jeder andere Gedanke Mühsal bereiten würde?
Das Quietschen des Türschlosses riss Patkul aus seinen Gedanken. Heinrich betrat den Raum, ein großes, reich gefülltes Tablett balancierend.
»Guten Abend, Herr Patkul. Heute hatte ich großes Glück und habe allerlei Köstlichkeiten auf dem Pirnaer Markt für Euch gefunden.« Er stellte das Tablett auf dem Tisch ab und verbeugte sich wie üblich leicht in Patkuls Richtung. »Herrliche Pfirsiche aus Italien sind frisch eingetroffen und Aprikosen aus Frankreich. Auch habe ich Wachteleier erstehen können, und in dem Gasthof beim Markt, in dem ich schon öfter für Euch einkaufte, gab es heute gebratenen Kapaun. Da habe ich sogleich zugegriffen.« Voller Freude hob der Diener den silbernen Deckel vom Teller, auf dem der Kapaun mit einer Auswahl an Gemüse angerichtet war. »Auch eine Flasche Eures geschätzten Burgunders habe ich mitgebracht.«

Patkul nickte nachdenklich und setzte sich an den Tisch. »Vielen Dank für deine Mühe, Heinrich. Komm, setz dich zu mir und leiste mir heute Gesellschaft. Ich bin des einsamen Speisens müde, und das Essen reicht für uns zwei allemal.«

Heinrich schaute seinen Herrn verwundert an. Noch nie hatte ihn Patkul zu sich an den Tisch gebeten. »Aber Herr, auf mich wartet mein Essen unten in der Küche.«

»Papperlapapp! Heute speist du mit mir, Heinrich«, entgegnete Patkul energisch.

Die Zurückhaltung seines Dieners hatte augenblicklich wieder Zweifel an dessen Zuverlässigkeit geweckt. Spielte er vielleicht doch ein doppeltes Spiel? Mischte er nun vielleicht ein anderes Gift in die Speisen? War das der Grund für die erdrückende Müdigkeit, die Patkul in den letzten Tagen befallen hatte? Er sollte mitessen und von jeder Speise vor seinen Augen kosten. Wenn er einmal zögerte, würde Patkul die Speise von Hoym untersuchen lassen. So viel Vorsicht war einfach geboten.

Heinrich stand noch immer zögernd vor dem Tisch.

»Nun mach schon, Heinrich, und hole dir ein Gedeck.«

»Sehr wohl, Herr.«

Wenig später saßen die beiden einander gegenüber, jeder mit einem Stück Kapaun auf dem Teller und einem Glas Burgunder daneben. Heinrich schielte unsicher zu Patkul hinüber, aber als der ihn mit einer Geste erneut aufforderte, kräftig zuzulangen, ließ er sich das nicht ein weiteres Mal sagen, sondern schnitt beherzt in den knusprigen Schenkel.

»Sag mal, Heinrich«, setzte Patkul nach einer Weile an, »wie ist es eigentlich so, mein Diener zu sein?«

Heinrich hielt mitten im Kauen inne und schaute seinen Herrn verdutzt an. »Wie meint Ihr das, Herr Patkul?«

»Nun, bist du gern Diener oder würdest du lieber ein anderes Leben führen?«

»Herr, ich bin gern Euer Diener. Ihr seid ein ehrenwerter Mann, habt mich stets anständig behandelt und mir nie Anlass zur Klage gegeben.«

»Aber ist dir das Dienen nicht manchmal lästig? Würdest du nicht lieber selbst bedient werden?«

»O nein, Herr Patkul. Das würde ich ganz und gar nicht schätzen. Ich regle meine Angelegenheiten lieber selbst. Das war schon immer so. So wie Ihr Euer Leben lang vieles von anderen habt regeln lassen.«

Patkul schaute ihn nachdenklich an. »Aber du hast nur wenig Freiheit, da du dich so viel um meine Angelegenheiten kümmern musst. Auch kannst du kaum bestimmen, wo du leben willst. Allein jetzt musst du hier auf dieser Burg ausharren und mich armen Gefangenen versorgen.«

»Aber Herr, das ist mein Leben. Ich wollte kein anderes führen.«

»Du wolltest nie eine Frau und Kinder haben?«

Heinrich hielt inne und legte das Besteck beiseite. »Doch, vor langer Zeit, als ich noch ein junger Bursche war. Aber es hat nicht sollen sein.«

»Erzähle mir davon.«

Sein Diener griff nach dem Weinglas und trank einen großen Schluck. »Das liegt schon so lange zurück, Herr. Viel zu erzählen gibt es da nicht. Ich war in ein hübsches Mädchen verliebt und hätte sie gern geheiratet. Aber wir bekamen keine Erlaubnis dazu. Sie war Magd in einem Kaufmannshaus. Die Herrschaft wollte sie nicht freigeben, und ihre Familie war auf ihr Einkommen angewiesen. Sie hatte mehrere jüngere Geschwister. Und ich selbst war in einer Stellung, die kaum für uns beide gereicht hätte.« Er nestelte an seiner Serviette herum. »Um das Mädchen und die Enttäuschung zu vergessen, bin ich fortgegangen und habe mir in einer anderen Stadt eine neue Stellung gesucht. So manches hübsche Mädchen hat mich über meinen Verlust getröstet, aber keine reizte mich genug, als dass ich mich noch einmal auf die Liebe hätte einlassen wollen. Schließlich kam ich zu Euch in den Dienst. Und mit Verlaub, Herr, über die Jahre seid Ihr zu meiner Familie geworden. Wir haben schließlich schon viel zusammen erlebt. In Euren Diensten habe ich die Welt bereist und so manchen Ort kennengelernt, den ich mir in meinen kühnsten Träumen nicht vorgestellt hätte. Ich war mit Euch in Wien, Berlin, London, Paris und sogar in Moskau.«

Patkul nickte ihm versonnen zu. »Ja, vor allem in Russland hatten wir eine wilde Zeit.«

»Gut gefiel es mir auch in der Schweiz. Besonders die dortige Küche und der Käse haben mir zugesagt.«

»Und die Schweizer Weine sind auch nicht zu verachten, oder? Obwohl sie nicht an meinen Burgunder heranreichen.« Er schenkte seinem Diener noch ein Glas nach, der die ungewohnte Situation zunehmend genoss. »Aber ist dir nicht manchmal danach, frei zu entscheiden, was du tust und lässt?«

»Aber ich bin doch frei, Herr. Zumindest freier als so mancher Ehemann. Wenn Ihr mich gerade nicht braucht, so kann ich doch tun und lassen, was ich will. Und sollte es mir bei Euch nicht mehr gefallen, so kann ich meinen Dienst kündigen. Als Ehemann und Familienvater wäre mir das wohl kaum möglich. Auch weiß ich bei Euch, woran ich bin. Das ist mir bei Frauen noch nie gelungen.«

Patkul grinste Heinrich mit dem guten Gefühl an, sich doch nicht völlig in der gottgegebenen Ordnung der Stände getäuscht zu haben. Er erhob sein Glas und prostete seinem Diener zu. »Darauf lass uns trinken!«

Sankt Petersburg im Juli 1706

Mit stoischem Gleichmut waren Wrangel, Petja und die anderen Männer stundenlang hinter dem schweren Fuhrwerk hergelaufen, als sich der Wald vor ihnen auf einmal lichtete und den Blick freigab auf eine riesige Festungsanlage, die sich aus der breiten Newa erhob. Auf ihr, vor ihr und unter ihr schufteten überall Männer auf dieselbe primitive Weise, die Wrangel jetzt schon seit Wochen täglich erlebte. Die Festung, die auf einer kleinen Insel mitten im Fluss zu liegen schien, war aus Holz und Erde gebaut und wies auch aus der Ferne beeindruckende Ausmaße auf. Drei Bastionen konnte Wrangel ausmachen, gesichert durch Erdschanzen und Holzwälle. Nur an einer Bastion schien man die Holzwälle durch Steine und Mauerwerk zu ersetzen.

»Da ist sie also, die *Piterburch*«, raunte Petja und klopfte Wrangel auf die Schulter. »Gut gemacht, Wanja!«

»Piterburch?«

»Ja, so nennt sie der Zar, weil er doch so eine Leidenschaft für die Holländer hat. Aber ihr richtiger Name, auf den er sie getauft hat, ist Peter-und-Paul-Festung. Wärst du Holländer, Wanja, am besten noch holländischer Zimmermann, würde er dir vielleicht sogar einen Lohn zahlen. So berichten zumindest die Männer, dass niemand hier besser verdient als die holländischen Zimmerleute.«

Wrangel blickte versonnen auf die Festungsanlage. Zwar kannte er Holland, vor allem Amsterdam, aber das war in einer anderen Zeit gewesen. Damals, als er mit Ruth mehrere Wochen dort verbracht hatte, um das Erbe und den Nachlass ihres Vaters zu ordnen …

»Ich dachte, wir sind jetzt Maurer«, sagte er und versuchte die sehnsüchtigen Erinnerungen abzuschütteln.

»Ja, natürlich sind wir das, und dort drüben könnte der Ort sein, wo wir unser Handwerk ausüben müssen. Kannst du mauern?«

Wrangel schüttelte den Kopf. »Aber ich verstehe ein wenig vom Festungsbau.«

Petja zog eine Augenbraue hoch und musterte ihn fragend.

»Theoretisch jedenfalls«, winkte Wrangel seufzend ab.

Das Fuhrwerk hielt in einem wild durcheinandergebauten Lager vor der neuen Werft, die schräg gegenüber der Festung errichtet worden war. Auch hier waren alle Gebäude aus Holz erbaut. Ein großes Sägewerk fertigte aus gewaltigen Eichenstämmen dicke Planken. Wrangel konnte von weitem die Gerippe zweier großer Schiffsrümpfe ausmachen, aus denen sicherlich Fregatten werden sollten.

Ihr kleiner Trupp durchquerte das Lager und hielt bei einem Anlegesteg, von dem aus regelmäßig Ruderboote hinüber zur Festung fuhren. Keine Stunde später hatten sie die Haseninsel erreicht, wie das Eiland hieß, auf dem die Festung stand. Wrangel erkannte schon vom Wasser aus, dass die Anlage im Ganzen sogar aus sechs Bastionen bestand. Die Erde vor ihnen war aufgeschüttet. Auch jetzt noch schleppten Männer Säcke voller Sand herbei und schütteten sie vor die Holzwälle. Einige hatten für ihre Last Säcke, andere schleppten den Sand in ihren Hemden. Dunkel stieg in Wrangel die Erinnerung an seinen ersten Tag in den Sümpfen auf, als auch er Säcke mit Sand füllen musste. Wie gnädig war das Schicksal gewesen, ihn von dort in Marusjas Obhut zu geben. Ob er sonst heute in diesem Boot säße? Seit Monaten war er der Freiheit nicht so nah wie jetzt. Er spürte es mit jedem Atemzug. Zwar schufteten auch hier ungezählte Männer unter erbärmlichen Bedingungen, aber daneben gab es einen klar zu erkennenden Plan. Hier würde er jemanden finden, der ihm weiterhelfen konnte, dessen war er sich sicher.

»Wanja, *dawaj!*« Petja reichte ihm die Hand, um ihm vom wackligen Kahn auf den wohl noch wackligeren Steg zu helfen. Die in das schlammige Ufer eingerammten Pfähle sahen vermodert aus und neigten sich bedenklich, als das Ruderboot gegen sie trieb.

Ein Vorarbeiter stand etwas erhöht und wies die Leute an, mit ihm zu kommen. *»Kamenschiki, sjuda!«*

Sie trotteten ihm hinterher, immer an den Festungswällen entlang, bis sie endlich ein Tor erreichten und in das Innere der Peter-und-Paul-Festung gelangten. Hier sah es ebenfalls aus wie auf einer einzigen Baustelle, mit einem entscheidenden Unterschied: Die Festung war bis an die Spitzen der Palisaden bewaffnet. Mehrere Kanonen zielten nach Westen, auf den offenen Fluss hinaus. Neben ihnen lagen zu ordentlichen Pyramiden gestapelte Kanonenkugeln sowie schwere Kisten, wohl für das Pulver, alles griffbereit für einen unvermuteten Angriff vom Fluss aus.

Der Vorarbeiter führte die Neuen zu jener Bastion, bei der die Holzpalisaden durch Mauerwerk ersetzt wurden. Dann teilte er sie den verschiedenen Arbeitstrupps zu. Wrangel hatte Glück. Seine Aufgabe bestand zunächst nur darin, die am Tor abgelieferten Steine hierherzuschaffen und dann nach Form und Größe zu sortieren, sodass den Maurern immer passendes Material zur Verfügung stand.

* * *

Die Tage vergingen wie jene zuvor in harter, eintöniger Arbeit. Wrangel schleppte Stunde um Stunde Steine, sortierte sie, reichte sie auf Zuruf an die im Gerüst hängenden

Maurer, rührte Mörtel an und schleppte auch den dorthin, wo er benötigt wurde. Die Arbeit mit den Steinen hatte es in sich. Der Vorrat war immer knapp bemessen, und es war nicht leicht, stets die passenden Größen für die Maurer parat zu haben.

Das eigentliche Problem war, dass es weit und breit keinen Steinbruch gab. Sie befanden sich mitten in einem sumpfigen Flussdelta in Ingermanland. Hier gab es nur Wasser, Schilf und Holz. Aber eine Festung, die nicht dauernd in den Grundfesten erneuert werden sollte, musste aus Stein gebaut werden. Der russische Zar hatte dafür eine sehr pragmatische Lösung gefunden: Jedes Schiff und jedes Fuhrwerk, das nach Sankt Petersburg kam, hatte als eine Art spezieller Zollabgabe ein gewisses Kontingent an Steinen zu zahlen. Leider waren es nicht immer genügend Schiffe oder Fuhrwerke, um die Arbeiten in gleichmäßig zügigem Tempo voranzutreiben. Dann wurde das Mauern vorübergehend eingestellt, und die Männer mussten stattdessen morsche Pfähle am Uferrand ersetzen und den vom Wasser fortgespülten Sand wieder auffüllen.

Aus der Ferne fiel Wrangel ein Mann auf, der in einem bunten Rock und in hohen ledernen Stiefeln oft stundenlang mit geschäftigem Blick über die Baustelle lief, stets gefolgt von einem Schreiber, der sich bemühte, alle ihm zugeworfenen Anweisungen im Stehen auf sein Schreibbrett zu kritzeln. Der Mann im bunten Rock sprach jedoch nicht russisch, sondern Wrangel meinte ein paar italienische Wortfetzen herauszuhören. Tatsächlich sah er auch keineswegs russisch aus, soweit Wrangel das auf die Entfernung beurteilen konnte. Sein dunkles Haar trug er zu einem lockeren Zopf gebunden, das Gesicht war ordentlich rasiert, die Augen lagen dunkel unter kräftigen Brauen. Wrangels Neugierde flammte auf und mit ihr die Hoffnung, in jenem Herrn vielleicht einen Verbündeten zu finden, um von hier fort-

zukommen. Bei nächster Gelegenheit würde er Petja auf den Mann ansprechen und hören, was der findige Schwede über ihn wusste.
Seit sie hier auf der Festung arbeiteten, teilten Petja und er ihr Nachtquartier, eine Ecke in einer grob gezimmerten Blockhütte, in der außer ihnen noch zwei Dutzend anderer Männer schliefen. Maurer galten als zu wichtig, um sie irgendwo im Freien oder unter Schilfdächern schlafen zu lassen. Je besser jemand handwerklich ausgebildet war, desto weniger hatte er auf der Baustelle auszustehen. Besonders gut ging es den Schiffszimmerern drüben auf der Werft. Sie bekamen sogar einmal pro Woche Fleisch und Wodka. Außerdem bewohnten sie ihr eigenes geräumiges Blockhaus mit einem großen Ofen. Davon konnten Wrangel und Petja natürlich nur träumen. Aber wenigstens hatten sie einen trockenen Winkel für sich, in dem sie einigermaßen ungestört reden konnten.
Petja hatte schon so einiges über die Verhältnisse auf der Baustelle herausgefunden. Die ganze Anlage sollte möglichst zügig umgebaut werden: Es war geplant, alle Holzbauten durch steinerne zu ersetzen. Die Menschikow-Bastion, an der sie gerade arbeiteten, war die erste. Sie war nach dem engsten Freund des Zaren, dem Grafen Alexander Danilowitsch Menschikow, benannt. Petja wusste zu berichten, dass hier nichts ohne diesen Mann ging. Er war nämlich wohl nicht nur Freund und Vertrauter des Zaren, sondern auch ein erfolgreicher Feldherr. Vor allem aber sagte man ihm grenzenlose Gier nach. Er schien für jedes einträgliche Geschäft offen zu sein. Wer weiß, vielleicht würde ihnen dieses Wissen einmal von Nutzen sein. Im Augenblick aber war Wrangel jener bunt gekleidete, italienisch sprechende junge Herr auf der Baustelle wichtiger für die Ausarbeitung eines Fluchtplanes.
Als er Petja auf den Mann ansprach, schüttelte der nur abwie-

gelnd den Kopf. »Da hast du dir den Richtigen ausgesucht, mein Freund. Der Herr ist Andrej Jakimowitsch Tresin, persönlich vom Zaren angeworbener Baumeister der Festung.«

»Der soll ein Russe sein? Er sieht aber gar nicht danach aus. Außerdem hörte ich ihn italienisch sprechen.«

Der Schwede lachte und spuckte aus. »Deine Beobachtungsgabe wird immer besser, Wanja. Tresin nennen ihn nur die Russen, weil sie seinen richtigen Namen nicht aussprechen können. Er heißt Trezzini, so sagt man, und soll aus einer Gegend stammen, die so ähnlich klingt.«

»Aus dem Tessin!«, rief Wrangel. »Das liegt in der Schweiz, aber man spricht dort italienisch ... Petja, vielleicht ist er der Mann, der uns hier heraushilft!«

»Wanja, wach auf!« Der Schwede versetzte ihm eine leichte Ohrfeige. »Der Mann ist der Baumeister des Zaren. Du glaubst doch wohl selbst nicht, dass der seinen Arbeitern hilft, die Baustelle zu verlassen.«

»Aber warum nicht? Er ist doch bestimmt ein kultivierter Mann, mit dem man reden kann. Wenn ich ihm erkläre, was mir widerfahren ist, könnte er doch ...«

»... dann könnte er dich auspeitschen oder dir Ketten an die Füße schmieden lassen, damit du nicht wegläufst, wie bei einem Pferd, dem man Fußfesseln anlegt.«

Wrangel schnaubte verzweifelt aus. Er wusste natürlich, dass Petja recht hatte, aber es fiel ihm schwer, diese Erkenntnis zu ertragen. Er war hier ein Niemand. Nichts weiter als ein einfacher Arbeiter ohne Rechte. Er bezog noch nicht einmal Lohn. Sein ganzes bisheriges Leben zählte hier nichts. Die Leute verstanden seine Sprache nicht, und kaum einer hier sprach Latein. Er war schließlich in Russland, einem Land mit einer eigenen Kirche und eigener Kirchensprache. Und wenn er dann doch jemanden traf, mit dem er sich verständigen konnte, so war kein

Verlass darauf, dass jener Verständnis für sein Schicksal haben und ihm helfen würde.
Nein, er musste sich selbst helfen. Auch hier in der *Piterburch.* Petja hatte recht. Es galt, so viel Wissen wie möglich über die Verhältnisse anzuhäufen und dann auf einen günstigen Augenblick zu hoffen, in dem man sich vielleicht auf einem auslaufenden Schiff verstecken konnte. Wurde man dabei erwischt, war man natürlich des Todes. Beim Hafen hingen zwei Leichen an einem hohen Galgen, um alle daran zu erinnern, was ihnen blühte, versuchten sie, Sankt Petersburg ohne die ausdrückliche Erlaubnis des Zaren zu verlassen.
Dieser Ort war für Wrangel nichts anderes als ein einziges riesiges Gefängnis. Und bisher gelang es ihm nur, diesem des Nachts zu entfliehen, wenn er in seinen Träumen zu Ruth heimkehrte, ihre zarte Gestalt in seine Arme schloss und sich an sie schmiegte. Doch jeden Morgen riss ihn der Schuss der Festungskanonen aus den süßen Träumen und schleuderte ihn zurück in seine elende und erbarmungslose Wirklichkeit.

Livland im Juli 1706

Das Abendrot ließ den Himmel violett-orange auflodern. Die letzen Sonnenstrahlen brachen durch das dichte Laub des Waldes, durch den Ruth und Jurek ritten. Ihr liefen die Tränen über die Wangen, aber sie hatte sich verboten zu schluchzen, um ihr Schuldgefühl nicht vor ihrem Diener einzugestehen. Mit Engelszungen hatte er auf sie eingeredet, doch umzukehren und auf dem verlassenen Gut zu übernachten. Aber sie hatte weiter nur trotzig den Kopf geschüttelt und ihr Pferd vorangetrieben.

Nun war es zum Umkehren zu spät, doch zugleich schwand Ruths Hoffnung, auf dem Weg vor ihnen noch eine geeignete Unterkunft zu finden.

Jurek ritt schweigend neben ihr und ließ seinen Blick immer wieder prüfend durch den Wald streifen. Zum Glück war der Weg immer noch breit und eben, sodass sie auch bei Dunkelheit noch eine Weile würden weiterreiten können.

»Die Pferde brauchen bald Rast und Futter«, ließ Jurek sich auf einmal vernehmen, als hätte er ihre Gedanken gelesen.

Sie nickte stumm.

»Früher gab es auf dieser Straße in regelmäßigen Abständen Poststationen. Wenn wir Glück haben, werden wir demnächst auf eine stoßen.«

Sie nickte wieder.

»Aber wagt nicht zu hoffen, dass die Unterkunft dort anständig und die Betreiber ehrliche Leute sind«, grummelte er.

Bevor der letzte rote Schimmer am Himmel erlosch, sahen sie tatsächlich vor sich ein Licht aufleuchten.

Ruth atmete auf und wischte sich die Tränen mit dem Kleiderär-

mel ab. »Ein Licht! Was für ein Glück, Jurek, wir sind gerettet! Das muss die Poststation sein.«
»Ob das ein Glück ist, wird sich zeigen.«
Sie trabten an und erreichten eine kurze Weile später ein windschiefes Gebäude, vor dem eine Laterne baumelte. Durch das offene Fenster drang Stimmengewirr. Hinter dem Haus war ein Stall zu sehen. Jurek sprang vom Pferd. Als Ruth es ihm gleichtun wollte, machte er eine beschwichtigende Handbewegung.
»Ich gehe zunächst allein hinein und erkundige mich. Ihr wartet hier.«
Ruth schluckte und nickte, während der große Mann durch die Tür verschwand. Wenig später trat er mit einem jungen Kerl wieder heraus, half ihr aus dem Sattel und führte dann die Tiere dem Jungen hinterher zum Stall. Ruth blieb zunächst unschlüssig stehen, blickte hinüber zur Eingangstür des Gasthauses, folgte dann aber schweigend ihrem Diener. Als die Pferde versorgt waren, griff Jurek nach dem Huhn und gab es dem Jungen mit ein paar knappen Anweisungen.
Dann wandte er sich zu seiner Herrin, zog sie zur Seite und flüsterte ihr ins Ohr: »Legt Euren Mantel an und haltet Euch in allem zurück. Überlasst das Reden mir!«
Ruths Kehle schnürte sich zu. Aber sie schluckte ihre Angst hinunter und nickte.
Eine gute Stunde später saßen sie endlich in der stickigen Gaststube mit einem Krug Bier vor sich, und Ruth musterte verstohlen die Leute. An der Theke standen ein paar bärtige Männer in groben Kleidern und redeten in derber Tonart mit dem Wirt. Der unterschied sich kaum von seinen Gästen. Auch sein Gesicht war hinter einem dichten Bart verborgen, und über seinem abgetragenen Hemd spannte sich ein altes Wams. An einem Tisch gleich neben der Tür saßen vier schwedische Soldaten, aßen Grütze und tranken Bier. Ihre Uniformen waren in

schlechtem Zustand, die Jacken verdreckt, teilweise sogar schon geflickt. Der Junge, der ihnen mit den Pferden geholfen und das Huhn mitgenommen hatte, brachte ihnen gerade Krüge mit frischem Bier. Außer ihm arbeitete noch eine Magd in der Wirtschaft. Sie war dürr und verhärmt, hatte die besten Jahre schon hinter sich, aber ihre Augen blitzten aufmerksam und hatten den gesamten Schankraum im Blick. Gegenüber von Ruth und Jurek saßen eine Frau und ein Junge von vielleicht fünfzehn Jahren und löffelten mit gesenktem Blick ihre Grütze. Die Frau war noch jung, vielleicht Anfang zwanzig, aber ihre Haut sah fahl und müde aus. Ihr aschblondes Haar wurde von einer kleinen Haube zusammengehalten, die aus dem gleichen grauen Stoff genäht war wie ihr Kleid. Der Junge hatte kurzes blondes Haar, das strubbelig von seinem Kopf abstand, und auffallend große Segelohren, die rötlich schimmerten. Ruth fragte sich unwillkürlich, was die beiden wohl hierher verschlagen hatte. Sie waren derart damit beschäftigt, nicht aufzufallen, dass sie wohl kaum zur Hausgemeinschaft gehörten.

Auf einmal öffnete sich die Tür, und drei groß gewachsene Männer in schweren Stiefeln und ledernen Wämsern traten ein. Augenblicklich wurde es still in der Gaststube, und aller Augen hefteten sich auf die drei Neuen. Die beachteten die Gäste mit keinem Blick, sondern gingen direkt auf einen großen freien Tisch in der Mitte der Stube zu und ließen sich geräuschvoll auf die Bänke fallen. Dann riefen sie nach dem Wirt und verlangten lauthals Bier und einen ordentlichen Braten, soweit Ruth das Kauderwelsch richtig deutete.

Der Wirt griff wortlos drei Krüge, zapfte das Bier und trug es selbst an den Tisch. Murrend gossen die drei das Bier die Kehlen hinunter. Bevor der Wirt wieder hinter der Theke war, riefen sie schon in derbem Ton nach frischen Krügen. Ruth musterte die Männer angewidert von der Seite und wandte sich ab. Als diese bereits beim vierten Bier waren, brachte die Magd ihnen drei Schalen mit Grütze. Kaum hatte sie die Schalen auf den Tisch gestellt, als der Junge aus der Küche kam und das gebratene Huhn zu dem Tisch von Ruth und Jurek trug.

Sofort brüllte einer der drei Männer dem Wirt ungehaltene Worte zu und schlug mit der flachen Hand auf den Tisch, dass die Krüge und Schalen wackelten. Ruth verstand kein Wort und suchte Jureks Blick, um die Situation zu deuten. Der aber hatte eine starr gespannte Haltung angenommen, wie ein Pfeil auf der Sehne im Moment vor dem Abschuss. Der Junge blieb unentschlossen mit dem gebratenen Huhn vor Ruth stehen. Die nahm ihm, als er keine Anstalten machte, das Tier abzustellen, den Teller einfach aus der Hand und stellte ihn zwischen sich und Jurek auf den Tisch. Sie hatte großen Hunger, und schließlich war dieses Huhn das einzig Gute, was ihnen der Ritt durch die niedergebrannten Felder beschert hatte.

Jurek bewegte immer noch keinen Muskel. Mit lautem Gepolter schob einer der Männer seine Sitzbank zurück, kam mit steifen Schritten zu ihnen an den Tisch und sprach Ruth in spöttischem Tonfall an. Sie warf ihm einen kurzen Blick zu, der ihre Abneigung nicht verkennen ließ, straffte ihren Rücken und sah zu Jurek. Der saß immer noch vollkommen ruhig da, hatte allerdings seine Augen fest auf den Mann im ledernen Wams vor ihnen gerichtet.

Plötzlich fasste der Kerl Ruth bei der Schulter und drehte sie in seine Richtung. Sie erstarrte vor Schreck. Noch nie hatte es jemand gewagt, sie einfach anzufassen. Gleich nach dem Schreck stieg die Wut über so viel Unverschämtheit in ihr auf. Mit einer schnellen Handbewegung, als jagte sie eine Fliege fort, schob sie die Pranke des Mannes von ihrer Schulter und wollte gerade den Mund öffnen, als Jurek dazwischenging und den Mann in einem ruhigen, sachlichen Ton ansprach.

Ruth verstand kein Wort, spürte aber augenblicklich, dass die Spannung in der Gaststube stieg, jedes Gespräch verstummte und sich nun aller Augen auf den Mann und Jurek richteten. Ruth schaute sich um. Die junge Frau mit dem Jungen vom Tisch gegenüber war verschwunden, und die Magd hatte sich hinter dem breiten Rücken des Wirtes verkrochen. Der Mann neben Ruth stemmte seine Fäuste in die Seiten und bellte Jurek eine Antwort entgegen, die der ohne jegliche Regung aufnahm. Als sich der Fremde nach zustimmenden Gesten seiner Kameraden umsah, beugte sich Jurek vor, nahm ein Messer und teilte das Huhn in der Mitte durch. Dabei raunte er Ruth zu: »Seid ganz still!«

Gebannt verfolgte sie seine Handgriffe. Er drapierte eine Hälfte des Huhns samt Füllung auf seinen Teller.

Derweil blähte sich der Mann hinter Ruth wieder auf, setzte erneut zu einem polternden Redeschwall an und beugte sich dabei bedrohlich vor, sodass seine Brust Ruths Schulter berührte. Seine Stimme wurde mit jedem Satz lauter. Aber Jurek ließ sich nicht aus der Ruhe bringen. Da langte der Kerl plötzlich über den Tisch und wollte nach dem Teller greifen. Blitzschnell ergriff Jurek seine Hand und drückte sie mit eiserner Kraft auf die Tischplatte.

Es wurde noch stiller in der Stube.

Mit der gleichen ruhigen Stimme wie zuvor sagte Jurek einige Sätze und gab mit der freien Hand dem Jungen, der das Huhn gebracht und sich inzwischen ebenfalls hinter die Theke verzogen hatte, ein Zeichen.

Scheu trat er vor, kam an ihren Tisch und lauschte Jureks Anweisungen. Der ließ, während er noch mit dem Jungen redete, die Hand des Mannes los und richtete sich zu voller Größe auf. Der Kerl atmete schnaubend aus wie ein Ochse, verhielt sich aber ansonsten still. Der Junge nahm ängstlich den Teller, den

Jurek zurechtgemacht hatte, und trug ihn hinüber zum Tisch der drei Männer. Nach kurzem Zögern und einem unverständlichen Grummeln folgte ihm der Kerl von ihrem Tisch nach, ohne Jurek eines weiteren Blickes zu würdigen.

Als er wieder bei seinen Kameraden Platz genommen hatte, setzte sich auch Jurek wieder hin, teilte die verbliebene Hälfte des Huhns in zwei ungleiche Portionen und schob Ruth die größere hin. Dann sagte er etwas für sie Unverständliches und deutete mit einer knappen Geste an, sie solle essen.

Schweigend und beklommen aß Ruth das Huhn, spürte dabei mit jedem Bissen, wie hungrig sie war. Kaum war die Mahlzeit beendet, erhob sich Jurek und gab ihr ein kurzes Zeichen, ihm zu folgen. Er legte schützend den Arm um sie, sprach einige sanft klingende, für sie unverständliche Worte, legte im Vorbeigehen unauffällig einige Münzen auf den Tresen und führte sie hinaus in die warme Sommernacht. Als die Tür hinter ihnen ins Schloss gefallen und sie ein gutes Stück vom Haus entfernt waren, brach es aus Ruth heraus.

»Jurek, was war da los? Warum hast du den Männern das …«

»Schscht! Kein Wort, Fräulein Ruth! Für die seid Ihr meine stumme Nichte. Und daran haltet Ihr Euch ohne Widerrede, wenn wir hier heil herauskommen wollen.« Ohne ein weiteres Wort führte er sie in den Stall und sattelte ihre Pferde. Dann schlich er sich über die Hinterstiege zurück in ihre Kammer, um die Satteltaschen zu holen.

Ruth stand derweil zwischen den Pferden und zitterte. Fröstelnd schmiegte sie sich an den warmen Hals des Braunen, der sanft schnaubte. Was hatte Jurek dem Mann nur gesagt, um ihn in seiner Wut im Zaum zu halten?

Die Stalltür knarrte, und Jurek kam zurück. »Wir haben nicht mehr viel Zeit. Die Kerle sind schon ordentlich betrunken. Lange wird es nicht mehr dauern, bis sie sich nach dem ›hübschen kleinen Zicklein‹ umsehen werden, wie sie Euch nennen. Lasst uns zügig aufbrechen!«

»›Hübsches kleines Zicklein‹? Jurek, was …«

»Nicht jetzt, Fräulein Ruth. Jetzt reiten wir erst einmal ein gutes Stück.«

Ohne ein weiteres Wort führte er die Pferde hinaus und half Ruth in den Sattel. Sie spürte ein schmerzhaftes Ziehen im Unterleib. Die langen Stunden im Sattel machten ihrem Bauch, der sich zusehends wölbte, zu schaffen. Aber es half nichts. Jurek ließ keinen Zweifel daran, dass sie von hier fortmussten.

Sankt Petersburg im Juli 1706

Kanonenschüsse rissen Wrangel und Petja aus dem unruhigen Schlaf der kurzen Sommernacht. Schnell sprangen sie auf und rannten vor die Blockhütte. Über der Peter-und-Paul-Festung war die Flagge des Zaren gehisst, ein gewaltiger russischer Adler auf gelbem Grund, in dessen Klauen und Flügeln vier Meere abgebildet waren, das Weiße, das Schwarze, das Kaspische Meer und die Ostsee. Überall standen Soldaten auf den Palisaden und schwangen vor Begeisterung ihre Hüte.

»Was ist los? Warum werden die Kanonen abgefeuert?«, fragte Petja einen Vorarbeiter, der neben ihnen stand.

»Heute läuft mit dem frühesten Sonnenstrahl die erste in der Werft fertiggestellte Fregatte, die Olifant, zu ihrer Jungfernfahrt aus. Der Zar selbst steht am Steuer und segelt sie flussabwärts zum Meer.«

Der Vorarbeiter knetete mit den Händen vor Aufregung seine Mütze. »Wenn das kein Fässchen Wodka wert ist, *rebjata*, dann fress ich meine Mütze!«

Aufgeregt drängten sich Petja und Wrangel an die Mauer, um das auslaufende Schiff zu bewundern. Es war eine wirklich schöne Fregatte. Ihre drei Masten ragten hoch auf und hatten blütenweiße Segel gesetzt. Die Sonne spiegelte sich in den polierten Messingteilen an der Reling und ließ das ganze Schiff unwirklich glitzern. Es dauerte noch eine Zeit, bis das Salzwasser das Metall stumpf machen und Sonne, Wind und Regen die Segel verfärben würden. Wrangel zählte allein auf der Steuerbordseite achtzehn Kanonen. So musste sie insgesamt sechsunddreißig Kanonen haben.

Petja stieß einen missmutigen Pfiff aus. »Möge der Herr in sei-

ner Gnade verhindern, dass sie ihre Kanonen gegen schwedische Schiffe richtet.«
»Standhaft bleiben, Petja.« Wrangel klopfte ihm auf die Schulter. »Ob die Fregatte auch Steine mitbringen muss, wenn sie wieder in den Hafen einlaufen will?«
Petja lachte grimmig auf. »Ach, Wanja, was würde ich hier nur ohne dich machen?« Auf einmal verfinsterte sich das Gesicht des Schweden wieder, und er starrte auf eine Kanone unweit von ihnen an einer Schießscharte. »Und wenn ich die jetzt nehme, richtig ziele und abfeuere, dann – peng! – ist es vorbei mit dem Zaren …«
»Bist du wahnsinnig, Petja?«, fuhr Wrangel seinen Freund an. »Bevor du die Kanone geladen hast, haben sie dich schon ergriffen. Und dann bist du des Todes.«
»Aber wenn ich es schaffe, ist dieser irre Krieg vielleicht vorbei.«
»Du vergisst, dass der Zar nicht der Einzige ist, der diesen Krieg will. Auch dein König kennt kein Einlenken.«
Verdrossen spuckte Petja aus und ging zurück zur Blockhütte. Wrangel atmete erleichtert auf und folgte ihm. Ja, man konnte hier seinen Verstand verlieren und sich vom Wahnsinn verführen lassen, nur um dieser Hölle zu entkommen.
Einige Tage später bot sich Wrangel endlich eine Gelegenheit, dem Baumeister des Zaren so nahe zu kommen, dass er ihn ansprechen konnte. Er war wieder einmal damit beschäftigt, Steine zu sortieren, als Trezzini sich mit seinem Schreiber im Gefolge näherte und die Steine musterte.
»Troppo foncaccio!«
»Si, maestro«, bestätigte Wrangel, als Trezzini einen rissigen Stein in der Hand wog.
»Du sprichst italienisch?« Erstaunt blickte der Baumeister zu ihm herab.

»Ich verstehe es leidlich, Maestro, da ich ein ordentliches Latein beherrsche.«
Trezzini musterte ihn eindringlich. »Du bist ein Maurer, der Latein spricht?«
»Ja, ich spreche Latein, aber ich bin kein …«
»Woher kommst du?«
»Ich bin Deutscher.«
Trezzini betrachtete ihn nachdenklich.
»Wanja, belästige den Herrn Baumeister nicht, sonst spürst du die Knute!« Mit großen Schritten eilte der Vorarbeiter herbei und schob Wrangel grob zur Seite. »Ist er Euch zu nahe getreten, ehrwürdiger Andrej Jakimowitsch? Falls ja, prügele ich ihn durch!«
Trezzini winkte ab, ohne den Blick von Wrangel zu lassen. »Russland ist ein wundersames Land. Man trifft hier sogar deutsche Maurer, die Wanja heißen und Latein sprechen …« Er wandte sich kopfschüttelnd ab und ging weiter.
Wrangel spürte einen gewaltigen Kloß im Hals, als ihm die Gleichgültigkeit bewusst wurde, die Trezzini ihm entgegenbrachte. Er wollte ihm etwas nachrufen, da spürte er den kleinen Ledersack auf seiner Brust. Er griff in sein Hemd und umklammerte ihn. Sein Herzschlag beruhigte sich sogleich. Dies war nicht der richtige Moment für eine Replik. Aber er würde kommen.
Die Tage vergingen quälend langsam. Immer noch waren die Nächte kurz, die Tage brütend heiß und die Luft unangenehm feucht. Die Mücken setzten den Arbeitern ohne Unterlass zu. Wrangels Paste war schon zu zwei Dritteln aufgebraucht, zumal er Petja davon abgab. Er musste sie stärker rationieren, sollte sie bis zur kalten Jahreszeit reichen. Zudem war es auf der Festung wesentlich schwieriger, an frische Kräuter zu gelangen. Wrangel sammelte, was er kriegen konnte. Am anderen Ende der Ha-

seninsel – sie war so klein, dass die Arbeiter sich frei auf ihr bewegen durften – wuchs Gras mit Gänseblümchen. Er sammelte die Blumen und aß sie.
Als er Petja welche anbot, schüttelte der angewidert den Kopf. »Ich bin doch kein Kaninchen!«
Wrangel zuckte nur mit den Schultern und sammelte die kleinen weißgelben Blüten weiter.
Dann kam das Fieber. Binnen weniger Tage lag fast jeder dritte Mann darnieder. Auch Petja hatte es erwischt. Wrangel versuchte seinem Freund zu helfen, so gut er konnte. Er sammelte Kräuter und kochte ihm daraus einen Sud in der Hoffnung, dass dieser das Fieber senkte. Aus einem zerschnittenen Sack, in dem eigentlich Erde geschleppt wurde, machte er Petja Wadenwickel. Aber das Fieber gab ihn nicht frei. Im ganzen Lager schien es nicht einen einzigen Arzt zu geben. Überall lagen zitternde, stöhnende Leiber, Männer, die kaum genügend Kraft hatten, sich aus den Wassertonnen etwas zu trinken zu holen. Die Gesunden hielten sich von den Fiebernden fern. Zu groß war die Angst, sich ebenfalls anzustecken. Jeden Morgen trugen Soldaten mit Essigtüchern vor Mund und Nase die Toten aus der Festung und schafften sie zu großen Gräbern am Rand der Sümpfe, wo man sie ohne viel Aufhebens, aber wenigstens unter einem Kreuz bestattete.
Um die notwendigen Arbeiten voranzubringen, mussten sich die gesunden Männer neu aufteilen. So verbrachte Wrangel jetzt jeden zweiten Tag am Ufer der Newa und tauschte verrottete Befestigungspfähle aus. Obwohl die Sonne vom Himmel brannte, war das Wasser des Flusses eisig kalt. Als er einmal bis zu den Hüften im Wasser stand und an einem morschen Pfahl zerrte wie an einem wackligen Zahn, fiel ein Schatten über ihn. Ein großer Mann in einem schlichten dunkelgrünen Rock und mit langen dunklen Locken packte unversehens mit an und zog

kräftig am oberen Ende des Pfahls, bis das morsche Holz unter Ächzen nachgab und sich aus seiner Verankerung löste.

»*Spasibo!*«, bedankte sich Wrangel bei dem Mann, dessen Gesicht er im Gegenlicht nicht sehen konnte. Dann kletterte er aus dem Wasser die Böschung hoch und griff nach dem schon bereit liegenden neuen Pfahl, dessen Poren mit Pech versiegelt waren. Wrangel zog ihn in die richtige Position und packte ihn dann fest mit beiden Armen, um ihn senkrecht in die Uferböschung zu rammen, aber die war so ausgespült und aufgeweicht, dass er mit seinen nackten Füßen kaum Halt fand. Er fluchte und sah sich hilfesuchend um.

Der große Mann stand immer noch da und beobachtete ihn bei der Arbeit.

»*Pomogi, poshalujista*«, bat Wrangel ihn nochmals um Hilfe.

Der Hüne lachte auf, sprang mit wenigen Schritten die Böschung hinab und richtete mit sicheren Händen den Pfahl aus, wobei auch er mit seinen hohen Stiefeln im Matsch versank. Wrangel griff nach einem schweren Hammer und schlug den Pfahl so tief er konnte in den Untergrund. Nach sieben kräftigen Hieben bewegte sich das Holz nicht mehr. Erschöpft wischte sich Wrangel den Schweiß von der Stirn, als der große Dunkelhaarige ihm kräftig auf die Schulter schlug und ihm den Hammer aus der Hand nahm. Während der Mann ausholte, hielt Wrangel den Pfahl in Stellung. Als der Hammer auf das Holz niederfuhr, erbebte es derart, dass auch Wrangels Arme zitterten und ein gutes Stück am Pfahl nach oben rutschten. Oder glitt der Pfahl tiefer in die Erde? Nach drei weiteren Schlägen steckte er so tief und fest im Erdreich, dass ihn auch der Dunkelhaarige trotz kräftigen Rüttelns nicht mehr bewegen konnte.

»*Dostatotschno*«, sagte er, klopfte Wrangel noch einmal kameradschaftlich auf die Schulter und sprang mit Schwung die Böschung hinauf.

Wrangel schaute ihm dankbar nach. Ohne ihn wäre er hier noch lange nicht fertig.
In diesem Moment kam ein Gardeoffizier auf seinem Pferd herangesprengt und hielt in unmittelbarer Nähe. Er schwang sich aus dem Sattel, zog seinen Hut und verbeugte sich tief vor dem dunkelhaarigen Hünen. »Eure Majestät! Die Kundschafter sind zurückgekehrt und berichten, dass schwedische Kriegsschiffe Kurs auf Kronstadt nehmen. In wenigen Stunden bereits werden sie die Festung erreichen.«
Ohne ein Wort zu sagen, nahm der Dunkelhaarige dem Gardeoffizier die Zügel aus der Hand, schwang sich in den Sattel und galoppierte davon. Der wischte sich den aufgespritzten Schmutz von der weißen Hose und setzte den Hut wieder auf.
»Was gaffst du? Arbeite weiter!«, schnauzte er Wrangel an, der ihn mit offenem Mund anstarrte. Dann bahnte er sich mit seinen sporenbesetzten Stiefeln den Weg durch den Matsch zurück zum Festungstor.
Wrangel war sprachlos. Er hatte gerade zusammen mit dem Zaren von Russland einen Holzpfahl in die Uferböschung getrieben! Natürlich hatte er im Lager schon Geschichten darüber gehört, dass der Zar manchmal persönlich Inspektionen der Baustelle vornahm, über großes handwerkliches Geschick verfügte und auch gern selbst Hand anlegte. Er hatte das immer nur für Gerede gehalten. Doch hätte er eben gewusst, mit wem er da gemeinsam im Schlamm stand, hätte er dem Zaren seine Geschichte erzählen und ihn um Gnade bitten können.
Wrangels Knie zitterten. Der Zar war fort, die Gelegenheit vorbei. Aber was hatte der Offizier gesagt? Die Schweden griffen an! Er musste so schnell wie möglich zu Petja und ihm diese Neuigkeit berichten.
Der Schwede lag auf seinem Lager und schlief. Wrangel fühlte

seinen Puls. Das Fieber war noch hoch. Behutsam legte er ihm einen kühlenden Lappen auf die heiße Stirn und bereitete neue Wadenwickel vor.
Nach einiger Zeit öffnete Petja die Augen. Er starrte an die Decke und flüsterte inbrünstig: »Ingrid, meine Liebe, Ingrid … Ingrid …« Dann drehte er sich plötzlich um und schaute Wrangel mit seltsam klaren Augen an. »Wanja, ich kann nicht mehr. Ich schaffe es nicht.«
»Doch, Petja, halte durch! Du darfst nicht aufgeben!« Wrangel legte dem Fiebernden einen frischen Lappen auf die Stirn. »Ich habe eine gute Neuigkeit für dich: Die Schweden greifen an! Sie sind schon fast bei Kronstadt. Wenn sie durchkommen, befreien sie uns, und alles wird gut!«
Petja hatte die Augen wieder geschlossen. Wrangel wusste nicht, ob er ihm zugehört hatte. Wer war diese Ingrid? Seine Frau? Wie wenig wusste er doch von seinem Freund, mit dem er täglich gegen das Leid ankämpfte. Betroffen streichelte Wrangel seine heiße Stirn.
»Wanja, du musst meiner Familie sagen, was mit mir geschehen ist«, sagte der Schwede unvermittelt, ohne die Augen zu öffnen. »Sie sollen wissen, wo ich begraben bin.«
»Du wirst nicht sterben, Petja! Du wirst wieder gesund! In wenigen Tagen bist du wieder auf den Beinen. Verlier nicht den Mut, sondern ruh dich weiter aus.«
Da packte ihn der Fiebernde mit unerwarteter Kraft am Arm. »Ich heiße nicht Petja. Ich bin …« Er stockte und schluckte mehrmals schwer, als müsste er nachdenken. »Ich bin Per Persson aus Karlstad, Rittmeister der Svea Leibgarde. Du musst meinen Vater aufsuchen, Wanja, und ihm sagen, dass ich nicht als Feigling gestorben bin, auch wenn es in Gefangenschaft geschah.«
»Du stirbst nicht, Petja, du darfst nicht sterben …«

»Per … ich bin Per Persson …« Dann sank sein Kopf ohnmächtig zur Seite.
Wrangels Kehle schnürte sich zusammen. Er wollte diesen Freund, Petja oder Per oder wie immer er auch heißen mochte, nicht verlieren. Er wollte nicht allein in dieser sumpfigen Hölle bleiben.
Er streichelte seine Hand und machte sich dann daran, noch einen Kräutersud für ihn zuzubereiten. Aus der Ferne ertönte Kanonendonner. Ob es bereits zu einer Schlacht kam? Wie groß mochte die schwedische Flotte sein? Und über wie viele Schiffe verfügte der Zar?
Der Zar. Er, Hinrich Wrangel, Advocatus aus Hamburg, hatte gemeinsam mit Zar Peter I. von Russland einen morschen Pfosten aus dem Schlamm der Newa gezerrt und einen neuen in die Erde getrieben. Was war das für eine Welt, in der so etwas möglich war? Sein Freund Petja, Rittmeister der Leibgarde des schwedischen Königs, lag in der neuen Festung des russischen Zaren auf einer Schilfmatte und kämpfte um sein Leben. Und Wrangel, der ihm hier am nächsten stand, wusste nichts über ihn. War diese Ingrid seine Frau? Hatte er Kinder? Wenn ja, wo lebten sie? In Karlstad? Wie ertrug Petja den Schmerz der Trennung?
Niemand wusste hier um den anderen. Ein entsetzliches Gefühl trostloser Einsamkeit fuhr mit Eiseskälte durch seinen Körper. Sollte er sich nicht endlich jemandem anvertrauen? Oder war es besser, das Schweigen aufrechtzuerhalten? Nachdenklich umfasste er das kleine lederne Säckchen unter seinem Hemd. Es schmiegte sich warm in seine Hand.

Livland im Juli 1706

Ein warmer Sonnenstrahl auf ihrem Gesicht weckte Ruth auf. Eingehüllt in ihren Mantel lag sie auf dem weichen Waldboden, den Kopf auf ihre Satteltaschen gebettet. Jurek machte sich bereits an den Pferden zu schaffen. Am liebsten hätte sie die Augen einfach wieder geschlossen und weitergeschlafen. Ein bisschen wenigstens noch. Aber daran war nicht zu denken. Nicht nur, weil Jurek mit jeder Geste drängte, sondern auch weil ihr alle Muskeln weh taten und sie sich strecken musste.

Jurek reichte ihr einen harten Kanten Brot und einen Schlauch mit Wasser. Es schmeckte schal. Gedankenversunken und müde kaute sie auf dem Bissen herum. Sie waren in der letzten Nacht noch eine gute Stunde durch den Wald geritten. Zum Glück schien der Mond hell genug, sodass sie dem Weg folgen konnten. Ruth hatte die Angst im Nacken gesessen, und sie war ohne ein einziges Wort hinter ihrem Diener hergeritten. Auch jetzt war ihr nicht nach Reden. Zwar war mit dem Sonnenlicht die größte Angst gewichen, aber je mehr sie an den vergangenen Tag zurückdachte, desto deutlicher wurde ihr, auf was für ein waghalsiges Abenteuer sie sich hier eingelassen hatte. Ohne Jurek an ihrer Seite wäre sie verloren.

Scheu musterte sie den treuen Diener, der inzwischen die Satteltaschen auf den Rücken der Pferde festzurrte, so ruhig und sicher, wie sie ihn von jeher kannte.

»Jurek?«

»Ja, Fräulein Ruth?«

»Was hat der Mann gestern in dem Gasthaus gesagt?«

Der Diener schüttelte schweigend den Kopf. Erst nach einer

Weile antwortete er: »Nichts, was für die Ohren einer jungen Dame geeignet ist, Fräulein Ruth.«
»Und warum hast du ihm das halbe Huhn gegeben?«
»Besser das halbe als das ganze, nicht wahr?«, grinste er.
Ruth nickte müde. Selbst ohne seine Worte zu verstehen, war ihr nicht entgangen, dass der Mann bedrohlich gewirkt hatte. Wenn sie ehrlich mit sich war, so wollte sie gar nicht genau wissen, wie bedrohlich. Der nächtliche Ritt und der Schlaf unter freiem Himmel sprachen für sich.
Schon bald saßen sie wieder auf den Pferden und setzten ihren Weg in Richtung Nordosten fort. Der Wald wollte kein Ende nehmen. Durch das dichte Blätterdach brachen nur vereinzelte Sonnenstrahlen, sodass sie weitestgehend von der Hitze des Sommertages verschont blieben. Der gleichmäßige Schritt des Pferdes ließ Ruth vor sich hin dämmern. Sie wäre auch im Sattel eingeschlafen, hätte nicht ein unangenehmes Ziehen im Unterleib sie von Zeit zu Zeit zurück in die Gegenwart geholt.
Sie mussten schon Stunden im Sattel verbracht haben, als plötzlich ein ängstlicher Aufschrei und kurz darauf Pferdegetrappel sowie laute Männerrufe sie aufschreckten. Jurek wendete sein Pferd, griff in den Zügel von Ruths Braunem und zog sie mit sich fort ins dichte Unterholz jenseits des Weges. Dann sprang er vom Pferd und holte mit sicherem Griff auch Ruth aus dem Sattel.
»Kein Wort, hört Ihr? Seid absolut still!«
Ruth starrte erschreckt zuerst auf ihren Diener, dann auf die Pferde, die bereits die Köpfe senkten, um im Gebüsch nach zarten Blättern zu suchen. Der Lärm kam näher. Ruth spähte durch die Äste und Zweige zurück auf den Weg. Auf einmal brach knapp fünfzig Schritte von ihnen entfernt eine junge Frau aus dem Wald auf den Weg hinaus. Sie hielt ihre Röcke gerafft in den Händen und rannte so schnell sie konnte den Weg entlang. Das

war doch die junge Frau aus dem Wirtshaus, schoss es Ruth durch den Kopf. Die graue Haube war verrutscht, und ihr Haar flatterte hinter ihr her. Und wo war der Junge?
Schon sprengte ein Reiter hinter der Biegung hervor und galoppierte wüst schreiend der Frau nach. Kurz darauf tauchte ein zweiter Reiter auf. Beide trugen dunkle Kappen mit Pelzbesatz und ebenso dunkle Uniformen, deren ursprüngliche Farbe sich vor lauter Staub und Schmutz nicht mehr erkennen ließ. Ruth wollte schon aufschreien, spürte aber Jureks große, warme Hand über ihrem Mund und zwang sich, still zu verharren. Der erste Reiter trabte nun neben der Frau, beugte sich aus dem Sattel und riss sie in die Luft. Sie schrie verzweifelt auf, strampelte mit den Beinen und versuchte sich aus dem Griff zu befreien, doch der Mann packte sie noch fester und warf sie vor sich über den Sattel. Sie schrie unaufhörlich weiter und schlug um sich, aber die Männer lachten nur, wendeten die Pferde und ritten in die Richtung zurück, aus der sie gekommen waren. Erst als nichts mehr von ihnen zu sehen und zu hören war, nahm Jurek seine Hand von Ruths Mund. Sie war feucht von ihren Tränen.
»Jurek, Jurek, was können wir tun? Sie haben die Frau brutal geraubt! Was werden sie ihr antun? Wir müssen doch …«
»Wir müssen vor allem die Ruhe bewahren, Fräulein Ruth, sonst sind wir die Nächsten, über die diese Kerle herfallen.«
»Wer sind sie?«
»Russische Kosaken.«
Ruth liefen immer noch Tränen über die Wangen. »Und ich hielt diese Geschichten für Greuelmärchen. Jurek, werden sie die Frau wirklich …?«
»Ich weiß es nicht. Aber ich bin mir sicher, dass ich nicht in ihrer Haut stecken möchte. Und noch weniger will ich Euch in einer solchen Situation sehen. Darum lasst uns hier in Sicherheit ab-

warten, bis die Kerle weit genug fort sind, sodass wir nicht noch einmal ihren Weg kreuzen.«

Ruth starrte in die Richtung, in der die Reiter verschwunden waren. Wellen von Angst und Entsetzen schüttelten ihren Körper und drohten ihr den Atem zu rauben. Doch auf einmal stieg ganz tief in ihrem Inneren etwas anderes auf. Ein Gefühl, das sie trieb, ihren Ängsten nicht nachzugeben. Es war wie eine Kraft in ihr, die sie nicht zu beherrschen wusste, weil sie mächtiger war als sie selbst. Es war das gleiche Gefühl, das sie getrieben hatte, selbst die winzigste Spur einer Hoffnung auf Hinrichs Überleben aufzunehmen und ihn zu suchen. Jetzt drängte diese Kraft die Angst zurück und brachte Klarheit in Ruths Verstand, bis sich eine konzentrierte Ruhe in ihr ausbreitete.

»Nein, Jurek. Das geht nicht.« Sie wischte sich mit einer entschlossenen Bewegung die Tränen von den Wangen.

»Was geht nicht?«, fragte der große Mann mit einem ungewohnt strengen Unterton, der eigentlich keinen Widerspruch duldete.

»Wir können das nicht zulassen. So wie dieser Frau kann es doch auch meinem Mann ergangen sein. Und niemand hat ihm geholfen. Und darum ist er nun fort und keiner weiß, wo.«

»Das hier hat nichts mit Eurem Mann zu tun, Fräulein Ruth. Die junge Frau ist leichtfertig über Land gereist und wurde so eine leichte Beute für diese marodierenden Kerle.«

»Ja, und Hinrich? Auch er ist über Land gereist und wurde Opfer von irgendwelchen Räubern oder Soldaten oder Kosaken oder was weiß ich!«

»Aber Ihr wollt doch nicht Euer Leben in Gefahr bringen, um zu versuchen, dieser Frau zu helfen? Ihr kann man nicht mehr helfen. Die Kosaken reiten immer in Trupps von mindestens vier bis sechs Mann. Wie sollen wir beide da etwas ausrichten?«

»Das weiß ich nicht. Noch nicht. Aber lass sie uns verfolgen,

Jurek. Wir haben gute Pferde. Wir können ihnen im sicheren Abstand hinterherreiten.«
»Ja, und dann?«
»Und dann fällt mir schon etwas ein.«
»Fräulein Ruth, wir sind hier in einem Land, in dem seit Jahren der Krieg tobt. Hunger, Leid und Tod sind an der Tagesordnung. Ihr werdet deshalb kaum jemanden finden, der sich für einen anderen einsetzt, versteht Ihr nicht?«
»Mein Vater hat sich für dich eingesetzt, Jurek. Und du hast dich für mich eingesetzt. Ich werde mich für diese Frau einsetzen in der Hoffnung, dass jemand das auch für Hinrich getan hat, als ich es nicht konnte. Und jetzt lass uns aufsitzen und ihnen folgen, bevor wir ihre Spur verlieren.«
Jurek schnaubte verdrossen aus, widersprach aber nicht, sondern hob Ruth kopfschüttelnd aufs Pferd.
Schnell hatten sie die Spur der Kosaken gefunden. Sie hatten die Frau und den Jungen wohl auf einer kleinen Lichtung abseits des Weges aufgespürt, wo die beiden gerastet haben mussten. Jurek sprang vom Pferd und besah sich die Spuren.
»Es scheinen nur drei Reiter zu sein.«
»Gut für uns.«
Jurek ließ seinen Blick über den Boden schweifen. »Sie haben den Jungen niedergeschlagen. Hier ist Blut. Es hat wohl einen Kampf gegeben.«
»Dann haben sie ihn bestimmt auch mitgenommen, was meinst du?«
»Hier ist er jedenfalls nicht.«
»Aber sie können nicht schnell vorankommen, wenn sie zwei Menschen mehr auf ihren Pferden transportieren.«
Ruth wischte sich eine schwarze Haarsträhne aus dem Gesicht und überlegte, was man tun könnte. Mit Sicherheit waren die drei Männer bewaffnet, und kampferprobt waren sie ohnehin.

Sie hingegen waren zu zweit, ohne Waffen und ohne jegliche Erfahrung im Kampf gegen gestandene Soldaten. Ein Ziehen im Unterleib erinnerte Ruth zudem unangenehm daran, dass sie doppelt verwundbar war. Aber sie drängte ihre Angst erneut zurück und dachte weiter nach. Ihre einzige Chance bestünde darin, die Kosaken in einen Hinterhalt zu locken.

»Jurek, kennst du dich in dieser Gegend aus?«

»Nein.«

»Verstehst du es zu kämpfen?«

»Was meint Ihr damit? Ich kann meine Fäuste gebrauchen, wie es sich für einen Mann gehört. Auch mit einem Knüppel weiß ich leidlich umzugehen. Aber auf scharfe Waffen verstehe ich mich nicht.«

»Dann such dir am besten gleich hier einen guten Knüppel, damit du ihn zur Hand hast, wenn du ihn brauchst.«

»Um damit drei bis an die Zähne bewaffnete Kosaken niederzuschlagen?«

Ruth schwieg. Sie hatte eine Idee. Die war zwar verrückt, aber vielleicht funktionierte sie gerade deshalb.

Nachdem Jurek den Rastplatz nach allen möglichen Hinweisen abgesucht und für sich selbst einen kräftigen Knüppel gefunden hatte, schwangen sich die beiden wieder auf die Pferde und folgten weiter den Spuren der Kosaken. Es dauerte nicht lange, bis sie so dicht hinter ihnen waren, dass sie sich zu ihrem eigenen Schutz weiter zurückfallen lassen mussten. Diesen Moment nutzte Ruth. Sie hielt an, stieg vom Pferd und machte sich an ihrer Satteltasche zu schaffen. Sie holte den Dolch, die Flasche Aquavit sowie das Fläschchen mit *lapis solaris* heraus.

Ihr Diener schaute sie fragend an.

»Wir werden sie das Fürchten lehren, Jurek. Hast du etwas Fett für mich?«

»Nur noch ein kleines Stück von der Dauerwurst«, antwortete er zögernd.
»Das müsste reichen.«
Jurek holte die Wurst aus dem Vorratsbeutel und reichte sie Ruth. Die hatte inzwischen ein kleines Tuch auf dem Boden ausgebreitet und die Steine des *lapis solaris* daraufgelegt. Zum Glück waren sie recht porös, sodass sie sich gut für ihr Vorhaben eignen würden. Sie verknotete das Tuch mit dem *lapis solaris* darin ordentlich und schlug dann mit einem großen Stein darauf, als wolle sie die Stücke zerschlagen.
»Was macht Ihr da, Fräulein Ruth?«
»Das ist ein *lapis solaris,* Jurek. Man nennt ihn auch Bologner Leuchtstein.«
»Ja, und?«
»Diese Steine leuchten in der Dunkelheit.«
»Aber nun zerschlagt Ihr sie.«
»Ja, denn ich möchte ein Pulver daraus machen. Hilfst du mir?«
Jurek nahm ihr den Stein aus der Hand und zerschlug die porösen Stücke im Tuch mit wenigen gezielten Schlägen. Ruth nahm derweil die Wurst und rieb mit ihr die Schneide ihres Dolches ein. Dann wendete sie den Dolch in dem pulverisierten Leuchtstein.
»Aber der Stein leuchtet doch gar nicht«, merkte ihr Diener skeptisch an.
»Zunächst muss er ans Licht, Jurek, dann leuchtet er im Dunkeln.«
»Hm. Es ist jedoch taghell, Fräulein Ruth, und das bleibt es auch noch einige Stunden.«
»Kommt Zeit, kommt Rat«, antwortete Ruth kurz angebunden, nahm ihre Haube vom Kopf und löste ihre langen schwarzen Locken. Dann streute sie sich etwas von dem Steinstaub auf den Scheitel und verteilte ihn über die Länge ihrer Haare. Als Nächs-

tes rieb sie ihr Kleid mit der Dauerwurst ein und streute ebenfalls den Staub darauf. Er blieb haften und verwandelte die helle Farbe des Kleides in ein schmuddeliges Grau.

»Sehr gut«, murmelte sie, nahm das Tuch mit dem Staub und ging zu ihrem Pferd. Sie bestreute seine Mähne, den Kopf, die Nüstern, die Beine, den Schweif, die Zügel und die Steigbügel des Sattels. Den letzten Rest des Staubes verteilte sie über ihr Gesicht. Dann führte sie das Pferd in die Sonne. Als Nächstes reichte sie Jurek die Flasche mit Aquavit.

»Hast du eine Schnur, Jurek?«

»Ja. Wozu braucht Ihr sie?«

»Komm, setzen wir uns in die Sonne, dann werde ich es dir erklären.«

Eine knappe halbe Stunde später saßen die beiden wieder im Sattel und nahmen die Spur der Kosaken erneut auf. Es dauerte nicht lange, bis sie sie gefunden hatten. Ruth und Jurek stiegen von ihren Pferden ab und schlichen sich näher, indem sie die Bäume als Deckung nutzten. Die Kosaken hatten sich auf einer kleinen Lichtung niedergelassen, gegessen und auch ordentlich getrunken, ihren Bewegungen und den Liedern nach zu urteilen, die sie grölten. Ihre Gefangenen lagen an einen Baum gefesselt im Schatten. Die Frau sah zerschunden aus und wimmerte. Der Junge hatte eine Wunde am Kopf und schien aus dem Mund geblutet zu haben. Er war nicht bei Bewusstsein.

Ruth wurde flau im Magen. Damit ihr Plan funktionierte, musste es ihr gelingen, die Männer in solche Panik zu versetzen, dass sie kopflos flohen. Aber was würden sie mit ihren Gefangenen machen? Es war zu spät, um zu zweifeln. Wollte sie versuchen, die beiden zu befreien, musste sie das unwägbare Risiko in Kauf nehmen.

Jurek hatte inzwischen die Gegend erkundet und huschte wie-

der leise zu ihr. »Mir scheint, wir haben Glück und die Kerle haben sich genau an einem solchen Ort niedergelassen, wie wir ihn brauchen. Der Wald dort hinten ist dunkel, aber nicht so dicht bewachsen, als dass ein Pferd nicht hindurchkäme.«
Ruth nickte. Die beiden zogen sich wieder ein Stück zurück und besprachen die letzten Details. Dann half Jurek Ruth in den Sattel, und ihre Wege trennten sich.

Die drei Kosaken hatten ihre Mützen abgenommen und die Jacken geöffnet. Einer von ihnen hatte sogar die Stiefel ausgezogen und spielte nun mit seinen nackten Zehen in der warmen Sommerluft. Die beiden anderen klopften derbe Sprüche über ihn und lachten laut über ihre eigenen Witze. Neben ihnen lag ein Schnapskrug, der anscheinend leer getrunken war. Der eine, dessen schwarzes Haar in wilden Locken vom Kopf stand und in einen dichten Vollbart überging, griff noch einmal nach dem Krug, drehte ihn auf den Kopf und prüfte über seinem offenen Mund, ob er auch wirklich leer war. Doch es kamen nur noch wenige Tropfen heraus. Er schleuderte den Krug fluchend ins Gras und blickte verärgert in den Wald.
Doch was er dort im tiefen Schatten der Bäume erblickte, ließ seine Kinnlade herabsinken. Ein rötlich schimmernder Reiter mit loderndem Haar kam dort langsam auf einem Pferd auf sie zugeritten, dessen Mähne ebenfalls in Flammen stand! Der Kosake sprang auf die Füße, die ihm aber nicht sogleich gehorchen wollten, sodass er ins Wanken kam.
»*Towarischi*«, schrie er mit bebender Stimme, »seht doch, dort: ein Höllenreiter!«
Die anderen beiden wandten sich lachend zum Wald, aber sobald sie die Erscheinung erblickten, fielen sie auf die Knie und schlugen mit heftigen Bewegungen das Kreuz nach russisch-orthodoxer Manier. »Bei Gott, was ist das?«

Noch bevor sie länger darüber nachdenken konnten, riss der Reiter ein leuchtendes Schwert in die Höhe, das ebenfalls im Höllenfeuer glühte. Dazu schrie er mit gellender Stimme in einer ihnen unbekannten, grauenvoll rasselnden Sprache, die sich anhörte wie Teufelsgeschrei.

»*Boshe moj!* Seht doch nur, es ist der zweite Reiter der Apokalypse mit dem roten Pferd und dem riesigen Schwert! Er ist gekommen, um den Tod zu bringen! Fort, nur fort von hier!« In wilder Panik sprangen die Kosaken auf und rannten zu ihren Pferden, die ebenfalls von Unruhe erfasst wurden. Sie sprangen in die Sättel und gaben ihnen mit aller Kraft die Sporen, sodass sich die nervösen Tiere aufbäumten.

Jurek hatte die Szene hinter einem dichten Busch beobachtet, keine fünfzig Schritte vom Lager entfernt. Hätte er nicht genau gewusst, wer dort aus dem Wald herauskam, wäre wohl auch ihm vor Angst das Herz stehengeblieben. Sein Gesicht war mit Kohle schwarz gefärbt, in der Hand hielt er den Knüppel. Er hatte eine in Aquavit getränkte und mit trockenem Gras unterfütterte Schnur quer über den Weg gelegt, den die Kosaken kommen würden. Als die Pferde jetzt in seine Richtung lossprengten, entzündete er die Schnur mit einem Schwefelholz. In Windeseile züngelten die Flammen an der Schnur entlang und ließen sogleich das trockene Gras auflodern.

Als die Pferde die Feuerschlange sahen, scheuten sie und bäumten sich erneut auf. Der Reiter des ersten Tieres, der barfüßige Kosak, flog in hohem Bogen über den Hals seines Pferdes auf den Boden. Im selben Augenblick sprang Jurek hinter dem Busch hervor und schlug mit der Keule kräftig auf den Mann ein, sodass er reglos liegen blieb. Die beiden anderen Kosaken trieben ihren Pferden brüllend die Sporen in die Flanken und stoben im gestreckten Galopp in die entgegengesetzte Richtung davon.

Jurek gelang es noch im letzten Moment, die Zügel vom Pferd des gestürzten Kosaken zu ergreifen. Rasch hatte er das Tier beruhigt und band es an einem Baum fest. Dann lief er zurück zu dem Mann, der immer noch reglos dalag. Aus einer Wunde am Hinterkopf sickerte Blut auf den trockenen Boden und färbte ihn rotbraun. Dieser Kerl würde sie nicht mehr behelligen. Mit kräftigen Tritten löschte Jurek die letzten brennenden Reste der Schnur.

Ruth hatte den Schatten des Waldes auf ihrem Pferd inzwischen verlassen, war abgestiegen und ging zu den Gefangenen. Die Frau hatte das Geschehen bisher mit angstvoll geweiteten Augen verfolgt, während der Junge in seiner Bewusstlosigkeit nichts mitbekommen hatte. Kaum schien nun die Sonne auf den vermeintlichen Höllenreiter, erlosch der rötliche Schimmer, den der Staub des *lapis solaris* in der Dunkelheit des Waldes abgestrahlt hatte, und Ruth gab sich der Gefangenen als das zu erkennen, was sie wirklich war. Sie kniete neben ihr nieder und sprach mit beruhigenden Worten auf sie ein.

Die Gefangene traute sich jedoch nach wie vor kaum, den Kopf zu heben, und wimmerte nur leise. Erst als Jurek zu ihr trat und in ihrer Sprache redete, ließ ihre Angst nach. Mit wenigen Handgriffen löste er ihre Fesseln und sprach dabei weiter beruhigend auf sie ein, während Ruth den bewusstlosen Jungen untersuchte. Er hatte eine gewaltige Beule am Kopf, blutete aber zum Glück weder am Kopf noch aus dem Mund. Ruth holte ihren Wasserschlauch vom Pferd und benetzte seine Lippen. Er reagierte und leckte das Wasser mit einer dick geschwollenen Zunge ab. So flößte sie ihm mit Jureks Hilfe noch ein paar Schluck Wasser ein, die er gierig trank. Dabei schlug er sogar einmal kurz die Augen auf, bevor er wieder wegsackte. Auch der Frau gaben sie zu trinken.

»Wir haben keine Zeit zu verlieren«, ließ sich nun Jurek vernehmen, der sich bereits unruhig umschaute. »Wir wissen nicht, wie lange sich die beiden Kosaken an der Nase herumführen lassen und wann ihnen klarwird, dass Ihr keineswegs ein apokalyptischer Reiter wart.«

»Ein apokalyptischer Reiter? Dafür haben die Kerle mich gehalten?« Ruth lachte auf. »Ich hielt mich eher für ein Schreckgespenst.«

»Ihr habt Euch nicht gesehen, Fräulein Ruth. Ihr saht aus, als wäret Ihr direkt dem Höllenschlund entsprungen.«

»Nun, wenn du es sagst, Jurek«, feixte Ruth, glücklich darüber, dass ihr Plan aufgegangen war. »Aber du hast recht, wir sollten uns sputen und uns in Sicherheit bringen.«

Russisches Feldlager in der Ukraine im Juli 1706

Die beste Nachricht des Tages, die Menschikow erhalten hatte, war der aktuelle Krankenstand seiner Truppen. Es war der niedrigste seit Wochen. Die Fieberwelle, die viele Soldaten erfasst hatte, war zurückgegangen, und die Moral der Truppen stieg wieder. Das war gut, denn die nächsten Schlachten würden nicht mehr lange auf sich warten lassen.

Weit weniger erfreulich waren die Neuigkeiten aus Sachsen. In der Post, die Oberst Orlow ihm geschickt hatte, war ein Brief des Geheimen Referendars Pfingsten gewesen, jenem Vertrauensmann von August II., dem der König gern die unangenehmen Aufgaben übertrug. Pfingsten umschrieb mit vielen leeren Worthülsen das Scheitern des Giftanschlags auf Patkul. Nun bat er um das geheime Einverständnis Menschikows, Patkul die Flucht zu ermöglichen, die allerdings für den Diplomaten in russischen Diensten tödlich enden sollte.

Gereizt erhob sich Menschikow und machte ein paar Schritte durch die sommerliche Schwüle, die in seinem Zelt herrschte. Der polnische Sommer war nicht besser als der russische. Brütend heiß und schwül war es seit Tagen. Die Uniform klebte dem General unangenehm auf der Haut, und von seinem Haaransatz tropfte der Schweiß. Er zog ein Tuch aus seiner Uniformjacke und wischte sich die Stirn ab. Dann rief er den Ordonanzoffizier und schickte den jungen Leutnant, dem ebenfalls der Schweiß im Gesicht stand, nach einem Krug kühlem Kwas.

Es war riskant, Patkul die Flucht zu ermöglichen. Wenn sich die Sachsen schon als unfähig erwiesen, einen Gefangenen, den sie vollends kontrollierten, schleichend zu vergiften, wie wollten sie es dann bewerkstelligen, ihn auf der Flucht so sterben zu lassen, dass es nach einem Unglück aussah? Und wenn Patkul entkäme und sich nach Osten zum Zaren aufmachte, könnte das eine Reihe unangenehmer Fragen an Menschikow nach sich ziehen. Inzwischen hatte Peter den lästigen Mann weitgehend aus seinem Bewusstsein verdrängt, da die aktuellen militärischen Entscheidungen ihn vollauf beanspruchten. Aber das konnte sich schnell ändern, wenn der Livländer erst einmal wieder vor dem Zaren stand. Er würde die mangelnde russische Unterstützung für seine Freilassung sicherlich ebenso zur Sprache bringen wie die leidigen russischen Subsidien an König August, die immer noch nicht gezahlt worden waren. Und wie Menschikow den Zaren kannte, würde er sich Patkuls Anliegen widmen.

Nein, es war gar keine Frage, der Mann durfte nicht zurück nach Russland kommen. Seinen Tod hatte Menschikow innerlich schon lange beschlossen. Nur mit der Unfähigkeit der sächsischen Handlanger hatte er nicht gerechnet. So etwas wäre ihm in Russland kaum passiert. Hier wusste man, wie man Störenfriede beseitigte. Aber die Sachsen verstanden sich eher aufs Prassen als aufs Töten. Das hatten schon die vergangenen Kriegsjahre in der Allianz gezeigt.

Der Ordonanzoffizier kam mit einem großen Krug Kwas und schenkte seinem General einen Becher voll ein. Menschikow trank ihn in einem Zug leer. Der kühle säuerliche Geschmack erfrischte ihn und weckte neue Tatkraft.

Das Risiko eines Scheiterns von Pfingstens Plan war einstweilen zu groß. So erfreulich der Tod Patkuls wäre, so wollte sich Menschikow nicht noch tiefer in die Sache hineinziehen lassen und angreifbar machen. Sollte dieser Sachse tun, was er für richtig hielt. Er, Menschikow, würde ihm nur eine indifferente Antwort schicken.

Zufrieden, diese Frage entschieden zu haben, hielt er dem Ordonanzoffizier seinen Becher hin, damit er nachschenkte. Denn die dritte Nachricht, die er heute erhalten hatte, war letztlich die, welche am meisten Konzentration erforderte. Aus Petersburg wurde ihm von seinen Vertrauten berichtet, dass Peter Schafirow, Geheimrat, Postminister und Hoffaktor des Zaren, ein prüfendes Auge auf die finanzielle Verwaltung des Generalgouvernements Ingermanland warf. Das konnte für Menschikow unangenehm werden. Zudem brauchte er Schafirow, um zu einer gütlichen und schnellen Lösung diverser Geschäfte zu kommen, die Menschikow bereits mit Ankermann angesprochen hatte.

Energisch stellte der General seinen leeren Becher auf den Tisch. Es half nichts: Er musste Schafirow treffen, am besten gleich mit Ankermann zusammen. Und dafür musste er unverzüglich nach Sankt Petersburg, auch wenn das wieder einen Gewaltritt bedeutete. Aber schließlich war er der Generalgouverneur, und er durfte sich das Ruder nicht aus der Hand nehmen lassen, schon gar nicht von Schafirow, der ihm diesen Posten mit jeder Pore neidete und nur darauf wartete, dass er einen Fehler machte.

Mit scharfem Ton rief Menschikow den Leutnant zu sich und befahl ihm, Oberst Kirillow zu ihm zu bringen. Kirillow war der richtige Mann für einen solchen Gewaltritt. Er würde Menschikow eine schlagkräftige Begleittruppe zusammenstellen, damit sie noch am selben Abend aufbrechen und die kühlen Stunden für die erste Etappe nutzen konnten. Denn in dieser Angelegenheit hatte er keine Zeit zu verlieren.

Sankt Petersburg im Juli 1706

Die Nacht verlief ruhig. Der Kanonendonner hatte bald aufgehört, und im Lager herrschte Ruhe, nur unterbrochen vom Stöhnen der Fiebernden. Zum Glück war Petjas Fieber am Morgen zurückgegangen. Sein Körper glühte nicht mehr, und er trank in langen gierigen Zügen zwei Becher des Kräutersuds, die Wrangel ihm reichte. Danach fiel er wieder in einen tiefen Schlaf.

Wrangel deckte ihn zu und machte sich dann auf den Weg zur Menschikow-Bastion, um Steine zu schleppen und zu sortieren. Als die Kanone zur gewohnten Zeit das Ende des Arbeitstages verkündete, feuerte sie dreimal hintereinander, um allen die erfolgreiche Abwehr des schwedischen Angriffs mitzuteilen. Zur Feier des Tages ließ der Kommandant der Festung an jeden Arbeiter einen Becher Wodka austeilen. Wrangel spülte mit ihm seine Hoffnung auf schwedische Hilfe für seine Befreiung hinunter.

Petja hatte durch das Fieber keine Erinnerung mehr daran, dass Wrangel ihm von dem Angriff erzählt hatte. Aber den Wodka trank er, ohne zu zögern, und schlief dann erneut ein. Wohl genauso wenig erinnerte Petja sich daran, dass er seinem Freund seine wahre Identität verraten hatte. Doch bei Wrangel war das Geheimnis gut aufgehoben.

So vergingen mehrere schwül-warme Sommertage zwischen harter Arbeit und sorgsamer Krankenpflege. Auf seinen Wegen zu verschiedenen Arbeitsorten schenkte Wrangel seiner Umgebung deutlich mehr Aufmerksamkeit als früher. Seit Petja ihn nicht mehr über die Ereignisse und Entwicklungen im Lager auf dem Laufenden hielt, musste er sich selbst ein Bild machen.

Die Männer, die an der Festung arbeiteten, kamen aus dem ganzen riesigen Zarenreich. Sie waren keineswegs alle Russen, sondern auch Tataren, Kalmücken und Kosaken. Ebenso waren finnische und ingermanländische Bauern unter ihnen. Mit Letzteren war er zur Fronarbeit getrieben worden. Genauso vielfältig wie die Herkunft war auch das Sprachengemisch im Lager. Zwar sprach Wrangel immer noch schlecht russisch, aber er hörte bereits, ob es jemand ebenfalls nur radebrechen konnte wie er oder ob es dessen Muttersprache war. Manchmal schnappte er auch schwedische oder deutsche Satzfetzen auf. Aber wenn er die Sprechenden identifizieren wollte, verstummte der vertraute Klang stets, und er blickte nur mehr in finstere, misstrauische Mienen.

Nicht alle Männer auf der Festung waren zur Arbeit gezwungen worden. Manch einer machte sie freiwillig und wurde dafür auch entlohnt. Drüben auf der Werft arbeiteten viele Ausländer aus dem Westen, vor allem Holländer. Sie wurden nicht nur deutlich besser bezahlt als die Untertanen des Zaren, sondern wohnten auch in komfortableren Hütten. Es gab sogar eine kleine hölzerne Kirche in holländischem Stil.

Ein Stück flussaufwärts von der Haseninsel lag eine weitere Insel, die die Russen Peterinsel nannten. Nur selten hatte Wrangel Gelegenheit, sich auch dort umzusehen. Er hatte gehört, dass es dort eine Blockhütte gab, in der der Zar schlafe, wenn er in Petersburg war. Bei einer der wenigen Gelegenheiten, zu denen Wrangel auf der Peterinsel zu tun hatte, nahm er die Hütte in Augenschein. Sie war von außen verputzt und wie ein holländischer Ziegelsteinbau bemalt. Als er um sie herumgehen wollte, packten ihn plötzlich zwei Soldaten, die dort Wache hielten, und verscheuchten ihn mit rauhen Flüchen.

Nicht weit von jener Hütte fiel ihm ein großes zweistöckiges Blockhaus auf. Über der etwas versteckt liegenden Eingangstür hing ein Schild mit dem Schriftzug »Austerei«. Wrangel wusste damit zunächst nichts anzufangen, aber als sich die Tür öffnete und einige besser gekleidete Herren heraustraten, stieg ihm der Dunst von Wein, Schnaps und Tabak in die Nase. Es musste sich also um eine Art Gasthaus handeln. Vielleicht konnte er sich dort jemandem anvertrauen? Doch als er den Weg zur Eingangstür einschlug, sprang auch hier ein Wachmann aus dem Schatten, packte ihn grob bei der Schulter und versuchte ihn vom Grundstück zu stoßen. »Hier hast du keinen Zutritt, *mushik!* Mach dich fort an deine Arbeit, oder du lernst meine Knute kennen!«

In Wrangel stieg plötzlich eine wilde Wut auf. Er griff nach der Hand auf seiner Schulter, löste deren Griff und drückte sie gewaltsam herunter. Der Mann schaute ihn verdutzt an, aber bevor er reagieren konnte, hatte Wrangel seine Wut wieder im Griff, senkte den Blick und ging eilig davon. Hinter sich hörte er den Wachmann fluchen, doch er drehte sich nicht um und ging unbeirrt weiter zum Anleger hinab.

Dort legte gerade ein Ruderboot an, das Passagiere einer vor Anker liegenden Fregatte an Land brachte. Wrangel schaute sehnsüchtig zu dem Schiff hinüber. Könnte er nur unbemerkt in den Laderaum gelangen, sich dort irgendwo hinter den Fässern und Kisten verstecken und in die Freiheit segeln! Wohin auch immer die Reise ginge, es wäre besser als diese Hölle.

»Was stehst du hier herum und gaffst? Los, an die Arbeit!« Ein Soldat, der den Anleger im Auge hatte, baute sich bedrohlich vor ihm auf.

Wieder spürte Wrangel die Wut in sich hochsteigen, aber zugleich schossen ihm Petjas Worte durch den Kopf: »Nicht auffallen! Und Streit vermeiden!« Die Situation mit dem Wachmann vorhin reichte für den Tag. So zog er den Kopf ein und trollte sich.

Inzwischen waren die Herren aus dem Ruderboot gestiegen und wurden von jenen, die eben das Gasthaus verlassen hatten, in Empfang genommen. Alle waren in edle Stoffe gekleidet und hatten trotz der Hitze nicht auf seidene Röcke verzichtet. Die Männer sprachen untereinander russisch und – deutsch! Mit eiligem Blick suchte er die Deutschen unter ihnen auszumachen. Vielleicht war dies endlich seine Chance, Hilfe bei einem Landsmann zu finden, der ihn von hier fortbringen könnte!

Einer von ihnen war ein drahtiger Mann mit krausem braunem Haar. Er trug einen eleganten Rock in dunklem Zarengrün. Sein Deutsch hatte jedoch eine starke russische Färbung. »Es ist uns eine Freude, Euch wieder einmal in Sankt Petersburg begrüßen zu dürfen, Herr Ankermann. Graf Menschikow, der Generalgouverneur, erwartet Euch bereits in seinem Haus. Lasst uns sogleich zu ihm gehen.«

Wrangel musterte den Angesprochenen, einen mittelgroßen, gut gebauten Mann mit blondem Haar.

»Das Vergnügen ist ganz auf meiner Seite, Herr Schafirow. In Eurer Gesellschaft lassen sich immer noch die besten Geschäfte mit Graf Menschikow abschließen.«

Wrangel zuckte zusammen. Ankermanns Deutsch hatte den typischen hanseatischen Klang. Verstohlen beobachtete er den Mann, der einen modisch geschnittenen Rock aus brauner Seide trug. Als sich ihre Blicke kreuzten, spürte er, dass er schon einmal in diese Augen gesehen hatte. Aber er wusste weder wann noch wo.

Livland im Juli 1706

Ruth tat das Gesäß weh, immer noch oder schon wieder, sie konnte es nicht sagen. Erneut saßen sie seit Stunden im Sattel, und Jurek machte keine Anstalten, den Ritt bald zu beenden. Sie hatten die Frau und den Jungen auf das Pferd des niedergeschlagenen Kosaken gesetzt. Jurek hatte herausbekommen, dass sie Geschwister waren und Tanja und Marek hießen. Der Junge war inzwischen wieder bei Bewusstsein, wirkte jedoch sehr geschwächt und musste von seiner Schwester gestützt werden.

Die ersten Meilen hatte Ruth vor lauter Erleichterung über die gelungene Befreiung vor Energie nur so gestrotzt. Doch jetzt machte sich ihre Müdigkeit mit jedem Schritt des Pferdes stärker bemerkbar. Ihr Bauch schmerzte. Aus dem gelegentlichen Ziehen war ein anhaltender Druck geworden. Ihr Leib fühlte sich hart wie Stein an. Vor allem hatte sie Hunger, doch ihre Vorräte waren so gut wie aufgebraucht. Mit halb geschlossenen Lidern schwankte Ruth im Takt ihres Braunen und versuchte ihre Kräfte zu schonen. Derweil redete Tanja in einem fort mit Jurek, der konzentriert zuhörte und nur ab und zu eine kurze Zwischenfrage stellte. Da Ruth kein einziges Wort Lettisch verstand, blieb das Gespräch für sie nur ein melodisches Rauschen.

Die Sonne hing bereits tief unterhalb der Baumkronen, und das Blau des Himmels wurde sanfter, als sich der Wald vor ihnen lichtete und sie das Ufer eines dicht mit Schilf umwachsenen Sees erreichten. Tanja rüttelte aufgeregt an der Schulter ihres Bruders, der leise stöhnend vor ihr im Sattel saß.

»Was hat sie, Jurek? Droht hier schon wieder Gefahr?« Ruth sah sich angestrengt um.

»Nein, Fräulein Ruth. Vielmehr scheint Tanja diesen kleinen See gut zu kennen.« Der Diener wandte sich an die Lettin und fragte sie etwas. Sie antwortete mit einem Redeschwall und lenkte ihr Pferd nach links auf einen kaum zu erkennenden Trampelpfad.

»Sie sagt, hier gibt es eine gute Hütte, in der wir über Nacht bleiben können.«

Gott sei Dank, dachte Ruth, die sich vor Erschöpfung kaum noch im Sattel halten konnte. Die drei Pferde gingen einen kleinen Pfad am Ufer entlang, der sie immer tiefer ins Schilf führte. Doch plötzlich tat sich vor ihnen ein kleiner grasbewachsener Platz von vielleicht dreißig Schritt Durchmesser auf, der bis an die Wasserkante reichte. An seinem anderen Ende stand eine einfache Fischerhütte mit einem Schilfdach, kaum höher als das umgebende Schilf. Jurek stieg ab und half zunächst dem verletzten Marek, dann dessen Schwester und schließlich Ruth vom Pferd.

Tanja lief sofort zur Hütte, sah sich in ihr um und kam dann stolz mit zwei Angelruten in der Hand wieder heraus. Damit stieg ihre Chance auf ein gutes Abendessen. Erleichtert ließ sich Ruth in dem weichen Gras nieder und streckte ihre müden Glieder aus. Die letzten Sonnenstrahlen umschmeichelten ihr Gesicht. Sie blinzelte müde beim Anblick des tiefschwarzen Wassers des Sees und glitt in einen wohligen Schlaf.

Erst der Geruch von frisch gebratenem Fisch weckte sie. Die Sonne war bereits untergegangen, und nicht weit von ihr brannte ein kleines Feuer, über dem sich vier Forellen an einem Spieß drehten. Jurek hielt den Spieß mit ruhiger Hand über der Flamme.

Ruth richtete sich mühsam auf. Ihre Schultern und ihr Gesäß schmerzten, aber ihrem Unterleib ging es deutlich besser. »Wo sind die beiden?«, fragte sie verschlafen.

»Marek ruht in der Hütte auf einem weichen Lager. Tanja sitzt bei ihm. Er ist ihr kleiner Bruder, und sie macht sich große Sorgen, da ihre Mutter ihr die Verantwortung für ihn übertragen hat. Sie waren auf dem Rückweg vom Jahrmarkt in Wolmar, wo sie Handarbeiten der Familie verkauft haben. Nun ist der ganze Verdienst weg. Die Kosaken haben ihr die Geldbörse abgenommen. Aber noch schlimmer sind die Verletzungen des Jungen. Hoffentlich erholt er sich bald wieder.«

»Wir sollten ihm einen Aufguss aus Mädesüß zubereiten, das könnte seine Schmerzen lindern.« Mit einem wohligen Stöhnen streckte Ruth ihre Arme und Beine, erhob sich langsam und sah sich um. Am Horizont flackerte ein letzter Streifen Abendrot auf, aber der Wald hinter ihnen lag schon im Finsteren. So würde sie das Kraut kaum finden können. Der Junge musste bis zum nächsten Morgen ohne Mädesüß durchhalten.

Tanja trat aus der Hütte und schrie plötzlich erschrocken auf.

»Was ist?« Jurek sah sich alarmiert um, doch dann lachte er auf. »Ihr leuchtet immer noch, Fräulein Ruth. Und jetzt in der Dunkelheit ist es noch unheimlicher als vorhin.«

Ruth schaute an sich hinunter. Tatsächlich, die Ärmel ihres Kleides schimmerten rötlich. Sie griff nach einer losen Haarsträhne. Auch die schimmerte vom Staub des *lapis solaris* nach. Jurek sprach inzwischen beruhigend auf Tanja ein und schien ihr das Phänomen des Leuchtens zu erklären. Morgen früh würde sich Ruth im See waschen, dann hätte der Spuk bestimmt ein Ende.

Sie führte sich noch einmal stolz vor Augen, dass es ihnen tatsächlich gelungen war, die beiden aus den Fängen der Kosaken zu befreien, sogar ohne sich selbst zu verletzen. Ja, es war gefährlich gewesen. Aber Ruth hatte nicht klein beigegeben, und so hatten sie es tatsächlich vollbracht. Würde es ihr auch gelingen, Hinrich zu retten? Sie vermisste ihn in diesem Augenblick ganz furchtbar. Seine Nähe, seine Wärme. Aber zugleich spürte sie, dass sich ihr Gefühl verändert hatte. Sie kam sich auf einmal nicht mehr so hilflos vor. Natürlich konnte sie sich noch immer nicht vorstellen, ihr Leben ohne ihn zu verbringen, aber ganz tief in sich spürte sie etwas Neues, Starkes, das nur mit ihr zu tun hatte. Eine geheimnisvolle Kraft.

Sie schaute zu Jurek hinüber, der weiter die Fische über dem Feuer drehte und dabei Tanja zuhörte, die ihm etwas erzählte, dabei geschickt weitere Fische ausnahm und sie auf lange Stöcke spießte. Die Schuppen und die Innereien warf sie in die Flammen, in denen sie zischend verbrannten.

»Fräulein Ruth«, riss Jurek sie schließlich aus ihren Gedanken. »Vielleicht interessiert Euch, was mir Tanja gerade über den räuberischen Menschenhandel hier in Livland erzählt hat. Lasst uns essen, dabei werde ich es Euch berichten.«

Die ersten Sterne waren am Himmel zu sehen, als Jurek den gebratenen Fisch auf einem Holzbrett servierte. Auch Marek hatte sich zu ihnen gesetzt. Seinem gesunden Appetit nach zu urteilen, befand er sich auf dem Weg der Genesung. Es schmeckte allen köstlich, und Ruth musste sich regelrecht zwingen, nicht zu schlingen, so hungrig war sie.

Jurek wischte sich den Mund an seinem Ärmel ab und räusperte sich. »Tanja sagt, dass die Menschen in Livland schon seit Beginn des Krieges zwischen Russland und Schweden von Menschenräubern heimgesucht werden. Zunächst waren es eher Einzelfälle. Menschen verschwanden auf ihrem Weg zum nächsten Markt und kehrten nie zurück. Handelte es sich um junge Männer, vermutete man, sie hätten ihr Glück einfach woanders gesucht. Waren es junge Frauen, unterstellte man eine heimliche Liebesflucht. Aber dann verschwanden auch Familienväter und junge Mütter, die ihre Kinder niemals freiwillig zurückgelassen hätten. Schon bald darauf wurde klar, dass Menschen gezielt entführt und verschleppt wurden. Keiner weiß genau wohin, aber man vermutet, dass sie ins ferne Moskau gebracht werden, wo der Adel sich nach muselmanischer Sitte Sklaven im Haus hält, so wie auf den Feldern das eigene Volk als Leibeigene.«

Ruth nickte. »Ich habe davon gehört. In Pirna warnte mich bereits Herr Patkul vor Raubzügen der Kosaken auf Menschen, und auch in Riga sprachen die Leute davon.«

Bei dem Namen Patkul sah Tanja auf, sagte aber nichts.

»Doch das ist noch nicht alles«, setzte Jurek seine Erläuterungen fort. »Tanja sagt, dass die Raubzüge immer weitere Kreise ziehen und sich inzwischen sogar eine regelrechte Struktur eingestellt hat. Ein gewisser Pawel Iwanowitsch soll der König der Händler sein.«

Tanja nickte zustimmend, als der Name des Händlers fiel.

»Er kauft die ganze Küste entlang Menschen auf, die ihm irgendwelche Gauner und Räuber anbieten. In regelmäßigen Abständen segelt er die livländische und kurländische Küste ab, ja, manchmal taucht er sogar in Litauen auf. Zwar zahlt er nicht viel, dafür nimmt er aber nahezu jeden Mann, der ihm angeboten wird.«

»Nur Männer?«, erkundigte sich Ruth, die bisher hauptsächlich von geraubten Frauen gehört hatte.

»Ich weiß es nicht, aber die Leute sagen, er verkaufe sie an den Zaren für seine neue Stadt am Meer.«

»Du meinst Sankt Petersburg?«

Der Diener nickte.

»Die Schweden greifen dieser Tage die Stadt an, soviel ich in Riga gehört habe. Man rechnet nicht damit, dass sie noch lange standhalten wird.«

Jurek schüttelte abwehrend den Kopf: »Was die Russen einmal in den Händen halten, geben sie nicht wieder her.«

»Nun, Tanja und Marek haben sie auch wieder hergegeben, oder? Vielleicht braucht man nur die nötige Überzeugungs-

kraft«, lächelte Ruth. »Und schwedische Kanonen können bestimmt sehr überzeugend sein.«
»Ich denke da aber noch an etwas anderes, Fräulein Ruth ...« Er stocherte mit einem Stock in den Gräten des Fisches vor ihm herum.
»Denkst du etwa an Hinrich? Er war in Preußen, Jurek. Das ist weit weg.«
»Aber Ihr seid doch zutiefst davon überzeugt, dass er in Ingermanland ist. Sankt Petersburg liegt in Ingermanland. Und Königsberg, Fräulein Ruth, ist keine Tagesreise von Litauen entfernt.«
Obwohl sich nach dem üppigen Mahl inzwischen ein wohliges Gefühl der Sättigung eingestellt hatte, wurde Ruth flau im Magen. Konnte an diesem Gedanken etwas dran sein? Hinrichs Kutsche war schließlich überfallen worden. Vielleicht hatten ihn also gar nicht die Schweden entführt, um ein Druckmittel gegen Patkul zu haben, sondern er war ein Opfer von Menschenhändlern geworden ...
Ihr schmerzte der Kopf. Morgen würde sie weiter darüber nachdenken. Doch eines stand fest: Wenn Hinrich tatsächlich verschleppt worden war und noch lebte – und daran glaubte sie fest –, dann war die Frage nicht, wer es getan hatte, sondern vielmehr, wohin man ihn gebracht hatte. Und für die Beantwortung dieser Frage lieferte der Hinweis auf Sankt Petersburg einen wichtigen Anhaltspunkt.

* * *

Alles brannte. Die Flammen schlugen mannshoch aus den Hütten. Die Menschen liefen schreiend durcheinander. Einige hatten bereits Feuer gefangen und stürzten sich verzweifelt in den Fluss. Mitten in dem Getümmel stand Hinrich und gab den panischen Menschen Anweisungen. Ruth konnte ihn aber nicht verstehen, und er drehte sich auch nicht zu ihr um. Er sah sie nicht. Der Schrei der Weißwangengans hatte sie fortgerissen.

Mit einem Schrei fuhr Ruth hoch und wischte sich verstört eine Haarsträhne aus dem Gesicht. Es war nur ein Traum. Sie lag in der Fischerhütte auf einer Schilfmatte und hatte ihren Reisemantel über sich gebreitet. Und doch war Hinrich ihr so nahe gewesen! So nahe wie in jenem ersten Traum in Dresden. Es war seine Stimme, sie hatte sogar seinen Duft wahrgenommen.

Ruth rieb ihre Handflächen aneinander und hauchte ihren warmen Atem hinein. Er war an einem anderen Ort gewesen, dachte sie. Kein Schilf diesmal und auch keine Gans. Aber wo? Das Feuer, die vielen Menschen, der Fluss, in den einige sprangen. Da waren auch Holzgebäude gewesen.

Ein Zittern lief durch ihren Körper. Es war nur ein Traum, versuchte sie sich zu beruhigen. Unter der Tür der Hütte brach die erste Morgendämmerung herein. Sie musste sich ausruhen. Der Tag würde wieder alle ihre Kräfte fordern.

Erschöpft sank sie zurück auf die Schilfmatte und wurde wenig später von Jureks Stimme geweckt.

»Das Frühstück ist fertig, Fräulein Ruth. Wie haben in den Satteltaschen des Kosakenpferdes Buchweizen gefunden und daraus eine Grütze gekocht.«

Ruth blinzelte ihm entgegen und erhob sich dann langsam. »Wie geht es dem Jungen?«

»Er hat noch immer Kopfschmerzen, aber kein Fieber mehr. Die Wunden verheilen gut.«

Ruth trat vor die Hütte und blickte sich um. An diesem Gewässer musste irgendwo Mädesüß wachsen. Sie streckte vorsichtig ihre steifen, schmerzenden Glieder und ging zum Ufer des Sees. Es war teilweise morastig, aber tatsächlich nicht ausschließlich mit Schilf bewachsen. So dauerte es auch nicht lange, bis sie das Kraut gefunden hatte. Schon wenig später konnte sie dem Jungen einen kräftigen Aufguss daraus vorsetzen, denn glücklicherweise gab es in der Fischerhütte auch einen kleinen Kessel, um Wasser zu kochen.

Nach dem Frühstück sattelte Jurek die Pferde, und Tanja räumte alle Dinge, die sie benutzt hatten, ordentlich fort, sodass sie so gut wie keine Spuren hinterließen.

»Tanja sagt, dass ihre Familie nur wenige Meilen entfernt von hier lebt. Darum schlage ich vor, dass wir die beiden nach Hause bringen und uns dort vielleicht auch selbst etwas ausruhen.«

Ruth kam sein Vorschlag sehr entgegen. Sie spürte deutlich, dass ihre Kräfte schwanden und sie Angst vor einem zu langen Ritt hatte. Außerdem ging ihr der Traum nicht aus dem Kopf. Seit Berlin hatte sie nicht mehr von Hinrich geträumt, und jetzt auf einmal wieder mit solcher Intensität. Es musste etwas zu bedeuten haben, und sie brauchte Ruhe, um darüber nachzudenken.

Wenig später saßen sie im Sattel und ritten weiter gen Osten.

Bevor die Sonne im Zenit stand, erreichten sie das Ufer der Embach, eines schiffbaren Flusses im Herzen Livlands. Aus Freude darüber, nach Hause zu kommen, ließ Tanja ihr Pferd in einen zügigen Trab fallen, den erst das Stöhnen ihres Bruders beendete, der sich in der holprigen Gangart nur mühsam im Sattel halten konnte. Der Weg führte dicht am Ufer flussabwärts durch eine üppige Auenlandschaft in Richtung Norden. Hin und wieder flatterten Wasservögel auf, einmal kreuzte sogar ein Otter ihren Weg.

Um sich von ihren Schmerzen abzulenken, musterte Ruth die Gänse, die auf den Wiesen ästen. Die meisten von ihnen waren Graugänse. Ihre Küken hatten schon eine stattliche Größe erreicht, liefen aber immer noch in Reih und Glied hinter ihren Eltern her, die ein wachsames Auge auf die Reiter hatten.

Nach einiger Zeit gabelte sich der Weg. Sie schlugen den schmaleren Pfad ein, der vom Ufer weg und zurück in den nahen Wald führte. Bald schon erreichten sie eine Lichtung, auf der ein kleines Holzhaus mit einem noch kleineren Schuppen stand, beide umgeben von einem verwitterten Staketenzaun. Ein Hund lief bellend auf sie zu und umkreiste schwanzwedelnd Tanjas und Mareks Pferd, das es sich gleichmütig gefallen ließ. Ein alter Mann mit einem weißgrauen Bart und einem langen Bauernhemd, das ihm bis zu den Knien reichte, trat aus dem Schuppen, wischte sich mit dem Hemdsärmel über das Gesicht und blickte erstaunt auf die Reiter. Dann rief er etwas zum Haus hinüber, woraufhin die Tür aufflog und eine große, nicht mehr ganz junge Frau herauseilte und mit ausgebreiteten Armen auf sie zulief.

Tanja und Marek glitten so schnell vom Rücken ihres Pferdes, dass Jurek kaum nachkam, ihnen zu helfen. Die Frau umarmte den Jungen und küsste ihn auf die Stirn, bevor sich ein ganzer Redeschwall auf Tanja ergoss, während der Hund um sie herumsprang und ausgelassen kläffte.

Wenig später saß die wiedervereinte Familie mit Jurek und Ruth am Küchentisch vor einem Krug frischem Kwas, und Tanja berichtete ihrer Mutter und den Großeltern von ihren Erlebnissen, während Jurek die wichtigsten Dinge für Ruth übersetzte. Mit erschüttertem Gesichtsausdruck folgte Lena, die Mutter der beiden, der Erzählung und knetete dabei nervös ihre Hände. Immer wieder glitt ihr Blick zu Ruth, die sich müde an den Ofen lehnte, den Becher mit Kwas in den Händen.

Als Tanja fertig war, stand Lena auf und musterte Ruth mit prüfendem Blick von oben bis unten.

»Was ist los, Jurek? Warum starrt sie mich so an?«

Der Diener nickte ihr nur beruhigend zu und sprach dann in einem ungewöhnlich strengen Ton einige Worte mit der Frau. Je

mehr Jurek sagte, desto weicher wurden Lenas Züge, und bald schien es Ruth, als glänzten ihre Augen vor Rührung.
»Fräulein Ruth«, wandte sich Jurek schließlich an sie, »Lena sagt, Ihr sollt Euch auf den Ofen legen und ausruhen. Eine Frau in Eurem Zustand gehört nicht in den Sattel.«
Ruth blitzte ihn an. »Was hast du ihr erzählt? Du weißt doch …«
»Ich habe ihr gesagt«, unterbrach Jurek sie unwirsch, »dass Ihr meine Nichte seid und wir beide auf dem Weg zu Eurem Mann nach Narva sind, der von dort nicht fortkann wegen der Russen. Den Rest hat sie als erfahrene Frau und Mutter längst selbst gesehen.«
Ruth nickte ergeben und ließ sich von Lena zur Ofenbank führen, die mit Schafsfellen gepolstert war. Jurek hatte recht getan. Die beste Lüge war jene, die so dicht wie möglich bei der Wahrheit lag.
Stunden später saßen alle gemeinsam vor dem Haus und aßen zu Abend. Der Großvater hatte ein Dutzend Forellen frisch geräuchert, die Großmutter dazu einen Salat aus der Ernte des Gemüsebeetes bereitet. Nach der Ruhe und beim Anblick der frischen Speisen kehrten Ruths Lebensgeister zurück.
»Ihr habt endlich wieder ein bisschen Farbe im Gesicht, Fräulein Ruth. Das gefällt mir schon viel besser«, grinste ihr Diener und reichte ihr einen Becher mit Kwas. »Wir können hier ein, zwei Tage ausruhen, bis Ihr wieder bei Kräften seid.«
»Das ist gut«, nickte Ruth und trank einen Schluck von dem erfrischenden Getränk. »Sag, Jurek, hat Lena keinen Mann?«
Der Diener schüttelte den Kopf. »Aber sie hat wohl einen Bruder, der Flößer ist und regelmäßig hier vorbeikommt.«
Ruth musterte die hagere Frau verstohlen. Ihr Gesicht war gezeichnet von Sorgen, auch wenn ihre Augen heute strahlten vor Freude über die Rettung ihrer Kinder. Nur Tanja und Marek gaben ihr wohl die Kraft, weiterzukämpfen in diesem vom Krieg

gezeichneten Land. Ob sie, Ruth Wrangel, auch bald eine solche Gezeichnete sein würde? Und würde dann ihr Kind, dessen zarte Bewegungen sie bereits in ihrem Leib spürte, ihr auch die Kraft geben, in dieser harten, grausamen Welt zu bestehen?

Jureks Hand auf ihrem Arm riss sie aus ihren trüben Gedanken.

»Die guten Leute sprechen über die Geschichten, die man sich hier über jenen Pawel Iwanowitsch zu erzählen weiß. Soll ich es Euch übersetzen?«

»Ja, bitte, Jurek. Vielleicht geben uns die Erzählungen einen neuen Anhaltspunkt.« Sofort stand ihr wieder der Traum der letzten Nacht vor dem inneren Auge. Das Feuer, die vielen Menschen und mitten im Getümmel Hinrich, der sie nicht sah.

»Die Leute sagen, dieser Pawel Iwanowitsch trage immer eine *schapka,* eine Fellmütze aus Zobel, so wie ein russischer Herr. Er sei gut gewachsen und schlank, mit Augen so hell wie Sterne. Er spreche aber nur selten, und wenn, dann wenig. Die Verhandlungen überlässt er meist einem Diener. Aber ist der Handel geschlossen, so zahlt er immer mit purem Gold. Keiner weiß, wo er zu Hause ist. Ist er über Land unterwegs, so reitet er einen prächtigen schwarzen Hengst, den keiner einzuholen vermag und dessen Hufe Funken sprühen, als habe der Teufel ihn beschlagen. Ist er auf dem Wasser unterwegs, so segelt er auf seinem eigenen Boot, dessen Flagge blutrot ist und das sogar eine Kanone an Bord hat. Der Segler ist so schnell, dass kein anderes Schiff mitzuhalten vermag. Wenn die Sonne untergeht, erscheint er in versteckten Buchten, nimmt die armen Seelen, die man ihm verkauft hat, als Fracht an Bord, und ehe die Sonne aufgeht, ist sein Boot schon wieder draußen auf hoher See.«

Ruth unterdrückte ein Schmunzeln. Die Charakterisierung dieses Pawel Iwanowitsch klang wie aus dem Märchen.

»Die armen Seelen, die er mit sich fortführt, kehren nie mehr zurück …«

»Wohin bringt er sie?«, fragte Ruth dazwischen.
»Man sagt, er bringe sie nach Ingermanland, in jene Region, die zwischen dem Meer und dem Ladogasee liegt. Dorthin, wo der Zar seine neue Stadt bauen lässt.«
Ruth nickte stumm. Davon hatte ihr Jurek bereits berichtet. Es passte alles zusammen. In Ingermanland gab es auch Weißwangengänse. Doch warum hatte sie in ihrem letzten Traum keine Gans mehr gesehen, sondern nur Feuer und viele Menschen?
»Befinden sich dort viele Menschen?«
»Nein, nur wenige leben dort. Das Land ist sumpfig, der Boden nicht ergiebig. Darum holt der Zar ja auch die Menschen von überall her.«
»Frag sie, was sie noch über jenen Ort wissen, und vor allem, wie wir dort hinkommen.«
Jurek zögerte. »Vergesst nicht, dass wir für diese Menschen auf dem Weg nach Narva sind.«
Ruth nickte. »Dann frag sie, wie wir von hier am besten nach Narva kommen.«
Als ihre Gastgeber die Frage hörten, hellten sich ihre Gesichter auf. Tanja begann sofort wortreich zu antworten. Jurek kam kaum mit dem Übersetzen hinterher.
»Ihr Onkel Kolja fährt regelmäßig auf der Embach bis nach Dorpat. Er könnte uns bestimmt mitnehmen. Auf dem Wasser reist man am sichersten vor den Kosaken, da der Fluss zu breit ist, um ein Floß an Land zu zwingen. Darum läuft auch das Geschäft ihres Onkels recht gut, und die Leute vertrauen ihm ihre Waren zum Transport an. Von Dorpat aus ist es nicht mehr weit bis zum Peipussee, der die Grenze zum Zarenreich bildet. An seinem nördlichen Ende fließt die Narva nach Norden zum Meer. Auf ihr kann man bequem bis zur Stadt fahren. Die Familie erwartet den Onkel in wenigen Tagen zurück. Dann können wir ihn selbst weiter befragen.«

Drei Tage später traf Kolja, ein untersetzter, kräftiger Mann mit kugelrundem, nahezu kahlem Schädel, tatsächlich mit seinem Floß ein. Er hatte bereits erste Waren geladen, die er nach Dorpat schaffte, zum größten Markt der Region. Es dauerte nicht lange, bis Jurek mit dem kräftigen Flößer handelseinig wurde. Der Mann erklärte sich bereit, den großen rothaarigen Mann und seine Nichte für den Preis von Ruths Braunem samt Sattel und Zaumzeug flussabwärts bis zum Peipussee zu bringen.

Ruth war erleichtert, so endlich dem Sattel zu entkommen. Die beiden anderen Pferde überließ sie Lena und ihren Kindern für den kleinen Acker, damit sie nicht mehr selbst den Pflug ziehen mussten. Die Familie konnte ihr Glück kaum fassen. Zum Abschied versorgte Lena die beiden mit reichlich geräuchertem Fisch, einem ordentlich abgehangenen Stück Speck, zwei Dutzend Eiern sowie einem kleinen Sack mit Buchweizen als Proviant für die weitere Reise. Dann umarmte sie Ruth und hängte ihr eine zierliche Kette mit einem kleinen silbernen Kreuz, in dessen Mitte ein Bernstein eingelassen war, um den Hals. Sie selbst hatte es vor ihrer Heirat von ihrem letzten Dienstherrn, einem Pastor aus Marienburg, erhalten als Zeichen von Gottes Segen für ihre damalige Schwangerschaft.

Ruth wollte das Geschenk nicht annehmen, aber Jurek hielt ihre Hand fest und übersetzte ihr Lenas Worte. »Du hast meine Kinder gerettet, möge das Kreuz nun dein Kind schützen.«

Mit den ersten Sonnenstrahlen des nächsten Morgens stießen sie das Floß vom Ufer der Embach ab und begannen die Fahrt nach Dorpat. Ein Kuckuck ließ unermüdlich seinen Ruf erschallen, und in Ruth stieg ein warmes Gefühl auf, auf dem richtigen Weg zu sein.

Sankt Petersburg im Juli 1706

»*Poshar* – Feuer!«

Wrangel ließ erschrocken den Stein in seinen Händen zu Boden fallen und richtete sich auf. Sogleich stieg ihm der beißende Geruch von Rauch in die Nase, und er sah aus dem Dach der Kaserne am Bollwerk Nikita Moiseewitsch Flammen in die Höhe schlagen. Im selben Moment begann die Kirchenglocke Alarm zu schlagen. Soldaten rannten auf die brennende Kaserne zu, und schon kamen auch die ersten Fieberkranken, die dort notdürftig untergebracht waren, herausgelaufen. Einige versuchten sogar durch die Fenster zu fliehen.

Wrangel sah sich um. Die Arbeiter in seiner Nähe verharrten genauso starr und entsetzt an ihren Plätzen wie er und starrten ungläubig auf das Spektakel. Entschlossen griff er nach dem Eimer, der neben ihm stand, und schüttete den Mörtel aus. »Los, Leute, wir müssen helfen!«, rief er den Männern in seiner Nähe zu.

Aber keiner bewegte sich. Alle blickten bloß bewegungslos auf die Flammen.

»Hört auf zu gaffen und nehmt eure Eimer! Los, wir müssen Wasser zum Löschen heranschaffen!« Wrangel hängte sich den Eimer über die Schultern und lief los. »Kommt schon, helft mit!«

Kurz darauf hatte sich Wrangel der brennenden Kaserne bis auf wenige Schritte genähert. Die Flammen schlugen schon über das Dach hinaus, und der Wind blies sie direkt gegen die Palisaden des nahen Bollwerks. Das brennende Holz knackte und krachte so laut, dass es mitunter das Sturmgeläut der Kirchenglocke übertönte. Diese Seite der Festung war noch vollends aus Holz

gebaut. Es hatte wochenlang nicht geregnet. Wenn die Palisaden Feuer fingen, würde sich der Brand gnadenlos das ganze Bollwerk entlangfressen und, so wie der Wind stand, auch auf das Bollwerk Gawrila Iwanowitsch überspringen.
Um Wrangel herum liefen Arbeiter und Soldaten kopflos umher. Keiner schien irgendeinen Plan zum Löschen zu haben. Gab es überhaupt eine Feuerwehr in der Festung? Darüber hatte er sich bisher keine Gedanken gemacht. Aber wenigstens gab es genug Wasser. Die Newa umfloss schließlich die Haseninsel und führte auch jetzt, Mitte Juli, noch genügend Wasser. Man musste es allerdings erst hierherschaffen.
Die Leute mussten eine Kette bilden. Wo waren nur die Offiziere? An ihnen wäre es doch wohl, die Soldaten entsprechend anzuleiten und die Löscharbeiten zu befehligen. Aber niemand schien sich zuständig zu fühlen. Auf einmal krachte es, und ein brennender Balken flog durch die Luft. Er fiel nur wenige Schritte neben Wrangel auf den Boden und traf einen Arbeiter am Arm. Der schrie auf und stürzte zu Boden. Funken wirbelten durch die Luft und entzündeten die Haare eines anderen Mannes daneben.
Wrangel durchzuckte ein Schauer. Solche Szenen hatte er schon einmal erlebt, vor Jahren, als es in Hamburg einen Festungsbrand gab. Damals hatte sich aber die Hamburger Bürgerwehr sofort organisiert und eine Löschkette gebildet. Die Menschen hatten gewusst, was zu tun war, und jeder hatte das Seinige zur Bekämpfung des Feuers beigetragen. Er selbst hatte damals nur als Zaungast zugesehen. Aber hier war es anders. Niemand schien sich für die Organisation verantwortlich zu fühlen, keiner ergriff die Initiative.
Doch jemand musste etwas tun, und zwar dringend!
»Auf, Leute, wir müssen eine Löschkette bilden und das Wasser vom Fluss hierherschaffen! Schnell, schnell! Greift euch Eimer

und Säcke und lauft zum Wasser!« Wrangel lief mit energischem Schritt durch die Reihen der verunsicherten Arbeiter und Soldaten. Er packte einzelne an den Schultern und schrie ihnen direkt ins Gesicht. Langsam setzten sich die Männer gezielt in Bewegung.

»Das muss schneller gehen, Leute! Wir brauchen Wasser! Schneller!« Wrangel griff nach herumliegenden Säcken und drückte sie einigen immer noch unschlüssigen Männern in die Hand. »Lauft damit hinüber zum Bollwerk Gawrila Iwanowitsch und überschüttet die Palisaden mit Wasser, damit die Funken nicht übergreifen können! Beeilt euch!«

Die Männer setzten sich gehorsam in Bewegung. Inzwischen kamen die ersten mit Eimern voller Wasser vom Flussufer zurück und gossen es in die Flammen. Aber einzelne Eimer nützten nichts. Sie mussten eine Löschkette bilden, damit das Wasser gleichmäßiger eintraf.

»Stellt euch in Reihen auf und reicht die Eimer durch! Das geht schneller. Macht schon! Und gleich noch eine zweite Reihe, die die leeren Eimer zurückreicht. Gut so!«

Ein junger Offizier verfolgte Wrangels Bemühungen aufmerksam. »Gute Arbeit, *mushik!* Weiter so!« Anerkennend klopfte er ihm kurz auf die Schulter und half ihm im nächsten Moment, die Leute in Reih und Glied zu ordnen.

Schließlich nahm die Löschkette Form an. Immer mehr Männer reihten sich ein und reichten alle mit Wasser gefüllten Gefäße durch, die sie finden konnten, Eimer, Ledersäcke, Holzschüsseln, Kochtöpfe.

Die Flammen fraßen sich jedoch unerbittlich weiter durch das trockene Holz des Blockhauses. Auch erste Palisaden brannten bereits. Sie mussten unbedingt die übrigen Palisaden bewässern, damit das Feuer nicht weiterkam. Wrangel lief durch die Menschenmenge hinüber zum Bollwerk Gawrila Iwanowitsch.

Ein Vorarbeiter stellte sich ihm in den Weg. »Was läufst du davon? Hilf beim Löschen!«
»Genau das tue ich«, brüllte Wrangel ihn an. »Hilf mir lieber, wir müssen die Leute drüben beim anderen Bollwerk in Aufstellung bringen, damit sie die Palisaden gut wässern. Sonst schlagen die Funken bald über, und alles geht hier in Flammen auf!«
»Was? Das Gawrila-Iwanowitsch-Bollwerk brennt auch?«
»Noch nicht, aber der Wind steht ungünstig.«
»Bei Gott, das müssen wir verhindern! In den Kasernen direkt hinter dem Bollwerk lagern zweihundert Fässer mit Pulver! Wenn die in die Luft gehen, dann ist die ganze Festung dahin!«
»Was?« Wrangel schauderte. Genauso war es damals in Hamburg gewesen. Die Vincent-Bastion direkt an der Alster hatte gebrannt, und ihre Vorratsräume waren voller Schwarzpulver gewesen. Die Stadt wurde damals nur durch ein Wunder oder vielmehr einen Irrtum gerettet, denn das Pulver war heimlich ausgelagert worden. Anderenfalls wäre die Stadt mitten im Krieg ohne Wälle gewesen. Wenn hier aber die Festung in die Luft flöge, hätten die Schweden, die mit ihren Schiffen wohl noch draußen vor Kronstadt kreuzten, leichtes Spiel, Petersburg anzugreifen und dem Erdboden gleichzumachen. »Bist du dir sicher, dass das Pulver dort ist?«
»Ganz sicher! Ich habe gestern noch die Fässer nachgezählt, weil sie morgen verladen werden sollten.«
»Dann haben wir keine Zeit zu verlieren! Wir müssen sofort anfangen, die Kaserne zu wässern!«
Beide rannten so schnell sie konnten zum Bollwerk Gawrila Iwanowitsch. Jeden Mann auf ihrem Weg forderten sie energisch auf, ihnen zu folgen und Eimer mitzubringen. »Es geht um Leben und Tod, Kameraden! Beeilt euch!«
Kaum hatten sie die Kasernen erreicht, brachten sich die Män-

ner nach Wrangels Anweisungen in Stellung und bildeten Löschketten.

Das Feuer am Bollwerk Nikita Moisejewitsch war aber noch nicht unter Kontrolle. Die Flammen schlugen hoch. Mit einem gewaltigen Krach brach die Kaserne, in der der Brand angefangen hatte, in sich zusammen. Die Lage spitzte sich zu.

Wrangel überlegte fieberhaft, was man tun könnte, um schnell mehr Wasser herbeizuschaffen. Er wandte sich an den Vorarbeiter, mit dem er hierhergelaufen war. »Gibt es hier irgendwo Schläuche und Pumpen?«

Der grobschlächtige Mann schaute ihn verwirrt an. »Alles, was es hier an Pumpen gab, ist drüben auf der Werft. Dort ist nämlich letzte Woche ein Damm gebrochen und hat einen Teil des Geländes unter Wasser gesetzt.«

»Und Schläuche?«

»Wenn noch welche hier sind, dann in dem Schuppen dort drüben.« Er deutete mit der Hand über seine Schulter.

»Komm und lass uns nachsehen!«

Tatsächlich lagen in dem Schuppen noch zwei säuberlich aufgerollte Schläuche. Wrangel warf sich einen über die Schulter. Unter dem Gewicht wäre er beinahe in die Knie gegangen, aber der Vorarbeiter sprang ihm bei.

»Das ist nichts für so ein Hemd wie dich.«

Gemeinsam schleppten sie den Schlauch zurück zum Bollwerk.

»Wir müssen das eine Ende des Schlauchs über die Palisaden zum Wasser schaffen.«

»Ja, und dann? Ohne Pumpe kannst du doch nichts ausrichten.«

»Doch. Dieser Teil der Haseninsel liegt unter dem Wasserspiegel. Man hat die Erde zu den Wällen aufgeschüttet. Und die Newa führt immer noch reichlich Wasser. Es könnte also reichen. Selbst wenn wir nur ein leichtes Gefälle haben, fließt das Wasser von allein durch den Schlauch.«

Wrangel nahm das Ende des Schlauchs und schleppte es zu den Palisaden. Einige Männer hatten bereits eine provisorische Löschkette über die Palisaden errichtet. Sie halfen ihm, den Schlauch auf die andere Seite bis ins Wasser zu bringen.
»Haltet ihn nur knapp unter die Wasseroberfläche. Wir haben nicht viel Spiel«, wies Wrangel sie an.
Dann lief er zurück zum Vorarbeiter, der das andere Ende des Schlauchs in der Hand hielt. Wrangel nahm es ihm aus der Hand, stopfte es sich in den Mund und begann die Luft anzusaugen. Es war mühsam. Der Schlauch hatte einen Durchmesser von nahezu einer Faust und war aus gewachstem Flachs gewebt. Endlich floss ein dünner Strahl Flusswasser in seinen Mund. Vorsichtig nahm er den Schlauch heraus und hielt das Ende so niedrig wie möglich. Der Strahl wurde kräftiger.
Der Vorarbeiter starrte ihn mit großen Augen an. »Du kannst zaubern!«
»Nein, ich weiß nur um die Gesetze der Physik. Und nun hilf mir! Du darfst den Schlauch auf keinen Fall hochhalten, sonst kann das Wasser nicht mehr fließen. Wir bilden eine neue Löschkette. Du befüllst von hier die Eimer, und die Männer sollen sie durchreichen bis zur Kaserne. Sie muss richtig nass werden!« Er stellte ihm den ersten Eimer unter den Schlauch und rief ein paar Männer heran. »Los, Leute, bildet eine Kette! Wir dürfen keine Zeit verlieren.«
Kaum hatte sich die Kette formiert, lief Wrangel zu den Palisaden und ermahnte die Männer am anderen Ende des Schlauches noch einmal, ihn ruhig und knapp unter dem Wasserspiegel zu halten. Dann suchte er sich einen kräftigen Burschen und rannte mit ihm zurück in den Schuppen, in dem der zweite Schlauch lag. Sie schafften ihn quer über die Festung zum Bollwerk Nikita Moisejewitsch und dann weiter durch das offene Tor direkt zum Flussufer.

Erneut versuchte Wrangel das Wasser anzusaugen, aber das Gefälle reichte nicht aus. So schafften ein paar kräftige Männer ein Fass herbei und füllten es mit Wasser, wodurch das erforderliche Gefälle entstand. Zwei Männer füllten nun ständig Wasser in das Fass, das durch den Schlauch abfloss hinüber zum Bollwerk. Dort befüllten wieder andere Männer Eimer und reichten sie weiter an die Löschenden.
Wrangel erklärte auch ihnen, worauf sie zu achten hatten, und griff schließlich selbst nach einem Eimer, um mitzuhelfen.
Auf einmal klopfte ihm eine Hand auf die Schulter. Petja stand neben ihm.
»Petja! Bist du wohlauf?«
»Ja, natürlich! Mach Platz, dass ich zu dir in die Kette komme!«
Wrangel hielt ihn jedoch am Arm zurück. Das Schießpulver ließ ihm keine Ruhe. »Komm lieber mit mir. Hier ist das Feuer bald unter Kontrolle. Für uns gibt es noch etwas Dringenderes zu tun.«
Sie liefen hinüber zur Kaserne beim Bollwerk Gawrila Iwanowitsch. Das Gebäude qualmte bereits, aber noch schlugen keine Funken auf. Die Luft war schwarzgrau vor Rauch, und jeder Atemzug schmerzte. Wrangel band sich das Ende seines Hemdes über Mund und Nase. Petja tat es ihm gleich. Dann schoben sie sich durch die Reihen von Männern mit Wassereimern und suchten den Vorarbeiter, der Wrangel von dem Pulver erzählt hatte.
Petja fiel in dem Getümmel zurück. Er war wohl noch zu geschwächt nach den Tagen und Nächten im Fieber. Wrangel forderte ihn auf, sich einen sicheren Winkel zum Ausruhen zu suchen, und lief weiter. Schließlich entdeckte er den Vorarbeiter am hinteren Ende der Kaserne, wo er die Arbeiter in scharfem Ton anhielt, die Wände und das Dach zu wässern. Ohne zu zögern, reihte sich Wrangel ans Ende der Kette ein und half, das Wasser auf die am meisten gefährdeten Teile des Gebäudes zu

gießen. Als sich endlich Pfützen auf dem Dach bildeten und die Wände vor Feuchtigkeit glänzten, war er beruhigt. Auch die Kaserne war gesichert. Das Feuer konnte nicht mehr auf das Schwarzpulver übergreifen.
Bald darauf verstummte auch das Sturmgeläut der Glocke. Der Brand war unter Kontrolle. Wrangel atmete erleichtert auf, obwohl seine Lungen schmerzhaft brannten, und machte sich auf die Suche nach Petja. Er fand den Schweden an die steinerne Festungsmauer gelehnt, den Kopf kraftlos in die Hand gestützt. Wrangel ließ sich neben ihm nieder. Erst jetzt spürte er mit aller Macht seinen Durst und die Erschöpfung.
Eine Weile saßen die Freunde einfach nur schweigend da und versuchten Kraft zu schöpfen. Schließlich aber wurde der Durst übermächtig. Wrangel half Petja hoch, damit sie sich etwas zu trinken beschafften.
Doch zwei Männer stellten sich ihnen in den Weg.
»Da ist er, Herr.«
Wrangel blinzelte in dem beißenden Rauch, der noch immer in der Luft hing. Vor ihnen standen der Vorarbeiter und Trezzini, der Baumeister des Zaren.
»Er war's«, sagte der Mann, der vorhin noch die Arbeiter herumkommandiert hatte, unterwürfig und deutete mit dem Zeigefinger auf Wrangel. »Der hat die Löschketten aufgestellt und die Zauberschläuche ausgelegt.«
»Soso, der Latein sprechende Maurer aus Deutschland«, erwiderte Trezzini süffisant. »Er kann also auch organisieren. Und wie steht es mit Schreiben und Rechnen?«
Wrangel spuckte verächtlich aus. Der herablassende Ton des italienischen Baumeisters rief wieder die Wut in ihm wach.
Aber Petja griff seine Hand und drückte sie fest. »Ja, Herr, das kann er auch. Er ist jetzt nur zu erschöpft, um noch zu wissen, was er tut.«

Trezzini reichte Wrangel einen Krug Wasser, den der Vorarbeiter in den Händen gehalten hatte. »Dann ruh dich erst einmal aus. Und morgen früh meldest du dich bei mir in der Schreibstube. Einen wie dich kann ich gut als Buchhalter gebrauchen.«

* * *

Trezzinis Schreibstube war in einem größeren Blockhaus im steinernen Teil der Festung untergebracht, gleich neben der Kirche. Als Wrangel am nächsten Morgen dort ankam, begrüßte ihn der Baumeister ohne Umstände und erklärte ihm seine künftige Arbeit. Er hatte die Ein- und Ausgänge des Baumaterials zu prüfen und zu verwalten, ebenso die Abrechnungen über die Materialeinkäufe. Außerdem sollte er auf die ordnungsgemäße Pflichtabgabe der Steine achten, welche die in Sankt Petersburg einlaufenden Schiffe und ankommenden Fuhrwerke abzuliefern hatten. Trezzinis bisheriger Buchhalter war vor zwei Wochen am Fieber gestorben und die Arbeit seitdem liegen geblieben. Er selbst hatte keine Zeit, sich um die Verwaltung der Baustelle und der Materialien zu kümmern. Die Kontrolle der laufenden Bauarbeiten sowie die Umsetzung all der Wünsche des Zaren nahmen ihn zur Genüge in Anspruch. Zar Peter hatte ständig Ideen für seine neue Stadt, und wenn er vor Ort war, verbrachte er Stunden mit Trezzini, um Entwürfe zu skizzieren und Pläne zu schmieden.

Und nun hatte auch noch der Brand einen so großen Schaden angerichtet, dass Trezzini die Festungsarbeiten neu planen musste. Die am Vortag niedergebrannten Bollwerke sollten jetzt direkt aus Stein und nicht erneut aus Holz errichtet werden. Aber Steine gab es nach wie vor nicht genug.

Wrangel fand sich schnell in seine neue Arbeit ein, sortierte die Ablagen neu und ordnete die angesammelten Schreiben der letzten Wochen nach Wichtigkeit. Mit Trezzini sprach er Latein, und jener musterte ihn oft argwöhnisch, denn das Vokabular dieses Maurers mit russischem Namen übertraf bei weitem die Erwartungen des Baumeisters. Aber Wrangel übersah Trezzinis Blicke gezielt. Bisher war er als Wanja gut durch die russische Knechtschaft gekommen. Daran wollte er auch vorerst nichts ändern, so wie Marusja es ihm geraten hatte.

Nach drei Tagen kam Trezzini auf ihn zu. »Inzwischen sind die gesamten Pulverfässer in Sicherheit gebracht worden. Ohne dich, Wanja, wäre die ganze Festung vielleicht nur noch ein Haufen Asche. Ich werde dem Zaren davon berichten.«

»Vielen Dank, Herr, das ist zu gütig von Euch. Noch mehr würde mir helfen, wenn Ihr meinen Freund Petja hier in die Schreibstube holtet. Arbeit gibt es auch für zwei genug.«

»Noch ein deutscher Maurer mit russischem Namen?«, grinste Trezzini.

»So ungefähr«, murmelte Wrangel.

»Und wie steht es um sein Latein?«, fragte Trezzini mit unverhohlenem Spott in der Stimme.

»Für einen Maurer mit russischem Namen ist es jedenfalls nicht zu verachten.«

Am folgenden Tag fing Petja in der Schreibstube als Wrangels Gehilfe an, und Trezzini sorgte außerdem dafür, dass die beiden ihr Nachtlager in einer Hinterkammer des Gebäudes aufschlagen konnten.

»Wanja, Wanja, du hast uns schon weit gebracht«, flüsterte Petja seinem Freund in einem unbeobachteten Moment zu. »Von hier ist es nicht mehr weit bis in die Ladeluken eines auslaufenden Schiffes.«

Die folgenden Tage machten sich die beiden Männer daran, die liegen gebliebene Arbeit zu erledigen und die einzelnen Arbeitsabläufe neu zu organisieren. Wrangel, der als Kaufmannssohn einen geschulten Blick für Buchhaltung hatte, fiel auf, dass viele Lieferungen von Steinen nicht persönlich vom Buchhalter kontrolliert worden waren, sondern mit Genehmigung des Generalgouverneurs von Ingermanland, Alexander Menschikow, direkt in die Vorratslager gebracht wurden. Als er Trezzini nach dem Grund für dieses Verfahren fragte, zuckte der nur mit den Schultern.

»Wenn der Generalgouverneur es so veranlasst hat, wird er schon seine Gründe dafür gehabt haben«, antwortete er gleichgültig. »Aber das heißt nicht, dass du diese Praxis fortführen musst, Wanja. Um ehrlich zu sein, würde ich es gern sehen, wenn du die Waren, vor allem die Steine, direkt auf den einlaufenden Schiffen kontrolliertest.«

Wrangel nickte stumm. Genau das wollte er erreichen. Denn nur in den Laderäumen der Schiffe würde er einen sicheren Ort für seine und Petjas Flucht auskundschaften können.

Schon am nächsten Morgen ging er mit dem Schweden zum Steinlager, um eine genaue Bestandsaufnahme zu machen. Das Lager befand sich auf der Wassili-Insel, die westlich der kleinen Haseninsel mit der Peter-und-Paul-Festung lag und die größte Insel im ganzen Newa-Delta war. Jedes einlaufende Schiff musste an ihr vorbei.

Wrangel und Petja setzten mit einem Kahn über, denn es gab keine Brücke. Man erzählte sich, der Zar liebe das Wasser so sehr, dass er seine Untertanen sich lieber auf Booten als zu Fuß fortbewegen sehe. Für die täglichen Arbeiten konnte das allerdings manchmal lästig werden.

Der Kahn legte auf der Wassili-Insel direkt am großen Kai an, wo auch viele der einlaufenden Schiffe abgefertigt wurden. Keine fünfzig Schritt entfernt befand sich die kleine Blockhütte zur Registrierung der Steinabgaben und gleich dahinter das Lager des wertvollen Baumaterials.

Ein junger Soldat versperrte den beiden Freunden den Weg in die Hütte. »Heda, halt, was wollt ihr hier?«
Ohne den jungen Kerl besonders zu beachten, reichte Wrangel ihm den *propusk,* die schriftliche Zutrittserlaubnis von Trezzini persönlich.
»Ah, du bist der Neue?«, fragte der Soldat mit einem abschätzigen Blick.
Wrangel nickte.
»Na, dann los. Dein Vorgänger hat die Stube ja nicht gerade in bester Ordnung hinterlassen.« Damit trat er einen Schritt zur Seite.
In der Stube roch es feucht und modrig. Sie war äußerst sparsam eingerichtet. Nur ein Tisch, ein Stuhl, ein Regal, ein kleiner Holzschemel und einige Säcke entlang der Wand befanden sich in ihr. Alles war mit einer dicken Staubschicht bedeckt. Im Regal stapelten sich Papiere. Das mussten die Bestandslisten sein. Wrangel ging zum Fenster und öffnete den hölzernen Laden, der knarrend nachgab. In den hereinbrechenden Sonnenstrahlen tanzten unzählige Staubpartikel, und Petja musste niesen. Das Licht fiel auf ein an die Wand genageltes Schreiben, den *ukaz* des Zaren Peter, der die Abgabe von Steinen für jedes nach Sankt Petersburg kommende Schiff oder Fuhrwerk zur Pflicht erklärte.
»Womit wollen wir anfangen, Wanja?«, fragte Petja munter. »Mit den Papieren oder mit den Steinen?«
»Da weder uns noch Trezzini interessiert, was war, sondern vielmehr, was noch ist und was kommen wird, lass uns zunächst eine Bestandsaufnahme der vorhandenen Steine machen.«
Der Anblick des Steinlagers war nicht wesentlich erfreulicher als der der Blockhütte. Die Steine häuften sich übereinander, waren jedoch in keiner Weise nach Art, Form oder Größe sortiert. Sie schienen einfach nur aufeinandergeworfen worden zu sein.

»Nun wundert es mich nicht mehr, warum ich so häufig ein Durcheinander an Steinen in der Festung sortieren musste«, seufzte Wrangel. »Wenn es schon hier bei der Einlieferung keinerlei Ordnung gibt, wie soll es sie dann bei der Auslieferung geben?«

Kopfschüttelnd machten sich die beiden Freunde an die Arbeit, die Steine entsprechend ihrer Beschaffenheit zu sortieren und sogleich die Bestände aufzulisten. Über Stunden schien ihnen die Julisonne unbarmherzig in den Nacken und trieb ihnen den Schweiß aus den Poren. Überall waren Mücken. Zum Glück hatten sie sich mit den letzten Resten der Paste eingerieben, aber selbst die schreckte die mit dem fortschreitenden Sommer immer aggressiver werdenden Insekten kaum ab.

Für ihre Mittagspause flohen die beiden in die Blockhütte. Aber an eine wirkliche Pause dachten sie nicht. Denn erst wenn sie das Lager auf Vordermann gebracht hätten, würden sie auf die Schiffe kommen. Nachdem ihre *kascha* verzehrt war, die Wrangel durch ein dickes Bund frischer Kräuter ergänzt hatte, nahm sich jeder einen Stapel Papiere aus dem Regal und sah sie durch. Es waren Bestandslisten und Protokolle über die abgelieferten Steine. Einige Schiffe verkauften auch Steine höherer Qualität an den Zaren. Diese Einkäufe waren ebenfalls erfasst. Aber Wrangel fiel schnell auf, dass die Eintragungen, je jünger sie waren, umso nachlässiger wurden. In den letzten Wochen waren nahezu alle Schiffe per Dekret des Generalgouverneurs ohne Kontrolle der Ladung oder sogar der Pflichtabgaben abgefertigt worden.

Nun, ihm konnte es egal sein. Es war nicht seine Ware. Aber erstaunlich fand er trotzdem, wieso eine solche Nachlässigkeit durchgehen konnte. Interessierte sich der Generalgouverneur nicht für die Anliegen des Zaren? Der hatte schließlich mehrfach verlauten lassen, dass er die Festung bis zum Winterein-

bruch von steinernen Mauern und nicht von modrigen Palisaden umgeben wissen wollte.
Petja hatte inzwischen die Geduld verloren und schlug ihm kameradschaftlich auf die Schulter. »Lass uns wieder zu den Steinen gehen, das scheint mir vielversprechender. Die Papiere hier können warten. Im Lager habe ich ganz hinten einen kleinen Haufen gesehen, der ungewöhnlich ordentlich geschichtet ist. Lass ihn uns ansehen.«
Tatsächlich, Petja hatte recht. Etwas verborgen durch die hohen durcheinandergewürfelten Haufen lag eine Reihe recht ebenmäßiger Steine von schmutziger graubrauner Färbung.
»Da hat uns wohl schon jemand die Arbeit abgenommen. Zähl sie durch, Wanja. Ich sortiere derweil den Haufen dahinten fertig durch.«
Wrangel nickte seinem Freund zu und machte sich an die Arbeit. Die Steine waren erstaunlich gleichförmig und glatt, wobei jeder nahezu eine Elle an Höhe, Breite und Tiefe maß. Bestes Baumaterial also. Er nahm einen der Steine in die Hand, um sein Gewicht zu schätzen.
»He, du! *Mushik!* Was hast du da zu suchen?« Ein kräftiger Mann kam auf Wrangel zu.
»Ich zähle die Steine.«
»Zähl, was du willst, aber nicht hier! Außerdem sehe ich dich nicht zählen, sondern stehlen! Leg den Stein wieder hin und mach, dass du fortkommst!« Der Mann näherte sich mit großen Schritten und schwang bedrohlich eine Knute in seiner Hand.
Wrangel fühlte, wie ihm der Schweiß ausbrach. »Ich bin im Auftrag des Baumeisters Trezzini hier und mache eine Bestandsaufnahme der Steinvorräte für die Festung«, sagte er so ruhig, wie er nur konnte, und richtete sich zu seiner vollen Größe auf.
Der andere blieb bedrohlich nah vor ihm stehen. »Aber diese Steine sind nicht für den Baumeister Trezzini.«

»Aber wohl doch für die Festungsanlage, oder?«
»Nein. Diese Steine sind ausschließlich für den Generalgouverneur von Ingermanland, den Grafen Alexander Danilowitsch Menschikow.«
»Ja, aber der Generalgouverneur hat doch den Festungsbau unter seinem Oberbefehl, und somit sind diese Steine ...«
»Diese Steine sind nicht für die Festung, sondern für den Bau des Menschikow-Palastes dort am Ufer der Newa. Also lass die Finger von ihnen, *mushik,* oder du lernst meine Knute kennen.«
»Nichts für ungut. Nun, da ich weiß, für wen und wofür sie sind, kann ich sie ja ordnungsgemäß erfassen.« Gelassen legte Wrangel den Stein zurück auf den Haufen.
»Gar nichts kannst du. Wo ist überhaupt Iwan, der Buchhalter?«
»Er ist tot, das Fieber hat ihn geholt. Jetzt bin ich der Buchhalter von Meister Trezzini.«
Der kräftige Kerl schnaubte gereizt. »Und wie heißt du?«
»Wanja.«
»Nun gut, Wanja, lass die Finger von den Steinen des Generalgouverneurs und kümmere dich um deine Angelegenheiten, dann machst du dir selbst am wenigsten Ärger. Habe ich mich verständlich ausgedrückt? Dann verschwinde jetzt und lass dich hier nicht wieder blicken.«
Er nickte stumm und ging zu Petja, der die Szene schweigend aus sicherer Entfernung beobachtet hatte. Mit ausgestreckten Händen machte Wrangel eine Geste der Vergeblichkeit. Dabei fiel ihm auf, dass seine Handflächen die Farbe der Steine angenommen hatten. Er versuchte sie abzuwischen, aber sie haftete fest an den Fingern. Also leckte er die Fingerspitze an, um die Farbe mit etwas Spucke abzureiben.
Er stutzte. Seine Fingerspitze schmeckte salzig. Er fuhr noch

einmal mit der Zunge über die Handfläche, und tatsächlich: Der Schmutz in seiner Hand schmeckte eindeutig nach Salz!

* * *

»Was sagst du da?« Petja musterte Wrangel kritisch, während er auf dem harten Kanten Brot kaute, der sein Abendessen war.

»Die Steine sind nicht aus Stein, sondern aus Salz, Petja! Salz ist das wichtigste Konservierungsmittel für Lebensmittel. Es gehört zu den am höchsten versteuerten Waren in Russland und ist eine Kostbarkeit. Deshalb die Wache vor den Steinen! Als der Kerl weg war, bin ich noch einmal unauffällig dorthin geschlichen und habe mit einem Messer an einem der Steine geschabt. Sie sind nur dunkel angemalt! Darunter ist reines weißes Salz! Leck an meinen Fingern, wenn du's mir nicht glaubst!« Er hielt ihm seine schmutzige Hand vor den Mund.

Petja verzog angewidert das Gesicht. »Schon gut, ich glaub's dir ja …«

»Ja, und? Was sagst du dazu?«

»Hm.«

»Ist das alles?« Wrangel schaute seinen Freund ungeduldig an.

»Hm. So wie es aussieht, scheint da jemand im großen Stil Salz zu schmuggeln.«

»Nicht *jemand*, Petja. Menschikow persönlich!«

»Quatsch, Wanja. Denk doch mal nach! Nur weil so ein Kerl behauptet, dass diese Steine Menschikow gehören, heißt das noch lange nicht, dass der Generalgouverneur damit etwas zu tun hat. Vielleicht missbraucht nur jemand seinen guten Namen, um sich so einen Vorteil zu verschaffen.«

»Wir sollten darüber mit Trezzini reden. Der kennt sich hier besser aus. Und schließlich betrifft es auch ihn, wenn statt Steinen für die Festung Salz für den Schwarzmarkt in seinem Vorratslager liegt.«

»Und was versprichst du dir davon? Dass er dich aus Dankbarkeit in die Freiheit entlässt?« Der Schwede spuckte spöttisch aus. »Du kannst dir nur Ärger einfangen, Wanja. Lass uns lieber unsere Arbeit hier beenden, damit wir endlich auf die Schiffe kommen. Nur so können wir von hier nämlich entfliehen, das weißt du doch.«

»Aber den Vorfall zu melden ist Teil unserer Arbeit. Wenn auf einmal diese Steine fehlen, wird man uns es vorhalten.«

»Einen Dreck wird man! Bis dahin sind wir längst von hier fort!«

Wrangel schwieg. Es hatte keinen Zweck, den Freund überreden zu wollen. So naheliegend die Idee auch schien, im Lagerraum eines Schiffes zu fliehen, war und blieb es eine lebensgefährliche Angelegenheit mit ungewissem Ausgang. Ließe sich aber die Gunst jener erwerben, die hier etwas zu sagen hatten, könnten sich ganz neue Möglichkeiten eröffnen. Wrangel beschloss deshalb, allein mit dem Baumeister zu reden.

Am nächsten Morgen machte er sich gleich nach dem Frühstück auf die Suche nach Trezzini. Er fand ihn bei den niedergebrannten Kasernen, die nicht erneut in Holz, sondern in Stein wieder aufgebaut werden sollten.

»Maestro Trezzini«, sprach Wrangel den Baumeister an, der über einen Plan gebeugt an einer Mauer stand, »habt Ihr einen Moment Zeit für mich? Ich habe etwas Wichtiges mit Euch zu besprechen.«

»Wenn es wichtiger ist als die neuen Unterkünfte der Soldaten, Wanja, dann gebe ich dir vielleicht einen Moment meiner Aufmerksamkeit«, grunzte der drahtige Mann, ohne dabei den Blick von dem Plan zu wenden.

Wrangel musterte kurz die Umgebung, um sicherzugehen, dass

sie nicht belauscht wurden. »Es geht um das Steinlager oder vielmehr um die Steine im Lager.«
»Aha.«
»Ich habe festgestellt, dass sich in dem Lager Steine befinden, die gar nicht für die Festung bestimmt sind.«
»Wie das?« Trezzini warf ihm einen scharfen Blick zu.
»Nun, in einer Ecke des Lagers liegen wunderbar ebenmäßige Steine, ordentlich gestapelt, die angeblich dem Generalgouverneur Menschikow gehören und für seinen Palast bestimmt sind.«
»Davon weiß ich nichts. Doch wenn es dem Gouverneur beliebt, so zu verfahren, dann wird es wohl seine Richtigkeit haben.«
»Aber der Palast wird doch noch gar nicht gebaut. Und uns fehlen hier besonders nach dem Brand Steine für die neuen Wälle.«
Trezzini reagierte nicht, sondern blickte weiter angestrengt auf seinen Plan.
»Und da ist noch etwas«, setzte Wrangel vorsichtig nach.
»Ja …?«
»Die Steine sind keine Steine …«
Trezzini hob seinen Blick nicht von dem Plan. »Sondern? Was willst du damit sagen, Wanja? Sind sie vielleicht Luft?«
»Sie sind aus Salz, Maestro«, raunte Wrangel mit kaum hörbarer Stimme.
Der Baumeister faltete langsam den Plan zusammen und richtete dann seinen scharfen Blick auf ihn. »Lass uns in meine Arbeitsstube gehen.«

Nachdenklich klopfte Trezzini mit seinen Fingern auf das glatt geschliffene Holz seines Schreibtisches. Wrangel hatte ihm ausführlich von seiner Entdeckung berichtet, auch von dem großen Kerl mit der Knute. Der Baumeister hatte schweigend zugehört, aber Wrangel las in seinem Gesicht, dass er innerlich vor Wut kochte. Als er ihm schließlich darlegte, dass jemand vielleicht den Namen des Gouverneurs für eigene dunkle Geschäfte missbrauchte, schlug Trezzini mit der Faust auf den Tisch und sank danach regelrecht kraftlos in sich zusammen.

»Wäre das der Fall, Wanja, so wären wir die Sorgen umgehend los. Aber wenn hier irgendwo dunkle Geschäfte betrieben werden, so ist der Name Menschikow der erste, der einem einfällt.«

Wrangel schaute ihn verblüfft an. »Der Generalgouverneur selbst?«

»Ach, sei froh, dass du nur ein Maurer ist, Wanja, auch wenn du ganz leidlich Latein beherrschst. Denn wüsstest du mehr vom Leben der großen Herren, würdest du für diese Strolche vielleicht keinen Stein mehr auf den anderen setzen wollen.«

»Auch ein Maurer kann seine Erfahrungen mit Recht und Unrecht gemacht haben, Meister. Erzählt mir von dem Grafen Menschikow, vielleicht bekomme ich dann eine Idee, wie wir in dieser Sache verfahren können.«

»Mit seinem Titel fängt es schon an, Wanja. Dieser Menschikow ist ein Emporkömmling, der sein ganzes Lebensglück einzig und allein dem Zaren zu verdanken hat. Weißt du, was er war, bevor er ein Graf wurde?«

»Ein Baron?«

»Ein Piroggenverkäufer!«

»Was sind Piroggen?«

Trezzini verzog das Gesicht. »Widerliche gebackene Teigtaschen, gefüllt mit zermahlenem Fleisch und Zwiebeln. Niemand, der seinen Gaumen in Italiens Norden geschult hat, kann so etwas ertragen.«

Bei dem Gedanken an mit Zwiebeln gewürztes Hackfleisch lief Wrangel das Wasser im Mund zusammen, aber er hütete sich, dem Meister zu widersprechen und so vielleicht seinen

Redefluss zu stoppen. »Also war Menschikow ursprünglich ein Bäcker?«

»Ein Bauernbengel war er. Sein Vater hatte große Mühe, ihn zu ernähren, und gab ihn deshalb als Küchenjunge in die Vorstadt von Moskau. Dort leben Handwerker aus aller Welt, denn die früheren Zaren waren nicht so gütig und weise wie unser jetziger Zar. Sie wollten nicht, dass die Ausländer mit den Russen in Kontakt kamen und vielleicht sogar von ihnen lernten. Darum durften sie nur in der Vorstadt von Moskau leben und arbeiten. Unser gütiger Zar hat dort seine Jugend verbracht, denn er liebt es, zu lernen. Schau nur, hier, mein Plan«, er hielt Wrangel einen großen Bogen Papier, der auf seinem Schreibtisch lag, unter die Nase. Es war eine Zeichnung der Festungsanlage mit allen neuen Gebäuden, die Trezzini errichten wollte. »Eine ganze Stunde lang hat der Zar gemeinsam mit mir über diesem Papier gesessen und höchstpersönlich Veränderungen eingezeichnet, die auch ein so strenger Baumeister wie ich nur als Verbesserungen loben kann.«

»Und Menschikow?«, drängte Wrangel das Gespräch wieder in seine alte Bahn.

»Menschikow wurde Laufbursche im Hause des Großadmirals François Le Fort, einem Landsmann von mir.«

»Das ist aber ein steiler Aufstieg für einen Bäckerjungen«, schmunzelte Wrangel.

»Ach! Damals war Le Fort noch kein Großadmiral. Aber er war ein Freund des jungen Zaren, der zu dieser Zeit noch kein Zar, sondern Zarewitsch war. Ja, und so lernte Zarewitsch Peter den Laufburschen Alexander kennen, und sie wurden Freunde, Saufkumpane und Waffenbrüder. Der Zarewitsch übernahm Menschikow als Burschen, und dieser wich seinem Herrn nie mehr von der Seite. Bis heute nicht. Über Jahre schlief er auf dem nackten Boden vor Peters Bett, munkelt man.«

»Und dann wurde aus dem Zarewitsch der Zar und aus dem Laufburschen der Graf«, resümierte Wrangel.
»So ungefähr«, grunzte Trezzini. »Aber ich will nicht ungerecht sein. Menschikow ist ein tapferer und mutiger Mann. Und er ist intelligent und schlau, ja, geradezu gerissen. Das Gerissenste, was er jemals getan hat, war, seinem besten Freund und Herrn die eigene Geliebte weiterzureichen, die kleine Marta. Inzwischen ist das Mädchen in den höchsten Adelsstand erhoben und die Mätresse *en titre* des Zaren. Und Menschikow ist wie gesagt Graf. Doch nicht mehr lange. Alle Welt redet schon davon, dass er bald ein Reichsfürst wird. Die Verhandlungen mit dem Kaiser in Wien laufen bereits auf Hochtouren. Aber das ist für einen Maurer wie dich wohl ein bisschen schwer zu verstehen, Wanja.«
Wrangel nickte ergeben, hakte dann aber nach. »Also, wenn ich recht verstehe, ist der Generalgouverneur Menschikow ein guter Freund des russischen Zaren.«
»Der beste Freund, mein Junge. Und gerade darum kann er auch tun und lassen, was er will, der Zar verzeiht ihm alles. Sie haben sogar ein und dieselbe Frau geteilt, verstehst du?«
»Und Menschikow nutzt diesen Freiraum aus und tut Dinge, die er lieber lassen sollte?«
Trezzini schnaubte wütend. »Korrupt und geldgierig ist er wie kein Zweiter. Kann den Hals nicht voll genug bekommen. Peter verwehrt ihm keine Ehre, kein noch so fürstliches Geschenk. Aber für Menschikow ist es nie genug.«
»Doch vielleicht weiß der Zar gar nicht um die zweifelhaften Machenschaften seines Freundes, und man müsste ihm nur einmal die Augen öffnen. Ihr zum Beispiel, Meister.«
»Ach, Wanja, du bist eben nur ein Maurer. Die Wege bei Hofe sind weitaus komplizierter, als man meinen mag. Zwar ist der Zar offen für Menschen aus aller Welt, holt sich Offiziere, Kauf-

leute, Handwerker und Künstler wie mich ins Land und bietet ihnen Möglichkeiten, die kein anderer Hof dieser Welt mehr zu bieten hat, seit Versailles vollendet ist. Aber zugleich ist er umgeben von Lügnern, Betrügern und faulem Pack, das sich nur an seiner Tafel feist fressen will. Doch glaube nicht, dass unser Zar das nicht weiß! Es ist noch nicht lange her, da wurde ihm wieder einmal ein schäbiges Geschäft seines Freundes Menschikow zugetragen. Ich selbst saß mit ihm an der Tafel, denn wir planten gerade den Ausbau des Hafens, sodass meine Ohren Zeugen seiner Worte wurden. Ein Höfling raunte dem Zaren die Vergehen seines Günstlings Menschikow ins Ohr. Doch Peter schlug nur mit der Faust auf den Tisch und donnerte mit voller Stimme: ›Alle stehlen! Nennt mir einen einzigen ehrlichen Gouverneur! Menschikow ist einer der größten Diebe, keine Frage, aber eines unterscheidet ihn von den anderen: Er ist auch einer der Fleißigsten; er arbeitet für zehn. Hinauswerfen ist leicht, Hinrichten auch. Aber wer bleibt mir dann noch? Nur talentlose und unfähige Diebe!‹ Ich sage dir, Wanja, seit diesem Ausbruch weiß ich, dass Menschikow nicht wegen einiger Geldgeschäfte oder einfachen Schmuggels zu Fall kommen wird. Dafür braucht es schon weit schlimmere Vergehen.«

»Der Generalgouverneur muss ja auch nicht zu Fall kommen, Meister. Schließlich begeht man so einen Schmuggel wohl kaum allein. Man müsste nach dem anderen Ende der Kette Ausschau halten und prüfen, ob man damit vielleicht dem Zaren einen nützlichen Dienst erweisen könnte«, setzte Wrangel nach, der sich nicht so schnell von der Idee, dank der Gunst des Zaren persönlich von hier fortzukommen, trennen wollte.

Trezzini schwieg für einen Augenblick nachdenklich. Dann nickte er. »Wanja, du erstaunst mich immer wieder.«

»Gebt mir einfach die Möglichkeit, Euch wirklich in Staunen zu versetzen und die Vorgänge im Steinlager etwas eingehender zu prüfen. Vielleicht findet sich etwas Nützliches. Zumindest so viel, dass wir den Schaden von der Arbeit an der Festung fernhalten können.«

»Nun gut. Hab meinetwegen ein Auge auf die Dinge. Aber sei vorsichtig. Ich möchte nicht schon wieder meinen Buchhalter verlieren, zumal ich hier bisher noch keinen besseren gefunden habe.«

Burg Sonnenstein in Sachsen im August 1706

Patkul riss die Augen auf. Der honiggelbe Sommermond schien hell durch den Rundbogen des Fensters. Sein Licht floss wie ausgelaufene Milch über den Boden. Mühsam richtete sich der schwere Mann im Bett auf. Sein Herz hämmerte gegen die Rippen, kalter Schweiß stand ihm auf der Stirn. Es waren die Augen des Henkers gewesen, in die er im Schlaf geblickt hatte. Graublaue Augen, gerahmt von einer ledernen Maske, die ansonsten nur eine ovale Aussparung für den Mund hatte. Er hielt ein gewaltiges Richtschwert in beiden Händen, dessen Spitze auf einen blutigen Holzpflock deutete. Und an Patkuls Seite ein Priester in schlichter Kutte wie ein Mönch. Sie alle standen auf groben hölzernen Brettern, durch deren Ritzen der Blick ins Leere fiel. Das Schafott.

Patkul rieb sich die Augen. Seine Hände waren eisig und feucht. Es war ein Traum, nur ein Traum! Er lag doch hier in seinem Bett, die Decke bis zur Brust hochgezogen, und auch der Blick aus dem Fenster war bei Nacht der gleiche wie seit Monaten. Es bestand kein Zweifel, das er sich immer noch in seinem Turmverlies auf der Burg Sonnenstein befand und nicht auf dem Schafott des Henkers.

Patkul schlug die Decke zurück und setzte sich auf. Er brauchte dringend etwas zu trinken. Im fahlen Licht des Mondes sah er die Flasche Burgunder stehen, die er zum zweiten Abendessen nicht mehr ganz geleert hatte. Stöhnend erhob er sich, tappte barfuß zum runden Tisch hinüber und schenkte sich ein Glas Wein ein. Der Burgunder duftete verlockend. Die Stunden an der frischen Luft waren seinem Bouquet gut bekommen. Genussvoll nahm Patkul einen Schluck, ließ den Wein durch seine Mundhöhle kreisen und tastete den Geschmack mit Zunge und Gaumen ab. Köstlich. Ein wunderbarer Jahrgang.

Er ließ sich in dem schweren Stuhl vor dem Fenster nieder und sah in die Nacht hinaus.

Monate waren nun schon vergangen, seit man ihn hierher verschleppt hatte. Und wie er vorm Zubettgehen überschlagen hatte, neigten sich seine finanziellen Ressourcen dem Ende zu. Das Leben auf Sonnenstein war kostspielig. Allzeit galt es jemanden für geringe Dienste hoch zu entlohnen, und halb Pirna schien auf Patkuls Kosten zu schmausen.

Große Sorgen bereitete Patkul auch die weiterhin ausbleibenden Subsidien des Zaren an König August. Eine letzte üppige Tranche von 120 000 Rubeln hatte Patkul im Herbst 1705 auf den Weg gebracht. Den Transfer in Wechseln hatte er mit dem Grafen Menschikow abgestimmt. Menschikow hatte die Wechsel nur noch rechtzeitig auf den Weg bringen müssen. Aber wie es schien, war der Großteil der Zahlung immer noch nicht eingetroffen. Ein Unding, das Patkuls Lage beträchtlich verschlechterte, denn August mochte vermuten, dass er als zaristischer Gesandter seine Finger im Spiel hatte.

Patkul nahm noch einen Schluck Wein. Vielleicht würde der Burgunder gegen die drückenden Kopfschmerzen helfen, die sich langsam wieder einstellten. Zum Glück war er sicher, dass sie nichts mit einem neuerlichen Giftanschlag zu tun haben konnten, denn seit dem Tod des Hündchens hatte sein Diener Heinrich ein scharfes Auge auf die Zubereitung der Speisen, die ihm vorgesetzt wurden. Es war wohl einfach so, dass es mit seiner Gesundheit allmählich bergab ging. Patkul spürte es deutlich in seinen Gliedern. Im vergangenen Monat hatte er das sechsundvierzigste Lebensjahr vollendet. Doch anstatt sich durch die Jagd an der frischen Luft zu ertüchtigen, wie es sich für einen Mann seines Alters und Standes gebührte, saß er in diesem zugigen Turm und wartete darauf, dass sein Schicksal sich endlich wendete.

Als die Turmuhr die achte Stunde schlug, hörte er die Wachen den schweren Schlüssel im Türschloss herumdrehen, und kurz darauf betrat sein treuer Diener Heinrich den Raum, ein üppig gefülltes Tablett mit diversen Speisen für das Frühstück des Gefangenen zum Tisch balancierend.

»Guten Morgen, Herr Patkul. So früh seid Ihr schon auf? Aber es ist ja auch ein herrlicher Tag.« Mit geschickten Handgriffen räumte der Diener die Essensreste des Nachtmahls und die inzwischen vollständig geleerte Burgunderflasche zur Seite und tischte dann seinem Herrn das Frühstück auf. »Seht, was ich Euch Gutes bringe, und stärkt Euch ordentlich, um jeglichen trüben Gedanken zu vertreiben. Hier, gebratene Taubeneier auf Parmaschinken, frische Pflaumen und sogar schon die ersten Äpfel der neuen Ernte. Sie sind köstlich erfrischend. Und frisches feines Weißbrot, es ist noch warm, sodass die Butter darauf zerlaufen wird.«

Patkul schaute die Köstlichkeiten lustlos an. »Und was hast du zu trinken gebracht?«

»Eine heiße Schokolade, Herr. Ich habe sie persönlich zubereitet und nicht einen Moment aus den Augen gelassen. Ihr wisst doch: Nichts soll so gut wie heiße Schokolade gegen Kopfschmerzen wirken, wenn man sie in kleinen Schlucken zu sich nimmt. Wohl bekomme es Euch.«

Patkul rückte seinen Stuhl zurecht, brach sich ein Stück des warmen Brotes ab und tunkte es in die Schokolade. Sein Diener machte sich derweil am Bett zu schaffen, tauschte die verschwitzten Laken gegen frische, entleerte das Nachtgeschirr und füllte frisches Wasser in die Waschschale. Dann suchte er

die achtlos hingeworfenen Kleider zusammen und hängte sie auf Bügel, um sie später auszubürsten.
Patkul hatte sein Frühstück gerade beendet und sein Diener noch kaum den Tisch abgeräumt, als sich erneut der Schlüssel im Schloss drehte und die Wache die Ankunft des Herrn von Hoym meldete. In aller Eile strich Patkul seinen seidenen Morgenmantel glatt und ließ den Freund hereinbitten. Das Ankleiden konnte warten, denn von Hoym brachte womöglich neue Informationen.
»Guten Morgen, Patkul. Entschuldigt meine frühe Störung, aber der heutige Tag ist voller Termine, und ich wollte Euch nicht bis in den späten Abend auf meinen Besuch warten lassen.«
»Ah, Hoym, Ihr seid mir doch immer willkommen, ganz gleich zu welcher Zeit. Entschuldigt vielmehr meine legere Kleidung, aber das Frühstück pflege ich grundsätzlich so einzunehmen, um dem Tag mehr Abwechslung zu geben, als dieser Ort es sonst gewährt. Kommt, setzt Euch zu mir und trinkt eine Tasse heiße Schokolade.«
»Die kann ich gebrauchen bei den Nachrichten, die ich für Euch habe.«
»Was gibt es denn zu berichten? Spannt mich nicht unnütz auf die Folter.«
»Die gute Neuigkeit zuerst. Die schwedische Flotte hatte vor Petersburg keinen Erfolg. Der Zar konnte sie mit seinen Schiffen nicht nur wirksam aufhalten, sondern auch gleich in die Flucht schlagen. Wie es scheint, zeigen die Russen auf einmal ganz neue Qualitäten als Marinestreitmacht.«
»Neu sind diese Qualitäten nicht, Hoym. Denkt nur an die Schlacht von Asow, als Peter in nur einem Winter eine Flotte aus dem Boden stampfte und die Türken an der Mündung zum Schwarzen Meer das Fürchten lehrte. Und so, wie ich meinen

Herrn kenne, wird er das Newa-Delta nie wieder hergeben. Seine ganze Kraft und Liebe fließt in diese Stadt Sankt Petersburg, die er dort errichten lässt. Aber was habt Ihr noch zu berichten, wenn diese Neuigkeit erst die gute war?«
Hoym räusperte sich und nahm erst einen Schluck von der heißen Schokolade. »Der russische Außenminister Golowin ist unerwartet auf der Reise nach Berlin gestorben. Damit bricht eine wichtige Verbindung zwischen Euch und dem Zaren ab.«
»Der arme Mann. Dabei hatte er noch nicht das Alter, um zu gehen.« Patkul schüttelte betroffen den Kopf. »So bleibt mir nur, auf die Unterstützung des Fürsten Golicyn in meiner Sache zu hoffen. Allerdings ist er bei weitem nicht so gewandt, wie Graf Golowin es war. Und was habt Ihr sonst noch zu berichten?«
Hoym rührte mit dem Löffel in seiner Tasse. Dann schien er sich einen Ruck zu geben, um seinem Freund nun die schlechten Nachrichten mitzuteilen. »Die russischen Truppen sind unter dem Kommando von Graf Menschikow in der Ukraine aufmarschiert. König August II. wollte die Schweden mit breiter Front in Litauen empfangen. Aber der Schwedenkönig änderte überraschend die Richtung seiner Truppen und wandte sich nach Galizien. Er hat die Weichsel überquert und seine Truppen mit denen von General Rhensköld vereint. Nun zieht er gen Sachsen. Es besteht kein Zweifel, dass das kleine Land eine leichte Beute für ihn sein wird.«
Patkul schluckte.
Wenn die Schweden Sachsen eroberten, stünde es um ihn, Patkul, den schwedischen Staatsfeind auf Sonnenstein, wahrlich schlecht.
»Wie viel Zeit bleibt dem Land, Hoym?«
»Das ist schwer zu sagen. Die Schweden ziehen schnell voran,

und die Sachsen haben ihnen nichts und niemanden entgegenzusetzen. Es ist wohl nur noch eine Frage von ein, zwei Wochen.«

»Und wie viel Zeit bleibt mir?«

»Auch das, mein Freund, vermag ich nicht zu sagen. Ihr wisst genau, wie ich zu Eurem Verbleib hier stehe, und ich werde mich nicht in meinen Bitten an Euch wiederholen, endlich meine Hilfe anzunehmen, respektiere ich doch Euren Stolz und Eure Ehre.«

Patkul nickte verdrossen und starrte aus dem Turmfenster in den strahlenden Augustmorgen. »Sagt, Hoym, gibt es nicht auch Neuigkeiten um die immer noch ausstehenden Tranchen der Subsidien aus Russland?«

»Bisher ist kein Geld eingetroffen, Patkul. Aber selbst wenn, könntet Ihr von hier aus kaum einen Wechsel an der Leipziger Börse einlösen.«

»Wohl aber hätte man einen Grund, mich freizulassen, damit ich es täte«, erwiderte Patkul grimmig. »Jeder Groschen dürfte August doch helfen, sein ausgeblutetes Heer in Sachsen bei der Stange zu halten, zumal jetzt, mit den Schweden vor den Toren.« Auf einmal blitzten seine Augen voller Energie auf. »Tut mir einen Gefallen, mein Freund. Setzt noch einmal alles daran, herauszufinden, wo die Gelder festhängen. Denn wenn die Zahlung hier endlich eintrifft, *muss* August endlich nachgeben und mich zu seinem eigenen finanziellen Wohl auf freien Fuß setzen. Uns bleibt nur noch wenig Zeit, wenn wir etwas gegen den schwedischen Aufmarsch unternehmen wollen. Ich selbst werde mich sofort hinsetzen und an Golycin schreiben, um ihn um Hilfe zu bitten.«

»Wie gut, Euch voller Tatkraft zu sehen, Patkul. Ich werde in dieser Sache unternehmen, was ich kann. Morgen um die gleiche Zeit komme ich wieder, um Euren Brief sicher auf den Weg zu bringen. Habt Gottvertrauen.«

Damit erhob sich von Hoym von seinem Stuhl, drehte sich um und ging zur Tür.
Den verzagten Schatten auf seinen Gesichtszügen konnte Patkul nicht sehen.

Narva im August 1706

Ruth atmete erleichtert auf. Der Schneider hatte gute Arbeit geleistet. Endlich schnürte ihr das Kleid nicht mehr den Atem ab. Sie entlohnte den braven Mann mit ein paar Kopeken, die Jurek für sie eingetauscht hatte, und verließ die Schneiderwerkstatt, um in das städtische Treiben Narvas einzutauchen.
Seit drei Tagen waren sie nun hier und hatten sich zwei Kammern bei einer Kaufmannswitwe mieten können. Die redliche Frau verköstigte sie für den Mietzins auch am Morgen. Die Reise aus dem Herzen Livlands hierher war ausgesprochen gut verlaufen. Das Floß war weitaus bequemer gewesen, als Ruth vermutet hätte, und mit dem Flößer hatten sie sich so gut verstanden, dass er ihnen ganz von sich aus anbot, über seine Beziehungen eine weitere Flusspassage für sie und Jurek zu organisieren. Ein estnischer Schiffer, der regelmäßig Narva und Iwangorod, die Schwesterstadt am gegenüberliegenden Flussufer, ansteuerte und dort die Märkte belieferte, hatte sie schließlich für einen guten Preis mitgenommen.
Die Fahrt über den riesigen Peipussee hatte Ruth tief beeindruckt. Der See war so breit, dass man das andere Ufer nicht sehen konnte. Sein Wasser, das wie ein silberner Spiegel im Sommerlicht schimmerte, war herrlich warm gewesen, sodass sie genüsslich baden und ihre Wäsche waschen konnten. Auch war der See so voller Fische, dass man sie regelrecht mit den Händen greifen konnte. So brauchten sie sich weder um ihr Essen noch um ihr Trinken Sorgen zu machen.
Ruth hatte die Tage genossen, die sie ruhig über den See glitten, eine leichte Brise im Segel, während nur das Geschrei der Möwen und anderer Wasservögel gelegentlich die Stille durch-

brach. Sie hatte viel geschlafen und sich von den Strapazen der Reise erholt. Auch nachts blieben sie auf dem See, der flach genug war, dass man im sicheren Abstand zum Ufer problemlos Anker werfen konnte. Als sie schließlich sein nördliches Ende erreichten und in die Narva einfuhren, mussten sie erhöhte Wachsamkeit an den Tag legen, da an den Ufern des Flusses immer wieder Trupps von Kosaken auftauchten. Aber ihr Schiffer war ein erfahrener Mann und brachte sie sicher bis vor die Tore von Narva.

Die Stadt war, genau wie das an der anderen Uferseite liegende Iwangorod, mit einer beeindruckenden Festung gesichert. Narvas Hermannsfeste hatten ursprünglich Dänen in der Mitte des 13. Jahrhunderts erbaut, die Anlage dann aber an den Deutschen Orden verkauft, der hier über Jahrhunderte das Sagen hatte. Am Ende des 16. Jahrhunderts waren Narva und Iwangorod in schwedische Hand gefallen sowie vereinigt und erst vor zwei Jahren von Zar Peter I. für die Russen zurückerobert worden. All diese Dinge hatte Ruth von dem Schiffer erfahren, der die grausame Eroberung von Narva miterlebt und viele schwedische Frauen und Kinder aus der Stadt vor den massakrierenden russischen Soldaten in Sicherheit gebracht hatte. Das Treiben war so schlimm gewesen, dass der Zar persönlich einschreiten und seine Truppen mit harten Disziplinarmaßnahmen zum Einhalten zwingen musste. Aber die Spuren der Eroberung der Stadt sah man noch auf Schritt und Tritt. Viele Häuser waren von dem Granatensturm der Russen zerstört worden, und auf den Straßen entdeckte man weit mehr russische Soldaten als Esten. Schweden waren kaum noch anzutreffen. Die Russen hatten Tausende von ihnen erschlagen. Wer konnte, war geflohen.

Doch trotz dieser grauenvollen Ereignisse hatte sich inzwischen wieder ein friedlicher Alltag in der Stadt eingestellt. Mit leichten Schritten ging Ruth durch die Straßen. Sie war froh, wieder in einer Hafenstadt zu sein. Selbst wenn die Stadt von Russen gehalten wurde, würde sie gut von hier fortkommen, denn Narva war auch nach sechs Jahren Krieg noch gut mit den europäischen Handelsrouten verbunden. Die Sonne schien warm und freundlich aus einem strahlend blauen Himmel, wobei eine leichte Meeresbrise die Luft angenehm kühl hielt. Sie hatte sich mit Jurek in einem Gasthof in der Nähe des Rathauses verabredet, in dem sie schon am Vortag ein sehr gutes Essen in angenehmer Atmosphäre eingenommen hatten. Während sie den Vormittag beim Schneider verbracht hatte, wollte Jurek einige Erkundigungen über jenen Paul Ankermann einholen, der ja hier in Narva leben sollte.

Auf einmal bemerkte Ruth, dass drei Soldaten in russischer Uniform ihr folgten und auch unangenehm nahe kamen. Ihr Herz schlug schneller. Die vielen schlechten Erfahrungen der vergangenen Wochen hatten sie nicht nur vorsichtiger, sondern auch furchtsamer werden lassen. Sie ging schneller. Auch die Männer hinter ihr beschleunigten ihre Schritte. Sie bog in eine kleine Straße ab, die direkt zu dem Gasthof führte, wo schon Jurek auf sie warten musste. Die Soldaten folgten ihr. Einer rief etwas, aber sie verstand es nicht und reagierte auch nicht. Darauf pfiff er unverschämt, und die beiden anderen lachten derb auf.

Ruth schluckte. Dann blieb sie plötzlich stehen und drehte sich mit durchgestrecktem Rücken um. Die Soldaten wären fast in sie hineingelaufen, so unerwartet kam ihr Halt. Verdutzt schauten die Männer sie an. Es waren noch junge Kerle. Einem von ihnen spross noch nicht einmal der Bart. Ruths gewölbter Leib war nicht zu übersehen, aber ihre Augen funkelten die drei so wütend an, dass die Männer unwillkürlich einen Schritt zurückwichen.

Der augenscheinlich Älteste fing sich als Erster wieder und sagte etwas in einem abfällig-spöttischen Singsang.

Ruths Herz pochte heftig gegen ihre Brust. Was sollte sie tun? Sich einfach umdrehen und weitergehen?
Da hörte sie hinter sich Jureks Stimme, die den Soldaten in energischem Ton einige russische Wort zurief.
Ruth atmete auf. Schnell drehte sie sich um und lief zu ihrem Diener, der wie ein großer rothaariger Recke breitbeinig mitten in der Gasse stand. Einer der Soldaten rief ihm noch etwas zu, aber seine Kameraden winkten ab und kehrten um.
»Du warst genau zur rechten Zeit hier, Jurek! Hab Dank.«
Der große Mann nickte nur kurz, folgte aber mit dem Blick den Soldaten, bis sie um die Ecke verschwunden waren.
»Ihr solltet hier nicht allein durch enge Gassen laufen, Fräulein Ruth. Das ist gefährlich für eine junge Frau. Benutzt nur die belebten Hauptstraßen.«
Ruth nickte folgsam. Ihr Herz hämmerte noch gegen ihre Rippen. »Komm, lass uns in den Gasthof gehen, ich muss mich setzen.«
Wenig später saßen sie an einem weit geöffneten Fenster, das zum Hinterhof des Gasthofes hinausging, und aßen eine kräftige Gemüsesuppe.
»Hast du etwas über Ankermann herausgefunden, Jurek?«
Ihr Diener wischte sich den Mund am Ärmel seines langen Bauernhemdes ab und nickte. »Ja, dieser Ankermann hat in der Nähe des Hafens ein kleines Kontor, über das ein reger Handel mit dem Russischen Reich abgewickelt wird.«
»Womit handelt der Mann?«
»Wie es scheint, mit allem Möglichen. Von gesalzenen Heringen über Eisenwaren und Stoffe, Wein, Salz und sogar Schwarzpulver oder Steine bis hin zu feinen Gewürzen und edlem Kunsthandwerk. Er führt wohl alles Erdenkliche ein und verschifft im Gegenzug hauptsächlich Harze, Honig, Pelze und Silber.«
»Das deckt sich mit dem, was Oberst Düker in Riga über An-

kermann berichtete. Ich sollte ihn am besten gleich aufsuchen und sehen, was er für mich tun kann.«

»Da ist aber noch etwas, Fräulein Ruth.« Er hielt inne.

Ruth schaute ihn fragend an.

»Ich konnte zwar so einiges über die Geschäfte erfahren, die sein Kontor abwickelt, da er einen mitteilungsfreudigen Jungen als Kontorburschen beschäftigt. Aber darüber, wer dieser Mann eigentlich ist, konnte mir niemand recht Auskunft geben. Er wohnt zur Miete in einem moderaten Haus, aber er ist wohl nicht häufig hier in Narva.«

»Daran ist nichts Ungewöhnliches, Jurek. Kaufleute sind eben viel unterwegs. Und es ist keine Schande, zur Miete zu wohnen, zumal wenn man nicht weiß, wie lange einen die Geschäfte an einem Ort halten. Außerdem habe ich doch erfahren, wer er ist: ein Hamburger Kaufmann, der seiner Heimatstadt den Rücken gekehrt hat und nun hier seinen Geschäften nachgeht.«

Jurek schwieg. Als Ruth sich wieder ihrer Suppe zuwandte, sagte er noch: »Seid einfach vorsichtig, Fräulein Ruth.«

* * *

Am Nachmittag machte sich Ruth in Begleitung von Jurek auf zum Kontor von Paul Ankermann. Es war in einem großen Haus in unmittelbarer Nähe des Hafens untergebracht. An der Tür hing ein unscheinbares Schild, auf dem nur »Ankermann Handelskontor« stand. Als Ruth die Tür öffnete, ertönte eine helle Glocke. Gleich neben dem Eingang stand ein kleiner Tisch, hinter dem der Kontorbursche sie freundlich begrüßte und sich nach ihrem Anliegen erkundigte.

»Wrangel ist mein Name. Ich möchte gern Herrn Ankermann sprechen.«

»Er ist noch im Hafen, gnädige Frau, wird aber sicherlich bald zurück sein. Wenn Ihr warten mögt, so könnt Ihr gern Platz nehmen.«

Ruth setzte sich auf einen bequemen hohen Holzstuhl, der in der Nähe des Fensters stand, das einen Blick auf die Straße gewährte. Wie angenehm es doch war, dass in den Handelsstädten entlang der Ostseeküste Deutsch die *lingua franca* war. Sie spähte geduldig hinaus auf den Menschenstrom. Viele Menschen in den verschiedensten Kleidern liefen die Straße zum Hafen entlang. Die meisten von ihnen waren Seeleute, aber auch viele Händler sowie Mägde, beladen mit schweren Körben, waren darunter und natürlich die allgegenwärtigen Soldaten.

Bald bemerkte sie zwei Männer in hellen Kniebundhosen, Schnallenschuhen, leichten seidenen Röcken und eleganten Dreispitzen, die ins Gespräch vertieft auf das Kontor zukamen. Beide waren um die Mitte dreißig und von mittlerer Größe, der eine mit krausem dunklem Haar jedoch deutlich zierlicher. Der athletischer gebaute Mann trug sein für die Region typisches dunkelblondes Haar zu einem eleganten Zopf gebunden. Als sie vor der Tür ankamen, griff der Blonde nach der Klinke. Er musste also Ankermann sein.

Ohne dem Kontorburschen Beachtung zu schenken, durchquerten die beiden, ihr Gespräch auf Russisch fortsetzend, den kleinen Vorraum und gingen direkt in das Kabinett von Ankermann.

»Entschuldigt bitte, Herr Ankermann, aber Ihr habt Besuch.«

»Das weiß ich, Fedja.«

»Nein, ich meine, hier wartet eine Dame auf Euch.«

Erst da drehte sich der Kaufmann zu dem Stuhl am Fenster um und sah die im Gegenlicht sitzende Ruth.

Mit einer galanten Handbewegung deutete er seinem Begleiter an, schon einmal in sein Kabinett vorzugehen, und wandte sich dann mit einer kleinen Verbeugung seinem neuen Gast zu.

»Gott zum Gruße, gnädige Frau, was verschafft mir die Ehre Eures Besuches?«
Ruth erhob sich und machte einen kleinen freundlichen Knicks. »Gott zum Gruße, Herr Ankermann. Mein Name ist Ruth Wrangel. Ich bin vor kurzem aus Riga hier eingetroffen und habe ein geschäftliches Anliegen an Euch.«
Ein dunkler Schatten huschte über Ankermanns auffallend helle Augen, und er verzog für einen winzigen Augenblick seine Mundwinkel. »Frau Wrangel aus Riga, soso. Was kann ich für Euch tun?«
Ruth besann sich schnell und antwortete in leichtem Tonfall: »Nun, ich komme nicht aus Riga, sondern aus Berlin. In Riga vermutete ich Euch lediglich. Denn ein gemeinsamer Bekannter von uns, Herr Jakob Sternberg, ein junger Naturforscher und inzwischen auch Mitglied der Preußischen Sozietät der Wissenschaften, empfahl mir Euch als den richtigen Mann für die Organisation einer Reise.«
»Ah, der gute Sternberg.« Ankermanns Miene hellte sich auf, und sein Ton wurde verbindlicher. »Ein wirklich ambitionierter Naturforscher. Ich half ihm vor einigen Jahren bei der Ausrüstung seiner Reise zum Eismeer.«
»Eben von dieser Reise berichtete mir Herr Sternberg und von Eurer hervorragenden Unterstützung für sein Unternehmen.« Ruth warf Ankermann ein liebreizendes Lächeln zu.
Doch es schien an ihm abzuperlen wie Regentropfen auf einer gewachsten Leinwand. Stattdessen musterte er ihre vielsagende Körperform. »Und Ihr möchtet also eine Reise machen, Frau Wrangel?«
»Ja.«
»In den hoffnungsvollen Umständen – Ihr verzeiht meine Direktheit –, in denen Ihr Euch befindet?«
»So ist es, Herr Ankermann. Tatsächlich reise ich bereits einige

Zeit in genau diesen Umständen.« Ruth besann sich einen Wimpernschlag lang. »Wie ich sagte, komme ich aus Berlin.«
»Ja, die Wrangels sind eine weitverstreute Familie. Und wie, meint Ihr, könnte ich Euch bei Eurem Vorhaben behilflich sein?«
»Ich hoffte, Ihr könntet mir bei der Zusammenstellung der Reiseausrüstung helfen. Und vielleicht wüsstet Ihr auch einen Führer, den Ihr mir empfehlen könntet.«
»Aber wohin, gnädige Frau, soll die Reise denn gehen?«
»Ich möchte in jene Sumpfgebiete, in denen die Russen ihre neue Stadt mit Namen Sankt Petersburg errichten.«
Ankermann schaute sie ungläubig an und lachte dann kurz auf. »Ach, da bin ich ja beruhigt. Ich dachte schon, Ihr wolltet, wie der gute Sternberg, irgendwo ins ewige Eis aufbrechen, um seltenen Tieren nachzujagen. Aber wenn es nur nach Sankt Petersburg gehen soll, dann sieht die Sache schon wesentlich einfacher aus.«
Ruth lächelte verkniffen. Wie gut, dass sie nicht von der Weißwangengans gesprochen hatte. Ankermann hätte sie womöglich abgewiesen.
»Kommt doch in mein Kabinett, dort können wir in Ruhe weitersprechen, und dazu kann ich Euch gleich einen Geschäftsfreund von mir vorstellen, der wie ich auch regelmäßig in Sankt Petersburg weilt.« Damit geleitete er Ruth durch die offene Tür in ein großzügiges Kabinett, dessen dunkler Holzboden von einem riesigen Bärenfell bedeckt war. Sogleich erhob sich der Mann mit dem dunklen krausen Haar, seinen Dreispitz hatte er bereits abgelegt, und verbeugte sich höflich vor ihr.
»Darf ich vorstellen, Frau Wrangel aus Berlin.« Mit galanter Höflichkeit deutete auch Ankermann eine Verbeugung an. »Und der Herr Schafirow, Geheimrat Seiner Majestät des Zaren von Russland sowie sein Postminister und Hoffaktor.«

»*Enchanté*, Madame. Welch schöne Überraschung in dieser tristen Umgebung.«
»*Merci*, Monsieur, die Freude ist ganz auf meiner Seite, zumal man nur selten die Bekanntschaft eines Geheimrats des Zaren macht.«
»Nehmt doch bitte Platz, Frau Wrangel.« Damit wies Ankermann Ruth einen Stuhl neben dem von Schafirow zu und setzte sich selbst an die andere Seite des großen Schreibtisches.
»Fedja, bring uns drei Becher Kwas.«
»Jawohl, Herr Ankermann.«
»Ihr müsst wissen, Frau Wrangel, dass dieses russische Getränk einer der besten Durstlöscher an heißen Sommertagen ist. Aber kommen wir doch zurück auf Euer Anliegen. Ihr möchtet also nach Sankt Petersburg reisen?«
»So ist es, Herr Ankermann.«
»Nun, das ist wahrlich kein Problem. Fast täglich sticht von hier eine Fregatte oder Galeere in See. Freilich nehmen nur die wenigsten Passagiere mit, da es sich meist um Kriegsschiffe handelt. Ich selbst reise regelmäßig auf dieser Route und könnte wohl eine Passage für Euch organisieren. Aber sagt mir, zu welchem Zweck wollt Ihr an diesen Ort?«
Ruth zögerte. »Familienangelegenheiten führen mich dorthin.«
»Oh, ich wusste gar nicht, dass Mitglieder der weitverzweigten Familie der Wrangels sich so tief in des Löwen Höhle wagen. Sind die Wrangels doch seit Jahrhunderten aufs innigste mit dem schwedischen Thron verbunden. Und Petersburg ist russisch.« Er musterte Ruth mit einem prüfenden Blick.
Sie aber warf ihm ein charmantes Lächeln zu und deutete eine wegwischende Geste mit ihrer Hand an. »Mit Politik habe ich nichts zu schaffen, Herr Ankermann.«
»Dann ist es vielleicht doch eher etwas Geschäftliches?«
Ruth horchte auf. Ankermann war Kaufmann. Würde er in ihr

eventuell eine Konkurrentin für seine Geschäfte wittern oder sie vielleicht als mögliche Geschäftspartnerin betrachten? »Nein, Herr Ankermann. Es handelt sich dabei um eine rein private Familienangelegenheit.« Dabei strich Ruth sanft mit der Hand über ihren Leib.

Ankermann bemerkte die Geste und lächelte verhalten. »Nun gut. Ich nehme an, Euch drängt die Zeit. Darum ließe sich vielleicht eine Passage in zwei Tagen organisieren. Aber bitte reist mit kleinem Gepäck. Der Platz auf einer Galeere ist für Passagiere recht begrenzt.«

Ruth strahlte ihn an. »In zwei Tagen, wie wunderbar! Um mein Reisegepäck macht Euch keine Sorgen. Ich habe es bereits in Riga auf das Nötigste reduziert, da ich von dort keine Schiffspassage bekam und so den Landweg wählen musste.«

Ankermann und Schafirow sahen sie erstaunt an. »Ihr seid quer durch Livland mit der Kutsche gereist?«

»Nein, geritten, Herr Ankermann.«

»*Mon dieu,* ich zolle Euch großen Respekt!«

»*Merci,* Monsieur Schafirow. Es war tatsächlich eine Strapaze, zumal das Land von marodierenden Kosakentruppen und Menschenjägern heimgesucht wird.«

»Ja, die Kosaken sind ein Problem. Sie sind hervorragende Kämpfer, und unsere Armee schätzt ihren tollkühnen Mut. Aber sie sind genauso wild und unbezähmbar. Ohne die strenge Führung ihres Atamanen – so nennen sie ihren Hauptmann – geraten sie schnell außer Kontrolle.«

»Da habt Ihr recht, Herr Schafirow. Wir haben selbst erlebt, wie eine Horde Kosaken zwei junge Menschen überfiel und sie wohl als Beute verkaufen wollte. Überall auf dem Land redet man von einem Pawel Iwanowitsch, der ein großer Menschenhändler sein soll und die armen gefangenen Geschöpfe nach Russland verkauft.«

Schafirow schaute ungläubig von Ruth zu Ankermann, der gleichmütig seine Fingerspitzen betrachtete. »Das hört sich ja wild an, Madame. Zwar pflegt man in Russland eine lange Tradition der Erbuntertänigkeit, auch kennen wir dank unserer gemeinsamen Vergangenheit mit den Tataren, die dieses Land früher einmal beherrschten, den Sklavenhandel. Aber dass man die Leute von der Straße wegfängt, erscheint mir doch etwas weit hergeholt. Wie seht Ihr das, Herr Ankermann?«

»Als Kaufmann denke ich, dass sich dort, wo eine Nachfrage besteht, früher oder später ein Angebot einstellen wird.«

»Und Nachfrage scheint ja wohl in Sankt Petersburg zu bestehen, wie ich hörte«, warf Ruth aufgeregt ein. »Werden dort, wo eine neue Stadt errichtet werden soll, nicht ständig Arbeiter gesucht?«

»Natürlich, Madame«, entgegnete Schafirow. »Aber unser Zar hat es nicht nötig, arme Leute von den Straßen der Nachbarländer fangen zu lassen, um gute Arbeiter zu bekommen. Unser Land ist reich an braven Menschen, die freiwillig beim Bau helfen, falls der Zar das wünscht. Und wir werben viele gute Handwerker aus dem Ausland an. In Sankt Petersburg wimmelt es nur so an Deutschen, Holländern, Italienern, Franzosen, ja selbst Schweden und Polen, wenn sie sich von den politischen Umständen frei machen können. Der Zar zahlt ihnen vorzüglichen Lohn und bietet ihnen auch eine neue Heimat mit einer großartigen Zukunft. Seht nur unseren Freund Ankermann. Auch ihn hat es aus Riga hierhergezogen, und ob Ihr es glaubt oder nicht, er gehört nach so kurzer Zeit schon zu den beliebtesten Lieferanten der *entourage* des Zaren. Nicht umsonst trefft Ihr mich in seinem Kontor an.«

Ruth schaute von Schafirow zu Ankermann, der seine Fingerspitzen aneinanderdrückte und keine Miene verzog.

»Auch wenn man nicht allen Schauermärchen, die die Leute so

erzählen, Glauben schenken sollte, Frau Wrangel, so werdet Ihr in meiner Obhut auf einer Galeere weitaus sicherer reisen als bisher.«
»Das ist beruhigend zu wissen, Herr Ankermann. Zwar habe ich, wie gesagt, kaum Gepäck, aber mein Diener reist mit mir, da ich auf seine Hilfe angewiesen bin.«
»Das wird sich einrichten lassen, gnädige Frau. Am besten kommt Ihr morgen früh noch einmal in mein Kontor, damit wir die Einzelheiten besprechen können. Denn jetzt wartet noch eine Menge Arbeit auf mich und Herrn Schafirow.«
Wenige Augenblicke später trat Ruth auf die sonnenbeschienene Straße hinaus. Jurek wartete auf der gegenüberliegenden Straßenseite.
»Wart Ihr erfolgreich, Fräulein Ruth?«
»Ja, lieber Jurek! Ankermann bespricht morgen früh die Konditionen mit mir, zu denen er uns nach Sankt Petersburg mitnimmt. Aber ich ahne jetzt, was du mir über diesen Mann sagen wolltest. Er ist nicht zu greifen.«
»Ja, Fräulein Ruth. So kann man es auch formulieren.«

Russisches Feldlager in der Ukraine im August 1706

Graf Menschikow schaute den Zaren erwartungsvoll an. Wie würde Peter mit dieser Neuigkeit umgehen, die nichts Gutes verhieß?

Der Zar dachte nach. Wie es seine Eigenart war, lief er dabei ununterbrochen im Zelt auf und ab, die Hände auf dem Rücken gefaltet, den Kopf hin und her bewegend, als säße der auf einer Spiralfeder. »Nun, Sascha, was hältst du davon? Wir stehen hier mit unseren Truppen an der Grenze zu Polen, und Karl denkt gar nicht an einen Kampf mit uns, sondern fällt in Sachsen ein und damit August in den Rücken. Dabei dachte ich, er sei ein Mann und scheue den Kampf nicht. In Sachsen erwarten ihn doch nur Frauen, Kinder und Invalide.« Wütend spuckte er aus.

Menschikow stand auf und schenkte sich ein Glas Wein ein. Er hielt es in die Höhe und betrachtete das Spiel des Lichtes mit der Flüssigkeit. »Ich halte die Situation für gefährlich, Majestät«, setzte er schließlich an und trank einen Schluck. »Wie Ihr richtig sagt, fällt Karl dem Polenkönig in den Rücken, legt ihm sozusagen von hinten das Messer an die Kehle. Wie soll August hier an unserer Seite kämpfen, wenn seine sächsischen Erblande bedroht sind? Es ist fraglich, ob wir ihm in dieser Situation noch als Bündnispartner trauen können.«

Peter schlug mit der Faust auf den Tisch und funkelte Menschikow an. »Wir brauchen ihn aber! Hunderttausende, wenn nicht sogar schon eine Million Rubel habe ich in diesen König gepumpt, damit er uns mit seinen Armeen zur Seite steht. Doch nicht *eine* Schlacht hat der Mann bisher gewonnen. Trotzdem müssen wir ihn halten, Sascha!«

»Dann zwingt ihn ins Feld, Majestät. Wir müssen ihn hier im Land bei den Truppen halten und zügig einen Angriff gegen die Schweden beginnen. Da sie ihre Truppen geteilt haben, könnte uns das zum Vorteil gereichen. Lasst König August ins Hauptlager kommen, Majestät, und bindet ihn so mit Aufgaben ein, dass er nicht fortkann. Wenn es uns gelingt, den Schweden eine gehörige Schlacht zu bieten, die sie das Fürchten lehrt, dann werden sie von ihrer Aufspaltungstaktik schon wieder Abstand nehmen. Zumal es doch gar nicht zu den Gepflogenheiten des Schwedenkönigs passt, sich mehr als einer Sache zurzeit zu widmen.«
Der Zar nickte grimmig, setzte aber seine unruhige Wanderung durch das Zelt fort. »Gut, ich werde König August hierher einbestellen und ihm höchstpersönlich eine genaue Abrechnung über all die Subsidien, die ich in ihn gesteckt habe, unter seine Nase reiben. Und du, Sascha, wirst als mein Oberbefehlshaber einen Schlachtplan gegen die Schweden ausarbeiten, der ihnen zeigt, welche Fortschritte unsere Armee in den letzten Jahren gemacht hat.«
Menschikow nickte zustimmend.
»Und ich will eine genaue Aufstellung über sämtliche Subsidien, die an August geflossen sind. Hast du gehört?«
»Ja, aber dafür war doch Patkul zuständig …« Menschikow spürte, wie eine unangenehme Hitze in ihm aufstieg, aber er riss sich zusammen.
»Patkul, genau! Den soll August auch endlich herausgeben! Wie oft muss ich das noch sagen?«
»Patkul sitzt in Sachsen, Majestät, und dort sind jetzt die Schweden.«
Der Zar grunzte wütend. »Aber für die Anweisung der Subsidien warst du zuständig, Sascha. Dann rekonstruiere sämtliche Zahlungen und gib mir noch vor meiner Weiterreise nach Narva die Aufstellung.«

Menschikows Hände wurden feucht. »Die Unterlagen sind in der Kanzlei des Generalgouvernements, Majestät. Es wird etwas dauern, sie heranzuschaffen. Mit der Weiterleitung der Gelder nach Dresden habe ich einen deutschen Kaufmann beauftragt. Er hat sein Kontor in Narva, handelt aber ausgiebig mit Sankt Petersburg. Ihn gilt es anzusprechen, um sich über den genauen Stand der Geldflüsse zu informieren, Majestät.«

»Dann tue das, Sascha. Ich will präzise Informationen. Im September bin ich in Petersburg. Dann will ich sie spätestens haben.«

»Sehr wohl, Majestät.«

»Und jetzt lass uns etwas trinken, bevor ich die Truppen inspiziere.« Der Zar stellte seine unruhige Wanderung ein und griff nach einem mit Rotwein gefüllten Glas.

Zwei Stunden später, der Zar hatte inzwischen die Truppen inspiziert und sich zur Erledigung seiner Korrespondenz zurückgezogen, machte sich auch Menschikow daran, seine Angelegenheiten zu ordnen. Oder vielmehr die Angelegenheit, die ihm wie eine kalte Hand im Nacken lag und immer wieder den Schweiß hervortrieb. Die Subsidien. Er hatte Ankermann das Geld gegeben, damit er mehr daraus mache. Und Menschikow hatte sich während der vergangenen Monate nicht beschweren können. Der deutsche Kaufmann hatte gut gewirtschaftet. Aber jetzt wurde die Angelegenheit unerfreulich. Der Zar würde wenig Verständnis für Ankermanns Aktivitäten aufbringen, zumal sie politisch brisant waren. Dabei war es bisher von sächsischer Seite akzeptiert worden, dass ein gefangen genommener Sondergesandter natürlich keine Subsidien weiterreichen konnte. So weit hatte Menschikow die Angelegenheit im Griff. Aber wenn Peter selbst die Unterlagen sehen wollte, durfte auf keinen Fall irgendein Zweifel an Menschikows Rechtschaffenheit aufkommen. Er hatte schließlich schon genug Feinde, und ohne Peters Gnaden wäre sein Leben bei Hofe schnell verwirkt.

Es half nichts. Er musste selbst noch einmal nach Sankt Petersburg und dort die Lage vor Ort prüfen, bevor der Zar dies selbst tat. Das bedeutete wieder einen Gewaltritt. Zugleich aber musste er die an Ankermann weitergeleiteten Gelder zurückholen. Dafür würde er dem Kaufmann unmissverständlich klarmachen, dass die Gelder nie für irgendetwas anderes bestimmt waren, als nach Dresden geschickt zu werden, um dem polnischen König als Subsidien zur Verfügung zu stehen. Sollte es Ankermann nicht gelungen sein, die Gelder entsprechend weiterzuleiten, erwartete Menschikow die sofortige Rückgabe zuzüglich der Zinsen für die vergangenen zehn Monate. Andernfalls würde der Deutsche sich für die Veruntreuung rechtfertigen müssen. Niemals aber würde Menschikow auch nur den Hauch eines Verdachtes der Veruntreuung dieser Subsidien auf sich fallen lassen. Das galt es unmissverständlich zu vermitteln.

Energisch tauchte er den Federkiel in das Tintenfass und begann seinen Brief an Ankermann. Ein Kurier würde ihn noch in derselben Nacht auf den Weg nach Narva bringen.

Sankt Petersburg im August 1706

Trezzini hatte nicht übertrieben. Konzentriert blätterte Wrangel in den Akten des Außenpostens der Kanzlei des Generalgouverneurs von Ingermanland, Graf Alexander Menschikow. Dieser Außenposten bestand aus einem Regal mit Akten, das in einer abgelegenen Ecke der Schreibstube des Sankt Petersburger Bauamtes untergebracht war, also in Trezzinis Schreibstube, in der Wrangel arbeitete. Die tatsächliche Ingermanländer Kanzlei des Generalgouverneurs befand sich in Semjonowskoje, einem Dorf in der Nähe von Moskau. Aber hier im Regal in Trezzinis Schreibstube waren jene Dokumente zwischengelagert, mit denen noch direkt vor Ort gearbeitet wurde oder die noch nicht weiter nach Moskau verschickt worden waren.

Die letzten zwei Wochen hatte Wrangel sich die Akten eine nach der anderen vorgenommen, sobald ihm seine Pflichten für Trezzini Zeit dazu ließen. Die meisten Papiere waren auf Deutsch oder Niederländisch verfasst, einige auch auf Latein, aber kaum eines auf Russisch. Wrangel nahm es kopfschüttelnd, aber dankbar zur Kenntnis. Konnten die Russen ihre eigene Sprache so wenig schreiben, wie er es lesen konnte? Oder war dieser Umstand einfach nur der Tatsache geschuldet, dass in den wenigen Petersburger Schreibstuben meist Ausländer arbeiteten? Wrangel war es recht, denn so konnte er sich wenigstens durch die vielen, oft unleserlichen Handschriften blättern.

Und die Mühe hatte sich gelohnt. Nach und nach hatte Wrangel mehrere Handelspartner von Menschikow ermittelt. Der Generalgouverneur ließ sich eine Unmenge luxuriöser Güter

über Sankt Petersburg liefern. Wenn Wrangel an den Anblick dieser riesigen Baustelle dachte, fragte er sich, wo all diese Dinge blieben. Ein Großteil wurde sicherlich weiter nach Moskau verschickt, aber dennoch machte dieser Ort mit seinen schlammigen Straßen, Blockhäusern, morastigen Ufern, unzähligen Booten und Barken als einzige Verkehrsmittel nicht den Eindruck, ein Hort internationalen Luxus zu sein. Unter den Handelspartnern fand Wrangel auch jenen Ankermann, den er vor einigen Wochen mit eigenen Augen beim Anleger vor der Peterinsel gesehen hatte. Ankermann lieferte eine Vielzahl von Waren an Menschikow, unter ihnen auch Steine, so wie alle Händler. Schließlich hatten alle der neuen Verordnung des Zaren Folge zu leisten und mit jeder Fahrt nach Sankt Petersburg Steine mitzubringen. Aber der deutsche Kaufmann lieferte öfter über das angeordnete Maß hinaus, wie Wrangel schnell beim Durchsehen der Lieferlisten feststellte. Nachdenklich kratzte er sich am Kinn. Petja, der immer noch mit dem Sortieren im Steinlager drüben auf der Wassili-Insel beschäftigt war, musste dringend die letzten gelieferten Chargen überprüfen.
Gleich am Abend, als die beiden Männer müde in der Abendsonne vor der Blockhütte saßen, beide einen Becher Kwas in der Hand und die leeren Schüsseln neben sich, wartete Wrangel auf einen günstigen Moment, um mit seinen Überlegungen herauszurücken. Der Abend war angenehm mild, und von den anderen Blockhütten tönten die Klänge einer Balalaika herüber, die ein trauriges Lied untermalten, das in sanftem Bass zu ihnen herüberzog. Petja hörte sehnsüchtig zu, den Blick abwesend träumend in die Ferne gerichtet. Ob er an jene Ingrid dachte, von der er im Fieberwahn gesprochen hatte? Ob es seine Frau war? Wrangel fühlte, dass er drauf und dran war, ebenfalls in sehnsüchtige Gedanken an Ruth zu versinken. Aber er kniff

sich trotzig in den Arm, um seine Aufmerksamkeit im Hier und Jetzt zu belassen. Dann stieß er den Schweden sanft, aber bestimmt an.

»Hör zu, Petja, ich habe etwas entdeckt, was uns vielleicht weiterhelfen könnte.«

Der Freund trennte sich nur zögerlich von seinen stillen Gedanken, schaute Wrangel aber schließlich müde von der Seite an. »Und was?«

»Du erinnerst dich an die Steine, die wir entdeckt haben.«

»Hm.« Petja verzog mürrisch die Mundwinkel.

»Ich habe mit Trezzini gesprochen.«

»Und? Du bist ja immer noch hier.«

Wrangel winkte ab. »Spar dir deinen Hohn und hör lieber zu.«

Der Schwede nahm einen Schluck Kwas, streckte seine langen Beine übereinander und schaute Wrangel direkt ins Gesicht. »Ich höre, Wanja.«

»Du hattest recht, dass Trezzini nicht sogleich begeistert war und mir ein Billett für die Heimfahrt in die Hand drückte.«

Petja grinste.

»Aber er verriet mir, dass der Generalgouverneur Menschikow wohl durchaus zu einem so schrägen Handel, um nicht zu sagen Schmuggel, fähig wäre.«

»Ach, hattest du von diesen Kerlen etwas anderes erwartet? Seit wann haben die Russen Ehre und Anstand? Ich als schwedischer …« Er verstummte schlagartig und versenkte seinen Blick tief in den trockenen Boden vor seinen Füßen.

»Nun, dieser Menschikow scheint aber ein ganz besonders korruptes Exemplar zu sein«, überging Wrangel die Reaktion seines Freundes. »Zumindest gab mir Trezzini die letzten Wochen freie Hand, um mir die Handelsunterlagen von Menschikow genauer anzusehen.«

»Ja, und?« Petja hatte sich wieder gefangen.

»Menschikow bekommt besonders oft von einem Lieferanten Steine. Er heißt Paul Ankermann.«
»Aber was hat das mit uns zu tun?«
»Überprüfe du die Chargen, die von diesem Ankermann geliefert werden. Denn wenn er derjenige ist, der die Salzsteine liefert, könnten wir uns mal mit ihm über eine Passage auf einem seiner Schiffe unterhalten …«
Petjas Gesicht hellte sich sichtlich auf. »*Molodjez*, bravo, Wanja. Wir packen den Stier bei den Hörnern.«
»Genau. Und wenn er nicht will, dann kann ich Trezzini immer noch von meinem Fund berichten, und er kann damit zum Zaren gehen.«
Die beiden Männer grinsten breit und tranken noch einen Schluck Kwas.
»Morgen Abend sage ich dir, wohin die Chargen von diesem Angelmann gehen.«
»Er heißt Ankermann, Petja.«

* * *

Am nächsten Morgen setzten die beiden Freunde mit der ersten Fähre über auf die Wassili-Insel. Frühnebel hing auf dem kalten Wasser des Flusses und schluckte die Ruderschläge des Fährmanns. Die Sonne verbarg sich hinter dem Nebel und ließ erahnen, wie grau und trostlos es an diesem Ort in der kalten Jahreszeit werden konnte. Wrangel fröstelte innerlich, als sie den Weg zum Steinlager hinaufgingen. Sie mussten einfach Erfolg haben und vor den Herbststürmen von hier fortkommen.
So früh wie sie war noch keiner der Arbeiter, die sonst regelmäßig Steine für den Festungsbau abholten, vor dem Tor des Steinlagers. Wrangel schüttelte sich kurz, um das kalte Gefühl der

Einsamkeit abzuschütteln, und klopfte Petja aufmunternd auf die Schultern. Die beiden machten sich an die Arbeit. Während der Schwede die Steine auf dem Hof kontrollierte, verschwand Wrangel in der muffigen Schreibstube, um dort noch einmal durch die Akten zu gehen.

Bevor die Kanone mit ihrem Schuss die Mittagspause einläutete, hatte er gefunden, was er suchte. Seit April hatte Ankermann regelmäßig alle zwei bis drei Wochen Steine ins Lager abgeführt, von denen immer ein Teil speziell für den Gouverneur ausgewiesen war.

Als Petja zu ihm kam, zeigte er ihm seinen Fund.

»Nun müssen wir nur noch herausfinden, wo diese Steine abgelegt wurden.«

»Wenn du mich fragst, Petja, dann genau in jenem hübsch gestapelten Haufen, der uns letztens so ins Auge sprang.«

»Gut, ich werde die Anzahl der Steine mit den Einlieferungen durch diesen Ankermann überprüfen. Da am Menschikow-Palast noch nicht gebaut wird, dürfte es keine Abgänge geben.«

»Und ich werde mir die Akten von diesem Ankermann im Archiv des Generalgouvernements noch einmal genauer anschauen. Dann wissen wir bald, ob wir unseren Mann mit den Billetts in die Freiheit gefunden haben.«

Die Mittagspause nutzten die beiden Freunde, um die vor der Wassili-Insel vor Anker liegenden Schiffe zu betrachten. Vier Stück lagen dort, zwei von ihnen Galeeren, die wegen des Gestanks der Rudersklaven nicht vor der Peterinsel, auf der die meisten höhergestellten Personen wohnten, geduldet wurden. Die anderen beiden waren kleinere Fregatten, deren eingeholte Segel unruhig gegen die Masten schlugen. Doch vor jedem Anlegesteg standen bewaffnete Soldaten und kontrollierten die Leute, die an Bord wollten.

Petja seufzte leise, und Wrangel schluckte.

Noch bevor die Mittagspause zu Ende war, traf Wrangel wieder in der Schreibstube Trezzinis ein, der schon unruhig auf seinen Buchhalter wartete.

»Wo hast du dich herumgetrieben, Wanja? Ich habe dich schon heute Vormittag gesucht!«

»Petja hatte Probleme mit einer Steinlieferung, Maestro, darum habe ich ihm drüben auf der Wassili-Insel im Lager ausgeholfen.«

»Nun gut«, brummte Trezzini, »aber nun spute dich! Der Generalgouverneur trifft morgen früh ein und reist zwei Tage später zur Armee weiter, wie man mir vorhin mitteilte. Bis dahin möchte er einen Bericht über die Instandsetzungsarbeiten an der Festung haben und auch die Akten für die Ingermanländer Kanzlei per Kurier nach Moskau schicken. Und du musst beides vorbereiten.«

Wrangel nickte stumm. Nun blieb ihm nicht mehr viel Zeit für seine Suche nach Informationen über diesen Ankermann.

Der Baumeister sah ihn eine Weile schweigend an und raunte dann leise: »Was haben denn deine Nachforschungen so ergeben? Morgen Abend werde ich nämlich Gelegenheit haben, mit Menschikow persönlich zu reden.«

»Leider noch gar nichts, Maestro. Nur Eure Worte über den Generalgouverneur fand ich bestätigt. Geschäfte macht er wie ein venezianischer Kaufmann.«

Trezzini schüttelte verächtlich den Kopf. »Und das sagt mir ein deutscher Maurer mit russischem Namen …« Damit drehte er sich um und ging zur Tür. »Wenn du mich wirklich noch überraschen willst, Wanja, dann spute dich!«

»Ich tue mein Bestes, Maestro.«

Kaum war Trezzini mit wehenden Rockschößen in Richtung des jüngsten Bauabschnitts der Festung verschwunden, suchte Wrangel in den Kanzleiunterlagen nach Papieren, die Menschi-

kows Geschäfte mit Ankermann belegten. Mit höchster Konzentration machte er sich daran, sie Seite für Seite durchzugehen, fand aber keine neuen Hinweise, die ihn weiterbrachten. Nach gut drei Stunden legte er die staubigen Mappen erschöpft zur Seite. So kamen sie nicht weiter. Die Papiere gaben einfach nichts her. Hoffentlich hatte Petja im Steinlager mehr Glück.
Dann nahm er sich die Unterlagen über den Festungsbrand vor, um sie für den Instandsetzungsbericht zu sortieren. Der Brand hatte einen beachtlichen Schaden angerichtet. Zwei Kasernen waren völlig niedergebrannt wie auch ein großer Teil der Festungspalisaden zwischen den betroffenen Bastionen. Nicht auszudenken, was passiert wäre, wenn das Feuer die Schwarzpulvervorräte erreicht hätte. Wrangel schossen wieder die Bilder jenes Tages durch den Kopf. Über Stunden hatte er mit angepackt, wo er konnte, und die Leute versucht, zu koordinierter Zusammenarbeit anzuleiten, so wie er es als Junge bei den Übungen der Bürgerwehr in Lübeck gelernt hatte. Zum Dank saß er jetzt hier als Buchhalter Trezzinis und schleppte keine Steine mehr.
Wrangel überflog die Auflistungen der Instandhaltungsmaßnahmen, die Trezzinis Schreiber in umständlichem Latein aufgelistet hatte. Er war Pole und hatte eine katholische Klosterschule besucht, bevor er sich leichtfertig von Armeewerbern König Augusts II. hatte beschwatzen lassen und schon nach wenigen Monaten als Soldat in russische Gefangenschaft geraten war. Trezzini, der ebenfalls Katholik war, hatte ihn beim inbrünstigen Gebet auf Latein bemerkt und schnell seinen Nutzen als Schreiber erkannt.
Auf einmal stockten Wrangels gleichmäßig über die Listen gleitenden Blicke. Mehrfach war am Rand »Privatkorrespondenz Menschikow« notiert worden. Er schaute sich die Stellen, auf die es sich bezog, genauer an. Sie schienen belanglos. Aber der

Schein mochte trügen. Ohne zu zögern, ging er an das Regal mit den Akten für die Ingermanländer Kanzlei des Generalgouverneurs. Ganz unten fand er eine Mappe mit dem Vermerk »Privatkorrespondenz«. Vorsichtig öffnete er sie und blätterte durch die Schreiben. Die meisten waren Briefe an Menschikow persönlich, viele auf Russisch verfasst, einige auf Latein, wenige auf Deutsch. So manchen Namen eines Geschäftspartners von Menschikow erkannte er wieder. Mit flinken Fingern suchte er nach Ankermanns Namen. Vielleicht war hier ein Hinweis auf die dubiosen Salzsteingeschäfte zu finden.
Plötzlich blieben Wrangels Augen an einem Namen haften, an den er schon lange nicht mehr gedacht hatte: Johann Patkul.
Unwillkürlich fing er an zu zittern. Dieser Mann war der Grund dafür, dass er, Hinrich Wrangel, hier in diesem Elend saß. Oder vielmehr war es das Schicksal dieses Mannes, das Wrangels Schicksal so böse verändert hatte. Ohne weiter nachzudenken, zog er den Brief aus dem Stapel und begann ihn zu lesen. Patkul wandte sich darin an Menschikow, damit dieser in seiner Funktion als Staatsminister die Überweisungen der russischen Subsidien für den König von Polen auf den Weg brachte. Diese Gelder sollten in Form von Wechseln an Patkul persönlich nach Dresden geschickt werden.
Wrangel ließ die Hand sinken und schaute aus dem Fenster. Wie eine große Welle kamen ihm all die Erinnerungen an seine Arbeit in Königsberg wieder hoch. Nicht ein einziges Mal hatte er seit dem Überfall auf die Kutsche ernsthaft über den Fall Patkul nachgedacht. Aber plötzlich war ihm wieder alles präsent.
In Windeseile durchkämmte er seine Erinnerungen in Bezug auf russische Subsidien, aber es fiel ihm dazu nichts mehr ein. Hatten sie in Königsberg gar nichts von diesen Geldangelegenheiten gewusst, oder hatte er sich nur einfach nicht dafür interessiert? Patkuls Brief an Menschikow enthielt sehr klare An-

weisungen, auf welchem Wege, über welche Bankhäuser und bis zu welchem Datum die Wechsel in Höhe von insgesamt 120 000 Reichstalern zu ihm nach Dresden zu senden seien.

Tief ausatmend versuchte Wrangel seine Erregung über die plötzlich hochgekommene Vergangenheit unter Kontrolle zu bringen. Da fiel sein Blick auf eine kleine Randnotiz von Menschikow persönlich. Ein kleiner Pfeil deutete auf zwei russische Buchstaben: → П. А.

Mit einem Schlag war seine Aufregung zurück. Die beiden Buchstaben hatte er heute schon mindestens zwei Dutzend Mal gelesen. Es waren die russischen Initialen von Paul Ankermann. Zwar hatte er heute schon stundenlang Akten über den deutschen Kaufmann durchgeblättert, dabei aber nur auf Geschäfte mit Steinen geachtet. Doch dieser Ankermann schien noch auf ganz anderen Ebenen mit Menschikow Geschäfte zu machen.

Fieberhaft las sich Wrangel erneut durch die Akte mit der Privatkorrespondenz Menschikows, immer auf der Suche nach einem Hinweis auf Ankermann. Nach einer guten halben Stunde hatte er zehn Schreiben aus der Akte genommen, die er sorgfältig in einer anderen mit belanglosen Dingen versteckte. Dann nahm er sich erneut Ankermanns Akte vor und las sie zum zweiten Mal.

Narva im August 1706

Den Rest des Tages verbrachte Ruth damit, das wenige Hab und Gut, das sie noch bei sich führte, in Ordnung zu bringen und mit Jureks Hilfe einige nötige Besorgungen zu erledigen. Narva schien ihr im Vergleich zu Riga eine lebendigere Stadt zu sein. Es mochte an der starken wirtschaftlichen Einbindung in das Russische Reich liegen. Auf den Straßen und den Märkten sah man Kaufleute aus aller Herren Länder, vor allem aber Männer aus dem Osten und Südosten. Tataren konnte sie in ihren aufwendigen und bunten Trachten ebenso bewundern wie Kaufleute aus dem Osmanischen Reich. Auch sibirische Pelzhändler sowie Moskowiter Kaufleute waren im Straßenbild keine Seltenheit. Frauen allerdings schon. Darum ließ Jurek Ruth auch kaum einen Moment aus den Augen. Immer wieder drehten sich Männer nach ihr um, einige musterten sie regelrecht, sodass Ruth schon ein unangenehmes Gefühl empfand.

Auf den Märkten aber bediente man sie mit ausgesuchter Höflichkeit. Sie bestaunte das reiche Angebot an Waren. Hier merkte man Narva wirklich kaum an, dass in der Stadt noch vor wenigen Jahren der Krieg getobt hatte. Mit wachem, aufmerksamem Blick genoss Ruth das öffentliche Leben. Ob dies ein Vorgeschmack auf Sankt Petersburg war? Was würde sie dort erst erwarten?

Wieder kam ihr das Zusammentreffen mit Ankermann und seinem russischen Geschäftspartner Schafirow in den Kopf. Dieser Ankermann war ihr so merkwürdig glatt erschienen. Mit kaum einer Miene oder gar Geste hatte er irgendetwas über sich preisgegeben. Noch nicht einmal auf ihre

Freundlichkeiten hatte er reagiert. So jemanden hatte sie noch nie erlebt. Normalerweise erlagen die Männer ihrem Charme, wie auch jener Schafirow, der sie sofort mit Galanterien hofierte. So konnte Ankermanns Zurückhaltung nicht an ihrem durch die Reise etwas strapazierten Äußeren gelegen haben. Nein, er hatte sich schon für sie interessiert und mit jeder Frage versucht, Informationen von ihr zu erhalten. Hätte Jurek nicht den Samen des Zweifels in ihr gesät, vielleicht wäre ihr dieses Missverhältnis gar nicht so schnell aufgefallen. So aber hatte sie ebenfalls versucht, so wenig wie möglich von sich preiszugeben. Sie ahnte, dass dieser Mann auf der gemeinsamen Seereise weiterhin versuchen würde, mehr über sie zu erfahren.

Die Sonne neigte sich schon in einem prächtigen Orange dem Horizont entgegen, als Ruth und Jurek endlich in dem Gasthof eintrafen, in dem sie zu essen pflegten. Alle Tische waren bereits besetzt, und die Magd hob mitleidig die Schultern, während sie sich mit sechs vollen Bierkrügen an den beiden vorbeischob. Da kam auf einmal der Küchenjunge und verbeugte sich höflich vor Ruth.

»Der Herr dort hinten am Tisch bittet Euch, sein Gast zu sein.«

Ruth spähte durch den Raum und entdeckte am hinteren Ende einen mit einem weißen Tischtuch ordentlich eingedeckten Tisch, an dem der russische Geheimrat Schafirow speiste.

Als sie sich näherte, erhob er sich und verbeugte sich galant.

»Erlaubt mir, Euch als meinen Gast zu bewirten, Madame Wrangel.« Ohne ihre Antwort abzuwarten, rückte er ihr einen Stuhl zurecht.

Ruth blickte zwischen ihm und Jurek hin und her.

»Für Euren Diener gibt es einen Platz am Gesindetisch, an dem auch meine Diener speisen. Der Küchenjunge wird ihn hinführen.«

»Habt Dank, Herr Schafirow, die Einladung nehme ich gern an.«
Kurz darauf trug die Magd ein opulent gefülltes Tablett an den Tisch. Während sie die verschiedenen Speisen auf den Tisch stellte, schenkte Schafirow Ruth ein Glas tiefroten Wein aus einer frisch entkorkten Flasche mit handbeschriftetem Etikett ein.
»*À votre santé,* Madame. Dieser Wein, ein vorzüglicher Bordeaux, stammt aus meinem privaten Weinkeller. Ich habe es mir zur Gewohnheit gemacht, immer einige Flaschen mit auf Reisen zu nehmen, um keine bösen Überraschungen mit fremden Weinen zu erleben.«
Ruth nahm einen kleinen Schluck. Der Wein war delikat, samtweich und voll im Geschmack.
»Ihr sprecht ein sehr reines Französisch, Madame, wie man es hierzulande nur selten hört.«
»Oh, danke schön. Ich hatte einen sehr guten Lehrer aus Paris.«
»Und Euer Deutsch hat eine wunderbare Melodie. Aber sie erinnert mich gar nicht an das Brandenburgische, das ich regelmäßig auf meinen Reisen nach Berlin höre.«
Ruth nippte noch einmal an dem Wein, um Zeit für ihre Antwort zu gewinnen. »Das mag daran liegen, dass ich viel Zeit in Amsterdam verbracht habe. Dort ist eher das Niederdeutsche üblich.«
»Amsterdam kenne ich gut. Darf ich Euch ein Stück von diesem Schweinebraten geben?«
»Nein danke.«
»Dann aber sicherlich von dem köstlichen Huhn.« Schafirow musterte Ruth eindringlich, und sie nickte zurückhaltend. Er legte den Schweinebraten zurück, tauschte die Gabel und gab dann ihr und sich selbst von dem Geflügel. »Damit es nicht *trefe* wird.«

Ruths Herz setzte für einen Schlag aus. Hatte Schafirow wirklich *trefe* gesagt? So bezeichneten Juden ein nicht koscheres Essen. Wollte er sie testen? Hatte er an ihrer Aussprache etwa gehört, dass sie jüdische Wurzeln hatte? Wie konnte er das? War er ein Magier? Oder nur ein Scharlatan, der um das Wissen ihrer Herkunft pokerte? Aber er hatte auch die Gabel ausgetauscht. Um diese Feinheit wussten die Gojim normalerweise nicht, auch wenn sie die Kaschrut, die Speisegesetze der Juden, kannten.

Betont gleichmütig ließ sie sich weiter von ihrem Gastgeber die Speisen auflegen. »Woher kennt Ihr Amsterdam, wenn ich fragen darf?«

»Ich hatte die Ehre, meinen Herrn und Zaren Peter auf seine große Gesandtschaft zu begleiten, die uns vom August 1697 bis in den Januar 1698 in die Niederlande führte.«

»Ich habe von dieser ungewöhnlichen Reise gehört. Sie sorgte für reichlich Aufregung in Europa. Aber erzählt mir von Euren Erfahrungen in Amsterdam. Welche Teile dieser aufregenden Stadt gefielen Euch am besten?«

Schafirow musterte sie verschmitzt. »Meinen damals noch jugendlichen Körper zog es in die Geldersekade, aber meine Seele dürstete es immer wieder nach der Visserplein-Straat.«

Ruth schlug die Augen nieder. In der Geldersekade lagen verschiedene Spielhäuser, in denen fleischliche Lust suchende Männer mit Dirnen anbändeln konnten, in der Visserplein-Straat hingegen befand sich die Esnoga, die große und prächtige Synagoge Amsterdams. Der Tausch der Gabel war kein Zufall gewesen.

»Doch heutzutage haben sich wohl diese beiden Leidenschaften abgeschwächt, wie ich annehme, Herr Schafirow?«

»Ich möchte sagen, dass sich beide ins Private verlagert haben und sich vor allem Letztere nur noch selten anderen offenbart«,

Schafirow schaute ihr direkt in die Augen, »wie beispielsweise in Gesellschaft einer so interessanten und weitgereisten Dame an einem Freitagabend.«
Nun schmunzelte Ruth und erhob ihr Weinglas. »Das Vergnügen ist ganz auf meiner Seite, Herr Schafirow.«
»Was immer Euch nach Sankt Petersburg führt, Madame, bedenkt, dass dieser Ort in vielerlei Hinsicht einer Schlangengrube gleicht, in der man jeden Schritt und jeden Kontakt wohl überlegen sollte.«
»Und wie empfehlt Ihr mir, mich durch diese Grube zu bewegen, wenn mir diese Frage erlaubt ist?«
»Übt Euch in Diskretion.« Schafirow beugte sich leicht über den Tisch und fuhr mit gesenkter Stimme fort. »Auch was Eure Reisebegleitung angeht, lege ich Euch dies ans Herz. Ankermann ist ein derart stilles Wasser, dass einem vor seinen Tiefen grauen kann. Nehmt Euch in Acht, inwieweit Ihr Euch ihm anvertraut, und macht Euch nicht von ihm abhängig.«
Ruth zog fragend eine Augenbraue hoch, aber Schafirow schwieg und tupfte sich mit der Serviette die Mundwinkel ab. Dann lehnte er sich zurück und fuhr im normalen Tonfall fort: »Wenn Ihr Hilfe braucht, lasst es mich wissen.«
»Und wie werde ich Euch finden?«
»Ich erwarte hier in Narva die Ankunft des Zaren und werde dann gemeinsam mit ihm nach Sankt Petersburg weiterreisen. Dort wohne ich für gewöhnlich in der Austerei. Auch Euch würde ich keine andere Unterkunft als diese empfehlen, da sie gut bewacht ist und die Räume regelmäßig ausgeräuchert und von Ungeziefer gereinigt werden.«
»Habt Dank. Ich werde Euren Rat beherzigen.«
Schafirow nickte ihr freundlich zu. »Doch erlaubt mir noch einen kleinen Hinweis, trotz dessen Indiskretion. In Sankt Petersburg gibt es nur wenige Frauen und noch weniger in geseg-

neten Umständen. Wenn Ihr weibliche Hilfe braucht, wendet Euch an Jekaterina Alexejewna.«
»Und wer ist sie, wenn ich fragen darf?«
»Die Mätresse des Zaren.«

Sankt Petersburg im August 1706

Wanja, wo steckst du?« Mit wütenden Schritten durchquerte Trezzini die Schreibstube, dabei war kaum Zeit vergangen, seit der Kanonendonner den Arbeitstag angekündigt hatte. Normalerweise kam er nie so früh. Es musste also etwas vorgefallen sein.

»Hier bin ich, Maestro.« Mit geröteten Augen ging Wrangel zum Baumeister des Zaren und schaute ihn fragend an.

»Hast du den Bericht über die Instandsetzungsarbeiten fertig? Der Generalgouverneur ist soeben eingetroffen und möchte ihn noch vor dem Mittagessen einsehen.«

Wrangel überlegte kurz. Er hatte fast die ganze Nacht in der Privatkorrespondenz des Generalgouverneurs gelesen und keinen einzigen Moment an Trezzinis Anliegen verschwendet. Deshalb setzte er ein erstauntes, nahezu dümmliches Gesicht auf und zog die Schultern hoch. »Aber Maestro, ich habe nur die Unterlagen zusammengesucht. Dass ich auch einen Bericht schreiben sollte, wusste ich nicht.«

Trezzinis Kinn klappte fassungslos herunter. »Ja, aber natürlich solltest du ihn schreiben! Du bist doch schließlich …«

»… Maurer, Maestro. Ich bin Maurer.«

Trezzini schüttelte unwirsch den Kopf. Dann drehte er sich kommentarlos um und rief seinen Schreiber herein, der es sich draußen in der Sonne gemütlich gemacht hatte. Mit knappen Worten instruierte er ihn, wie er den Bericht zu verfassen hatte, und wandte sich dann noch einmal an Wrangel. »Du bleibst hier, Wanja, bis mein Schreiber fertig ist, und hilfst ihm, falls er mit den Unterlagen Probleme hat. Und ist der Bericht nicht bis zur Mittagskanone fertig, lasse ich euch beide auspeitschen!« Dann verließ Trezzini eilig, die Absätze auf die Bodendielen knallend, die Schreibstube.

Trezzinis Schreiber warf Wrangel einen wütenden Blick zu und machte sich an die Arbeit. In Wrangels Kopf aber rauschten all die Informationen durcheinander, die er in der letzten Nacht aus den Akten über Ankermann und Menschikow gezogen hatte. Zweifelsfrei war er auf etwas gestoßen, was ihm zwar nicht unbedingt für eine Flucht aus Sankt Petersburg nützlich war, ihn aber mit voller Wucht zurück in sein früheres Leben katapultiert hatte.

Wie es schien, versorgte dieser Ankermann den Generalgouverneur Menschikow nicht nur mit edlen Luxuswaren, sondern half ihm auch bei den Steuerbetrügereien mit Salz sowie bei verschiedenen Geldgeschäften. Zwar hatte Wrangel bei weitem nicht alles verstanden, was er in den Unterlagen gefunden hatte, denn einige Briefe waren chiffriert. Aber so viel konnte er sich zusammenreimen: Eine große Tranche an russischen Subsidien für den König von Polen war durch Ankermann zurückgehalten und über verschiedene Wechsel nach Archangelsk, den russischen Eismeerhafen, und von dort weiter nach London, Amsterdam und Hamburg umgeleitet worden. Wrangel hatte keine Zeit gehabt, die Papiere noch einmal gründlich abzugleichen und zu prüfen, inwieweit Menschikow persönlich in diese ... Unterschlagung – wie sollte man es anders nennen? – involviert war, denn Trezzini war ihm mit dem Bericht dazwischengekommen. Es half nichts, die Causa Menschikow musste warten, bis er hier wieder seine Ruhe haben würde. So war es am besten, Trezzinis Schreiber zu helfen. Seufzend nahm er die Unterlagen für den Bericht und begann dem Polen in gemäßigtem Tempo den lateinischen Text zu diktieren. Der riss verblüfft die Augen auf, ließ dann aber einen leisen anerkennenden Pfiff ertönen und flog mit dem Federkiel über das Papier.

Der Donner der Mittagskanone war noch nicht verhallt, als Trezzini wieder in die Schreibstube stürmte und mit wedelnden Händen den Bericht verlangte. Nervös blätterte er ihn durch, wobei sich mit jeder Seite seine Gesichtszüge sichtlich entspannten. Keine fünf Minuten später waren er und sein Schreiber verschwunden, um sich zum Mittagessen beim Generalgouverneur in der Austerei auf der Peterinsel einzufinden.

Wrangel atmete auf. Für die nächsten vier Stunden würde er seine Ruhe haben. Aber es war nicht die Zeit, um weiter in den Akten zu lesen. Er musste mit Petja reden und sehen, was der inzwischen herausgefunden hatte.

Eine spätsommerliche Hitze hatte sich über der Festung ausgebreitet. Die Männer kletterten mit verschwitzten nackten Oberkörpern von den Festungsmauern herunter, ständig mit einer Hand Mücken erschlagend, die sich in hemmungsloser Gier auf ihre Opfer stürzten. Im Schatten einer Blockhütte hatte sich eine Schlange gebildet. Ein älterer Mann in einem weitgeschnittenen Bauernhemd, das ihm fast bis zu den Knien reichte, verkaufte aus einem großen Fass Kwas an die Wartenden. Von den Kasernengebäuden am anderen Ende der Festungsmauer ertönte ein kräftiger Trommelschlag und kündigte den Barbier an. Gemächlich trotten einige Männer dort hinüber, um sich ihre verfilzten, häufig auch verlausten Haare scheren zu lassen. Bei ihrem Anblick juckte es Wrangel augenblicklich auf dem Kopf, und er fuhr sich durch sein kurz geschorenes Haar. Aber Petja hatte ihn erst vor zwei Tagen gründlich nach Läusen abgesucht und keine gefunden. Durch ihren separierten Schlafplatz waren sie von dieser Plage weitestgehend befreit. Er schlug den Weg zum Anleger ein, von dem die Fähre zur Wassili-Insel abfuhr. Die Newa floss tiefblau und ruhig dem Meer entgegen. Die Sonnenstrahlen glitzerten auf ihrer leicht gekräuselten Oberfläche wie Tausende Diamanten. Es war ein Anblick von erhabener

Schönheit, der Wrangel stets wie eine winzige Flucht aus dem rauhen Alltag des Festungslebens erschien. Selbst an diesem Tag, an dem sein Kopf randvoll war von Gedanken und Neuigkeiten über Menschikow und Ankermann, konnte er sich dem Zauber der Schönheit nicht entziehen, als das kleine Fährboot durch das Wasser schnitt.

Als Wrangel im Steinlager eintraf, saß Petja im Schatten der Hütte, in der die Schreibstube untergebracht war, und kaute auf einem Kanten Brot herum.

»Und, Petja, was gibt es Neues?«

Der Schwede lachte Wrangel verschmitzt an und bedeutete ihm, sich zu setzen. »Ich habe die Chargen ausfindig gemacht und durchgeprüft. Du hattest recht, Wanja. Bei jeder zweiten Ladung Steine, die dieser Ankermann liefert, sind die Steine aus Salz. Und es sind viele.«

Wrangel schnalzte mit der Zunge. »Und Menschikow weiß darum, oder?«

»Die Papiere sind deine Aufgabe. Was hast du gefunden?«

»Menschikow macht verschiedene Geschäfte mit diesem Ankermann. Und viele von ihnen scheinen mir nicht ganz geheuer.« Wrangel hielt inne. Was konnte, was sollte er seinem Freund von seinen neuen Entdeckungen verraten? Sollte er Patkul und das Verschwinden der Subsidien erwähnen? Zwar war Petja sein Freund, aber trotzdem hatten sich beide einander noch nicht wirklich anvertraut, von Petjas Gerede im Fieberwahn einmal abgesehen. Aber das hatte Wrangel nie wieder erwähnt. War jetzt der Zeitpunkt einer Offenbarung gekommen? Aber was sollte er ihm sagen? Die vermutliche Unterschlagung der Subsidien war so ungeheuerlich und zugleich so nutzlos für ihr wichtigstes Anliegen, die Flucht von hier, dass Wrangel sich nicht entscheiden konnte.

Schließlich unterbrach Petja die Stille. »Also, Wanja, ich habe mir bereits etwas überlegt. Wir tauschen eine dieser Salzstein-Chargen aus und schaffen die Steine beiseite.«

»Wie willst du das machen?«, fragte Wrangel verdutzt.

Der Schwede grinste wieder breit. »Du weißt doch, dass ich da ein paar Kameraden habe, die mir ab und zu helfen. Wenn du nur dafür sorgst, dass währenddessen nicht Trezzini hier hereinplatzt, brauchen wir nur ein paar Stunden.«

Wrangel nickte, und Petja fuhr fort: »Aber an dir wird es dann sein, mit diesem Ankermann zu sprechen. Wenn er weiterhin so regelmäßig liefert wie bisher, dann trifft Anfang September die nächste Ladung hier ein. Und dann knöpfst du ihn dir vor. Entweder lässt er sich auf den Handel ein und bringt uns auf seinem Schiff hier heraus, oder die Steine werden sich zur rechten Zeit am rechten Ort einfach in Wasser auflösen.«

Nun grinste auch Wrangel. So einfach der Plan war, so gut war er. »Aber wie willst du das anstellen?«

»Das lass meine Sorge sein, so wie ich die Auswertung der Unterlagen deine sein lasse.« Petja lächelte zufrieden und brach noch ein Stück von seinem Kanten Brot ab.

Dresden im August 1706

Exzellenz, Eure Kutsche steht bereit.« Mit einer höflichen Verbeugung deutete der livrierte Diener hinunter auf den Hof, wo ein geschlossener Vierspänner mit prächtigen Braunen im Geschirr wartete. Die Pferde scharrten unruhig mit den Hufen. Der Kutscher hielt die Zügel in den Händen, als würde er jeden Moment abfahren.

Aber so schnell ging es nicht. Pfingsten war noch nicht bereit zum Aufbruch. Zunächst musste er die vor ihm liegende *ordre* auf den Weg bringen. Schon wieder einmal eine *ordre* zur Causa Patkul. Wochenlang hatte er sich nun bemüht, dem Mann über geheime Kanäle die Flucht nahezulegen. Die Wachen waren über Nacht schwächer gewesen, selbst am Burgtor hatte man eine vertrauenswürdige Nachtwache eingesetzt, die ausdrücklich Erlaubnis hatte, sich für eine Flucht Patkuls bestechen lassen zu dürfen. Aber der Mann wollte nicht fliehen. Pfingsten schüttelte missmutig den Kopf. Wie konnte man nur so selbstgerecht sein? Nun, die Rechnung würde er in Kürze bekommen.

Mit fester Hand drückte Pfingsten das Staatssiegel auf die *ordre,* die Patkul dann eben unfreiwillig aus seiner Burg herausholen würde. Die Schweden hielten Sachsen umklammert. Dass ihr König noch nicht in Dresden war, war wohl eher seiner Abneigung gegen Prunk und Protz zuzuschreiben als einer militärischen Vorsicht. Denn Sachsen hatte den Schweden einfach gar nichts entgegenzusetzen. Das hatte inzwischen selbst König August begriffen. Darum wartete auch die Kutsche im Hof. Seine Majestät hatte seinen Geheimen Referendar, Georg Ernst Pfingsten, ausgewählt, um mit dem Schwedenkönig über einen

Frieden zu verhandeln. Eine zwiespältige Ehre. Aber es half nichts. Der Befehl des Königs war unmissverständlich.

Pfingsten faltete die *ordre* zur Causa Patkul zusammen und reichte sie dem livrierten Diener, der geduldig wartete. »Sorgt dafür, dass dieses Schreiben umgehend nach Pirna an den Kommandanten Corbey geschickt wird.«

Kaum hatte der Diener das Schreiben genommen, griff Pfingsten auch schon nach den Dokumenten, die ihm der König per Kurier hatte zustellen lassen. Seufzend räumte er sie in eine lederne Mappe, verschloss das Siegel sorgsam in seinem Schreibtisch, erhob sich und drückte seinen Dreispitz für die Reise auf den Kopf.

Sankt Petersburg im August 1706

Wrangel rieb sich die Augen. Die kleine Tranlampe, die ihm seit Stunden ein schwaches Licht spendete, rußte stark. Er ging zu einem der Fenster und öffnete es vorsichtig. Schließlich brauchte niemand darauf aufmerksam zu werden, dass er sich die Nacht in der Schreibstube um die Ohren schlug. Es war auch keineswegs die erste, sondern die dritte Nacht in Folge, die er nun ohne Unterlass über den Papieren aus Menschikows Privatkorrespondenz verbrachte. Und langsam setzte sich das Puzzle vor seinem inneren Auge zusammen.

Menschikow und Patkul schienen alles andere als Freunde gewesen zu sein. Das wunderte Wrangel nicht, bei allem, was er über Patkul wusste. Schließlich war dieser Mann laut den Beschreibungen, die er in Königsberg gehört hatte, eine Ausgeburt nicht korrumpierbarer Geradlinigkeit, dazu durchdrungen vom Stolz eines alten Rittergeschlechts. Menschikow hingegen war ein Aufsteiger par excellence, dabei aber mit einem scharfen und schnellen Verstand begabt, durch und durch tatkräftig und mutig. Ganz ein Mann nach dem Geschmack des russischen Zaren. Kein Wunder, dass die beiden beste Freunde waren. Aber wie so viele Aufsteiger hatte Menschikow eine große Schwäche: Er konnte den Hals einfach nicht voll genug bekommen. In den letzten Jahren hatte ihm der Zar bereits unglaublich kostbare Geschenke gemacht und ihn mit Titeln und Würden überhäuft. Wie Trezzini schon angemerkt hatte, lief tatsächlich gerade ein Verfahren, Menschikow zu einem Fürsten des Deutschen Reiches zu machen. Darüber hinaus war er einer der wichtigsten Feldherren des Zaren. Schon so manche Schlacht hatte er für das Zarenreich entschieden, und

auch jetzt stand seine Abreise zur Armee in Litauen unmittelbar bevor.
Die letzten Jahre hatten Menschikow und Patkul vermehrt zusammenarbeiten müssen, was nicht immer reibungslos vonstattengegangen war. Auch die Abwicklung der russischen Subsidien an den König von Polen hatten die beiden Männer gemeinsam organisiert, wobei Menschikow für die Weiterleitung des Geldes verantwortlich war, Patkul für die pünktliche Zustellung an König August II. Natürlich hatte Menschikow sich nicht selbst um die Ausstellung der Wechsel gekümmert, durch die die Gelder von Moskau nach Dresden zu gelangen hatten, sondern hatte dafür Mittelsmänner beauftragt. Zunächst war es ein gewisser Schafirow, Direktor der russischen Post und Geheimrat des Zaren. Dann aber, seit dem Frühjahr 1705, nach einem wohl heftigen Zerwürfnis der beiden Günstlinge des Zaren, hatte Menschikow diese Aufgabe an Paul Ankermann, den Kaufmann aus Hamburg, übertragen.
Als Wrangel den Namen Hamburg las, durchzuckte ihn wild die Sehnsucht nach Ruth. Wie mochte es ihr gehen? Was würde sie denken, was ihm widerfahren war? Ob sie ihn für tot hielt? Ob sie schon seit Monaten die Witwentracht trug? Sein Herz schnürte sich zusammen. Er musste endlich nach Hause, zurück nach Hamburg, zu Ruth.
Für einen Moment packte ihn eine solche Welle an Wut und Tatendrang, dass er am liebsten auf der Stelle auf die Peterinsel übergesetzt und zu Menschikow persönlich in die Austerei gegangen wäre, um für seine Freilassung zu bitten. Aber kaum hatte er sich von seinem Schemel erhoben, spürte er ein heftiges Brennen auf der Brust. Als er mit seiner Hand darüberreiben wollte, hielt er das kleine Säckchen in den Fingern und wurde sogleich wieder merkwürdig ruhig, als hätte ihn jemand behut-

sam in den Arm genommen. Er dachte an Marusja und ihre wenigen, aber deutlichen Worte.
Erschöpft sank er auf den Schemel zurück. Er musste einen klaren Kopf behalten. Menschikow würde ihm kaum helfen, wenn er ihm sagte, wer er war. Ein verschollener Fürsprecher Patkuls, der durch widrige Umstände ein Sklave des russischen Zaren geworden war und durch Zufall entdeckt hatte, dass der Generalgouverneur Menschikow in das plötzliche Aussetzen der Subsidien an den König von Polen verstrickt war. Nein, genauso wenig wie er erwarten konnte, dass Menschikow auf den Salzschmuggel reagieren würde, der mit Sicherheit Geld in seine Privatschatulle spülte, konnte er in einer so brisanten Angelegenheit auf dessen positives Interesse hoffen. Denn so oder so würde Menschikow schlecht dastehen. Entweder weil er es versäumt hätte, einem untergebenen Geschäftspartner auf die Finger zu schauen, oder aber, was auch nicht unwahrscheinlich war, weil er selbst mit einem persönlichen Vorteil in die Sache verstrickt war. Auch konnte Wrangel nicht hoffen, dass er von irgendjemand anderem Hilfe in seiner Angelegenheit bekommen würde. Denn wer glaubte schon einem Zwangsarbeiter, der den Generalgouverneur von Ingermanland und engsten Freund des Zaren der Unterschlagung und Veruntreuung von enormen Summen an Staatsgeldern sowie Betrugs am Zaren persönlich beschuldigte? Nein, wie er es auch drehte und wendete: Petjas einfache, aber wirkungsvolle Idee, Ankermann mit den Steinen unter Druck zu setzen, war mit Sicherheit die beste. Die Causa Patkul spielte hier erst mal keine Rolle.
Wrangel schaute aus dem Fenster hinaus auf den Innenhof der Festung. Die ersten Arbeiter hatten sich schon aufgemacht, um frisches Wasser für ihre morgendliche *kascha* zu holen. Unter den Männern sah er Petja. Dieser aufrechte Mann, groß gewachsen und schlank, mit dunkelblauen Augen, der genauso beharr-

lich über sein früheres Leben schwieg wie Wrangel selbst. Dabei vertrauten die beiden einander wie keinem anderen hier. Aber ihre Herzen öffneten sie einander nicht. Mit keinem Wort hatte Wrangel Petja bisher verraten, was er in seinem früheren Leben getan hatte, selbst über Ruth hatte er kaum etwas verlauten lassen. Nicht weil er an dem Schweden zweifelte, sondern vielmehr weil er fürchtete, dem Schmerz, den eine solche Offenbarung hervorrufen würde, nicht standhalten zu können. Aber auch Petja ließ kein zu persönliches Wort über seine Lippen kommen. Wer war diese Ingrid, die er im Fieberwahn angerufen hatte? Seine Frau? Hatte er Kinder? Wie hielt er es nur hier aus? All das waren Fragen, die sich die beiden Freunde zu stellen verboten. So wie wohl viele Männer hier. Wrangel seufzte, während sein Blick dem Schweden folgte. Sobald sie diesen Ort hinter sich gelassen hatten, würde er Petja die Wahrheit über sich erzählen. Doch bis dahin musste ihr gegenseitiges blindes Vertrauen reichen.

Wrangels Blick wanderte weiter zum Tor, das zum Anleger führte, an dem die Fähren von der Peterinsel anlegten. Es würde nicht mehr lange dauern, bis Trezzini hier herübersetzte, um die Kanzleiakten sowie den inzwischen nach den Wünschen des Generalgouverneurs korrigierten Instandsetzungsbericht abzuholen. Denn am Vormittag würde Menschikows Fregatte auslaufen. Und mit ihm alle Schriftstücke, die beweisen konnten, dass Menschikow in die Sache um die zurückgehaltenen Subsidien verwickelt war. Das durfte nicht sein. Wrangel schloss das Fenster und griff sich erneut das Bündel mit der Privatkorrespondenz.

Von Sonnenstein nach Königstein im September 1706

Generalleutnant Patkul, steht auf und kleidet Euch an! Die Kutsche wartet bereits.«

Erschrocken riss Patkul die Augen auf. Nein, es war kein Traum. Vor ihm stand der wachhabende Offizier der Burg Sonnenstein, zusammen mit seinem Adjutanten, der sich diskret im Hintergrund hielt.

»Wo ist der Kommandant Corbey?«

»Er hat mich beauftragt, Euch für Eure Verlegung vorzubereiten.«

»Und wer seid Ihr, Oberst? Und wohin wollt Ihr mich verlegen, dass es dazu einer Kutsche bedarf?«

»Oberst Steinke ist mein Name, Generalleutnant. Das Ziel Eurer Verlegung ist streng geheim. Bitte kleidet Euch jetzt an.«

»Dann lasst meinen Diener rufen, damit er mir hilft, wie es sich für einen Mann meines Standes gehört.«

Oberst Steinke warf seinem Adjutanten einen kurzen Blick zu, woraufhin dieser zur Tür ging und Patkuls Diener rufen ließ.

»Würden die Herren die Güte haben und vor der Tür warten, bis ich meine Toilette beendet habe?«, fragte Patkul die beiden Uniformierten gereizt, die unschlüssig im Raum standen, als Heinrich bereits eifrig die Kleider seines Herrn zusammensuchte.

Kaum waren sie seiner Bitte gefolgt, sprang Patkul auch schon aus seinem Bett. »Heinrich, weißt du, was hier vorgeht? Hast du Neuigkeiten gehört?«

»Die Schweden sind da, Herr!«

Patkul schlug die Hände vor dem Mund zusammen. »Ich habe

es immer gesagt! Und nun ist es so weit, Gott sei uns gnädig! Weißt du Genaueres, Heinrich?«, flüsterte er, während sein Diener ihm in sein Hemd half.
»Vor kurzem soll das Heer von König Karl die Grenze nach Sachsen passiert haben und auf Dresden zumarschieren. Die Menschen haben Angst vor Plünderung und Gewalt, aber bisher hört man noch von keinen Greueltaten.«
Kopfschüttelnd schlüpfte Patkul in den Rock, den ihm Heinrich hielt. Dann ging er zum Turmfenster und spähte hinaus. Der Himmel war klar und wolkenlos, die Sonne ließ ihre goldenen Strahlen über den spätsommerlichen Wald gleiten. Man brachte ihn von hier fort? Aber wohin? In ein anderes Verlies? Oder lieferte man ihn womöglich gleich den Schweden aus, gewissermaßen als Opfergabe, damit sie mit den Sachsen Gnade vor Recht ergehen ließen? Die grünen Blätter der Buchen neigten sich sanft im Wind. Nun hatte Gott ihn also doch erhört, und er würde durch dieses Fenster dem Laub nicht mehr dabei zusehen, wie es sich herbstlich golden verfärbte. Würde er überhaupt noch einen Herbst erleben? Müde schloss Patkul die Augen und drückte die Hände fest auf die Fensterbank.
Oberst Steinkes Stimme riss ihn aus seinen Gedanken. »Seid Ihr so weit, Generalleutnant Patkul? Die Kutsche wartet.«
Langsam drehte er sich um und fixierte Steinke mit festem Blick. »Warum bringt Ihr mich fort, Oberst? Und wer hat dies angeordnet? Wohl kaum der Kommandant, nicht wahr?«
»Die Order kommt direkt aus Dresden, Generalleutnant. Seid gewiss, sie dient Eurer persönlichen Sicherheit.«
Patkul lachte böse auf. »Bin ich denn in Gefahr?« Mit einer ausladenden Geste drehte er sich um. »Ich meine natürlich in einer weiteren Gefahr als der, ein unrechtmäßig gefangen gehaltener Diplomat zu sein. Klärt mich darüber auf, Oberst. Wenigstens das dürfte mir doch zustehen.«

»In Kürze wird man Euch aufklären, Generalleutnant Patkul. Aber mir steht es nicht zu, sosehr ich es auch bedaure. Ich bitte Euch nun, lasst uns aufbrechen.«

Ohne ein weiteres Wort verließen sie den Raum, der Patkul während der vergangenen neun Monate beherbergt hatte. Im Hof von Burg Sonnenstein wartete eine Kutsche mit einem Vierergespann davor, umringt von einer Abteilung Husaren. Ohne irgendjemanden eines weiteren Blickes zu würdigen, stieg Patkul ein, gefolgt vom Oberst und dessen Adjutanten.

Die Kutsche holperte über die Straßen von Pirna auf die Poststraße hinaus. Dort schlug sie den Weg elbaufwärts nach Süden ein. Patkul blickte die ganze Fahrt über schweigend aus dem Fenster. Er fühlte sich zu erschöpft, um sich in Gedankenspiele über seine nahe Zukunft zu verstricken. Ohnehin konnte er nichts ändern, nur hoffen, dass dies alles wirklich zu seinem Besten geschah. In der Ferne tauchten die auf einem gewaltigen Felsplateau steil in die Höhe ragenden Mauern der Festung Königstein auf. Sofort ahnte er, dass dorthin, in die stärkste Festungsanlage Sachsens, ihre Reise ging. Wenig später schlängelte sich die Kutsche den steilen Weg zur Festung hinauf.

»Da hat man sich wahrlich ein sicheres Plätzchen für mich ausgesucht, Oberst Steinke.«

»Euer Wohl liegt dem König am Herzen, Generalleutnant Patkul.«

Mit einem Ruck kam die Kutsche im Innenhof von Königstein zum Stehen, und ein Soldat öffnete die Tür.

»Nach Euch, Generalleutnant Patkul.« Mit einer galanten Bewegung deutete der Oberst nach draußen.

Kaum hatte Patkul seinen Fuß auf das Kopfsteinpflaster des Hofes gesetzt, als auch schon zwei Soldaten an seiner Seite standen und ihm bedeuteten, ihnen zu folgen.

»Wohin bringt man mich?«

»Der Kommandant erwartet Euch, Generalleutnant«, hörte Patkul Oberst Steinke hinter sich sagen.
So gewaltig und trutzig die Festung aus der Ferne erschien, so weitläufig, großzügig und sogar begrünt gab sie sich von innen. Aber ihre hohen und dicken Mauern waren militärisch karg gehalten, auf jeden Schmuck hatte man verzichtet. Die Soldaten führten Patkul auf die Johann-Georgenburg zu, die unmittelbar vor der gleichnamigen Bastion lag. Ihre schweren, mit Eisen beschlagenen Flügeltüren waren verschlossen, und erst nach Übermittlung einer Parole schloss der Wachhabende auf. Patkuls Magen klumpte sich zusammen. Dieser Ort war von einem anderen Schlag als die Burg Sonnenstein. Das verrieten ihm neben dem nackten Stein schon die ernsten, geradezu finsteren Gesichter der Soldaten. Man führte ihn durch eine dunkle Halle eine großzügige steinerne Treppe hinauf und dann einen mit glatten Steinplatten gepflasterten Gang entlang bis vor eine hohe Flügeltür, vor der zwei weitere Soldaten Wache hielten. Als sie die Ankömmlinge sahen, verschwand einer durch die Tür, wohl um ihre Ankunft anzukündigen.
Der Kommandant, ein gedrungener kräftiger Mann mittleren Alters, empfing seinen neuen Gefangenen in einem großzügigen Saal, der allerdings spartanisch nüchtern eingerichtet war.
»Willkommen auf der Festung Königstein, Herr Patkul.«
»Welchem Umstand, Herr Kommandant, ist es zu verdanken, Euch zu begrüßen?«, ließ sich Patkul frostig vernehmen.
»Ihr werdet von nun an hier Quartier beziehen, Herr Patkul. So wurde es in Dresden angeordnet. Seid Euch sicher, wir werden uns alle Mühe geben, Euren Aufenthalt hier so sicher wie möglich, wenn auch nicht mehr so komfortabel wie bisher zu gestalten«, erwiderte der Kommandant in nüchternem Ton.
»Was habe ich darunter zu verstehen?«
»Die Zeiten der fröhlichen Burggelage sind vorbei, Herr Patkul.

Hier entscheide ich, was meine Gäste zu essen bekommen. Auch dulde ich keinen privaten Besuch, genauso wenig wie private Möbel oder andere Habseligkeiten. Wir werden Euch mit allem ausstatten, was Ihr hier für Eurer tägliches Leben braucht. Luxus könnt Ihr freilich keinen erwarten.«

Patkul schluckte schwer, schwieg aber.

»Doch seid unbesorgt«, fuhr der Kommandant im gleichen nüchternen Ton fort, »Ihr seid nicht unser einziger Gast von Stand im Haus. Derzeit beherbergen wir auch den ehemaligen Leipziger Bürgermeister Romanus, den ehemaligen kurfürstlich-sächsischen Großkanzler und Oberhofmarschall Graf von Beichlingen und auch einen Alchimisten namens Böttger. Ihr seht also, Ihr seid in illustrer Gesellschaft. Unsere Gäste sind bisher gut mit uns und den Festungsregeln zurechtgekommen. Auch Ihr werdet Euch sicherlich problemlos einfügen, Herr Patkul.«

»Wie steht es um meinen Diener? Wird er mir wenigstens weiterhin zur Verfügung stehen können?«

»Da Ihr ein Herr von Stand seid und es nicht in meiner Absicht liegt, Euch überzogenen Belastungen auszusetzen, sei Euch Euer Diener gewährt, solange dieser sich ebenfalls in aller Genauigkeit an die Regeln der Festung hält.«

»Und meine persönlichen Dinge, Herr Kommandant? Wird man mir mein Gepäck von der Burg Sonnenstein nachschicken?«

»Herr Patkul, Ihr seid hier nicht zu einer Lustbarkeit auf einem Jagdschloss, sondern ein Gefangener Seiner Majestät König Augusts II. in einer militärischen Festungsanlage. Alle, die auf der Festung Königstein leben, haben sich in ihren persönlichen Dingen einzuschränken, ganz unabhängig davon, ob sie Soldaten, Offiziere, Gefangene oder der Kommandant persönlich sind. Ich kann Euch aber versichern, dass Ihr hier weder hun-

gern noch frieren müsst. Und nun entschuldigt mich, meine Zeit ist knapp bemessen.«
Ohne Patkul eines weiteren Blickes zu würdigen, gab der Kommandant den beiden Wachen ein Zeichen, woraufhin diese den Gefangenen ohne weitere Umstände abführten.

Sankt Petersburg im September 1706

Gebannt starrte Ruth auf die sumpfige Flusslandschaft, die sich bis an den Horizont ausdehnte. Das Delta der Newa zerteilte sich in viele kleinere und größere Flussarme, von denen nur wenige selbst für die schlanke Galeere befahrbar waren. Mit gleichmäßigen Ruderschlägen glitt das Boot in die Morgensonne hinein. Ruth saß auf dem mit Schnitzereien und Täfelungen verzierten Achterdeck unter einem Sonnenschutz direkt an der Bordwand und verfolgte das Treiben am südlichen Ufer. Menschen waren nirgendwo zu sehen, dafür aber umso mehr Wasservögel. Möwen kreisten schreiend über dem Schiff, auch hörte sie Gänse. Aber auf die Entfernung konnte sie beim besten Willen nicht ausmachen, ob ihre Weißwangengänse unter ihnen waren. Das Wasser war dunkel, die Pflanzen am Ufer klein. Weite Teile waren mit Schilf bedeckt. Aber je weiter sie ins Landesinnere blickte, desto mehr Bäume sah sie, vor allem Birken.

»Ist das die Gegend, für die Ihr so weit gereist seid, gnädige Frau?«

Ankermann stieg aus dem Unterdeck herauf, wo er mit dem Kapitän ein längeres Gespräch unter vier Augen geführt hatte, und gesellte sich zu Ruth.

»Ja, Herr Ankermann, aber inzwischen bin ich weitaus neugieriger auf die neue Stadt, die der Zar hier bauen lässt, als auf die Sümpfe.«

Der Deutsche lachte kurz auf. »Daran tut Ihr gut, denn auch wenn die Stadt zurzeit noch alles andere als Bequemlichkeiten zu bieten hat, so ist sie doch eindeutig jener von Mücken verseuchten Hölle vorzuziehen.«

»Ihr kennt die Sümpfe, Herr Ankermann? Habt Ihr sie bereist?«
Der Kaufmann winkte mit einer abfälligen Handbewegung ab, ohne weiter auf Ruths Fragen einzugehen. Ihr fiel wieder Schafirows Warnung ein, und sie hakte nicht weiter nach.
»Wenn die Männer in dem Tempo weiterrudern, erreichen wir in einer guten Stunde die Stadt.«
Ruth nickte Ankermann stumm zu. Die Erwähnung der Rudersklaven hatte ihr wieder schlagartig das Schicksal dieser armen Kreaturen vor Augen geführt, die schon während der ganzen Fahrt ihr Mitleid hatten. Aber das nützte ihnen wenig. Zu viert waren sie nebeneinander an eine Ruderbank gekettet, acht Mann in einer Reihe, siebenundzwanzig Reihen fasste die Galeere. Insgesamt waren es zweihundert Ruderer, da dort, wo zwei Beiboote über dem Deck hingen, weniger Männer Platz hatten. Außer den Rudersklaven zählte die Besatzung samt Kapitän zwölf Mann, mit den Gästen waren sie fünfzehn. Das war aber auch das Äußerste, was eine so schlanke, ausschließlich für den Kampf gebaute Galeere fassen konnte. Das Heck war mit Kanonen gespickt, auch an den Seiten waren mehrere kleine Kanonen an der Reling angebracht. Nirgendwo gab es ein Stück ungenutzten Raum. Unter Deck gab es ebenfalls kaum Platz. Im Heck war ein Lagerraum untergebracht, in dem Ankermann wohl seine Waren verstaut hatte, dann gab es noch die Pulverkammer und einige Bänke, unter denen sich ebenfalls Stauraum befand und die den Offizieren während der Nacht als Ruheplätze gedient hatten, da sie keine weiteren Soldaten an Bord hatten, wie es sonst im Krieg üblich war.
Nur der Kapitän hatte eine winzige Kajüte, die er Ruth während der kurzen Nacht überlassen hatte, derweil er mit Ankermann und zwei Offizieren auf dem Achterdeck gesessen hatte. Jurek hatte die Fahrt mit der übrigen Mannschaft im vorderen Teil der Galeere auf der Back verbracht. Dort stand auch ein riesiger

Kessel, in dem zweimal am Tag ein widerwärtiger Getreidebrei, den die Männer *kascha* nannten, gekocht wurde. Ruth hatte ihn nicht anrühren können, als Jurek ihr eine Schale brachte. Aber vielleicht hatte das auch an dem unglaublichen Gestank gelegen, der wie eine zähe Wolke über dem Boot hing. Denn die Ruderer konnten ihre Plätze nicht verlassen und mussten darum allen menschlichen Bedürfnissen direkt vor Ort nachkommen. So hockten sie förmlich in ihren Exkrementen. Um trockenen Fußes durch das Boot zu kommen, gab es einen schmalen Steg, der zwischen den beiden Ruderseiten verlief. Ruth hatte ihn zum Glück noch nicht betreten müssen. Auch stand ihr der unter Deck gelegene Abort des Kapitäns zur Verfügung.

So dankbar sie war, dass sie nach Sankt Petersburg fahren konnte, so wenig würde sie diese Fahrt vermissen. Als der Kapitän sie im Hafen von Narva erblickte, hatte er gleich den Kopf geschüttelt. Nur Ankermanns beharrlichem Druck war es zu verdanken gewesen, dass er sie schließlich doch mitnahm, allerdings unter der Bedingung, dass sie unter Deck zu bleiben hatte oder sich aufs Achterdeck begab, wenn sie dort nicht störte. Nun aber, kurz vor der Einfahrt nach Sankt Petersburg, konnte Ruth nichts mehr unter Deck halten. Endlich war sie dort angekommen, wofür sie so viele Strapazen auf sich genommen hatte. Die Landschaft, die an ihr vorbeizog, hatte tatsächlich große Ähnlichkeit mit jener aus ihren Träumen. Ruth musste schlucken, als ihr das klarwurde.

»Was werdet Ihr in Sankt Petersburg unternehmen, Frau Wrangel?«

Sie wandte sich von der Sumpflandschaft ab und musterte Ankermann. »Ich werde mir ein Quartier suchen und mich erst einmal einrichten, Herr Ankermann.«

»Dann empfehle ich Euch, in der Austerei abzusteigen, dem einzigen Gasthaus dort, das diesen Namen verdient. Ich selbst wer-

de auch dort wohnen und nehme Euch gern mit, wenn Ihr mögt.«
»Herr Schafirow empfahl mir ebenfalls die Austerei.«
»Oh, Ihr habt noch mit ihm gesprochen?«
»Ja, er speiste in Narva in demselben Gasthof wie ich.«
Ankermann musterte sie mit durchdringendem Blick. »Dann werdet Ihr ihn sicherlich bald in Sankt Petersburg wieder treffen, denn auch er steigt gern dort ab. Soweit ich weiß, wird er bald auf dem neuen russischen Linienschiff, der Olifant, hierherkommen.«
»Und Ihr, Herr Ankermann, wie lange werdet Ihr in Sankt Petersburg bleiben?«
»Das hängt ganz von den Geschäften ab. Aber im Allgemeinen bleibe ich nie länger als eine Woche.«
Ruth nickte und wandte sich wieder der Aussicht auf das Flussdelta zu. An Steuerbord tauchte vor ihnen eine Insel mit einer Festung auf.
»Oh, seht doch, da ist ja schon die Petersburg!«
»Nein, gnädige Frau, das ist Kronstadt, eine auf der Insel Kotlin vorgelagerte Festung. Bis zur Haseninsel, auf der die Peter-und-Paul-Festung liegt, brauchen wir noch ein bisschen.«
Ruth bestaunte die gewaltige Festungsanlage, die mit schweren Kanonen gespickt war. Ankermann bemerkte es und fügte darum hinzu: »Kronstadt ist ein wahres Bollwerk gegen die schwedische Flotte. Vor kurzem erst gelang es den Russen, schwedische Schiffe zurück aufs offene Meer zu drängen.«
»Oh, ich hörte in Riga von dem geplanten Angriff. Schließlich war er ein Grund, weshalb ich den Landweg nach Narva wählte.«
Ankermann nickte, sagte aber nichts.
Der Kapitän kam aus dem unteren Deck herauf, stellte sich in die Mitte des Achterdecks und spähte mit seinem Zielfernrohr

hinüber zur Kronstädter Festung. »Beeindruckende Wälle, nicht wahr, gnädige Frau?«

Ruth stimmte ihm zu.

»Umso erwähnenswerter ist es, dass die Festung nur im Norden, Westen und Süden über Wälle verfügt, der Osten aber gänzlich offen ist. Doch bisher hat es noch kein Schwede weiter als bis hierher geschafft. Im Juli erst begleitete meine Galeere den Zaren, als die Schweden es erneut versuchten. Wir haben sie das Fürchten gelehrt.« Der massige Mann lachte rauh auf und rief dann seinen Ersten Offizier zu sich, damit er Befehl gab, dass die Männer mit würdiger Haltung und kräftigen Schlägen nach Sankt Petersburg einruderten. Kurz darauf knallten die Peitschen der Antreiber, und das Getöse der ins Wasser eintauchenden Ruderblätter wurde lauter.

Eine knappe Stunde später ging die Galeere vor der Peterinsel vor Anker und ließ die Beiboote mit den Passagieren, einigen Besatzungsmitgliedern und dem Kapitän von Bord gleiten. Die Rudersklaven jedoch blieben angekettet auf ihren Bänken sitzen.

Ruths Herz klopfte vor Aufregung heftig in ihrer Brust, und sie bekam kaum Luft. Sie ging in Sankt Petersburg, der Neugründung des russischen Zaren, an Land. Tatsächlich hatten die Menschen, die ihr zuvor von dieser Stadt erzählt hatten, nicht übertrieben. Vor sich sah sie keine Stadt, sondern eine gigantische Baustelle, auf der es nur so von Menschen wimmelte. War einer von ihnen Hinrich? Vielleicht sogar einer von jenen, die am Anleger standen, um ihnen an Land zu helfen? Ruths Hände wurden ganz feucht. Verstohlen wischte sie sie an den Falten ihres Kleides ab.

Jurek saß neben ihr und starrte ebenfalls auf das Getümmel um sie herum. Die meisten Männer, die am Ufer der Newa Holzpfosten in dic Böschung trieben, waren nur in Lumpen gekleidet und barfuß. Ihre Körper glänzten vor Schweiß, und um ihre Köpfe kreisten Myriaden von Mücken. Auch Ruth meinte den Stich eines solchen Blutsaugers in ihrem Nacken zu spüren und schlug mit der flachen Hand danach. Auf dem Steg, an dem das Beiboot festmachte, standen ein paar Männer in seidenen Kniebundhosen und leichten Röcken, die Gesichter glatt rasiert und die Haare zu Zöpfen zurückgebunden. Ganz so, wie sie sie auch in Danzig, Riga oder Narva gesehen hatte. Wieder andere trugen typische Handwerkstracht, wie Ruth sie aus Hamburg oder Amsterdam kannte. Mit keinem Blick würdigte sie die halb nackten Männer im Wasser.

Frauen sah man allerdings nirgends. Entsprechend rissen die Herumstehenden bei Ruths Anblick die Augen auf. Sie versuchte, so viele Männer wie möglich in kürzester Zeit zu mustern. Vielleicht war Hinrich unter ihnen. Aber wenn, dann wohl kaum unter den wohlgekleideten auf dem Steg, sondern eher unter den armen Teufeln im Wasser. Sie drehte sich zu ihnen um und blickte einem nach dem anderen in die müden, stumpfen Augen, die sie aus schmutzigen bärtigen Gesichtern anstarrten.

»Unglaublich«, ließ sich Jurek schließlich vernehmen. »So etwas habe ich noch nie gesehen.«

Ruth schluckte. »Es wird nicht leicht werden, Jurek.«

»Nein, Fräulein Ruth, das wird es nicht.«

* * *

Eine knappe Stunde später saß Ruth in ihrem schlichten, aber sauberen Zimmer in der Austerei. Jurek hatte ihre Sachen hochgetragen und noch einmal kurz gelüftet, bevor er sich zurückzog, damit sie sich ein wenig ausruhen konnte. Das Fenster ihres Zimmers führte auf den Hof hinaus, in dem ein geräumiges Badehaus untergebracht war. Jurek hatte versprochen, sich gleich zu erkundigen, wann sie es benutzen konnte. Schon kurz darauf klopfte es an der Tür, und ihr treuer Diener stand im Rahmen.

»Das Badehaus steht Damen von Stand erst morgen früh zur Verfügung, Fräulein Ruth. Aber ich habe die Magd angewiesen, einen Kübel Wasser für Euch zu erwärmen, sodass Ihr Euch zunächst einmal reinigen könnt.«

»Danke, Jurek. Und danach machen wir uns auf die Suche, ja?«

Sankt Petersburg war wirklich alles andere als eine Stadt, wie Ruth sie bisher kennengelernt hatte. Denn es gab hier kaum Straßen, geschweige denn Fuhrwerke. In Petersburg hatte man sich auf dem Wasser fortzubewegen. So war es der ausdrückliche Wunsch des Zaren. Der breite Strom der Newa war übersät mit Barken verschiedener Größen, die die beiden Uferseiten und die verschiedenen Newa-Inseln miteinander verbanden. Überhaupt von einer Stadt zu reden war übertrieben. Zwar wimmelte es nur so von Menschen, aber es waren alles Arbeiter, die je nach ihrer Qualifikation entweder gröbste Arbeiten bei der Uferbefestigung zu leisten hatten oder auf den Gerüsten der Holzhäuser herumkletterten, die sie gerade errichteten. Es gab nur Holzhäuser, die meisten einstöckig, und viele sogar nur einfache rohe Blockhütten, in denen Moos die Ritzen zwischen den einzelnen Baumstämmen füllte. Das Einzige, was Ruth hier aus Stein erbaut gesehen hatte, war ein Teil der Festungsanlage auf der benachbarten Haseninsel. Die wenigen Wege, die zwischen den Holzhäusern und Blockhütten verliefen, waren mit Holzbohlen befestigt, weil der Untergrund bei Regen sehr schlammig wurde. Aber zum Glück war es zurzeit angenehm trocken und warm.

Ruth hatte die Austerei in Begleitung von Jurek gerade verlassen, als ein Kanonendonner das ringsumher herrschende Trei-

ben unterbrach. Verängstigt drehte sie sich zu Jurek um, der mit den Schultern zuckte. Aber schon bald begriffen sie, was der Schuss zu bedeuten hatte, denn überall legten die Leute ihre Arbeit nieder und suchten sich ein Plätzchen für die Mittagspause. Auch Ruth verspürte Hunger, doch sie wollte nicht zurück in die Austerei, um zu essen. Zu groß war ihre Unruhe und Neugierde auf diesen Ort. So ging sie mit Jurek zunächst den Seitenarm der Newa entlang, der die Peterinsel umgab. Hier standen die meisten ansehnlichen Holzhäuser, in denen höhergestellte Personen lebten. Einige von ihnen waren sogar verputzt und bemalt. Eines dieser Häuser sprang Ruth besonders ins Auge, weil es merkwürdige Vertrautheit in ihr hervorrief.
»Schau mal, Jurek, das Haus dort könnte doch auch in Amsterdam stehen, oder?«
»Ja, Fräulein Ruth, da habt Ihr ganz recht. Aber dies hier ist von Soldaten bewacht. Das wiederum habe ich in Amsterdam nicht gesehen.«
Ruth musterte neugierig die Soldaten. »Kannst du dich einmal erkundigen, warum das Haus bewacht wird? Vielleicht wohnt der Gouverneur dort.«
Jurek ging auf die Wachen vor dem Haus zu und wollte sie gerade ansprechen, als schon ein Soldat auf ihn zukam und zurückdrängte mit dem scharfen Hinweis, dass hier kein Zutritt für Unbefugte sei. Jurek merkte, dass es besser war, nicht nachzufragen, und bedeutete Ruth, einfach weiterzugehen. Ein paar Häuser weiter fanden die beiden eine kleine Bäckerei. Bei dem Duft der frischen Backwaren meldete sich Ruths Hunger mit aller Deutlichkeit zurück. Jurek zögerte nicht lange und kaufte dem Bäcker für ein paar Kopeken Piroggen, mit Kohl gefüllte Teigtaschen, ab. Dann schauten sich die beiden nach einem Platz um, an dem sie ungestört essen konnten. Aber nirgendwo bot sich eine Gelegenheit.

»Vielleicht sollten wir ein Boot nehmen, Fräulein Ruth, und hinübersetzen auf die andere Seite der Newa, wo sich die große Werft befindet. Dort gibt es schließlich viele Arbeiter.«

»Und während der Überfahrt essen wir. Eine glänzende Idee, Jurek.«

Wenige Augenblicke später saßen die beiden in einer Barke, die regelmäßig zwischen der Peterinsel und der Werft hin- und herfuhr. Sie war recht leer, denn zu dieser Tageszeit setzten eher die Leute von Stand, die auf der Werft beschäftigt waren, über, um in der Austerei zu speisen. Während Ruth in eine Pirogge biss, die Jurek ihr reichte, schaute sie sich mit großen Augen um. Auch auf dem anderen Ufer des Seitenarms der Newa wimmelte es vor Menschen. Die meisten sahen nach einfachen, ja heruntergekommenen Arbeitern aus. Ihre Kleidung hing ihnen häufig in Fetzen vom Körper, ihre Füße waren bestenfalls in Bastschuhen, meistens aber nackt. Alle hatten Bärte und waren so verschmutzt, dass man die ursprüngliche Farbe ihrer Haut nur noch erahnen konnte. Als Ruth den noch warmen Kohl und den fetten, süßlichen Teig auf ihrer Zunge schmeckte, überkam sie für einen Moment Mitleid mit den Männern am Ufer, denn sie sahen durchweg hungrig aus. Aber ihr Hunger war ebenfalls so groß nach knapp zwei Tagen des Fastens auf der Galeere, dass sie sich einfach abwandte und stur weiteraß.

Die Barke hielt zunächst an der Haseninsel, auf der die Festung lag. Hier waren neben den Arbeitern viele Soldaten zu sehen. Zwischen ihnen erblickte Ruth auch Dreispitze und rasierte Männer in Kniebundhosen, Strümpfen und ledernen Schnallenschuhen.

Für einen Moment durchzuckte sie der Gedanke, dass sie hier mit ihrer Suche beginnen sollte, aber bevor sie sich dazu entschließen konnte, legte die Barke bereits wieder ab und setzte ihre Fahrt zur Werft fort. Die Newa floss ruhig und gleichmäßig der Ostsee entgegen. Die Ruderer hatten ordentlich mit der Strömung zu kämpfen, damit sie nicht vom Kurs auf die Werft abkamen. Aber glücklicherweise lag sie ein kleines Stück weiter flussabwärts der Haseninsel. So legte die Barke kurze Zeit später an einem großen Anleger an, der auch genügend Platz für eine Fregatte hatte. Auch hier bot sich Ruth ein ähnliches Bild wie zuvor auf dem Anleger bei der Haseninsel. Arbeiter und Soldaten mischten sich mit Handwerkern und einigen wenigen Männern von Stand. Allerdings kamen hier deutlich mehr Seeleute und Matrosen hinzu. Jurek reichte Ruth die Hand und half ihr auf den Steg. Kaum hatte sie ihr Kleid glatt gestrichen, schob er sie auch schon fort in Richtung Werft.

Als Erstes sprangen Ruth zwei gewaltige Schiffsgerippe ins Auge. Ihren Ausmaßen nach würden sie eines Tages Linienschiffe werden. Obwohl Mittagspause war, kletterten mehrere Schiffszimmerer auf ihnen herum und gingen geschäftig ihrer Arbeit nach. Neben den Schiffen waren große Mengen an frisch zugeschnittenen Planken aufgestapelt. Der Duft des frischen Harzes stieg ihr in die Nase und überdeckte die sonst vorherrschenden beißenden Gerüche von Schweiß und Unrat. Dann entdeckte Ruth auch schon das Sägewerk, das weiter hinten, direkt an einer breiten Straße, lag, auf der auch jetzt zur Mittagszeit Fuhrwerke heranrollten. Aber die meisten Männer hatten sich irgendwo in den Schatten zurückgezogen und kleine Feuer entfacht, auf denen sie einen grauen Brei in Tontöpfen zubereiteten. Einige wenige hatten auch eine Dauerwurst vor sich liegen, die meisten einen Krug mit Kwas. Insgesamt herrschte eine Stimmung der geschäftigen Entspannung.

»Kommt, Fräulein Ruth, lasst uns mit der Suche beginnen.« Jurek nahm sie sanft beim Arm und führte sie durch die Reihen. Schnell wurde ihr klar, warum. Alle Blicke richteten sich auf sie.

Sie war die einzige Frau weit und breit. Es dauerte nicht lange, und die ersten Pfiffe ertönten.
Jurek zog Ruth enger an sich heran. »Hört nicht hin, sondern haltet lieber Ausschau.«
Nur zu gern folgte sie dem Rat ihres Dieners. Aber wie sollte der, nach dem sie Ausschau hielt, nur aussehen? Nahezu alle Männer hier trugen wilde Bärte, hatten entweder lange verfilzte Haare oder kurz geschorene Stoppeln auf dem Kopf und waren in lumpenähnliche Kleidung gehüllt. Wer gepflegter aussah, würde kaum ein hierher Verschleppter sein, so wie sie es von Hinrich vermutete. Und wie lange sollte sie in diese schmutzigen Gesichter starren, ohne deren Aufmerksamkeit auf sich zu richten? Was sie sich vorgenommen hatte, war verrückt.
»Jurek, wie soll ich meinen Mann unter diesen Geschöpfen finden?«
»Das weiß ich auch nicht, Fräulein Ruth. Wir müssen einfach weitersuchen und auf Gottes Hilfe vertrauen.«
Schritt um Schritt, Stunde um Stunde schoben sich die beiden durch die müden Männer und versuchten den einen zu finden. Ein paar Mal sprach jemand Jurek an und wollte wissen, wen sie suchten. Den Mann seiner Tochter, antwortete er stets. Mehr wollte er nicht preisgeben. Auch Ruth war nicht wohl bei dem Gedanken, diesen Leuten mehr als nötig über sich und ihre Suche anzuvertrauen. Zu finster waren ihre Blicke. Schließlich hatten die Männer ihre Pause beendet und machten sich wieder an die Arbeit. Die Wachmänner erhoben sich von ihrem Lager und trieben die Leute erneut mit lauten Zurufen und wedelnden Knuten an. Mit einem gellenden Schrei nahm auch das Sägewerk wieder seine Arbeit auf und zersägte die gewaltigen Baumstämme, die die Männer heranschleppten, unter schrillem Gekreisch in faustdicke Planken.
Es war an der Zeit, die Werft zu verlassen. Als ihre Barke vom

Steg ablegte, zupfte Ruth Jurek am Ärmel. »Lass uns noch einmal bei der Festung aussteigen, Jurek, vielleicht haben wir dort mehr Glück.«

* * *

Mit einem großen Satz sprang Wrangel auf die gerade zur Wassili-Insel ablegende Barke. Die Mittagspause war um, und es wurde Zeit, dass er zu Petja ins Steinlager kam. Denn der hatte gehört, dass Ankermann wieder in der Stadt sei. Eigentlich hatten die beiden ihr Treffen mit dem Hamburger Kaufmann von längerer Hand vorbereiten wollen, aber Trezzini hatte Wrangel noch lange mit Kleinkram in der Schreibstube festgehalten. So hatte er sich kaum Gedanken machen oder gar einen Plan zurechtlegen können. Er zog die Stirn in Falten und stieß einen zischenden Laut aus. Ihm stand vielleicht eines der wichtigsten Zusammentreffen bevor, die er sich denken konnte. Es könnte über seine weitere Zukunft entscheiden. Und er war schlechter vorbereitet als für die langweiligste Routineverhandlung am Hamburger Niedergericht. Hoffentlich hatte sich Petja mehr Gedanken, vielleicht sogar einen Plan machen können. Schließlich war er ein hoher Offizier, auch wenn Wrangel das offiziell natürlich gar nicht wusste, und als solcher musste ihm das Ausarbeiten von Schlachtplänen doch vertraut sein.

Als die Barke an der Wassili-Insel angelegt hatte, sprang Wrangel sogleich herunter und lief eilig zum Steinlager.

Petja empfing ihn geschäftig, konnte aber eine gewisse innere Unruhe nicht verhehlen. »Ich habe gehört, dass dieser Ankermann noch heute Nachmittag die Baustelle des Menschikow-Palastes besuchen möchte. Wenn du ihm dort auflauerst, wirst du die beste Gelegenheit haben, mit ihm zu sprechen, ohne dass er herausfinden kann, wer du bist, Wanja.«

Wrangel nickte.

»Trezzini wird ihn dorthin begleiten. Aber ich werde versuchen, den Baumeister in einer wichtigen Angelegenheit kurz hierherzulocken. Den Augenblick musst du nutzen.« Der Schwede kaute nervös auf seiner Unterlippe.

»Gut, Petja, ich versuche es.« Wrangel schluckte. Sein Freund wusste also auch nicht wirklich weiter, Offizier hin oder her. Er musste sich einfach darauf verlassen, dass ihm die passenden Worte schon einfallen würden, genauso wie bei gerichtlichen Verhören in seinem früheren Leben.

Der Himmel hatte sich bereits rötlich violett verfärbt, als Wrangel, der sich hinter einer kleinen Blockhütte auf der Baustelle des künftigen Gouverneurspalastes versteckt hatte, Trezzini mit seinem Schreiber und einem schlanken blonden Mann in einem schlichten dunklen Rock und einem Dreispitz kommen sah. Wrangel musterte ihn verstohlen. Er erkannte sogleich den Mann wieder, den er vor einigen Wochen am Anleger der Peterinsel hatte an Land kommen sehen und den ein anderer als Ankermann angesprochen hatte.

Plötzlich sah er Petja angelaufen kommen und wie geplant auf Trezzini einreden. Der Baumeister schüttelte unwirsch den Kopf, aber als der Schwede nicht lockerließ, wechselte er schließlich einige Worte mit seinem Begleiter und folgte zusammen mit seinem Schreiber Petja zurück ins Steinlager.

Ankermann ging mit festen Schritten auf die kleine Blockhütte zu. Als er im Schatten der Hütte stand und nicht mehr von weiter weg gesehen werden konnte, trat Wrangel hinter der Hütte hervor.

»Guten Abend, Herr Ankermann.«

Der Blonde zuckte kurz zusammen, fasste sich aber sofort wieder und musterte den bärtigen Mann in den abgerissenen Kleidern mit einem kurzen taxierenden Blick. »Was willst du von mir, *mushik?*«

»Ich habe Euch ein Geschäft vorzuschlagen.«
»Womit willst du wohl handeln, du Lump? Mit Läusen vielleicht?«
Wrangel straffte den Rücken, verriet aber mit keiner Miene seine Anspannung. »Ich möchte zwei Passagen auf Eurem nächsten Schiff, das von hier in den Westen ausläuft.«
Ankermanns Züge verhärteten sich noch mehr, und er schüttelte ungläubig den Kopf. »Soll ich die ganze Mannschaft mit Läusen versorgen? Bestimmt weißt du so gut wie ich, dass man aus Sankt Petersburg nur mit der Genehmigung des Generalgouverneurs ausreist. Hast du denn eine?«
Jetzt war es an Wrangel, sein Gegenüber zu mustern. Irgendetwas an diesem Mann irritierte ihn. Dabei sah er so durchschnittlich aus, wie man es von einem Kaufmann nur erwarten konnte. Allerdings vermochte Wrangel sein Gesicht im Schatten des Dreispitzes bei dem schon stark abnehmenden Licht nicht klar zu erkennen. Aber er durfte nicht zögern. Er musste handeln.
»Hätte ich die, würde ich Euch nicht fragen.«
»Und was soll das Geschäft in deinem Anliegen sein, *mushik?*«
»Wenn Ihr uns hier unbemerkt herausschafft, bekommt Ihr Euer Salz zurück.«
Ankermanns Stimme war seine Verblüffung anzuhören. »Wovon redest du da?« Er machte einen Schritt auf Wrangel zu, gerade so, als wollte er ihn greifen. Dabei trat er auf ein loses Brett, knickte mit seinem Schnallenschuh vom Holzsteg ab in eine ausgetrocknete Pfütze und strauchelte für einen kurzen Moment, bis er sein Gleichgewicht wiedergefunden hatte.
Wrangel stand derweil abwartend und ruhig vor ihm, ohne auch nur einen Muskel zu bewegen, bis Ankermann wieder mit beiden Füßen auf dem Holzsteg stand. »Wir haben ein paar schöne Chargen besten Salzes in unserem Besitz, das Ihr laut Frachtpapieren als Baumaterial für den hier zu bauenden Palast angelie-

fert habt. Nun fragen wir uns, was wohl der Generalgouverneur dazu sagen wird, wenn Ihr seinen Palast aus Salz errichten wollt.«

Ankermann schnaufte verächtlich. »Ist das alles, was du mir zu sagen hast?« Betont langsam wandte er sich von Wrangel ab. »Dann frag ihn doch selbst, *mushik.* Aber rasier dir vorher die Läuse vom Kopf.«

»Oh, wir werden ihn nicht fragen, vielmehr werden wir es einfach vorführen. Schaut zum Horizont. Seht Ihr die schwarzen Wolken, die über dem Meer aufziehen? Noch leuchten ihre Ränder im Abendrot. Aber wenn sie hier sind, wird sich zeigen, was aus Stein und was aus Salz gebaut ist.«

Ankermann drehte sich ruckartig zu Wrangel um. »Hier ist noch gar nichts gebaut, *mushik.* Mach deine Augen auf.«

»Nicht hier, Herr Ankermann, wohl aber in der Festungsmauer, drüben auf der Piterburch.«

Der Kaufmann versteifte sich, und seine Stimme nahm einen gefährlich zischenden Ton an. »Was willst du stinkender Kerl von mir?«

»Wie gesagt, zwei Passagen auf Eurem Schiff gen Westen, Herr Ankermann. Wir sind nicht anspruchsvoll. Schafft uns einfach heimlich an Bord und versorgt uns mit dem Nötigen für die Überfahrt. Dann werden die Steine wieder dorthin kommen, wo sie waren, und Ihr geht in aller Ruhe weiter Euren Geschäften nach, so wie wir den unseren.«

»Und wenn ich das nicht tue?«

»Dann dürfte die Inspektion der Festung, die der Zar in der nächsten Woche persönlich vornehmen möchte, kein gutes Licht auf Eure Handelsbeziehungen hier vor Ort werfen.«

»Und warum soll ich dir glauben?« Ankermann trat einen Schritt zurück und musterte Wrangel mit scharfem Blick. Dabei blitzten seine hellen Augen auf, als die Abendsonne sie traf.

»Ihr könnt es darauf ankommen lassen. Aber auf den Regen ist Verlass.«

»Gut, *mushik.* Wir treffen uns morgen zur gleichen Zeit, und du bringst mir einen Beweis für dein Gefasel. Wenn er mich überzeugt, kommen wir vielleicht ins Geschäft.«

Wrangel nickte stumm.

»Wie heißt du? Du sprichst so gut deutsch.«

»Das tut nichts zur Sache, Herr Ankermann. *Mushik* reicht fürs Erste.«

Altranstädt im September 1706

Karl XII. schlug die Beine übereinander, dass die gewaltigen Sporen an seinen Stiefeln klirrten. »Soso, der Kurfürst möchte einen Frieden mit mir schließen und erkundigt sich nach meinen Bedingungen. Das nenne ich vernünftig.«

Der König von Schweden, ein junger, schlanker und drahtiger Mann, dessen Äußeres mehr an einen Feldwebel erinnerte als an den Herrscher des mächtigen Reiches, das die Ostsee zu seinem Binnenmeer gemacht hatte und vor dessen kampferprobter Armee sich die Welt fürchtete, faltete mit spitzen Fingern den ihm überreichten Brief zusammen. Sein fahlblondes Haar war kurz geschnitten, das Gesicht hager, die Hände frei von Schmuck, der Uniformrock schlicht.

So nüchtern wie die Person des Königs selbst war auch sein Privatgemach, in das die königlichen Wachen die Sonderbeauftragten von König August II., Baron von Imhof und den Geheimen Referendar Pfingsten, mitten in der Nacht vorgelassen hatten.

Während Imhof als der Standeshöhere das Gespräch führte, schaute sich Pfingsten unauffällig um. Der König schien auf einem schmalen Feldbett zu schlafen und als Decke nur ein rauhes Wolltuch zu benutzen. Auch das Mobiliar war von ausgesuchter Einfachheit und Praktikabilität. Am Kopfende des Bettes stand eine schwere lederne Reisetruhe, die zugleich als Nachttisch diente, wie Pfingsten aus den darauf liegenden Büchern schloss. Ein kleiner klappbarer Sekretär mit einem soliden Stuhl davor stand in der einen Ecke, in der anderen ein nüchterner Kleiderständer, an dem Hut und Mantel Seiner Majestät hingen. Der Boden war mit schlicht gewebten Teppichen ausgelegt, vier Hocker säumten die Wände. In der Mitte

des Gemachs saß der König, links und rechts von zwei Leibgardisten flankiert.
»Meine Herren, Ihr sollt sogleich meine Antwort haben.« Mit diesen Worten stand Karl auf, ging zu dem Sekretär, griff Papier und Feder und schrieb mit schnellen kleinen Bewegungen einige Zeilen nieder.
Obwohl Pfingsten die gewaltige Anspannung im Raum zum Greifen spürte, konnte er doch die Müdigkeit in seinen Knochen nicht verleugnen. Die vergangenen zwei Tage hatte er sich mit Imhof auf der Fahrt von Dresden nach Altranstädt, einem kleinen Städtchen bei Leipzig, in der Kutsche durchrütteln lassen. Die Tage und Nächte davor hatte er schier endlose Gespräche mit jedem Mann geführt, der in Sachsen etwas zu sagen hatte. Das Problem Patkul war immer noch nicht gelöst. Hinzu kamen die Boten des Königs, die ihn mit Nachfragen bestürmten, auf die er unverzüglich hatte Antworten geben müssen, damit sie diese zurück nach Polen trugen.
Die Ereignisse hatten sich in den letzten Tagen überschlagen und ihn wie eine Billardkugel von einem Ort zum anderen getrieben. Die schwedische Armee war in Sachsen einmarschiert, und die Sachsen hatten ihr nichts entgegenzusetzen. Der Dresdener Hof war nervös, um nicht zu sagen kopflos, und König August II. saß irgendwo in Polen fest, wo ihn sein russischer Bündnispartner in eine Schlacht gegen die Schweden führen wollte. Kurz, Sachsens Schicksal hing an einem seidenen Faden, den Pfingsten und Imhof vor dem Zerreißen durch Karl XII. zu hüten hatten. Aber wenigstens hatte König August die Lage richtig eingeschätzt und einen sehr versöhnlichen Brief an den Schwedenkönig geschrieben, in dem er ihn um Frieden bat. Um so einen Frieden ermöglichen zu können, hatte er Imhof und Pfingsten Verhandlungsvollmachten erteilt und ihnen ein Blankett mit seiner Unterschrift mitgegeben. In dem Begleitschrei-

ben an seine Unterhändler stand nur ein Satz: »Geht nun und versuchet, vernünftige und christliche Bedingungen für mich zu erhalten.«

Karl XII. erhob sich steif von seinem Sekretär und überreichte Baron Imhof das zusammengefaltete Papier. »Die Antwort, meine Herren, erwarte ich morgen Mittag hier auf Schloss Altranstädt. Und nun wünsche ich eine gute Nacht.«

Die beiden sächsischen Unterhändler verbeugten sich tief und verließen zügig das Schloss. Draußen wartete ihre Kutsche, die Pferde immer noch mit Schaum von der schnellen Fahrt hierher bedeckt.

Kaum hatte sich der Kutschenverschlag hinter den beiden Sondergesandten geschlossen, als Baron Imhof das Papier des schwedischen Königs auseinanderfaltete und unter die kleine Öllampe hielt, die den Reisenden spärliches Licht bot.

Der König August hat für immer auf die Krone von Polen zu verzichten und zu versprechen, dass er niemals daran denken wolle, wieder den Thron zu besteigen.

Er hat allen anderen Abmachungen, besonders den mit Russland verhandelten, zu entsagen.

Er hat alle Gefangenen, die er gemacht hat, mit Ehren in mein Lager zurückzusenden.

Er hat mir alle Deserteure auszuliefern, die in seinen Dienst übergegangen sind; dagegen hat er jedes Prozessverfahren gegen solche, die von seinem Dienst in den meinigen übergetreten sind, niederzuschlagen.

Voll Schrecken schlug Imhof seine Hand vor den Mund. »Wie sollen wir das jemals akzeptieren, ohne den König vollends zu desavouieren?«

Pfingsten schwieg. Tatsächlich hatte er kaum etwas anderes von dem Schwedenkönig erwartet als das, was er hier las. Der Mann führte schließlich seit nunmehr sechs Jahren einen erbitterten Krieg gegen Polen-Sachsen, Russland und die ersten Jahre auch noch gegen Dänemark. Dabei hatten die Alliierten Schweden angegriffen, um dem Reich Herzstücke aus seinen Ländereien herauszureißen. Einen anderen Grund hatten sie für ihre kriegerischen Handlungen nicht gehabt. Aber das durfte er, der Geheime Referendar Augusts II., natürlich niemals laut sagen.

Nun hatte es sich also ausgespielt für den Kurfürsten, der König sein wollte. Der junge Schwedenkönig würde ihn auf sein wahres Maß zurechtstutzen. Das war schmerzlich. Aber so geht es denen, die zu hoch hinauswollen. Sie stürzen hinab in die Tiefe wie Ikarus, dem die Sonne das Wachs zwischen seinen Federn schmelzen ließ. August hätte es besser wissen können. Aber er schenkte sein Ohr lieber diesem gerissenen Einflüsterer Patkul. Ohne Patkuls Drängen und all die Ränke, die er schmiedete, hätte es diesen verheerenden Krieg überhaupt nicht gegeben und auch nicht diese schmachvolle Besetzung Sachsens. Dafür musste er büßen.

Wie um dies zu besiegeln, schlug Pfingsten mit der Faust in seine offene andere Hand.

Imhof sah ihn verschreckt an. »Ihr teilt also meine Meinung, Pfingsten?«

»Nun, Imhof, morgen ist auch noch ein Tag. Wir werden das Beste für Sachsen herausholen, was möglich ist.«

* * *

Karl XII. musterte gelangweilt die beiden Sondergesandten seines Kriegsgegners, die sich wie befohlen zur Mittagsstunde wieder auf dem Schloss eingefunden hatten. Trotz ihrer eleganten höfischen Kleider und der gewaltigen Allongeperücken standen sie vor dem mächtigsten Feldherrn Europas wie arme Bittsteller.

»Ich bin geneigt, den Frieden unter den von mir genannten Bedingungen zu gewähren. Man darf jedoch nicht erwarten, dass ich etwas daran nachlasse, meine Herren.«

Zaghaft ergriff Imhof das Wort. »Seine Majestät August II. weiß wohl um den Ernst der Lage, Eure Majestät, und so ist er auch zu jedem Zugeständnis bereit, das seinem Volk Linderung bereitet und die Leiden dieses unsäglichen Krieges beendet.«

»Ein Krieg, den mein lieber Vetter begann, meine Herren«, erwiderte Karl aufbrausend. »Schweden hatte nicht im Geringsten vor, seine braven Soldaten auf Jahre durch fremde Länder ziehen und kämpfen zu lassen. Mein Vetter August hat uns im Verbund mit dem russischen Zaren dazu gezwungen.«

»Doch so gern unser König jetzt diesen Krieg mit Schweden beenden möchte, so sehr steckt er doch in der Falle, da sein Verbündeter ihn mit eiserner Faust hält. Darum, Majestät, lasst Nachsicht walten und …«

»Nachsicht?«, donnerte Karl dazwischen. »Mit einem nach Höherem strebenden Kurfürsten soll ich Nachsicht üben? König wollte er sein. Und jetzt? Tausende meiner treuen Männer hat dieser Krieg das Leben gekostet, er hat Familien zerstört und weite Landstriche verwüstet. Doch kaum treffen meine Truppen in Euer blühendes Sachsen ein, da bettelt Ihr um Nachsicht.«

Imhof zog seinen Kopf ein wie eine Schildkröte, nach der man einen Stock wirft.

»Nachsicht ist das falsche Wort, Majestät«, mischte sich Pfingsten zum ersten Mal leise in das Gespräch ein. »Die von Euch genannten Bedingungen sind verständlich und gerechtfertigt. Deshalb soll es auch nicht darum gehen, an ihnen zu rütteln, sondern lediglich, sie feiner zu justieren, um wirklich jene zu strafen, denen Strafe gebührt, und dabei jene zu schonen, die lediglich in Treu und Glauben ihrem König brave Dienste leisten.«

»Wollt Ihr damit sagen, dass meine Bedingungen nicht hart genug sind, Herr Pfingsten?«, fragte Karl spöttisch.

»Sie sind wahrlich wohl durchdacht und dem Ernst der Lage angemessen, Eure Majestät. Doch hat die nächtliche Stunde, zu der wir Eure Majestät mit unserem dringlichen Anliegen heimsuchten, ihren Preis gefordert. So wie Ihr zu Recht verlangt, alle Gefangenen in Ehren freizugeben, versäumtet Ihr es zur gestrigen späten Stunde, die Deserteure und Verräter, die ihren Anteil an diesem unheilvollen Krieg tragen, beim Namen zu nennen.«

Karl schaute ihn überrascht an. »Haltet Ihr das für nötig?«

»Grundsätzlich nicht, Eure Majestät, aber doch zeigt die Erfahrung, dass die gewieftesten unter ihnen immer wieder ein Schlupfloch finden und so weiteres Unheil anrichten können. Ich denke da nur an den Herrn Johann Reinhold von Patkul, der immer, wenn es für ihn zu brenzlig wird, kurzerhand den Dienstherrn wechselt. Doch keiner dürfte Eurer Majestät in diesem Krieg allein durch sein geschicktes Mundwerk mehr geschadet haben als ebenjener aus den schwedischen Diensten Desertierte.«

»Der Mann ist, soweit ich informiert bin, in russischen Diensten.«

»Aber in sächsischer Haft, Eure Majestät.«

»Dann ist sein Schicksal doch bereits besiegelt.«

»Aber König August ist zurzeit nahezu eine Geisel des russischen Zaren, Eure Majestät. Nun stellt Euch vor, was passiert, wenn Eure zutiefst gerechtfertigten Bedingungen für einen Frieden bekannt werden. Nicht eine Sekunde würde der Zar zögern, die sofortige Freilassung seines Sondergesandten Patkul zu fordern, ansonsten aber den zu Untreue gezwungenen König als Geisel behalten. Dann, Majestät, ließe sich weder ein schneller

und gütlicher Friede nach Euren Bedingungen durchsetzen noch jener Mann zur Rechenschaft ziehen, der einen so unheilvollen Anteil an diesem Krieg hat.«
»Und was ist nun Eurer Vorschlag, Herr Pfingsten?«, fragte Karl trocken.
»Zunächst einmal sollte in Punkt vier der Bedingungen Johann Reinhold von Patkul namentlich erwähnt werden, sodass seine Überstellung ein unabdingbarer Bestandteil des Friedensvertrages wird.«
»Das ist mir ein Leichtes.« Mit einer knappen Handbewegung schrieb der König eine Notiz auf die vor ihm liegenden Friedensbedingungen.
»Den anderen Aspekt, Eure Majestät, muss man nicht schriftlich fixieren, sondern da reicht es, wenn Ihr Euch entsprechend Eurem berechtigen Wohlwollen in Geduld übt.«
»Worin soll ich mich in Geduld üben, Herr Pfingsten?«
»Lediglich in der Veröffentlichung der Friedensbedingungen, Eure Majestät.«
»Und warum sollte ich das Eurer Meinung nach tun?«
»Um meinem Herrn die Möglichkeit zu geben, unbeschadet aus der Gewalt seines noch Verbündeten nach Dresden zurückzukehren, damit er den Frieden mit Euch ratifizieren kann.«
Karl atmete schnaubend aus. »Solche Details überlasse ich lieber meinem Grafen Piper. Er wird mit den Herren auch die weiteren Dinge klären, wie etwa die angemessene Versorgung meiner Soldaten hier im Land. Die Herren dürfen sich jetzt zurückziehen. Guten Tag.«
Ohne die beiden Sondergesandten von König August eines weiteren Blickes zu würdigen, griff König Karl nach einer Akte, die vor ihm auf dem Tisch lag. Imhof und Pfingsten verbeugten sich vor dem König und folgten dem Grafen Piper in das Vorzimmer.

»Nun, Graf Piper«, setzte Imhof sofort an, »wie gedenkt Ihr in dieser Angelegenheit weiter vorzugehen?«
»Das weitere Vorgehen, meine Herren, liegt bei Euch. Es wäre an der Zeit zu veranlassen, dass Euer Herr den Friedensbedingungen zustimmt. Denn Ihr habt den Willen des Königs, meines Herrn, gehört; niemals ändert er seine Beschlüsse.«
Schweigend setzten die drei Männer ihren Weg fort.
Als Imhof und Pfingsten schließlich in ihrer Kutsche saßen und zu ihrem Quartier, einem Kloster in der Nähe der Stadt, fuhren, nickte der Baron seinem Begleiter anerkennend zu.
»Das war ein genialer Schachzug, Pfingsten. Der König hat den Köder Patkul geschluckt, will es mir scheinen. Mit etwas Glück können wir es so schaffen, genügend Zeit für König August herauszuschlagen, dass er wohlbehalten nach Dresden zurückkehren kann.«
»So Gott will, verehrter Baron.«
»Ich werde an Euch denken, wenn einmal ein rechtes Wort am rechten Platz nötig wird, Pfingsten.«
»Danke, Baron, das weiß ich zu schätzen.«

Sankt Petersburg im September 1706

Mit unsicherem Schritt betrat Ruth das hinter der Austerei gelegene Badehaus, das die Russen Banja nannten. Eine ältere Magd beheizte geschäftig einen großen, mit niederländischen Kacheln verzierten Ofen. Als sie die junge Frau eintreten sah, kam sie sofort auf Ruth zu und half ihr aus den Kleidern.
Der Vorraum der Banja war angenehm und duftete herrlich nach frischem Birkenlaub. Entlang der Wände standen grob gezimmerte Bänke. Aber nur auf einer von ihnen lagen Kleider, die restlichen waren leer. Viele Frauen von Stand hätte Ruth an diesem Ort auch nicht erwartet. Umso neugieriger war sie auf jene eine, die wohl schon im Schwitzraum saß. Genauso aber freute sie sich auf die neue Erfahrung des Schwitzbades, von der Jurek ihr vorgeschwärmt hatte. Die versprochene Entspannung konnte sie gut gebrauchen, denn der vorherige Tag war anstrengend gewesen. Bis in die späte Dämmerung hinein hatte sie gemeinsam mit Jurek die gesamte Festung durchsucht und unzähligen Männern in die Augen gesehen. Je länger sie in diese ausgezehrten, müden Gesichter blickte, desto weiter schwand ihre Hoffnung. Irgendwann hatte Jurek einfach ihren Arm genommen und sie wortlos zurück zum Anleger geführt, um auf die Peterinsel zurückzukehren.
Zu erschöpft war sie gewesen, um noch in der Gaststube ein Essen zu sich zu nehmen, so hatte man ihr gesalzenen Fisch und Brot zusammen mit einem Krug Wein auf ihr Zimmer gebracht. Doch auch die Nacht schenkte ihr keine Ruhe. In ihren Träumen zogen all die Gesichter der Menschen wieder und wieder an ihr vorbei. Mehrere Male schreckte sie hoch und lauschte in die Dunkelheit hinein. Aber die war nur kalt, still und schwarz.

Als sich Ruth nun vollends entkleidet hatte, gab ihr die Magd ein kleines Bund Birkenzweige in die Hand, öffnete die Tür zum Schwitzraum und schob sie hinein in die dunkle, feuchte Hitze. Beißender Dampf stieg in Ruths Mund und Nase, hinab in die Lungen, die sich verkrampften und auf die ungewohnte Mischung mit einem hilflosen Husten reagierten. Ihre Augen tränten. Aber in der Dunkelheit konnte sie sowieso kaum etwas sehen. Mühsam tastete sie sich zu einer Sitzbank vor und ließ sich nieder. Ihre Haut fing unter dem Dampf an zu prickeln, als ob man sie mit kleinen Nadeln malträtierte. Zugleich war die Wärme wohlig angenehm. Was für eine sonderbare Mischung aus Lust und Leid. Ruth versuchte sich zu entspannen und ruhig durch die Nase zu atmen, um dem Dampf von seiner Strenge zu nehmen. Durch die dunklen Nebelschwaden sah sie eine Frauengestalt auf der gegenüberliegenden Bank sitzen.

»Duschno, duschenka, da.«

Ruth verstand kein Wort und hustete nur als Antwort. Die Frau ihr gegenüber nahm ein Büschel Birkenzweige in die Hand und fing an, damit kräftig über ihren Körper zu streichen, sodass sich der Dunst zwischen den beiden etwas lichtete. Ruth erblickte eine hübsche und üppig geformte junge Frau in ungefähr ihrem Alter. Ihr dunkles Haar hatte sie hochgesteckt und unter einer Filzkappe verborgen, wie die Magd auch Ruth eine aufgesetzt hatte. Je mehr Ruths Haut in dem Dampf prickelte, desto besser verstand sie den Sinn der Kappe. Auf der Kopfhaut würde sie ein solches Prickeln und Brennen kaum ertragen können. Jetzt schlug sich die Frau mit den Birkenzweigen sanft auf den Rücken und musterte dabei Ruth lächelnd. *»Wy beremennaja, ostoroshna v banje.«*

Ruth schüttelte nur den Kopf und murmelte: »Leider verstehe ich Euch nicht.«

»Ihr sprecht deutsch? Was für eine Überraschung. Ich sagte, seid

vorsichtig in Eurem Zustand in der Banja. Es ist sehr anstrengend für das Herz.«
Erstaunt und zugleich froh blickte Ruth die junge Frau ihr gegenüber an. »Danke für den Rat. Ich fühle mich auch etwas benommen. Vielleicht sollte ich lieber wieder hinausgehen.«
Langsam stand sie auf. Aber sogleich erfasste sie ein gewaltiger Schwindel, der ihre Knie weich werden ließ, und sie sackte zusammen. Bevor sie auf den engen Boden fallen konnte, war die Frau ihr gegenüber aufgesprungen und hatte sie aufgefangen. Behutsam setzte sie Ruth wieder auf die Bank, öffnete dann die Tür der Schwitzkammer und rief die Mägde. Sofort eilten zwei herbei und halfen Ruth hinaus. Die junge Frau folgte ihnen. Sie führten Ruth direkt hinaus in die kühle Morgenluft.
Der Hof um die Banja war hoch eingezäunt von einem Bretterzaun, sodass keine fremden Blicke hierher vordringen konnten. Das Gras unter Ruths Füßen fühlte sich wunderbar weich an. Sofort verschwand das Brennen auf ihren Fußsohlen, und die feuchten Grashalme streichelten sanft ihre Fesseln. Sie gingen auf ein riesiges Fass zu, in das ein Mensch ohne Probleme hineinpasste. Davor war ein Tritt mit mehreren Sprossen, sodass man leicht in das Fass hineinklettern konnte. Die junge Frau kletterte behende die Sprossen hinauf und versank dann mit einem jauchzenden Aufschrei im Fass, aus dem kaltes Wasser, das ihr Körper verdrängte, herauslief. Nachdem sie zwei-, dreimal untergetaucht war, kletterte sie mit strahlend geröteter Haut wieder aus dem Fass heraus und lächelte Ruth aufmunternd zu. »Nun seid Ihr dran. Aber schön langsam. Das Wasser ist frisch.«
Zögerlich ging Ruth auf die Sprossen zu, die Mägde stützten sie, damit sie nicht abrutschte. Als sie über die Öffnung stieg und ihre Beine in das randvoll gefüllte Fass gleiten ließ, stockte ihr

im ersten Moment der Atem. Aber je tiefer sie in das Fass hineinglitt, desto lebendiger fühlte sie sich. Ihr Kopf wurde frei, und der Schwindel war vergessen. Die Mägde nickten ihr aufmunternd zu und standen bereit, um ihr beim Herausklettern zu helfen. Sogleich hüllten sie Ruth in ein großes warmes Laken aus weißem Leinen und führten sie zurück in die Hütte, in einen schön getäfelten Raum mit bequemen Stühlen, Bänken und einem reich mit frischem Gebäck gedeckten Tisch.

Die junge Frau aus dem Schwitzraum hatte es sich bereits in einem weich gepolsterten Stuhl gemütlich gemacht und winkte Ruth sofort zu sich heran. »Nehmt Platz und trinkt in Ruhe einen Schluck Tee. Das wird Euch guttun.« Sie gab der Magd ein Zeichen, und die schenkte zwei Becher Tee aus einer kleinen Kanne ein, die auf einem Samowar in der Ecke des Raumes stand, und füllte sie dann mit heißem Wasser aus dem Bauch des Samowars.

Ruth schaute ihr neugierig zu. Diese Art der Teezubereitung war ihr neu. Dann setzte sie sich in einen ebenfalls gut gepolsterten Stuhl der Frau gegenüber und nahm dankbar den Becher mit heißem Tee.

»Ihr seid neu in Sankt Petersburg, nicht wahr?«, eröffnete die junge Frau, die inzwischen ihr dunkles Haar von der Filzkappe befreit und stattdessen unter ein weiches weißes Tuch gewickelt hatte, das Gespräch.

»Ja, ich traf gestern aus Narva hier ein.«

»Ah, Narva ist ein wohnlicherer Ort als diese Baustelle hier. Was hat Euch von dort fort- und hierhergetrieben, wenn ich so neugierig fragen darf?«

Ruth musterte die junge Frau, von der wirklich ein besonderer Liebreiz ausging, vor allem nach dem Schwitzbad, das ihre Haut rosig schimmern ließ.

»Persönliche Angelegenheiten führen mich hierher.«

»Und das in den gesegneten Umständen, in denen Ihr Euch befindet. Entschuldigt meine Direktheit, aber ich freue mich, hier eine Schwangere zu treffen, denn ich selbst glaube mich in gesegneten Umständen zu befinden, auch wenn es noch nicht ersichtlich ist. Wenn ich Euch damit nicht zu nahe trete, mögt Ihr Euch vielleicht ein wenig mit mir austauschen über all die Zeichen, an denen sich ablesen lässt, wie es um den Zustand einer möglichen Leibesfrucht bestellt ist.«
Nun lächelte Ruth die junge Frau erleichtert an. Vieles hätte sie hier erwartet, aber eine Frau in ihrem Alter und ebenfalls schwanger anzutreffen wohl als Letztes.
»Nun, bevor wir solche Intimitäten austauschen, sollten wir uns vielleicht einander vorstellen. Mich nennt man Ruth, und wie heißt Ihr?«
»Ach, sagt einfach Marta zu mir.«
»Gut, Marta, als Erstes gilt es nachzuzählen, wie viele Wochen der Monatsfluss schon ausgeblieben ist. Manchmal mag er sich zwar um eine Woche, in schweren Zeiten auch um zwei verzögern, länger aber selten bei einer gesunden Frau, wie Ihr mir zu sein scheint.«
»Seit Mittsommer habe ich nicht mehr geblutet.«
»Seitdem sind schon nahezu drei Monate vergangen. Und wie steht es mit Eurem Wohlbefinden? Ist Euch am Morgen manchmal übel? Ich selbst fühlte mich in den ersten Monaten ganz elendig.«
»Nein, übel war mir nicht. Manchmal fühle ich mich etwas wackelig auf den Beinen. Dafür ist aber mein Appetit enorm. Bergeweise könnte ich manchmal Piroggen verzehren, nur fühle ich mich danach meist schwer und müde.«
»Das mag auch an der Speise liegen. Aber wie fühlen sich Eure Brüste an, wenn ich so frei sein darf, das zu fragen? Spannen sie beizeiten, und erscheinen sie Euch größer geworden zu sein?«

»Ja, ganz zur Freude meines …« Sie verstummte jäh und trank verlegen einen Schluck Tee.
Auch Ruth griff nach ihrem Becher. »Nun, wie es sich anhört, dürft Ihr wohl durchaus guter Hoffnung sein. Bald wird sich vielleicht auch schon Euer Bauch ein wenig wölben. Bei mir zeigten sich diese äußerlichen Anzeichen im vierten Monat. Inzwischen ist mein Zustand natürlich selbst in weiten Kleidern zu erkennen.«
»Aber was führt Euch unter diesen Umständen auf Reisen, wenn ich fragen darf?« Ruth seufzte und lehnte den Kopf zurück an die hohe Stuhllehne. Dabei hob sich die kleine Kette mit dem silbernen Kreuz und dem Bernstein in der Mitte, die Lena ihr in Livland geschenkt hatte, auf ihrem Busen hervor. Als sie sich wieder gerade aufsetzte, bemerkte sie, dass Marta das Kreuz wie gebannt anstarrte.
»Was habt Ihr?«
»Woher habt Ihr das Kreuz, Ruth?«
Sie zögerte. »Es ist ein Geschenk.«
»Von wem?«
»Warum fragt Ihr?«
»Dieses Kreuz ist besonders. Es wurde von einem Silberschmied in Marienburg exklusiv für Pastor Glück gefertigt.«
Ruth stutzte. »Woher wisst Ihr das?«
Marta schmunzelte. »Ich habe auch so ein Kreuz. Es gibt nicht viele davon. Darum sagt mir bitte, wer es Euch gegeben hat. War es der gute Pastor selbst?«
»Nein, ich habe es von einer Frau namens Lena bekommen, die es mir aus Dankbarkeit zum Geschenk machte.«
»Verzeiht meine Neugierde, aber würdet Ihr mir die Geschichte um dieses Geschenk erzählen?«
Ruth zögerte und musterte Marta erneut. Aber dann brach auf einmal ein Damm in ihr, und sie erzählte der fremden Frau in

der Banja von ihrer abenteuerlichen Reise quer durch Livland, von den Kosaken, die versuchten, Lenas Kinder zu rauben, von ihrer Rettung und schließlich von Lenas Geschenk an Ruth.
Marta hörte ihr gebannt zu, und als Ruth geendet hatte, nickte sie verständnisvoll mit dem Kopf. »Eine solche Rettung ist natürlich eines Geschenkes wie dieses Kreuz würdig. Lena war also einst Magd im Hause des Pastors Glück. Das muss lange vor meiner Zeit gewesen sein. Umso mehr rührt es mich, hier zu erfahren, wie dieses Kreuz Lenas Kinder schützte, so wie hoffentlich jetzt auch Eures und vielleicht sogar mein Kreuz das meine, sollten wir beide uns bei all den Anzeichen für eine Schwangerschaft bei mir nicht täuschen.« Dabei strich sie sanft über ihren flachen Bauch und lächelte Ruth aufmunternd zu.
Die aber schluckte. Die Erzählung hatte all ihre Erinnerungen und Ängste aufgewühlt. Gedankenverloren spielte sie mit dem kleinen Kreuz um ihren Hals.
»Was habt Ihr, Ruth? Euch bedrückt doch etwas.«
Schweigend schüttelte sie den Kopf und kämpfte gegen die Tränen, die Martas warme und mitfühlende Stimme hervorrief.
»Habt keine Furcht, sondern erleichtert Euer Herz von seinen Sorgen. Wir sind hier in der Banja, die nicht nur der äußeren, sondern auch der inneren Reinigung dient.«
Ruth schaute der jungen Frau ihr gegenüber tief in die Augen. Sie war ein guter Mensch. Und sie hatte recht. Geteiltes Leid war halbes Leid.
»Ach, es ist die Sorge um meinen Mann, die mich verzehrt.«
»Was ist mit ihm?«
»Er ist seit Monaten verschollen. Seine Kutsche wurde überfallen, und seitdem gibt es keine Spur mehr von ihm.«
Ruths Zuhörerin schlug entsetzt die Hände vor ihren Mund. »Wie furchtbar. Und das in Eurem Zustand. Die Angst und Einsamkeit kann ich Euch nachfühlen, denn auch der Mann meines

Herzens lässt mich oft allein zurück, derweil ich in Sorge um sein Wohl schier vergehe. Aber natürlich ist das nicht mit dem zu vergleichen, was Ihr armes Geschöpf gerade durchmachen müsst. Erleichtert darum ruhig Euer Herz und erzählt mir von Eurem Unglück.«

»Ach, was soll ich Euch erzählen. Seit Monaten suche ich ihn nun schon verzweifelt und jage dabei quer durch Europa.«

»Was, hier in Petersburg sucht Ihr Euren Mann? Wie kommt Ihr darauf, dass er hier sein könnte?«

Ein Zittern durchfuhr Ruth, und bevor sie noch einen Satz herausbringen konnte, hatten die Tränen die Oberhand gewonnen. Marta nahm sie liebevoll in den Arm und streichelte ihren vom Schluchzen zitternden Kopf. Dabei gab sie einer Magd ein Zeichen, noch einen Tee mit einem Schuss Wodka zuzubereiten. Als die Magd die frisch bereiteten Becher brachte, flößte Marta Ruth ein paar Schluck von dem entspannenden Getränk ein. Dann ermunterte sie sie, den Rest ihrer Geschichte zu erzählen. Zögernd begann Ruth wieder. Mit jedem Satz kamen ihr die Worte leichter über die Lippen, und die eiserne Klammer um ihr Herz lockerte sich. Marta hörte ihr aufmerksam zu, hütete sich aber, den Erzählfluss zu unterbrechen. Erst als Ruth von ihrer Vermutung erzählte, dass ihr Mann als Sklave nach Petersburg verschleppt worden sein könnte und sie darum hier nach ihm suchen wollte, hakte sie ein.

»Was für eine Geschichte. Wie gut, dass wir uns begegnet sind, denn ich hoffe sehr, dass ich Euch werde behilflich sein können.«

»Ihr, Marta? Aber wie? Wer seid Ihr, dass Ihr diese Hoffnung habt?«

»Es ist noch gar nicht so lange her, liebe Ruth, da war ich, wie Eure Freundin Lena, Magd im Hause des Pastors Glück. Es war eine gute Zeit, an die ich mich gern zurückerinnere. Obwohl ich nur eine einfache Hausmagd war, gehörte ich zur Familie und erfuhr viel Wärme und Güte. Dann lernte ich einen jungen adligen schwedischen Dragoner kennen, dessen Werben ich nachgab und mit dem ich die Ehe einging. Der Pastor schenkte mir zum Abschied das Kreuz, damit es mich und meine künftigen Kinder beschützen möge. Es schützte mich, aber nicht meinen Gemahl. Er fiel, als die russische Armee Marienburg einnahm. Ich selbst wurde gefangen genommen. Glaubt mir, ich weiß um die Grausamkeit dieses furchtbaren Krieges. Ich musste im Haushalt des russischen Generals Scheremetew arbeiten. Aber dort sollte sich auch mein Schicksal wenden. Ich lernte den Grafen Alexander Menschikow kennen, der mich aus dem Scheremetewschen Haushalt auslöste und in den seinen überführte.«

»Ihr kennt den Generalgouverneur von Ingermanland? Welch ein Glück! Vielleicht könnt Ihr mir dann wirklich helfen!«

Marta lächelte. »Ja, ich kenne Menschikow gut, auch wenn ich nicht lange in seinem Haushalt blieb, denn das Schicksal hatte anderes mit mir vor.«

»Was ist geschehen?«, fragte Ruth, ganz elektrisiert von der neuen Hoffnung, die sich vor ihr auftat.

»Ich verlor mein Herz an seinen besten Freund, und der löste mich aus dem Haushalt des Generalgouverneurs aus und brachte mich nach Moskau.«

»Dann lebt Ihr gar nicht in Sankt Petersburg?«

»Nein, ich bin nur vorübergehend hier, genauso wie Ihr. Ich warte hier lediglich auf den Mann meines Herzens, um ihm zu folgen, wohin er es wünscht.«

Ruth schaute die junge Frau mit unverhohlener Neugier an. »Und wer ist der Mann, wenn ich fragen darf, der das Glück hat, eine so warmherzige und gütige Frau wie Euch an seiner Seite zu wissen?«

»Lasst uns heute Abend gemeinsam speisen, dann will ich Euch gern mehr über ihn erzählen. Jetzt aber wartet das Schwitzbad auf uns für eine erneute Runde. Da wir nun unsere Herzen erleichtert haben, dürfen wir nicht unsere Körper vergessen, die sich auch auf eine tiefe Reinigung freuen.«

* * *

Wrangel saß in der Schreibstube des Baumeisters Trezzini und blätterte durch die Akten vor ihm. Trezzini hatte ihm aufgetragen, sämtliche Baupläne der Festung ordentlich zu sortieren, denn der Zar wurde in wenigen Tagen erwartet und würde mit Sicherheit genauestens über den Stand der Bauarbeiten informiert werden wollen. Aber dafür konnte Wrangel kaum Konzentration aufbringen. Eine drückende Hitze hatte sich über Sankt Petersburg gelegt, und am Horizont türmten sich bereits schwarzgraue Wolkenberge, die ein nahendes gewaltiges Gewitter ankündigten. Wrangel lief der Schweiß von der Stirn und tropfte auf die Papiere vor ihm. Aber er bemerkte es kaum. Seit dem Gespräch mit diesem Ankermann kreisten seine Gedanken nur noch um seine mögliche Flucht.

Die halbe Nacht hatte er mit Petja die Lage wieder und wieder durchgesprochen. Zum nächsten Treffen würde er Ankermann einen Stein aus Salz mitbringen, samt einer Abschrift der Anweisung, diese Steine gesondert zu lagern. Beides lag schon in einem Versteck im Steinlager bereit und sollte als Beweis reichen. Davon war zumindest Petja überzeugt. Aber Wrangel konnte ein mulmiges Gefühl nicht unterdrücken, das dieser Ankermann bei ihm hervorrief. Natürlich war er ein Gauner, das stach aus all den Papieren, die Wrangel geprüft hatte, nur zu deutlich hervor. Auch hatte er mit Sicherheit etwas mit der Unterschlagung der Subsidien, also der russischen Hilfsgelder an den polnischen König, die Patkul hätte schon lange auszahlen sollen, zu tun. Allein schon dieser Umstand reichte aus, um

Wrangels Blut in Wallung zu bringen. Denn womöglich lag hierin der Grund für Patkuls Verhaftung und somit auch für Wrangels elendiges Schicksal. Aber da war noch etwas anderes, was ihn beunruhigte. Etwas an Ankermann selbst. Aber er konnte es nicht greifen. Es war geradezu so, als verdeckte ein Schleier etwas, und Wrangel konnte ihn nicht herunterreißen.

Missmutig schob er den Stapel Akten beiseite und holte sich die Unterlagen über Ankermann noch einmal hervor, die er in den letzten Tagen schon so häufig studiert hatte. Vielleicht war ja darin ein Hinweis versteckt, der ihm sein ungutes Gefühl erklärte. Doch als gut zwei Stunden später die Kanone das Ende des Arbeitstages ankündigte, packte Wrangel die Unterlagen ohne neue Erkenntnisse fort. Nun war es Zeit, er musste auf die Wassili-Insel zur Baustelle des Menschikow-Palastes, wo er Ankermann treffen sollte.

Petja erwartete ihn bereits am Eingang des Steinlagers. »Es wird auch Zeit, Wanja.« Dann drückte er dem Freund einen Beutel in die Hand und wünschte ihm viel Glück.

Wenig später erreichte Wrangel die kleine Blockhütte auf der Baustelle. Er zog sich in den Schatten der Hütte zurück und wartete. Aber von Ankermann war weit und breit nichts zu sehen. Plötzlich vernahm Wrangel ein merkwürdiges Geräusch hinter sich. Er drehte sich um und sah, wie sich die Schatten mehrerer Männer über die Baustelle bewegten. Ein heißer Schauer schoss ihm ins Blut. Sollte Ankermann gar nicht selbst kommen, sondern ein paar Schläger geschickt haben, um ihn sich vorzunehmen? Natürlich! Warum sollte dieser Mann auf den billigen Erpressungsversuch eines Zwangsarbeiters eingehen? Wie naiv doch Petja und er waren, zu glauben, es könnte so einfach sein!

Wrangel drückte sich dichter an die Wand der Blockhütte und suchte seine Umgebung nach Waffen ab. Nirgendwo lag ein

Stock oder Ähnliches herum. Aber wenigstens hatte er den Beutel. Der ließ sich als Schlagwaffe nutzen. Mit zitternden Händen rollte er den Stoff fest um den Stein und horchte angespannt auf weitere Geräusche. Schritte kamen näher. Es mussten mehrere Männer sein. Vom Blockhaus zurück auf den Weg, der zum Anleger führte, waren es gut und gern fünfzig Schritte. Zwar war er ein guter Läufer, aber einen kleinen Vorsprung brauchte er schon. Vorsichtig drückte er sich an der Wand entlang um das Blockhaus herum in Richtung Ausgang der Baustelle.

»He, *mushik,* was treibst du hier?«

Drei kräftige Männer in schweren Lederstiefeln kamen um die Hütte auf ihn zu. Sie trugen faustdicke Stöcke in den Händen und schwangen sie drohend auf und ab. Zum Fliehen war es zu spät. »Ich mache Feierabend«, rief Wrangel ihnen möglichst gleichmütig zu und bemühte sich dabei, seinen Rücken frei zu halten und etwas Abstand von der Blockhütte zu gewinnen. Aber die drei kamen mit entschlossenen Schritten auf ihn zu. Wrangel packte den Sack mit dem Salzstein fest an einem Ende, stellte sich breitbeinig mit federnden Knien auf und schaute ihnen grimmig entgegen. Ungeschoren würden sie ihn nicht verprügeln.

»Lasst mich in Ruhe, Männer!« Wrangel musterte die drei. Sie waren nicht nur mit Stöcken und Knuten bewaffnet, sondern auch mit schweren Muskeln bepackt. Ihre Gesichter waren mit dichten Bärten zugewachsen, ihre Köpfe bedeckten speckige Filzkappen. Der Erste von ihnen betrat breit grinsend den Holzsteg, der um die Blockhütte über die Schlammpfützen hinweg herumführte. Der Zweite folgte, demonstrativ mit seinem Stock in die hohle Hand schlagend. Doch dann trat er auf das lockere Brett, wie am Abend zuvor Ankermann, strauchelte und rutschte fluchend in die ausgetrocknete Pfütze. Der Dritte zog ihn hoch, und die drei bauten sich bedrohlich nah vor Wrangel auf.

»Du solltest dich nicht in Dinge einmischen, die dich nichts angehen, *mushik.*«

Langsam wich Wrangel zurück, ohne den Blick von den dreien zu wenden, deren Grinsen sich zu brutalen Grimassen verzerrte, je rhythmischer sie mit ihren Stöcken in die hohlen Hände schlugen.

»Habt ihr nicht gehört? Ihr sollt ihn in Ruhe lassen!«

Wrangel traute seinen Ohren nicht. Das war Petja! Schnell sah er sich um. Hinter der Hütte, keine zehn Schritte entfernt, kam ein gutes Dutzend Männer mit Stöcken und Steinen bewaffnet hervor und reihte sich hinter ihm auf.

Die drei Angreifer warfen sich ein paar schnelle Blicke zu. »Nichts für ungut, *mushik.* Für heute lassen wir dich davonkommen. Aber wenn du deine Nase noch einmal in Angelegenheiten steckst, die dich nichts angehen, dann schneiden wir sie dir ab.« Dabei klopfte der Erste der drei mit einer knappen Bewegung an seine Seite, wo eine abgegriffene Lederscheide mit einem Jagdmesser steckte. Dann gab er seinen Begleitern ein kurzes Zeichen mit dem Kopf, und die drei zogen sich langsam zurück, bis sie im Schatten der Dunkelheit verschwunden waren.

»Das war Hilfe im rechten Moment, mein Freund!«, rief Wrangel Petja erleichtert zu. »Woher wusstest du, dass ich in Not bin?«

Der Schwede trat zu ihm und klopfte ihm auf die Schulter. »Als du das Steinlager verlassen hast, kamen die drei hinter dir her die Straße entlang. Ich dachte, es wäre nicht verkehrt zu sehen, wohin sie gingen. Zum Glück standen gerade ein paar Kameraden am Anleger und waren bereit zu helfen.«

»Danke«, rief Wrangel den breit grinsenden Männern zu, die ihn und Petja in ihre Mitte nahmen und gemeinsam mit ihnen zurück zum Anleger gingen.

»Wenn das Ankermanns Antwort war, dann soll er uns kennenlernen!«, grollte Petja.
Wrangel nickte, ahnte aber, dass das leichter gesagt als getan war, wollten sie ihre Fluchtpläne nicht über Bord werfen.

* * *

Jekaterina Alexejewna bittet Euch in das separate Speisezimmer, Frau Wrangel. Sie erwartet Euch bereits.« Die Magd machte einen höflichen Knicks und wies ihr den Weg.
Ruth zog sich ihr Tuch fester um die Schultern, da die abendliche Frische sie frösteln ließ. Jekaterina Alexejewna – war das nicht der Name, den Schafirow ihr genannt hatte? Der Name der Mätresse des Zaren? Sollte diese junge Frau, eine ehemalige Magd, etwa seine Geliebte sein? Ruth schluckte. Wenn dem so war, dann hatte sie der Mätresse des Zaren ihre ganze Leidensgeschichte anvertraut. Jetzt fröstelte sie wirklich. Die Magd führte sie durch die bereits gut besetzte Gaststube der Austerei in ein separat gelegenes Speisezimmer. Die Männer an den Tischen, Offiziere, Kaufleute und Beamte sowie auch einige Handwerksmeister, warfen ihr neugierige Blicke hinterher.
Kaum hatte sich die Tür hinter Ruth geschlossen, als auch schon ihre Gastgeberin freudestrahlend auf sie zukam. »Ruth, wie ich mich freue, dass ich heute Eure Bekanntschaft gemacht habe und wir beide noch einen schönen Abend miteinander verbringen können!«
»Ich freue mich ebenfalls«, erwiderte Ruth lächelnd. »Aber sagt, die Magd, die mich zu Euch brachte, nannte Euch Jekaterina Alexejewna.«
»Das ist mein russischer Taufname. Ihr müsst wissen, dass ich zum russisch-orthodoxen Glauben konvertiert bin. Aus Liebe zu dem Mann meines Herzens.«

Ruth schüttelte überrascht den Kopf. »Es ist kaum zu glauben, aber auch ich konvertierte aus Liebe, allerdings zum Lutherschen Glauben. Doch sagt, kennt Ihr den Geheimrat Schafirow? Er empfahl mir nämlich, mich hier in Petersburg in weiblichen Belangen an eine Jekaterina Alexejewna zu wenden.«
»Ja, natürlich kenne ich Petr Pawlowitsch Schafirow. Ich würde ihn sogar als einen Freund bezeichnen.«
»Dann seid Ihr jene Jekaterina, die er mir empfahl?«
»Ich denke schon, eine andere ist mir zumindest nicht bekannt.«
Ruth schluckte. Vor ihr stand also tatsächlich die Geliebte des Zaren.
Diese bemerkte die Beklommenheit ihres Gastes und nahm Ruth sanft bei der Hand. »Das ändert aber nichts daran, dass ich für Euch Marta bleibe, so wie meine Mutter mich einst taufen ließ. Solange wir unter uns sind und uns auf Deutsch unterhalten, wird daran auch niemand Anstoß nehmen. Und glaubt mir, Ruth, dass es mir eine tiefe Freude ist, mit Euch in meiner Muttersprache zu plaudern und all die beengende Etikette, die sich hier mehr und mehr um mich legt, für ein Weilchen zu vergessen. Denn um ehrlich zu sein, habe ich zwar das Leben einer einfachen Hausmagd aufgegeben, aber damit nicht an Freiheit gewonnen. Ich diene nach wie vor, wenn auch nicht mehr mit der Arbeit meiner Hände. Nun diene ich mit meinem ganzen Sein und Wesen dem Zaren.«
»Also seid Ihr wirklich die … dann ist der Mann Eures Herzens der …«
Marta lächelte Ruth verschmitzt an. »Peter ist sein Name. Und ich bin die Mätresse des Zaren. So nennt man mich wohl. Doch wenn wir uns nicht irren, liebe Ruth, dann werde ich auch hoffentlich bald die Mutter seines Kindes sein.« Ihre Augen strahlten bei diesen Worten. »Und wer weiß, ob er dann nicht auch einen Weg findet, mich zu seiner ehrbaren Ehefrau

zu machen und mir damit die Freiheit zu schenken, nach der ich mich sehne.«

Jetzt war es an Ruth, ihr die Hand zu drücken. »Das wünsche ich Euch von Herzen, denn ich sehe, dass es Euer Herzenswunsch ist.«

Marta nickte stumm und griff nach einer feinen Kette um ihren Hals. Dann zog sie langsam ein kleines silbernes Kreuz aus ihrem Dekolleté hervor, das genau an der gleichen Stelle wie Ruths Kreuz einen kleinen honigfarbenen Bernstein eingelassen hatte. »Seht her, dieses Kreuz gab mir damals Pastor Glück mit auf den Weg. Ich habe es extra angelegt, um es Euch zu zeigen.«

Ruth betrachtete das Kreuz und dankte innerlich Lena nochmals für ihr Geschenk, das ihr die Aufmerksamkeit der Mätresse des Zaren verschafft hatte. Die setzte sich inzwischen an den reich gedeckten Tisch und gab einer Magd ein Zeichen, die Teller der beiden Damen zu füllen.

Kaum hatte Ruth ebenfalls ihr gegenüber Platz genommen, als Marta erneut das Wort ergriff. »Eure Geschichte hat mich sehr bewegt, Ruth, und ich möchte Euch gern helfen, soweit es in meiner Macht steht.«

Ruth nickte. »Und wie glaubt Ihr, mir helfen zu können?«

»Ich könnte Männer ausschicken und sie nach Eurem Mann suchen lassen. Was meint Ihr?«

Ruths Augen leuchteten auf. »Das wäre wunderbar. Nachdem ich gestern schon für Stunden das Gelände der Werft und der Festung abgesucht habe, weiß ich nur zu gut, wie mühsam so eine Suche ist. Aber sicherlich ist sie für ein paar versierte Männer weitaus leichter als für eine Frau in meinem Zustand. Ich wäre Euch für eine solche Hilfe sehr dankbar.«

»Also abgemacht«, antwortete Marta erfreut. »Dann werden wir gleich nach dem Essen den Oberst der Leibgarde kommen lassen, der sich um meine Belange zu kümmern hat, und ihm den Namen und eine genaue Beschreibung Eures Mannes mit auf den Weg geben. Mit etwas Glück und Gottes Hilfe ist er vielleicht schon bald wieder bei Euch.«

Nachdem die beiden Damen ihr Essen beendet und dem Oberst ihre Wünsche aufgetragen hatten, überkam Ruth mit der Erleichterung und der Hoffnung, die sich in ihr ausbreitete, auch eine tiefe Müdigkeit, und sie entschuldigte sich bei ihrer Gastgeberin, um sich zurückzuziehen. Als sie die Gaststube durchquerte, sah sie Paul Ankermann dort sitzen, der in ein vertrauliches Gespräch mit einem kräftig gewachsenen Mann in grober Kleidung vertieft war. Sie versuchte möglichst unauffällig an ihm vorbeizukommen, aber seinen wachen Augen entging sie nicht.

»Guten Abend, Frau Wrangel. Wie ich sehe, habt Ihr schon neue Kontakte hier in Sankt Petersburg geknüpft. Es ist wahrlich ein großer Vorteil dieses Ortes, dass sich mangels Alternativen alle einflussreichen Personen hier auf der Peterinsel in der Austerei einfinden.« Er blickte kurz zu der noch geöffneten Tür des kleinen Speisesaals hinüber, durch die die Mätresse des Zaren im Gespräch mit dem Oberst der Leibgarde des Zaren zu sehen war. »Verkehrt Ihr mit Jekaterina Alexejewna geschäftlich oder privat?«

»Persönlich, Herr Ankermann. Es sind persönliche Dinge, die uns verbinden. Aber nun entschuldigt mich bitte, es ist schon spät, und ich bin müde. Wie Ihr schon treffend bemerkt habt, werden wir uns hier ja sicherlich noch öfter treffen.«

Festung Königstein im September 1706

Patkul beobachtete von Hoym angespannt. In dessen Zügen spiegelte sich der traurige Anblick, den der gefangene Sondergesandte in seinem neuen Verlies bot. Hoym sah verzweifelt aus, denn Patkul war es auch. Der Königstein hatte nichts mehr gemein mit dem Leben auf Burg Sonnenstein. Hier war er wirklich ein Gefangener. Der einzige Kontakt, der ihm noch zur Außenwelt blieb, war sein treuer Diener Heinrich, der sich rührend um ihn sorgte. Selbst von Hoym war es erst jetzt gelungen, wenigstens für einen kurzen Besuch zu ihm zu gelangen. Und das auch nur, weil der Kommandant von Königstein ihn als aufrichtigen, loyalen und durchweg ehrbaren Mann kannte.

»Nun, mein lieber Patkul, werdet Ihr hier gut versorgt?«

Patkul winkte ab. »Verhungern lassen sie mich nicht. Doch während mein Körper runder und schlaffer wird, verarmt mein Geist zusehends. Die Nachrichtenlage ist außerordentlich schlecht. Ihr seid der erste Besuch, den ich hier empfange, Hoym, mein Freund. Ich hoffe, Ihr bringt gute Neuigkeiten.«

Jetzt war es an Hoym, abzuwinken. »Die Neuigkeiten sind alles andere als gut. Ihr werdet strengstens bewacht, wie Ihr selbst wisst. Zudem seid Ihr nicht der einzige hochrangige Gefangene hier, sodass vielerlei Augen sich auf diesen Ort richten.«

»Was interessieren mich all diese sächsischen Scharlatane, die hier einsitzen? Ich habe nichts mit ihnen gemein.«

»Doch, mein Freund: Ihr seid alle Gefangene des Königs.«

Patkul fixierte angestrengt Hoyms Blick. »Wahrlich, mein Freund«, erwiderte er mit leiser, aber nachdrücklicher Stimme. »Ich gäbe viel dafür, von hier fortzukommen, und inzwischen ist mir ganz gleich, auf welchem Wege.«

Hoym nickte, und ein kleines Lächeln huschte über sein Gesicht. »Es ist gut, das aus Eurem Mund zu hören. Aber um wie vieles leichter wäre es gewesen, hättet Ihr Euch schon vor einigen Wochen zu diesem Schritt durchgerungen …«
»Ihr wisst, was mich abhielt, Hoym. Doch nun ist es des Guten zu viel. Auf eine ehrenhafte Entlassung wage ich in der jetzigen Lage Sachsens nicht mehr zu hoffen.«
»Daran tut Ihr gut.« Hoym trat näher zu ihm und raunte ihm zu: »Wie gesagt, die Lage ist schwierig. Aber ich habe bereits Kontakt zu den Mittelsmännern der anderen Gefangenen aufgenommen. Wir arbeiten an einem Plan, der Euch spätestens zum Winter hier herausholen sollte.«
»So lange noch?«
»Der Königstein ist nicht der Sonnenstein, Patkul, und eine Flucht von hier will wohl bedacht sein. Schließlich müssen wir Euch auf Anhieb außer Landes bringen.«
»Ich weiß, dass Ihr tut, was Ihr könnt, mein treuer Freund, und ich bin Euch sehr dankbar dafür. So will ich mich erneut in Geduld üben. Aber sagt, habt Ihr auch Neuigkeiten über die schwedische Besatzung?«
»Man hört, dass Unterhändler zum Schwedenkönig geschickt wurden, um eine friedliche Lösung auszuloten. Näheres habe ich noch nicht erfahren.«
»Wer wurde geschickt?«
»Ich kann es nicht mit Sicherheit sagen, aber die Chance ist groß, dass der Geheime Referendar Pfingsten dabei ist.«
»Das wäre entsetzlich. Dieser Mann ist mir spinnefeind!«
»Es geht bei den Verhandlungen nicht um Eure Zukunft, Patkul, sondern um die von Sachsen.«
»So Gott will. Eine Bitte habe ich noch, bevor Ihr wieder fortmüsst, Hoym. Das Essen hier setzt mir furchtbar zu. Es bereitet mir Kopf- und Magenschmerzen sowie furchtbare Krämpfe im

Gedärm. Ich bete darum, dass man nicht erneut versucht, mich zu vergiften. Nichts will mehr richtig fließen, wenn Ihr versteht, was ich meine. Doch der Arzt des Kommandanten ist ein Quacksalber, der sich nur darauf versteht, die Leute zur Ader zu lassen. Dreimal zapfte er mir nun schon von meinem Blut ab, ohne dass sich irgendeine Besserung einstellte. Seid so gut und schickt mir einen Arzt hierher, der seine Kunst versteht. Die schlaflosen Nächte, die mir meine Pein bereitet, rauben mir die letzte Kraft.«

»Das steht Euch ins Gesicht geschrieben, Patkul. Ich werde Euch sogleich meinen Arzt hierherschicken. Er versteht sich ganz wunderbar auf das Reinigen der Eingeweide mit Hilfe eines Klistiers. Ich selbst habe mit einem Einlauf aus Tabak und anderen Heilkräutern die besten Erfahrungen gemacht. Ihr werdet sehen, was für eine heilende Wirkung eine regelmäßige Spülung des Gedärms hat.«

»Also gut, lieber lasse ich mir die Eingeweide spülen, als dass man mir die letzten Tropfen Blut aus dem Körper zapft.«

»Seid unbesorgt. Während Ihr Euch der Gesundung Eures Körpers hingebt, werde ich mich um Euren Weg in die Freiheit kümmern. Verliert nicht den Mut, mein Freund. Die Rettung naht!«

Patkul blickte von Hoym aus müden Augen an. Aber es blieb ihm keine andere Hoffnung, als dem Freund zu vertrauen.

Sankt Petersburg im September 1706

Erschöpft und enttäuscht verließ Wrangel nach dem abendlichen Kanonenschuss die Schreibstube des Bauleiters Trezzini, um sich seine Ration Getreide für die abendliche *kascha* zu holen. Am Morgen hatte es kräftig gewittert, und die Temperatur war empfindlich gefallen. Der sandige Boden der Festung hatte sich in einen einzigen Schlammpfuhl verwandelt, durch den nun die Arbeiter mit müden Gesichtern und nassen Kleidern zum Proviantmeister gingen. Wenigstens hatte der Regen inzwischen aufgehört, und durch die dicken grauen Wolken brach vereinzelt ein Sonnenstrahl. Der Herbst hielt Einzug in Ingermanland, und er versprach nichts Gutes.

Zwei Tage waren vergangen, seit die drei Schläger ihm nachgestellt hatten. Von Ankermann war seither keine Spur zu sehen gewesen. Ihr Plan war gescheitert, und mit ihm schienen alle Hoffnungen verloren, bald von hier fort und nach Hause zu Ruth zu kommen. Nun blieb ihnen nur noch die Möglichkeit, den Salzschmuggel auffliegen zu lassen. Aber was könnte ihnen das schon nützen? Sicherlich, Trezzini würde ihnen dankbar sein, vielleicht auch dafür sorgen, dass sich ihre Lebensbedingungen hier noch weiter verbesserten. Er war dafür bekannt, dass er sich gut um seine Leute kümmerte, und sie hatten es ja auch schon selbst erfahren. Aber viel mehr würden sie kaum erwarten können. Der Mann war zu eingespannt in seine Arbeit, die er zweifellos als seine Lebensaufgabe empfand. Der Bau der Festung, die Planung und Errichtung einer neuen Stadt, die es nach den Wünschen des Zaren, wie Trezzini stets betonte, einst mit den schönsten

Städten der Welt aufnehmen sollte, war eine Herausforderung, die einen ärgerlichen Salzschmuggel schnell zur Marginalie schrumpfen ließ. Darum hatte Wrangel die Salzsteine gemeinsam mit Petja zunächst vor dem Regen in Sicherheit gebracht. Es erschien ihnen besser, sie zu einem geeigneten Zeitpunkt direkt an Trezzini weiterzugeben, als dass sie sich in Salzwasser auflösten ohne Hoffnung, den beiden Freunden tatsächlich zu nutzen.

Nachdem Wrangel seine Getreideration von einem griesgrämig dreinschauenden Alten zugeteilt bekommen hatte, schaute er sich nach einem guten Platz für die Zubereitung um.

Da packte plötzlich jemand von hinten seinen Arm. »Los, komm mit, schnell! Und dreh dich nicht um!«

»Petja! Aber warum hältst du …?«

»Nicht jetzt, nicht hier! Komm mit!« Der Schwede schob den Freund geradewegs aus dem Gedränge heraus und zurück zu dem Blockhaus der Schreibstube, wo auch ihre Kammer untergebracht war.

Wrangel ließ es geschehen. Kaum war die Tür hinter ihnen verschlossen, als Petja ihn unsanft von sich fortstieß und mit glühendem Blick musterte.

»Was hast du, Petja? Was ist passiert?«

»Wer bist du – Wanja?«

Wrangel starrte seinen Freund ungläubig an. »Ich bin … Wanja, ein deutscher …«

»Rede keinen Blödsinn!«

»Was ist denn in dich gefahren, Petja?«

Der Freund schüttelte unwirsch den Kopf und blickte ihm fest in die Augen. »Es wird hier in der Stadt ein Mann gesucht, der Wrangel heißt. Überall durchkämmen Soldaten die Lager und fragen jeden nach diesem Wrangel. Ende zwanzig, groß und schlank soll er sein, braunes gelocktes Haar und blaue Augen

haben. Und er soll lesen und schreiben können sowie Deutsch und Latein beherrschen.«
Wrangel fiel die Kinnlade herunter. »Und wer sucht ihn?«
Petja grunzte auf. »Das weiß man nicht. Aber dass ein Wrangel kein Deutscher ist, sondern ein baltischer Adliger und meist auch ein schwedischer Offizier, das weiß hier jeder.«
»Und du glaubst jetzt, dass ich …«
»Sieh dich doch an! Wie viele Männer gibt es hier wohl, auf die diese Beschreibung so genau passt? Also, warum hast du mich angelogen und behauptet, du seist Deutscher, wenn du doch einer von uns bist? Bist du ein dreckiger Spion? Hast du unseren Fluchtplan auffliegen lassen?« Petja packte erneut seinen Arm und schüttelte ihn.
Wrangel löste seinen Griff und trat einen Schritt zurück. »Beruhige dich, Petja. Ich bin kein baltischer Adliger und kein schwedischer Offizier. Ich bin Deutscher, wie ich es dir gesagt habe, und ich …«
»Und du heißt Wanja, klar!«
»So wie du Petja heißt, Per Persson aus Karlstadt.«
Die Züge des Schweden verfinsterten sich. »Woher weißt du …? Du bist doch ein Spion!«
»Mein Name ist Hinrich Wrangel. Ich bin Doktor der Jurisprudenz, Advocatus, komme aus Hamburg und bin dort am Niedergericht als Prokurator tätig. Und wer du bist, weiß ich nur, weil du es mir im Fieberwahn anvertraut hast, aus Angst, du könntest sterben. Du wolltest, dass ich deinem Vater sage, dass du nicht als Feigling gestorben bist. Ich habe es vorgezogen, dich gesund zu pflegen und dein Geheimnis zu wahren, zumal du dich, als das Fieber von dir abließ, nicht mehr an deine Worte erinnert hast.«
Betroffen ließ Petja die Arme sinken und schaute ihn hilflos an. »Wir sind Idioten, Wanja … oder Hinrich … oder wie auch im-

mer. Wir sitzen hier zusammen fest, teilen, was wir haben. Nur unser Selbst, unsere Geheimnisse hüten wir eifersüchtig vor dem anderen.«

»Ja«, antwortete Wrangel, »darüber habe ich auch schon nachgedacht.«

»Und mit welchem Ergebnis?«

»Dass es besser sei, weiter zu schweigen. Ich hatte Angst, den Schmerz der Offenbarung nicht ertragen zu können.«

Der Schwede schaute ihm tief in die Augen und nickte.

»Hast du eine Frau, Petja?« Wrangel schaute den Freund nicht an, wartete nicht auf seine Antwort. »Ich habe eine. Sie heißt Ruth und ist das wunderbarste Geschöpf, das mir je begegnet ist. Ich vermisse sie mit jedem Atemzug. Schon ihren Namen auszusprechen schmerzt, von ihr zu erzählen scheint mir unerträglich. Ich wüsste einfach nicht, wie ich danach hier weiter durchhalten sollte. Auf dem Schiff wollte ich dir von ihr erzählen. Dann, wenn es endlich Hoffnung gäbe, sie bald wiederzusehen.« Wrangel schluckte und starrte auf die rohen Bretter an der Wand.

»Meine Frau hieß Ingrid. Sie starb bei der Geburt unseres ersten Kindes. Das ist jetzt fünf Jahre her.«

»Das tut mir sehr leid, Petja.«

»Die Toten sind wenigstens bei dir, wenn du es zulässt. Ingrid lebt in meinen Träumen und tröstet mich.«

»Und dein Kind?«

»Ich habe einen Sohn. Meine Eltern ziehen ihn auf, denn mich rief der König.«

»Wie heißt dein Sohn?«

Petja zögerte, und Wrangel ahnte, dass er in schmerzhafte Gefilde abglitt.

»Entschuldige, du musst mir natürlich nicht antworten. Ich wollte nur … weißt du, ich wünschte mir selbst Kinder, aber wir bekamen keine. Jetzt, da ich deine Geschichte höre, bin ich sogar ein wenig erleichtert, zumal ich ansonsten einen weiteren Verlust hätte verkraften müssen.«

»Rasmus«, antwortete Petja unvermittelt.

»Ein schöner Name.«

»Ja.«

»Ich glaube, Petja, es ist an der Zeit, dass wir zwei endlich mehr voneinander erfahren.«

Die Nacht war schon weit fortgeschritten, als die beiden Freunde einander ihre Geschichten anvertraut hatten. Wrangel schüttete dem Freund sein Herz aus, erzählte von Ruth, dem Überfall, den Sklavenhändlern und der Hilfe, die Marusja ihm angedeihen ließ.

Auch zögerte er nicht lange, Petja, dem schwedischen Gardeoffizier und treuen Untertanen Seiner Majestät Karl XII., alles über den Fall Patkul zu schildern bis hin zu den Entdeckungen, die er hier in der Privatkorrespondenz von Menschikow gemacht hatte. Und Petja erzählte von seinem Sohn, den er seit vier Jahren nicht mehr gesehen hatte. Er berichtete von der Schlacht um Narva und von seinem Fluchtversuch im ersten Jahr der russischen Gefangenschaft. Sie hätten ihn beinahe zu Tode geprügelt, als Suchtrupps ihn aufgriffen. Hätten die Russen damals gewusst, dass er ein schwedischer Gardeoffizier war, wäre er sicherlich nicht mehr unter den Lebenden. Ein paar Kameraden hatten ihn gesund gepflegt. Seitdem hütete er sich, seine Herkunft preiszugeben, pflegte aber im Geheimen Kontakt zu anderen schwedischen Kriegsgefangenen. Einige von ihnen dachten über einen Aufstand nach. Aber Petja wollte nur nach Hause zu seinem Sohn, ganz gleich, wie dieser Krieg weiterging.

Sie saßen nebeneinander an die grobe Wand der Blockhütte gelehnt, die Füße ausgestreckt, und kauten auf ihren Körnern

herum, die sie bei all den Offenbarungen zu kochen versäumt hatten.
»Es tut gut zu wissen, wer du bist, Wanja. Aber trotzdem wissen wir noch nicht, wer dich sucht und warum.«
»Vielleicht ist es Ankermann. Wer sonst hätte die Schläger schicken sollen?«
»Aber woher soll er wissen, wie du heißt?«
»Du hast recht, Petja. Das ergibt keinen Sinn. Niemand hier weiß um meine Geschichte, nur du jetzt.«
Der Schwede nickte nachdenklich. »Darum sollten wir vorsichtig sein. Vielleicht hat Ankermann dich ja wiedererkannt. Schließlich stammt er doch aus Hamburg.«
Wrangel schüttelte den Kopf. »Ich kenne niemanden mit Namen Ankermann in Hamburg. Und glaub mir, ich kenne dort viele Leute, vor allem die von Rang und Namen.«
»Vielleicht ist er nicht von Rang. Auf jeden Fall musst du dich in Acht nehmen. Am besten hältst du dich die nächsten Tage versteckt, bleibst einfach hier in der Schreibstube. Deine Aufgaben im Steinlager übernehme ich. Und ich werde meinen Männern sagen, dass sie weiterhin Augen und Ohren offen halten sollen. Lange wird Ankermann ja nicht mehr hierbleiben. Vielleicht hört die Suche dann auf.«
»Doch was wird aus unserer Flucht, Petja?«, schob Wrangel resigniert hinterher.
»Wohl erst einmal gar nichts, mein Freund. Aber vielleicht wird uns Trezzini aus Dankbarkeit helfen, besser über den Winter zu kommen. Damit wäre schon einiges gewonnen, und vielleicht haben wir im nächsten Sommer mehr Glück.«
Wrangel nickte stumm. Aber die Verzweiflung stand ihm in das müde Gesicht geschrieben.

* * *

Erschöpft ließ sich Ruth auf einer Bank in der Gaststube der Austerei nieder und schickte eine Magd nach einem Becher Tee. Bestimmt zwei Stunden war sie über die Peterinsel gelaufen und hatte noch einmal selbst jeden Mann, den sie traf, eingehend betrachtet. Jetzt schmerzten ihr die Füße und der Rücken. Bald musste Jurek zurück sein. Er hatte sich erneut bei der Werft umschauen und die holländischen und deutschen Handwerker befragen wollen. Vielleicht würde er gute Neuigkeiten mitbringen. Das Abendessen wollte sie wieder gemeinsam mit Jekaterina Alexejewna einnehmen, wie schon die Abende zuvor. Sie war eine liebenswerte Person, die sich redlich bemühte, Ruth mit kleinen Anekdoten von ihrem Kummer abzulenken.

Die Magd brachte ihr den Tee und eine kleine Schale mit *warenje,* einer stark eingekochten Marmelade aus Waldbeeren und Honig, die die Russen gern zum Süßen verwendeten. Gedankenverloren rührte Ruth einen Löffel der zähen süßen Masse in ihren Tee, die sich sogleich auflöste und die kleinen Beeren an die Oberfläche steigen ließ.

Vier Tage war sie nun schon an diesem unwirtlichen Ort, für den die Bezeichnung Stadt ein böser Hohn war. Keine einzige richtige Straße gab es hier, nur matschige Pfade und Gehstege aus groben Brettern. Fortbewegen konnte man sich nur mit Booten. Die jedoch waren so unbequem, dass Ruth sich mit ihrem schwangeren Leib kaum hineinhocken konnte. Geschäfte gab es auch keine. Zumindest nicht solche, wie sie sie kannte. Der Handel erfolgte direkt auf die Karren herab, die täglich über den einzigen richtigen Fahrweg auf der anderen Seite der Newa bis zur Werft rollten. Sie brachten alle möglichen und nötigen Waren aus einer wohl weit entfernten Stadt, die sie Novgorod nannten. Hauptsächlich waren das Lebensmittel, Branntwein, Felle, Leder, Filz und andere derbe Stoffe sowie Werkzeug, Eisen- und Kupferwaren. Wurde nicht von den Karren herunter

gehandelt, dann aus den Booten heraus, die vom Ladogasee und manchmal sogar noch weiter aus der entfernten Hafenstadt Archangelsk kamen.
Ruth dachte an den jungen Jakob Sternberg aus Berlin. Er hatte von Archangelsk, vor allem aber von der Sternwarte geschwärmt. Von dort aus legten große Seeschiffe ab, die bis in die Nordsee fuhren, nach London, Amsterdam und Hamburg. Vielleicht sollte sie ihre sinnlose Suche einfach aufgeben und mit einem der Schiffe nach Hause zurückkehren. Bis Anfang Oktober war der Hafen noch schiffbar, hatte Jekaterina Alexejewna ihr erzählt. Mit etwas Glück würde sie noch vor der Niederkunft in Hamburg eintreffen. Aber selbst auf einem Schiff, das häufig einen Arzt oder wenigstens einen Barbier an Bord hatte, wäre es wohl leichter, das Kind zu entbinden, als hier, an diesem schrecklichen Ort.
Sie begann zu frösteln, zog sich die Stola enger um die Schultern und nahm einen Schluck von dem heißen Tee. Aber er konnte die Kälte, die sich in ihrem Körper ausbreitete, nicht vertreiben.
Als Jurek kurze Zeit später die Gaststube betrat, klapperten Ruth bereits die Zähne, und ihre Augen glänzten vom Fieber.
Erschrocken eilte der treue Diener auf sie zu. »Ist Euch nicht gut, Fräulein Ruth? Ihr zittert wie Espenlaub, und Eure Zähne klappern so laut, dass man es fast bis vor die Tür hört.«
Sie schaute ihn mit fahrigem Blick an. »Mir ist so kalt.«
»Kommt, ich bringe Euch auf Euer Zimmer. Ihr müsst Euch ausruhen.« Behutsam griff Jurek ihren Arm und half ihr auf. Dann rief er sogleich die Mägde herbei, damit sie halfen, die Fiebernde zu Bett zu bringen und wärmende Decken herbeizuschaffen.
»Frau Wrangel, geht es Euch nicht gut? Ihr seht erschöpft aus.« Ankermann, der gerade im Begriff war, die Austerei zu verlassen, kam mit besorgter Miene auf sie und ihren Diener zu.

Ruth schüttelte nur kraftlos abweisend den Kopf.
»Was hat deine Herrin, Jurek?«
»Fieber, Herr. Sie friert und zittert am ganzen Leib.«
»Ja, das Fieber ist in dieser Gegend eine schlimme Sache. Die Menschen sterben in Scharen daran. Ich hatte sie gewarnt, aber sie wollte ja nicht hören.«
»Kennt Ihr einen Arzt hier in Sankt Petersburg?«
»Einen Arzt?«, schnaubte Ankermann verächtlich. »Nein, nicht an diesem Ort. Aber wenn Ihr möchtet, Frau Wrangel«, wandte er sich wieder an die Zitternde, »kann ich Euch mit zurücknehmen nach Narva. Mein Schiff läuft am frühen Morgen aus.«
Ruth konnte die Worte kaum verstehen, die Ankermann sagte, so sehr rauschte es in ihren Ohren. »Später, Herr Ankermann. Fragt mich später. Jetzt muss ich ruhen.« Erschöpft ließ sie ihren Kopf auf Jureks Schulter sinken, der sie sanft die Treppe hinauf zu ihrem Zimmer führte.

* * *

Wrangel hob neugierig den Kopf, als die Glocke an der Tür der Schreibstube schellte. Normalerweise benutzte sie niemand, sondern alle polterten geradewegs herein, wenn sie etwas von Trezzini oder seinen Untergebenen wollten. Draußen dämmerte es bereits, und bald musste der Kanonenschuss den Feierabend ankündigen. Den ganzen Nachmittag hatte Wrangel zusammen mit dem polnischen Schreiber die Bestellungen für die Wintervorräte der Festung zusammengestellt, die Trezzini am nächsten Tag mit auf einem Frachtkahn über den Ladogasee nach Archangelsk nehmen wollte, um die Einkäufe dort selbst vor Ort zu überwachen. Er war nämlich davon überzeugt, dass man ihn übers Ohr hauen würde, wenn er die Geschäfte nicht selbst kontrollierte.

Ohne dass Wrangel dem Besucher eine Eintrittserlaubis erteilt hatte, öffnete sich die Tür. Wrangel erkannte vom hinteren Teil der Stube, wo er gerade nach den Bestellungen für Tran aus dem letzten Winter suchte, die Silhouette von Ankermann, der mit festen Schritten sogleich auf den Schreiber hinter dem Pult zuging.

Wrangels Herz schlug schneller. Ob Ankermann wusste, dass er hier arbeitete? Auf keinen Fall durfte er ihn entdecken. Schnell wandte er sich ab und versteckte sich im hintersten Winkel der Stube hinter einem Regal.

»Gott zum Gruße«, wandte sich Ankermann geschäftig an den Schreiber, der ihm einen mürrischen Blick zuwarf. »Wie ich hörte, läuft morgen früh ein Kahn nach Archangelsk aus, auf dem Meister Trezzini verschiedene Schreiben befördern lässt, die unter anderem an das Kontor der Hamburgischen Gesellschaft der Archangelsk-Fahrer gehen.«

»So ist es, der Herr.«

»Ich habe hier zwei Briefe, die ich an jenes Kontor schicken möchte. Wird es wohl möglich sein, sie ebenfalls zu befördern?«

Ganz vorsichtig schob Wrangel einen Stapel Akten beiseite und spähte durch das Regal zu Ankermann und dem Schreiber hinüber. Er war also nicht seinetwegen hier. Das war schon einmal eine gute Nachricht. Aufmerksam musterte er den mittelgroßen blonden Mann. Er trug einen schweren dunklen Mantel, dunkle enge Hosen und hohe schwarze Stulpenstiefel, in denen er unruhig hin und her wippte, als habe er es eilig. In der einen Hand hielt er eine *schapka*, eine typische russische Pelzkappe, aus schwarzem Zobel. Mit der anderen Hand griff Ankermann in seine Manteltasche, holte zwei versiegelte Briefe hervor und legte sie vor dem Schreiber auf den Tisch. Der schaute nur missmutig und beachtete die Briefe scheinbar nicht.

Ankermann griff erneut in seine Manteltasche und legte einen

kleinen Beutel mit Münzen neben die Briefe. »Natürlich will ich deine Mühe belohnen«, fügte er auffordernd hinzu.
Der Schreiber musterte kurz das Säckchen. »Ich sehe zwei Briefe, jedoch nur das Porto für einen.«
Ankermann seufzte, griff erneut in seine Manteltasche und stellte einen zweiten kleinen Beutel neben den ersten.
Nun nickte der Schreiber und griff mit der einen Hand nach den Beuteln, mit der anderen nach den Briefen. »Ihr müsst wissen, dass es Meister Trezzini nicht gern sieht, wenn sein Bauamt sich um Angelegenheiten kümmert, die nichts mit dem Festungsbau zu tun haben.« Während die Beutel mit den Münzen unter dem Hemd des Schreibers verschwanden, legte er die Briefe zu einem Stapel anderer Post.
Ankermann griff wieder in seinen Mantel und holte einen goldenen Rubel hervor. Den ließ er geschickt zwischen seinen Fingern hin und her rollen. Die Augen des Schreibers blitzten bei dem Anblick der glänzenden Münze gierig auf.
»Ich werde es dir doppelt lohnen, wenn du diese Briefe unauffällig, schnell und sicher nach Archangelsk zum Kontor der Hamburgischen Gesellschaft schaffst.«
Wrangel horchte auf. Der Klang dieser Stimme, ihre Färbung und die Wortwahl weckten, wie schon vor einigen Tagen beim Menschikow-Palast, eine dunkle Erinnerung in ihm, die er jedoch nicht zu greifen vermochte.
Der Schreiber nahm die Briefe von dem Poststapel und legte sie sorgfältig in den für Archangelsk bereitstehenden Sack. »Sicher, der Herr. Da ich Meister Trezzini persönlich nach Archangelsk begleite, werde ich Euch damit dienen können und sie persönlich dort abgeben.«
Der Kaufmann nickte und warf dem Schreiber die Goldmünze zu, der sie geschickt auffing und sogleich unter seinem Hemd verschwinden ließ. Wrangel schluckte. Ein Goldrubel war ein

sehr hohes Beförderungsgeld für zwei Briefe. Wem mochte Ankermann in Hamburg schreiben, dass ihm ein solcher Betrag für die sichere Beförderung angemessen erschien?

»Das will ich hoffen. Hab Dank für die Gefälligkeit, mein Junge.« Ankermann klopfte mit der Faust auf das Pult des Schreibers, setzte die *schapka* auf den blonden Schopf und wandte sich zur Tür. Dabei streifte sein Gesicht mit den hell leuchtenden Augen für einen kurzen Moment Wrangels Blick. Der stechende Blick, das zur Hälfte bedeckte Gesicht, die Stimme mit dem nordischen Einschlag: Auf einmal wusste Wrangel, wo er den Mann schon einmal gesehen hatte. Damals, in jener Nacht an dem kleinen Bootssteg, als man ihn wie ein Stück Vieh verlud. Der Mann dort vorn war jener gewesen, der deutsch gesprochen hatte, jener, der ihn, den Sprachlosen, um Hilfe Winselnden, weggetreten hatte wie einen räudigen Köter. Pawel Iwanowitsch hatte ihn der andere Mann genannt.

Der Name hatte sich damals in Wrangels Gedächtnis eingebrannt. Damals, als seine Erinnerungen so leer waren, dass er noch nicht einmal wusste, wer er selbst war. Erst in der Nacht zuvor hatte Wrangel seinem Freund Petja ausführlich von seinem Martyrium ohne Sprache und Erinnerung auf dem Leiterwagen erzählt. Und jetzt befand sich der Mann, der seine hilflose Lage ausgenutzt und sein Schicksal als Sklave des Zaren besiegelt hatte, nur wenige Schritte entfernt vor ihm.

Unwillkürlich fing Wrangel an zu zittern und schloss die Augen. Als er sie wieder öffnete, hatte Ankermann die Schreibstube bereits verlassen.

Er blieb an das Regal gelehnt stehen und versuchte, seine Gefühle unter Kontrolle zu bringen. Auf keinen Fall sollte Trezzinis Schreiber ihn so sehen und sich bei seinem kleinen Geschäft ertappt fühlen. Wrangel gönnte es ihm. Der Winter hier konnte sehr hart werden, und von dem Geld würde er sich einen war-

men Mantel leisten können. Das war weit mehr, als die meisten Männer, ja, auch er, hier hatten.
Als die Kanone den Feierabend verkündete, kam Wrangel langsam aus seiner Ecke hervor, sortierte die letzten Mappen weg und lief dann, als er sicher war, dass der Schreiber die Stube verlassen hatte, auf dem schnellsten Weg zu Petja, um ihm die ungeheuerliche Neuigkeit zu berichten. Die beiden Freunde setzten sich hinter die Blockhütte, und Petja lauschte ihm mit offenem Mund.
»So ein widerwärtiger Schurke«, entfuhr es dem Schweden. »Den dürfen wir nicht so davonkommen lassen!«
»Das sehe ich genauso. Aber ich möchte wissen, an wen diese Briefe gehen, die ihm eine ordentliche Stange Geld wert waren.«
»Einen ganzen Goldrubel hat er dem Schreiber gegeben, sagst du?«
»Ja, und die beiden kleinen Beutel mit Münzen. Insgesamt eine sehr stattliche Summe für einen kleinen Botendienst.«
»Dann sollten wir uns die Schreiben einmal näher ansehen. Sind sie noch in der Schreibstube?«
»Wenn Trezzinis Schreiber sie nicht mitgenommen hat, müssten sie dort im Postsack liegen.«
»Lass uns keine Zeit verlieren und nachsehen, Wanja.«
Vorsichtig schlichen sich die beiden um die Blockhütte herum. Es war inzwischen ganz dunkel geworden, und überall loderten kleine Feuer, auf denen die Männer ihr Abendessen bereiteten und sich selbst wärmten. Denn der September brachte bereits unangenehm frische Temperaturen mit sich. Vereinzelt hörte man Stimmen, manchmal pfiff auch jemand leise eine Melodie. Nur von weiter hinten, von der anderen Seite der Festungsmauer, dröhnten hin und wieder lautere Rufe zu ihnen durch, denn dort verkaufte ein Höker selbst gebrannten Schnaps und fand damit regen Absatz unter den Zahlungsfähigen.

Leise öffnete Wrangel die Tür zur Schreibstube. Alles war dunkel, der Schreiber war fort, und auch von Trezzini war nichts zu sehen. Aber der saß um diese Zeit sowieso meistens in der Austerei und aß mit einigen Handwerksmeistern zu Abend, um mit ihnen seine Wünsche und Vorstellungen zu verschiedenen Bauvorhaben zu erörtern. Gleich hinter der Tür hing eine kleine Tranlampe. Vorsichtig entflammte Wrangel den Docht, und die beiden Männer gingen zum Schreibpult, hinter dem der Postsack stand.

Schnell hatte Wrangel die beiden Briefe gefunden. Er hielt sie unter das Licht. »Hm, sie gehen an zwei Kaufleute von der Hamburgischen Gesellschaft für Archangelsk-Fahrer. Der eine heißt Peter Konau, der andere Franz Poppe.«

»Kennst du sie? Du kommst doch aus Hamburg.«

Wrangel verzog unwirsch das Gesicht. »Nein, nicht dass ich wüsste. Noch nicht einmal die Gesellschaft ist mir geläufig.«

»Dann müssen wir eben nachschauen, was Ankermann den Herren geschrieben hat.«

»Aber die Briefe sind versiegelt. Wie willst du sie öffnen?«

Petja nahm Wrangel einen Brief aus der Hand und musterte das Siegel. »Das ist einfaches Siegelwachs. Das zu öffnen und anschließend wieder gut zu verschließen sollte mit einem heißen Messer kein Problem sein.« Damit griff er in die Tasche und brachte ein kleines Klappmesser zum Vorschein.

»Du erstaunst mich immer wieder, Petja«, flüsterte Wrangel kopfschüttelnd.

Der Schwede grinste nur, öffnete dann die kleine Klappe der Tranlampe und hielt die Messerklinge in die Flamme. Nach ein paar Minuten zog er sie wieder heraus und ließ sie geschickt zwischen Siegel und Papier gleiten. Stückchen um Stückchen hob sich das Siegel, bis es ganz auf der Klinge lag.

Wrangel schaute ihm fasziniert zu. »Wo hast du das gelernt?«

»Bei der Armee natürlich. Aber sag mir nicht, dass du als Advocatus nicht weißt, wie man Siegel öffnet.«
»Nein, bisher wusste ich es nicht.«
»Dann wurde es aber Zeit, dass du es lernst.«
»Du scheinst ja nicht gerade viel von meinem Berufsstand zu halten, Petja.«
Der Freund grinste wieder und reichte ihm den geöffneten Brief. Wrangel überflog ihn und stieß einen leisen Pfiff aus. »Die schmutzigen Geschäfte dieses Menschenhändlers scheinen sich gelohnt zu haben. Das hier ist ein Terminwechsel über 30 000 Reichstaler, auszuzahlen an Ankermann persönlich am 6. Dezember dieses Jahres in Hamburg.«
»Was ist ein Terminwechsel?« Petja nahm den Brief zurück, um das Siegel möglichst schnell wieder festzudrücken.
»Mit einem Terminwechsel lässt man sich Geld an einem festgesetzten Tag und Ort auszahlen. Ist er noch, wie in diesem Fall, an eine Person gebunden, so kann niemand anderer das Geld in Empfang nehmen. Es ist eine ausgesprochen sichere Art, hohe Summen zu transferieren, denn selbst wenn einem der Wechsel gestohlen wird, kann niemand anderer etwas damit anfangen.«
Petja verzog das Gesicht und machte sich an dem zweiten Brief zu schaffen. Kaum hatte sich das Siegel gelöst, reichte er ihn seinem Freund.
»Noch ein Wechsel, Petja. Gleiche Summe, gleiche Zeit, gleicher Ort.«
»Bei 60 000 Reichstalern ist ein Goldrubel Beförderungsgeld wohl angemessen«, raunte der Schwede lakonisch und faltete auch den zweiten Brief schnell zusammen, um ihn wieder zu verschließen.
»Wie es aussieht, schafft Ankermann sein Vermögen aus Russland fort.«
»Vielleicht ahnt er, dass die Schweden bald einen gehörigen Sieg

gegen die Russen davontragen werden, und darum will er sich rechtzeitig absetzen.«

»Vielleicht. Aber ich vermute eher, dass dieser Schurke Geld aus dem Land schaffen will, das gar nicht seins ist.«

»Und woher soll er es haben?«

»Du kannst zwar Siegel öffnen, Petja, aber ansonsten bist du ein aufrichtiger und treuer Soldat. Ich als Anwalt hingegen habe gelernt, den Gedankengängen von Schurken auf die Schliche zu kommen. Denk nur an den Salzschmuggel.«

»Aber damit konnte Ankermann unmöglich so viel Geld in so kurzer Zeit verdienen.«

»Und du erinnerst dich, was ich dir über Patkul und die russischen Subsidien erzählt habe, die nie in Sachsen ankamen?«

»Dann sind die 60 000 Reichstaler vielleicht ein Teil jener Subsidien, und Ankermann bringt sie erst jetzt auf den Weg.«

»Das Geld könnte durchaus ein Teil der Subsidien sein. Doch ich glaube nicht, dass er sie jetzt auf den Weg bringt.«

»Aber er hat doch die Wechsel ausgestellt.«

»Ja, allerdings auf sich, Petja. Und sie sollen in Hamburg ausgezahlt werden, einer in diesem Krieg neutralen Stadt. So wird das Geld kaum zum polnischen König gelangen.«

»Der soll es auch nicht bekommen«, knurrte Petja.

»Aber Ankermann auch nicht.«

»Du hast recht. Und was machen wir jetzt mit dieser Vermutung?«

Wrangel kaute auf seiner Unterlippe herum. »Wir müssen wohl endlich Trezzini einweihen und ihn um Hilfe bitten. Lass uns zu ihm gehen, sobald er aus der Austerei zurück in sein Blockhaus kommt. Bei einem Betrug dieses Ausmaßes kann er nicht die Augen verschließen. Auch soll in wenigen Tagen der Zar hier eintreffen. Dann kann er ihm alles persönlich erklären.«

»Und du meinst, der Zar hört Trezzini zu?«

»Wem hört er lieber zu als dem Baumeister seiner neuen Stadt?« Petja schmunzelte. »Da hast du recht. Gehen wir also zu Trezzini.«

* * *

Behutsam legte Jurek ein frisch befeuchtetes Tuch auf Ruths Stirn. Sie stöhnte, als das kühlende Nass ihre Haut berührte. Leise öffnete sich die Tür des Zimmers, und die Magd kam mit frischem Wasser für Wadenwickel herein. Gut drei Stunden bemühten sich die beiden nun schon um Ruth. Aber das Fieber wollte nicht sinken. Die Magd schlug die Decke zurück, griff nach Ruths Bein und legte geschickt einen feuchten Wickel um die Wade. Jurek beobachtete jeden ihrer Handgriffe.

Plötzlich riss Ruth die Augen auf. »Hinrich, du darfst nicht fort. Lass mich nicht allein. Wo bist du? Es ist so dunkel ...«

Erschrocken drehte Jurek sich zu ihr und ergriff ihre Hand. Sie war heiß und krallte sich mit aller Kraft in seine.

»Bleib bei mir, Hinrich, hörst du.« Ruth schlug mit dem Kopf hin und her und strampelte mit den Beinen, dass die Magd ihre liebe Mühe hatte, den zweiten Wickel gut zu plazieren.

»Das ist das Sumpffieber«, raunte sie, während sie Ruths Knöchel mit festem Griff packte. »Jedes Jahr rafft es Hunderte dahin. Am schlimmsten ist es im Juli. So hat die gnädige Frau regelrecht Pech, dass es sie noch so spät erwischt hat.«

»Gibt es denn keinen Arzt, der helfen kann?«, fuhr Jurek die Magd an.

»Wo denkst du hin, Mann? Kaum einen Feldscher gibt es hier. Aber unter den Holländern soll es einen Bader geben, der sich gut auf den Aderlass versteht. Vielleicht kann er der gnädigen Frau helfen.«

»Wo finde ich den Mann?«

»Auf der anderen Seite der Newa, drüben bei den Blockhäusern, wo die Holländer wohnen. Einige sagen auch, dass unter den Arbeitern bei der Festung auf der Haseninsel einer sei, der sich aufs Heilen verstehe. Aber Genaueres weiß ich nicht. Vor morgen früh setzt eh kein Boot über. Bis dahin bleibt uns nur, die Wickel zu erneuern und ihr etwas gesüßten Tee einzuflößen.«

Jurek nickte zerknirscht und tauchte ein frisches Tuch in die Wasserschale neben sich. Ruths Atem wurde immer lauter und kürzer, und ein dünner Faden Speichel lief ihr aus dem Mund.

»Sie bekommt nicht genug Luft. Das Kind drückt ihr das Blut ab. Los, fass mit an, Mann, wir müssen sie vorsichtig auf die Seite rollen.« Die Magd legte geschickt ihre Arme um Ruths Hüfte, um die Schwangere neu auszurichten. Jurek nahm ihre Schultern. Behutsam drehten sie den schweißnassen Körper auf die Seite und winkelten ihre Beine leicht an, um sie stabil zu halten.

»Was reist eine Frau in diesem Zustand auch allein hierher, wohin sich niemand freiwillig verirrt?«, schnaubte die Magd und wischte sich eine Haarsträhne aus dem Gesicht, die sich aus der Haube gelöst hatte.

»Sie hat ihre Gründe«, brummte Jurek.

»Hoffentlich sind die diesen Preis wert.«

Der Diener schwieg und streichelte Ruths verschwitzten Kopf, den die Fiebernde unruhig hin und her bewegte. Durch das einen Spalt geöffnete Fenster hörte er den Ruf eines Nachtvogels.

»Ich kann nicht bis zum Morgengrauen warten, um Hilfe zu suchen«, murmelte er schließlich leise.

»Dann geh zum Anleger. Vielleicht hast du Glück und findest dort ein Ruderboot, mit dem du übersetzen kannst. Ich werde bei der gnädigen Frau bleiben und auf sie aufpassen.«

Jurek warf der Magd einen dankbaren Blick zu. »Ich werde dir deine Mühe lohnen, sobald ich zurück bin.«

Die zuckte nur mit den Schultern. »Das sind wir Christenmenschen einander schuldig.«
Er schlug die Augen nieder. »Hab Dank.« Dann beugte er sich an Ruths Ohr und flüsterte: »Ich gehe Hilfe suchen, Fräulein Ruth. Haltet durch, ich bin bald zurück.« Er drückte noch einmal ihre Hand und war wenig später auf den dunklen Flur verschwunden.

* * *

Nur noch vereinzelt glimmten Feuer, als sich Wrangel und Petja aus ihrer Kammer hinter der Schreibstube schlichen und hinunter zum Anleger liefen, an dem das kleine Ruderboot vertäut lag, mit dem Petja normalerweise zum Steinlager übersetzte. Nun aber schlugen die beiden Männer, kaum dass sie das Tau gelöst und Petja sich die Riemen gegriffen hatte, die Richtung zur Peterinsel ein. Die Nacht war dunkel und kalt. Eine dichte Wolkendecke hatte sich über den Mond geschoben. Die Newa floss mit kräftiger Strömung der Ostsee entgegen, und Petja musste sich ordentlich in die Riemen legen, um dagegenzuhalten.
Als sie endlich den Anleger der Peterinsel erreicht hatten, sprang Wrangel aus dem Boot und vertäute es an einem der Eisenringe, die im Holz eingelassen waren, während Petja die Ruder einzog und ins Innere des Bootes legte.
Plötzlich knarrte das Holz des Anlegers, und Wrangel wandte sich erschrocken um.
»*Pomogite, poshalujsta,* helft mir, bitte, und gebt mir euer Boot.«
Nur wenige Schritte von Wrangel entfernt stand ein großer, kräftiger Mann mittleren Alters, dessen gewaltiger Schädel von einer dunklen Filzkappe bedeckt wurde. Sein Gesicht war mit einem wilden roten Bart zugewachsen, und seine ganze Körpersprache deutete nicht darauf hin, dass er sich als Bittsteller ver-

stand, sondern vielmehr als jemand, der bereit war, sich zu nehmen, was er brauchte.
Hilfesuchend wandte sich Wrangel zu Petja um, der inzwischen ebenfalls auf den Anleger gesprungen war und ihm zuraunte: »Gar nicht daran zu denken. Wir brauchen das Boot, sonst reißt uns Trezzini den Kopf ab.«
»Willst du dich etwa mit ihm prügeln? Der hat die Statur eines Bären!«
»Ihr sprecht deutsch, Männer?«
Wrangel und Petja warfen sich einen ungläubigen Blick zu, aber zu mehr blieb keine Zeit, denn der Hüne kam schon auf sie zu.
»Könnt ihr mir helfen? Ich brauche einen Arzt. Drüben bei der Werft soll es zumindest einen Bader geben. Kennt ihr den?«
»Hier gibt es keinen Arzt, und das Boot können wir dir nicht geben. Es gehört dem Bauamt, und man wird dich auspeitschen, wenn du es dir ohne Erlaubnis nimmst«, gab Petja barsch zurück.
Der große Mann kratzte sich am Bart. »Schaut, ich will mich nicht mit euch streiten. Ich bringe das Boot vor Sonnenaufgang zurück. Ich verspreche es euch. Aber ich muss Hilfe finden, das Fieber …«
»Jurek?!«, platzte es auf einmal aus Wrangel heraus. Die Stimme, ihr Klang kamen ihm so altvertraut vor, wenn auch so unwirklich hier am Ufer der Newa.
Der große Mann starrte ihn misstrauisch an. »Woher kennst du meinen Namen? Arbeitest du in der Austerei?«
»Jurek, bist du es?« Wrangel wurde plötzlich heiß, und er meinte das kleine Ledersäcken auf seiner Brust zu spüren. »Jurek … wie kann das sein …?«
»Wanja, was ist los mit dir?« Petja packte den Freund am Arm, als dieser auf den Fremden zuging.

»Ja, man nennt mich Jurek, und ich brauche euer Boot. Helft ihr mir nun?«

»Ich habe dir doch gesagt, das Boot gehört Meister Trezzi…«

»Jurek aus Hamburg?«

Nun wich der große Mann einen Schritt zurück. »Wer bist du, dass du weißt, wer ich bin?«

»Ich bin Hinrich Wrangel!«

Jurek schlug die Hände auf der Brust zusammen und wich einen Schritt zurück. »Du … Ihr? Ihr seid es, Herr?«

»Ja, aber wie kommst du hierher? Wie kann es sein, dass …?«

»Gelobt sei der Herr! Und die gnädige Frau … Sie hat es immer gewusst …!« Schluchzend warf sich Jurek Wrangel um den Hals und drückte ihn mit aller Kraft an seine Brust. »Endlich haben wir Euch gefunden, und das in der größten Not!«

»Wanja, wer ist das? Was ist hier los?« Petja blickte unruhig zwischen seinem Freund und dem großen Mann hin und her.

»Petja, mein Freund, das hier ist Jurek, unser treuer Diener …« Wrangel fehlten die Worte, und er schluckte die aufkommenden Tränen hinunter.

»Das ist alles gut und schön, Männer, aber wir können hier nicht stehen bleiben. Wenn wir von den Wachleuten entdeckt werden, setzt es Knutenhiebe.« Ohne ein weiteres Wort schob Petja die beiden um Fassung ringenden Männer vom Bootssteg hinunter in den Schutz eines Holzstapels.

Jurek fand zuerst die Worte wieder. »Seit Monaten suchen wir Euch nun schon, Herr Wrangel. Ich kann es kaum fassen, Euch jetzt plötzlich vor mir zu sehen. Das wird Fräulein Ruth hoffentlich die nötige Kraft geben.«

»Was ist mit Ruth, Jurek? Wo ist sie? Ich hoffe doch, wohlbehalten zu Hause in Hamburg.«

»Ach nein, mein Herr. Nur wenige Schritte von hier entfernt liegt sie mit hohem Fieber nieder. Seit Stunden schon machen wir ihr ordentliche Wadenwickel, aber das Fieber will nicht sinken. Darum habe ich mich mitten in der Nacht aufgemacht, um Hilfe zu suchen. Es muss doch irgendwo jemanden geben, der heilkundig genug ist, ihr beizustehen.«

»Was sagst du da, Jurek? Ruth ist hier in Sankt Petersburg? Und sie ist krank? Wie kann das sein? Was hat euch hierher verschlagen? Ich muss sofort zu ihr! Wo ist sie?«

»In der Austerei liegt sie in ihrem Zimmer. Eine Magd ist bei ihr.«

Ohne ein weiteres Wort lief Wrangel los, aber Petja packte ihn mit aller Kraft am Arm. »Halt, Wanja, sei vernünftig! Du kannst nicht einfach so in die Austerei laufen. Die Soldaten ergreifen dich, bevor du an der Haustür bist. Und wenn man uns alle einsperrt, ist niemandem geholfen. Wir brauchen einen Plan.«

Petja hatte recht, Wrangel wusste es. Wütend befreite er sich von dem Griff des Freundes. »Und was schlägst du vor? Meine Frau liegt dort, und sie ist krank! Sie braucht Hilfe!«

»Dann lass uns überlegen, was wir für sie tun können«, setzte Petja in einem sanfteren Ton nach. Er wandte sich an Jurek. »Wohin wolltest du mit dem Boot, um Hilfe zu holen?«

»Die Magd in der Austerei hat gesagt, drüben bei der Werft gebe es einen Bader, der vielleicht helfen kann. Den wollte ich suchen.«

»Von einem Bader habe ich noch nie etwas gehört, zumindest von keinem, der über Heilkünste verfügt.« Petja kratzte sich am Bart.

Wrangel hingegen rauschte das Blut in den Ohren, und ihm wurde übel. Ruth war hier in Sankt Petersburg! Nur ein paar Schritte von ihm entfernt! Doch er konnte nicht zu ihr.

»Wenn wir niemanden finden, der Fräulein Ruth helfen kann«, fuhr Jurek fort, »so bleibt noch die Hoffnung, dass ein Kauf-

mann mit Namen Ankermann sie morgen mit auf sein Schiff zurück nach Narva nimmt. Dort gibt es sicherlich einen Arzt.«
Der Name Ankermann rüttelte Wrangel auf. »Niemals lasse ich Ruth zu diesem Verbrecher!«
»Beruhige dich, Wanja. Ich schlage vor, dass wir zunächst zu Trezzini gehen, so wie wir es ursprünglich vorhatten, und ihn um Hilfe bitten. Vielleicht kennt er jemanden, der deiner Frau helfen kann.«
Wrangel schüttelte den Kopf. »Nein, Petja, du weißt doch selbst, dass die Menschen hier wie die Fliegen am Fieber sterben. Wenn Trezzini jemanden wüsste, der helfen könnte, dann hätte er ihn auch für seinen Buchhalter gerufen, dessen Arbeit ich jetzt habe.« Er fühlte trotz der nächtlichen Kälte eine große Hitze in seinem Körper aufsteigen und fasste sich an die Brust. Da spürte er wieder das kleine Säcken, griff nach ihm, und sogleich breitete sich eine wohltuende Ruhe in ihm aus. »Ich weiß, wer uns helfen kann.«
Die beiden anderen schauten Wrangel fragend an.
»Marusja. Wir müssen Ruth sofort zu Marusja schaffen.«
»Aber das ist eine gute Tagesreise von hier entfernt, Wanja. Wie soll das eine Fiebernde schaffen? Wir brauchen Pferd und Wagen. Die sind ohne Geld unmöglich zu bekommen.«
»Geld haben wir, Herr. Wenn Ihr nur wisst, woher wir den Wagen bekommen. Fräulein Ruth kann wirklich keinen Schritt tun in ihren Umständen.«
Petja schaute konzentriert von einem zum anderen. »Also gut. Sven ist als Pferdeknecht drüben an der Straße nach Novgorod untergekommen. Wir könnten zu ihm gehen und mit ihm reden. Vielleicht kann er uns helfen. Aber was machen wir mit Ankermann und Trezzini, Wanja?«
»Die müssen warten«, entgegnete Wrangel grob.
»Das geht nicht. Das weißt du so gut wie ich. Trezzini wird uns

als flüchtig melden und von den Bluthunden suchen lassen, wenn wir jetzt verschwinden. Wir müssen mit ihm reden.«
Wrangel schnaubte ungeduldig. Seine Nerven waren zum Zerreißen gespannt. Er wollte nur zu Ruth. Aber er wusste, dass Petja schon wieder recht hatte. Machten sie sich einfach so in der Nacht davon, würde Trezzini sie jagen lassen. Sie waren schließlich Sklaven. »Dann geh du zu Trezzini, Petja, und rede mit ihm. So passiert wenigstens dir nichts. Jurek und ich holen inzwischen Ruth und machen uns auf den Weg zu Marusja. Sag Trezzini, dass ich wiederkomme, sobald Ruth in Sicherheit ist.«
Der Schwede schaute ihm streng in die Augen. »Du spielst mit deinem Leben, mein Freund.« Er griff in seine Hosentasche, holte ein kleines Amulett hervor, auf dem ein schwedisches Wappen eingeprägt war, und drückte es Wrangel in die Hand. »Gib das Sven und sage ihm, er möge dir helfen im Namen von Per Persson und der Svea Leibgarde. Pass auf dich auf, Wanja, und auf deine Frau, die ich hoffe, bald gesund und munter kennenzulernen.«

Ingermanland im September 1706

Schon von weitem sah sie die beiden Männer den Karren die Dorfstraße entlangziehen. Die untergehende Abendsonne tauchte sie in warmes Licht. Den Jüngeren der beiden erkannte sie an seinem Gang. Es war jener, den ihr die Dorfleute im Frühjahr gebracht hatten und für dessen Heilung sie zwischen den Welten gewandert war. Gut sah er aus. Kräftig war er geworden. Die körperliche Arbeit hatte seine Muskeln gehärtet. Auch ruhiger schien er, selbst jetzt, da sie seine Angst förmlich gegen den Wind riechen konnte. Auf dem Karren lag eine Frau in eine Decke gewickelt. Sie ahnte, dass sie seine Frau war. Jene, die sie in anderen Sphären hatte nach ihm rufen hören. Sie hatte sie bei sich die Wolfsfrau genannt, da es das Geheul ihres Krafttieres gewesen war, das unbeirrt rief und die Frau weiter- und weitergetrieben hatte. Nun hatte sie ihn gefunden. Doch zu welchem Preis? Ruhig wandte sie sich vom Fenster ab und setzte einen Kessel mit Wasser auf, dann ging sie vor die Tür, um die Ankommenden zu begrüßen.

Als Wrangel Marusja vor ihrer Hütte sah, hob er die Hand zum Gruß. Sie nickte nur und öffnete die kleine Gartenpforte, damit die Männer hindurchkonnten. Die Augen des anderen Mannes waren gütig, sein Blick verschämt. Auch ihn trieben Angst und Sorge vor ihre Schwelle. Ein Blick auf die Frau genügte, um ihr den Grund zu zeigen. Ihr Gesicht war blass und mager, während ihr schwangerer Körper im Fieber zitterte. Sie griff ihre Hand und spürte dem durch die Adern fließenden Blut nach. Es pulsierte stark. Ohne ein Wort bedeutete sie den beiden Männern, die Frau hineinzutragen.

Sie betteten sie auf das Lager aus Rentierfellen nahe dem großen

Ofen. Während die Männer vorsichtig die Schuhe von den Füßen der Schwangeren lösten, mischte sie verschiedene Kräuter für einen starken Sud zusammen und goss ihn sogleich mit heißem Wasser auf. Dann setzte sie sich neben die Fiebernde, griff erneut ihre Hand und fühlte in sie hinein, während die Männer schweigend beiseitetraten. Zwar pulsierte ihr Blut besorgniserregend, aber ihr Herz und ihr Wille waren stark. Behutsam legte sie ihr Ohr auf den gewölbten Leib und tastete ihn sanft mit den Händen ab. Dem Kind ging es gut. Es bewegte sich. Die Wolfsfrau hatte ihr Ziel gefunden. Sie war angekommen. Das Fieber würde weichen, sobald die Frau das spürte.

Mit einer kleinen Geste rief sie Wrangel heran.

»Sie ist Ruth, meine Frau«, flüsterte er.

Ihre Augen lächelten. *Und dein Kind.*

Sie bedeutete ihm, sich an das Lager zu setzen und Ruths Hand zu halten. Sie sollte ihn spüren, wenn sie erwachte.

Dann erhob sie sich und holte den heißen Kräutersud. Die Sonne war inzwischen hinter den Bäumen versunken, und Dunkelheit breitete sich in jenen Ecken des kleinen Holzhauses aus, die das Feuer des Ofens nicht erleuchtete. Der andere Mann saß auf einem Schemel zusammengekauert an der Wand und folgte ehrfürchtig jeder ihrer Bewegungen.

Sie kniete sich mit dem heißen Sud neben Ruth nieder und flößte ihn ihr vorsichtig ein. Die Wolfsfrau trank, ohne aufzuwachen, aber mit jedem Schluck entspannten sich die Züge ihres abgemagerten Gesichts. Wrangel saß stumm am Rand des Lagers, streichelte Ruths Hand und wanderte mit dem Blick langsam zwischen ihr und Marusja hin und her. Als er anhob, Marusja etwas zu sagen, winkte sie sanft ab. Sie brauchte keine Worte, um ihn zu verstehen. Dann lächelte sie ihm zu, um seine Angst zu vertreiben. Zaghaft lächelte er zurück und versenkte dann seinen Blick wieder ganz in Ruth.

Sie ging zum Ofen und bereitete dort einen Tee für sich und die beiden Männer. Als sie ihn getrunken hatten, stopfte sie ihre Pfeife, setzte sich auf ihre mit Rentierfell bedeckte Bank an der Wand neben der mit Gänsefedern geschmückten Trommel und rauchte in die Nacht hinein.

* * *

Sie rennt über eine Wiese, das feuchte Gras gibt unter ihren Füßen nach, benetzt ihre Knöchel. Ihr Atem rast, ihr Herz ebenso. Ihr Blick sucht den Horizont ab, aber der verliert sich in der Endlosigkeit. Sie spürt das Tier, das ihr auf den Fersen ist, sie weiter und weiter jagt. Ihre Beine werden schwach, knicken ein. Alles dreht sich, die Wiese dreht sich, wird zu einem Abhang, der Horizont zu einem strahlend blauen Abgrund. Sie wendet sich ab, schaut sich um, sieht den Wolf, der sie jagt, mit fliegenden Lefzen und weit ausgreifenden Läufen, sieht, wie er abhebt zum Sprung mit ihr in den Abgrund. Er dreht sich um sie und sie um ihn. Sie spürt das struppig weiche Fell, das sich in ihre Haut drückt, riecht den fauligen Atem, der hinter den Lefzen hervorströmt und sich mit ihrem vermischt. Sie drehen sich in den blauen Abgrund. Sie will schreien, doch der Schrei, den sie hört, ist nicht ihrer, sondern jener der Gans. Sie sieht in ihre schwarzen Augen. Die Gans schlägt mit ihren gewaltigen Flügeln, und sie drehen sich immer langsamer und leichter dem blauen Grund entgegen. Sie streckt ihre Hände aus, um die Gans zu greifen, aber sie greift eine Hand, die warm in der ihren ruht. Die Wärme durchflutet ihren Körper. Sie dreht sich nicht mehr. Sie wiegt sich sanft in das Blau. Ihr Atem fließt ruhig, alles ist still.

Ein süßlich herber Geruch stieg in Ruths Nase. Vorsichtig öffnete sie die Augen. Es war dunkel um sie herum, nur einige

Schritte entfernt leuchtete in langsamen rhythmischen Abständen ein kleiner rot glühender Punkt auf. Sie wollte den Mund öffnen, doch ihre Zunge klebte am Gaumen. Sie hatte Durst. Ruth versuchte sich aufzurichten, aber ihre linke Hand war warm und fest umschlossen. Auch an ihrem linken Oberschenkel spürte sie ein warmes, schweres Gewicht. Sie drückte sich vorsichtig mit der anderen Hand hoch, und während sie ihn sah und ihren Augen nicht traute, spürte sie doch sofort in ihrem Herzen, dass er es war.

Hinrich.

Also hatte sie nicht geträumt, dass er gekommen war, sie gestreichelt und geküsst und dann auf den Arm genommen und fortgetragen hatte. Sie hatte ihn zunächst nur an seinen Augen erkannt, seinem liebenden Blick, dem tiefen Blau. Schließlich war unter all den fremden scharfen Gerüchen seiner zu ihr durchgedrungen, so wie auch die vertraute Zärtlichkeit durch die von Schwielen bedeckten Hände. Jetzt lag er hier mit dem kurz geschorenen braunen Haar und von einem wilden Bart bedeckten Gesicht vor ihr, oder träumte sie doch trotz all der Eindrücke, die ihre Sinne wahrnahmen?

Auf einmal spürte sie die Frau ganz in ihrer Nähe. Sie roch nach dem süßlich herben Rauch. Ruth wandte den Kopf. Das fahle Licht, das der Mond durch das kleine Fenster in die Hütte warf, beleuchtete das Gesicht der Frau. Es war von tiefen Falten durchfurcht und gerahmt von zwei langen geflochtenen weißgrauen Zöpfen. Aber ihre hellgrünen Augen strahlten jung und lebhaft. Ruth hatte die Frau noch nie gesehen, doch sie spürte, dass sie sie kannte. Aber wo war sie? Was war geschehen? Warum lag Hinrich zu ihren Füßen?

Nervös griff sie nach ihrem Bauch. Er war immer noch da, das Kind war immer noch da. Die Frau griff behutsam nach ihrer Hand, drückte sie sanft und sah Ruth fest in die Augen.

Du brauchst keine Angst zu haben. Du bist in Sicherheit, und deinem Kind geht es gut. Ihr drei seid vereint, ruh dich aus.
Ruth starrte verwundert in die hellgrünen Augen. Sie hatte alles verstanden, jedoch nichts gehört. Der hellgrüne Rand der Iris säumte die geweiteten Pupillen wie ein Lichtkranz. Immer tiefer verlor sich Ruths Blick in dem tiefen Schwarz. Es waren die Augen der Gans, in die sie sah, in die sie schon oft gesehen hatte. Sanft löste sich die Spannung aus ihrem Körper, und eine tiefe Geborgenheit breitete sich in ihr aus, während sie in einen traumlosen Schlaf glitt.

* * *

Ein süßlich frischer Geruch weckte Wrangel. Sofort erkannte er ihn wieder. Er kam von Marusjas *kascha*. Langsam richtete er sich auf. Sein Blick fiel auf Ruths entspanntes Gesicht. Sie schlief tief und fest, und ihr Atem floss ruhig durch ihren Körper. Seine Hand hielt immer noch die ihre. Sanft löste er seine Finger von ihren und erhob sich.
Marusja stand vor dem kleinen Holztisch und füllte die warme *kascha* in Schalen. Sie trug das lange rote Kleid, in dem er sie das erste Mal gesehen hatte. Jurek war nirgends zu entdecken. Wrangel ging mit steifen Gliedern zu dem Tisch. Marusja warf ihm einen fröhlichen Blick zu und bedeutete ihm mit einer Geste, sich zu setzen. Noch bevor er den Schemel zurechtgerückt hatte, öffnete sich die Tür, und Jurek kam mit einem Eimer frischen Wassers herein.
»Guten Morgen, Herr. Wie gut, dass Ihr wach seid. Mir knurrt schon der Magen, aber Marusja bestand darauf, mit dem Frühstück auf Euch zu warten.«
Wrangel zog die Augenbrauen hoch. »Wie ich sehe, hast du dich schon mit ihr bekannt und dich auch nützlich gemacht.« Er deutete auf den vollen Eimer.

»Ja, Herr, und sie hat gesagt, dass es Fräulein Ruth schon viel bessergeht und sie bald wieder auf den Beinen ist. Auch dem Kind geht es gut, Gott sei Dank.«

»Wie hast du dich so ausführlich mit ihr verständigt, Jurek?«, fragte Wrangel erstaunt.

»Auf Russisch, Herr.«

Wrangel musterte den Diener eindringlich. Natürlich war ihm schon auf dem Anleger der Peterinsel aufgefallen, dass Jurek russisch gesprochen hatte. Aber auf dem langen Marsch von Sankt Petersburg bis hierher in das kleine Dorf in den Sümpfen von Ingermanland hatte er nicht mehr an diesen Umstand gedacht. Zu sehr galt all sein Denken und Handeln Ruth und ihrem sicheren Transport zu Marusja.

Zum Glück war Petjas Freund Sven sogleich bereit gewesen, ihnen zu helfen. Aber ein Pferd oder wenigstens ein Pony hatte er ihnen nicht geben können, da das Fehlen eines Tieres ihnen sofort die Soldaten auf den Hals gehetzt und Sven seine Arbeit, womöglich sogar sein Leben gekostet hätte. Dafür hatte er ihnen aber einen alten, doch noch sehr robusten Handkarren besorgt, auf dem sie Ruth gut genug betten konnten, um sie den weiten Weg durch die Sümpfe zu ziehen. Auch einen Kanten Brot, drei Zwiebeln und einen Lederbeutel mit Wasser hatte Sven ihnen auf den Karren gelegt. Von dem Geld, das Wrangel ihm anbot, nahm er nur die Hälfte, und das auch bloß, weil Wrangel darauf bestand. Einem Freund von Per Persson zu helfen sei jedem Schweden eine Ehre, sagte er. Dann half er den dreien an den Wachhunden vorbei und wünschte ihnen alles Gute.

Als die Sonne aufging, hatten sie schon sämtliche menschlichen Siedlungen rund um Petersburg weit hinter sich gelassen. Zum Glück war der Weg trocken, und sie kamen gut voran, aber Wrangel hatte es kaum ertragen können, dass Ruth bei jedem

heftigen Ruck, den der Karren machte, aufstöhnte und manchmal über längere Zeit vor sich hin wimmerte, jedoch nicht zu Bewusstsein kam. Immer wieder hatte er vor sich hin stolpernd zu Gott gebetet, ihn um Hilfe, um Gnade gebeten, um Verzeihung für seine Überheblichkeit, um Nachsicht für Ruths wahnwitziges Verhalten. Schließlich, als er immer noch keinen Trost in seinen Gebeten gefunden hatte, besann er sich auf die Gnade, die ihm selbst zuteilgeworden war, die Hilfe, die Marusja ihm hatte zukommen lassen, die Demut, die er in den vergangenen Monaten gelernt, den Mut und den Glauben, den Ruth bewiesen hatte, und er spürte, dass der Trost bereits tief in ihm ruhte und nur darauf wartete, dass er selbst zur Ruhe kam, damit er in ihm aufsteigen und ihn aufrecht halten konnte.
Jurek hatte den ganzen Weg über geschwiegen und seine volle Kraft in das Ziehen des Karrens gegeben. Jetzt aber, in der durch das kleine Fenster des Holzhauses hereinscheinenden Morgensonne, wirkte er erstaunlich erfrischt und aufgeräumt.
»Wieso sprichst du russisch, Jurek?«
Der große rothaarige Mann schaute Wrangel ruhig an. »Weil ich aus dieser Gegend stamme, Herr.«
»Du kommst aus Russland?«
»Aus Livland, Herr. Herr Abelson nahm mich bei sich auf, als ich noch ein Junge war.«
Wrangel nickte nachdenklich. Die vergangenen Monate hatten ihn gelehrt, dass das Leben einem manchmal weite Wege aufzwang. »Welch ein Glück, dass Ruth dich bei sich hatte, Jurek. Ich danke dir aus ganzem Herzen, dass du meine Frau einen so weiten Weg begleitet hast.«
Jurek nickte verlegen und senkte den Blick. »Für Fräulein Ruth ist kein Weg zu weit. Nie ließe ich sie allein, Herr.«
Jureks Worte versetzten Wrangel einen heftigen Stich. Er hatte Ruth allein gelassen. Er hatte sich dazu hinreißen lassen, seinen

Begierden nachzugehen in dem naiven Glauben, dass es sein Recht sei. Er hatte nicht an die Folgen gedacht, die sein Schicksal für seine geliebte Frau haben würde. Nicht ein einziges Mal hatte er es auch nur in Erwägung gezogen, dass Ruth schwanger sein könnte. Selbst all die Monate hier in der Fremde hatte er nie daran gedacht, dass sie das ihr aufgezwungene Schicksal nicht akzeptieren, sondern sich aufmachen würde, ihn zu suchen. Stets hatte er Ruth in seinen Gedanken zu Hause in Hamburg gesehen, hatte sich kleinliche egoistische Sorgen gemacht, dass sie ihn für tot halten und ihr Herz einem anderen schenken könnte. Wie armselig er gefühlt hatte, sagte ihm nun dieser einfache aufrichtige Mann mit knappen Worten. *Nie ließe ich sie allein.* Ab jetzt würde auch er Ruth nie wieder allein lassen.

Marusja zog Wrangel aus seinen schmerzhaften Gedanken, indem sie ihm ihre kleine knöcherne Hand auf die Schulter legte und dort einfach ruhen ließ. Ein Gefühl der Zuversicht breitete sich langsam in ihm aus, und wie so manches Mal in den vergangenen Wochen, wenn er an einer Wegscheide stand, spürte er das kleine Säckchen um seinen Hals, das sich warm an seine Brust schmiegte. Es war nicht die Zeit für Selbstvorwürfe. Das Schicksal hatte sich gütig gezeigt und das Leben in glückliche Bahnen geführt.

Marusja lächelte ihn aufmunternd an und nickte, als hätte sie seine Gedanken gelesen, wie schon so manches Mal. Dann schob sie ihm eine Schale mit *kascha* hin. *Iss!*

* * *

Am Nachmittag wachte Ruth auf. Das Fieber war deutlich zurückgegangen, und sie konnte einige Löffel Brei essen, den Marusja für sie aus frischen Kräutern und Wurzeln bereitet hatte. Wrangel saß bei ihr, hielt ihre Hand, brachte aber kaum ein Wort über die Lippen, so voll war sein Herz. Auch Ruth sagte nichts, sondern drückte ebenfalls nur seine Finger und hielt seinen Blick gefangen. Sie hatte ihn gefunden. Er lebte, er war gesund. Sie lebte und würde bald gesund sein. Und das Kind lebte auch. Sie spürte seine sanften Tritte gegen ihren Bauch.

Behutsam nahm sie Wrangels Hand und legte sie auf ihren Bauch, damit er auch sein Kind spürte. Tränen glänzten in seinen Augen, als der nächste Tritt seine Hand traf. Mit unendlicher Zärtlichkeit streichelte er über ihren gewölbten Leib, fühlte dem neuen, wachsenden Leben nach. Sie waren auf dem besten Weg, eine Familie zu werden, so wie er es sich so sehnlich gewünscht hatte. Unter seinen liebkosenden Berührungen wichen ihre Zweifel, Sorgen und Ängste, die sie die vergangenen Monate begleitet hatten. Das alles war so viel Glück, so viel Erfüllung, dass es keine Worte brauchte. Die anderen Dinge, Wissenslücken um die Geschehnisse, konnten warten. Dieser Augenblick gehörte nur ihnen.

Nach einer Weile, einer Ewigkeit, trat Marusja an Ruths Lager und reichte ihr einen heißen Kräutersud. Kaum hatte sie ihn ausgetrunken, machte sich eine wohlige Müdigkeit in ihrem Körper breit, und wenig später hüllte sie erneut der Schlaf ein wie ein Kissen aus Gänsedaunen.

Die nächsten drei Tage vergingen in einem gleichmäßigen Rhythmus aus Ruhen, Essen, gemeinsamem Schweigen und langen Gesprächen, in denen Ruth und Wrangel einander von den Wirren der vergangenen Monate erzählten. Manchmal saß Jurek schweigend auf dem kleinen Schemel an der Wand und lauschte. Nur hin und wieder ergänzte er Ruths Erzählungen, wenn sie ihn darum bat. Oft ging er auch hinaus in den Hof und hackte Holz, um Marusjas Vorräte für den nahen Winter aufzustocken. Die hohe Verehrung, die er für die Schamanin empfand, war ihm stets anzumerken, wenn er mit ihr sprach. Zwar konnte Ruth den Gesprächen der beiden nicht folgen, weil sie russisch sprachen, aber sie ahnte, dass es dabei um weit mehr ging als die Frage, wie die Holzscheite zu stapeln oder die Rabatten umzugraben seien.

Marusja sah regelmäßig nach Ruth, tastete hin und wieder ihren Bauch ab und verschwand in den frühen Morgenstunden in den Wäldern. Einmal brachte sie ein kleines Tier mit, das sie dann über dem Feuer für alle briet. Ein anderes Mal hatte sie Eier dabei, und regelmäßig bereitete sie eine *kascha* mit frischem Grün.

Schon am Abend des ersten Tages schickte Marusja die beiden Männer in ihre kleine Banja, die hinter dem Holzhaus lag, und verordnete ihnen eine gründliche Reinigung ihrer Körper und Kleider. Die Leute aus dem Dorf spähten manchmal in Richtung des Hauses am Ende der Straße, die Weiber tuschelten wohl auch, aber keiner näherte sich der Gartenpforte, um genauere Erkundigungen einzuholen.

Je mehr Zeit Ruth und Wrangel miteinander verbrachten, sich schweigend bei den Händen hielten und dabei tief und lange ansahen, desto mehr spürte Ruth, wie sehr sie sich beide verändert hatten. In Hinrich hatte sich eine Seite aufgetan, die sie früher nicht bemerkt hatte. Er war ruhiger geworden, aber auch härter. Sein Körper war mager, doch zugleich zäher und männlicher geworden, die Züge seines Gesichtes reifer, ohne alt zu wirken. Das Zweifelnde, Zögernde hatte er abgestreift, so als stünde er mit beiden Füßen auf einem festen, unerschütterlichen Grund.

Auch in sich selbst spürte Ruth eine innere Ruhe, die sie bei all den Aufregungen, Ängsten und Ungewissheiten, die sie in den vergangenen Monaten erlebt hatte, regelrecht erstaunte. In dieser Hütte, auf diesem Lager aus Rentierfellen aufzuwachen, Hinrichs Wärme zu spüren und in den Augen der alten Marusja die Augen der Gans zu sehen, erschien ihr wie eine Heimkehr in eine ihr unbekannte, doch zutiefst vertraute Welt. Sie spürte jene Freiheit in sich, die sie immer gesucht, aber nie zuvor erkannt hatte, obwohl sie stets in ihr war. Zum ersten Mal war ihr zutiefst bewusst, dass es ihre innere Freiheit war, Dinge oder Umstände anzunehmen oder auch abzulehnen, unabhängig davon, was andere von ihr erwarteten. Und so schien es ihr, als ob sie auch erst hier in dieser Hütte aus tiefstem Herzen die Liebe zu ihrem Kind spürte, ganz frei von allem, was da noch auf sie wartete.

Am Nachmittag des vierten Tages saß Ruth auf einer kleinen Bank hinter dem Haus und ließ sich von der Septembersonne wärmen. Jurek hackte am anderen Ende des Gartens Holz, Marusja flocht Knoblauch und Zwiebeln zu langen Zöpfen, damit sie trocknen konnten. Wrangel stand am Staketenzaun und ließ seinen Blick über die Wiesen zum nahen Birkenwald schweifen, als erwarte er, dass jeden Moment jemand aus ihm hervorkäme.

»Was bedrückt dich, Liebster?« Ruth erhob sich mühsam, ging auf ihn zu und nahm seine Hand.

»Es ist nichts, mein Herz.« Wrangel lächelte sie liebevoll an und küsste ihre Hand.

»Du machst dir Sorgen?«

»Ich habe Petja in Sankt Petersburg zurückgelassen und frage mich, wie es ihm jetzt geht. Auf Flucht kann schnell die Todesstrafe stehen, und mit Helfershelfern geht man nicht zimperlicher um.«

»Warum ist Petja dann nicht mit uns gekommen?«

»Er hoffte, noch in der Nacht den Baumeister Trezzini zu sprechen und ihm von Ankermann und seinen Verbrechen zu berichten, um ihn so vielleicht für uns und unsere Freilassung zu gewinnen.« Wrangel kratzte unruhig mit dem Fuß im Sand.

»Aber jetzt zweifelst du, dass es ihm gelungen ist?«

Er nickte. Aus dem nahen Wald erklang der Ruf eines Kuckucks, der die Reise in den Süden noch nicht angetreten hatte. Er mischte sich mit dem Geschrei der Gänse, die über das Holzhaus hinweg in südliche Richtung zogen, und dem gleichmäßigen dumpfen Aufschlag der von Jurek geführten Axt.

»Und du fühlst dich für ihn verantwortlich?«

Wrangel atmete kräftig ein und aus. »Nun, ich bin es, der mit Ankermann eine offene Rechnung hat, vielleicht sogar zwei, beziehe ich den Fall Patkul mit ein. Denn nie wäre ich nach Königsberg gefahren, hätte dich allein gelassen und wäre in dieses Unglück gestürzt, hätte dieser Ankermann nicht zusammen mit Menschikow so schmutzige Geschäfte gemacht.« Wrangel drehte sich zu Ruth, nahm sie zärtlich in den Arm und küsste sie. »Aber was geschehen ist, ist geschehen. Bis zum Sankt-Nikolaus-Tag ist noch viel Zeit. Ich werde ihn schon noch fassen.«

Ruth sah ihm ernst in die Augen. »Nicht, wenn du dich nicht auf den Weg machst. Denn der ist weit.«

»Du kannst noch nicht reisen, das ist in deinem Zustand viel zu anstrengend. Und ich habe geschworen, dass ich dich nicht noch einmal allein lassen werde.«

»Dann wird dich die Sorge um deinen Freund zerfressen wie auch dein Ingrimm, wenn Ankermann davonkommt.«

»Nein, ich …«

»Doch, Hinrich. Sei ehrlich mit dir.«

»Du wirst dich erst einmal ausruhen, und dann sehen wir weiter.« Damit nahm Wrangel Ruth sanft beim Arm und führte sie zurück zu der sonnigen Bank.

»Ja, Hinrich«, setzte Ruth ruhig, aber bestimmt wieder an, »ich werde mich ausruhen, aber unser Kind wird sich kaum so viel Zeit lassen, auf diese Welt zu kommen, wie wir bräuchten, um rechtzeitig wieder in Hamburg zu sein. Vor allem dann nicht, wenn du eine solche Reise nicht vorbereitest.«

»Aber Ruth, ich habe mir geschworen, dich nie wieder allein zu lassen. Und ich kann doch jetzt nicht …«
Sie lächelte ihn liebevoll an. »Doch, du kannst, denn du hast noch andere Aufgaben, von denen dich niemand freisprechen kann. Ich aber entbinde dich von deinem Schwur. Denn ich möchte nicht, dass mein Mann einen Freund im Stich lässt oder einen menschenverachtenden Verbrecher laufen lässt, nur aus Sorge darum, dass er mich allein lässt. Ich bin bis hierher allein gekommen, mein Geliebter, weil ich dich finden wollte. Jetzt will ich dich nicht verlieren, indem ich dich festhalte. Geh und erfülle deine Aufgabe.«
Wrangel schaute Ruth irritiert an. Sie aber hielt seinem Blick stand und ließ keinen Zweifel an ihren Worten aufkommen. Als er im Begriff war, den Kopf zu schütteln, beugte sie sich vor und nahm die kleine Kette mit dem Kreuz von ihrem Hals.
»Du nimmst Jurek mit. Er wird dir beistehen und dich zu Jekaterina Alexejewna bringen. Zeig ihr die Kette und sag ihr, wer du bist. Sie wird dir helfen.«
»Wer ist sie?«
»Sie ist die Mätresse des Zaren.«
»Aber ich kann dich doch nicht hier allein …«
»Ich bin nicht allein, Hinrich. Marusja ist bei mir.«
Wrangel drehte sich nach der alten Frau um. Sie zwinkerte ihm verschmitzt zu, während sie mit flinken Fingern einen Knoblauchzopf flocht.
»Schick mir Jurek mit Neuigkeiten und meinem Gepäck zurück, sobald du ihn entbehren kannst.«
»Aber ich …«
»Hinrich, tue bitte einmal, was ich dir sage.«

Petrikau in Polen im September 1706

Pfingsten klebte der Rock an den verschwitzten Schultern, als er sich von dem zierlichen, mit Seide überzogenen Stuhl im Antichambre erhob, auf dem er keine fünf Minuten gesessen hatte. Den ganzen Tag hatte er ohne nennenswerte Pause in der Kutsche verbracht, um den König so schnell wie möglich vom Ausgang der Verhandlungen mit Karl XII. zu informieren und ihm den ausgehandelten Vertrag vorzulegen. So war auch keine Zeit gewesen, sich vor der Audienz frisch zu machen, geschweige denn einen Happen zu essen. Solche körperlichen Bedürfnisse mussten warten, bis der König ihn freigab. Der König, dem er gleich mitteilen musste, dass er bereits kein König mehr war. Bei diesem Gedanken traten Pfingsten gleich wieder die Schweißperlen auf die Stirn.

Ein Soldat der Garde führte ihn in das Kabinett von August II. Es wirkte noch karger, als es jenes in Krakau gewesen war. Der König saß, mit einem Militärrock der polnischen Armee bekleidet und das Haupt mit einer gewaltigen Allongeperücke geschmückt, hinter seinem reich verzierten Schreibtisch und richtete seine Aufmerksamkeit augenblicklich auf den eintretenden Gast.

»Ah, Pfingsten, da seid Ihr ja endlich. Ich habe schon lange auf Euch gewartet. Bringt Ihr gute Neuigkeiten?«

Pfingsten verneigte sich höflich. »Verzeiht meine späte Ankunft, Eure Majestät, aber die Reise war weit und die Straßen schlecht. Die beste Neuigkeit, die ich bringe, Eure Majestät, ist ein Friedensvertrag mit dem schwedischen König. Allerdings waren die Bedingungen Seiner Majestät Karls XII. hart und seine Bereitschaft für Verhandlungen äußerst gering. So ist der Vertrag in einigen Aspekten weniger erfreulich. Doch seid versichert, dass Baron von Imhof und ich unser Bestes gegeben haben.« Damit trat er vor und reichte dem König das Dokument.

Ungeduldig rollte es August auf und begann zu lesen. Aber schon nach wenigen Zeilen ließ er die Schriftrolle sinken und sah Pfingsten mit zornrotem Gesicht an. Dann donnerte er los.

»*Weniger erfreulich* nennt Ihr es, dass Karl mich meiner Königskrone beraubt hat ohne jegliche Aussicht, sie jemals wieder zurückzugewinnen? Oder fandet Ihr es *weniger erfreulich,* dass er mich zwingt, meinen Verbündeten im Stich zu lassen, mit allen verheerenden Folgen, die das für meine Soldaten haben mag? Sagt mir, Pfingsten, wo versteckt sich in diesem Vertrag bloß die gute Neuigkeit?«

»Der Frieden, Eure Majestät, den der Vertrag Sachsen bringen wird. Bedenkt, welch ein Unheil die schwedischen Heere über Eure Erblande bringen würden, käme es zu Kampfhandlungen. Schon jetzt ist das Leid groß, die schwedischen Soldaten nehmen sich für ihre Verpflegung, was sie wollen, die Menschen zittern vor Angst, dass es zu noch schlimmeren Übergriffen kommen könnte wie im vergangenen Winter bei Fraustadt. Ohne diesen Vertrag könntet Ihr im ärgsten Fall sogar Eurer kurfürstlichen Erblande verlustig gehen.«

Pfingstens Szenarien des Grauens ließen August zusammenzucken. Missmutig las er den Vertrag weiter. »Was? 500 000 Taler monatlich in bar und 125 000 Taler in Naturalien soll ich für diese schwedischen Hundesöhne aufbringen? Das habt Ihr gutgeheißen und mit meiner Vollmacht unterzeichnet? Wie soll Sachsen diese Summe aufbringen?«

Pfingsten wich dem wütenden Blick seines Dienstherrn aus und starrte auf seine Fußspitzen. Die Schnallenschuhe waren staubbedeckt, auf den weißen Seidenstrümpfen lag ein grauer Schleier.

»Und was, glaubt Ihr, wird der Zar mit mir machen, wenn er erfährt, dass ich mich aus meiner Bündnisverantwortung stehlen muss und«, August fuhr mit dem beringten rechten Zeigefinger über die Vertragszeilen, »auch noch seinen Sondergesandten Patkul dem schwedischen König auf einem Silbertablett zum Fraß serviert habe?«

Nun war es an Pfingsten zusammenzuzucken. Aber schnell fing er sich wieder. »Er wird es nicht erfahren müssen, Eure Majestät. Ein wesentliches Zugeständnis, das uns der schwedische König machte, ist, dass der Vertrag geheim bleibt, damit Ihr Euch selbst aus Polen fort und nach Dresden in Sicherheit bringen könnt. So dürftet Ihr dem Zugriff und den Sanktionen durch den Zaren entkommen.«

August schnaufte verächtlich, vielleicht aber doch auch ein wenig erleichtert aus.

»Und was Patkul betrifft«, setzte Pfingsten eifrig nach, »so wurde er zunächst auf den Königstein verlegt. Von dort aus dürfte es ihm schwerfallen, weiterhin schändliche Verleumdungen gegen Euch in die Welt zu setzen, sodass die Angelegenheit vielleicht in Vergessenheit gerät.«

»Eure Kurzsichtigkeit erstaunt mich. Wahrlich, ich hatte mehr von Euch erwartet, als ich Euch diese heikle Mission übertrug. Aber wenigstens habt Ihr noch so viel diplomatischen Verstand aufgebracht, die Geheimhaltung dieses Schandvertrages zu erreichen.«

Pfingsten schnürte sich die Kehle zusammen. Wie konnte August nur so starrsinnig sein und glauben, sie hätten aus dieser entsetzlichen Situation, in der sich Sachsen befand, noch mehr als dieses hier herausholen können. Schon die Geheimhaltung durchzusetzen war schwer genug gewesen, brannte doch Karl XII. darauf, seinen Triumph zu verkünden und die Degradierung Augusts vom König zum Kurfürsten auszukosten.

Aber ein Mann wie August war zu verliebt in den Glanz der Macht, die der Königstitel mit sich brachte, sodass es ihm künftig jedes Mal wie ein Messerstich erscheinen dürfte, wenn man ihn nicht mehr mit ›Majestät‹, sondern lediglich mit ›Durchlaucht‹ ansprechen würde. Einsicht in die Notwendigkeit war von so einem Charakter kaum zu erwarten.
Es klopfte an der Tür. Ein Offizier trat an den Schreibtisch und nahm Haltung an. »Verzeiht die Störung, Eure Majestät, soeben erhielten wir Meldung, dass Seine Durchlaucht, der Fürst Menschikow, hier im Feldlager von Petrikau eingetroffen ist. Er erwartet Euch in einer Stunde zu einer Lagebesprechung.«
»Nun sind die Russen also vor der Tür. Richtet dem Fürsten meine freudigen Grüße aus und bestellt ihm, dass ich ihm in zwei Stunden zur Verfügung stehe.«
Nach einer erneuten Ehrenbezeugung und einem förmlichen Gruß zog sich der Offizier zurück.
»Fürst Menschikow? Soweit ich weiß, ist er ein Graf«, wunderte sich Pfingsten über die Äußerung des Offiziers.
»Euer Wissen ist eben nicht auf dem neuesten Stand, Pfingsten. Dem einen wird eine Krone genommen, dem anderen eine gegeben. Während Ihr diesen schändlichen Vertrag ausgehandelt habt, ist Menschikow vom Kaiser zum Reichsfürsten ernannt worden. So wird zukünftig dieser Bauernsohn dank Eures Versagens mit mir auf einer Stufe auf den Reichstagen stehen.«
»An Eure Größe, Majestät, wird er jedoch niemals heranreichen, ganz gleich, womit der Zar ihn schmücken mag.«
August warf Pfingsten einen vernichtenden Blick zu. »Eure Verhandlungsergebnisse werden ein Nachspiel haben, Pfingsten, verlasst Euch darauf.«

Sankt Petersburg im September 1706

Vorsichtig ging Hinrich Wrangel auf die Blockhütte der Schreibstube zu. Die Männer in der Festung hatten ihm bisher keine Aufmerksamkeit geschenkt, sondern machten sich mit müden, ausgezehrten Gesichtern zur täglichen Arbeit auf. Wrangel fühlte sich sonderbar. Zwar war ihm nahezu jeder Winkel in der Festung vertraut, aber seit er Ruth bei Marusja zurückgelassen hatte, fühlte sich alles um ihn herum anders, direkter an, so, als habe man einen gewaltigen Schleier von seinen Sinnen gezogen. Erst jetzt nahm er mit aller Deutlichkeit die Gerüche, Geräusche und vor allem die Menschen wahr, die ihn hier umgaben. Es war laut, der Wind pfiff über den freien Platz und trieb einen fauligen Gestank in seine Nase. Die Männer, die an ihm vorübergingen, waren zum großen Teil vom Leid gezeichnet. Selbst jene, die nicht selbst schleppen und schaffen mussten, sondern nur auf die anderen aufpassten. Bis vor fünf Tagen war er selbst einer von ihnen gewesen, doch jetzt spürte er deutlich, dass seine Seele bereits Abschied genommen hatte von diesem verlorenen Ort. Nur wie er auch seinen Körper wohlbehalten von hier fortschaffen sollte, war ihm nicht viel klarer als vor fünf Tagen.

Die Tür zur Schreibstube war geschlossen, aber nicht verriegelt. Wrangel öffnete sie, und das typische Läuten der Glocke über der Tür ließ ihn kurz zusammenzucken. Leise trat er ein.

»Wer ist da?«

Wrangel atmete erleichtert auf. Es war Petjas Stimme, die aus dem hinteren Teil der Hütte zu ihm drang. Seine schlimmsten Befürchtungen waren also wohl nicht eingetreten. Schnell ging er auf die Tür zu ihrer kleinen Schlafkammer zu. »Petja, mein

Freund, du bist wohlauf. Mir fällt ein Stein vom Herzen. Ich hatte solche Sorge, dass man dir etwas antun könnte.«

»Wanja, was machst du hier? Ich hätte nicht damit gerechnet, dich noch einmal wiederzusehen. Wie geht es deiner Frau?« Petja nahm Wrangel bei den Armen und drückte sie fest. »Seid ihr gut durchgekommen? Sven ließ mich wissen, dass er euch einen Handkarren gab.«

»Es geht ihr gut. Sie hat das Fieber überstanden und erholt sich nun bei Marusja.« Wrangel hielt inne und schaute seinem Freund in die Augen. »Es ist so unwirklich, Petja, ich kann es immer noch nicht recht fassen. Du musst wissen, Ruth ist schwanger. In wenigen Wochen wird sie ein Kind bekommen. Sie ist tatsächlich in diesem Zustand quer durch Europa gereist, um mich zu suchen. Ich …« Wrangel schluckte gegen die aufkommenden Tränen an.

Petja nahm ihn in den Arm, klopfte ihm fest auf die Schulter. »Du hast recht, das ist wirklich ein Wunder. Und eine große Liebe. Aber warum bist du wieder hierher zurückgekommen?«

Wrangel schluckte noch einmal. »Sie hat mich mit Jurek zusammen hergeschickt, weil sie wusste, dass ich keine Ruhe finden würde, bis ich sicher sein könnte, dass Trezzini dich nicht für mein Verschwinden büßen lässt.«

»Er hatte noch keine Gelegenheit dazu. Ich traf ihn in jener Nacht nicht mehr an, da er nicht zu seinem Blockhaus zurückkam. Ein Schäferstündchen hielt ihn womöglich ab«, grinste Petja. »Und bei Sonnenaufgang am nächsten Morgen lief bereits der Kahn nach Archangelsk aus.«

»Vielleicht war es besser so.«

»Zur selben Zeit lief allerdings auch Ankermanns Schiff nach Narva aus, Wanja.«

»Wir hätten ihn sowieso nicht festhalten können. Uns fehlen

hier Verbündete, die uns ernst nehmen und bereit wären, sich entgegen der hiesigen Gepflogenheiten einzumischen. Und seit wann können Sklaven ihren Sklavenhändler in einem Land anprangern, in dem solch ein Handel üblich ist?« Wrangel verzog voll Abscheu sein Gesicht. »Es hilft nichts. Wenn ich diesen Scharlatan, diesen Schurken fassen will – und glaub mir, das will ich –, muss ich es in Hamburg versuchen, wenn er dort sein schmutziges Geschäft vollenden will.«
Petja schnaubte kurz und zog die Augenbrauen hoch. »Ein feiner Plan. Allerdings hat er ein paar Lücken. Wir sind in Petersburg, am anderen Ende der Ostsee, wenn ich dich daran erinnern darf. Ohne Geld und ohne Freiheit.«
»Um das Geld steht es dank Ruth besser, als ich zu hoffen wagte. Sie hat einige Reserven mitgebracht. Aber was die Freiheit angeht, mein Freund, daran gilt es zu arbeiten. Vielleicht lässt der Zar ja mit sich reden. Er soll doch in diesen Tagen hier eintreffen.«
»Er ist bereits hier, Wanja. Gestern Abend traf er ein. Und du willst jetzt einfach mal zu ihm hingehen, um eine Audienz bitten und ihm deine Geschichte erzählen?« Die Stimme des Schweden troff vor Hohn und Spott.
»Nicht direkt, Petja. Aber rate einmal, mit wem sich Ruth hier angefreundet hat.«
Petja schaute ihn neugierig an und zuckte mit den Schultern.
»Mit seiner Mätresse«, grinste nun Wrangel breit. »Jurek ist gerade auf dem Weg zu ihr, um herauszufinden, ob sie bereit ist, mich zu empfangen.«
»Dann solltest du dich vielleicht erst einmal waschen gehen, damit sie nicht vor dir erschrickt«, konterte Petja, um seine Überraschung über diese gute Nachricht zu überspielen.
Wrangel überging die Bemerkung. »Wann wird Trezzini zurück erwartet?«

»Wohl morgen.«

»Dann sollten wir die Zeit nutzen, um alle Unterlagen, die Ankermanns verbrecherische Unterschlagungen dokumentieren, zusammenzusuchen, damit ich sie der Dame zeigen kann, sollte sie mich empfangen. Ich habe Jurek gesagt, dass er mich hier finden wird, sobald er Neuigkeiten hat.«

Die Sonne hatte bereits den Zenit überschritten, als Jurek in die Schreibstube trat.

Sogleich gingen Wrangel und Petja auf den großen rothaarigen Mann zu.

»Jurek, wie gut, dass du kommst! Hier verlief alles besser als befürchtet. Meinem Freund Petja ist nichts passiert. Aber was hast du erreichen können?«

Der Diener nahm die Filzmütze vom Kopf und knetete sie nervös mit den Händen. »Nun, Herr, mir ist es nach einigen Mühen gelungen, zu Jekaterina Alexejewna vorzudringen. Sie ist sehr beschäftigt, müsst Ihr wissen, da der Zar hier eingetroffen ist und sie um sich wünscht. Darum habe ich viel Geduld und so manchen Taler aufwenden müssen, um mir den Weg freizukaufen.« Er schaute Wrangel verschämt an, denn sich mit Geld seinen Weg zu bahnen war nicht Jureks Art, schon gar nicht, wenn es nicht sein eigenes war.

Wrangel klopfte ihm aufmunternd auf die Schulter. »Das war richtig, Jurek. Schließlich ist diese Frau unsere einzige Hoffnung, von hier fortzukommen. Hast du sie denn gesprochen, und kann ich sie treffen?«

»Wie ich schon sagte, Herr, hat der Zar sie mit Beschlag belegt. Aber ich habe die Magd angesprochen, die der Dame in der Austerei gedient hat. Für ein gutes Trinkgeld war sie bereit, Jekaterina Alexejewna meine Bitte um ein geheimes Treffen mit Euch anzutragen.«

»Und?«, fragte Wrangel nervös.
»Sie ließ ausrichten, dass sie am späten Nachmittag hier in der Festung sei und versuchen werde, sich für eine kurze Weile in die Schreibstube des Bauamtes zu absentieren, wenn es dem Zaren genehm ist.«
»Was? Der Zar kommt heute Nachmittag zur Festung? Aber dann wird hier doch ein großer Trubel herrschen. Er wird die Unterlagen über die Bauarbeiten einsehen wollen, die Trezzini uns hat vorbereiten lassen«, mischte sich Petja ein.
Jurek zuckte mit den Schultern. »Die Magd meinte, dass es typisch für Seine Majestät wäre, sich erst einmal unauffällig und inkognito ein Bild von den Bauarbeiten zu machen, um sich von seinen Untergebenen keinen Bären aufbinden zu lassen. Offiziell wird er erst morgen Nachmittag die Festung inspizieren.«
Wrangel nickte. »Vielleicht sollten wir ihn dann gleich direkt ansprechen«, überlegte er.
»Sei nicht verrückt, Wanja. Der Zar wird dir nicht zuhören, wenn du ihm in diesem heruntergekommenen Aufzug von den Verfehlungen seines Generalgouverneurs erzählst.«
Wrangel zog die Brauen hoch. Sicher war er sich da nicht, aber ein heimliches Zusammentreffen mit der Mätresse war wohl der geschicktere Weg, vorausgesetzt, sie kam wirklich hierher.
Eilig machten sich die Männer daran, die Schreibstube in einen ordentlichen Zustand für diesen Besuch zu versetzen und einen bequemen Stuhl für die Dame heranzuschaffen. Jurek postierte sich derweil vor der Blockhütte, um nach Jekaterina Alexejewna Ausschau zu halten. Er musste nicht lange warten. Schon von weitem erkannte er die Mätresse, die sich gemeinsam mit ihrer Magd von einer Gruppe Männern entfernte, welche wie niederländische Handwerker gekleidet waren. Einer von ihnen war ausnehmend groß. Schnell klopfte Jurek an die Tür, um Wrangel und Petja zu warnen.

Wenig später betrat die junge und hübsche Frau mit üppig weiblicher Figur die Schreibstube.
Wrangel trat auf sie zu und verbeugte sich vor ihr. »Seid herzlich gegrüßt, verehrte Dame.«
Die junge Frau blickte ihn zögernd an. »Nicht einen *mushik* erwartete ich hier anzutreffen, sondern einen Herrn.«
Wrangel räusperte sich. »Entschuldigt meinen unwürdigen Aufzug, verehrte Dame. Aber seid versichert, dass ich Hinrich Wrangel bin, Doktor der Jurisprudenz und Prokurator am Hamburger Niedergericht.«
Jekaterina Alexejewna rümpfte ihre kleine Nase.
Wrangel zog die Kette mit dem kleinen silbernen Kreuz hervor. »Dies gab mir meine Frau Ruth, nachdem ich sie vor fünf Tagen hier in der Austerei krank auf ihrem Lager antraf und sie in Sicherheit brachte. Sie sagte mir, Ihr würdet es erkennen und wissen, dass es von ihr komme. Sie bittet Euch um Eure Hilfe.«
Beim Anblick des kleinen Kreuzes leuchteten Jekaterina Alexejewnas Augen auf, und ihre Stimme wurde verbindlich und warm. »So hat Ruth Euch schließlich gefunden, Herr Wrangel. Wir haben Euch von meinen Männern überall suchen lassen, doch ohne Erfolg.«
Wrangel nickte. »Ruth erzählte mir davon. Nun, Ihr konntet nicht wissen, dass man mich hier nur unter dem Namen Wanja kennt.«
»Nein, das wussten wir nicht. Aber wie kommt es, dass Ihr hier wie ein *mushik* gekleidet und mit kurz geschorenen Haaren einem Sträfling oder Sklaven gleich herumlauft?«
»Das ist eine lange Geschichte, verehrte Dame. Tatsächlich befinde ich mich in einer schrecklichen Notlage, da ich von einem Menschenhändler als Arbeiter hierher verkauft wurde. Aber inzwischen habe ich herausgefunden, wer dieser Händler ist und was für üble Geschäfte er zum Schaden des Zaren und ganz

Russlands betreibt. Meine Bitte an Euch ist es nun, mir Gehör beim Zaren zu verschaffen, damit er von dem Unrecht erfährt und hoffentlich mir gegenüber Gnade walten lässt, sodass ich von hier fort und mit meiner Frau nach Hamburg zurückkehren kann.«

Jekaterina Alexejewna musterte Wrangel kritisch. »Bevor ich beurteilen kann, ob ich Euch helfen kann, erzählt mir Näheres von den angeblichen Geschäften und sagt mir auch, wo sich Eure Frau Ruth befindet. Ich habe mir Sorgen um sie gemacht, als sie auf einmal von hier verschwunden war.«

»Ruth ist an einem sicheren Ort, wo sie sich erholt und für die Geburt unseres Kindes stärkt. Mehr kann ich Euch hierzu vorerst nicht sagen. Wohl aber zu den Geschäften. Der Mann, der diese Geschäfte betreibt, nennt sich Paul Ankermann. Er ist hier in Sankt Petersburg gut eingeführt, hat aber sein Handelskontor in Narva. Er betreibt intensiv Geschäfte mit dem Generalgouverneur von Ingermanland, Alexander Menschikow.« Wrangel ging zu einem Regal und nahm den von ihm vorbereiteten Stapel Papiere heraus. »Ich habe hier Unterlagen gefunden, die belegen, dass Ankermann mit Menschikow Geschäfte abwickelt, die nicht im Interesse des Zaren liegen können. So wird beispielsweise von Ankermann Salz nach Russland geschmuggelt, das als Steine für den neuen Palast, den der Gouverneur sich bauen lässt, deklariert ist.«

Jekaterina Alexejewna zog ungläubig die Augenbrauen hoch.

»Ich habe Beweise für meine Aussagen, verehrte Dame. Wir haben einige von diesen Steinen sichergestellt, und ich bin gern bereit, sie sofort dem Zaren zu zeigen.«

Die Mätresse schüttelte unwirsch den Kopf. »Was habt Ihr sonst noch gegen den Generalgouverneur, einen treuen Diener des Zaren und zugleich seinen besten Freund, vorzubringen? Wollt Ihr einen solchen Mann angehen wegen etwas Salz, das ein windiger Geschäftsmann unter Missbrauch des guten Namens des Generalgouverneurs schmuggelt?«

Wrangel biss sich auf die Zunge. Er war zu naiv, wenn er glaubte, so einfach an Menschikow heranzukommen. Trezzini hatte ihn gewarnt. Menschikow war der engste Vertraute des Zaren und teilte mit ihm sogar die intimsten Angelegenheiten. Auf einmal durchzuckte es ihn. Hatte Trezzini nicht gesagt, dass Menschikow dem Zaren seine Geliebte als Mätresse abgetreten hatte? Genau diese Frau musste jetzt vor ihm stehen. Natürlich würde sie nichts gegen ihren ehemaligen Geliebten und Gönner unternehmen, solange er nicht auch ihr übel mitgespielt hatte. Wrangel musste dringend seine Taktik wechseln.

»Verehrte Dame, es ist wohl so, wie Ihr es sagt. Nicht der Generalgouverneur selbst scheint der Übeltäter zu sein, sondern er ist vielmehr das Opfer eines gerissenen Gauners, der seinen guten Namen und das Vertrauen des Zaren in ihn missbraucht.« Jekaterinas Züge hellten sich bei diesen Worten auf, und Wrangel setzte nach. »Tatsächlich geht es auch nicht nur um den Schmuggel mit Salz«, er deutete auf den Papierstapel, »sondern um einen Finanzbetrug, der Russland große außenpolitische Probleme bereiten könnte.«

»Erklärt mir den Vorfall so, dass auch ich, eine in Finanzdingen Unbewanderte, ihn verstehe.«

»Es geht um einen Betrug mit Hilfsgeldern, sogenannten Subsidien, die der Zar seinem Verbündeten König August II. von Polen für seine Unterstützung im Krieg gegen Schweden gezahlt hat.«

Jekaterina Alexejewna nickte Wrangel ermunternd zu, der innegehalten hatte, um auf ihrem Gesicht abzulesen, ob sie ihm folgen konnte.

»Diese Hilfsgelder«, fuhr er dann mit forscher Stimme fort, »sollte Graf Menschikow …«

»Fürst Menschikow«, korrigierte sie.
»… Ja, hm, Fürst Menschikow an den Sondergesandten des Zaren, Johann Patkul, nach Dresden schicken. Der Fürst beauftragte damit jenen Kaufmann Paul Ankermann, der sie wohl in Form von Wechseln nach Dresden weiterleiten sollte. Aber das Geld kam nie in Dresden an. Vielmehr geht aus den Papieren hervor, dass Ankermann das Geld kurzfristig anlegte, Gewinne machte und diese zum großen Teil in die Privatschatulle des Fürsten Menschikow flossen.«
Jekaterina Alexejewna verzog missmutig ihren kleinen Kirschmund, sodass Wrangel sogleich beschwichtigte: »Wobei ich nicht davon ausgehen möchte, dass der Fürst von diesen Dingen wusste, bei all den Finanztransaktionen, die für ihn unternommen werden.«
Die Mätresse nickte mit immer noch verkniffenem Mund.
»Wenn diese Hilfsgelder aber nicht den Verbündeten des Zaren, also den polnischen König, erreichen, ist zu befürchten, dass jener sein Bündnis mit Russland aufkündigt, da er sich dann womöglich den Krieg nicht mehr leisten kann. Dies wiederum würde den Zaren einer wichtigen Stütze im Krieg gegen Schweden berauben, für die er doch meinte, entsprechend den gegenseitigen Abmachungen bezahlt zu haben.«
Jekaterina Alexejewna zupfte ungeduldig an dem ausladenden seidenen Ärmel ihres Kleides. »Und wo sind nun diese Gelder, von denen Ihr sprecht? Sind sie ausgegeben oder nur zeitweilig verliehen?«
»Sie waren verliehen, doch vor wenigen Tagen sah ich hier in der Schreibstube zwei Briefe, die jener Ankermann nach Archangelsk aufgegeben hat. Ich schaute sie mir genauer an und entdeckte, dass es sich um Wechsel handelte, die sehr bedeutsame Summen von hier nach Hamburg leiten sollen und die nur von Ankermann persönlich in Empfang genommen werden können,

sodass ich die dringende Vermutung habe, es handele sich dabei um jene Subsidien, die Ankermann von hier fortschafft. Und das mit allergrößter Sicherheit ohne das Wissen des Generalgouverneurs Menschikow.«

Wrangel hielt inne und beobachtete die Wirkung seiner Worte auf die Mätresse des Zaren. Die hatte ihren Ärmel in Ruhe gelassen und kaute nun nervös auf ihrer Unterlippe.

»Um welche Summen handelt es sich hier?«

»Bei den vermissten Subsidien geht es um einen Betrag von 120 000 Reichstalern. Die Wechsel waren auf insgesamt 60 000 Reichstaler ausgestellt.«

Jekaterina Alexejewna nickte zerknirscht.

»Versteht Ihr nun, warum ich Euch um Hilfe bitte, mir ein Gespräch mit dem Zaren zu ermöglichen, um ihm diese Ungeheuerlichkeiten aufzuzeigen?«

»Das ist unmöglich«, erwiderte sie sofort. »Aber habe ich Euch recht verstanden, und dieser Ankermann betätigt sich nicht nur als Kaufmann, ganz gleich wie ehrenhaft, sondern auch als Menschenhändler?«

»Ja«, antwortete Wrangel und versuchte seinen Ärger über ihre abrupte Ablehnung hinunterzuschlucken. »Er war es, der mich hierher verkauft und meinem Leben eine so grausame Wende gegeben hat. Dazu müsst Ihr wissen, dass ich als Anwalt mit dem Fall Patkul, jenem Gesandten des Zaren, der völkerrechtswidrig von den Sachsen gefangen genommen wurde, bestens vertraut bin. Mit anderen deutschen Juristen zusammen wollten wir Patkuls Verteidigung ausarbeiten. Vielleicht könnte das den Zaren umstimmen, mit mir sprechen zu …«

»Nein«, fuhr Jekaterina Alexejewna bestimmt dazwischen. »Aber ahne ich zu Recht, dass Ihr viel daransetzen würdet, diesem Ankermann das Handwerk zu legen, ließe man Euch gewähren?«

»Ja.«
»Dann übt Euch in Geduld. Ich werde sehen, was ich für Euch tun kann.« Damit erhob sie sich und ging zur Tür, vor der ihre Magd mit Jurek plauderte.

Wrangel fühlte sich elend. Er hatte sich mehr von dieser Frau erhofft, von der Ruth sagte, dass sie so herzensgut und liebevoll sei. Kein Wort hatte sie darüber verloren, wie man Wrangel und Ruth von hier fort und zurück nach Hamburg bringen könnte.

Kaum hatte sie die Schreibstube verlassen, als Petja aus der hinteren Kammer hervorkam. Er klopfte Wrangel freundschaftlich auf die Schulter. »Das lief doch besser, als man erwarten konnte, Wanja.«

Wrangel grunzte nur.

»Oder hast du wirklich geglaubt, sie würde dich beim Arm nehmen und zum Zaren schleppen? Nein, Wanja, hier verfolgt jeder zunächst einmal seine eigenen Interessen. Und eine Mätresse, die Erfolg haben will, braucht ein gutes Netzwerk, das sie schützt, sollte sie einmal die Gunst des Herrschers verlieren. Du hast sie mit wertvollen Informationen versorgt. Wenn deine Frau sich nicht in dieser Mätresse geirrt hat, wird sie es dir danken.«

Russisches Feldlager bei Petrikau im Oktober 1706

Der Oberbefehlshaber der russischen Armeen, Fürst Alexander Menschikow, ging gereizt in seinem geräumigen Zelt auf und ab, das in der Mitte des Feldlagers aufgebaut war. Auf seinem Arbeitstisch, einem kleinen klappbaren Reisesekretär, lag ein Stapel geöffneter Briefe, die ihm seine gute Laune gründlich verdorben hatten. Dabei lief bisher alles gut für ihn. Der Kaiser in Wien hatte ihn endlich in den Reichsfürstenstand erhoben, und gleich würde er mit dem König von Polen über einen gemeinsamen Schlachtplan reden. Der hatte sich lange vor diesem Schritt gedrückt, aber nachdem ihm deutlich gemacht werden konnte, dass seine eigenen Truppen auch unter seiner Führung und nicht der der Russen in die Schlacht ziehen sollten, war er endlich dem Drängen Peters gefolgt.

Ja, Peter verstand es, die Leute zu drängen. Das wusste Menschikow nur zu gut, hatte es schon oft am eigenen Leib erfahren – und gerade heute wieder in diesem Brief, den ein Eilbote zusammen mit anderer Post aus Sankt Petersburg brachte. Nahm man alle Nachrichten zusammen, stand es nicht gut um Menschikow, wenn er sich nicht bald intensiver um sein Generalgouvernement kümmerte und vor allem die Unregelmäßigkeiten aufklärte, die in den Finanzen herrschten. Sein letzter kurzer Besuch in Sankt Petersburg hatte keinen durchschlagenden Erfolg in dieser Angelegenheit gebracht. Ohne es direkt beim Namen zu nennen, hatte dies der Zar in seinem Brief deutlich zum Ausdruck gebracht.

Der Festungsbrand im Juli war ein Desaster gewesen, das sich leicht zu einer gigantischen Katastrophe hätte ausweiten können, wenn das Feuer die zweihundert Fässer mit Pulver erreicht hätte. Natürlich hatte man dies dem Zaren sofort berichtet, und entsprechend ungehalten war er darüber in seinem Brief. Menschikow sah den Baumeister Trezzini, diesen italienischen Gockel, förmlich vor sich, wie er dem Zaren jedes Detail des Unglücks einzeln präsentierte. Sicherlich hatte er dabei kein einziges gutes Haar an Menschikows Verwaltung des Generalgouvernements gelassen. Aber weitaus schlimmer wog die Sache mit Ankermann. Wie hatte es nur dazu kommen können, dass dieser sonst so geschickte Geschäftsmann auf einmal in jede Pfütze trat, die auf seinem Weg lag? Die Sache mit den Steinen hatte Menschikow zwar nie so richtig gefallen, aber die Gewinne waren reizvoll. Ankermann hatte ihm zugesichert, dass es durch dieses Geschäft zu keiner wesentlichen Verzögerung des Palastbaus kommen würde. Aber wie konnte er so nachlässig sein und Trezzinis Leute die Salzsteine entdecken lassen? Der italienische Baumeister hatte Menschikow darüber eine kleine Note mit der Post mitgeschickt, in der er den Sachverhalt erwähnte und um unverzügliche Klärung bat. Ob er dem Zaren schon von diesem Vorfall berichtet hatte, ging daraus aber nicht hervor.

Die schlechtesten Neuigkeiten standen jedoch in dem Brief von Jekaterina Alexejewna. Aber bei ihr konnte er sich wenigstens darauf verlassen, dass sie ihm nicht in den Rücken fallen würde, solange er ihr Anliegen ernst nahm. Und schon wieder war es Ankermann, der für Unbill sorgte. Dabei hatte Menschikow ihm erst vor wenigen Wochen klar und deutlich zu verstehen gegeben, dass er umgehend sämtliche Gelder, die wegen der zweifelhaften Lage Patkuls zurückgehalten und nicht als Subsidien nach Dresden weitergeleitet worden waren, mit Zins und Zinseszins zurückzuzahlen hatte. Mit dem angesetzten Zins war er dabei noch moderat geblieben. Doch nun teilte ihm Jekaterina mit, dass Ankermann die Gelder wohl unterschlagen und in Form von Wechseln außer Landes geschafft habe. Das war eine Katastrophe, sollte der Zar davon erfahren. Nicht wegen des finanziellen Verlustes, sondern wegen der Veruntreuung der Subsidien, die gnadenlos auf Menschikow zurückfallen würde.

Er schluckte schwer bei diesem Gedanken. Zum Glück war endlich August II. eingetroffen, und so lag es an Menschikow, ihn zum Kampf zu motivieren und in die Schlacht zu führen. Damit könnte er wenigstens ein mögliches Argument, dass die nicht gezahlten Subsidien das Bündnis geschwächt hätten, abwiegeln. Auch hatte Jekaterina ihn trotz der schlechten Nachricht nicht ohne Hoffnung gelassen. Denn sie kannte den Mann, der Ankermanns Unterschlagung aufgedeckt und bisher nur ihr anvertraut hatte. Dabei würde es bleiben, wenn Menschikow ihm umgehend die Ausreise aus Petersburg und Russland erlaubte, versicherte sie. Andernfalls müsste er damit rechnen, dass dieser Mann seinen Weg zum Zaren finden und ihm die belastenden Dokumente aushändigen würde. Mit allen Konsequenzen für Menschikow.

Wütend trat der Oberbefehlshaber der russischen Armeen mit dem Fuß einen Stuhl um, dass seine Sporen klirrten. Er hatte sich da eine Suppe eingebrockt, die sich zusehends zu einem giftigen Gebräu wandelte.

Ein Offizier betrat das Zelt und kam mit schnellen Schritten auf Menschikow zu. »Entschuldigt die Störung, Herr General, aber soeben trafen zwei unserer Späher aus Sachsen im Lager ein, die dringend darum bitten, zu Euch vorgelassen zu werden.«

»So bringt die beiden zu mir, Oberst Utkin.«

Wenig später standen die beiden Männer vor ihm und verbeugten sich. »Wir bringen wichtige Nachrichten, Herr General.«

»Ich höre.«

»Es ist uns gelungen, aus sicheren Quellen zu erfahren, dass im

Geheimen ein Frieden zwischen Schweden und Sachsen unterzeichnet worden ist.«
Menschikow zog die Brauen zusammen. Er hatte so etwas geahnt. August saß schließlich zutiefst in der Klemme. Karl XII. hielt seine Erblande als Geisel und würde sie sicherlich nicht ohne gebührendes Lösegeld freigeben. Dass dies ein Friedensvertrag sein könnte, war sowohl dem Zaren als auch Menschikow klar gewesen. Darum hatte Menschikow ja auch seine Truppen hierher neben das polnisch-sächsische Feldlager geführt, um August II. zu kontrollieren. Wenn der Prophet nicht zum Berg kam, musste der Berg eben zum Propheten. »Wisst Ihr auch um den Inhalt des Vertrages?«
»Nicht um alle Einzelheiten, wohl aber um die entscheidenden Punkte: Der Kurfürst von Sachsen muss auf die polnische Krone verzichten und sein Bündnis mit Russland beendigen, Eure Durchlaucht.«
»Und wann soll dieser Vertrag ratifiziert werden?«
»Darüber konnte unsere Quelle nichts aussagen. Aber er wurde bereits unterzeichnet dank einer Blankovollmacht des Königs von Polen für seine Unterhändler.«
Menschikow biss sich auf die Lippen und nickte. »Habt Dank für diese Nachricht. Nun lasst Euch gebührend bewirten und ruht Euch von Eurem scharfen Ritt aus.«
Die Männer verbeugten sich, blieben aber unschlüssig stehen. Menschikow seufzte, ging an eine kleine Truhe, die hinter seinem Reisesekretär stand, öffnete sie und holte zwei faustgroße, mit Goldrubeln gefüllte Lederbeutel heraus. »Und das nehmt als Anerkennung für Eure Mühen, Männer. Nun geht.«
Die beiden Späher verbeugten sich und verließen das Zelt.
Der Oberbefehlshaber der russischen Armeen goss sich einen großen Becher Wein ein, nahm einen kräftigen Schluck und setzte sich dann an seinen Schreibtisch. Es half nichts, er musste

augenblicklich handeln. Er tauchte den Federkiel in das Tintenfass und schrieb mit knappen Worten einen unmissverständlichen Befehl an einen seiner vertrauenswürdigsten Männer in Sankt Petersburg. Der Mann, der die Unterschlagung der Subsidien entdeckt hatte, musste verschwinden, ebenso wie sämtliches Beweismaterial. Jekaterina Alexejewna würde bald mit dem Zaren Sankt Petersburg verlassen und davon nichts erfahren. So blieb es ihm zumindest zu hoffen, wie auch dass sie niemandem sonst von dieser Geschichte erzählt hatte. Schließlich war sie ein leutseliges Frauenzimmer, das gern plauderte, wenn sich eine Gelegenheit ergab.

Dann rief er den wachhabenden Offizier zu sich. »Ich brauche den schnellsten und zuverlässigsten Kurier, den wir im Lager haben.«

»Sehr wohl, Herr General.«

»Und dann lasst Seiner Exzellenz, dem König von Polen, ausrichten, dass ich mich freue, ihn heute Abend hier in meinem Zelt als Ehrengast zu begrüßen.«

Der Offizier verbeugte sich und zog sich zurück.

Menschikow nahm noch einen Schluck Wein. Ankermann würde er sich später vornehmen. Als Nächstes galt es, sich um August zu kümmern und dafür zu sorgen, dass er den Frieden mit den Schweden nicht ratifizierte, sondern sie auf dem Schlachtfeld das Fürchten lehrte.

Sankt Petersburg im Oktober 1706

Wrangel lag wach auf seinem Lager. Draußen war es noch dunkel. Petja schnarchte leise neben ihm. Es musste noch sehr früh sein, viel zu früh, um aufzustehen. Aber Wrangel war unruhig, er hatte das Warten satt. Die Tage vergingen, ohne dass er etwas von Jekaterina Alexejewna hörte. Aber wenigstens ging es Ruth gut. Jurek war an dem Tag nach Wrangels Zusammentreffen mit der Mätresse zurück in das kleine Dorf gegangen, in dem sich Ruth bei Marusja erholte, und hatte ihr die Neuigkeiten sowie ihr Gepäck und einige kleinere Einkäufe gebracht. Vier Tage später hatte Ruth den treuen Mann schon wieder für einen kurzen Besuch nach Sankt Petersburg geschickt, um Wrangel über ihren Zustand auf dem Laufenden zu halten. Am liebsten wäre er natürlich selbst bei ihr, aber das war zurzeit unmöglich. Trezzini würde ihn nicht gehen lassen, und tatsächlich hatte sich an Wrangels Status als Zwangsarbeiter bisher nichts geändert. Immerhin war Trezzini verbindlicher zu Wrangel und Petja, seit sie ihm die Beweise für den Salzschmuggel an die Hand gegeben hatten. Er versorgte sie mit besserem Essen und hatte ihnen auch wärmere Decken gegeben, denn die Nächte waren bereits empfindlich kalt geworden.

Ein Knarren und Knacken, das von der vorderen Tür stammen musste, riss ihn aus seinen Gedanken. Es hörte sich an, als ob jemand versuchte, die Tür gewaltsam zu öffnen. Ein Einbruch? Oder waren wieder irgendwelche Männer hinter ihm her? Ganz gleich, was der Grund war, er wollte hier niemandem mitten in der Nacht begegnen. Schnell weckte er Petja auf, bedeutete ihm aber sogleich, still zu sein.

Beide lauschten angestrengt. Sie hörten Schritte und gedämpfte Stimmen in den vorderen Räumen.
»Wir müssen hier raus, Wanja! Wenn die hinter uns her sind, haben wir keine Chance.«
Schnell warfen sich die beiden Männer ihre kurzen Schafspelze über. Während Wrangel so leise wie möglich das Fenster öffnete, legte Petja den Riegel vor ihre Kammertür. Dann kletterten sie hinaus und verschwanden in der Dunkelheit der Nacht.
Als sie einen ausreichenden Sicherheitsabstand zwischen sich und die Blockhütte des Bauamtes gebracht hatten, hockten sich die beiden hinter einen hohen Holzstapel.
»Was wollen die Kerle bloß?«
»Ich habe keine Ahnung. Vielleicht hat Trezzini den falschen Leuten von dem Salzschmuggel erzählt und so schlafende Hunde geweckt. Vielleicht sind sie auch wieder hinter dir her, Wanja.«
Vorsichtig spähte Wrangel hinüber in Richtung der Blockhütte. Im Inneren brannte Licht. Das sprach dafür, dass sie nach etwas suchten. Zum Glück hatte er sämtliche Unterlagen, die Menschikows und Ankermanns anrüchige Geschäfte betrafen, schon vor ein paar Tagen sicher im Salzlager versteckt. Lediglich die Unterlagen über den Salzschmuggel hatte er an Trezzini weitergegeben. Das Geräusch von splitterndem Holz ließ ihn zusammenzucken. Sie mussten die Tür zu ihrer Kammer aufgebrochen haben.
Petjas Kopf tauchte neben ihm auf. »Dem Herrn sei es gedankt, dass wir dort raus sind, Wanja.«
Durch die vordere Tür rannten zwei Männer und sahen sich in der Dunkelheit um. Instinktiv senkten die beiden Freunde die Köpfe. Von irgendwoher ertönte ein Ruf, dann war wieder alles still. Als Wrangel vorsichtig zur Hütte sah, kehrten die beiden Männer gerade ins Haus zurück.

»Was sollen wir tun, Petja?«
»Wir bleiben hier schön sitzen, bis die verschwunden sind. Und dann holen wir Trezzini.«
Wrangel nickte. Kurze Zeit später trugen die Männer mehrere Kisten aus dem Blockhaus heraus und gingen in Richtung Festungstor. Vier große Kerle waren es, alle in dunklen Jacken und mit schweren Stiefeln an den Füßen. Ihre Gesichter konnte Wrangel hinter den Bärten nicht erkennen. Als die Männer durch das Tor verschwunden waren, schlichen sich Wrangel und Petja zum Bauamt zurück. Drinnen sah es wüst aus. Akten waren aus den Regalen geworfen worden und lagen verstreut auf dem Boden herum. Die Tür zu ihrer Kammer war, wie vermutet, aufgebrochen und ihre Betten zerwühlt.
»Wir müssen zu Trezzini, Petja. Und zwar schnell.«

Noch bevor der Morgen graute, klopften die beiden Freunde beherzt an die Tür von Trezzinis Wohnhaus auf der Peterinsel. Nach einiger Zeit kam der Baumeister schlaftrunken in einem dick gesteppten Morgenmantel und schaute seine beiden Gehilfen überrascht an.
»Verzeiht die frühe Störung, Meister, aber es ist etwas vorgefallen, wovon wir Euch unbedingt in Kenntnis setzen müssen.«
Trezzini verzog für einen Moment das Gesicht, dann trat er einen Schritt zur Seite. »Kommt herein, es ist kalt draußen.«
Wrangel und Petja folgten ihm nach drinnen.
»Erzählt, was passiert ist, dass ihr mich aus dem Bett reißt.«
»Soeben sind ein paar Männer in die Schreibstube des Bauamtes eingebrochen. Sie haben alles furchtbar durcheinandergebracht und sind dann mit schweren Kisten beladen wieder fort.«
»Und ihr? Euch haben sie nicht gefunden?«
»Nein, Herr, wir wachten auf, als sie die Tür aufbrachen, und sind schnell hinten zum Fenster hinaus.«

Trezzini schüttelte unwirsch den Kopf und schaute von einem zum anderen. »Das ist eine ernste Angelegenheit. Ihr beide habt mir von dem Salzschmuggel berichtet, und ich informierte den Generalgouverneur Menschikow darüber in einem Schreiben, um zu sehen, was er dazu zu sagen hat. Wenn das jetzt die Antwort darauf ist, könnten noch mehr Probleme auf uns warten. Habt einen Moment Geduld, ich kleide mich an, dann rudern wir zur Festung und besehen uns den Schaden.«

»Gut, Herr, das Boot liegt am Steg bereit.«

Wenig später trafen die drei Männer in der Schreibstube ein, in der schon der polnische Schreiber hockte und fassungslos die Hände über dem Kopf zusammenschlug. Trezzini überprüfte das Durcheinander. Tatsächlich sah es schlimmer aus, als es war. Von dem Archiv des Generalgouverneurs abgesehen, schien nichts zu fehlen. Auch das Siegel des Bauamts war noch da. Erleichtert atmete er auf, klopfte dem Schreiber auf die Schulter und ordnete an, dass er hier aufräumte. Dann wandte er sich an Wrangel und Petja: »Ich gehe jetzt sofort zum Kommandanten der Festung und werde Meldung von dem Vorfall machen, und ihr kommt mit. Schließlich habt ihr alles beobachtet.«

Die drei wollten gerade die Schreibstube verlassen, als zwei Soldaten auf sie zutraten.

»Meister Tresin?«

»Ja, was wollt ihr?«

»Seine Exzellenz, Geheimrat Schafirow, schickt uns. Bei Euch soll ein gewisser Wanja arbeiten. Den wünscht der Geheimrat unverzüglich überstellt zu bekommen.«

Wrangel und Petja tauschten dunkle Blicke aus. Jetzt hatten sie ihn. Zur Flucht war es zu spät.

Auch Trezzinis Blick verfinsterte sich. »Was will der Geheimrat denn von meinem Buchhalter?«

»Das hat er uns nicht gesagt, Meister, nur, dass die Überstellung keinen Aufschub duldet.«

Trezzini zögerte. Es war ihm anzusehen, dass es ihm missfiel, seinen Gehilfen den beiden Soldaten mitzugeben. Für einen kurzen Moment hoffte Wrangel, dass der Baumeister sich für ihn einsetzen und die Soldaten unverrichteter Dinge zurückschicken könnte.

Aber Trezzini zog nur die Schultern hoch. »Nun gut, dann nehmt ihn mit.« Er deutete mit einer kurzen Handbewegung auf Wrangel.

Die beiden Soldaten ergriffen Wrangels Arme und schoben ihn vorwärts.

Petja blieb mit finsterem Blick an Trezzinis Seite zurück.

* * *

Die Soldaten brachten ihn zu einem Blockhaus gleich neben jenem, in dem der Zar wohnte, wenn er in Sankt Petersburg weilte. Darin war die Verwaltung untergebracht. In Wrangels Kopf wirbelten die Gedanken.

Wer war dieser Schafirow, und was wollte er von ihm?

Gehörte er zu Menschikows Handlangern? In den Unterlagen, die er wochenlang studiert hatte, war ihm der Name nicht aufgefallen.

Vor der Tür des Hauses standen zwei Wachen, grüßten kurz die beiden Soldaten, die Wrangel begleiteten, und winkten die drei mit einer kurzen Handbewegung hinein. Wrangel folgte seinen Bewachern durch einen kleinen Flur in ein großzügiges, lichtdurchflutetes Zimmer, wo ein drahtiger, dunkelhaariger Mann von vielleicht Mitte dreißig hinter einem für diesen Ort ungewöhnlich eleganten Schreibtisch saß und geschäftig schrieb. Schweigend wartete Wrangel und ließ seinen Blick durch den

Raum schweifen. Von dem Schreibtisch, einem Aktenschrank und einer Truhe abgesehen war er leer.
Schließlich hob Schafirow den Kopf und musterte den in Lumpen gehüllten Mann vor ihm mit scharfem Blick. »Du bist also Wanja, der Buchhalter von Meister Trezzini.«
Wrangel nickte wortlos.
Schafirow zog eine Braue in die Höhe und winkte ihn heran. »Wie ist dein Taufname, Wanja?«
»Ich verstehe nicht, Herr.«
»Ich möchte wissen, auf welchen Namen du getauft wurdest«, antwortete Schafirow in einwandfreiem Deutsch.
Wrangel schluckte. »Hinrich«, antwortete er schließlich.
Schafirow nickte. »Kennst du jene, die einst sprach: *Wohin du gehst, dahin gehe auch ich, und wo du bleibst, da bleibe auch ich. Dein Volk ist mein Volk, und dein Gott ist mein Gott.*«
Erstaunt starrte Wrangel Schafirow an und flüsterte geradezu: »Buch Ruth, Kapitel eins, Vers sechzehn.«
Saß vor ihm jener Mann, von dem Ruth ihm erzählt hatte? Jener, der ihr bei einem Abendessen seine jüdischen Wurzeln offenbart hatte?
Ein Lächeln huschte über Schafirows markante Züge. »Bist du derjenige, der sich einer Liebe und Treue erfreuen kann wie einst Noemi?«
»Ja. Und seid Ihr derjenige, der die Visserplein-Straat schätzt?«
Schafirow zog eine Augenbraue hoch. »Wie ich sehe, hat sie ihre Suche beendet.«
»Ja, Exzellenz.«
»Ich habe von Euch gehört, Hinrich Wrangel, aber nicht von jener, über die wir gerade sprachen.«
Wrangel schaute ihn fragend an.
»Jemand anderes sucht Euch, doch nicht aus Liebe.«
»Das ahne ich.«

»Ihr wisst also, um wen es sich handelt?«
Wrangel zögerte. »Heute Nacht haben einige Männer die Schreibstube von Meister Trezzini durchwühlt und Dokumente mitgenommen. All das geschah, nachdem wir dort gewisse Unregelmäßigkeiten in Geschäften entdeckten, die für den Generalgouverneur abgewickelt wurden.«
»Davon hörte ich, und darum steht Ihr vor mir. Um welche Art Geschäfte handelte es sich im Einzelnen?«
»Verzeiht, Exzellenz, aber ich bin ...«
»Der Feind meines Feindes ist mein Freund. Betrachtet mich als Euren Freund, Herr Wrangel. Und Menschikow als unseren gemeinsamen Feind.« Schafirow hielt inne und warf einen kurzen Blick auf seine ordentlich manikürten Fingernägel. »Ich schlage Euch einen Handel vor. Ich werde Euch helfen, schnell und unbemerkt aus Sankt Petersburg zu verschwinden, bevor Menschikows Häscher Euch fassen. Als Gegenleistung verratet Ihr mir, was unseren gemeinsamen Feind dazu treibt, Euch so nachzusetzen.«
Nun war es an Wrangel, Schafirow zu mustern. »Kann ich Euch trauen?«
»Habt Ihr die Wahl?«
»Nun gut.« Er holte tief Luft. Durch sein zerschlissenes Hemd spürte er das kleine Ledersäckchen warm auf seiner Haut. »In den Unterlagen des Archivs des Generalgouverneurs habe ich Hinweise darauf entdeckt, dass mit dem Wissen von Fürst Menschikow große Mengen russischer Subsidien für Sachsen unterschlagen worden sind.«
Schafirow reckte sein Kinn vor. »Habt Ihr nur Hinweise oder auch Beweise?«
»Ich habe den gesamten Schriftverkehr sichergestellt, der belegt, dass Fürst Menschikow mit einem Kaufmann namens Paul Ankermann Vereinbarungen getroffen hat, die vom Zaren an den

Sondergesandten Patkul zu überweisenden Gelder nicht direkt an jenen weiterzuleiten, sondern sie auf dem Finanzmarkt in kurzfristige gewinnbringende Anleihen zu investieren. Der dadurch dem Zaren entstandene Schaden ist nicht nur materieller, sondern vielmehr politischer Natur, da womöglich deshalb sein Sondergesandter von den Sachsen entgegen dem Völkerrecht verhaftet wurde und so die Allianz im Krieg gegen Schweden in Gefahr ist.«

»Woher kennt Ihr Euch mit diesen Dingen aus, Wrangel?«

»Ich bin Doktor der Jurisprudenz und Prokurator am Hamburger Niedergericht, Exzellenz. Der Fall Patkul bescherte mir jene grausame Schicksalswendung, die mich hierher verschlug.«

»Nun verstehe ich, warum sich Eure Frau so bedeckt hielt bei ihrer Suche nach Euch. Das ist wahrlich eine gefährliche Angelegenheit, die Ihr da entdeckt habt. Ich kenne den Kaufmann, mit dem Menschikow die Sache abgewickelt hat. Ankermann ist glatt wie ein Aal, schwer zu fassen.«

»Inzwischen aber hat Ankermann vermutlich einen Großteil der Subsidien für sich selbst unterschlagen, Exzellenz.«

»Woher wisst Ihr das?«

»Er hat kürzlich gewaltige Wechsel auf seinen Namen ausgestellt, die am 6. Dezember dieses Jahres in Hamburg einzulösen sind. Die Briefe schickte er mit der Post des Bauamtes nach Archangelsk. So sah ich sie.«

Schafirow klopfte mit den Fingern auf die Tischplatte. »Um welche Summe handelt es sich?«

»Um 60000 Reichstaler.«

»Ein zwar schmerzlicher, aber zu verwindender Verlust für die Staatskasse.« Der Geheimrat richtete sich auf. »Gebt mir die Unterlagen, die Menschikows Verwicklung in diese Angelegenheit beweisen, und ich werde Euch fürstlich entlohnen, Doktor Wrangel.«

»Geld interessiert mich nicht, Exzellenz. Aber wie Ihr wisst, ist meine Frau ebenfalls hier. Ich brauche auch für sie eine sichere und ihren Umständen angepasste Passage zurück nach Hamburg.«

»Es wird mir eine Ehre sein, Eurer Frau zu helfen. Doch Ihr könnt nicht so lange hier warten, sonst ergreifen Euch Menschikows Häscher. Heute Abend läuft eine britische Fregatte aus. Ich kenne den Kapitän und werde Euch auf dem Schiff unterbringen können. Vorausgesetzt, Ihr wascht und rasiert Euch vorher.«

»Ich habe die Papiere aber nicht bei mir, Exzellenz. Sie sind in einem sicheren Versteck.«

»Dann holt sie her, damit wir den Handel abschließen.«

* * *

Als Wrangel bald darauf an der Wassili-Insel an Land ging, war dort das alltägliche arbeitsame Treiben schon in vollem Gange. Ein kleineres Schiff hatte angelegt, und eine Reihe von Arbeitern trug die Ladung von Bord. Der Himmel war verhangen, aber es sah nicht nach Regen aus.

Die vorderste Reihe am Ufer war mit mehreren Lagerbaracken bebaut, in die jetzt zunehmend Wintervorräte geschafft wurden. Das Steinlager lag etwas zurückgesetzt. Auch dorthin waren einige Männer unterwegs. Ob Petja im Lager war? Wrangel wollte ihn gern sehen und von seinem Zusammentreffen mit Schafirow berichten. Auf keinen Fall wollte er den Freund ohne Nachricht über sein Schicksal hier zurücklassen.

Als er die kleine Blockhütte erreichte, die zum Steinlager gehörte, saß dort einer der Vorarbeiter, die Trezzini hin und wieder für seine Zwecke einsetzte. Petja war nirgends zu sehen. Wrangel nickte dem Mann kurz zu und verschwand sogleich im hinteren Teil des Lagers zu dem Versteck, wo er die Unterlagen über die Unterschlagung der Subsidien versteckt hatte. Dafür hatte er einen alten Baumstumpf ausgewählt, der ihnen an heißen Tagen als schattiger Sitzplatz diente. An einer Seite des Stumpfes war nämlich der Eingang eines verfallenen Fuchsbaus. Wrangel hatte das Loch durch Zufall entdeckt. Bevor er sich hinhockte, sah er sich noch einmal sorgfältig um. Dann tastete er mit der Hand in die Öffnung und zog kurz darauf eine mit Leder umwickelte Rolle vom Umfang einer Männerfaust heraus. Schnell schob er sie sich unter das weite Hemd und band den Strick, der ihm als Gürtel diente, fester zu, damit die Rolle nicht verrutschte. Als alles gut verstaut war, sah er sich erneut um und machte sich dann auf den Rückweg.

Noch bevor er die Blockhütte am Anfang des Lagers erreichte, sah er sie. Vier Männer in dunklen Jacken und schweren Stiefeln gingen in die Hütte und riefen dem Vorarbeiter lauthals etwas zu. Wrangel zögerte keine Sekunde, sondern drehte sich sofort um und rannte zum hinteren Teil des Lagers. Er durfte diesen Männern nicht in die Arme laufen, sondern musste versuchen, über den hohen Lattenzaun, der das Lager umgab, zu entkommen.

Als er gerade den Zaun erreichte, hörte er schon ihre aufgeregten Rufe und das Knirschen ihrer Stiefel im Sand. Schnell sprang er auf einen Steinhaufen, der direkt vor dem Zaun aufgehäuft war. Seine bereits verschlissenen Stiefel aus Birkenrinde fanden kaum Halt, sodass er die Hände zu Hilfe nehmen musste. Die Männer kamen näher, riefen ihm zu, er solle sofort stehen bleiben. Der erste hatte fast den Steinhaufen erreicht, als Wrangel endlich das obere Ende des Lattenzauns zu greifen bekam und sich mit einem großen Satz hinüberschwang.

Er fiel tief, aber weich in Brennnesseln hinein. Seine Haut brannte und pikte unter ihren feinen Haaren, die sich in sie bohrten. Schnell warf er einen Blick den Zaun hoch. Noch sah er niemanden. Darauf wollte er auch nicht warten, sondern sprang auf die Füße, prüfte, ob die Rolle unter seinem Hemd noch festsaß, und rannte in nördlicher Richtung davon. Zum Anleger konnte er nicht, dort würden sie ihn abfangen. Er musste versuchen, weiter oben an der Insel auf ein Ruderboot zu kommen.

Nach gut fünfhundert Schritten kam er an eine Weggabelung und sah sich schnell nach seinen Verfolgern um. Zwei von ihnen waren noch an ihm dran. Zwar hatte er einen guten Vorsprung, aber wie lange er ihn halten konnte, war fraglich. Ohne weiter nachzudenken, entschied er sich für den Weg, der von den vielen Baustellen fort in die Sümpfe führte. Zum Glück war der Boden einigermaßen fest, sodass er Halt fand. Nach weiteren fünfhundert Schritten machte der Weg eine Biegung, und er nutzte die Gelegenheit, sich erneut umzudrehen. Die beiden Kerle hatten aufgeholt. Keine hundert Schritte trennte sie mehr voneinander.

Was sollte er tun? Erst einmal weiterrennen, Vorsprung gewinnen. Sein Herz raste, schlug heftig gegen den Brustkorb, aber er hatte genug Luft, um sein Tempo zu halten. Auf einmal bog ein kleiner Weg rechts ab mitten in die Sümpfe hinein. Einen Moment zögerte Wrangel, doch dann spürte er das ihm schon bei so vielen Entscheidungen vertraut gewordene Säckchen auf seiner Brust. Es brannte. Er bog ab.

Der Weg war feucht und matschig, er musste sein Tempo verringern. Mit jedem Schritt wurde das Schilf um ihn herum höher, sodass er bald in ihm versunken schien. Wenn er Glück hatte, würden die beiden an ihm vorbeilaufen. So schnell er konnte, rannte er vorwärts. Nicht weit voraus standen einige Büsche und eine Trauerweide. Vielleicht konnte er sich dort verstecken. Nach Atem ringend, erreichte er den kleinen Hain. Der Weg

endete hier. Jenseits des Hains erstreckte sich der Sumpf. Ein grüner Teppich aus Schlingpflanzen bedeckte ihn. Er saß in einer Sackgasse fest.
Wrangel lehnte sich heftig atmend an den Stamm der Weide und spähte zurück. Die Männer waren auf dem Weg, kamen aber noch langsamer voran als er. Sein Vorsprung betrug also nur wenige Minuten. Nervös sah er sich um. Wie sollte er weiter? Mit all seiner Kraft zwang er sich zur Ruhe und schloss für einen kurzen Moment die Augen. Als er sie wieder öffnete, fiel sein Blick auf einen abgebrochenen, dicht beblätterten Zweig vor ihm. Er hatte die Form von Marusjas Schneeschuhen, jenen aus Schilf geflochtenen ovalen Platten, die an der Wand ihrer Hütte hingen. Marusja hatte ihm erklärt, dass sie damit über den weichen Tiefschnee gleiten konnte, weil sich so ihr Gewicht besser verteilte. Vielleicht war das die Lösung! Nur dass er keine Zeit hatte, sich solche Gleitschuhe zu flechten, sondern mit dichten Zweigen vorliebnehmen musste. Er hob den Zweig vor sich auf und lief dann zu den nahen Büschen, um weitere dichte Zweige herauszubrechen. Er legte mehrere von ihnen übereinander. Dann riss er einige von den schlanken und elastischen Zweigen der Trauerweide ab und schnürte damit die Zweige wie breite, dichte Entenfüße unter seine Stiefel.
Kaum war er mit seinen improvisierten Schneeschuhen fertig, hörte er auch schon die Männer auf dem Hain ankommen.
»Jetzt haben wir dich. Los, komm raus, dann versprechen wir, dich nicht lange leiden zu lassen.«
Wrangel watschelte so schnell er konnte auf die hinter den Büschen beginnende glatte grüne Fläche zu. Die Männer erreichten die Trauerweide, als er den ersten Schritt auf dem wabernden grünen Pflanzenteppich wagte. Er hielt. Vorsichtig und mit so viel Geduld, wie er in der Situation aufbringen konnte, schob er einen Fuß vor den anderen. Er hatte Glück: Die Männer konn-

ten ihn dank der hohen Büsche noch nicht sogleich sehen, sodass er an die zwanzig Schritte Vorsprung gewann.
»Da vorn ist er! Los, Kolja, hinterher!«
Wrangel drehte sich nicht um, sondern setzte beharrlich und vorsichtig einen Fuß vor den anderen. Immer wieder blubberte das Wasser durch den Pflanzenteppich hindurch, der aber hielt ihn. Vielleicht zweihundert Schritte voraus standen mehrere Birken. Dort musste der Boden fester werden.
Hinter ihm hörte er ein tiefes Glucksen.
»Hilf mir, Serjosha, ich finde keinen Halt, mein Stiefel steckt fest!«
Das Glucksen hinter ihm wurde lauter und mischte sich mit wütenden Flüchen.
»Wo ist der Weg? Es muss doch einen Weg geben! Der Schweinehund dort vorn läuft doch auch darauf!«
»Halt mich, Kolja, halt mich!«
Vorsichtig sah Wrangel sich nach seinen Verfolgern um. Nur wenige Schritte vom Sumpfrand entfernt steckte der eine bis zum Hals in dem grünen Pflanzenteppich und reckte seine Hand dem anderen entgegen, der selbst bereits bis zu den Hüften im Wasser versank.
Behutsam wandte sich Wrangel wieder um und setzte mit dem Geschrei der beiden Männer in den Ohren seinen Weg fort. Noch bevor er die Birken erreichte, waren die Stimmen hinter ihm verstummt. Als er wieder festen Boden unter den Füßen hatte, drehte er sich um. Der grüne Pflanzenteppich lag still und glatt vor ihm, von den beiden Männern war nichts mehr zu sehen.
Erschöpft ließ sich Wrangel am Stamm einer Birke hinuntersacken. Es war knapp gewesen. Und vorbei war es noch nicht. Er hatte erst zwei seiner Verfolger abgeschüttelt. Zwei weitere hielten womöglich an den Anlegern nach ihm Ausschau. Doch er

musste so schnell wie möglich fort von der Wassili-Insel und zurück zu Schafirow. Entschlossen band er sich die Zweige von den Füßen und machte sich auf den Weg.
Als die Kanone die Mittagspause ankündigte, hatte er den Seitenarm der Newa erreicht, die die Wassili-Insel umgab. Auf der anderen Seite des Flusses musste die Peterinsel liegen. Aber das Wasser war kalt und tief. Und Wrangel konnte nicht schwimmen. Geschäftig lief er den schmalen begehbaren Streifen des Ufers ab, um nach einem Kahn oder Boot Ausschau zu halten. Nichts. Er musste flussaufwärts laufen, denn je weiter sich der Seitenarm von der Festung entfernte, desto unwahrscheinlicher war es, ein Boot zu treffen. Das Ufer war morastig, und es gelang ihm kaum, einen Fuß vor den anderen zu setzen. Er wurde ungeduldig. Die Zeit lief ihm davon. Am Abend musste er auf dem Schiff sein. Dass er seinen Verfolgern noch einmal entkommen konnte, sollten sie ihn erneut aufspüren, war kaum zu erwarten. Auf einmal platschte es vor ihm auf, und er sah wenige Schritte voraus einen Biber einen kräftigen Zweig durch das Wasser hin zu seinem Bau schieben, den er in eine tief hängende Astgabel in Ufernähe gebaut hatte. Wrangel beobachtete das wendige Tier, wie es mit Hilfe der Strömung geschickt den Zweig durch die Fluten manövrierte und dabei zielsicher auf seinen Bau zuhielt.
Das könnte es sein! Er brauchte einen kräftigen Ast, der ihn tragen konnte. Sofort sah er sich im Unterholz um. Einige Schritte entfernt war ein Baum umgestürzt. Seine Äste hatten sich in den anderen Bäumen verfangen. Wrangel kletterte in dem gestürzten Baum herum und wählte einen armdicken Ast aus. Dann sprang er mit voller Kraft so lange auf ihm herum, bis das Holz ächzend nachgab und unter seinen Füßen brach. Kaum hatte er den Ast von den anderen Bäumen befreit, brach er ihn noch einmal durch, legte seinen Kurzpelz um die beiden Teile und verschnür-

te alles fest mit dem Seil, das ihm als Gürtel diente. Um die Lederrolle mit den Papieren wieder festzuschnüren, riss er ein paar Schlingpflanzen aus. Die mussten ausreichen. Er band die Rolle zwischen seinen Schulterblättern fest. Dann schaffte er sein improvisiertes Floß zum Fluss.

Eiskalt legte sich das Wasser um seine Waden, floss in die Stiefel, drückte das lange Hemd an seine Schenkel. Als es seine Lenden erreichte, musste er kräftig ausatmen, um die Kälte zu bezwingen. Als das Wasser an seine Brust stieg, verschlug es ihm beinahe den Atem. Aber die beiden im Pelz verschnürten Äste, die er sich zwischen Brust und Oberarme geklemmt hatte, hielten ihn, und die Strömung trieb ihn hinaus in die Mitte des Flusses. Bald hatte er herausgefunden, wie er mit seinen Füßen die Richtung beeinflussen konnte, und tatsächlich dauerte es nicht lange, bis er das andere Ufer erreichte. Tropfnass und zitternd vor Kälte zog er sich ans Land, löste den Strick von seinem improvisierten Floß und band ihn sich um den Leib. Mit klammen Fingern versuchte er, notdürftig das Wasser aus dem Schafspelz zu wringen. Während seine Hände durch die dicke Wolle fuhren, dankte er Marusja in Gedanken. Die kurze Zeit mit ihr hatte ihn gelehrt, seine Sinne zu nutzen und sich die Natur zum Freund und Helfer zu machen. Ohne diese Hilfe hätte er den Tag nicht überstanden.

Als die Kanone das Ende der Mittagspause verkündete, konnte Wrangel bereits die großen Blockhäuser vor sich sehen. Die nassen Kleider klebten eisig an seinem Körper, und der Schafspelz hinterließ ein dünnes Rinnsal Wasser, das Wrangels Schritten folgte.

Die Wachen vor Schafirows Blockhaus glotzten ihn ungläubig an, als er Schafirow zu sprechen verlangte. Sie wollten ihn schon fortjagen, als der Geheimrat selbst auf den Flur trat und Wrangel hereinließ.

»Ich habe lange auf Euch gewartet. Wie seht Ihr bloß aus? Was ist Euch zugestoßen?« Ohne eine Antwort abzuwarten, schob Schafirow Wrangel in sein Kabinett, schickte eine der Wachen nach trockenen Tüchern und schloss die Tür hinter sich.
Wrangel berichtete mit wenigen Worten von seinen Verfolgern, beschränkte sich aber darauf zu sagen, dass er sich durch den Fluss habe retten können. Schafirow nickte anerkennend und öffnete vorsichtig die in Leder geschlagenen Papiere, die die Durchquerung des Flusses einigermaßen trocken überstanden hatten. Konzentriert überflog er eine Seite nach der anderen, bevor er wieder zu ihm aufsah.
»Das Material ist besser, als ich zu hoffen wagte, Herr Wrangel. Die Wachen werden Euch sogleich sicher zur Austerei bringen, wo Ihr Euch waschen, neu einkleiden und ausruhen könnt, bis es Zeit wird, an Bord zu gehen.«
»Ich habe noch eine Bitte an Euch, Herr Schafirow.«
Der Geheimrat schaute den tropfnassen Mann neugierig an.
»Bei Meister Trezzini arbeitet mein Freund Petja. Lasst ihn bitte mit mir fort.«
Ein kleines Schmunzeln umspielte Schafirows Mund. »Da ich Euch dem britischen Kapitän ja schlecht als befreundeten Herrn verkaufen kann, wenn Ihr keinen Diener an Eurer Seite habt, wie es sich für Euren Stand geziemt, sei es drum.«

* * *

Es dämmerte bereits, als Wrangel und Petja frisch gewaschen und rasiert in sauberen Kleidern aus gutem Tuch in einem der Gästezimmer der Austerei saßen und eine warme Mahlzeit, bestehend aus gesottenem Fleisch, Brot und eingelegtem Weißkohl, zu sich nahmen. Schafirow hatte das alles diskret in die Wege geleitet. Seine Männer hatten Petja bei Trezzini abgeholt, der sich sofort ungehalten und auch besorgt nach seinem Buchhalter erkundigte. Aber sich dem schriftlichen Befehl Schafirows zu widersetzen wagte er nicht. Petja selbst bekam es mit der Angst zu tun, sah aber genauso wenig wie Stunden zuvor Wrangel eine Möglichkeit zur Flucht. Erst als die Soldaten ihn in die Austerei und gleich weiter direkt in die Banja führten, wo Wrangel schon in warme weiße Tücher gehüllt auf ihn wartete, lachte er erleichtert auf.

»So schnell wird man also zum Diener«, feixte Petja jetzt und goss Wrangel und sich noch einen Becher Rotwein ein. »Ich bin dir sehr dankbar, Wanja, dass du an mich gedacht hast. Dank dir werde ich hoffentlich bald meinen Sohn wiedersehen.«

Wrangel nickte seinem Freund zu. »Ohne dich würde ich jetzt nicht hier sitzen, Petja. Doch ich mache mir Sorgen, Ruth allein zurückzulassen. Wenigstens habe ich ihr eine Nachricht schreiben können. Wenn Jurek das nächste Mal hierherkommt, wird Trezzini ihn hoffentlich zu Schafirow schicken und der sie ihm dann geben.«

»Aber nur, wenn Trezzini bis dahin verwunden hat, dass Schafirow ihm zwei seiner Männer genommen hat.«

»Er wird schon zurechtkommen. Der Nachschub an armen Seelen hierher wird noch lange nicht abreißen.«

Wrangel schaute nachdenklich aus dem kleinen Fenster hinunter auf die Banja im Hof, in der sich die beiden Freunde vor kurzem erst den Schmutz der vergangenen Monate von der Haut geschrubbt hatten. Das Tempo, in dem sich die Ereignisse in den letzten zwei Wochen überschlugen, war nahezu unwirklich, verglichen mit den monotonen Rhythmen der Wochen und Monate davor.

Die Vergangenheit hatte Wrangel eingeholt. Und das in einem Maße, dass ihn die Vorkommnisse, mit denen er sich vor Ostern beschäftigt und die er innerlich schon einem anderen

Leben zugeordnet hatte, auf eine ganz ungeahnte Weise erneut bedrohten.
Schafirow hatte recht, er musste hier so schnell wie möglich weg. Er konnte nicht warten, bis Ruth in der Lage wäre, die Reise anzutreten. Er musste sie wieder allein lassen, hier zurücklassen und darauf vertrauen, dass Marusja ihr beistand bei der Geburt ihres Kindes, die wohl nicht mehr lange auf sich warten ließ. Wie auch darauf, dass Schafirow sein Wort hielt und sie sicher und wohl ausgestattet auf die Reise schickte und dass Jurek, die gute Seele, sie begleiten und beschützen würde, wie er es bisher getan hatte. Aber im Unterschied zu seinem Abschied im März hatte Ruth ihn diesmal regelrecht fortgeschickt. Und das war richtig gewesen. Er musste diesen Ankermann fassen, selbst wenn er noch nicht im Geringsten wusste, wie er das anstellen sollte. Womit würde er ihm in Hamburg schon ans Leder können? Selbst wenn er Schafirow nicht das Beweismaterial für die Unterschlagung der Subsidien überlassen hätte, in Hamburg würde es bei Gericht nichts wert sein. Und dass der Mann unter einem anderen Namen in den vom Krieg verwüsteten Gebieten als Menschenhändler agierte, würde sich auch kaum gegen ihn verwenden lassen.
Gedankenverloren stieß er einen tiefen Seufzer aus, sodass Petja ihm aufmunternd den frisch mit Rotwein gefüllten Becher über den Tisch zuschob.
Wenig später klopfte es an der Tür, und zwei von Schafirows Leuten kamen, um die Freunde abzuholen und auf das Schiff zu bringen, das noch am Abend auslaufen sollte. Sie verließen die Austerei über die Hintertreppe, wie schon in jener Nacht, als sie Ruth fortgeschafft hatten. Auf dem Weg, der zum Anleger führte, herrschte reger Betrieb. Viele Handwerksmeister kamen von der Werft herüber, um in der Austerei zu Abend zu essen. Das englische Handelsschiff lag am großen Anleger der Peterinsel,

und viele Arbeiter waren noch damit beschäftigt, Ladung an Bord zu schleppen.

Wrangel senkte unwillkürlich den Blick und zog die Schultern hoch.

Doch Petja stieß ihm unauffällig in die Seite. »Richte dich auf. Du bist kein Sklave mehr. Und unter der Perücke, ohne Bart und Lumpen erkennt dich sowieso niemand wieder.«

Wrangel nickte und atmete tief durch. Sein Blick schweifte durch die Menge, als er mitten im Getümmel einen großen rothaarigen Mann mit einer speckigen dunklen Filzkappe auf dem Kopf sah.

»Jurek!«, rief er so laut, dass sich seine Begleiter erstaunt umsahen.

Der große Mann schaute sich sofort suchend um. Sein Blick glitt über Wrangel, blieb aber nicht haften. Doch dann hielt er inne, drehte den Kopf zurück und war mit wenigen Schritten bei ihm und seinen Begleitern. »Herr, seid Ihr es?«

»Ja, Jurek, ich bin auf dem Weg zum Schiff, das mich und meinen Diener«, dabei zwinkerte Wrangel und deutete mit einem Kopfnicken auf Petja, »von hier fortbringt. Was für ein Glück, dich hier noch zu treffen. Du musst es Ruth erzählen und ihr sagen, dass Geheimrat Schafirow sich um ihre sichere Heimreise kümmern wird. Er hat einen Brief von mir für sie und wird ihr alles Wichtige mitteilen.«

Jurek nickte und musterte erstaunt die beiden Männer, die Wrangel und Petja begleiteten.

Wrangel wurde flau im Magen.

Der Anblick Jureks führte ihm deutlich vor Augen, dass er im Begriff war, seine Frau ein zweites Mal allein zu lassen. Diesmal sogar hochschwanger in einem fremden Land. Aber es gab keinen anderen Weg.

»Jurek, ich muss von hier fort, ich werde gesucht, und wenn

man mich findet, könnte das übel für mich enden. Kümmere dich um Ruth und um das Kind. Ich bitte dich von Herzen.«

»Das Kind, Herr, das ist es doch, weshalb ich so schnell hierhergelaufen bin!«

Wrangel riss vor Schreck und Angst die Augen auf. »Was ist mit dem Kind, Jurek?«

»Es ist ein Mädchen, Herr«, lachte der große Mann und riss sich trotz der Kälte die Kappe vom Kopf.

Wrangel spürte, wie ein Schwall großer Liebe seinen Körper mit solcher Kraft durchflutete, dass seine Knie zitterten. Sprachlos griff er Jureks Arme und drückte sie.

»Mutter und Kind geht es gut dank der Hilfe Marusjas. Es war eine lange Nacht.«

»Sag ihr, dass ich sie … sag ihr, dass …«, stammelte Wrangel.

»Fräulein Ruth hat mich hierhergeschickt, damit Ihr bestimmt, welchen Namen Eure Tochter tragen soll, Herr.«

Petja trat an seinen wie vom Donner gerührten Freund heran. »Nun los, Wanja, wir müssen weiter. Die Zeit drängt, und die Leute schauen schon herüber.«

Wrangel holte tief Luft. »Jurek, wie sagt man ›Marusja‹ auf Deutsch?«

»Wohl am ehesten Mariechen, Herr.«

»Richte Ruth aus, unsere Tochter soll Mariechen heißen.«

Festung Königstein im November 1706

»Herr, großartige Neuigkeiten sind heute früh hier eingetroffen!«, begrüßte Patkuls Diener Heinrich seinen aus verquollenen Augen blinzelnden Herrn. »Man sagt, dass das russisch-sächsische Heer vor wenigen Tagen bei Kalisch einen großartigen Sieg gegen die Schweden und die zu ihnen übergelaufenen Polen errungen hat.«
Patkul setzte sich mit einem Ruck auf. Ihm schmerzte der Rücken, und kräftiger Schwindel hielt ihn davon ab, auch sogleich aus dem Bett zu springen.
»Wo hast du das gehört, Heinrich?«
»Überall auf den Straßen flüstern es sich die Leute zu. Alle hoffen, dass sich nun endlich das Blatt wendet und sich die schwedischen Truppen wieder aus Sachsen zurückziehen.«
»Und was weißt du über die Schlacht?«
»Man sagt, auf schwedischer Seite hätten fünftausend Schweden im Verbund mit zehntausend Polen gekämpft. Auf sächsisch-russischer Seite standen ebenfalls zehntausend Polen, die Seiner Majestät König August die Treue hielten. Dazu kamen sechstausend wackere Sachsen und an die zwanzigtausend Russen, viele von ihnen wilde Kosakenverbände.«
»Das war dann ja ein gewaltiges Ungleichgewicht.«
»Ja, Herr, und darum konnten die Schweden auch nicht lange Widerstand leisten. Die russische Kavallerie hatte der schwedischen Infanterie gleich zu Anfang die Rückzugslinien abgeschnitten, und die polnische Reiterei von Stanislaus I., diesem polnischen König von Schwedens Gnaden, war schneller versprengt, als dass sie hätte Aufstellung nehmen können. Am Ende der Schlacht hatten die Schweden ihre halbe Streitmacht

verloren, die meisten von ihnen wurden gefangen genommen, doch an die siebenhundert ließen auch ihr Leben.«

Patkul nickte aufmerksam. »Dann kann man das wohl einen vollständigen Sieg der Verbündeten nennen.«

»Gewiss, Herr. Und jetzt können die Truppen endlich weiter nach Sachsen ziehen und auch hier die Schweden vor die Tore setzen.«

»Ach, Heinrich, wenn das mal so einfach wäre. Hilf mir auf, mir ist ganz schwindelig.«

Wenig später saß Patkul mit einem warmen Morgenrock bekleidet an einem kleinen Tisch und sah gedankenverloren seinem Diener dabei zu, wie er ihm das Frühstück servierte. Vielleicht hatte Heinrich sogar recht, und dieser Sieg bei Kalisch erzwang eine entscheidende Wende im Kriegsverlauf. Schließlich konnte Karl nicht riskieren, dass die Russen ihn von seinen Nachschublinien aus Schweden abschnitten. Andererseits besaß die schwedische Krone genügend strategisch günstige Standorte, über die sich eine Versorgung selbst dann sicherstellen lassen müsste, wenn die Russen den gesamten Norden Polens in ihre Gewalt brächten. Allein Stralsund wog mit seinem geschützten Hafen viele andere Küstenstädte auf, zumal von dort aus auch die Straßen nach Sachsen in gutem Zustand waren, verglichen mit denen in Polen. Aber wenn es nicht der Nachschub war, so könnte die verletzte Eitelkeit des schwedischen Königs dazu führen, dass er sein Heer mit aller Kraft gegen die Russen warf. Schließlich hatte Karl XII. bisher noch nicht gelernt, eine Niederlage einzustecken. Und ob er diese Lektion nun gerade von Menschikow, diesem Emporkömmling, erteilt bekommen wollte, war fraglich.

Heinrich goss behutsam eine Tasse Kamillentee ein. Seit Patkul hierher verlegt worden war, wollte sein Magen nicht mehr so recht. Auch die Tabakeinläufe, die er auf Hoyms Anraten über

sich hatte ergehen lassen, konnten daran nichts ändern. Es sträubte sich einfach alles in ihm gegen die grausigen Wendungen, die das Schicksal ihm bereitet hatte. Wie konnte es nur sein, dass ein Mann wie er, aufrecht und rechtschaffend, Lug und Trug verabscheuend, der seine ganze Geisteskraft stets in die Dienste anderer zum Wohl höherer Ziele gestellt hatte, nun wie ein Schurke auf einem steilen Felsen hinter dicken Mauern gefangen gehalten wurde, ohne Hoffnung, diese so bald wieder zu verlassen? Zwar redete von Hoym jedes Mal, wenn er hierher nach Königstein kam, von den Fluchtplänen, die man für ihn entwickelte. Aber konkret wurde er dabei nicht. Nie hatte Patkul seinem Schicksal davonlaufen wollen, sich nie wie ein Dieb in der Nacht aus der Verantwortung stehlen wollen. Aber jeden Tag, den er länger in diesem kalten, traurigen Gemäuer saß, schwanden seine Kräfte, und sein Kampfwille ließ nach.
Seufzend schaute er aus dem kleinen Fenster in den Innenhof der Festung. Königstein bot selbst dem Auge keine Abwechslung mehr, wie es noch die Burg Sonnenstein mit ihrem Ausblick auf die sächsischen Wälder getan hatte. Hier stand nur ein Baum im gepflasterten Hof. An dessen dürren Ästen hingen die letzten gelben Blätter, auf den nächsten Windstoß wartend, der sie von ihrem Lebensspender reißen würde.
Hoffentlich würde König August nach diesem Sieg endlich dem Recht den Weg bereiten und Patkul freigeben. Dann würde er sich aus allen politischen Verpflichtungen zurückziehen und sich mit seiner Braut auf ihre ländlichen Güter unweit der Elbe zurückziehen, um ein Leben in Ruhe und Frieden zu führen. Hoffentlich.

Hamburg im November 1706

Das Speisezimmer im Stadthaus der Claussens in der Großen Reichenstraße war dank der mächtigen silbernen Kandelaber in ein warmes, anheimelndes Licht getaucht. Die schweren blauen Samtvorhänge vor den hohen Fenstern schirmten das unermüdliche Plätschern des Novemberregens ab und hielten die Wärme, die von dem großen Kaminfeuer an der Längsseite des Zimmers abstrahlte. Um die fürstlich mit chinesischem Porzellan und Silberpokalen gedeckte Tafel saßen, wie für einen Donnerstagabend in diesem Hause üblich, neben Otto Claussen und seiner Frau Margarete auch ihr Neffe Matthias mit seiner Frau Hanne sowie Syndikus Lorenz und lauschten dem Bericht ihres glücklich heimgekehrten Freundes Hinrich Wrangel. Der Platz neben Wrangel, auf dem üblicherweise seine Frau Ruth saß, war leer. Seit gut einer Stunde schon erzählte Wrangel von seinen abenteuerlichen Erlebnissen in den Sümpfen von Ingermanland und von Sankt Petersburg. Sein Rinderbraten war darüber kalt geworden, und Margarete Claussen musste ihn mehrfach nötigen, doch einen Augenblick innezuhalten und ein paar Bissen zu sich zu nehmen, während der Hausherr persönlich den Silberpokal des Heimgekehrten wieder und wieder mit Rotwein füllte, sodass Wrangel schon eine wohlige Wärme in seinen Gliedern spürte.

Die Reise von Sankt Petersburg bis nach Hamburg war weit glücklicher und schneller verlaufen, als Wrangel zu hoffen gewagt hatte. Das englische Handelsschiff war unter vollen Segeln bei gutem Wind zügig vorangekommen. Nach nur fünf Tagen hatten sie trotz des hohen Aufkommens an Kriegsschiffen auf ihrer Route Stockholm erreicht, und Wrangel trennte sich von seinem Freund Petja unter dem innigen gegenseitigen Versprechen eines Wiedersehens. Schon sechs Tage später ging die Fregatte in Lübeck vor Anker, und am folgenden Tag fuhr Wrangel mit einer Kutsche weiter nach Hamburg. Sein Haus in der Kleinen Johannisstraße fand er in bester Ordnung vor. Die Mägde hatten sorgsam sämtliche Möbel mit Tüchern abgedeckt und das Haus nur spärlich beheizt, aber kaum dass sie ihre freudige Überraschung überwunden hatten, bereiteten sie ihrem Herrn ein ordentliches Essen vor, richteten in Windeseile die Wohnräume her und heizten dem Haus ordentlich ein, um die klamme Herbstkälte zu vertreiben. Am nächsten Morgen dann machte sich Wrangel auf zu seinem Freund Matthias Claussen ins Pfarrhaus. Die Überraschung und Wiedersehensfreude war riesig, und da es ein Donnerstag war, hatten die Freunde schnell vereinbart, Wrangels Rückkehr am Abend bei Otto Claussen zu feiern.

»Lieber, hochverehrter Prokurator Wrangel«, wandte sich Margarete Claussen, den Tränen der Rührung nahe, an ihren Gast. »Es ist also tatsächlich wahr, dass es unserer lieben Ruth gutgeht und sie sogar dort in der Fremde ein Kind geboren hat?«

»Ja, Frau Claussen, Ruth ist es tatsächlich gelungen, zusammen mit unserem treuen Diener Jurek meine Spur bis nach Sankt Petersburg zu verfolgen. Ich selbst habe zunächst meinen Augen nicht getraut, als ich sie vor mir sah. Und am Tag meiner Abreise brachte sie ein gesundes Mädchen zur Welt.«

»Welch ein Geschenk Gottes«, ließ sich Hanne Claussen vernehmen, ebenfalls mit den Tränen ringend. »Wie kommt es aber, Hinrich, dass du Ruth allein zurücklassen musstet in diesem unheimlichen Land, und wann werden wir sie endlich wieder in die Arme schließen können?«

»Ich habe mir in Sankt Petersburg nicht nur Freunde gemacht, liebe Hanne. Und bestimmten Leuten war sehr daran gelegen, mich zum Schweigen zu bringen. So war es das Beste, dass sich Ruths und meine Wege noch einmal trennten. Aber ein vertrauenswürdiger Freund versprach mir, sich um ihre und unseres Kindes Heimreise zu kümmern, sobald das Wochenbett ihr eine solche Strapaze erlaubt.«

Die beiden Damen nickten ehrfürchtig, und Wrangel tauschte einen kurzen Blick mit Matthias Claussen, der ihm daraufhin beisprang.

»Ihr müsst wissen, liebe Freunde, dass Hinrich den Verdacht hegt, von einem Kaufmann aus Hamburg so übel mitgespielt bekommen zu haben.«

»Ein Hamburger Kaufmann?« Margarete Claussen sah ihren Neffen erstaunt an. »Wie heißt er denn, und was soll er getan haben?«

Wrangel nahm noch einen Schluck von dem schweren Rotwein, bevor er mit seinen Ausführungen fortfuhr. »Er nennt sich Paul Ankermann. Allerdings kenne ich in Hamburg, obwohl ich hier nun schon einige Jahre lebe, niemanden mit diesem Namen.«

»Doch, ich habe wohl die Familie Ankermann gekannt, junger Freund«, mischte sich Syndikus Lorenz ein, ein alter Herr mit schweren eisgrauen Brauen, der sein halbes Leben lang dem Hamburger Rat als Rechtsberater und diplomatischer Gesandter gedient hatte. »Aber der alte Ankermann ist schon vor gut zehn Jahren gestorben. Seinen Sohn Paul habe ich nicht mehr gesehen, seit der den Kinderkleidern entwachsen ist. Sein Vater schickte ihn schon früh in die Lehre, zunächst nach Amsterdam, dann nach Lissabon. Als der Alte starb, verkaufte der Junge das Hamburger Kontor und verließ die Stadt. Tiefere Bindungen war er hier wohl nie eingegangen. So kann es sein, dass er sich im Baltikum bei den Schweden eine neue Existenz aufgebaut hat.«

Wrangel nickte. »Gibt es noch Verwandte von diesem Paul Ankermann hier in der Stadt?«

»Nein«, mischte sich nun Otto Claussen ein. »Paul war der einzige Sohn vom alten Ankermann. Seine Frau war ein Jahr vor ihm verstorben, sodass den Jungen hier nichts hielt. Man sagte damals, er hätte eine gute Ehepartie in Lissabon in Aussicht gehabt. Doch ob daraus etwas geworden ist, kann ich Euch beim besten Willen nicht sagen, lieber Prokurator. Aber erzählt uns doch, was dieser Paul Ankermann mit Eurem abenteuerlichen Schicksal zu tun hat.«

»Mehr oder minder durch Zufall entdeckte ich in der Schreibstube in Sankt Petersburg, in der ich zu arbeiten hatte, dass Paul Ankermann an großen Geldgeschäften beteiligt war, die das russische Bündnis mit Polen-Sachsen gefährdeten und womöglich etwas mit der Verhaftung des russischen Sondergesandten Johann Patkul zu tun haben.«

»Inwiefern?«, fragte Syndikus Lorenz interessiert nach, da er sein Leben lang in diplomatischen Angelegenheiten für die Stadt auf Reisen gewesen war und sich so besonders für das Schicksal des rechtswidrig verhafteten Diplomaten interessierte.

»Anscheinend hat Ankermann jene Gelder, die der russische Zar als Subsidien an August II. für seine Kriegsbeteiligung zahlen wollte, nicht, wie befohlen, an Patkul weitergeleitet, sondern mit dem Einverständnis eines hohen russischen Staatsmannes gewinnbringend für jenen und sich selbst angelegt.«

»Der Paul? Der konnte doch kaum rechnen. Darum schickte ihn sein Vater so früh in die Lehre, weil er das Gefühl hatte, dass der Junge sonst auf keinen grünen Zweig kommt. Aber vielleicht hat er es ja mit den Jahren gelernt. Doch dass er dann solche Geschäfte macht, mag ich mir kaum ausmalen. Als Kind war er auf jeden Fall ein kräftiger hübscher Junge mit einem wilden braunen Lockenkopf. Allerdings schon immer ein bisschen zu arg verwöhnt.« Otto Claussen aß noch einen kräftigen Bissen von dem Braten auf seinem Teller.

Wrangel horchte auf. Paul Ankermann hatte blondes Haar, und dass er ein guter Kaufmann war, hatte nicht nur er in Sankt Petersburg, sondern auch Ruth in Riga gehört. Zudem galt er mit seiner zweiten Identität als Pawel Iwanowitsch als der größte Menschenhändler zwischen Kurland und Ingermanland. Davon, dass so ein Mann nicht rechnen konnte, war nicht auszugehen.

»Ihr meint, Prokurator Wrangel«, brachte sich nun Syndikus Lorenz erneut ein, »dass es einen Zusammenhang zwischen dem Fall Patkul und jenem Hamburger Kaufmann Paul Ankermann gibt?«

»Ja, und ich vermute sogar, dass jener Ankermann russische Staatsgelder unterschlagen hat und sie hier nach Hamburg transferieren lässt. Die Unterlagen, die diesen Vorgang belegen, waren der Grund, warum ich aus Russland fliehen und Ruth zurücklassen musste.«

Die Damen legten erschrocken die Hände vor den Mund und seufzten leise. »Wie furchtbar! Ist dann jetzt die liebe Ruth in Gefahr?«

Wrangel spürte wieder Ängste in sich aufkommen, die ihn seit seiner Trennung von Ruth begleiteten. Dies war genau die Frage, die er seit nunmehr zwei Wochen verdrängte in der Hoffnung, dass Peter Schafirow Wort halten und Ruth sicher aus dem Land geleiten würde. »Sie hat starke Beschützer an ihrer Seite, meine Damen, und zudem befindet sie sich an einem sicheren Ort außerhalb von Sankt Petersburg, wo sie wohl keiner jener Häscher, die mich jagten, vermuten dürfte.«

»Und wie wird Ankermann das Geld nach Hamburg transferieren, Prokurator Wrangel?«, lenkte Syndikus Lorenz das Gespräch wieder in seine Interessenrichtung.

»Er hat zwei gewaltige Wechsel ausgestellt, die er in Hamburg persönlich am 6. Dezember dieses Jahres einlösen muss.«

Syndikus Lorenz nickte nachdenklich. »Zwar nicht sehr raffiniert, aber sicher.«
»So ist es. Ankermann verlor in Sankt Petersburg langsam den Boden unter den Füßen. Ich vermute, dass er Russland den Rücken kehren wollte, bevor sich das Schicksal gegen ihn wandte. Denn er war auch in ein illegales Geschäft mit Salz verwickelt, das zu platzen drohte. Und zudem ...« Wrangel hielt inne. Er war unsicher, ob er in dieser Runde auch berichten sollte, dass Paul Ankermann unter dem Namen Pawel Iwanowitsch als Menschenhändler tätig war. Schließlich kam Ankermann aus Hamburg, und er hatte bisher noch nichts Negatives über die Familie Ankermann gehört. Eine Anschuldigung dieser Art war so groß, dass man sie ihm vielleicht nicht abnahm und er das Wohlwollen und die Hilfe seiner Freunde einbüßen könnte.
»Zudem ist es spät, liebe Freunde«, sprang Matthias Claussen seinem Freund bei. »Erst gestern traf Hinrich hier ein, ihm muss die Reise noch in den Gliedern stecken. Geben wir ihm etwas Zeit, sich zu erholen und dann in Ruhe alle unsere Fragen zu beantworten.«
Einhellig stimmte die Runde dem Pastor zu, und schon bald machten sich die Gäste auf den Heimweg. Syndikus Lorenz verließ gemeinsam mit Wrangel das Haus der Claussens, denn sie hatten ein Stück gemeinsamen Weges.
»Lieber Prokurator, Eure Geschichte beschäftigt mich sehr. Wenn es Euch recht ist, lasst uns morgen Mittag gemeinsam im Eimbeckschen Haus essen und mit Ruhe und Bedacht ein paar Fragen besprechen. Denn seit Euch das Schicksal aus Hamburg fortriss, hat mich der Fall Patkul nicht mehr losgelassen.«
»Um zwölf Uhr, Syndikus Lorenz«, nickte Wrangel und drückte dem alten Mann die knochige Hand.

* * *

Gemächlich ließ sich Wrangel durch die Straßen Hamburgs treiben. Bis zu seiner Verabredung mit Lorenz blieb ihm noch eine knappe Stunde. Auf dem Hopfenmarkt hatten schwedische Werber einen Stand aufgebaut und versuchten mit dem Ausschank von Branntwein und unter Trommelschlag junge Männer zum Eintritt in die schwedische Armee zu verführen.
»Kommt zu den Fahnen vom Alexander des Nordens, Männer, und lasst es euch im reichen Sachsen gutgehen! Gute Beute winkt jedem, wenn wir den Krieg gegen Russland gewonnen haben. Zwei Taler für jeden neuen Rekruten!«
Wrangel rümpfte die Nase. Er hatte genug von diesem Krieg. Vielleicht sollte er stehen bleiben und den jungen Leuten von ihren Aussichten, als russische Kriegsgefangene in Ingermanland zu enden, erzählen? Nein, denn nach dem fünften Glas Branntwein würde selbst das sie nicht abhalten. Sie mussten wohl ihre eigenen Erfahrungen machen. Für einen Moment hielt Wrangel inne und wünschte den Burschen in Gedanken genug Besonnenheit, sich nicht zu dem blutigen Kriegshandwerk verführen zu lassen.
Da das Niedergericht am Freitag geschlossen war, hatte Wrangel den Prätor schon am Morgen privat aufgesucht, um ihm von seiner Rückkehr zu berichten. Der war überaus erfreut, und man kam überein, dass Wrangel sich in der kommenden Woche wieder bei Gericht zeigen würde, um über seine Wiedereingliederung in sein Amt als Prokurator zu sprechen.
Seitdem lief er durch die Stadt und ließ seinen Gedanken und Eindrücken freien Lauf. Zum Glück hatte es aufgehört zu regnen. Inzwischen brach sogar hin und wieder die Sonne durch die graue Wolkendecke. Obwohl Wrangel mit Hamburg zutiefst vertraut war, erschien ihm doch an diesem Tag alles neu. Die Geschäftigkeit der Menschen, mit der sie ihrem Tagewerk nachgingen, die satte Zufriedenheit auf den Gesichtern der Kontoris-

ten, die gutes Geld verdienten, ohne ein unternehmerisches Risiko zu tragen, die Kaufleute, deren Augen stets flink um sich spähten, als ob sie fürchteten, dass ihnen ein guter Handel entgehen könnte. Die Handwerker, die selbstbewusst und stolz in den Trachten ihrer Zünfte durch die Straßen liefen. Die Häuser der Stadt waren solide gebaut, manche sogar aus massivem Stein, viele aus robustem Fachwerk, einige elegant nach der neuesten Mode verputzt und mit verschnörkelten Giebeln auf den Dächern. Wie schön und wohlhabend war doch diese Stadt, verglichen mit jener russischen Baustelle im Sumpf, von der der Zar träumte, sie würde einmal ein Venedig des Nordens werden. Für Wrangel war Sankt Petersburg in seiner Erinnerung eher eine von Wassergräben durchzogene Kloake, bewohnt von Zwangsarbeitern.

Auch hier in Hamburg flossen die Fleete durch das Herz der Stadt, wickelten die Kaufleute ihre Geschäfte mehr über Wasser als über Land ab, beluden ihre Speicher vom Wasser aus mit Hilfe von Kähnen. Diese Fleete glichen bei Ebbe oftmals auch einer einzigen großen Kloake. Aber die Menschen hier waren emsig mit ihrem Leben beschäftigt und nicht wie in Petersburg von der Fron für den Zaren geknechtet. Wie wertvoll diese Freiheit war und wie sie jeden Handgriff, den man tat, bereicherte, spürte Wrangel an diesem grauen Novembertag in aller Deutlichkeit. In Russland hatte er sie schmerzlich vermisst, hier schienen die Menschen nicht zu ahnen, was für einen Reichtum sie dank ihrer Freiheit besaßen. Wie oft hatte er mit Petja zusammen geschwiegen im stillen Einvernehmen über den gemeinsamen schmerzlichen Verlust.

Seit Wrangel seinen Freund Matthias Claussen wieder getroffen und ihm von all den Wirren der vergangenen Monate berichtet hatte, spürte er, wie ähnlich sich doch die beiden, Matthias und Petja, waren. Dabei waren sich eigentlich gar nicht die Männer

ähnlich, sondern vielmehr ihre wohltuende Wirkung, die sie auf Wrangel hatten. Beide hatten ihm in so mancher brenzligen Situation weise zur Seite gestanden, der Hamburger eher durch Worte, der Schwede durch beherztes Zupacken. Beiden hatte er vieles zu verdanken, waren sie doch Menschen, die ihm halfen, im rechten Moment nicht vom Weg abzukommen.
Unmerklich hatten sich Wrangels Schritte zur Katharinenkirche hinbewegt. Vielleicht hatte Claussen über Mittag Zeit. Es wäre sicher gut, ihn bei dem Essen mit Syndikus Lorenz dabeizuhaben. Nicht dass Wrangel dem Syndikus nicht traute, er war ein aufrechter und guter Mann. Aber Claussen war ein geschickter Gesprächsführer, dem es oftmals gut gelang, schwierige Situationen zu entspannen. Auch genoss niemand wie er Wrangels Vertrauen.
Schlag zwölf trafen Wrangel und Claussen in der Gaststube des Eimbeckschen Hauses ein. Viele Köpfe drehten sich nach dem hageren, aber auch sehnig und muskulös gewordenen Prokurator mit dem befremdlich kurzen Haar um. Nach Wrangels Verschwinden hatte es einiges Gerede gegeben und natürlich Gerüchte, dass er tot sei. Umso erstaunter musterten ihn nun die Kaufleute, Ratsherren und Reeder, die hier zum Mittagessen eingekehrt waren. Manch einer erhob sich auch und klopfte Wrangel erfreut auf die Schulter. »Gut, Euch wohlbehalten wiederzusehen, Prokurator!«
Syndikus Lorenz hatte einen Tisch in einer ruhigen Ecke gewählt. Das kam Wrangel zupass. Der Syndikus zeigte mit keiner Miene Verwunderung über Claussens Anwesenheit. Kaum hatten sie ihre Bestellungen aufgegeben, als Lorenz auch schon auf das Thema Patkul zu sprechen kam.
»Gestern wollte ich Euch nicht darauf ansprechen, Prokurator, aber seid Ihr über den Fortgang des Falles um Johann Patkul informiert?«

»Nein, Syndikus Lorenz. Zwar schrieb ich bereits einen Brief an Professor Thomasius, um ihn von meiner Rückkehr nach Hamburg zu unterrichten und mich nach den jüngsten Ereignissen in diesem Casus zu erkundigen, aber auf eine Antwort werde ich natürlich noch einige Zeit warten müssen.«

»So lasst mich Euch in Kürze das Wesentliche erzählen. Der Sondergesandte Patkul ist immer noch gefangen, und man hat seine Haftbedingungen sogar brutal verschärft. Ihr habt vielleicht erfahren, dass die Schweden Anfang September in Sachsen eingefallen sind und August II. nun mit dem Rücken an der Wand steht.«

Wrangel nickte.

»Patkul hat man sogleich von der Burg Sonnenstein auf die Festung Königstein verlegt. Das ist die sicherste Festung, die die Sachsen zu bieten haben. Keine Maus kommt dort unbemerkt hinein oder heraus. Offiziell hieß es aus Sachsen, man wolle Patkul vor den Schweden in Sicherheit wissen, aber in Diplomatenkreisen munkelt man, dass die Sachsen längst einen Geheimfrieden mit Schweden geschlossen haben, der besagt, dass Patkul ausgeliefert werden muss.«

Wrangel nickte wieder und tauschte einen kurzen Blick mit Claussen, der ebenfalls aufmerksam zuhörte.

»Wenn es nun mit den Subsidien so ist, wie Ihr sagt«, fuhr Syndikus Lorenz fort, »dann ließe sich doch eventuell noch eine Vermittlung zwischen Sachsen und Russland herstellen, die nach dem glorreichen Erfolg von Kalisch endlich einen schnellen Austausch des armen Patkul ermöglichen könnte, ohne dass einer der Herrscher das Gesicht verlöre.«

Wrangel nickte immer noch. Aber er spürte, wie weit entfernt er innerlich von Patkuls Fall war und wie wenig Begeisterung er beim Gedanken an dessen schnelle Rettung aufbringen konnte.

»Als Jurist wisst Ihr nur zu gut, verehrter Syndikus Lorenz, dass mit einer Behauptung ohne handfeste Beweise wenig getan ist. Alles Material, das ich gegen Paul Ankermann und jenen hohen russischen Staatsmann besaß, habe ich eingetauscht gegen die sichere Heimkehr meiner Frau und meines Kindes, auf die ich von nun an jeden Tag hoffe.«

Nun war es an Syndikus Lorenz, schweigsam zu nicken.

»Die einzige Möglichkeit, die ich sehe, auch ohne jenes Beweismaterial Ankermann zu ergreifen, ist, ihn hier in Hamburg zu stellen, wenn er die Wechsel einlöst. Aber um ehrlich zu sein, weiß ich nicht, wie ich es anstellen soll. Schließlich hat der Mann, auch wenn er in Russland ein Dieb und Betrüger war, sich hier nichts zuschulden kommen lassen, was dem Gericht einen Zugriff auf ihn erlaubte.«

»Ihr sagtet, Ankermann habe Wechsel ausgestellt? Über wen werden sie gehandelt?«

»Über zwei Kaufleute der Hamburgischen Gesellschaft der Archangelsk-Fahrer. Der eine heißt Peter Konau, der andere Franz …«

»… Poppe«, fiel ihm Lorenz ins Wort. »Ich kenne die beiden, sie sind seit vielen Jahren im Russlandhandel tätig und nur noch selten hier in der Stadt. Vielleicht ließe sich da etwas machen?«

»Was meint Ihr damit?«

»Prokurator Wrangel, auch als Jurist solltet Ihr wissen, dass das Herz eines jeden kaufmännischen Geschäftes das Vertrauen in die Ehrbarkeit des Geschäftspartners ist.«

Wrangels Augen leuchteten auf. »Ehrbar ist dieser Ankermann auf keinen Fall. Ein Dieb und …«

»Nicht so stürmisch, junger Mann. Verwechselt Ehrbarkeit nicht mit Ehrlichkeit. Denn diese sind zwei ganz verschiedene Eigenschaften. Ehrbar ist ein Kaufmann, solange er unter seinesgleichen Vertrauen genießt, ganz gleich, was er sonst so auf dem Kerbholz hat. Den Kaufmann interessiert nur, ob er sich in der Abwicklung des Geschäftes auf den anderen verlassen kann. Doch sät man hier Zweifel, zum Beispiel damit, dass man das Gerücht streut, Ankermann handle mit veruntreuten russischen Staatsgeldern, so könnte das einen Kaufmann, der all sein Vermögen im Archangelsk-Handel hat, sehr verunsichern.«

Nun grinste Claussen. »Das könnte eine Lösung sein, Hinrich. Syndikus Lorenz hat recht. Nichts ist schlimmer für einen Kaufmann, als dass seine Ehrbarkeit unter seinesgleichen angezweifelt wird. Wir müssen so viel Wissen wie möglich über Ankermann zusammentragen. Vielleicht unterhält er noch weitere Handelsbeziehungen mit Hamburger Kaufleuten, die sich, würzt man ihre Kenntnis um Ankermann mit Zweifel an seiner Ehrbarkeit, dagegen aussprechen könnten, für seine Wechsel geradezustehen.«

»Ich dachte, du bist Pastor und nicht Börsenmakler, Matthias.«

»Auch ein Pastor ist nichts anderes als ein Makler. Nur nicht von Börsenpapieren, sondern von Glaubensfragen zwischen Gott und seinen Schäfchen. Prost, Hinrich.«

Die drei Männer tranken ein paar kräftige Schlucke Bier und wischten sich den Schaum von den Lippen.

»Und wie wollen wir nun vorgehen?«, fragte Wrangel in die Runde.

»Jeder nach seinem Können, Prokurator«, erwiderte Syndikus Lorenz mit einem schelmischen Augenzwinkern. »Da Ihr hier in Hamburg mit Eurer spektakulären Heimkehr zu viel Aufmerksamkeit auf Euch lenken würdet, finget Ihr an, Fragen nach jenem Paul Ankermann zu stellen, solltet Ihr Euch lieber darum kümmern, wohin er ging, als er Hamburg vor nahezu zehn Jahren verließ. Einen ersten Anhalt dürfte in dieser Frage unser guter Freund Otto Claussen geben. Und du, Matthias, könntest dich derweil umhören, wer hier in Hamburg noch Kontakt zu Paul Ankermann pflegt. Einem Pastor wird man da leichter antworten als einem alten Fuchs wie mir. Ich werde mich indessen um die Gesellschaft der Archangelsk-Fahrer kümmern und versuchen, etwas über Konaus und Poppes Geschäfte mit Ankermann herauszufinden. Darüber hinaus werde ich meine alten Fühler ausstrecken und sehen, was sich im Fall Patkul bewegen lässt, wenn man den Betrug mit den Subsidien ins Spiel bringt. Wir müssen einfach versuchen, diesem Mann zu helfen. Er ist unschuldig.«

»Bis zur Fälligkeit der Wechsel bleiben uns noch drei Wochen«, warf Wrangel ein. »So schlage ich vor, dass wir uns am nächsten Mittwoch in unserem Kaffeehaus am Kattrepel treffen und sehen, was wir bis dahin erreicht haben.« Dann erhob er erneut seinen Bierkrug. »Auf den ehrbaren Kaufmann, meine Herren!«

Moskau im November 1706

Mit Stolz und Freude erhebe ich mein Glas auf den Oberbefehlshaber meiner Armeen, den Sieger von Kalisch, Fürst Alexander Danilowitsch Menschikow, meinen Herzensbruder. *Sa starowje,* zum Wohl!«

Der Zar hob einen gewaltigen goldenen Kelch, bis zum Rand mit Rotwein gefüllt, an seine Lippen und trank ihn in wenigen Zügen leer. Die im Festsaal des Facettenpalastes im Moskauer Kreml versammelten hohen Herren taten es ihm gleich, während die Damen lediglich an ihren Kelchen nippten. Wer Rang und Namen hatte und auf die Schnelle mitten im Krieg abkömmlich war, hatte sich hier eingefunden, um an dem Empfang, den der Zar für Fürst Menschikow hatte ausrichten lassen, teilzunehmen. Schließlich war Kalisch seit Jahren der erste große Sieg gegen die Schweden. Er schenkte Hoffnung und Zuversicht. Und Menschikow hatte ihn errungen.

Ein warmes Gefühl des Stolzes durchflutete den Fürsten. Zwar hatte er seinen Verbündeten, König August II., fast an seinem Sattel festbinden müssen, damit dieser sich nicht noch in letzter Sekunde vom Schlachtfeld stahl. Aber selbst ohne den König hätten die Schweden gegen die gewaltige Übermacht der Alliierten kaum eine Chance gehabt. Menschikow hatte alles richtig gemacht. Ohne zu zögern hatten seine Truppen die Reiterei des von den Schweden auf den polnischen Thron gehobenen Stanislaus I. binnen Kürze versprengt, sodass nur die zähe schwedische Infanterie noch wacker Widerstand leistete. Aber der enormen Übermacht der Russen konnte sie nicht lange standhalten. Menschikow hatte das Kapitulationsangebot des schwedischen Generalleutnants Mardefeld angenommen und fünfhundert schwedische Offiziere samt ihren Pferden und ihrem Eigentum nach Posen abziehen lassen. Eine Geste der Größe, die ihm gut anstand.

Er spürte die schwere Hand Peters auf seiner Schulter.

»Mein Herzensbruder, du hast Russland einen ehrenvollen Sieg geschenkt. Ich weiß doch, ich kann mich auf dich verlassen.«

»Ja, Majestät, das könnt Ihr.«

Immer mehr Adlige drängten sich um den Fürsten, um ihm zu seinem Sieg zu gratulieren. Das gewaltige Kreuzgewölbe war erfüllt von dem fröhlichen Summen vieler Stimmen. Dabei schien es nicht jedem leichtzufallen, Menschikow zu ehren. So mancher vom alteingesessenen Adel missgönnte dem jungen Emporkömmling und Liebling des Zaren seinen Erfolg. Dass er inzwischen Fürst war, und zwar nicht nur ein russischer, sondern auch deutscher Reichsfürst, setzte den Vertretern der alten Bojarengeschlechter besonders zu. Aber niemand hätte es gewagt, in Anwesenheit des Zaren Menschikow den Respekt zu verweigern.

Aus einem Pulk von Hofdamen löste sich eine wohlgerundete Dame mit dunklen Locken und einem seidig schimmernden, tief dekolletierten hellblauen Kleid, nach neuester Versailler Mode geschneidert, und kam auf Menschikow zu. Um ihren Hals prangte ein Collier aus Diamanten und Aquamarinen in der Farbe des Kleides, ihre kleinen Hände und runden Arme steckten in passenden langen Seidenhandschuhen. Keine Frage, schmunzelte Menschikow in sich hinein, die kleine Marta hatte es geschafft, sie war bei Hofe angekommen.

»Jekaterina Alexejewna, welch eine Freude, Euch wiederzusehen und festzustellen, dass Ihr von Tag zu Tag schöner werdet.« Galant beugte sich Menschikow über die kleine Hand der Mätresse des Zaren und deutete einen formvollendeten Handkuss an. Als er den Kopf wieder hob und sich ihre Blicke trafen, blinzelte er sie herausfordernd an.

»Alexander Danilowitsch, die Freude ist ganz auf meiner Seite. Mit Eurem Sieg bei Kalisch habt Ihr nicht nur das Herz Seiner Majestät, sondern auch das meine deutlich höherschlagen lassen. Aber unser Zusammentreffen an diesem freudigen Tag möchte ich zugleich nutzen, um Euch zu danken für Eure Hilfe, die Ihr Hinrich Wrangel in Sankt Petersburg habt zukommen lassen. Wie ich kürzlich von Geheimrat Schafirow hörte, ist er wohlbehalten nach Hamburg zurückgekehrt.«
Menschikows Lächeln erstarrte, aber er wahrte die Form. »Euch zu Diensten zu sein ist mir stets eine Ehre, Verehrteste.«
Wie konnte es sein, dass dieser Wrangel seinen Männern in Petersburg entgangen war? Hatte man ihm nicht aufs Ehrenwort zugesichert, dass der Mann verschwinden und über ihn nie wieder ein Wort an Menschikows Ohr gelangen würde? Nun, heute war nicht der Tag, sich über unfähige Untergebene zu entrüsten. Mit einem innerlichen Handstreich wischte Menschikow alles Ungemach beiseite und blickte sich suchend nach dem Zaren um, in dessen guter Laune er sich heute sonnen wollte. Da traf sein Blick auf die dunklen Augen Schafirows, der geradewegs auf ihn zuhielt, um ihn zu begrüßen.
»Fürst Menschikow, ich beglückwünsche Euch zu Eurem großen Erfolg. Die Liebe und Wertschätzung unseres Zaren habt Ihr Euch redlich verdient.«
Menschikows Züge hellten sich auf. Selten genug kam es vor, dass Schafirow mal ein freundliches Wort für ihn übrig hatte.
»Und damit Seine Majestät auch keinen Zweifel an seinem Herzensbruder haben muss«, setzte Schafirow mit leiserer Stimme fort, »habe ich die Dokumente, die Subsidien betreffend, wohl verwahrt. Damit sind wir alle unserer gegenseitigen Wertschätzung sicher, nicht wahr?«
Menschikows Mundwinkel bewegten sich bei diesen Worten mechanisch nach oben. Aber er bewahrte die Contenance. Nie-

mals würde er diesem jüdischen Konvertiten klein beigeben. Seine Stunde würde ebenfalls noch schlagen, wenn auch nicht heute. »Mein lieber Schafirow, meiner Wertschätzung konntet Ihr Euch doch schon immer sicher sein. Und daran wird sich auch so leicht nichts ändern.«

»Ich wusste, dass wir uns verstehen, Fürst Menschikow.«

Wedel im November 1706

Wrangel blickte aus dem Fenster der zweispännigen Kutsche, die ihm Otto Claussen zur Verfügung gestellt hatte, hinaus auf das glitzernde Wasser der Elbe, die ihn auf seiner Fahrt nach Wedel fast ununterbrochen begleitete. Wie mit Syndikus Lorenz und Claussen verabredet, hatte er sich gleich nach ihrem Gespräch im Ratskeller mit Otto Claussen in Verbindung gesetzt und den alten Herrn nochmals gründlich über Paul Ankermann und dessen damalige Zukunftspläne, als er Hamburg verlassen wollte, ausgefragt. Claussen erinnerte sich noch gut an den Frühsommer des Jahres 1697, der so trocken war, dass die Schiffe kaum nach Hamburg einlaufen konnten. Der Schaden für die Kaufleute war deutlich spürbar gewesen, und die Altonaer machten einen guten Reibach mit all den Waren, die schon in ihrem Hafen gelöscht werden mussten, damit die Schiffe nicht auf Grund liefen. Soweit Claussen wusste, wollte Ankermann sich von Wedel aus nach Amsterdam einschiffen, denn von dort aus gelangte man mit dem Tidenhub noch gut in die Nordsee. Von Amsterdam wollte er dann weiter zu seiner portugiesischen Verlobten.

Schnell hatte sich Wrangel entschieden, selbst nach Wedel zu fahren und die alten Passagierlisten zu prüfen. Kaum hatte der zähe Novemberregen nachgelassen und die kalte Herbstsonne die Straßen wieder einigermaßen getrocknet, hatte er sich auf den Weg gemacht und Hamburg am frühen Morgen, sobald das Millerntor geöffnet wurde, über die Reeperbahn in Richtung Altona verlassen. An der dänischen Zollabfertigung am Nobistor kam es zu den üblichen Reibereien, die sich einige Hamburger Fuhrunternehmer mit den Altonaern lieferten.

Nicht umsonst hatten die Hamburger ihrer Nachbarstadt den Namen Altona verpasst, den einige Gehässige immer noch *all to nah* schrieben, um ihrem Missmut über die gerade einmal tausend Schritte, die die beiden Städte trennten, Ausdruck zu verleihen.

Aber Wrangel hatte Glück, und bevor in Altona die Märkte richtig eröffnet waren, hatte die elegante Kutsche die Stadt schon wieder hinter sich gelassen und rollte hinter Ottensen auf den breiten sandigen Fahrweg nach Westen, vorbei an vereinzelt gestreuten Herrenhäusern, die sich dänische Adlige, denen Altona zu eng war, nach und nach bauen ließen. Sie passierten einen breit ausgetretenen Weg, der nach Othmarschen abzweigte, einem kleinen Dorf, das dem Kirchspiel Ottensen unterstellt war. Als die Kutsche kurz darauf die breite Furt der Flottbek bei Teufelsbrück passiert hatte, erhob sich schon auf dem Hügel vor ihnen der Fachwerkkirchturm von Nienstedten, einem kleinen Katendorf, in dem Gewerbetreibende, Handwerker, Kleinbauern und Elbfischer lebten und an diesem Vormittag auf dem Kirchplatz einen Markt abhielten. Wrangel bezweifelte, dass das Dorf über ein Marktrecht verfügte, aber es war nicht seine Angelegenheit, sondern die des Pinneberger Landdrosts, sich um die Einhaltung von Recht und Gesetz in der Grafschaft Pinneberg zu kümmern. Überhaupt fühlte er sich immer noch seltsam fremd, wenn er die hübschen kleinen Dörfer sah, die zwar nicht reich, aber auch keineswegs verarmt waren. Die Menschen trugen ansehnliche Trachten und gingen voll Genugtuung ihrem Tagewerk nach. Die Ackerflächen waren gepflegt, die Speicher gefüllt. Wie anders waren seine Erinnerungen an Ingermanland, an das kleine Dorf, in dem Marusja lebte und Ruth vielleicht immer noch weilte.

Claussens Pferde waren kräftige und schnelle Tiere, so passierten sie noch vor der Mittagsstunde Dockenhuden und kurz darauf das steil am Elbhang gelegene Fischerdorf Blankenese. Sowenig es Wrangel behagte, dass das Hamburger Vorland nach Westen hinaus fest in dänischer Hand war, so genoss er es jetzt, ohne weitere Zollabfertigungen voranzukommen, denn die Grafschaft Pinneberg wurde von Dänemark in Personalunion regiert. Nach kurzer Beratung mit dem Kutscher, einem gutmütigen älteren Mann, der den Claussens schon seit zwanzig Jahren diente, schlug die Kutsche den höher gelegenen Weg durch die öden Moor- und Heidelandschaften nach Wedel ein, anstatt direkt dem Fluss zu folgen. Denn jener Weg, wenn auch kürzer, war nach langen Regenfällen oft nicht passierbar.

Die Glocken der Wedeler Kirche schlugen die zweite Stunde des Nachmittags, als die Kutsche vor der kleinen Burg anhielt, in der die Verwaltung des Marktfleckens untergebracht war, seit die Grafen ihre Pinneberger Residenz bevorzugten.

Als Wrangel das Gebäude betrat, saß dort nur ein junger Mann in einem schäbigen Rock, der mehr an einen Konfirmanden als an einen Schreiber erinnerte. Sein Gesicht zeigte noch nicht einmal den Schatten eines Bartwuchses, und er zog erschrocken seinen kleinen Finger aus dem linken Nasenloch, als Wrangel ihn begrüßte.

»Gott zum Gruße, junger Mann. Mein Name ist Hinrich Wrangel, ich bin Prokurator am Hamburger Niedergericht und möchte gern den Marktvorsteher in einer wichtigen Angelegenheit sprechen.«

»Gott zum Gruße, Herr Prokurator«, antwortete der Junge, sichtlich erstaunt über den freundlichen Ton, den Wrangel angeschlagen hatte. »Der Vorsteher ist noch nicht zurück. Er geruht drüben im Gasthaus ›Zum Roland‹ zu Mittag zu speisen.« Dabei deutete er mit dem Kopf über den Platz vor der Burg auf ein großes, mit Reet gedecktes Haus.

»Wann erwartet Ihr ihn zurück?«
»Selten kommt er vor der dritten Stunde zurück, Herr. Denn häufig wenden sich die Leute gleich dort an ihn, weil sich bei einem Krug Bier so manches leichter bereden lässt.«
Wrangel grinste. »Gut, dann werde ich mich den hiesigen Gepflogenheiten anpassen.«
Kurz darauf betrat Wrangel die geräumige Gaststube und entdeckte sofort den Marktvorsteher, einen kräftig gebauten älteren Mann, der mit einem Stück Geflügel auf Rotkohl beschäftigt war. Wrangel stellte sich höflich vor, und der gutmütig dreinblickende Marktvorsteher bot ihm sogleich einen Platz an.
»Von Hamburg seid Ihr heute früh aufgebrochen, Prokurator? Dann habt Ihr doch sicherlich noch keine Zeit gehabt, einen ordentlichen Bissen zu Euch zu nehmen.« Damit winkte er den Wirt heran, der Wrangel wenig später eine Gänsekeule mit reichlich Rotkohl servierte.
»Nun, Prokurator, womit kann ich Euch und dem Hamburger Niedergericht dienen?«
»Es geht um einen Hamburger Kaufmann, der sich vor zehn Jahren, in dem trockenen Frühsommer von 1697, von Wedel aus nach Amsterdam eingeschifft haben soll. Ich möchte prüfen, ob er das auch tatsächlich tat und wohin seine Reise gehen sollte.«
Der Marktvorsteher nickte, während er genüsslich an seiner Gänsekeule kaute. »Ah, ich erinnere mich gut an jenen verrückten Sommer. Sonst legen von hier ja nur Viehkähne ab, aber in jenem Juni gingen auch bestimmt ein halbes Dutzend Fleuten und Fregatten vor Anker, weil sie nicht mehr bis nach Hamburg kamen, so niedrig war das Wasser. Jede Menge hatten wir mit all den angereisten Kaufleuten zu tun, die ihre Waren von hier auf Lastkarren laden ließen und natürlich jedes Stück verzollen lassen mussten, wenn sie nicht bereit waren, es zunächst auf unse-

rem Markt anzubieten. Bis spät in den Abend waren wir mit den Warenaufstellungen beschäftigt.«

»Der Mann, den ich suche, kam aber als einfacher Reisender. Weder zum Handeln noch zum Verzollen wird er etwas gehabt haben. Wurden denn auch Reisende erfasst?«

»Dazu sind wir kaum gekommen, Prokurator. Aber der Wirt vom ›Roland‹ hier, der wird Euch vielleicht weiterhelfen können, denn viele Reisende haben bei ihm logiert, bis ihre Schiffe ausliefen. Wie heißt denn der Mann, den Ihr sucht?«

»Paul Ankermann ist sein Name. Ende Juni jenes Jahres muss er sich von hier aus eingeschifft haben.«

Der Marktvorsteher machte dem Wirt ein Zeichen.

Er trat zu ihnen und hörte sich Wrangels Anliegen an. »Ende Juni kam der Regen. Das letzte Schiff, das damals noch von hier auslief, war die Angelina, ein Prachtstück, das über Amsterdam in die portugiesischen Überseebesitzungen segeln sollte. Ich erinnere mich noch gut daran, denn mein Jüngster wurde damals konfirmiert und erkundigte sich bei dem Kapitän nach einer Heuer als Schiffsjunge. Den Hintern hab ich ihm versohlt, als ich davon Wind bekam. Hier das ganze Haus bis unters Dach voller Arbeit, und der Junge träumt vom Abenteuer.«

»Könnt Ihr Euch erinnern, Wirt, ob damals zufällig ein Hamburger Kaufmann namens Paul Ankermann bei Euch logiert hat?«

Der Wirt bleckte seine gelben Zähne. »Namen sagen mir nicht viel, Prokurator. Dafür gehen hier zu viele Leute ein und aus. Aber ob Ihr es glaubt oder nicht, an einen Gast, der auf der Angelina zu den portugiesischen Überseebesitzungen wollte, kann ich mich erinnern, als wär er gestern hier gewesen. Er war schließlich der einzige Reisende, der auf dem Schiff mitfahren wollte. Und was für ein Prahlhans das war. Ein stattlicher, gutaussehender Mann, aber herausgeputzt wie ein Pfau mit großer

Perücke und so. Dabei war es so heiß, dass man nicht wusste, wohin mit sich. Wütend hat er alle beschimpft, weil das Schiff nicht wie vorgesehen auslaufen konnte. Aber am ärgsten malträtierte er seinen Diener. Den ganzen Tag über schrie er: Johann hier, Johann da, Johann mach, Johann tu! Dann hat er hier in der Gaststube den ganzen Abend gesoffen und Reden geschwungen über sein Leben als Plantagenbesitzer. Ich weiß es noch so genau, weil ich meinem jüngsten Sohn hinterher die Ohren langzog und sagte: ›Wenn du in der Fremde an so einen gerätst, geht's dir womöglich wie dem armen Tropf von Diener. Da bleib lieber zu Hause und werde ein anständiger Wirt.‹ Aber geholfen hat es nichts. Ein Jahr später hat er sich dann doch davongemacht.«

»Und der Mann«, setzte Wrangel gespannt nach, »ist der dann mit der Angelina in See gestochen?«

»Ja, aber ohne seinen Diener. Der ist ihm noch in der Nacht davongelaufen. Kein Wunder. Auch mir hat er kaum gezahlt, was er versoffen hatte, an ein Trinkgeld gar nicht zu denken. Auf großen Herrn machen, aber dann mit der Zeche geizen. Solche vergisst man nicht so schnell.«

Der Marktvorsteher kratzte sich an seinem kräftigen Nacken. »Sag, Wirt, wo du das alles noch mal so erzählst, fällt es mir wieder ein. Das war doch jenes Jahr, in dem wir im Herbst einen Toten im Sumpf fanden. Da haben doch die Leute gemunkelt, das wär bestimmt der arme Diener gewesen, der auf der Flucht vor seinem prügelnden Herrn gestolpert und ertrunken sei.«

Wrangel horchte gebannt auf. »Einen Toten habt Ihr damals hier gefunden? Gibt es zu dem Fall noch Unterlagen?«

»Ach, ich rief damals den Landdrost aus Pinneberg, damit er sich der Sache annehme. Denn keiner wusste, wer der Mann sein konnte, und Erfahrungen mit Untersuchungen an Toten haben

wir hier keine. Wenn es also noch Aufzeichnungen gibt, dann in Pinneberg, Prokurator.«
»Wisst Ihr denn vielleicht noch, wie der Tote aussah?«, hakte Wrangel nach, der noch nicht so schnell aufgeben wollte.
»Der hatte wochenlang im Wasser gelegen, Prokurator, da war nicht mehr viel zu erkennen. Aber vielleicht erinnert sich Hinnerk, unser Totengräber, noch genauer. Der hat den armen Kerl schließlich unter die Erde gebracht.«
»Wo finde ich Hinnerk?«
»Er wohnt in einer alten Kate, gleich beim Friedhof.«

* * *

Wenig später klopfte Wrangel an die abgeblätterte Tür der kleinen windschiefen Kate, die sich im Schatten einer gewaltigen Eiche in der Nähe des Friedhofs versteckte.
Eine hagere Frau mit einem verhärmten Gesicht und einer schlichten Haube über dem fahlen Haar öffnete die Tür, schaute Wrangel mit müden Augen an und wischte ihre feuchten Hände an einer greulichen Schürze ab.
»Was ist Euer Begehr, Herr?«
»Gott zum Gruße, gute Frau. Wo finde ich Hinnerk, den Totengräber?«
»Hinterm Haus müsste er sein, Holz hacken.«
Jetzt hörte auch Wrangel das gleichmäßige Schlagen von Eisen auf Holz, ein Ton, der ihm in Ingermanland wochenlang nicht aus dem Ohr gegangen war. Ein kurzer Schauer lief ihm bei der Erinnerung über den Rücken.
Die Frau deutete mit der Hand zur Seite. »Geht nur ums Haus zu ihm hin.«
Ein schmaler Mann mittleren Alters mit kurzem grauem Haar und einem einfachen Flachshemd bekleidet schwang in gleich-

mäßigem Rhythmus eine Axt durch die Luft und ließ sie auf ein Stück Holz niedersausen.

»Gott zum Gruße, guter Mann«, sprach Wrangel ihn von hinten an. »Bist du Hinnerk, der Totengräber?«

Der Mann drehte sich um, wischte sich mit der linken Hand den Schweiß von der Stirn, während die rechte die Axt hielt, und schaute Wrangel aus kleinen graublauen Augen an, die tief in den Augenhöhlen des von Wind und Wetter gegerbten faltigen Gesichts lagen.

»Der bin ich, Herr, was kann ich für Euch tun?«

»Mein Name ist Hinrich Wrangel, ich bin Prokurator am Hamburger Niedergericht, und soeben erfuhr ich vom Marktvorsteher, dass du mir vielleicht weiterhelfen kannst wegen eines Toten, den man hier vor zehn Jahren im Sumpf fand.«

»Tote gibt es hier viele. Da müsst Ihr schon ein bisschen genauer werden, wenn ich Euch helfen soll.«

Wrangel erzählte dem Mann, was er von dem Marktvorsteher und dem Wirt gehört hatte.

»Jetzt, wo Ihr es erzählt, erinnere ich mich schon an die Leiche. Ganz aufgedunsen und angefressen war sie, hatte wohl wochenlang im Wasser gelegen. Kein schöner Anblick. Und niemand kannte den Mann, er war wohl nicht aus dieser Gegend. So beschloss der Gemeinderat, ihm ein Armenbegräbnis zukommen zu lassen. Mich entlohnte man für meine Arbeit damit, dass ich seine Sachen behalten durfte. Viel war damit freilich nicht mehr anzufangen, von dem Ring einmal abgesehen«, grinste nun der Totengräber durch eine faulige Zahnlücke.

»Was für ein Ring?«, fragte Wrangel neugierig nach.

»Der Mann trug einen kleinen goldenen Ring am Finger. Mir selbst fiel er auch erst auf, als ich ihm die Kleider vom Leib schnitt. Er sah ganz eingewachsen aus in die fleischige Hand, die dazu noch ziemlich aufgequollen war. Aber ich habe schließlich

Übung im Entkleiden von Leichen. Schließlich war ich nicht immer Totengräber. In meiner Jugend war ich Soldat. Aber dann traf mich eine Kartätsche ins linke Bein, und seitdem will es nicht mehr so recht.«

Wrangel nickte. »Und den Ring hast du dann verkauft, nehme ich an.«

»Nein, Herr, den habe ich aufgehoben. Denn ich habe eine hübsche Tochter, Hilke. Wenn Hilke einmal einen anständigen Mann heiratet, soll sie auch einen schönen goldenen Ring tragen können. Als Mitgift, sozusagen. Viel mehr können arme Leute wie wir uns nicht leisten.«

»Dürfte ich den Ring einmal sehen?«

Der Totengräber schaute Wrangel misstrauisch an. Aber dann machte er mit der Hand eine wegwerfende Bewegung. »Vom Gericht aus Hamburg seid Ihr? Da werdet Ihr mich wohl nicht bestehlen wollen. Also wartet einen Augenblick.« Er legte die Axt beiseite und ging mit gebeugtem Rücken, das linke Bein schwer nachziehend, zum Hintereingang der kleinen Kate.

Wrangel sah ihm nach. Als er die Tür öffnete, kam aufgeregt gackernd ein Huhn dahinter hervor und rannte flügelschlagend über den engen Hinterhof.

Wenig später kehrte auch Hinnerk wieder, in der Hand ein kleines Päckchen aus einfachem Tuch. Vorsichtig wickelte er es vor Wrangel aus und hielt ihm dann einen kleinen goldenen Ring entgegen. Wrangel nahm ihn zwischen Daumen und Mittelfinger und hielt ihn ins Licht. Ein schlichter, aber massiver Ring aus reinem sattgelbem Gold.

»Drinnen steht etwas geschrieben. Aber ich kann nicht lesen«, murmelte Hinnerk.

Wrangel schaute den Ring noch genauer an. In filigranen, elegant geschwungenen winzigen Buchstaben stand dort: *para Paolo – amor Tereza.* Wie einen Blitz durchzuckte es Wrangel, und sein Herz schlug schneller. Paul Ankermann hatte eine portugiesische Braut. Der Mann, den die Leute vor zehn Jahren im Sumpf gefunden hatten, dürfte mit diesem Ring am Finger also kaum Ankermanns Diener gewesen sein.

»Wie sah der Mann aus, Hinnerk, dem du den Ring vom Finger nahmst?«

Hinnerk kratzte sein stoppeliges Kinn. »Nicht gut, Herr, ganz fahle Haut hatte er und war aufgedunsen.«

»Und sein Haar?«

»Verfilzt war es und voller Schlamm.«

»Die Haarfarbe, Hinnerk«, fragte Wrangel, seine Ungeduld kaum bändigend.

»Braun war es.«

Wrangel nickte und atmete kräftig aus. »Ich habe den starken Verdacht, Hinnerk, dass der Mann, den ihr hier damals gefunden habt, ein Hamburger Kaufmann ist. Denn in diesem Ring steht sein Name.«

Der Totengräber rümpfte die Nase. »Hätte ich man nix gesagt. Jetzt wollt Ihr mir den Ring doch bestimmt wegnehmen, nicht wahr?«

»Nein. Aber kann ich ihn dir abkaufen?«

Hinnerk brummte widerstrebend. »Ich hab ihn doch für meine Tochter …«

»Ich gebe dir die gleiche Menge Goldes und noch einmal so viel für ein schönes Brautkleid.«

Der Totengräber musterte Wrangel verwundert. »Der Ring scheint Euch wichtig zu sein, Prokurator.«

»Ja, er könnte ein entscheidendes Beweisstück sein, um einen Verbrecher zu überführen.« Bevor Hinnerk eine weitere Frage stellen konnte, hatte Wrangel schon seine lederne Börse gezogen, holte zwei Goldmünzen daraus hervor und reichte sie dem Totengräber. Der blinzelte kurz zwischen Ring und Münzen hin

und her, reichte Wrangel dann den Ring und wickelte die beiden Münzen schnell in das kleine Stückchen Stoff, das vorher den Ring geschützt hatte.
Keine halbe Stunde später saß Wrangel in der Kutsche, die in eiligem Trab die Straße nach Pinneberg zum Landdrost einschlug.

Festung Königstein im November 1706

In eine Wolldecke gehüllt und mit einem Becher erwärmten und gut gewürzten Wein in der Hand, betrachtete Patkul versonnen das Spiel der Flammen im Kamin. Die Dunkelheit kam täglich früher und mit ihr die Kälte, die selbst durch die dicken Festungsmauern kroch. Bei Kerzenschein zu lesen fiel ihm inzwischen zu schwer. Die Augen wollten einfach nicht mehr wir früher. So zog er es vor, dem Feuer zuzusehen. Sein Diener Heinrich hatte bereits um Erlaubnis gebeten, sich zurückziehen zu dürfen, da er sich nicht wohl fühlte und nicht riskieren wollte, dass aus dem Unwohlsein eine Krankheit erwüchse, die seinen Dienst verhindern könnte. Umso erstaunter war Patkul, als er hinter sich den Riegel der Tür hörte.

»Na, Heinrich, hast du noch etwas vergessen?«

»Nicht Euer treuer Diener, sondern Euer treuer Freund ist es, der Euch so spät noch einen Besuch abstattet.«

Patkul erkannte sofort die Stimme von Hoyms und drehte sich schwerfällig in seinem Lehnstuhl um.

»Bleibt ruhig sitzen, ich rücke mir einen Stuhl zu Euch ans Feuer heran, wenn es Euch recht ist.«

»Hoym, mein Lieber, was für eine unerwartete und zugleich schöne Überraschung. Wie kommt es, dass Ihr hier seid und dann noch zu dieser späten Stunde? Ich dachte, der Kommandant habe Euch nur einmal im Monat einen Besuch bei mir gestattet. Oder vergeht die Zeit doch schneller, als es mir scheinen will?« Freudig streckte Patkul dem Freund die vom Weinbecher gewärmte Hand entgegen.

Der nahm sie in beide Hände und drückte sie fest. »Der Kommandant hat eine Ausnahme gemacht, mein Freund, damit ich

Euch als Erster eine Nachricht überbringen kann, bevor die Spatzen sie von den Dächern pfeifen.«
Patkul schaute ihm in die Augen. Er sah keine Freude in ihnen.
»Wenn der Kommandant eine solche Ausnahme macht, wird es sich kaum um eine gute Nachricht handeln, oder?«
Hoym löste den Händedruck und den Blick. »Nein. Heute wurde der Inhalt des Vertrags veröffentlicht, den Sachsen für einen Frieden mit Schweden in Altranstädt geschlossen hat.«
Patkul holte tief Luft und starrte ihn gebannt an.
»Eine der Kernforderungen des schwedischen Königs ist die Auslieferung sämtlicher Deserteure aus dem schwedischen Königreich. Ihr seid dabei als einziger sogar namentlich erwähnt.«
Patkuls Mund wurde trocken. Er nahm einen Schluck von dem erwärmten Wein und ließ ihn in der Mundhöhle kreisen, so, als wollte er sich noch eine kurze Pause für seine Antwort gönnen.
»Ich hoffe doch, Karl hat noch ein bisschen mehr für diesen Frieden verlangt als einen sowieso schon zu Unrecht festgesetzten kranken Mann.«
»Ja. Die polnische Krone natürlich. Auch der Allianz mit Russland musste August entsagen.«
Patkul nickte schweigend. Nun hatte das Warten wenigstens ein Ende. Genauso wie zuvor das Weglaufen und Verstecken vor den schwedischen Häschern. Für einen Augenblick blitzten in seinem Kopf all die vielen Situationen auf, in denen er sich mit einem tief ins Gesicht gezogenen Hut an irgendeinem schwedischen Gesandten vorbeischob und hoffte, nicht erkannt zu werden, oder aber die Vorhänge seiner Kutsche zuzog, damit ihn niemand sah. Selbst in Moskau hatte er sich vor den Schweden nicht sicher gefühlt. Nun würden sie bald kommen, ihn abholen und nach Stockholm vor Gericht bringen. Dort würde also seine letzte Schlacht stattfinden. David gegen Goliath.
»Aber verzweifelt nicht, lieber Freund, denn noch ist das letz-

te Wort nicht gesprochen«, versuchte Hoym Patkul aufzumuntern. »Von einem befreundeten Diplomaten, dessen Namen ich aber lieber verschweige, denn wie Ihr wisst, haben manche Wände Ohren«, dabei deutete er in Richtung der Tür, »wurde ich kürzlich informiert, dass man sich bemühe, König August ...«

»Kurfürst August«, zischte Patkul dazwischen.

»Ja, also dass man sich bemühe, an den Erfolg von Kalisch anzuknüpfen und August und den Zaren zu einer schnellen Einigung in Eurer Angelegenheit zu bewegen, sodass Ihr schon von hier fort wäret, bevor die Schweden Euch holen könnten.«

»Und Ihr meint, was die beiden in elf Monaten nicht geschafft haben, würden sie nun über Nacht regeln können? Die Schweden sind doch schon lange hier. Jeden Tag können sie mich nun holen, wenn es ihnen passt. August wusste doch, was er tat, als er diesen Frieden akzeptierte. Warum sollte er jetzt davon Abstand nehmen?«

»Nicht er hat den Frieden unterzeichnet, lieber Patkul. Vielmehr hat er Baron Imhof und dem Geheimen Referendar Pfingsten eine Blankovollmacht erteilt. Und die beiden haben nichts Besseres damit anzustellen gewusst, als dem König die Krone und den Verbündeten zu nehmen. Man sagt, August sei mehr als ungehalten über diesen Frieden und für Pfingsten bereite man schon ein Verlies hier in der Festung vor.«

»Was? Ausgerechnet Pfingsten, mein vielleicht ärgster Feind – von König Karl einmal abgesehen –, soll hier mit mir das Quartier teilen? Welch ein Hohn des Schicksals!«, warf Patkul zynisch ein.

»Ja, mein Freund. Vielleicht kommt August ja doch noch zur Vernunft in Eurer Causa. Bei Kalisch zeigte er ja schon sein wahres Gesicht gegenüber den Schweden. Habt Vertrauen, Patkul. Das Blatt kann sich auch in dieser furchtbaren Lage noch ändern. Selbst der Kommandant von Königstein glaubt nicht daran, dass er Euch so bald den Schweden ausliefern muss. Das sagte er mir gerade eben erst, als er mir die Erlaubnis erteilte, Euch zu besuchen.«

»Ich warte und vertraue schon so lange, lieber Hoym, dass ich dessen langsam müde bin.«

Hoym ergriff erneut seine Hand. »Nein«, flüsterte er. »Vergesst nicht, dass wir zugleich Eure Flucht planen. Wir sind schon ein gutes Stück weiter. In einem, spätestens in zwei Monaten könnte alles so weit sein.«

»Wenn sich die Schweden so lange gedulden wollen«, seufzte Patkul und schaute auf die Neige seines Weins.

Ingermanland im November 1706

Sie stand an der Pforte ihres kleinen Holzhauses und blickte dem Schlitten mit den drei kräftigen Pferden hinterher. Die Tiere waren nach russischer Art mit Glöckchen behangen und zogen den Schlitten nebeneinander herlaufend. Die Pferde schnaubten, und der Schnee stob unter ihren Hufen auf. Neben dem Kutscher auf dem Bock hockte der große Rothaarige in einen Schafspelz gehüllt. Eine *schapka* bedeckte seinen Schädel. Er hob die Hand zum Abschied. Im Fond des Schlittens saß die Wolfsfrau mit ihrem Kind im Arm, beide umhüllt von einem riesigen silbergrauen Wolfspelz. Auch ihr Kopf war mit einer *schapka* bedeckt. Den Mann neben ihr in dunklem Zobel umgab eine gute, starke Aura. Ein gut gewählter Gefährte. Er hatte ihr den Mantel für die Reise mitgebracht. Ob er wusste, dass er sie in ihren ureigenen Pelz hüllte? Es war richtig so. Der Pelz würde sie wärmen und schützen auf der langen Fahrt, die ihr und dem Kind bevorstand.

Die Wolfsfrau war eine starke Frau, hatte es in der Geburt bewiesen. Sie würde lernen, noch besser mit ihrer Kraft umzugehen, denn sie war neugierig. Wie viele Fragen sie ihr in den letzten Tagen gestellt hatte und wie bereitwillig sie einen Rat, eine Hilfe annahm. Das Kind hatte sie verstanden zu stillen, auch wenn es ihr zunächst fremd vorkam. Aber ihr Instinkt brach schnell durch, gab ihr Vertrauen, und nun wiegte sie das Kleine schon so beruhigend in ihrem Arm, als hätte sie nie etwas anderes getan. Sie würde mit und an ihm wachsen. Auch das Kind war stark. Sie hatte den Bären in seinen ersten Schreien gehört. Das war ein gutes Zeichen. Es würde sie nicht wundern, ihm einmal in anderen Sphären zu begegnen, so wie auch der Wolfsfrau, wenn sie erneut den Mut dorthin fand.

Der Schlitten verschwand hinter dem Dorf im Wald. Nur das helle Läuten der Glöckchen hallte mit dem Wind zurück. Die Natur war ihnen gnädig, der Boden schon mit Schnee bedeckt und die Flüsse gefroren. Über das Eis würden sie schneller reisen können. Der Ruf eines Schwarms von Gänsen mischte sich mit dem Glöckchengeläut. Sie waren spät dran. Marusja schaute hoch und folgte dem wohlgeordneten Flug der Tiere in den Süden.

Wann würde für sie die Zeit kommen, weiterzuziehen?

Hamburg im Dezember 1706

Mit größter Anspannung stand Wrangel in einer Ecke der Börse, von der aus er den Eingang gut im Blick hatte. Seine Allongeperücke juckte ihm im Nacken. Normalerweise trug er sie nur, wenn er beim Obergericht anwesend sein musste. Aber hier schien sie ihm wegen seiner noch recht kurzen Haare als Tarnung hilfreich.

Die letzten zwei Wochen waren wie im Flug vergangen. Beim Pinneberger Landdrost hatte er die alten Akten des Toten im Wedeler Sumpf einsehen können. Der Mann hatte ein gebrochenes Genick gehabt, sodass sich ein Gewaltverbrechen nicht ausschließen ließ. Aber da den Toten niemand kannte und niemand vermisste, hatte man die Sache zu den Akten gelegt. Kaum nach Hamburg zurückgekehrt, verschärfte Wrangel mit Claussens Hilfe seine Nachforschungen nach Ankermann, um so viel wie möglich über ihn herauszufinden. Niemand hatte mehr von ihm gehört, seit er im Juni 1697 die Stadt verlassen hatte, um ein neues Leben als Plantagenbesitzer in den portugiesischen Überseekolonien zu beginnen. Syndikus Lorenz war es derweil gelungen, mehr über die Geschäftsverbindungen zwischen Ankermann und der Gesellschaft der Hamburger Archangelsk-Fahrer in Erfahrung zu bringen. Tatsächlich gab es kaum persönliche Kontakte zwischen den Kaufleuten, was ungewöhnlich war. Aber die Archangelsk-Fahrer hatten in den vergangenen Jahren viele gute Geschäfte mit Ankermann und seinem Kontor in Narva abgewickelt, sodass sie bisher keinen Anlass zur Sorge hatten. Schnell hatte sich vor Wrangels innerem Auge ein mögliches Szenario abgezeichnet. Nicht der Kaufmann Ankermann war in Frage zu stellen, sondern der Mann, der behauptete, dieser zu sein.

Wrangel musste nicht lange warten, bis ein mittelgroßer schlanker Mann in einem gut geschnittenen dunklen Rock, einer prächtigen Allongeperücke auf dem Haupt und einem eleganten Dreispitz in der Hand die Börse betrat und zielstrebig auf einen der Tische zuhielt, an dem fällige Wechsel einzulösen waren. Vorsichtig setzte sich Wrangel in Bewegung und positionierte sich in der Nähe des Neuankömmlings.

»Gott zum Gruße, der Herr. Mein Name ist Paul Ankermann, und für mich sind hier zwei Wechsel hinterlegt, die heute, am 6. Dezember 1706, fällig werden.«

Der Kontorist hinter dem Tisch schaute Ankermann verhalten höflich an, blätterte dann in seinen Unterlagen, bis er die entsprechenden Papiere fand.

»Sehr wohl, der Herr. Ich habe hier zwei Wechsel auf den Namen Ankermann. Seid so gut und zeichnet sie gegen, damit ich die Signaturen prüfen kann.«

Ankermann beugte sich vor, griff nach der ihm gereichten Feder und unterschrieb das erste Schriftstück.

»Entschuldigt die Einmischung.« Wrangel trat mit laut erhobener Stimme hervor. »Aber ich wage zu behaupten, dass Ihr nicht der seid, für den Ihr Euch ausgebt, Herr Ankermann.«

Ein Raunen ging durch die Börsenhalle, und die Kaufleute drehten sich neugierig zu den beiden Männern.

Ankermann erstarrte mitten in der Bewegung. Mit einem Schlag wurde es sehr still um ihn herum. Die Leute erstarrten förmlich. Dann richtete Ankermann sich langsam auf, straffte den Rücken und blickte Wrangel mit seinen hellen blitzenden Augen an. »Und wer seid Ihr, dass Ihr es wagt, mich, einen ehrbaren Kaufmann, mit einer solch infamen Unterstellung zu beleidigen?«

Wrangel hielt dem Blick stand, ohne mit der Wimper zu zucken. Mit ruhiger lauter Stimme antwortete er: »Wer ich bin, ist in

Hamburg hinlänglich bekannt, mein Herr. Ich bin Prokurator am Hamburger Niedergericht.«
Ein erneutes Raunen ging durch die Zuschauer, und sie drängten sich noch etwas dichter um die beiden Kontrahenten.
Der Kontorist blickte irritiert von einem zum anderen. Dann wandte er sich an Wrangel, der ob seines hohen Amtes in der Stadt über eine entsprechende Autorität verfügte. »Was gibt Euch den Anlass, an dem Wort des Herrn hier zu zweifeln, Herr Prokurator? Die beiden Unterschriften gleichen sich für mein Auge wie ein Ei dem anderen.«
»Dass sie von einer Hand sind, will ich nicht bezweifeln, aber dass dies die Hand des Paul Ankermann ist, des Sohnes von dem verstorbenen Theodor Ankermann, einem angesehenen und ehrbaren Kaufmann dieser Stadt, halte ich für eine Lüge.«
»Ihr nennt mich einen Lügner?«, zischte Ankermann zwischen seinen dünnen Lippen hervor. »Was für eine Ungeheuerlichkeit! Seit Jahren schon unterhalte ich gute geschäftliche Verbindungen mit der Hamburgischen Gesellschaft der Archangelsk-Fahrer und bin meiner Heimatstadt somit eng verbunden geblieben in all den Jahren seit dem Tode meines Vaters. Die Herren Konau und Poppe, ihres Zeichens Gründer der Gesellschaft der Archangelsk-Fahrer, mögen dies bestätigen und bezeugen, dass ich niemand anderer bin als Paul Ankermann.«
Wieder ging ein Raunen durch den Saal, einige Männer nickten und schauten missmutig und erwartungsvoll zu Wrangel hinüber.
»Und jetzt möchtet Ihr hier an der Hamburger Börse zwei Wechsel auf die nicht unerhebliche Summe von jeweils dreißigtausend Reichstalern einlösen. Geld, für das Hamburger Kaufleute womöglich geradezustehen haben. Ist es da nicht nur recht und billig, nach ehrbaren Zeugen für Euch zu fragen?«
»Ich sagte doch bereits, die Herren Konau und …«

»Die Herren Konau und Poppe haben Euch niemals persönlich kennengelernt, wie sie dem ehrenwerten Syndikus Lorenz, seines Zeichens Rechtsvertreter des Hamburger Rates, schriftlich mitteilten.«

Die Stimmen im Saal wurden lauter, und einige Männer sahen sich suchend nach Lorenz um, den man häufig zu dieser Stunde an der Börse antraf. Er stand in einer hinteren Ecke und nickte zustimmend.

Wrangel griff derweil langsam in seine Rocktasche und zog einen kleinen goldenen Ring hervor. »Wenn Ihr aber tatsächlich der seid, der Ihr behauptet zu sein, dann gehört dieser Ring Euch.«

Ankermann stutzte, streckte dann seine Hand nach dem Schmuckstück aus.

Doch Wrangel zog die seine zurück und hielt den Ring gut sichtbar in die Höhe. »Und wenn Euch dieser Ring gehört, dann wisst Ihr sicherlich auch, was in ihm eingraviert ist.«

Ankermann erbleichte, seine Mundwinkel verzogen sich zu einem starren Lächeln. Die Kaufleute rundherum flüsterten sich aufgeregt etwas zu.

»Und wer soll der Mann sein, Prokurator, wenn er nicht Paul Ankermann ist?«, fragte ein älterer Herr, der sich auf einen Stock stützte.

Ankermann fixierte Wrangel erneut mit seinen hellen Augen. »Kann ich Euch unter vier Augen sprechen, Prokurator?«

Wrangel zögerte einen Augenblick, während schon Rufe im Saal laut wurden: »Los, was steht in dem Ring?«

Zwischenzeitlich war der Aufseher der Börse auf die beiden Männer zugetreten, gebot dem Kontoristen, die Einlösung der Wechsel zu unterbrechen, und wies dann vermittelnd auf eine Tür, die zu seinem kleinen Kabinett führte.

Kaum hatte sich die Tür hinter den beiden Männern geschlos-

sen, als Ankermann gefährlich leise zischte: »Wer seid Ihr, dass Ihr es wagt, hier ein solches Possenspiel aufzuführen?«
»Das Gleiche könnte ich wohl Euch fragen, nicht wahr?«
»Was soll dieses Theater mit dem Ring? Wollt Ihr Geld?«
»Nein. Und dieses Mal auch keine Passage.«
Ankermann stutzte. Dann taumelte er unvermittelt, als habe ihn eine harte Faust getroffen. Er schnappte nach Luft und stotterte: »Ihr … Ihr seid …«
»Hinrich Wrangel ist mein Name. Aber für Euch genügte schon damals *mushik.*«
Ankermann stolperte rückwärts, bis er einen Stuhl zu fassen bekam, und sank auf ihm in sich zusammen. »Was wollt Ihr von mir?«
Wrangel lächelte kalt.
Langsam richtete sich Ankermann wieder auf und musterte ihn erneut. »Seid Ihr nicht der Advocatus Hinrich Wrangel, der in den Fall Patkul involviert ist? Ich habe von Euch gehört.« Er straffte seinen Rücken. »Hört zu, ich schlage Euch ein Geschäft vor.« Er griff in seine Rocktasche und holte eine kleine Schriftrolle hervor. »Ihr lasst mich hier in Ruhe mein Geschäft abwickeln und anschließend verschwinden, dafür bekommt Ihr diese Urkunde.«
»Was ist das?«
»Es ist das *privilegium sigismundis,* das der livländischen Ritterschaft das Recht garantiert, auch als schwedische Untertanen ihre Güter als Eigentum zu behalten. Damit könnt Ihr mit einem Schlag Patkul zu einem Helden und den schwedischen König zu einem Dieb machen.« Über sein Gesicht huschte ein Lächeln. »Eigentlich hatte ich vor, mir damit eine angenehme Zukunft in Schweden zu sichern, vielleicht mit einem hübschen Landgut und einem angemessenen Adelstitel. Aber in meiner derzeitigen Lage ziehe ich es vor, Euch dieses Doku-

ment zu geben und dafür von Euch den Ring sowie einen geordneten Rückzug aus Hamburg zu erhalten. Karl XII. würde das Papier sowieso nur verbrennen, aber für Euch ist es von größtem Nutzen. Ihr könntet damit dem livländischen Adel zu seinem Recht und vor allem Patkul zu seiner Freiheit verhelfen. Welchen Ruhm und welche Ehre würde das für Euch bedeuten, Prokurator Wrangel.« Ankermann hielt Wrangel das Dokument so hin wie der ihm zuvor den Ring. »Die Augen aller europäischen Diplomaten werden sich voll Dankbarkeit auf Euch richten. Mit einem Schlag seid Ihr ein gemachter Mann. Schlagt Ihr ein?«

Wrangel rührte nicht einen Muskel. Aber innerlich brannte er. Dieses Dokument hatte er schon einmal beinahe in den Händen gehalten. Damals in der Kutsche auf der Rückfahrt nach Königsberg. Es war in einer anderen Welt gewesen. Hohenwerth hatte ihm damals vorgehalten, Wrangel würde ihm nicht vertrauen, sondern Angst haben, Hohenwerth, der erklärte Gegner der Leibeigenschaft, könnte das Dokument vernichten, anstatt es für die Befreiung Patkuls einzusetzen. Keine fünf Minuten später war Hohenwerth tot, und Wrangel erfuhr das Schicksal der Leibeigenschaft am eigenen Leibe. Dank jenem Mann vor ihm, der ihm nun das womöglich damals erbeutete Dokument als Tausch für seine Freiheit anbot. Seine Freiheit gegen die von Tausenden Bauern, ihren Frauen, Kindern und Kindeskindern, die zurückfallen würden in die Leibeigenschaft, käme dieses Dokument an die Öffentlichkeit.

»Woher habt Ihr eigentlich den Ring?«, riss Ankermann Wrangel aus seiner Starre.

»Von einem Totengräber. Und der hat ihn von Paul Ankermanns kleinem Finger.«

Der Kaufmann nickte. »Ihr wisst also, wer ich bin. Es war ein Unfall, die Gelegenheit einmalig.«

»Und dann wurde aus Johann, dem Diener, Paul Ankermann, der Herr.«
Ankermann nickte.
»Aber nicht nur der, nicht wahr?«
Ankermann stutzte.
»Auch Pawel Iwanowitsch, die russische Variante des Vor- und Vaternamens. Johann, der Diener, wurde zu Pauls Vater. Und somit die Rache seines eigenen Schicksals: ein Menschenhändler.«
Ankermann hielt den Atem an. »Wie ... woher ...?«
»Wollt Ihr gar nicht wissen, wie ich nach Russland kam, Pawel Iwanowitsch?
In irgendeinem dreckigen Nest, an einem morschen Bootssteg habt Ihr mich mit Eurem gewienerten Stiefel in den Dreck getreten und dann als Wanja nach Russland verkauft. Aber die Rechnung ist noch offen. Heute dürft Ihr sie bezahlen.«
»Was wollt Ihr? Doch Geld? Hört zu, Ihr bekommt die Hälfte der Wechsel zu der Urkunde dazu.«
»Das Geld, das Ihr dem Zaren von Russland gestohlen habt? Nein danke, Hehlerei interessiert mich nicht. Aber den Sondergesandten des Zaren, der demnächst in Hamburg erwartet wird, dürfte es interessieren.«
Ankermanns Augen begannen unruhig zu flackern, als sie zwischen Wrangel und der Tür hinaus in die Börsenhalle hin und her wanderten. Seine Muskeln spannten sich an, wie zum Sprung bereit. Dann fiel sein Blick auf den Kachelofen, der das Kabinett beheizte. Mit einem Satz war er da, riss die kleine Ofenklappe auf und hielt die Schriftrolle in die Flammen.
»Wenn die Urkunde mir schon nichts mehr nützt, dann soll sie Euch noch weniger nützen!«
Für einen kurzen Moment durchzuckte Wrangel der Gedanke, dass sich in diesem Hamburger Kachelofen womöglich das

Schicksal von Johann Reinhold Patkul entschied. Aber auf seinem Gesicht machte sich bereits wieder das kalte Lächeln breit. »Tausende livländischer Bauern würden dir diese Tat danken, Johann. Aber sie werden es wohl nie erfahren. Der Brookvogt und seine Röper warten bereits auf dich.«

»Aber ich habe in Hamburg nichts verbrochen! Wofür wollt Ihr mich verhaften?«

»Du vergisst die Unterschrift auf dem Wechsel, Johann. Es steht in Hamburg unter Strafe, ein Geschäft unter falschem Namen zu tätigen. Auf eine solche Scharlatanerie stehen Pranger, Stäupung und Stadtverweis.«

»Und danach lässt man mich laufen?«

»Der Landdrost von Pinneberg hat das Hamburger Niedergericht um Amtshilfe wegen des ungeklärten Todesfalles von Paul Ankermann gebeten. Seine Knechte warten vor dem Millerntor auf dich.«

»Aber es war ein Unfall!«

»Das zu klären ist Sache des Gerichts der Grafschaft Holstein-Pinneberg.«

* * *

Die Glocken von Sankt Katharinen verstummten, und der Chor auf der Empore stimmte »Vom Himmel hoch« an, begleitet von der prächtigen Orgel, deren wunderbarer Klang weit über das Kirchspiel hinaus geschätzt wurde. Die Kirche war am Morgengottesdienst des ersten Weihnachtstages bis auf den letzten Platz gefüllt mit Menschen in festlicher Kleidung und froher Erwartung.

Ruth saß neben Hinrich in der ersten Reihe, in ihren Armen lag ihr Kind, in eine mit Genter Spitzen verzierte Decke gewickelt, und schlief. Das kleine Köpfchen, mit einer blütenweißen Haube umhüllt, ruhte friedlich in ihrer Armbeuge. Vor einer Woche erst war sie mit Jurek und der Kleinen in Hamburg angekommen, aber ihr hiesiges Leben hatte sich schon in einen neuen Rhythmus, einen tiefen Gleichgang mit ihrer Umgebung gefügt. Vielleicht war er auch gar nicht neu, sondern hatte schon auf dem Rentierlager in Marusjas Hütte seinen Anfang genommen. Damals, als sie fühlte, dass sie angekommen war.

Die Zeit, die sie mit der alten Schamanin verbracht hatte, ließ sich nicht messen, kaum unterteilen. Es war ein gleichmäßiges Hingleiten gewesen, das sich ständig um Kleinigkeiten oder auch große Wunder bereicherte. Das größte dieser Wunder hielt sie in ihrem Arm, würde es gleich an das Taufbecken tragen, um ihm seinen Weg in diese Gesellschaft zu ebnen. Seinen Weg ins Leben hatte Marusja ihm bereits geebnet. Ohne viel Aufhebens hatte sie Ruth auch gezeigt, wie sie das Band der Liebe zu ihrem Kind stärken konnte.

In den ersten Lebenswochen waren Mutter und Kind zu einer kaum zu trennenden Einheit verschmolzen, die zu Anfang in Hamburg die argwöhnischen Blicke von Hanne Claussen erregt hatte. Denn Ruth lehnte Hannes Angebot ab, ihr eine gute Amme zu vermitteln. Hannes Bemerkungen, dass nur arme Frauen niederen Standes ihre Kinder selbst stillten, wischte sie mit einem Lächeln fort, ohne das Thema weiter zu vertiefen. Seit sie innerlich angekommen war, war ihre Angst vor der sie umgebenden Welt fort. Und mit ihr der Druck, gegen sie aufzubegehren. Sie schritt einfach ruhig und gelassen aus, wie auch jetzt, als Claussen in seinem schwarzen Talar mit dem mächtigen weißen Kragen die junge Familie Wrangel an das Taufbecken bat.

Hinrich ergriff Ruths Hand, und ihre Blicke trafen sich. Auch er war nicht mehr derselbe. Aber noch tiefer mit ihr verbunden als je zuvor. Ihr Wiedersehen in Hamburg war wunderschön gewesen. Die ersten drei Tage hatten sie sich kaum voneinander losreißen können, so viel gab es zu berichten, zu bewundern, gemeinsam schweigend zu erleben und zu erinnern. Hinrich hielt seine Tochter oft in den Armen, streichelte und küsste sie. Ruths Entscheidung, keine Amme zu nehmen, stellte er nicht in Frage, zumal sie vier Mägde im Hause hatten, die ihr jederzeit zur Seite sprangen, brauchte sie Hilfe.

Vor dem Taufbecken brannte ein ganzes Meer von Kerzen. Matthias Claussen lächelte ihnen beiden zu, während er zur Gemeinde sprach. Er erzählte von der weiten Reise, die Mutter und Kind unternommen hatten, und vor Ruths Augen tauchten wieder die Bilder der Schlittenfahrt durch die endlose weiße Weite auf. Schafirow hatte Wort gehalten. Mehr noch, er hatte sein Bestes gegeben und den frühen Wintereinbruch, der ihre Heimreise mit dem Schiff von Sankt Petersburg verhinderte, genutzt, um sie, in dicke Pelze gehüllt, in einem luxuriösen Reiseschlitten nach Riga zu bringen, wo das Meer noch offen war.

Die Fahrt hatte mehrere Tage gedauert, aber an jeder Poststation, die sie passierten, bekam der Schlitten des Geheimrats und Direktors der russischen Post umgehend die besten frischen Pferde vorgespannt, und die Reisenden wurden mit kräftigenden warmen Speisen und Getränken versorgt. Sie hatten Glück, der Peipussee war bereits mit einer dicken Eisschicht überzogen, sodass sie über ihn eine ordentliche Abkürzung nehmen konnten. Nach einer knappen Woche erreichten sie Riga, und Schafirow gelang es, Ruth auf einem dänischen Schiff unterzubringen, das zu den letzten gehörte, die den Hafen vor dem heranrückenden Eis verließen.

Auf der Reise hatte Ruth viel mit Schafirow geredet, dennoch blieb er ihr ein Rätsel. Sie meinte, eine tiefe Einsamkeit in ihm zu spüren, die er aber stets mit einem geheimnisvollen Lächeln zu

überspielen suchte. Schnell hatte sie begriffen, dass Schafirow zum engsten Kreis um den Zaren gehörte, für ihn auch die Aufgabe des Hoffaktors übernommen hatte, aber wohl stets darum bemüht war, so wenig wie möglich von sich persönlich preiszugeben. Unwillkürlich hatte sie an Issachar Berend Lehmann denken müssen, der auch stets sein Innerstes für sich behielt. Zum Abschied hatte Schafirow ihr einen taubeneigroßen Saphir geschenkt. Sie hatte ihn nicht annehmen wollen, aber er bestand darauf. »Für Euer Kind«, sagte er, »denn seine Augen haben die Farbe des Steins.«
Sie schaute dem Kind in die tief dunkelblauen Augen, die es unter den langen Wimpern weit und starr geöffnet hatte wegen des kalten Wassers, das der Pastor ihm nun behutsam über die kleine Stirn träufelte, während er mit lauter und klarer Stimme sprach: »Ich taufe dich auf den Namen Marie – im Namen des Vaters, des Sohnes und des Heiligen Geistes, Amen.«
Ein Lächeln huschte über Ruths Gesicht, und sie drückte sanft Hinrichs Hand in der Erinnerung an das Gespräch mit Matthias Claussen, als sie ihn baten, Taufpate von Marie zu werden. Es stand ihm damals ins Gesicht geschrieben, dass ihm so ein Papistenname, wie er ihn bezeichnete, nur schwer über die Lippen kommen wollte. Aber Hinrich hatte bloß gelacht und geantwortet: »Marusja könntest du sicherlich noch weniger aussprechen, ohne zu stottern.« Damit war die Sache vom Tisch.
Während die Orgel wieder für ein feierliches »Kyrie eleison« erklang, kehrte Ruth mit der nun in die christliche Gemeinschaft aufgenommenen Marie im Arm und Hinrichs Hand auf ihrer Schulter zum Kirchgestühl zurück. Von nun an würde sie immer im vorderen Kirchgestühl sitzen, denn seit Wrangels Rückkehr und seiner fulminanten Überführung des falschen Ankermann, mit der einherging, dass Hamburg dem Zaren in aller Diskretion

die nicht eingelösten Wechsel zukommen lassen konnte, gehörten die Wrangels unbestreitbar zum Patriziat der Stadt. Doch dieser Stand und seine Verpflichtungen bereiteten Ruth keine Sorge mehr, denn sie hatte gelernt, dass jenseits aller Zwänge die wahre Freiheit in ihr selbst ruhte.

Epilog

Johann Reinhold Patkul schlug die Augen auf, als er Schritte auf dem Gang hörte. Er lag angekettet auf einer harten Pritsche, nur notdürftig mit einer alten Wolldecke bedeckt. Sein neues Verlies war ihm noch nicht vertraut. Die vergangenen sechs Monate hatte man ihn zumeist wie einen Hund angekettet in einen verdeckten Rüstwagen mit nur wenigen Luftlöchern zum Atmen gesperrt und war mit ihm tagein, tagaus über Land gezogen.

Das Unglück hatte am 6. April 1707 seinen Anfang genommen. Am Abend zuvor noch war von Hoym bei ihm in der Festung Königstein gewesen und hatte aufgeregt berichtet, König August habe endlich seiner Freilassung zugestimmt, und am nächsten Abend schon wolle man ihn fortbringen. Doch noch in derselben Nacht, Schlag zwölf, hatte ihn der schwedische Generaladjutant Arnstedt mit dreißig schwer bewaffneten Männern aus der Festung abgeholt und ins nahe schwedische Feldlager gebracht. Anstatt ihn weiter nach Stockholm zu schicken, um ihm den Prozess zu machen, zog man seitdem quer durch die Lande mit ihm, immer tiefer nach Polen hinein, dem Schwedenkönig hinterher. In Ketten gelegt und in diesem dunklen Kasten eingesperrt, wusste er sich schließlich nicht anders zu helfen, als konsequent jegliche Nahrung zu verweigern. Aber Gott war ihm nicht gnädig gewesen, er schickte ihm nicht den Tod. Stattdessen schickten ihm seine schwedischen Bewacher den Leibarzt des Königs. Und nur wenige Tage später hatte man ihn in dieses Verlies gebracht.

Der Schlüssel kratzte im Schloss, und die Tür ging auf. Der wachhabende Offizier ließ einen Mann in der Kleidung eines

Feldpredigers herein. Patkul richtete sich sogleich auf, um den Geistlichen trotz seiner Fesseln anständig zu begrüßen. Der jedoch schickte zunächst den Offizier hinaus mit der Begründung, er habe mit dem Gefangenen nur mit Gott als Zeugen zu sprechen.

Für einen kurzen Moment keimte eine vage Hoffnung in Patkul auf, dass nun endlich, endlich jemand käme, ihn zu retten.

»Herr Patkul, mein Name ist Pastor Lorenz Hagen, ich bin schwedischer Feldprediger und wurde zu Euch geschickt, um Euch eine Nachricht zu überbringen.«

Die Blicke des Predigers und des Gefangenen trafen sich.

»Der Oberst schickt mich, um Euch mitzuteilen, dass Seine Majestät Karl XII. Euch in Abwesenheit zum Tode verurteilt hat durch Bestätigung des alten Stockholmer Urteils von 1694. Morgen früh soll das Urteil hier in Kasimierz vollstreckt werden. Ich bin gekommen, um Euch Beistand für die Vorbereitung auf diesen letzten Weg zu leisten.«

Patkuls Knie wurden weich, und er ließ sich auf seine Pritsche zurücksinken. Die Bilder vor seinen Augen verschwammen, versanken in Tränen der Wut und der Verzweiflung. Das sollte es nun gewesen sein? Wie einen Dieb hatte man ihn vor nun schon bald zwei Jahren aus dem Bett gezerrt und entgegen jedem Recht eingesperrt. Die Welt hatte zwar aufgeschrien, doch niemand hatte ihm geholfen, am wenigsten der Zar, dessen treuer Diener er war. Die Sachsen hatten ihn dann an die Schweden verschachert, um sich nicht selbst weiter die Finger an ihm zu beschmutzen, und dem Schwedenkönig fehlten nun Anstand und Größe, ihm einen ordentlichen Prozess in Stockholm zu bereiten, wo noch wenigstens einmal in aller Öffentlichkeit die Frage hätte erörtert werden können, ob er denn überhaupt eine Schuld auf sich geladen hatte, die ein Todesurteil rechtfertigte. Stattdessen ließ man ihn hier in diesem polnischen Niemands-

land, in einem Ort mit einem unaussprechlichen Namen, hinrichten. Ein gewaltiges Zittern packte seinen kranken, müden Körper.
»Aber Herr Patkul, so beruhigt Euch doch. Hattet Ihr dieses Urteil denn nicht schon lange erwartet?«
»Ja, ich hatte es wohl erwartet.« Patkul schneuzte sich in ein schmutziges Tuch, das auf seiner Pritsche lag. »Aber dieser Tod wird mir allzu schwer werden.«
Plötzlich brachen all die Wut, die Verzweiflung und Hilflosigkeit der vergangenen Monate in einem gewaltigen Redeschwall aus Patkul heraus, und er überschüttete den ruhig neben ihm lauschenden Pastor mit all den Klagen und Vorwürfen, die er so gern vor aller Welt ausgesprochen hätte.
Als er schließlich, wohl erst nach Stunden, innehielt, nahm der Pastor seine Hand und drückte sie. »Lasst uns gemeinsam beten und das Abendmahl einnehmen.«
»Könnt Ihr mir sagen, Herr Pastor, auf welche Art man mich vom Leben zum Tode befördern wird?«
»Nein, man hat mir nichts gesagt.«
»Dann betet bitte mit mir, dass es ein leichter Tod sein möge.«

Am frühen Morgen öffnete der Leutnant der Wache die Tür. Patkul trat hinaus in das milchig weiße Licht.

Historische Hintergründe

Der Fall des Johann Reinhold von Patkul

Johann Reinhold von Patkul gilt als der Initiator der Allianzen gegen Schweden, die den Großen Nordischen Krieg entfachten und mit ihm Europa ein neues Machtgefüge bescherten.
Patkul, 1660 in Stockholm geboren, war der Spross eines alten livländischen Adelsgeschlechts, der die politische Bühne seiner Heimat betrat, als König Karl XI. von Schweden 1689 beschloss, die Güter-Reduktion, die Rückführung der Güter an den schwedischen König, auch in Livland durchzusetzen. Dabei handelte es sich um ein Gesetz, das die Eigentumsrechte des Adels an seinen Gütern einschränkte und ihn in der Folge verpflichtete, seine Ländereien vom König zu pachten. Die livländische Ritterschaft sah sich durch die Güter-Reduktion ins Unrecht gesetzt, da ihnen, als sich Livland im Dreißigjährigen Krieg Schweden anschloss, König Gustav Adolf bestätigt hatte, ihre Autonomie zu achten, wie sie in dem aus dem 16. Jahrhundert stammenden *»privilegium Sigismundi Augusti«* festgeschrieben war: nämlich das Recht auf eine deutsche Verwaltung, die deutsche Sprache, evangelischen Gottesdienst und den Besitzstand des Adels.
Allerdings war den Livländern im Laufe der Zeit diese wertvolle Urkunde abhandengekommen. Trotzdem wurde 1690 der mit juristischen Kenntnissen beschlagene Patkul als Gesandter der livländischen Ritterschaft nach Stockholm an den Hof geschickt, um ihr Recht einzuklagen. Er scheiterte – und zeigte im Scheitern bereits zwei seiner prägenden Wesenszüge: seine Hartnäckigkeit und seine Kompromisslosigkeit.

Sein Verhalten führte dazu, dass man ihn in Stockholm 1694 wegen verschiedener Vergehen vor Gericht brachte und zum Tode verurteilte. Patkul floh, verließ das schwedische Königreich und lebte von da an als Vertriebener in ständiger Flucht vor der schwedischen Justiz.

In der Folge kämpfte Patkul unermüdlich um seine Rehabilitation, da er das über ihn verhängte Urteil als rechtswidrig ansah. Er wandte sich um juristische Unterstützung an die Universitäten zu Leipzig und Halle und kam so auch mit dem Juristen Christian Thomasius in Kontakt, der eine »Deduction« über Patkuls Unschuld verfasste. Eine Wirkung dieses Schriftstücks auf den schwedischen König blieb allerdings aus. Zumindest in Patkuls Sinn. Tatsächlich verhärtete sich das Verhältnis insofern, als dass der schwedische König auch nicht mehr zu einer Begnadigung Patkuls bereit war.

1699 trat Patkul in die Dienste von König August II. von Polen, der zugleich Kurfürst von Sachsen war, begeisterte den aufstiegshungrigen Monarchen für einen Angriffskrieg gegen Schweden und arbeitete in der Folge intensiv daran, ein tragfähiges Bündnis von Polen-Sachsen, Dänemark und Russland zu schmieden. In diesem Zusammenhang reiste Patkul 1699 auch erstmals nach Moskau. Das Bündnis kam zustande, und 1700 griffen die Alliierten Schweden an.

1702 verließ Patkul, enttäuscht von den Ränken und der Gier am polnisch-sächsischen Hof, August II. und trat in die Dienste Peters I. von Russland. Der Zar schätzte Patkuls Fähigkeiten und schickte ihn 1703 als seinen außerordentlichen Gesandten am polnisch-sächsischen und am Kaiserlichen Hof zurück nach Dresden. Dort wirkte er als Gesandter des Zaren in verschiedensten Angelegenheiten, bis es schließlich zu seiner rechtswidrigen Verhaftung kam, die die diplomatischen Kreise Europas empörte, da sie das seit dem Westfälischen Frieden bestehende Völkerrecht missachtete. Tatsächlich blieb es bei dieser Empörung, die sich nicht zu weiterreichenden Konsequenzen ausdehnen konnte und nicht zur Befreiung Patkuls beitrug. Der hingegen wurde in der Folge des Friedensvertrags von Altranstädt an die Schweden übergeben und schließlich aufgrund des bereits 1694 gefällten Urteils am 10. Oktober 1707 in Kasimierz stümperhaft und grausam durch einen des Handwerks unkundigen Henker gerädert, anschließend geköpft und gevierteilt.

Der Große Nordische Krieg

Als Großer Nordischer Krieg ging jener Krieg in die Geschichte ein, der von 1700 bis 1721 im mittleren und östlichen Europa von der Allianz aus Russland, Sachsen-Polen und zeitweise Dänemark gegen das Königreich Schweden geführt wurde. In der Folge des Krieges verschoben sich die europäischen Machtverhältnisse, Schweden verlor seine Vorherrschaft im Ostseeraum, und Russland stieg zu einer neuen europäischen Großmacht auf.

1697 bestieg der Kurfürst von Sachsen, Friedrich August I., den polnischen Thron und regierte fortan als König August II. ebenso Polen und das Großfürstentum Litauen in Personalunion. Den Weg dorthin hatte ihm neben einer ungehörigen Summe Geldes, das in die Taschen polnischer Adliger floss, auch seine Konvertierung zum katholischen Glauben ermöglicht. August war ein schillernder, prestigegieriger Herrscher, der das Potenzial des Absolutismus vor allem für seine Selbstdarstellung nutzte. Als Johann Reinhold von Patkul in seine Dienste

trat, konnte der den König schnell davon überzeugen, dass ein Krieg gegen Schweden die Rückeroberung des einst polnischen Livlands ermöglichen und August II. zu weitreichendem Prestige in seinem Königreich verhelfen würde.
Auch Zar Peter I. von Russland ließ sich schnell für eine starke Allianz gegen Schweden gewinnen. Denn für den jungen, von reformatorischen Ideen für sein Reich geprägten Zaren war ein Schlüsselpunkt des modernisierenden Umbaus Russlands dessen Zugang zur Ostsee, den er als Fenster zum Westen verstand. Die Gelegenheit schien günstig: Auf dem schwedischen Thron saß Karl XII., ein Jüngling, der 1697 mit gerade einmal fünfzehn Jahren zum König gekrönt worden war. Der kriegs- und siegeserprobte Zar nahm ihn nicht ernst und hoffte auf eine leichte Beute.
Ähnlich ging es dem dänischen König Friedrich IV., dem Schwager Karls XII. Er schloss bereits im Oktober 1698 ein Offensivbündnis mit August II. gegen Schweden.
Als der Krieg im Frühjahr 1700 ausbrach, überraschte der junge schwedische König seine Gegner mit einem Sieg nach dem anderen. Zunächst zwang er Dänemark bereits im August 1700 im Frieden von Traventhal, aus der feindlichen Allianz auszuscheiden, dann wandte er seine Kräfte gegen Russland und schlug Zar Peter in der Schlacht von Narva im November 1700. Dieser Sieg gilt als einer der größten Siege der schwedischen Militärgeschichte. Karls Strategie war so einfach wie wirkungsvoll: Er konzentrierte alle seine Kräfte auf einen Gegner, bis er ihn besiegt hatte und zum Frieden zwang. Hierin spiegelte sich das Wesen des Monarchen, der als gottesfürchtiger, sturer, nie von seinem eingeschlagenen Weg abweichender Asket galt. Und so lag in seinem größten Sieg bereits der Kern für seinen Untergang, denn er unterschätzte den russischen Zaren, hielt ihn nach der Schlacht von Narva bereits für besiegt, ließ von Russland ab

und wandte sich nun mit seinen geballten Kräften gegen den König von Polen.
Aber Russland erholte sich erstaunlich schnell von dieser Niederlage, nicht zuletzt dank der riesigen Ressourcen des Zarenreiches. Peter unterstützte seinen Verbündeten August II. nicht nur mit Soldaten, sondern auch mit Subsidien, Hilfsgeldern für die Fortführung des Krieges, eine in dieser Zeit zwischen Verbündeten übliche Praxis.
Nachdem Karl XII. August II. mit dem Frieden von Altranstädt in die Knie gezwungen hatte, wandte er sich erneut Russland zu – und scheiterte im Juli 1709 in der Schlacht bei Poltawa, die zur Vernichtung der schwedischen Armee in Russland führte. Aber Karl XII. war nicht bereit, mit den Russen einen Frieden abzuschließen, sondern floh mit seinen versprengten Armeeresten in das Osmanische Reich, um von dort aus den Krieg fortzuführen. Es gelang ihm jedoch nicht, erneut die Oberhand im Großen Nordischen Krieg zu gewinnen. Zu einem endgültigen Frieden mit Russland kam es erst 1721 mit dem Friedensvertrag von Nystad, drei Jahre nach dem Tod Karls XII.

Der Bau von Sankt Petersburg

Eine der schönsten Städte der Welt, Sankt Petersburg, hat ihre Entstehung dem Großen Nordischen Krieg zu verdanken. Im Frühjahr 1703 fiel die finnische Handelsfestung Nyenskanc an der Ostseeküste in russische Hand und wurde zerstört. Zar Peter I. beschloss, eine neue, strategisch noch besser, gelegene Festung inmitten des Newadeltas zu bauen. Er wählte dafür die kleine, von tiefem Wasser umgebene Haseninsel, die er unter enormem Aufwand um 1,5 Hektar aufschütten und verbreitern ließ. Am 29. Juni 1703, dem kirchlichen Feiertag der Apostel Peter und Paulus, wurde der Ort mit der entstehenden Festung nach dem Schutzheiligen des Zaren, Simon Petrus, Sankt Petersburg getauft, wobei der Zar die niederländische Variante Sankt Piter Burch bevorzugte.

Tatsächlich war Sankt Petersburg in seinem Gründungsjahr nicht mehr als eine provisorische Erdfestung mit Palisaden. Aber der Traum des Zaren, für Russland eine Stadt mit einem weitgehend eisfreien Zugang zur Ostsee zu bauen, und die Umstände des Nordischen Krieges spielten zusammen, sodass die Festung, die den Namen Peter-und-Paul-Festung bekam, und die Stadt ringsherum nach dem unbeugsamen Willen des Zaren wuchsen. Peter schien kaum ein Preis zu hoch für seinen Wunsch. Zwischen 10000 und 30000 Hilfsarbeiter waren während der ersten fünfundzwanzig Jahre ständig auf den Baustellen von Sankt Petersburg beschäftigt. Sehr viele von ihnen waren russische Leibeigene, ebenso Kriegsgefangene oder auch Zwangsarbeiter. Sie hatten die niedersten Arbeiten, wie die Rodungen längs der Wasserwege, das Aufschütten von Erde sowie das Befestigen der Flussufer mit Pfählen, auszuführen. Neben dem riesigen Heer an Zwangsarbeitern fanden sich mit den Jahren immer mehr ausgebildete Handwerker aus westlichen Gegenden, vor allem aus den Niederlanden und aus Deutschland, ein. Sie wurden gezielt von russischen Agenten angeworben, da ihre Fähigkeiten geschätzt und gebraucht wurden. Entsprechend gut wurden sie für ihre Arbeit bezahlt. Trotzdem war auch für diese Menschen das Leben auf der größten Baustelle Europas anstrengend und entbehrungsreich. Denn es fehlte an allem, angefangen beim Baumaterial. In der sumpfigen Gegend gab es keine Steine. Sie mussten von weit her herangeschafft werden, genauso wie sämtliche Werkzeuge und andere Eisen-

waren. Aber auch Lebensmittel waren knapp, da in der klimatisch schwierigen Region zu wenig für so viele Menschen angebaut wurde und so auch die Nahrung von weit entfernten Märkten herangeholt werden musste. Die harten Lebens- und Arbeitsbedingungen sowie das sumpfige Klima verursachten Krankheiten, die Tausenden Menschen das Leben kosteten. Die medizinische Versorgung war mangelhaft, jährlich forderte das sommerliche Sumpffieber tödlichen Tribut, ebenso wie schlecht versorgte Verletzungen und Krankheiten aufgrund von Mangelernährung wie etwa Skorbut. Berichte von Reisenden aus den Gründungsjahren der Stadt sprechen von ca. hunderttausend Toten zwischen 1703 und 1711. Daher stammt auch der tradierte Mythos, Sankt Petersburg sei auf den Gebeinen der russischen Bauern gebaut worden. Tatsächlich war der dauernde Arbeitskräftemangel in den ersten zwei Jahrzehnten der Geschichte der Stadt ein großes Problem.
Aber all diese Widrigkeiten hielten den Zaren nicht davon ab, für die Stadt eine großartige Zukunft zu planen und seine Pläne auch umzusetzen. Ein entscheidender Schritt war, dass Peter I. bereits 1703 den Schweizer Baumeister Domenico Trezzini aus Kopenhagen nach Moskau holte und ihm die Bauleitung für die wichtigsten Gebäude seiner neuen Stadt anvertraute. So leitete Trezzini ab 1706 den Umbau der Peter-und-Paul-Festung zu einer gemauerten Steinfestung. Bereits 1704 war mit dem Bau der Werft am linken Newaufer begonnen worden. Unter Trezzini wurde sie befestigt und zur Admiralität ausgebaut. Der Schweizer Baumeister des Zaren schuf Jahre später auch das Wahrzeichen der Stadt, den Turm der Peter-und-Paul-Kathedrale in der gleichnamigen Festung. Bis zu seinem Tod im Jahre 1734 arbeitete Trezzini in Sankt Petersburg für den russischen Zaren und seine Nachfolger. An die fünfundsechzig prächtige Bauwerke hat die Stadt ihm zu verdanken, wie auch große Teile des Alex-

ander-Newskij-Klosters. Für Zar Peter war Domenico Trezzini ein Glücksgriff, da der Mann unter den schwierigsten Bedingungen und auch ohne einen Generalbauplan, den es für Sankt Petersburg nie gab, die Ideen und Wünsche des Zaren umzusetzen verstand. Aber auch für Trezzini war die Arbeit für den Zaren die Chance seines Lebens, die er genutzt hat. Eine neue Stadt für einen der mächtigsten Herrscher Europas zu bauen war ein Angebot, das es nur ausgesprochen selten gab.

Frühneuzeitliche Abhängigkeitsverhältnisse und Günstlingstum

Russland zog zu Beginn des 18. Jahrhunderts sicherlich viel mehr aufstiegsorientierte Menschen an als andere Staaten Europas, da es Möglichkeiten bot, die sonst höchstens in der Neuen Welt zu finden waren. Denn der größte Teil Europas war damals noch von einem teilweise archaisch anmutenden Ständesystem geprägt, das den Menschen meist von Geburt an einen festen, kaum verrückbaren Platz in der Gesellschaft zuschrieb.

Auch noch in der frühen Neuzeit verstand man die Gesellschaft als einen Mikrokosmos, der ein Spiegelbild des Makrokosmos, der Ordnung der Gestirne am Himmel, war. Man glaubte lange Zeit, Gott habe die Sterne unveränderlich fest am Himmel plaziert, und Sonne, Mond und Sterne könnten die Welt nur erhalten, wenn sie unveränderlich an ihren Orten blieben. Das Gleiche galt für die menschliche Gesellschaft, die nach dem Vorbild der kosmischen Ordnung geschaffen war: Auch in ihr sollte eine große, gottgewollte Ordnung herrschen. Zu dieser Ordnung gehörte auch das Prinzip der Ungleichheit, die man als natürlich und gottgewollt ansah und die das Zentrum des gesamten Gemeinwesens bildete. So gab es auf jeder gesellschaftlichen Ebene privilegierte Menschen, die herrschten, und Abhängige, die gehorchen mussten. Auf dieser Basis war es auch selbstverständlich, dass es Menschen verschiedenen Rechts gab: Männer und Frauen, Herren und Knechte, Adlige, Bürger, Bauern und Leibeigene. Die Ungleichheit unter den Menschen galt für das irdische Leben als konstitutiv und prinzipiell nicht aufzuheben. Diese Auffassung des gesellschaftlichen Miteinanders hatte bereits eine jahrtausendealte Tradition. Schon Aristoteles hatte geschrieben: »Wo immer Eines aus Mehrerem zusammengesetzt ist und ein Gemeinsames entsteht, entweder aus kontinuierlichen oder aus getrennten Teilen, da zeigt sich Herrschendes und Beherrschtes [...] Es ist also klar, dass es von Natur Freie und Sklaven gibt und dass das Dienen für diese zuträglich und gerecht ist.«

So hatte jede Gruppe ihre fest umrissene Funktion, die erfüllt werden musste, wenn die gesamte Struktur nicht zerbrechen sollte. Aber zu Beginn des 18. Jahrhunderts genügten diese Vorstellungen gesellschaftlicher Ordnung schon lange nicht mehr den Bedürfnissen der sozialen Realität. Vor allem Menschen, die Herrschaft nicht ausübten, sondern als Frau, Knecht, Magd, als Bauer oder Bürger zu ertragen hatten, strebten auf verschiedene Weise nach Veränderungen. Ließen sich die Rahmenbedingungen nicht ändern, so musste man versuchen, durch soziale oder räumliche Mobilität einen besseren Platz im gesellschaftlichen Gefüge zu erlangen. Die Ehe konnte eine solche Möglichkeit ebenso sein wie ein Wechsel der Religionszugehörigkeit oder die Suche nach einem neuen Dienstherrn, häufig in einem fremden Land.

Das russische Zarenreich war zu Beginn des 18. Jahrhunderts unter der Herrschaft Peters I., der als »der Große« in die Geschichte einging, ein wahrer Tummelplatz für tatkräftige, intelligente und häufig auch skrupellose Menschen, die ihr Schicksal in die eigene Hand zu nehmen wussten und die Möglichkeiten nutzten, die ihnen ein wissbegieriger, von westeuropäischen Einflüssen beseelter Monarch bot. Der Baumeister Trezzini war nur einer von vielen. Die engsten Freunde und Kameraden des Zaren waren soziale Aufsteiger, angefangen bei dem Schotten Patrick Gordon und dem Schweizer François Lefort, die beide als Offiziere in der russischen Armee dienten und dort erstaunliche Karrieren machten. Auch Alexander Menschikow, ein Bauernsohn, der als Page im Hause Lefort diente und dort den Zaren kennenlernte, war ein sozialer Aufsteiger par excellence und zeit seines Lebens der beste und innigste Freund und Günstling Peters I.

Der Zar schätzte die geistige Frische und Gewandtheit, die diese Menschen häufig mitbrachten, ebenso wie ihre Flexibilität und Bereitschaft, ihr ganzes Leben umzukrempeln. So war der zeitweilige Hoffaktor, mehrfache Minister und ebenfalls enge Berater des Zaren, Peter Schafirow, ein zum orthodoxen Christentum konvertierter Jude, der mit diesem Schritt alte traditionelle Bindungen hinter sich ließ und in den russischen Hochadel aufstieg. Eine weitere hochgestellte Persönlichkeit am russischen Hof mit fragwürdiger Vergangenheit war Heinrich Ostermann. In mehr als drei Jahrzehnten diente er vier Zaren, wurde in den Grafenstand erhoben und heiratete eine hochadlige Russin. Dabei stammte der Mann aus Bochum, war lutherischer Pfarrerssohn und hatte 1703 in Jena volltrunken einen Kommilitonen erstochen. Auf seiner Flucht wurde er in Amsterdam als Untersteuermann bei der russischen Flotte angeheuert und gelangte so in das Zarenreich.

Eine besondere Spielart des sozialen Aufstiegs bot sich für einige wenige hübsche junge, oft adlige Frauen: Wenn sie Zugang zu

entsprechenden Kreisen hatten, konnten sie Mätressen hochrangiger Adliger oder bedeutender Amtsträger werden. Eine Mätresse war eine öffentlich als solche bekannte Geliebte des jeweiligen Herrn. In einer Zeit, in der vor allem in höchsten gesellschaftlichen Kreisen Ehen unter politischen oder materiellen Erwägungen geschlossen wurden, schufen sich Männer das Recht, sich eine derart öffentlich bekannte Geliebte zu halten. Um die Geliebte dann auch tatsächlich als Mätresse zu halten, hatten sie sie materiell entsprechend auszuhalten. Das konnte von kostbaren Schmuckgeschenken über Paläste bis hin zu hohen Adelstiteln samt den entsprechenden Ländereien reichen. Eine sehr erfolgreiche Mätresse war Anna Constantia Gräfin von Cosel, die über acht Jahre die »Maitresse en titre« von König August II. von Polen war. Aus einer unstandesgemäßen Ehe stammend, heiratete sie mit 23 Jahren Adolf Magnus von Hoym, der Direktor des sächsischen Generalakzise-Kollegiums war. 1705 lernte sie August II. kennen, der sie an den Hof holte und zu seiner »Maitresse en titre« machte. Ihre Scheidung von Hoym war schnell erledigt, und bereits 1706 ließ August II. Anna Constantia in den Reichsgrafenstand erheben.
Gräfin Cosel bekam drei Kinder von August II., beging aber den Fehler, sich zu sehr in die Politik einzumischen, woraufhin der König sie 1713 vom Hof verbannte. 1716 ließ er sie sogar bis an ihr Lebensende im Jahr 1765 unter Arrest stellen. Ihre Kinder aber wurden vorzüglich bei Hofe erzogen und bestens verheiratet.
Die erfolgreichste Mätresse, den sozialen Aufstieg betreffend, war zweifelsfrei Marta Skawronska, die ihr Leben als Kaiserin Katharina I. von Russland beendete. Sie war die Tochter eines litauischen Bauern und kam mit siebzehn Jahren als Magd in den Haushalt des evangelischen Pastors Ernst Glück in Marienburg. Kurze Zeit später heiratete sie einen adligen schwedischen

Dragoner, der allerdings bald darauf fiel, als russische Truppen Marienburg eroberten. Sie selbst wurde gefangen genommen und gelangte so als Magd in das Haus des russischen Generals Scheremetew. Von dort wurde sie Alexander Menschikow, dem besten Freund des Zaren Peter I., weitergereicht und sehr wahrscheinlich Menschikows Geliebte. 1703 schließlich lernte sie im Hause Menschikow den Zaren persönlich kennen, und Peter I. machte sie kurz darauf zu seiner Mätresse. 1705 wechselte Marta zum russisch-orthodoxen Glauben und ließ sich auf den Namen Jekatarina Alexejewna taufen. 1707 heirate Peter I. seine Mätresse insgeheim, und fünf Jahre später, 1712, folgte die offizielle Vermählung. Zwischen 1707 und 1723 gebar sie dem Zaren zehn Kinder, unter ihnen auch die spätere Zarin Elisabeth I. Nach dem endgültigen Sieg im Großen Nordischen Krieg und dem Frieden von Nystad 1721 krönte der Zar seine Frau 1724 zur Kaiserin von Russland. Sie überlebte ihren Mann um zwei Jahre, in denen sie als erste Kaiserin das von Peter geschaffene Russische Kaiserreich regierte.

Reisen in der frühen Neuzeit

Zu Beginn des 18. Jahrhunderts war Reisen ein Privileg weniger, sehr wohlhabender Menschen. Ein Sprichwort aus der Zeit lautet: »Mit Geld, mit Latein und mit einem guten Pferd kann einer durch ganz Europa reisen.«

Die allermeisten Leute aber kamen kaum je aus dem Dorf oder der Stadt heraus, in der sie geboren wurden. Und wenn sie es doch taten, so gingen sie normalerweise zu Fuß. Wenige konnten sich ein Pferd leisten, eine Kutsche noch weniger. Für Bauern, die ihre

Waren auf den nächsten Markt transportierten, waren ungefederte Karren üblich, häufig auch von Ochsen gezogen. Ein Wanderer schaffte zwischen vier und sechs Kilometer in der Stunde, sodass man unter einer Tagesreise eine Entfernung von ca. 27 bis 36 Kilometern verstand. Reiter, die es eilig hatten, konnten zwischen 50 und 70 Kilometer am Tag zurücklegen, mit einer Kutsche kam man, je nachdem in welchem Zustand die Straße war, ca. 50 Kilometer voran. Tatsächlich wurden damals die Entfernungen aber noch nicht in Kilometern gemessen, sondern in Meilen, Ruten oder Wegstunden, wobei das Maß für eine Meile je nach Land oder Staat verschieden war, in Preußen und Sachsen aber jeweils bei ca. 7,5 Kilometern lag. In Russland maß man Entfernungen in Werst, wobei eine Werst 1066,78 Metern entspricht. Die russische Meile lag bei ebenfalls knapp 7,5 Kilometern.

Auch war die Qualität der Straßen sehr unterschiedlich. Am besten waren die Landstraßen, Heerwege oder Poststraßen, meistens große, breite Sandwege, die auf Kosten des jeweiligen Landes unterhalten wurden. Hier durfte jedermann frei reisen, im Gegensatz zu den Privatwegen, insbesondere jenen großer Herren, die von ihren Residenzen auf direktem Weg zu ihren Lustschlössern führten. Darüber hinaus gab es Verbindungsstraßen zwischen Städten, Nebenwege zu Dörfern, Fußsteige oder Holz- und Feldwege. Solche Wege wurden kaum instand gehalten und waren entsprechend wetterabhängig.

Einen öffentlichen Reiseverkehr gab es zu Beginn des 18. Jahrhunderts nur bedingt. Zwar existierten schon verschiedene Postlinien, die auch Personen beförderten, aber häufig kamen diese Postkutschen unverhältnismäßig langsam voran, sodass man auf manchen Strecken zu Fuß schneller war. So brauchte um 1700 ein normaler Reisewagen von Erfurt nach Weimar ungefähr fünf Stunden, ein Wanderer schaffte es in vier. Wesentlich schneller und bequemer waren private Reisekutschen, jedoch für die allermeisten Menschen ein unerschwinglicher Luxus, zumal auch die Pferde und der Kutscher zu unterhalten waren. Sie boten aber die einzige Möglichkeit, sich relativ unabhängig fortzubewegen.

Am schnellsten, oft auch am bequemsten, reiste man auf dem Wasser. Ein mit der Strömung fahrendes Flussschiff konnte zwischen 100 und 150 Kilometer am Tag bewältigen, ein Segelschiff bei günstigem Wind 120 bis 200 Kilometer. Aber die Passagen waren teuer und die Plätze rar.

Jede Form des Reisens barg zudem ihre eigenen Gefahren. Waren die Wege sehr schlecht, musste man vermehrt mit Unfällen wie etwa einem gebrochenen Rad rechnen. Wanderer oder Pferde konnten stürzen und sich verletzen. Auch war man auf den Straßen der Gefahr ausgesetzt, Wegelagerern oder marodierenden Soldaten in die Hände zu fallen. Pferde und Wagen waren zudem wertvolle Güter, sodass wohlhabende Menschen meist mit Geleitschutz reisten, was natürlich ihr Reisetempo minderte. Räuber überfielen auch Flussschiffe, zumal Kaufleute häufig ihre Waren auf diese Art transportierten. Die See war gefährlich, wenn das Wetter nicht mitspielte und Stürme das Meer im Griff hielten. So wird leicht ersichtlich, dass damals Reisen ein Luxus war, der wenig Vergnügen bereitete und den man sich nur mit gutem Grund leistete.

Schamanismus

Schamanismus bezeichnet das älteste Wissen über die verborgenen Kräfte des Universums. Schamanen, Wanderer zwischen den Welten, wie sie sich häufig nennen, sind so alt wie die

Menschheit. Bereits aus prähistorischer Zeit gibt es Höhlenzeichnungen, die Schamanen bei der Ausübung ihrer spirituellen Handlungen darstellen. Bei den Naturvölkern auf der ganzen Welt wirkten und wirken Schamanen als Heiler, Zauberer, Wahrsager, Weise und Künstler. Dafür begeben sie sich im Trancezustand auf Reisen in jenseitige Welten, rufen Geister als Verbündete und heilen mit den Kräften der Natur. Sie verstehen sich als Mittler und Boten der alles belebenden und beseelenden Schöpferkraft. Schamanen werden als Brückenbauer zu verborgenen Wirklichkeiten gesehen, sie bringen den kranken Menschen verlorene Lebenskraft zurück und begleiten Seelen Verstorbener ins Jenseits. Ihr wichtigstes Instrument ist ihre Schamanen-Trommel, eine flache, mit Tierfell bespannte Rahmentrommel. Der monotone Klang der Trommel versetzt sie in Trance und begleitet sie auf die schamanische Reise in die nichtalltägliche Wirklichkeit, auf der Suche nach der alles durchdringenden, belebenden und beseelenden Kraft.

Schamanismus setzt sich mit den großen Grundfragen und -nöten des Menschen auseinander: Woher komme ich? Wozu bin ich da? Wohin gehe ich? Wer oder was steht hinter dem Geheimnis der Schöpfung?

Die schamanische Botschaft ist seit über zwanzigtausend Jahren dieselbe: Mensch, Tier, Pflanzen und die ganze Natur sind in einem ewigen Kreislauf der Lebenskräfte miteinander verbunden im großen Ganzen des Universums. Aus dieser umfassenden Harmonie leiten sich die Heiltraditionen der Schamanen ab. Aus schamanischer Sicht lebt ein gesunder Mensch in Harmonie mit den Gesetzen der Natur. Krankheit ist der Verlust dieser Harmonie. Um sie bei einem Kranken wiederherzustellen, lässt sich der Schamane von seinen Geistern Heilpflanzen zeigen. Mit der Pflanze selbst wie mit der gesamten belebten und beseelten Natur lebt der Schamane als achtsamer Partner zusammen. So spricht die Pflanze mit ihm über ihren Lebensraum und ihre Nachbarn, sie zeigt ihm, wo in ihr Heilkräfte verborgen sind und wann deren Kraft am größten ist. Der Schamane wiederum bedankt sich bei der Pflanze für ihr Wissen und ihre Heilkraft. Ende des 17. Jahrhunderts beschrieben europäische Reisende erstmals den Schamanismus bei verschiedenen sibirischen und amerikanischen Völkern, allerdings mit einer kolonial geprägten europäischen Überheblichkeit, sodass sie dieses uralte spirituelle Wissen als primitiv erachteten. Aus Deutschland stammende Forscher, die Russland und Sibirien im 18. Jahrhundert bereisten, hielten den Schamanismus für ein »erbärmliches und vulgäres Spektakel« sowie für einen »Irrglauben« der Eingeborenen. Auch die christlichen Kirchen lehnten den Schamanismus als primitiv, unterentwickelt und heidnisch ab und verboten oft die Ausübung. Dennoch haben sich weltweit die Tradition und das schamanische Wissen erhalten können und erleben heute eine zunehmend respektvolle Aufmerksamkeit.

Figurengalerie

August II. König von Polen / Friedrich August I. Kurfürst von Sachsen, genannt August der Starke, * 1670 in Dresden, † 1733 in Warschau. A. war Kurfürst von Sachsen und wurde 1697 in Personalunion König von Polen sowie Großfürst von Litauen. Er gilt als eine der schillerndsten Figuren höfischer Prachtentfaltung und absolutistischer Selbstdarstellung. Unter ihm entwickelte sich Dresden zu einer barocken Metropole. Im Großen Nordischen Krieg kämpfte er an der Seite Russlands gegen Schweden.

Einsiedel, Anna Sophia von, geb. von Rumohr, * 1671, † 1725, war die Witwe von Hans Haubold von E., eines kursächsischen Hofbeamten und Besitzers mehrerer Güter. Er starb im Oktober 1700 als Geheimer Rat in Dresden. Sie hatten fünf gemeinsame Kinder. Im Dezember 1705 verlobte sich die Witwe E. mit Johann Reinhold von Patkul, welcher jedoch unmittelbar nach der Verlobung auf Befehl von Dresdener Hofbeamten widerrechtlich festgenommen wurde. E. heiratete nicht erneut, sondern wurde unternehmerisch tätig.

Karl XII. König von Schweden, * 1682 in Stockholm, † 1718 bei Fredrikshald. Ab 1697 war K. König von Schweden sowie Herzog von Bremen und Verden. Bereits mit 15 Jahren vom schwedischen Reichstag für volljährig erklärt und zum König gekrönt, führte K. die Hälfte seines Lebens den Großen Nordischen Krieg gegen Dänemark, Sachsen-Polen und Russland. Obwohl mit K.s Tod die schwedische Großmachtstellung und das seit 1611 währende Ringen um die Ostseeherrschaft endete und Russland Schweden als Großmacht ablöste, ging K. als bedeutender Feldherr und großer militärischer Taktiker in die Geschichte ein.

Kirch, Gottfried, *18. Dezember 1639 in Guben, †15. Juli 1710 in Berlin. K. war Schulmeister, Kalendermacher und königlicher Astronom in Berlin. Im letzten Viertel des 17. Jh. war er der meistgelesene Kalendermacher und zählte zu den führenden deutschen Astronomen. 1680 entdeckte er erstmals einen Kometen mittels Teleskop. Weitere große Entdeckungen folgten. Aber K. fand lange keine feste Anstellung, sodass er seinen Lebensunterhalt mit der Herausgabe von Kalendern verdienen musste. Dabei unterstützte ihn seine Frau Maria, die sich ihr astronomisches Wissen im Selbststudium beigebracht hatte. 1700 wurde K. der erste Astronom der in Berlin gegründeten Kurfürstlich-Brandenburgischen Societät der Wissenschaften, war finanziell jedoch weiterhin von der Kalenderherausgabe abhängig.

Kirch, Maria Margaretha, geborene Winkelmann, *25. Februar 1670 in Panitzsch bei Leipzig, †29. Dezember 1720 in Berlin. K. war die Tochter eines lutherischen Pastors und einer Buch- und Tuchhändlertochter. Sie wurde mit 13 Jahren Vollwaise. Später trat sie als Dienstbotin in den Dienst des Bauernastronomen Christoph Arnold, bei dem sie grundlegende Kenntnisse und Erfahrungen mit astronomischen Beobachtungen machte und in die Grundlagen der Meteorologie eingeführt wurde. Im Hause Arnold lernte sie ihren späteren Ehemann Gottfried Kirch kennen, der Arnold Unterricht in Astronomie erteilte. 1692 heiratete sie Gottfried und unterstützte ihn intensiv bei seiner Arbeit. Dabei entdeckte sie den Kometen von 1702. Die Kirchs bekamen drei Kinder.

Lehmann, Issachar Berend, * 23. April 1661 in Essen, † 9. Juli 1730 in Halberstadt. L. war Bankier, Münzagent, handelte mit Luxusgütern, war Heereslieferant und diente als Verhandlungsdiplomat und Hoffaktor von August II. König von Polen und Kurfürst von Sachsen. So führte er die Verhandlungen, die dem Kurfürsten die polnische Königskrone finanziell sicherten, und besorgte ihm dafür die nötigen millionenschweren Kredite.

Menschikow, Alexander Danilowitsch, * 6. November 1673 in Moskau, † 12. November 1729 in Berijosow, Sibirien. M. war der Sohn eines litauischen Bauern und wurde früh der Bursche des damaligen Zarewitsch Peter. Die beiden verband eine innige Freundschaft, die das ganze Leben andauerte und M. einen glänzenden Aufstieg am russischen Hof bescherte. So wurde M. u. a. Generalgouverneur von Ingermanland, Oberbefehlshaber der russischen Armee und 1706 auf Betreiben des Zaren zu einem Reichsfürsten ernannt. M. galt bei seinen Zeitgenossen als ausgesprochen korrupt und maßlos geldgierig. Aber seine Treue zu Peter I. stand stets außer Zweifel und bewahrte ihn vor den äußersten Konsequenzen. Erst nach Peters Tod wendete sich sein Schicksal, und er starb in der Verbannung.

Patkul, Johann Reinhold von, * Juli 1660 in Stockholm, † 10. Oktober 1707 in Kazimierz. P. entstammte einem livländischen Rittergeschlecht, war schwedischer Offizier und engagierte sich politisch für die Wahrung livländischer Sonderrechte im Königreich Schweden. Das führte zum Bruch mit dem schwedischen König, und P. wurde 1694 zum Tode verurteilt. Er floh aus Schweden und ging zunächst in sächsische, dann russische Dienste. Der Ausbruch des Großen Nordischen Krieges ging auf sein diplomatisches Wirken zurück. 1705 wurde P. im

Status eines russischen Sondergesandten in Dresden entgegen dem Völkerrecht und ohne stichhaltige Gründe verhaftet. Im April 1707 wurde er von Sachsen an Schweden ausgeliefert und am 10. Oktober 1707 hingerichtet.

Peter I., Zar von Russland, genannt der Große, * 1672 in Moskau, † 1725 in St. Petersburg. P. war von 1682 an Zar von Russland, 1721, nach dem endgültigen Sieg über Schweden im Großen Nordischen Krieg, machte er Russland zu einem Kaiserreich und erhielt den Beinamen »der Große«, mit dem er in die Geschichte eingegangen ist. P. veränderte mit seinen Petrinischen Reformen das Russische Reich grundlegend und öffnete es dem europäischen Westen. 1703 gründete er die neue Hauptstadt St. Petersburg.

Pfingsten, Georg Ernst, * ca. 1662, † 21. November 1735 auf der Festung Königstein. P. stammte aus Soest in Westfalen, war Jurist, promovierte 1688 an der Universität Erfurt. Später trat der in die Dienste des Kurfürsten von Sachsen, wurde 1705 Sekretär des Geheimen Conseils in Dresden und Geheimer Referendar von August II. In dessen Auftrag verhandelte P. den Frieden von Altranstädt, fiel aber wenig später in Ungnade und wurde im Mai 1707 auf der Festung Königstein inhaftiert, 1707 zum Tode verurteilt und 1713 zu lebenslänglicher Festungshaft begnadigt.

Schafirow, Peter Pawlowitsch, * 1669, † 1739, Sohn eines jüdischen Kommissärs aus Polen, arbeitete als Junge bei einem Tuchhändler, wurde dann Kopist in der Kanzlei des Zaren. Er sprach sechs Sprachen, darunter Latein, und fiel durch seine Intelligenz auf, sodass er Peter I. auf seine erste große Reise nach Westeuropa begleitete. Anschließend wurde er Direktor der

Post und Geheimer Rat. 1709 wurde S. Vizekanzler und hatte maßgeblichen Einfluss auf die russische Außenpolitik. Er arbeitete den Heiratsvertrag für Peter I. mit Jekatarina Alexejewna aus. Mit Menschikow verband ihn eine aufrichtige Feindschaft, und die Intrigen darum sorgten dafür, dass S. 1723 von einem außerordentlichen Gericht zum Tode verurteilt, dann aber wegen seiner großen Verdienste für den Zaren zu lebenslänglicher Haft begnadigt wurde.

Skawronska, Marta, spätere Jekatarina Alexejewna, Katharina I. von Russland, * 5. April 1684 in Jakobstadt, Lettland, † 6. Mai 1727 in St. Petersburg. S. war die Tochter eines litauischen Bauern und arbeitete mit 17 Jahren als Magd für den Pastor Ernst Glück in Marienburg. Im Nordischen Krieg geriet sie in den Haushalt des russischen Generals Scheremetew. Der übergab sie Alexander Menschikow, dessen Geliebte sie wohl wurde. Als der Zar S. 1703 kennenlernte, machte er sie zu seiner Geliebten, ließ sie russisch-orthodox auf den Namen Jekatarina Alexejewna taufen, heiratete sie 1707 heimlich und 1712 offiziell. 1724 ernannte der Zar sie zur Zarin und Mitregentin. Sie gebar ihm zehn Kinder und folgte Peter nach seinem Tod als Kaiserin Katharina I. auf den Thron.

Trezzini, Domenico Andrea, * 1670 in Astano, † 2. März 1734 in St. Petersburg. T. war ein Schweizer Architekt aus dem Tessin, der vermutlich in Rom studiert hat. 1703 trat T. als Baumeister in die Dienste Peters I. von Russland und wurde einer der wichtigsten Architekten beim Bau der ersten zentralen Teile von St. Petersburg. Eines seiner berühmtesten Bauten ist die Peter-und-Paul-Kathedrale, die bis heute ein Wahrzeichen der Stadt ist.

Thomasius, Christian, *1665 in Leipzig, †1728 in Halle. T. war Jurist und Philosoph. Er lehrte an der Universität Halle und begründete dort die juristische Fakultät. Wiederholt setzte T. sich juristisch für Patkul ein und verurteilte sowohl das schwedische wie auch das sächsische Vorgehen gegen den Diplomaten aufs schärfste.